JACK HIGHT

Die brennenden Paläste

Historischer Roman

Deutsch von
von Elvira Willems und
Astrid Becker

Rowohlt Taschenbuch Verlag

Die Originalausgabe erschien 2010
unter dem Titel «Siege»
bei John Murray, London.

Deutsche Erstausgabe
Veröffentlicht im Rowohlt Taschenbuch Verlag,
Reinbek bei Hamburg, Oktober 2010

Redaktion Elisabeth Raether
Umschlaggestaltung any.way, Cathrin Günther
(Foto: akg images)
Satz aus der Warnock Pro (InDesign)
bei hanseatenSatz-bremen, Bremen
Druck und Bindung CPI – Clausen und Bosse, Leck
Printed in Germany
ISBN 978 3 499 25407 9

PROLOG

Oktober 1448 – auf dem Amselfeld

Longo lag noch unter den Leichen zweier toter türkischer Soldaten und verharrte geduldig, während die letzten Soldaten der türkischen Armee vorbeieilten. Die Christen hatten einen Kreuzzug geführt, und jetzt waren überall um ihn herum feindliche Soldaten. Sie stiegen über ihn hinweg, ihre Stiefel zermatschten die blutgetränkte Erde. In der Ferne konnte er gerade noch die Hörner der zerstreuten christlichen Armee hören, als sie floh, gefolgt von dem Gebrüll und dem Trommelschlag der verfolgenden Türken. Irgendwann kehrte auf dem Schlachtfeld Stille ein, bis auf das gelegentliche Stöhnen eines Verwundeten und das raue Krächzen der Raben, die herbeiflogen, um sich an den Toten gütlich zu tun. Einer ließ sich neben Longo auf einer Leiche nieder und machte sich mit dem Schnabel an dem weichen Fleisch seines Gesichts zu schaffen. Wenn die Raben kamen, war die Schlacht vorbei.

Nachdem er so lange auf dem kalten, nassen Boden gelegen hatte, erhob Longo sich mit steifen Bewegungen. Er trat nach dem Raben, der unter protestierendem Krächzen davonflatterte, und zog dann seinen Säbel, eine lange dünne Klinge aus grauem Stahl. Die Schlacht mochte geschlagen sein, doch Longos Kampf war noch nicht beendet. Er blickte zum Horizont und sah nur in der Ferne einige wenige feindliche Soldaten, die zwischen den Tausenden von Toten plünderten. Longo beachtete sie nicht, sie waren nicht die Beute, auf die er aus war. Er suchte einen Mann: einen Türken mit blassgrauen Augen und einer grausigen Narbe, die sich von der rechten Schläfe bis zum Kiefer über das Gesicht zog.

Longo hatte ihn hinter den türkischen Linien gesehen, in einem Kettenpanzer, über dem er scharlachrotes Tuch trug. Er ritt unter einer goldenen Standarte, an der drei Pferdeschwänze hingen – Kennzeichen eines Wesirs. Kaum hatte Longo ihn erspäht, da waren die christlichen Linien durchbrochen worden, und man hatte zum Rückzug geblasen. In dem darauffolgenden Chaos hatte Longo sich tot gestellt. Er suchte diesen Mann seit Jahren, und jetzt, da er ihn endlich gefunden hatte, würde er ihn nicht entkommen lassen.

Er machte sich auf den Weg zum türkischen Lager, rings um ihn nur Leichen. Als er sich den ersten Zelten näherte, kamen ihm fünf türkische Soldaten entgegen. Es waren zerlumpte Başi Bozuks, irreguläre Truppen, die eingezogen wurden, wenn das Osmanische Reich in den Krieg trat, um den Islam zu verteidigen. Zwei trugen schwere Äxte, die sich besser zum Holzhacken eigneten als zum Kämpfen. Einer hielt einen Säbel, die letzten beiden hatten grobe Holzknüppel dabei, die mit Nägeln besetzt waren. Sie stürmten auf Longo zu und schrien den «Allah! Allah! Allah!»-Schlachtruf der Türken, doch Longo hörte sie nicht. Longo hörte nur das Blut, das in seinen Ohren rauschte. Er wich nicht vom Fleck und hielt Schild und Säbel bereit.

In letzter Sekunde wich er den Angreifern nach links aus und schlug dem ersten Türken mit dem Schild den Knüppel aus der Hand. Er ließ seinen Säbel niedergehen, sodass sein Feind zu Boden ging. Dann trat er unerschrocken zwischen die Übrigen: Aus der Nähe konnten sie mit ihren Knüppeln und Äxten wenig ausrichten. Er wich einem unbeholfenen Axtschlag aus und wirbelte herum, hieb seinem Angreifer ins Gesicht, bevor er die Deckung des nächsten Mannes unterlief. Den Säbel ließ er in der Brust des Türken stecken, zog einen Dolch aus seinem Gürtel, drehte sich um und warf ihn. Er traf den Türken an der Kehle. Dem Sterbenden fiel der Knüppel aus der Hand, bevor er blutüberströmt zu Boden sank.

Longo spürte einen harten Säbelhieb, der seitlich an seinem Kettenpanzer abglitt. Er drehte sich gerade rechtzeitig um, um seinen Schild zu heben und einen weiteren Schlag abzuwehren, der seinem Gesicht gegolten hatte. Longo trat zurück, waffenlos, um sich seinem letzten Angreifer zu stellen, einem großen Türken mit langem Bart. Der Mann lächelte, entblößte dabei gelbe, faule Zähne. «Jetzt stirbst du, Ungläubiger!», dröhnte er und holte in weitem Bogen nach Longos Brust aus. Longo tat, als wollte er den Schlag blockieren, duckte sich jedoch und schlug dem Türken seinen Schild ins Gesicht. Der Türke taumelte nach hinten, aus seiner gebrochenen Nase lief Blut, augenblicklich drehte er sich um und floh um sein Leben.

Longo nahm seinen Säbel wieder an sich uns verzog das Gesicht, als er seine Rippen betastete und den blauen Fleck spürte, der sich dort schon bildete. Er hatte Glück gehabt. Ein erfahrenerer Kämpfer hätte ihn getötet. Er brachte der Jungfrau Maria ein Gebet dar, um ihr zu danken, dann trat er in den Schatten des nächsten Zelts und spähte in das türkische Lager hinein. Köche kümmerten sich emsig um Dutzende von Kochfeuern, doch er sah relativ wenig Soldaten und keine Spur des Mannes, hinter dem er her war. Fast hatte er die Hoffnung schon aufgegeben, da hörte er hinter sich ein Pferd wiehern, und als er sich umdrehte, sah er den Wesir auf das Lager zureiten, umgeben von rund zwei Dutzend Janitscharen in schwarzen Rüstungen.

Longo spürte nichts als loderndes Verlangen nach Rache, als er seinen Säbel hob. Die Janitscharen sahen ihn kommen, sie rückten dicht um den Wesir zusammen und zückten ihre Lanzen. Longo warf sich zwischen die Leibgarde. Eine Lanze lenkte er mit seinem Schild ab, eine andere schlug er mit dem Säbel zur Seite, bevor er in einen Janitscharen raste, ihn nach hinten stieß und gerade rechtzeitig herumwirbelte, um einem Lanzenstoß zu entkommen. Er holte weit aus, schlug die Lanze entzwei und stürzte sich noch eifriger in den Kampf, drosch wild um sich, dem Wesir immer näher kommend, jeden Schritt mit Blut und Tod erkämpft.

Eine Lanzenspitze rutschte von Longos Schild ab und fuhr in seine Schulter. Ohne auf den Schmerz zu achten, packte er die Lanze und zog daran, riss den Janitscharen nach vorn und schlug auf ihn ein, um ihn zu töten. Aus dem Augenwinkel sah Longo etwas aufblitzen, und mit knapper Not duckte er sich unter einem Säbelhieb weg, der ihn enthauptet hätte. Er drehte sich rasch um und schwang seinen Säbel, um sich die Janitscharen vom Leib zu halten. Säbel glitten von seinem Kettenpanzer ab, eine Lanzenspitze drang in sein Bein, und er fiel auf ein Knie. Doch er kämpfte weiter, holte immer wieder aus und brüllte dabei vor Wut und Schmerz. Der Wesir war nicht weit von ihm entfernt. In dem schmalen Gesicht des Mannes hatten sich im Lauf der Jahre Falten gebildet, und sein Bart und sein Schnurrbart waren grau geworden, seit Longo ihn das letzte Mal gesehen hatte, doch seine blassen Augen und die schartige Narbe im Gesicht, die Longo ihm verpasst hatte, waren unverwechselbar. Longo kroch auf ihn zu, ein Janitschar trat vor ihn und versperrte ihm den Weg. Longo wollte den Mann erstechen, aber von hinten packte jemand seinen Arm und riss ihm den Säbel aus der Hand.

Als Longo den Blick hob, sah er den Tod über sich aufragen – ein Janitschar, den langen *yatagan* hoch erhoben, dessen gebogene Klinge dunkel vor der hellen Sonne stand. Er verspürte keine Angst, nur die bittere Enttäuschung des Scheiterns. Sein Blick fiel auf die lange Säbelklinge, das weiche schwarze Leder des Hefts, den muskulösen Arm des Janitscharen. Und dann setzte der Säbel zu seinem tödlichen Hieb an.

«Halt!» Der Säbel hielt dicht vor Longos Hals an. «Überlass mir den.»

Die Janitscharen traten zurück, um einem hochgewachsenen Mann Platz zu machen, gut drei Ellen groß und mit breitem Brustkorb. Er trug die schwarze Rüstung eines Janitscharen, den pelzverbrämten Mantel und die gelben Stiefel eines Agas. Der Mann sprach kurz mit dem Wesir, der sein Pferd wendete und davonritt. «Geht! Begleitet ihn zum Sultan», befahl der Aga dem Janitscharentrupp, während er einen unglaublich langen *yatagan* aus der Scheide an seiner Seite zog. «Den hier erledige ich.» Er schwang den riesigen Säbel behänd zur Seite und näherte sich Longo.

Der Aga wartete, bis die anderen Janitscharen ein gutes Stück weit weg waren, dann steckte er den Säbel in die Scheide zurück und streckte Longo die Hand entgegen. «Steh auf», befahl er. Longo zögerte, dann nahm er die Hand und ließ sich auf die Füße ziehen. Der Schmerz in seinem verletzten Bein ließ ihn zusammenzucken. Er starrte dem Janitscharen ins Gesicht und versuchte zu begreifen. «Du hast mich doch wohl nicht vergessen, oder?», fragte der Aga.

Longo blinzelte, sein Schmerz war vergessen, als ihm einfiel, woher er dieses Gesicht kannte. Damals war es jünger gewesen, schmaler und ohne Narben – das Gesicht eines Jungen. Vor langer Zeit im gottverlassenen Lager der Janitscharen war dies der einzige Mann gewesen, den er einen Freund genannt hatte. «Ulu», flüsterte Longo.

«Du hast mir einst das Leben gerettet, Longo», sagte Ulu. «Jetzt habe ich es dir vergolten ... doch wenn du fliehen willst, musst du dich beeilen. Halt dich nach Süden und bete zu Allah, dass wir uns nie wieder begegnen. Denn meine Schuld ist beglichen, und wenn unsere Wege sich das nächste Mal kreuzen, sind wir Feinde. Und jetzt geh!» Der Aga wandte Longo den Rücken zu und schritt davon.

Longo blickte ihm hinterher, wie er im türkischen Lager verschwand. Als sein rasender Zorn sich gelegt hatte, spürte Longo den Schmerz in seinen Wunden und die kalte Qual vereitelter Rache. Er wandte sich um und humpelte aus dem Lager nach Süden. Wenn er sich beeilte, holte er seine Männer vielleicht noch ein. Sonst würde es ein langer, einsamer Marsch nach Konstantinopel werden.

1. TEIL

EINS

November 1448 – Konstantinopel

Sofia Dragases, Prinzessin des Oströmischen Reiches, ging durch die dunklen Flure des Kaiserpalastes in Konstantinopel, beeilte sich, mit Johannes Dalmata, dem Befehlshaber der kaiserlichen Leibgarde, Schritt zu halten. Im Vorbeigehen warf sie rasch einen Blick aus einem Fenster auf den Vollmond, der schwer am Nachthimmel über dem Hafen hing. Es waren noch mehrere Stunden bis zur Morgendämmerung. Der Kaiser, Johannes VIII., war seit Wochen krank, und man rief Sofia sicher nur so spät zu ihm, weil er im Sterben lag.

Das Vorzimmer zu den kaiserlichen Räumen war überfüllt. Die meisten knieten auf dem harten Steinboden und beteten leise für die Gesundheit ihres Kaisers. Sie sprachen Griechisch, denn auch wenn die Bewohner Konstantinopels sich immer noch als Römer bezeichneten, hatte das Griechische schon vor Jahrhunderten das Lateinische als Sprache des Reiches abgelöst. Als sie durch die Menge ging, fiel Sofias Blick auf die Kaiserinmutter, Helena Dragases, die in einer Ecke saß und mit Georgios Sphrantzes sprach, dem Minister und engsten Vertrauten des Kaisers. Dalmata führte Sofia zu der Tür zum Schlafzimmer des Kaisers, bewacht von dem *praepositus sacri cubiculi*, einem Eunuchen mit beginnender Glatze, der den Zugang zum Kaiser kontrollierte. «Er ist sehr schwach. Bleibt nicht zu lange», sagte der Eunuch zu Sofia, als er sie durch die Tür geleitete.

Der Raum wurde nur von einigen flackernden Kerzen nahe bei der Tür erhellt. Zuerst konnte Sofia den Kaiser nicht sehen, doch sie hörte seine mühsamen Atemzüge – rasselndes Keuchen aus der Dunkelheit am anderen Ende des Raums. Sie ging darauf zu und konnte ein großes Bett mit Baldachin und darin den Kaiser selbst ausmachen. Johannes war ein stattlicher Mann gewesen, doch jetzt war er so geschwächt, dass sie die knochendürre Gestalt kaum erkannte. Die Augen in dem wächsernen Gesicht waren geschlossen. Wären da nicht die schrecklich rasselnden Atemzüge gewesen, Sofia hätte ihn für tot gehalten. Sie kämpfte mit den Tränen.

Sie liebte ihren Onkel nicht. Er war launisch und trank zu viel. Trotzdem war Johannes ein guter Kaiser gewesen, und er hatte Sofia ihre Freiheit gelassen. Sie war fast vierundzwanzig, weit über das Alter hinaus, in dem eine Prinzessin heiraten sollte, doch ihr Onkel hatte sie nie bedrängt. Er hatte ihr erlaubt zu studieren, nicht nur Literatur und Philosophie, was Frauen am Hofe für gewöhnlich lernten, sondern auch Mathematik, Regierungswesen und Sprachen – Italienisch, Arabisch, Latein und Türkisch. Auf Drängen der Kaiserinmutter Helena hatte er ihr sogar erlaubt, ihn zu Ratssitzungen zu begleiten, wo sie die Kunst der Staatsführung erlernt hatte. Wer auch immer Johannes auf den Thron folgte, Sofia bezweifelte, dass er ihr gegenüber so großzügig sein würde.

Sanft strich Sofia dem Kaiser das Haar aus der Stirn. «Ich bin hier, Onkel», flüsterte sie.

Johannes schlug die Augen auf. «Setz dich zu mir, Sofia», keuchte er. «Ich möchte dich …» Johannes unterbrach sich, ein heftiger Hustenanfall erstickte seine Stimme. «Ich möchte dich um Verzeihung bitten», fuhr er schließlich fort, «für alles Unrecht, das ich dir getan habe.» Solch eine Bitte sprach der Kaiser traditionell in den letzten Tagen seines Lebens aus. Johannes wusste, dass seine Stunde gekommen war.

«Darum musst du mich nicht bitten, Onkel», erwiderte Sofia. «Du hast mir kein Unrecht getan.»

Er schüttelte stirnrunzelnd den Kopf. «Nein, Sofia», sagte er. «Ich fürchte, es war nicht recht, dass ich dich so aufgezogen habe. Du hast mich so sehr an meine arme tote Gemahlin Maria erinnert. Ich wollte dich in meiner Nähe haben, als Erinnerung an sie, und dir alles geben, was du dir wünschst und was ich ihr versagt habe.» Er seufzte. «Ich habe dich nicht auf ein Leben als Prinzessin und als Ehefrau vorbereitet. Du hast deinen Platz in der Welt nicht annehmen gelernt.»

«Ich wünsche mir keinen anderen Platz als den, den ich habe», sagte Sofia. «Ich bedaure nicht, wie es ist.»

«Ich auch nicht, Sofia», keuchte Johannes mühsam. «Dies sind schwere Zeiten, und das Reich braucht dich. In Konstantinopel sind viele, die die Stadt an die Türken verkaufen wollen. Wir müssen sie daran hindern. Unser Reich besteht seit über tausend Jahren. Wir sind die Erben Roms. Wir dürfen nicht fallen!»

«Aber was kann ich dagegen tun?», fragte Sofia, eine Spur Bitterkeit in der Stimme. «Ich bin nur eine Frau, Onkel. Ich habe wenig Einfluss auf den Hof Konstantinopels.»

Johannes wurde von einem weiteren Hustenanfall erschüttert und schüttelte nur den Kopf. «Nein», sagte er. «Du bist mehr. Sieh dir meine Mutter an, Helena. Sie ist ein besserer Staatsmann als alle meine Ratsmitglieder miteinander. Du hast Geist, Sofia. Mein Bruder Konstantin ist ein guter Mann, aber er ist nicht besonders feinsinnig. Wenn ich tot bin, wird er deine Hilfe brauchen, auch wenn er sie nicht haben will.»

«Ich werde tun, was ich kann, Onkel.»

«Du musst es mir schwören, Sofia», keuchte Johannes. «Gib mir deine Hand.» Sofia legte ihre Hand in die seine, und der sterbende Kaiser packte sie mit überraschender Kraft. Seine Augen loderten, als er Sofias Blick begegnete. «Schwör mir, dass du, wenn ich tot bin, alles in deiner Macht Stehende tun wirst, um die Stadt vor jenen zu beschützen, die sie zerstören wollen.»

«Ich schwöre es», sagte Sofia ernst. «Ich werde Konstantinopel mit meinem Leben verteidigen.»

Johannes ließ ihre Hand los und lehnte sich zurück, plötzlich schmächtig und schwach. «Gut. Und jetzt geh», sagte er, «und schick meine Mutter herein.» Sofia nickte und ging. Im Vorzimmer sagte sie der Kaiserinmutter, Johannes wünsche sie zu sehen, und dann kniete sie sich hin und schloss sich dem stummen Gebet der anderen an.

Sofia wusste, dass sie nicht nur für den Kaiser, sondern ebenso um ihrer selbst willen beteten. Johannes hatte keinen Sohn und drei Brüder, und die Menschen fürchteten einen Bürgerkrieg, wenn er starb. Dann drohte ein weiterer osmanischer Überfall. Das Oströmische Reich war nicht mehr, was es einst gewesen war, als Konstantin der Große die Hauptstadt des Kaiserreiches 330 a.D. von Rom nach Konstantinopel verlegt hatte. Der jetzige Sultan des Osmanischen Reiches, Murad II., hatte die prächtigen Städte Adrianopel und Thessaloniki, jetzt Selânik, eingenommen. Von dem einst großartigen Römischen Reich war kaum mehr übrig als die kaiserliche Stadt Konstantinopel. Es war die letzte Verbindung zu einer ruhmvollen Geschichte, die ungebrochen bis zu den Cäsaren zurückreichte, die letzte Bastion zwischen den Türken und dem restlichen Europa. Die Armeen des Sultans hatten sich schon im Norden versammelt, um sich dem Kreuzzug entgegenzustellen, den Johannes ausgerufen hatte, bevor er krank geworden war. Es waren noch keine Nachrichten über eine Schlacht nach Konstantinopel gedrungen, doch wenn die Türken siegreich waren und Johannes starb, konnte kaum etwas die Armeen des Sultans daran hindern, gegen Konstantinopel vorzurücken.

Sofias Gedanken wurden von einem lauten Wehklagen aus dem Zimmer des Kaisers unterbrochen. Es war die Kaiserinmutter, Helena, die um ihren Sohn weinte. Der Kaiser war tot.

* * *

Die Abendsonne stand tief am Himmel, als William Whyte die höchste Stelle einer langen Steigung erreichte und zum ersten Mal Konstantinopel erblickte. Die Stadt war noch mehrere Meilen entfernt, doch selbst aus der Entfernung ließ ihre Erhabenheit ihn innehalten. Vor ihm erstreckten sich Weizenfelder und Wiesen mit weidendem Vieh bis zu den hochaufragenden Mauern der Stadt. Die Mauern waren viele Meilen lang und reichten vom Goldenen Horn, dessen Wasser im Norden glitzerte, bis zum Marmarameer im Süden. Hinter den Mauern erhob sich die Stadt auf ihren sieben Hügeln. Im grellen Sonnenlicht blinzelnd, konnte William nur wenige Gebäude ausmachen: Kirchen mit Kuppeldächern, ausladende Paläste und schlanke Säulen ragten über der Stadt auf. Kein Wunder, dass Konstantinopel als Königin der Städte galt: So etwas hatte William noch nie gesehen.

William löste den Blick von der Stadt, als das lange Seil, mit dem seine Hände gefesselt waren und das am Sattel des Pferds vor ihm befestigt war, ihn nach vorne riss, sodass er den Hügel auf der anderen Seite hinunterstolperte. Der Mann, der das Pferd ritt, ein Türke namens Hasim, der faule Zähne und einen grauen Bart hatte, wandte sich um und schrie etwas in seiner fremden Sprache. Es war klar, was der Mann wollte: Beeil dich, sonst ... Er hatte William auf der langen Reise von Ephesos nach Konstantinopel – sieben Tage strammer Fußmarsch durch unmenschlich trockenes Land und ebenso viele kalte Nächte unter einem unversöhnlichen Herbsthimmel auf dem Boden kauernd – mehr als einmal geschlagen. William hatte noch mehr Gewicht verloren, inzwischen zeichneten sich unter der Haut deutlich die Rippen ab. Er spuckte in Hasims Richtung, beschleunigte jedoch seine Schritte.

Es war kaum zwei Monate her, seit William auf der *Kateryn* angeheuert hatte, die von seinem Heimatort, dem englischen Hafen Fowey, nach Osten gesegelt war. Er hatte gedacht, er würde Reichtümern entgegensegeln. Ein Italiener, Carlo Grimaldi, der behauptete, ein Verbannter aus Genua zu sein, hatte versprochen, die *Kateryn* sicher an den genuesischen und venezianischen Galeeren vorbeizusteuern, die den Gewürzhandel mit dem Orient kontrollierten. Kapitän Smith, Williams Onkel, war skeptisch gewesen, doch die Gelegenheit war zu verlockend. Wenn es ihm gelang, eine direkte Verbindung zu den Gewürzhändlern im Orient herzustellen und die italienischen Mittelsmänner auszuschalten, würden sie ein Vermögen machen. Aus Gefälligkeit hatte Kapitän Smith William gefragt, ob er sich der Mannschaft anschließen wolle. Williams Vater war fast zehn Jahre zuvor gestorben, als William erst fünf gewesen war, und seine Mutter litt seit Jahren unter einer zehrenden Krankheit. Das Wenige, was William als Wasserträger verdiente, reichte, selbst zusammen mit dem, was er bei Messerkämpfen gewann, kaum, um sie zu ernähren und die Miete für das zugige, feuchte Zimmer aufzubringen, das sie sich teilten. Mit dem Geld von der Reise hatte William gehofft, eine anständige Wohnung zu finden, um es seiner Mutter in ihren letzten Tagen behaglich zu machen.

Doch seine Pläne waren schiefgegangen, noch bevor das Schiff den Hafen verlassen hatten. An dem Tag, bevor sie Segel setzten, starb Williams Mutter. Und dann hatte Grimaldi sie, sobald sie im Orient waren, in eine kleine Bucht südlich der türkischen Stadt Ephesos gebracht, wo am Strand die Zelte einer türkischen Karawane standen. Smith hatte weit draußen Anker geworfen, und William hatte von seinem Posten im Krähennest hoch über dem Deck zugesehen, wie Smith, Grimaldi und vier schwerbewaffnete Besatzungsmitglieder an Land gerudert waren, um zu verhandeln. Sie waren kaum aus dem Boot gestiegen, da töteten Bogenschützen, die in den Zelten versteckt gewesen waren, die Besatzungsmitglieder. Die restliche Mannschaft an Bord der *Kateryn* hatte eilig Segel gesetzt, doch zwei türkische Langboote hatten ihnen den Weg abgeschnitten. Das Schiff war geentert worden, und nach einem kurzen, blutigen Kampf hatten sie sich ergeben. William hatte Glück gehabt: Er war jung genug, um als Sklave verkauft zu werden. Die älteren und verletzten Besatzungsmitglieder hatten sie am Strand exekutiert, doch William hatten sie Hasim überlassen, der sich sofort mit ihm auf den Weg zum Sklavenmarkt nach Konstantinopel gemacht hatte, wo für einen hellhäutigen Europäer wie William als Haussklave für eine türkische oder griechische Familie ein hoher Preis zu erzielen war.

Als sie jetzt die letzten Meilen zur Stadt zurücklegten, behielt William seinen Geiselnehmer scharf im Auge. Immer wenn Hasim nicht hinschaute, arbeitete William an den Fesseln an seinen Händen. Es war riskant. Erst am Vortag hatte Hasim William dabei erwischt und ihn geschlagen und ihm die Hände danach so fest gefesselt, dass die Seile ihm in die Haut schnitten. Doch William achtete nicht auf den Schmerz, zog die Seile hierhin und dorthin, bis sie sich allmählich lösten. Wenn er nicht bald entkam, war es zu spät. Schon ragte das Goldene Tor, das nach Konstantinopel hineinführte, vor ihnen auf.

Die drei Torbögen waren über fünf Klafter hoch, und das mittlere Tor war so breit, dass zwanzig Männer auf Pferden nebeneinander hindurchreiten könnten. Hinter dem Tor war ein ummauerter Hof, wo Straßenhändler ihre Karren durch die Menschenmenge schoben. William hatte noch nie so viele verschiedene Menschen auf einem Fleck gesehen: ortsansässige Bauern in gegürteten Tuniken und ledernen Kniebundhosen, wohlhabende Griechen, die Kaftane mit weiten Ärmeln aus blauer oder roter Seide trugen, bestickt mit Gold- und Silberfäden, Türken mit Turbanen auf dem Kopf, bärtige Juden mit Scheitelkäppchen und Italiener mit olivbrauner Haut in bestickten Samtwämsen und engen Kniehosen. Er sah blauäugige Männer mit weißer Haut, Walachen mit dunklem Haar, blassen Gesichtern und spitzen Zügen und Afrikaner, so schwarz wie der Nachthimmel. Sie sprachen eine verwirrende Vielzahl von Sprachen, von denen William keine einzige zu erkennen vermochte, geschweige denn verstand. Und die angebotenen Waren waren genauso vielfältig: exotische Gewürze, deren kräftige Düfte mit dem allgemeinen Geruch nach ungewaschenen Menschen und Tierexkrementen wetteiferten, Säbel und Schwerter, lange und kurze, gebogene und gerade, nervöse Pferde und teilnahmslos wiederkäuende Kamele, Fleisch, das an Spießen briet, und schmutzige Huren, die viel Schminke trugen. Hasim blieb nicht stehen, um sich umzusehen. Er trieb sein Pferd über den Markt in die Stadt hinein.

William fand sich auf einer breiten gepflasterten Straße wieder. Zu beiden Seiten drängten sich niedrige Gebäude, dahinter konnte William zur Linken breite Felder sehen, wo Kühe und Schafe die trockenen Weizenhalme weideten, die bei der Ernte stehengeblieben waren. Zur Rechten fiel das Land ab zu den Seemauern und dem Marmarameer dahinter, das rot in der Abendsonne glühte. William sah ein Schiff, das langsam übers Wasser glitt, und überlegte, wie es wohl wäre, an Bord zu sein und die Gischt zu schmecken, wenn er zurück nach England segelte. Das Schiff entschwand hinter einer niedrigen, aber wuchtigen Kirche mit dicken Säulen an der Vorderseite und einer breiten Kuppel. Ganz anders als die winzige Kapelle in seinem Heimatort Fowey.

Hinter der Kirche stieg die Straße an und führte an einem ausgedehnten Klosterkomplex und weiteren Kirchen vorbei. Oben gelangten sie an ein Tor, das in die zerfallenen Reste einer alten Stadtmauer eingelassen war. Hinter dem Tor wurde William von einem ekelerregenden Gestank bedrängt. Hier kauerten die Häuser dicht beieinander, und die Straßen waren schmutzig – eine stinkende Mischung aus ausgeleerten Nachttöpfen, Tierdung und Abfall aus einer nahegelegenen Metzgerei, die ins Meer geschwemmt wurde. In Abständen führten enge Gassen von der Hauptstraße ab. In einer sah William wilde Hunde, die wütend nach einander schnappend einen Tierkadaver auseinanderrissen.

Die Straße mündete in einen breiten Platz, überfüllt mit lärmenden Händlern und kreischenden Schweinen in Pferchen. In der Mitte des Schweinemarkts ragte noch über die höchsten Bäume auf dem Platz eine Säule, um die sich spiralförmig aufwärts bis ganz nach oben ein Bilderfries wand mit Darstellungen von Kämpfen und Festen, deren Bedeutung längst niemand mehr kannte. Hasim blieb nicht stehen, er ritt weiter und zog William immer tiefer in die Stadt hinein hinter sich her. Sie erklommen einen weiteren Hügel und gelangten auf einen Platz, der ein Tal überblickte. Darüber führte ein imposantes, gut fünf Ellen hohes Aquädukt. Auf dem Platz bogen sie nach links. William sah auf den fernen Hügeln eine gewaltige Kirche, deren zahlreiche Kuppeln von den letzten Strahlen der sinkenden Sonne vergoldet wurden, und rechts davon die Ruinen einer riesigen römischen Arena.

Die Abenddämmerung senkte sich schon herab, als sie in eine breite Straße bogen, die hinunter zum Goldenen Horn führte, dem Meeresarm, der Konstantinopel im Norden begrenzte. Die Straße war auf beiden Seiten gesäumt von Säulen, die Arkaden trugen. Nach kurzer Zeit stieg Hasim ab und machte sich am Sattel zu schaffen und entknotete das Seil, mit dem er William durch Anatolien nach Konstantinopel geschleift hatte. Er nahm es und zog William hinter sich her in die dunklen Schatten unter den Arkaden zur Rechten. Bevor Williams Augen sich an die Dunkelheit gewöhnen konnten, wurde er schon vorwärtsgestoßen und stolperte, bis er unsanft gegen eine Mauer stieß. Das Seil landete neben ihm, und er hörte hinter sich ein Eisentor ins Schloss fallen. William drehte sich um und ließ sich mit dem Rücken an der Wand zu Boden sinken. Er saß in einer kleinen Zelle, kaum tiefer und breiter als zwei Ellen, mit Eisengitter verschlossen.

Er spähte durch die Eisenstangen und konnte gerade noch Hasim erkennen, der sich entfernte. Aus der Dunkelheit links und rechts seiner winzigen Zelle hörte William gedämpfte Laute – ersticktes Weinen, Flüstern, schlurfende Schritte, gelegentlich unterbrochen von einem lauten Fluch in irgendeiner ihm unbekannten Sprache oder, von weiter weg, dumpfem Hundegebell. William zog die Knie an die Brust, denn er zitterte, vielleicht wegen der Kälte, die mit der Nacht gekommen war, vielleicht auch aus Angst. Und doch gestattete er sich ein Lächeln. Nach Stunden war es ihm endlich gelungen, seine Hände von den Fesseln zu befreien.

* * *

Die Sonne war eben erst aufgegangen und tauchte die Welt in grobkörniges goldenes Licht, als Longo sich platschend den Weg durch eine Furt im Lykos bahnte und Konstantinopel in Sicht kam. Longo führte sein Pferd auf das gegenüberliegende Ufer und seufzte erleichtert auf. Einige Meilen hinter dem Schlachtfeld hatte er seine Männer eingeholt, doch es war eine beschwerliche Reise vom Amselfeld gewesen. Sie waren durch das Herz des Osmanischen Reiches gezogen und knapp fünfzig Meilen an der osmanischen Hauptstadt Adrianopel vorbeigekommen. Ein Landstrich, der bei Longo unschöne Erinnerungen weckte. Gefährliches Gebiet obendrein, in dem es von Banditen und Dieben nur so wimmelte, von den türkischen Truppen ganz zu schweigen. Er hatte seine Männer energisch vorangetrieben, sie hatten Städte umgangen und waren so weit und so schnell gereist, wie ihre Pferde konnten. Jetzt, wo sie Konstantinopel erreicht hatten, waren sie so sicher wie überall sonst. Doch wie lange das noch so sein würde, wusste Longo nicht. In Selymbria hatte er gehört, dass Kaiser Johannes tot war. Wenn seine Brüder sich um den Thron stritten, dann würde der darauf folgende Bürgerkrieg Konstantinopel zur leichten Beute für die Türken machen.

Longos Männer schlossen am Flussufer zu ihm auf. Er hatte über hundert Männer aus Italien in die Schlacht auf dem Amselfeld geführt, und nur gut fünfzig lebten noch. Ihre Rüstungen waren zerbeult und beschädigt. Viele waren verletzt, und einige würden die Seereise zurück nach Genua womöglich nicht überleben. Die meisten waren Veteranen, die schon oft an Longos Seite gekämpft hatten, einige wenige, wie Tristo, sogar schon von jungen Jahren an. Longo hatte die Überlebenden sicher aus dem osmanischen Gebiet gebracht, doch er wusste, dass das den Frauen und Kindern der Gefallenen wenig Trost bieten würde. Sie würden Longo die Schuld geben, und er hatte Verständnis für ihren Zorn. Er gab sich selbst auch die Schuld.

Tristo unterbrach Longo in seinen trüben Gedanken. «Es ist gut, die alte Stadt wiederzusehen, was, Freund?», sagte er. Tristo war ein berüchtigter Witzeerzähler und Spaßmacher, selbst mitten in der Schlacht, und es war Verlass darauf, dass er Longos Laune hob. «Endlich können wir uns nach vielen Monaten Krieg auf ein bisschen Wohlleben freuen», fuhr Tristo grinsend fort. «Kein altbackenes Brot und kein trockenes Fleisch mehr.»

Longo beäugte Tristo kritisch. Er war ein Bär von einem Mann – gut zwei Handbreit größer als Longo und fast doppelt so schwer, und Longo war beileibe kein Hänfling. «Wohlleben ist das Letzte, was du brauchst», erklärte Longo ihm. «Ich sollte dich auf halbe Ration setzen.»

«Unsinn», erwiderte Tristo. «Ich muss bei Kräften bleiben. Ich habe Verpflichtungen den Frauen von Konstantinopel gegenüber.»

«Ich dachte, du hättest Verpflichtungen deiner Frau gegenüber», konterte Longo.

«Oh, das habe ich wohl», stimmte Tristo ihm zu. «Deswegen muss ich in Übung bleiben, damit ich keinen Rost ansetze, bis wir nach Genua zurückkehren.»

«Dann sollten wir uns wohl beeilen», sagte Longo grinsend. «Du bist sicher sehr eingerostet.»

«In der Tat», sagte Tristo und trieb sein Pferd den Hügel hinunter gen Konstantinopel. Longo galoppierte kopfschüttelnd hinter ihm her.

* * *

William wachte mit einem Ruck auf und stellte fest, dass der Tag schon strahlend hell war und auf der Straße bereits reges Treiben herrschte. Direkt vor seiner Zelle hantierte ein gebeugter Grieche in einem schmutzigen Leinenkaftan mit einer Sammlung Tontöpfen.

William stand zögernd auf, streckte seine steifen Beine und spähte aus der Zelle. Links säumten weitere Krämer die Straße, boten den Passanten ihre Waren an. Weiter rechts mündete die Straße in einen kleinen Platz, wo sich um eine Art Podest eine große Menschenmenge versammelt hatte. Ein beleibter Türke in einem blauen Kaftan und mit einem hohen Turban auf dem Kopf stand auf dem Podest, und William wurde Zeuge, wie er einen benommen wirkenden, ganz und gar nackten Jungen zu sich heraufzog und der Menge präsentierte. Augenblicklich zeigte die Menschenmenge unter wildem Geschrei auf ihn. William begriff, dass es eine Sklavenauktion war. Der Junge wurde rasch an einen Griechen verkauft und weggeschleift. William wandte sich ab und setzte sich. Wollte er nicht dasselbe Schicksal erleiden, musste er bereit sein, wenn Hasim kam.

William nahm das Seil und wickelte es um beide Arme, damit es so aussah, als wäre er noch gefesselt. In der Nacht hatte er aus dem langen Seil, das Hasim dagelassen hatte, eine Schlinge gefertigt, die er jetzt in seinen Schoß legte und unter seinen Händen verbarg. Er musste nicht lange warten, bis Hasim kam, begleitet von dem beleibten Mann, der die Auktion durchgeführt hatte, und einem großen, muskulösen türkischen Wachmann. Hasim und der Sklavenhändler disputierten lauthals. Hasim lächelte und zeigte immer wieder auf William, und jedes Mal schüttelte der Sklavenhändler stirnrunzelnd den Kopf. Williams Herz klopfte laut, doch er zwang sich, still zu sitzen. Endlich waren die beiden sich einig. Der Sklavenhändler holte einen Beutel hervor und zählte sorgsam ein Dutzend Münzen ab.

Hasim steckte die Münzen ein und schloss die Zellentür auf. Als er sich wieder umwandte, sprang William auf, warf ihm die Schlinge um den Hals und zog sie fest. Hasim riss an dem Seil, das ihn zu erdrosseln drohte, und William nahm gewandt den Dolch aus Hasims Gürtel und schnitt ihm die Kehle durch. Hasim sank blutüberströmt zu Boden. Der Sklavenhändler hatte sich von seiner ersten Überraschung erholt und seinen Säbel gezogen, den er bedrohlich schwang. William duckte sich unter dem Hieb weg, holte mit dem Dolch aus und schnitt dem Sklavenhändler der Länge nach die Wange auf. Der Sklavenhändler fasste sich ans Gesicht und taumelte nach hinten, während sein stämmiger Wachmann sich auf William stürzte. Der warf den Dolch und erwischte ihn an der Kehle. William drehte sich um und rannte davon.

Er entfernte sich rasch vom Sklavenmarkt, huschte zwischen Menschen und Karren hindurch. Er konnte das schrille Geschrei des Sklavenhändlers hören, man solle den Fliehenden festhalten. Ein griechischer Händler stellte ihm einen Fuß, und William fiel der Länge nach hin. Doch als der Händler ihn packen wollte, entwand William sich seinem Griff und stürzte nach rechts in eine breite Straße. Dort waren weniger Menschen, und er kam ungehindert voran. William lief, bis er zu einem großen Platz kam, wo er stehen blieb und sich vornüberbeugte, um nach Luft zu schnappen. Als er zurückschaute, sah er den Sklavenhändler, jetzt in Begleitung von zwei weiteren Wachmännern, näher kommen. Er richtete sich auf und lief weiter.

Hinter dem Platz verließ er die Hauptstraße und bog in ein Gewirr aus engen Gassen. Die Schritte seiner Verfolger hallten zwischen den hohen Häusern wider, sie schienen von überall gleichzeitig zu kommen. William lief schnell und bog so oft ab, dass er bald völlig die Orientierung verloren hatte. Er rannte auch noch weiter, als die Schritte der Wachmänner verhallt waren und seine Lunge brannte. Schließlich bog er um eine Ecke und musste feststellen, dass er in eine Sackgasse geraten war. Schwer keuchend sank er mit dem Rücken an der Mauer zu Boden. Er lauschte, ob noch Schritte zu hören waren, doch alles war ruhig. William schickte ein Dankgebet an den heiligen William von Bury, seinen Namenspatron. Er war entkommen.

Ein räudiger, magerer Hund kam in die Gasse gelaufen und schnüffelte aus einiger Entfernung vorsichtig an ihm. William dachte an den Kadaver, den die Hunde am Vortag auseinandergerissen hatten. Eine Nacht allein auf diesen Straßen, und auch er konnte zur Beute für die Hunde werden. Er musste einen Ort finden, wo er schlafen konnte, und etwas zu essen. Er dachte an das Kloster, das er beim Eintreten in die Stadt gesehen hatte. Vielleicht fand er dort Aufnahme, und sei es auch nur für eine Nacht.

Er stand auf und suchte sich seinen Weg durch das Labyrinth aus engen Gassen zu einer breiten Straße, wo er im Schatten einer Gasse wartete, bis er sich sicher war, dass von dem Sklavenhändler und seinen muskulösen türkischen Wachmännern nichts zu sehen war. Dann schlug er, wie er hoffte, den Weg zum Kloster ein. Er war erst wenige Minuten gegangen, da gelangte er auf den Platz mit der hochaufragenden Säule, an den er sich vom Vortag erinnerte. Das Glück war ihm hold. Er beschleunigte seine Schritte, doch plötzlich entdeckte er am anderen Ende des Platzes den Sklavenhändler auf einem Pferd. William erstarrte, allein es war zu spät. Als er sich umdrehte, um zu fliehen, lief er einem türkischen Wachmann direkt in die Arme.

Der packte seinen rechten Arm, drehte ihm diesen auf den Rücken und hielt William mit der anderen Hand ein Messer an die Kehle. William wehrte sich kurz, doch das Messer ritzte ihm die Haut auf, dass es blutete, und er ergab sich. Schaulustige liefen zusammen, und der Sklaventreiber kam in kurzem Galopp auf sie zu und saß ab. Er sagte etwas zu dem Wachmann, und der verdrehte William den Arm noch weiter, sodass er den Kopf senken musste. Der Sklavenhändler stand vor ihm, einen Dolch in der Hand. William spuckte ihn an, und der Sklavenhändler lächelte boshaft und hielt ihm den Dolch an die Nase.

«*Serbest birakmak onu!*», rief jemand auf Türkisch, und er ließ den Dolch sinken. William sah einen schlanken, breitschultrigen Mann auf sie zuschreiten. Er trug einen dunklen Kettenpanzer, und an seiner Seite schwang ein Säbel, den er, seinen kräftigen Händen und muskulösen Unterarmen nach zu urteilen, zu führen wusste. Er hatte ein markantes Kinn und ausgewogene Züge, auch wenn die tiefen Falten auf der Stirn von einem wenig leichten Leben zeugten. Sein Haar war rotblond, überraschend für jemanden aus dem Orient, und seine Augen von einem durchdringenden Blau. Der Sklavenhändler betrachtete ihn einen Augenblick, spuckte aus und hielt William den Dolch wieder unter die Nase.

* * *

Longo blickte von dem gutgekleideten Türken zu dem mageren Jungen mit heller Haut, rotbraunem Haar und glattem Kinn. Er war kaum älter als fünfzehn und stammte gewiss nicht aus dem Orient. Wer auch immer er war, Longo würde nicht erlauben, dass dieser fette Türke ihn in der Öffentlichkeit folterte und tötete.

«Bitte, Sir. Helft mir», sagte der Junge auf Englisch.

«Ich hab gesagt, lasst ihn los», sagte Longo noch einmal auf Türkisch und zückte seinen Säbel.

«Der Junge ist ein Sklave, gekauft und bezahlt», erwiderte der dicke Türke. «Ich mache mit ihm, was ich will.»

«Dann kaufe ich ihn Euch ab», sagte Longo. Er löste einen Beutel von seinem Gürtel und warf ihn dem Türken vor die Füße. Einige Goldmünzen fielen aus dem Beutel und blitzten in der Sonne auf. «Ich denke, das ist mehr als genug.»

Der Türke senkte den Dolch und beäugte den Beutel – sicher viermal so viel, wie der Junge wert war. Er berührte die lange klaffende Wunde an seiner Wange, die William ihm beigebracht hatte. «Der Junge hat mich verletzt. Er hat einen meiner Männer getötet. Dafür bezahlt er mit seinem Leben.» Er hob den Dolch.

«Mein Name ist Giovanni Giustiniani Longo, und wenn Ihr diesen Jungen tötet, bekommt Ihr es mit mir zu tun», sagte Longo.

Dem Türken wich sämtliches Blut aus dem Gesicht. Er richtete den Blick von dem Säbel auf Longos abgetragenen Kettenpanzer und dann auf Longos hartes Gesicht. *«Katil Türkin»*, flüsterte er, senkte den Dolch und schubste den Jungen grob auf Longo zu. «Der Junge gehört Euch, *Efendi*. Nehmt ihn.» Der Türke hob den Beutel auf, ohne die herausgerollten Münzen aufzusammeln, und eilte, gefolgt von seinem Wachmann, die Straße hinunter.

Longo betrachtete den Jungen. «Nun, Junge, was hast du getan, um ihn so zornig zu machen?», fragte er auf Englisch.

Der Junge spuckte hinter dem Sklavenhändler her und sah Longo an. «Er wollte mich als Sklave verkaufen», antwortete er. «Ich will nicht verkauft werden.» Sein Blick wurde misstrauisch. «Was habt Ihr zu ihm gesagt, dass er gegangen ist?», fragte er. «Was bedeutet *Katil Türkin*?»

«Es bedeutet ‹Geißel der Türken›. Als das bin ich unter seinesgleichen bekannt», antwortete Longo.

«Was habt Ihr mit mir vor?», fragte der Junge.

«Ich brauche keine Sklaven», sagte Longo. «Du bist frei.»

Der Junge rührte sich nicht. «Ich weiß nicht, wohin», sagte er. «Ich habe kein Geld und nichts zu essen. Gebt mir wenigstens eine Waffe, damit ich mich zur Wehr setzen kann.»

Longo betrachtete den Jungen eindringlich. Irgendetwas an ihm – vielleicht das Funkeln in seinen Augen oder die Überzeugung, mit einer Waffe in der Hand könnte er es in der Welt zu etwas bringen – erinnerte Longo an sich selbst in seinem Alter. «Wie heißt du, Junge?»

«William, Sir.»

«Und wie alt bist du, William?»

«Sechzehn», antwortete William. Longo beäugte ihn skeptisch. «Fünfzehn, Sir, nächsten Monat.»

«Du bist weit weg von zu Hause, William. Wie kommst du nach Konstantinopel?»

«Wir waren unterwegs auf der Suche nach Gewürzen, doch das Schiff wurde von Türken gekapert. Ich wurde hergebracht, um als Sklave verkauft zu werden.»

«Verstehe. Kannst du kämpfen?»

William lächelte. «Mit einem Dolch kann ich mich verteidigen.»

«Tatsächlich?» Longo zog einen Dolch aus seinem Gürtel und warf ihn William zu, der ihn geschickt auffing.

«Das Leben meiner Männer ist kein leichtes, William», warnte Longo ihn. «Wir kämpfen viele Schlachten, und wir sind oft unterwegs. Ich will dir nichts vormachen: Vermutlich wirst du nicht besonders alt werden. Aber wenn doch, dann kannst du dich rühmen, gegen die Türken gekämpft zu haben. Was sagst du dazu?»

«Ich hasse die Türken. Sie haben meinen Onkel und meine Schiffskameraden getötet. Sie haben mich geschlagen und verkauft. Ich ziehe mit Freuden gegen sie in die Schlacht», sagte William.

«Gut», sagte Longo. Er nahm Williams Hand und fasste ihn mit der anderen Hand am Ellbogen. «Dann bist du mein Mann.» Longo drehte sich zu Tristo um, der ein Stück weg stand, den Arm um eine ziemlich dralle Frau gelegt, die Brot verkaufte. «Tristo!», rief Longo. «Komm her.»

Tristo küsste die Frau, die ihm eine Wange hinhielt, und fuhr ihr mit einer Hand von der Hüfte über den Hintern. «Tut mir leid, Liebes», sagte er, kniff sie in den Po und duckte sich rasch weg, bevor sie ihm eine Ohrfeige verpassen konnte. Er näherte sich Longo mit einem Grinsen im Gesicht. «Was ist? Sie wollte mich gerade zu sich nach Hause einladen.»

«Tristo, das ist William, ein neuer Rekrut», erklärte Longo ihm.

«Freut mich, dich bei uns zu haben, Junge», sagte Tristo und schlug William so fest auf den Rücken, dass der Mühe hatte, sich auf den Beinen zu halten.

«Tristo wird sich um dich kümmern, William», sagte Longo. «Und dir übertrage ich die Aufgabe, dafür zu sorgen, dass Tristo nicht in Schwierigkeiten gerät. Er liebt mir die Frauen und das Würfelspiel ein wenig zu sehr. Kann ich mich auf dich verlassen?» William nickte. «Tristo», sagte Longo. «Nimm ihn mit aufs Schiff und bereitet alles vor. Wir legen heute Abend ab.»

«Wohin geht Ihr?», fragte Tristo.

«Zum kaiserlichen Palast», antwortete Longo. «Ich sollte der Kaiserinmutter meine Aufwartung machen. Der Kaiser ist tot, womöglich brauchen sie uns.»

❖ ❖ ❖

Sofia stand am Fenster ihres Schlafzimmers in den Frauengemächern des Blachernen-Palastes und blickte zum Marktplatz jenseits des Palasthofs hinüber. Der Blick – ganz normalen Menschen zuzusehen, wie sie ihren Alltagsgeschäften nachgingen – hatte sie stets getröstet, doch heute half es nichts. Viele Menschen waren in Schwarz gekleidet, was sie an die schlimmen Vorfälle in den vergangenen Tagen erinnerte. Seit der Beisetzung von Kaiser Johannes VIII. war noch keine Woche vergangen, und ihre Zukunft war genauso ungewiss wie die des Reiches. Konstantin, Johannes' ältester Bruder, war weit weg in Mystras im Herzen der peloponnesischen Halbinsel. Der zweite Bruder, Thomas, war Gerüchten zufolge nicht so weit weg. Und was Demetrios anging, den Jüngsten und Ehrgeizigsten der drei – von dem wusste niemand, wo er sich aufhielt.

Hufegeklapper unterbrach Sofias Gedanken, und ihr Blick fiel auf einen Mann, der auf den Palast zugeritten kam. Er war groß und saß mit der Selbstverständlichkeit eines Kriegers auf dem Pferd. Er hatte helles Haar, und selbst auf die Entfernung konnte Sofia sehen, dass er kein Grieche war. Er war Italiener, vielleicht aus Norditalien, mutmaßte Sofia, als der Mann näher ritt. Er war umwerfend stattlich, aber sein Gesicht hatte harte Züge. Er sah besonders aus, wie er grimmig die Lippen verzog ... das Gesicht ihres Onkels war auch so gewesen.

Wer war er? Die italienischen Gesandten waren schon im Palast gewesen, um ihr Beileid auszusprechen und leere Hilfsversprechungen zu machen. Dieser Italiener kam sicher nicht im Auftrag Genuas oder Venedigs. Doch warum sonst? Sofia sah den Mann in den Palasthof reiten und absteigen. Sie betete, dass er keine schlechten Nachrichten brachte.

Plötzlich schaute der Italiener herauf, ihre Blicke begegneten sich, und er schlug die Augen nicht nieder. Sofia trat vom Fenster zurück und zog den Vorhang vor. Als sie wieder hinausschaute, war der Italiener verschwunden.

* * *

«Conte Giovanni Giustiniani Longo von Genua und Chios.»

Longo folgte der Stimme des Herolds in die große achteckige Halle des Blachernen-Palastes. Das helle Innere wurde von hohen Fenstern gesäumt, und an den Wänden standen warägische Soldaten – die Leibgarde der kaiserlichen Familie. Vor ihm saß die Kaiserinmutter auf einem reichverzierten Thron, die Rückenlehne war ein Löwenkopf, die Armlehnen waren Löwenklauen nachempfunden. Helena war über siebzig und hatte weißes Haar und faltige Haut, doch sie hielt den Kopf hoch und saß aufrecht. Sie strahlte Autorität aus. Zu ihrer Linken und Rechten standen Mitglieder des königlichen Hofes. Longo erkannte den Patriarchen der orthodoxen Kirche an seiner hohen Tiara und den Hauptmann der Warägergarde, einen finsteren, vierschrötigen Mann, der die Insignien des persönlichen Leibwächters des Kaisers trug. Neben der Kaiserinmutter stand die Frau, die Longo bei seiner Ankunft am Turmfenster gesehen hatte. Sie war unglaublich schön, groß und geschmeidig und mit langem, gewelltem, kastanienbraunem Haar, mandelförmigen Augen und makelloser olivfarbener Haut. Longo merkte, dass er sie anstarrte, und wandte seine Aufmerksamkeit wieder der Kaiserinmutter zu.

«Eure Majestät», sagte Longo auf Griechisch und verbeugte sich schwungvoll, den rechten Fuß nach vorne gesetzt und den Kopf bis zum Knie gesenkt. Mit einer Handbewegung forderte Helena ihn auf, sich zu erheben. «Ich fühle mich geehrt, dass Ihr mich empfangt», fuhr Longo fort. «Ich möchte Euch mein aufrichtiges Beileid zum Tod Eures Sohnes aussprechen, Gott hab ihn selig.»

«Ich habe die Nase voll von Beileidsbekundungen, Signor Longo», erwiderte Helena in fließendem Italienisch. Longo war überrascht, sowohl über ihre Direktheit als auch über ihre guten Italienischkenntnisse. «Ihr sprecht sehr gut Griechisch», fuhr Helena fort, diesmal auf Griechisch.

Ob des Kompliments verbeugte Longo sich wieder. «Vielen Dank, Eure Majestät», antwortete er. «Ich habe meine Kindheit in Thessaloniki verbracht.»

«Ach ja, zweifellos vor den Kriegen», murmelte Helena und schloss, weil sie von den Erinnerungen einen Moment überwältigt wurde, die Augen. Als sie sie wieder aufschlug, waren sie kalt und streng. «Aber Ihr seid nicht hergekommen, um über Eure Kindheit zu reden.»

«Nein, Eure Majestät. Ich komme, um wichtige Nachrichten zu überbringen und Euch meine Dienste anzubieten, falls Ihr sie brauchen solltet.»

«Sehr edel von Euch, Signor Longo», sagte Helena. «Und wie lauten Eure Nachrichten?»

«Verzeiht mir meine Vermessenheit», sagte Longo, «aber ich würde Eure Majestät gern unter vier Augen sprechen.»

Helena kniff die Augen zusammen und musterte ihn eingehend. Zufrieden mit dem Ergebnis ihrer Prüfung, nickte sie schließlich. «Lasst uns allein», befahl sie. Die Höflinge und Soldaten verließen schweigend den Raum. Nur der Hauptmann der Leibgarde und die schöne junge Frau blieben. Wer war sie?

«Prinzessin Sofia ist sehr klug», sagte Helena als Antwort auf seine unausgesprochene Frage. «In ihrer Gegenwart könnt Ihr offen sprechen.» Sie zeigte auf den Hauptmann der Leibgarde. «Und Johannes Dalmata ist treu wie Gold. Eure Geheimnisse sind hier sicher.»

«Natürlich, Eure Majestät», sagte Longo.

«Sehr gut», sagte Helena. «Ihr könnt fortfahren, Signor Longo.»

«Ich bringe unerfreuliche Neuigkeiten, Eure Majestät», fing Longo an. «Der von König Ladislaus und Johann Hunyadi aus Ungarn angeführte Kreuzzug ist zu Ende. Ihre Armeen wurden von den Türken auf dem Amselfeld überrascht und vernichtend geschlagen. König Ladislaus ist tot, und Hunyadi ist nach Ungarn zurückgekehrt, um als Reichsverweser zu regieren. Man wird ihn zweifellos zwingen, Frieden mit dem Sultan zu schließen.»

Helena schwieg. Sofia riss ungläubig die Augen auf. Dalmata ergriff als Erster das Wort. «Hunyadi besiegt?», fragte er. «Davon haben wir nichts gehört.»

«Ich habe die Niederlage mit eigenen Augen mit angesehen», erwiderte Longo. «Meine Männer sind scharf geritten, um nach Konstantinopel zu gelangen. Wir haben die Stadt erst heute erreicht.»

«Wenn Hunyadi besiegt wurde», sagte Sofia, «dann ist niemand mehr da, der sich zwischen uns und die türkische Armee stellen kann. Sie werden so kurz nach einem wichtigen Feldzug nicht gleich wieder angreifen, doch sie werden zuschlagen, wenn sie Schwäche spüren – Kampf um die Thronfolge, Bürgerkrieg.» Longo nickte. Die junge Frau hatte die Situation vollkommen erfasst.

«Und dann wird Konstantinopel fallen», schloss Helena. Gut, dachte Longo. Sie begreifen, in welcher Gefahr sie sind. «Ich kümmere mich darum, dass die Thronfolge rasch geklärt wird», fuhr Helena fort. «Mein ältester Sohn Konstantin soll zum Kaiser ernannt werden, und es wird keinen Dissens und keinen Bürgerkrieg geben. Ich danke Euch für Eure Nachrichten, Signor Longo. Wir stehen tief in Eurer Schuld.»

«Ihr erweist mir zu viel Ehre, Eure Majestät», sagte Longo. «Doch ich habe noch eine Nachricht. Auf dem Weg nach Konstantinopel bin ich mit meinen Männern durch Selymbria gekommen. Euer Sohn Demetrios war dort. Er wird hier sein, bevor Konstantin Nachricht vom Tod des Kaisers erhält.»

«Natürlich», antwortete Helena ruhig. «Wir erwarten Demetrios jeden Augenblick. Aber habt keine Angst. Ich kümmere mich um meinen Sohn, wenn er kommt, und schicke einen Boten zu Konstantin, um ihn wissenzulassen, dass er jetzt Kaiser ist.»

«Demetrios kommt zweifellos mit Truppen, Euer Majestät», sagte Longo. «Meine Männer stehen Euch zur Verfügung, falls Ihr uns braucht.»

Helena schüttelte den Kopf. «Habt Dank, Signor Longo, aber ich glaube, ich weiß, wie ich mit meinem Sohn umgehen muss.»

«Dann stelle ich Euch mein Schiff in Diensten», sagte Longo. «Es ist schnell, und Mystras liegt auf dem Weg nach Italien. Erlaubt mir, Eure Nachricht an Konstantin zu überbringen.»

«Ich nehme Euer großzügiges Angebot dankend an», sagte Helena. «Johannes Dalmata wird mit Euch reisen. Konstantin vertraut ihm. Ich schicke zwei Beamte, Philanthropenus und Georgios Sphrantzes, mit der Krone. Sobald Ihr dort seid, soll Konstantin zum Kaiser gekrönt werden.»

Longo nickte zustimmend. «Ich werde Hauptmann Dalmata und die Beamten auf meinem Schiff erwarten», sagte Longo. «Es liegt im Goldenen Horn im Hafen von Pera. Wir laufen noch heute Abend aus.»

«Gut», sagte Helena. «Möge Gott mit Euch sein, Signor Longo.»

# # #

Als Longos Schiff, die *Fortuna*, ablegte, war die Sonne inzwischen untergegangen. Tristo und die anderen Soldaten waren schon unter Deck, wo sie tranken und sich beim Würfelspiel die Zeit vertrieben. Die beiden Gesandten von Konstantinopel waren in ihrer Kajüte, sie litten unter Seekrankheit. Longo war an Deck geblieben, um mit Dalmata zu reden. Er war kein Mann vieler Worte, aber geradeheraus und klug. Wie bei vielen Warägern waren Dalmatas Vorfahren angelsächsische Adlige, die vor vielen Generationen nach Konstantinopel gekommen waren, nachdem Wilhelm der Eroberer England eingenommen hatte, und Dalmata hatte das braune Haar, die grauen Augen und die hellere Haut seiner Ahnen. Er war im kaiserlichen Haushalt aufgewachsen und von seinem Vater, der vor ihm den Posten des kaiserlichen Leibwächters innegehabt hatte, im Kampf ausgebildet worden. Dalmata erklärte Longo, Konstantin sei ein starker Mann, der ein guter Kaiser sein werde. Sie waren zusammen im Palast aufgewachsen, und Dalmata betrachtete Konstantin als Freund. Longo war froh zu hören, dass Konstantin ein fähiger Mann war. Wenn sein Reich fortbestehen sollte, brauchte es einen fähigen Mann auf dem Kaiserthron.

Dalmata entschuldigte sich, um nach den beiden Gesandten zu sehen, und Longo blieb allein auf Deck zurück.

Er stand nahe der Reling, allein mit seinen Gedanken, während ein starker Westwind die *Fortuna* südlich an Konstantinopel vorbei über das Marmarameer trieb. Longo zog seit fast einem Jahr mit Hunyadi zu Felde, und seit er das letzte Mal den Fuß auf italienischen Boden gesetzt hatte, war noch viel mehr Zeit vergangen. Er freute sich auf den warmen Sonnenschein seines Heimatlands und besonders darauf, wieder über seine Ländereien zu gehen und den Trauben dabei zuzusehen, wie sie in der Sonne reiften. Doch beim Blick auf Konstantinopel, das dunkel am Horizont lag, hier und da ein schimmerndes Licht, spürte Longo, dass etwas an ihm zog. Ein Teil von ihm fühlte sich im Orient immer mehr zu Hause, weit weg von den Küsten Italiens und den Zankereien seiner Landsleute. Vielleicht wäre es anders, wenn er verheiratet wäre, wie sein Haushofmeister Nicolo ihm seit Jahren immer wieder sagte. Er dachte an Prinzessin Sofia mit ihren dunklen, intelligenten Augen und lachte über sich. Er würde sie nie wiedersehen, und er war nicht so dumm, sich etwas zu wünschen, was er nicht haben konnte. Diese Lektion hatte er vor langer Zeit gelernt.

Longo wandte sich von der Reling ab und ging zu der Leiter, die unter Deck führte, doch bevor er hinuntersteigen konnte, drang etwas so Unerwartetes an sein Ohr, dass er innehielt. Es dauerte einen Augenblick, bis er wusste, was es war. Zwischen den unzähligen Geräuschen auf einem Schiff auf See – dem Knarren der Planken, dem Schlagen der Wellen und dem beständigen Tosen des Windes in den Segeln – war sehr leise ein Weinen zu hören. Longo schaute sich um, sah jedoch nur einige Matrosen, die Taue aufwickelten. Er lauschte. Das Schluchzen kam von oben.

Neugierig stieg Longo die Webeleinen zum Krähennest hinauf. Er hievte sich über den Rand hinein und stand vor William, der den Kopf abwandte und sich Tränen aus den Augen wischte. «William, warum bist du nicht unten bei den anderen?», fragte Longo.

William wischte eine letzte Träne weg und antwortete mit relativ sicherer Stimme: «Ich habe nur die Stadt betrachtet, die vielen Lichter. So etwas habe ich noch nie gesehen.»

Longo ließ den Blick über die vorbeischwebende Stadt schweifen, sichtbar nur als eine Million Fackeln, die die Straßen säumten, und Feuerstellen. Die Seemauern der Stadt stiegen jäh aus den Wellen auf und ließen die Stadt aussehen wie eine Insel oder ein phantastisches Gebilde, das auf dem Meer trieb, ein neues Atlantis. «Konstantinopel ist schön, nicht wahr?», bemerkte Longo.

William nickte. «Warum bezeichnen sich die Bewohner von Konstantinopel als Römer?», fragte er. «Sie leben doch gar nicht in Rom.»

«Sie sind die Erben des Römischen Weltreiches, die Reihe der Kaiser geht ununterbrochen zurück bis zu Augustus», erklärte Longo. «In gewisser Weise haben sie eher einen Anspruch auf den Namen Römer als die Bewohner Roms.»

«Ist Rom wie Konstantinopel?», fragte William.

«Wie Konstantinopel? Nein.» Longo lachte. «Aber es ist ein prunkvoller Ort. Voller Paläste, Brunnen, Märkte, auf denen man kaufen kann, was das Herz begehrt, und schöner Frauen. Eines Tages nehme ich dich mit dorthin. Es wird dir gefallen.»

«Ganz bestimmt. Und doch ...» William sah Longo unverwandt an, und Longo war überrascht, in den Augen des

Jungen nicht Traurigkeit zu erblicken, sondern Zorn. «Ein Teil von mir möchte nicht von hier weg. Die Türken haben meine Kameraden umgebracht, meine Freunde. Es ist meine Pflicht, sie zu rächen. Das bin ich ihnen schuldig.»

In seinen Augen loderte der Hass – William erinnerte Longo daran, wie er in seinem Alter gewesen war. «Weißt du, William», sagte Longo, «dass ich auf der Suche nach Rache zum Schwert gegriffen habe? Weißt du, wie viele Türken durch meine Hand gestorben sind? Ich habe mehr Männer getötet, als ich zählen kann, mehr als ich zu erinnern wage. Krieg ist alles, was ich kenne.» Er betrachtete William eingehend. «Rache bringt dir weder deine Freunde zurück, noch bringt sie dir Frieden.»

«Ihr versteht das nicht», fuhr William kopfschüttelnd auf. «Die Türken haben uns verraten. Sie haben meine Freunde kaltblütig niedergestochen. Sie haben meinen Onkel getötet, den Einzigen, der mir von meiner Familie geblieben war, doch mich haben sie am Leben gelassen.» William kämpfte wieder gegen die Tränen. «Ich kann nicht in Frieden leben, bevor sie tot sind. Alle miteinander.»

«Ich verstehe das gut, William», sagte Longo. «Besser, als du glaubst. Ich war erst neun, als ein türkischer Stoßtrupp zum Haus meiner Familie am Stadtrand von Thessaloniki kam. Der Sultan hatte Anspruch auf Thessaloniki erhoben, und ich wurde bei der *devshirme*, der Knabenlese, gewaltsam für die Janitscharen rekrutiert. Mein älterer Bruder kämpfte, weil er hoffte, mich retten zu können. Er wurde getötet, und als Strafe für seinen Widerstand ließ der türkische Befehlshaber meinen Eltern den Bauch aufschlitzen und sie den Wölfen zum Fraß vorwerfen. Ich nahm das Schwert meines Bruders, denn ich dachte, ich könnte sie retten. Ich überraschte den türkischen Befehlshaber, und hätte ich mich nicht so ungeschickt angestellt, hätte ich ihn getötet. Stattdessen verpasste ich ihm eine hässliche Narbe im Gesicht. In seinem Zorn hat er mich beinahe zu Tode geprügelt. Als ich wieder zu mir kam, schwor ich mir, diesen Mann irgendwann zu töten. Sein Gesicht verfolgt mich immer noch im Traum.»

Longo unterbrach sich. Die Lichter von Konstantinopel waren von der Dunkelheit verschluckt worden, und aus dem Meer erhob sich zu beiden Seiten graues, kaum sichtbares Land – die Steilhänge der Dardanellen. «Doch meine Rache musste warten», fuhr Longo fort. «Ich wurde nach Edirne gebracht, das ist türkisch für Adrianopel, und in eine *acemi oglan* gesteckt, eine Schule für junge Janitscharen.» Longo schwieg. Er hatte noch nie jemandem seine Geschichte erzählt. Er erlaubte sich selten, daran zu denken. Jetzt schaute er in die Dunkelheit jenseits der Schiffslampen und ließ die Erinnerungen zu.

«Ihr wart ein Janitschar?», fragte William. «Was habt Ihr gemacht? Wie seid Ihr entkommen?»

«Drei Jahre nach meiner Entführung, mit zwölf, bin ich geflohen», antwortete Longo. «Ich habe versucht, mich nach Konstantinopel durchzuschlagen, doch das ist mir nicht gelungen. Ich habe mich verlaufen und bin fast ein ganzes Jahr durchs Land gewandert, habe Essen gestohlen und in Scheunen geschlafen. Ich kam durch Sofia, das Amselfeld, Theben. Schließlich ging ich als blinder Passagier an Bord eines Schiffes und kam auf die Insel Chios. Dort lebte ich auf der Straße, bis eine der italienischen Familien, die das Land regieren – die Giustiniani –, mich aufnahm. Meine Eltern waren Venezianer, und ich sprach Italienisch, also machten sich mich zum Hausburschen. Schließlich wurde ich vom Oberhaupt der Familie – der keine eigenen Kinder hatte – adoptiert.»

«Und der Mann, der Eure Familie umgebracht hat, habt Ihr den je gefunden?»

«Ja», antwortete Longo ruhig. Er dachte wieder an die Schlacht auf dem Amselfeld, daran, wie nah er dem narbengesichtigen Mann gekommen war und wie er doch gescheitert war. Die Erinnerungen waren so schmerzlich, dass Longo die Augen schloss. «Und jetzt runter mit dir», sagte er zu William. «Genug erzählt für einen Abend.»

* * *

Später in der Nacht, nachdem man die Straßen von Konstantinopel Dieben und Rudeln wilder Hunde überlassen hatte, trieb ein einsamer Reisender sein Pferd durch die verlassene Straße, die sich den vierten Hügel von Konstantinopel hinaufwand, hoch über dem Wasser des Goldenen Horns. Das Gesicht des Reisenden war unter dem Schatten seiner Kapuze verborgen. Er hielt sich im Dunkeln, ritt achtsam um die Lichtpfützen herum, die aus offenen Fenstern auf die Straße fielen. Oben auf dem Hügel kam die Pantokrator-Kirche mit ihren vielen Kuppeln in Sicht, die hoch aufragten. Der Reisende trieb sein Pferd an und galoppierte auf den Hof der Kirche.

Zwei Mönche in langen, schwarzen Kutten erwarteten ihn. Einer nahm ihm das Pferd ab und führte es in die Ställe. Der andere geleitete den Reisenden ins Kloster, durch düstere Gänge, eine kurze Treppe hinunter in einen Keller mit niedriger Decke, wo sie vor einer schweren hölzernen Tür stehen blieben. Der Mönch nahm eine Laterne von der Wand, öffnete die Tür und führte den Reisenden in die Katakomben unter der Kirche. Die Katakomben waren über einer alten Zisterne erbaut worden, und die Luft war kalt und feucht und roch nach Fels und Fäulnis. Ihr Weg führte an Krypten vorbei um zahlreiche Ecken, bevor sie am Ende an eine zweite schwere hölzerne Tür gelangten. Der Mönch klopfte, zweimal langsam und dann dreimal in rascher Folge. Die Tür wurde geöffnet, und der Reisende trat ein. Hinter ihm schloss der Mönch die Tür.

In dem kleinen, hellerleuchteten Raum befand sich ein massiver rechteckiger Tisch aus grobbehauenem Stein. Über den Tisch beugten sich drei Männer. Links von dem Reisenden stand der rundliche Patriarch der griechisch-orthodoxen Kirche, ein nervöser Mann mit unstetem Blick. Er war nur Patriarch geworden, weil der einflussreichere Bischof das Amt abgelehnt hatte, da er nicht mit der Politik von Kaiser Johannes VIII. in Zusammenhang gebracht werden wollte, der die Union der griechisch-orthodoxen und der katholischen Kirche befürwortete. Die beiden Kirchen waren seit 1054 getrennt, als der Papst und der griechische Patriarch einander exkommuniziert hatten, und die Kluft war im Laufe der Zeit nur tiefer geworden.

Zur Rechten des Reisenden stand Lukas Notaras, groß gewachsen, mit scharf geschnittenen Gesichtszügen und dunklen, glänzenden Augen. Mit seinen vierzig Jahren hatte Notaras sich als geschickter Krieger sowie als unerbittlicher Gegner der Union erwiesen. Johannes VIII. hatte ihm die Verantwortung übertragen, die Stadt zu verteidigen, ein Posten, auf dem er sich klug bewährt hatte. Als Megadux des Reiches – das zweitmächtigste Amt direkt nach dem Kaiser – war er ein einflussreicher Mann.

Georgios Scholarius Gennadius, ein kleiner, drahtiger Mann mit hellen, durchdringenden Augen, stand dem Reisenden am Tisch gegenüber. Gennadius trug die schlichte schwarze Kutte eines Mönchs, seit er das Patriarchat abgelehnt und sich im Pantokrator-Kloster zur Ruhe gesetzt hatte. Er war der Anführer jener, die gegen die Union waren, und fast alle orthodoxen Geistlichen unterstützten ihn. Aus seiner kleinen Zelle im Kloster übte er viel mehr Macht aus als der eigentliche Patriarch und fast so viel wie der Kaiser selbst. Gennadius hatte das Treffen einberufen. Er ergriff das Wort.

«Willkommen in Konstantinopel, Prinz Demetrios», sagte Gennadius. «Ihr ehrt uns, indem Ihr unserer Einladung gefolgt seid.»

«Ich fühle mich geehrt, Gennadius», antwortete Demetrios und schob seine Kapuze zurück. Er hatte kurzgeschnittenes schwarzes Haar und einen kurzen, tadellos gestutzten Bart. «Verzeiht die späte Stunde meiner Ankunft, doch Ihr versteht sicher, wie wichtig es ist, dass ich die Stadt unbemerkt betrete.»

«Selbstverständlich», sagte Gennadius. «Niemand soll wissen, dass unser nächster Kaiser bereits in Konstantinopel ist.»

Demetrios' Augen funkelten. «Dann ist es also wahr», sagte er. «Ihr möchtet mir die Krone anbieten.»

Gennadius nickte. «Unter gewissen Bedingungen.»

«Davon bin ich ausgegangen», erwiderte Demetrios. «Wie lauten sie?»

Lukas Notaras beugte sich vor und ballte die Hände auf dem Tisch zu Fäusten. «Wir wissen alle, dass Euer Bruder Konstantin die Union mit den Katholiken wünscht», fing Notaras an. «Wenn er den Kaiserthron besteigt, würde er am nächsten Tag von uns verlangen, dem Papst die Füße zu küssen. Die Union ist ein närrischer Traum. Wir machen

Euch, Demetrios, zum Kaiser, doch Ihr müsst uns auf Euer Leben schwören, niemals die Union mit der katholischen Kirche zu akzeptieren.»

Demetrios blickte in ihre erwartungsvollen Gesichter. Er hatte nie etwas für Religion übriggehabt, hatte nie einem blinden Glauben angehangen, der Männer zu den dümmsten Handlungen trieb. Doch wenn die Religion ihn zum Kaiser machen konnte, sollte es ihm recht sein. «Ich schwöre auf mein Leben, auf das Blut unseres Heilands», sagte Demetrios, «dass ich als Kaiser niemals eine Union mit den Katholiken zulassen werde.»

Gennadius lächelte breit. «Sehr gut», sagte er. «Aber ich glaube, Mammas hat noch eine Bedingung.»

Mammas nickte und fuhr sich mit der Zunge über die Lippen. «Es gibt innerhalb der Kirche viele, die meine Absetzung befürworten würden, weil ich die Union unterstützt habe», sagte Mammas, richtete den Blick auf Gennadius und dann wieder auf Demetrios. «Ihr müsst mir versprechen, mich in meiner Position als Patriarch zu halten. Als Gegenleistung werde ich Euch zum Kaiser krönen.»

«Sehr wohl», sagte Demetrios. «So soll es sein.»

«Dann sollt Ihr Kaiser werden», sagte Gennadius. «Es wird mehrere Tage dauern, um alle Adligen zusammenzurufen, die Euch treu sind. In einer Woche wird Patriarch Mammas Euch auf dem Theodosios-Forum als Kaiser ausrufen. Von dort werdet Ihr zum Blachernen-Palast ziehen, wo Ihr gekrönt werdet.»

«Was ist mit meiner Mutter?», fragte Demetrios. «Konstantin ist ihr Liebling. Sie wird mich als Kaiser kaum akzeptieren.»

«Sie wird keine Wahl haben», antwortete Notaras. «Helena ist nur eine Frau. Sie glaubt, die Palastwache könnte sie schützen, doch in einer Woche werden wir über fünfhundert Adlige versammelt haben, um Euch zu unterstützen. Wenn es zum Kampf kommt, werden wir siegen.»

«Und Konstantin?», fragte Demetrios. «Er wird nicht müßig von Mystras aus zusehen, nachdem ich den Thron übernommen habe. Er wird mit einer Armee gegen mich vorrücken.»

«Die Mauern von Konstantinopel stehen seit über tausend Jahren», sagte Notaras. «Sie haben Hunnen und Türken standgehalten. Sie werden auch Konstantin und seiner Armee standhalten.»

Demetrios nickte.

«Dann bis nächsten Sonntag, wenn wir Euch als Kaiser empfangen werden», sagte Gennadius. «In der Zwischenzeit, schlage ich vor, bleibt Ihr hier, im Verborgenen. Niemand braucht zu wissen, dass Ihr schon in der Stadt seid.» Er zog an einem langen Glockenstrang, der aus einem Loch in der Decke hing. Sie hörten nichts, doch eine Sekunde später ging die Tür auf, und davor stand der Mönch, der Demetrios in die Katakomben geführt hatte. «Eugenius», rief Gennadius den Mönch. «Führe Demetrios in den Gästeflügel. Er bleibt bei uns.»

Demetrios folgte dem Mönch, und die beiden verschwanden in der Dunkelheit der Katakomben. Patriarch Mammas beeilte sich, die Tür hinter ihnen zu schließen. «Haltet Ihr es immer noch für klug, Demetrios zu unterstützen?», fragte er, an Gennadius und Notaras gewandt. «Ihr habt die Neuigkeit gehört, dass die Türken Hunyadi geschlagen haben. Wenn wir Demetrios auf den Thron setzen, kommt es zum Bürgerkrieg. Dann wird die türkische Armee uns angreifen. Demetrios ist kein Anführer. Die Türken werden ihn vernichten.»

Gennadius und Notaras sahen sich an. «Besser den Sultansturban als den Kardinalshut», sagte Notaras.

Gennadius nickte. «Ganz recht», sagte er. «Überlasst die Politik anderen, Mammas. Ihr seid ein Mann Gottes. Diese Dinge gehen Euch nichts an. Tut einfach, worum wir Euch gebeten haben, und Ihr behaltet das Patriarchat. Sonst sind wir auch bereit, ohne Euch vorzugehen.»

Mammas rang schweigend die Hände. «Ich werde es tun, doch mit belastetem Gewissen», sagte er schließlich. «Ich fürchte, wir erbitten damit unsere Zerstörung durch die Hand der Türken.»

ZWEI

Dezember 1448, Edirne

Mehmed, Prinz des Osmanischen Reiches, stand vor seinem Zelt auf einem Hügel vor Edirne und ließ den Blick über die gewaltige Armee schweifen, die um ihn lagerte. Der Dezembermorgen war frisch und klar, und er konnte bis zum Gewirr der Başi-Bozuk-Zelte sehen, die das Lager über eine Meile von ihm entfernt begrenzten. Dort rührte sich noch wenig. Zweifellos schliefen sich die undisziplinierten Başi Bozuks nach dem Fest der vorangegangenen Nacht aus. Näher zur Mitte des Lagers bildeten die luxuriöseren Zelte der anatolischen Kavallerie einen breiten Kreis um den Hügel, auf dem Mehmed stand. Die Anatolier waren Edelleute, die in Kriegszeiten für den Sultan kämpften, wofür er ihnen die absolute Herrschaft über ihre Ländereien gewährte. Die Janitscharen lagerten im engen Kreis um Mehmed. Ihre einheitlichen grauen Zelte standen in regelmäßigen Abständen. Zwischen den Zelten hatten die Janitscharen Kochgruben ausgehoben, vor denen sie sich jetzt in schwarzen Kettenhemden drängten und still ihre Morgenmahlzeit aus Brot und wässriger Schleimsuppe zu sich nahmen. Direkt unter Mehmed hatten sich ein Dutzend höchstgestellte Anatolier zu Pferde und hundert Janitscharen seiner persönlichen Garde eingefunden, um Mehmed auf seinem Triumphmarsch nach Edirne zu begleiten. Sie warteten nur auf sein Signal zum Aufbruch.

Mehmed drehte sich um und ging zurück in sein Zelt. Gülbehar, seine neue Lieblingskonkubine, die *kadin*, rekelte sich nackt und verführerisch auf seinem Bett. Sie war betörend schön, groß und geschmeidig, mit blondem Haar und heller Haut, grünen Augen und vollen Lippen. Er hatte sie auf dem Amselfeld gefunden. Sie behauptete, eine Prinzessin aus einer albanischen Königsfamilie zu sein, doch Mehmeds Berater hatten ihm eingeflüstert, sie sei eine Sklavin und die Hure des christlichen Kommandanten gewesen. Mehmed war sich sicher, dass sein Vater, der Sultan, nichts von der Verbindung zwischen dem Erben des Reiches und dem albanischen Sklavenmädchen hielt. Aber Mehmed war es gleich, wer Gülbehar gewesen war. Jetzt war sie die Seine. Er hatte sie gewählt, im Gegensatz zu der Ehefrau, die ihm sein Vater aufgezwungen hatte.

«Komm», trug ihr Mehmed auf, «binde meinen Turban.» Er nahm Platz, und sie stellte sich vor ihn, ihre vollen Brüste aufreizend nah, während sie den langen weißen Turban sorgfältig um seinen Kopf wickelte. Als sie fertig war, zog Mehmed sie auf seinen Schoß und küsste sie leidenschaftlich. Ihre Hand wanderte zwischen seine Schenkel, und Mehmed spürte, wie er steif wurde. Aber jetzt war keine Zeit zum Spielen. Seine Männer warteten. «Steh auf, Weib», befahl Mehmed. Er schubste Gülbehar weg und erhob sich, um sich im Spiegel zu betrachten. Er war stolz auf seine ungewöhnliche Erscheinung. Er hatte helle Haut, das Erbe seiner Mutter, einer italienischen Jüdin, und feine Gesichtszüge: mandelförmige Augen, eine schmale Nase und volle Lippen. Er trug die schwarze Rüstung mit dem Goldrand und den hoch gewickelten Turban des Sultans, dabei war er Sultan nur dem Namen nach. Als Mehmed zwölf war, hatte sein Vater Murad abgedankt, um sich nur noch den Annehmlichkeiten des Lebens zu widmen, und hatte Mehmed den Thron überlassen. Doch Mehmeds Herrschaft war nur von kurzer Dauer gewesen. Er hatte weder Armee noch Volk für sich gewinnen können. Zwei Jahre zuvor, als ein weiterer europäischer Kreuzzug gegen das Reich geführt worden war, war Murad von Großwesir Halil gebeten worden, das Regieren wieder zu übernehmen. Mit sechzehn Jahren war Mehmed jetzt ein Sultan ohne Thron.

«Du siehst umwerfend aus», flüsterte ihm Gülbehar in ihrem stark akzentuierten Türkisch ins Ohr. «Wenn die Leute dich sehen, werden sie wissen, dass du der wahre Sultan bist. Nicht der schwache alte Mann, der seinen Palast noch nicht einmal verlässt, um seine Armee anzuführen.»

Ihre Worte waren gefährlich, sogar verräterisch, doch Mehmed rügte sie nicht. Gülbehar hatte nur ausgesprochen, was auch er dachte. Vielleicht würde sein Vater nun endlich abtreten. Schließlich hatte Mehmed die Armeen des Islam zum Sieg geführt und im Kampf Mann gegen Mann einen christlichen Heeresführer getötet.

«Geh und mach dich fertig. Mein Vater wird dich begutachten wollen», sagte Mehmed zu Gülbehar. «Und schick Halil und die Generäle herein.»

Halil trat zuerst ein, er trug ein zeremonielles Gewand aus leuchtendem *serâser* – einem schweren Stoff aus weißer, golddurchwirkter Seide –, das an den Ärmelaufschlägen mit einem Muster ineinandergreifender Zähne in violetter Seide abgesetzt war. Der alternde Wesir war groß und knochig. Sein langes Gesicht mit den schmalen Lippen wurde durch Schnauzer und Eintagesbart akzentuiert. Ohne die entstellende Narbe auf seiner rechten Gesichtshälfte wäre er gut aussehend gewesen. Ulu, der oberste Aga der Janitscharen, folgte ihm. Er war so groß wie Halil, aber dick, mit wulstigen Armen und einem Stiernacken. Wie alle Janitscharen war auch er glattrasiert. Die anderen Generäle traten einer nach dem anderen ein: Mahmud Pascha, der kleine, feurige Kommandant der Başi Bozuks, Boghaz Pascha, der stolze Anführer der anatolischen Kavallerie, und der zweithöchste anatolische General, Ishak Pascha, ein älterer Mann mit ergrautem Haar und den Narben vieler Kämpfe im Gesicht.

«Padischah», grüßte Halil und verneigte sich tief.

«Mein Herr», grüßten auch die Generäle und knieten nieder.

Mehmed bedeutete ihnen aufzustehen. «Halil, ist in Edirne alles auf meine Ankunft vorbereitet?»

«Die Kunde Eures glorreichen Sieges ist Euch vorausgeeilt, mein Herr. Die Menschen werden die Straßen säumen», antwortete Halil mit einem Wolfslächeln. Seine dünnen Lippen entblößten scharfe Zähne. «Gold ist ausgeteilt worden. Die Menge wird jubeln.»

«Die Leute brauchen nicht bezahlt zu werden, um zu jubeln», fuhr Ulu auf.

«Ruhig, Ulu. Halil hat nur meiner Bitte Folge geleistet», sagte Mehmed. Er wandte sich wieder an Halil. «Und hat mein Vater etwas aus dem Palast verlauten lassen?»

«Nichts, mein Herr», sagte Halil. «Aber ich bin mir sicher, er wartet nur auf Eure Rückkehr, um Euch gebührend zu empfangen.»

«Gewiss», sagte Mehmed. Er wandte sich an die Generäle: «Wir brechen sofort auf. Ich werde als Erster reiten, allein. Die Garde folgt mir, darauf die anatolischen Kommandanten, den Schluss bilden Halil und meine Diener.»

«Vergebt mir, mein Prinz», wandte Boghaz Pascha ein. Weder sein unverschämtes Lächeln noch sein Ton ließen auch nur einen Anflug von Demut erkennen. «Aber sollte ich nicht mit Euch reiten? Als Kommandant der anatolischen Kavallerie ist es unter meiner Würde, einem Prinzen zu folgen, als wäre ich sein Diener.»

«Einem Prinzen, sagst du?», fragte Mehmed mit ruhiger Stimme, obwohl der alte Ärger in ihm aufstieg. «Vielleicht habt Ihr vergessen, dass ich vor vier Jahren in der Moschee von Eyub zum Sultan ernannt wurde. Nichts kann daran etwas ändern. Auch wenn ich jetzt neben meinem Vater regiere.»

«Es kann nur einen Sultan geben», antwortete Boghaz Pascha. «Und der sitzt in Edirne.»

«Ach ja? Danke für diesen Hinweis, Boghaz Pascha», versetzte Mehmed kalt. Boghaz verneigte sich lächelnd.

«Ulu», rief Mehmed, «schlagt ihm den Kopf ab.»

Boghaz lachte, aber als Ulu seinen Säbel zog, gefror sein Lächeln. Er wich zurück, doch Ulu verstellte ihm den Ausgang. Er konnte nicht fliehen. Boghaz wandte sich an Mehmed.

«Das könnt Ihr nicht tun», drängte er. «Ich habe an der Seite Eures Vaters in Warna gekämpft. Er hat mich zum Pascha der anatolischen Kavallerie ernannt. Er würde das niemals erlauben.»

Mehmed kehrte Boghaz den Rücken zu. Ulu näherte sich dem anatolischen Kommandanten. Keiner der anderen Generäle versuchte, Boghaz zu Hilfe zu kommen.

«Mein Herr, ich bitte Euch», flehte Boghaz. Doch dann zog er seinen Säbel aus der Scheide und führte ihn mit einer fließenden Bewegung gegen Mehmeds Rücken. Kurz vor seinem Ziel traf Boghaz' Klinge hart auf Ulus Säbel. Mehmed drehte sich um. Ulu war zwischen Boghaz und ihn getreten.

«Wie könnt Ihr es wagen», zischte Mehmed.

Statt eine Antwort zu geben, setzte Boghaz seinen Angriff fort. Er fasste den Säbel mit beiden Händen und schwang ihn gegen Ulus Gesicht. Doch Ulu wehrte den Schlag geschickt ab. Er führte seinen gewaltigen Krummsäbel mit einer Hand. Boghaz täuschte einen tiefen Angriff vor, hieb dann gegen Ulus Brust. Doch Ulu schlug den Säbel mit seiner Klinge beiseite und schlitzte Boghaz den Bauch auf. Als Boghaz nach Atem ringend vornüberfiel, ließ Ulu seinen Säbel hart herabschnellen und enthauptete ihn. Boghaz' Kopf rollte Mehmed vor die Füße. Aus dem bewegungslos daliegenden Körper quoll Blut auf den dicken Teppich.

Mehmed trat den Kopf zur Seite und wandte sich an Ishak Pascha. «Jetzt führt Ihr das Kommando über die anatolische Kavallerie», sagte er zu dem ergrauten anatolischen General. «Möge Allah Eure Klinge lenken.»

Ishak Pascha verneigte sich zur Bestätigung. «Ich danke Euch, mein Herr, mein Sultan», antwortete er, wobei er das letzte Wort besonders betonte.

«Wir reiten los», sagte Mehmed. «Ich lasse mein Volk nicht gerne warten!»

❉ ❉ ❉

«Mehmed *fatih*! Mehmed *fatih*!», skandierte die Menge, als Mehmed die breite Allee zum Palast hinunterritt. Tausende waren gekommen, um ihm zuzujubeln. Sie standen in mehreren Reihen zu beiden Seiten der Straße und riefen ihm laut *fatih*, Eroberer, zu. Doch Mehmed bemerkte, dass ihr Jubel ihn nicht so erfreute, wie er gehofft hatte. Er konnte nicht vergessen, dass dieselben Leute johlend seinen Kopf gefordert hatten, als er Edirne in Schande verlassen musste. Vor seinem inneren Auge sah Mehmed noch immer die Wut in ihren Gesichtern und wie sie hasserfüllt vor ihm ausgespuckt hatten, als er davongeritten war. Er fühlte sich im weit entfernten Manisa jetzt wohler, aber Manisa eignete sich nicht zur Hauptstadt. Wenn er Sultan war, würde Mehmed aus Edirne fortgehen und Konstantinopel zur neuen Hauptstadt machen.

Mehmed ritt in den Hof des Eski Seray. Den Palast hatte sein Vater gebaut, als er die Hauptstadt nach Edirne verlegt hatte. Die gewaltige zentrale Kuppel des Palastes beherrschte die Stadt. Kleinere Gebäude und Türme umstanden die Kuppel auf allen Seiten wie die Arme eines Kraken. Mehmed stieg vom Pferd und eilte die Stufen empor, dicht gefolgt von Halil. Als Mehmed die große Halle betrat, die unter der Kuppel lag, fand er sie leer, oder doch fast leer, vor. Im Dämmerlicht zweier Lampen sah Mehmed einen Mann: Mahmud, der Kapi Aga – oder Obereunuch –, erwartete ihn.

«Willkommen zu Hause, Prinz Mehmed», grüßte ihn

Mahmud mit seiner hohen Stimme. «Der Sultan erwartet Euch in seinen Gemächern. Halil Pascha wird ebenfalls erwartet.»

Mehmed entließ Mahmud mit einem Nicken und machte sich auf den langen Weg zu den privaten Gemächern seines Vaters. Halil folgte ihm. Das sieht meinem Vater ähnlich, dachte Mehmed, einzig Mahmud zu meiner Begrüßung zu schicken. Murad hatte nie viel für Zeremonien übriggehabt, doch Mehmed hatte erwartet, dieses eine Mal, nach seinem großen Sieg, so prunkvoll empfangen zu werden, wie es ihm gebührte.

«Ich führe seine Truppen an, besiege seine Feinde, und er behandelt mich immer noch wie ein Kind», klagte Mehmed.

«Einem Kind überträgt man nicht die Befehlsgewalt über die Armee», versetzte Halil.

Mehmed hielt an sich. Vielleicht hatte Halil recht. Und dennoch wünschte er sich, sein Vater würde endlich bemerken, dass er nicht mehr der zwölfjährige Junge von damals war. Er war jetzt ein Mann und wollte auch so behandelt werden.

Sie nahmen den überdachten Gang durch den Hof, bevor sie die dunkle Eingangshalle von Murads privater Residenz betraten. Hier verharrten sie, bis ein Eunuch sie angekündigt hatte: «Prinz Mehmed und Großwesir Halil Pascha!»

Mehmed betrat Murads privates Audienzzimmer und verneigte sich tief vor seinem Vater. Dabei sah er sich verstohlen um. Während seiner Abwesenheit hatte sich fast nichts verändert. Der Raum war schwach von einigen herabhängenden Lampen beleuchtet und prunkvoll mit blutroten seidenen Wandbehängen und dicken persischen

Teppichen ausgestattet. Murad saß in der Mitte, gestützt von einem Kissenberg. Er war in ein blassblaues Seidengewand gehüllt, um seinen Hals hing ein kastaniengroßer, blutroter Rubin, der *kumru kalp*, das «Taubenherz». Dass er ein kriegerisches Leben geführt hatte, war dem vierundvierzigjährigen Sultan deutlich anzusehen. Die Narben auf seinen Wangen kreuzten sich mit den noch tieferen Falten um seine Augen, und sein voller schwarzer Bart war grau durchwoben. Seine Gelenke schmerzten ihn so sehr, dass er sich morgens ohne Massage kaum erheben konnte. Seit Jahren wurde er von stechenden Magenschmerzen gequält, die ihn im schlimmsten Fall ans Bett fesselten, wo er würgend und sich krümmend vor Schmerz Allah verfluchte. Diese Schmerzen hatten ihn vor vier Jahren zum Abdanken bewogen. Seine Ärzte hatten ihm gesagt, ein friedliches Leben weit weg vom Hofe könnte seine Qualen lindern, und tatsächlich hatte sich sein Zustand verbessert, bis er auf den Thron zurückgekehrt war. Inzwischen litt er wieder Nacht für Nacht. Dennoch trat er wie ein Herrscher auf, und in seinem stechenden Blick lag noch jugendliche Kraft. Mehmed wusste Murads Gesichtsausdruck nicht zu deuten. Sein Mund war eine dünne Linie. Er hatte kein Lächeln übrig, um seinen Sohn zu grüßen.

«Willkommen zu Hause, Prinz Mehmed», fuhr ihn Murad im rauen Befehlston an, wie ein General, der seinen Offizieren Kommandos erteilt. «Nun setz dich. Trink ein Glas Wein. Du musst Durst haben nach der langen Reise.»

«Danke, Vater», sagte Mehmed. Er setzte sich und nahm einen großen Schluck, dankbar, dass sein Vater seine eigene unfromme Zuneigung zum Alkohol teilte. Während des gesamten Feldzugs hatte Mehmed keinen Tropfen Alkohol angerührt. Immer wieder hatte ihm sein Vater eingebläut, wie wichtig es war, den Geboten Allahs Folge zu leisten, solange er an der Spitze der islamischen Heere stand. Jetzt staunte Mehmed, wie schnell ihm der Wein zu Kopf stieg.

«Man hat mir hinterbracht, dass du Boghaz Pascha heute exekutiert hast», begann Murad. «Ein guter General tot, nur weil er dich beleidigt hat.» Murad schüttelte den Kopf. «Du musst lernen, dein Temperament zu zügeln, Mehmed. Ein weiser Sultan muss zuweilen auch Beleidigungen geduldig ertragen. Sonst ist er irgendwann nur noch von speichelleckerischen Höflingen umgeben, die zu feige sind, die Wahrheit zu sagen.»

«Ich habe keine Angst vor der Wahrheit», antwortete Mehmed. «Aber ich bin auch nicht dazu erzogen worden, Beleidigungen leicht hinzunehmen.»

«Ich bin dein Vater, Junge. Du wirst Beleidigungen gern hinnehmen, wenn ich es anordne», erklärte Murad. «Und nun sag mir: Ist es wahr, dass das Volk dich heute zum *fatih* ausgerufen hat?»

«Ja, das ist wahr, Vater», sagte Mehmed.

«Unsinn», schnaubte Murad. «Was hast du erobert? Du hast einen Haufen zwielichtiger Söldner besiegt, mehr nicht.»

«Ich habe Hunyadi, den größten christlichen General, besiegt», protestierte Mehmed.

«Und sag, wie viele Başi Bozuks hast du verloren?»

«Ich weiß die Anzahl nicht genau ...», zögerte Mehmed.

«Von fünfzigtausend Başi Bozuks sind nicht einmal zwanzigtausend übrig, die jemals wieder eine Schlacht schlagen werden», sagte Halil.

Mehmed warf ihm einen ärgerlichen Blick zu. «Aber ich habe gewonnen», beharrte er. «Und ich habe den polnischen König Ladislaus eigenhändig getötet. Erst beim Anblick seines Kopfes auf meiner Lanzenspitze ist das christliche Heer geflohen.»

«König Ladislaus war ein gefürchteter Krieger», sagte Murad. «Es ist keine geringe Leistung, einen solchen Mann besiegt zu haben.» Mehmed nickte lächelnd. Er freute sich, dass er doch noch das Lob bekommen hatte, das ihm zustand. «Aber ein Sultan muss nach mehr streben als nach seinem persönlichen Ruhm. Deine Taktik war unausgereift, zahllose Menschen sind gestorben, und du hattest Glück, dass du nicht selbst getötet wurdest. Was bedeutet so ein Sieg?»

Mehmed nahm noch einen Schluck. «Wenigstens habe ich keine Angst zu kämpfen», antwortete er. «Ich habe mich nicht im Palast versteckt.»

Kaum waren die Worte ausgesprochen, da schlug Murad ihn hart ins Gesicht. Die Ohrfeige brannte, Mehmed musste mit den Tränen kämpfen.

«Pass auf dich auf, Prinz. Vergiss nicht: Ich habe noch einen Sohn», sagte Murad, ohne die Stimme zu heben. «Und was muss ich hören? Du hast eine gemeine Hure zu deiner Geliebten gemacht?»

«Gülbehar ist keine Hure. Sie ist eine albanische Prinzessin.»

«Sie ist eine albanische Hure, die kaum Türkisch spricht, und du willst sie zur Mutter des Reiches machen», antwortete Murad kopfschüttelnd. «Du solltest mehr Zeit mit deiner Frau Sitt Hatun verbringen. Sie ist deiner wenigstens würdig.» Mehmed hatte Sitt Hatun, die Tochter des Süleyman Bey von Dulkadiroglu, vor über einem Jahr geheiratet, aber die Ehe war eine Formalität. Manchmal hatte Mehmed sogar Mitleid mit seiner jungen Frau. Sie war schön, aber eingesperrt im Harem wie ein Vogel im Käfig. Er bemitleidete sie, doch niemals würde er sich zu ihr legen, niemals würde er Sitt Hatun gestatten, einen Erben zur Welt zu bringen. Diese Genugtuung würde er seinem Vater nicht gewähren.

«Ich entscheide, wer meiner würdig ist, Vater», sagte Mehmed. «Gülbehar ist meine *kadin*, und ich werde ihr einen Ehrenplatz im Harem geben. Ich liebe sie.»

«Liebe?» Murad lachte. «Du wurdest nicht für die Liebe geboren, Mehmed. Ein Sultan hat keine Familie, keine Freunde, keine Geliebte. Das weißt du.» Murad seufzte. «Schick diese Gülbehar heute zu mir. Ich will sie begutachten.»

«Sehr wohl, Vater», sagte Mehmed.

«Gut», sagte Murad. «Hast du gehört, dass der griechische Kaiser tot ist?»

Mehmed nickte. «Durch seinen Tod ist Konstantinopel verwundbar. Meine Armee steht bereit. Gestatte mir, sie gegen die Griechen zu führen», drängte er. «Ich werde dort für dich den Sieg erringen, so wie ich es auf dem Amselfeld getan habe.»

Murad lächelte. «*Kizil Elma*, der rote Apfel. Eine schöne Beute. Als ich in deinem Alter war, habe ich mich auch danach gesehnt, sie zu besitzen», sagte er. «Aber dieser Apfel ist sauer, fürchte ich. Ich habe die Stadt monatelang belagert. Nicht einmal eine Kerbe habe ich in ihre Mauern schlagen können. Konstantinopel einzunehmen erfordert Planung, Jahre der Vorbereitung, eine Flotte, die ihre Schiffe mit Nachschub abriegelt, eine gewaltige Armee.»

Mehmed öffnete den Mund, um zu protestieren, doch sein Vater brachte ihn mit einer Handbewegung zum Schweigen.

«Trotzdem hast du recht», fuhr Murad fort. «Wenn unter den Griechen Bürgerkrieg ausbricht, wären wir Narren, daraus keinen Vorteil zu ziehen. Lass dein Heer stehen, Prinz Mehmed. Drille deine Männer. Zeig mir, dass du nicht nur weißt, wie man Soldaten vernichtet, sondern auch, wie man aus ihnen wahre Kämpfer macht. Wenn ich mit deinen Fortschritten zufrieden bin, werde ich dir vielleicht erlauben, Konstantinopel anzugreifen.»

Mehmed verneigte sich so tief, wie es ihm im Sitzen möglich war. «Danke, Vater», sagte er.

«Ab zu deiner Frau», befahl Murad. «Sie erwartet ihren Mann sicher schon sehnsüchtig.»

❉ ❉ ❉

Sitt Hatun saß bewegungslos inmitten einer Überfülle von Seidenkissen und überließ sich geduldig den beiden *jariye,* Haremsschülerinnen, die ihre dunklen ovalen Augen und ihren kleinen, vollen Mund mit roter Farbe betonten. Sitt Hatun war ans Warten gewöhnt. Nach ihrer Hochzeit mit Mehmed hatte sie Nacht um Nacht vergeblich darauf gewartet, dass er sich zu ihr legte. Nachdem Mehmed in Schande nach Manisa geschickt worden war, hatte sie vergeblich gewartet, dass er sie zu sich holen würde. Später hatte sie darauf gewartet, dass Mehmed vom Amselfeld zurückkehrte. Jetzt war das Warten vorbei.

Bald würde Mehmed zu ihr kommen. Murad würde dafür sorgen, dass Mehmed die erste Nacht in Edirne in ihrem Bett verbrachte. Vielleicht würde er ihr gestatten, ihn zu erfreuen, doch seine Pflicht als Ehemann würde er nicht erfüllen. Von Anfang an hatte Mehmed klargemacht, dass er ihr keinen Sohn schenken würde. Zuerst hatte Sitt Hatun diese Ablehnung nicht verstanden. Sie wusste, dass sie schön war. Zierlich, aber kurvenreich, mit goldener Haut und schlanken Gliedern, zog Sitt Hatun die neidischen Blicke der anderen Haremsdamen auf sich. Vor ihrer Hochzeit hatte sie genügend Verehrer gehabt. Selbst jetzt, wo sie im Harem lebte, dessen Zutritt Männern – außer Mitgliedern der Sultansfamilie und Eunuchen – unter Todesstrafe verboten war, hatte sie Bewunderer, die ihr Leben aufs Spiel setzten, um ihr Interesse an Sitt Hatun zu bekunden. Doch Mehmed war nicht an ihr interessiert. Inzwischen wusste Sitt Hatun, dass er eine andere Schönheit bevorzugte.

Von den Fenstern ihres Gemachs aus hatte Sitt Hatun gesehen, wie Gülbehar den Harem betrat. Schlank und blond, mit heller Haut und hohen Wangenknochen, verkörperte Gülbehar all das, was Sitt Hatun nicht war. Gülbehar war ein Niemand, ein Sklavenmädchen, ihr Vater war nicht einmal Muselmam. Und dennoch hatte Mehmed sie zur Favoritin gemacht. Es gab sogar Gerüchte, dass Gülbehar mit seinem Kind schwanger ging. Als *bas haseki* – Mutter des Thronerben – würde Gülbehar Anspruch auf Ehrbezeugungen haben, die Sitt Hatun niemals entgegennehmen könnte. Sitt Hatun wäre nur dem Namen nach Sultanin, so wie sie jetzt nur dem Namen nach Ehefrau war. Es sei denn, sie hörte auf Halil …

Mehmeds Ruf «Frau!» riss sie aus ihren Gedanken. Dort stand er, am Eingang zu ihren Gemächern. Sitt Hatun entließ ihre Dienerinnen mit einer raschen Geste und erhob sich, um ihn zu begrüßen. In ihrem transparenten Seidengewand schwebte sie durch die Zimmerflucht auf ihn zu.

«Sei gegrüßt, mein Ehemann», sagte sie mit einer tiefen Verbeugung, wobei sie ihm ihr üppiges Dekolleté darbot.

«Ich bin überglücklich über deine wohlbehaltene Rückkehr.»

Mehmed nahm sie bei der Hand und zog sie hoch. «Ist es dir gut ergangen, Gattin?», gab er förmlich zurück.

«So gut es mir ergehen konnte ohne meinen Ehemann», antwortete Sitt Hatun lächelnd. Mehmed erwiderte das Lächeln nicht.

«Es tut mir leid, aber ich muss dich davon in Kenntnis setzen, dass du in kleinere Gemächer umziehen wirst», sagte er. «Du wirst dein Gefolge verkleinern müssen.»

«Aber warum? Habe ich etwas getan, um dein Missfallen zu erregen?» Sitt Hatun warf sich vor ihm nieder, obwohl sie genau wusste, dass man ihr nichts vorwerfen konnte. «Wenn es so sein sollte, dann strafe mich.»

«Nein, du hast nicht mein Missfallen erregt. Gülbehar wird deine Gemächer beziehen. Als Mutter meines Kindes wird sie einen großen Hofstaat brauchen.»

«Ich verstehe», erwiderte Sitt Hatun. Also war es wahr. Diese Gülbehar trug das Kind, das Sitt Hatun zustand, und nun nahm sie ihr auch noch ihre Gemächer. Das war fast mehr, als sie ertragen konnte. Sitt Hatun grub die Fingernägel in die geballten Fäuste, um ihre Wut unter Kontrolle zu halten. Schließlich stand sie mit einem süßen Lächeln auf. «Möchtest du dich setzen?», fragte sie Mehmed. «Etwas Wein?»

«Nein», sagte Mehmed. «Ich möchte schlafen. Ich bin müde.»

«Soll ich dich massieren, damit deine Ruhe friedlich werde?», fragte Sitt Hatun. Mehmed sah sie lange an – ob aus Verlangen, aus Mitleid oder aus einer Mischung von beidem, vermochte sie nicht zu sagen. Schließlich schüttelte er den Kopf.

«Ich möchte schlafen, Frau.»

In ihrem großen Bett mit den seidenen Laken und dem reichverzierten Baldachin lag Mehmed stocksteif eine Armeslänge von Sitt Hatun entfernt. Sie hörte zu, wie sich sein Atem verlangsamte. Sie hatte gehofft, dass es heute Nacht anders sein würde, dass der große Sieg Mehmed verändert hätte, dass er ihm gestattete, die Rivalität mit seinem Vater zu vergessen. Sie hoffte noch immer, dass er ihr eines Tages ein Kind schenkte. Vielleicht brauchte er nur etwas Ermutigung.

Sitt Hatun machte es sich auf dem Bett bequem und rutschte näher an Mehmed heran. Zärtlich legte sie eine Hand auf seine bloße Brust. Er bewegte sich nicht und atmete langsam weiter. Sie streichelte seine Brust, dann bewegte sich ihre Hand langsam, ganz langsam abwärts. Mehmed rührte sich im Schlaf, aber er tat nichts, um sie aufzuhalten. Sitt Hatun beugte sich vor, küsste ihn aufs Ohr und ließ ihre Hand noch tiefer gleiten.

Mehmed griff nach ihrer Hand und quetschte sie schmerzhaft. Jetzt war er wach, sein Gesicht war direkt neben dem ihren, sein Atem brannte heiß auf ihrer Wange. «Frau», sagte er mit drohendem Unterton, «du weißt, welche Strafe der Koran vorsieht für diejenigen, die sich nehmen, was ihnen nicht gehört?»

«Ja, mein Gatte.»

«Gut», sagte Mehmed. «Wenn dir deine Hand also lieb ist, dann behalt sie bei dir.» Er sah sie an, und sein Ärger verflog. Er strich über ihren Körper und streichelte ihr Haar. «Aber wenn du darauf bestehst», fuhr er mit veränderter, tieferer Stimme fort, «dann darfst du mir Vergnügen bereiten.» Er griff ihr ins volle Haar und zwang ihren Kopf nach unten. Sitt Hatun verzog widerwillig das Gesicht, als sie seine Männlichkeit in den Mund nahm. Sie war zu klug, um sich zu verweigern.

Mehmed wurde sofort steif, bog seinen Rücken durch und drängte sich in sie hinein. Wenige Minuten später kam er zum Höhepunkt und fiel mit einem Stöhnen der Lust aufs Bett zurück. Sitt Hatun würgte an seinem Samen, wandte sich zur Seite und spuckte ihn aus – verschwendet. Als sie sich wieder umdrehte, hatte ihr Mehmed im Einschlafen schon den Rücken zugekehrt. Mit Tränen in den Augen legte Sitt Hatun sich nieder. Es war demütigend, kaum besser behandelt zu werden als eine Konkubine, gerade gut genug fürs Vergnügen. Sie wusste jetzt, dass Mehmed ihr nie beiwohnen würde. Nichts würde daran je etwas ändern, nicht der Erfolg im Krieg, nicht der Tod seines Vaters. Sie würde ihr ganzes Leben lang im Harem eingesperrt sein, erniedrigt und kinderlos.

Sie dachte wieder an Halils Vorschlag. Wenn Mehmed starb und sie einen Sohn gebar, dann würde dieser mit Erreichen der Volljährigkeit zum Sultan ernannt. Dann würde es keine Rolle spielen, ob das Kind von Halil war oder von Mehmed. Dieses Geheimnis würden sie mit niemandem teilen. Sitt Hatun wäre die *valide sultan* – die Mutter des Sultans –, und Halil würde über das Land herrschen, bis ihr Sohn volljährig wurde. Und Gülbehar? Sitt Hatun lächelte im Dunkeln. Es wäre ihr eine besondere Freude, der albanischen Hure und ihrem Bastard ein würdiges Ende zu bereiten.

Aber nein. Sitt Hatun seufzte. Das waren nur Träume. Die Wirklichkeit schlief direkt neben ihr. Sie wäre verrückt, wenn sie in Halils Pläne einwilligte. Mehmed war ein rachsüchtiger Mann. Sitt Hatun hatte von Boghaz Paschas grauenhaftem Tod gehört. Mehmed würde nicht zögern, ihr das Gleiche anzutun, wenn sie zu weit ging.

Und doch, ihren eigenen Sohn auf dem Thron zu sehen und sie selbst auf dem ihr gebührenden Platz im Harem … Mit einem Lächeln auf den Lippen schlief Sitt Hatun ein.

DREI

Dezember 1448 – Konstantinopel

Ich ernenne Euch, Demetrios Dragases, zum Kaiser von Rom, zum Erben Cäsars, Herrscher über Konstantinopel, Selymbria, den Peloponnes und Morea», verkündete Patriarch Mammas. Seine golddurchwirkte weiße Robe war schwer vom Regen. Wassertröpfchen liefen in einer Kaskade von seiner Nase. Er machte das Kreuzzeichen über dem knienden Demetrios. «Erhebt Euch, Kaiser Demetrios.»

Demetrios nahm die halbherzigen Beifallsbezeugungen der Edelleute um ihn herum entgegen. Lukas hatte ihm fünfhundert Männer versprochen, aber schon zu Tagesanbruch hatte ein ergiebiger Regen die Straßen in Matsch verwandelt. Das Theodosios-Forum war ein einziger Sumpf. Weniger als vierhundert Edelleute boten diesem Wetter die Stirn, und sie waren klatschnass und froren. «Heil Demetrios, Kaiser der Römer», grummelten sie ein- oder zweimal. Es war deutlich, dass sie an die Wärme des Blachernen-Palastes dachten.

«Möge Gott mir die Weisheit geben, gerecht zu regieren und das Reich, zu dessen Kaiser er mich gemacht hat, mit meinem Schwert zu schützen», verkündete Demetrios. Mit diesen Worten war die Zeremonie beendet. Die Männer eilten bereits zu ihren Pferden. Patriarch Mammas war verschwunden, er hatte sich sicher ins Trockene geflüchtet. Dieser Augenblick war ganz und gar nicht so, wie Demetrios ihn sich erhofft hatte. Er hatte von einer jubelnden Menschenmenge geträumt, von stolzen Reden, und der Triumphbogen des Theodosios sollte ihm majestätische Erhabenheit verleihen. Doch die Zeremonie war sehr kurz gewesen, und abgesehen von den Edelleuten war nur eine Handvoll Bürger erschienen, um das verregnete Spektakel zu verfolgen. Am Triumphbogen hinter ihm ergoss sich das Regenwasser vom breiten Flachdach. Allem zum Trotz war er nun Kaiser, Regen hin oder her.

Ein Diener hielt die Zügel seines Pferdes. Demetrios saß auf und ritt an der Spitze der düsteren Prozession durch die Stadt zum kaiserlichen Palast. Schlecht gelaunt kam er dort an und stürmte in den großen Saal, die Edelleute folgten ihm. In dem Saal war es dämmrig, die hohen Fenster waren verschlossen. Im flackernden Licht der Fackeln sah sich Demetrios zu seiner Überraschung seiner Mutter Helena gegenüber. Sie saß inmitten des vollständig versammelten Hofstaates auf dem Thron.

Helena lächelte. «Willkommen zu Hause, mein Sohn», sagte sie. «Ich habe dich erwartet. Ich bin enttäuscht, dass du nicht rechtzeitig zum Begräbnis deines Bruders kommen konntest. Selymbria ist doch so nah.»

«Ich bin aufgebrochen, sowie ich die tragische Botschaft vernommen hatte, Mutter», sagte Demetrios.

«Natürlich», antwortete Helena. «Glücklicherweise bist du schon vor deinem Bruder Konstantin eingetroffen. So wirst du die Ankunft unseres nächsten Herrschers nicht versäumen.»

«Du täuschst dich, Mutter. Ich bin gekrönt worden. Sicher hast du gehört, dass ich heute Morgen zum Kaiser ernannt wurde?»

«Ach, tatsächlich?», fragte Helena mit gespielter Überraschung. «Und wer hat dich zum Kaiser ernannt?»

Demetrios bemerkte, dass sie mit der rechten Hand ein knappes Zeichen gab. Hinter ihm hörte er ein gedämpftes Geräusch, als würde etwas Schweres verschoben. Was kann das gewesen sein?, fragte er sich. Egal, es spielte keine Rolle. Er hatte mehr als genug Männer, um die Palastwache in Schach zu halten.

«Diese Männer, die hier vor dir stehen, alle von edlem Geblüt, haben mich zum Kaiser ernannt», antwortete Demetrios. «Patriarch Mammas hat meiner Herrschaft den Segen gegeben.»

«Tatsächlich?», fragte Helena. «Ich fürchte, deine Amtszeit wird von kurzer Dauer sein.»

«Hab keine Angst, Mutter», sagte Demetrios. «Die Männer in meiner Begleitung haben allesamt geschworen, ihren Kaiser zu schützen. Wenn es sein muss, mit ihrem Leben.» Demetrios zog sein Schwert, und die Edelleute hinter ihm schlossen die Reihen. «Ich komme, um die Krone abzuholen, Mutter», sagte Demetrios drohend. «Reich sie mir.»

«Demetrios», sagte Helena, «du würdest deiner Mutter doch sicher nichts zuleide tun?» Beim Anblick des gezückten Schwerts schien sie blasser geworden zu sein. Gut, dachte Demetrios. Sie hatte Angst.

«Selbstverständlich nicht, Mutter», sagte Demetrios. «Diese Männer sind nur hier, um ihren Kaiser zu schützen.

Sie greifen nur an, wenn mich jemand herausfordert. Nicht im Traum würden sie dir etwas zuleide tun.»

«Schwörst du das?», fragte Helena.

«Natürlich, Mutter», sagte Demetrios. Es wäre ihm nie in den Sinn gekommen, ihr etwas anzutun. Sobald er die Kaiserkrone hatte, würde er seine Mutter in ein Kloster auf dem Land bringen lassen.

«Gut», sagte Helena. «Dann ist diese Audienz beendet.» Sie nickte knapp. Über ihnen wurden die Läden geöffnet, und plötzlich war es im Saal taghell.

Bogenschützen mit gespannten Pfeilen zeichneten sich dunkel vor dem lichten Himmel ab.

«Zu den Türen!», schrie Demetrios. Seine Männer liefen zu den Eingangstüren, doch diese waren von der anderen Seite fest verrammelt. Was für ein Dummkopf war er gewesen! Er blickte zu einer kleinen Tür am anderen Ende des Saals, hinter dem Thron. Doch schon waren die Höflinge einer nach dem anderen hinausgeschlüpft und von Wächtern abgelöst worden. Die Tür wurde geschlossen. Demetrios hörte das dumpfe Poltern, mit dem der Riegel vorgeschoben wurde.

Hinter Demetrios wirbelten die Edelleute in heller Panik im Kreis herum. Einige von ihnen schlugen fieberhaft auf die Holztüren des Saals ein, aber sie hieben nur Scharten in ihre Schwerter, die Türen blieben unversehrt. Andere versuchten vergeblich, die Steinmauern hochzuklettern, um die Fenster zu erreichen. Demetrios hörte über dem allgemeinen Geschrei einzelne panische Rufe: «Wir sind des Todes!»; «Kommt alle zu den Türen!»; «Ergreift Helena!».

Plötzlich löste sich aus der Menge ein Mann und preschte auf Helena zu. Demetrios hörte, wie die Bogen gespannt wurden. Der Mann fiel tot zu Boden, von Pfeilen getroffen. Weitere Männer preschten vor, und das Zischen der Pfeile und die Schreie der Verwundeten erfüllten die Luft. Ein Edelmann schwankte vor Helena, Pfeile staken aus seiner Brust. Demetrios trat vor und schlug den Mann nieder. Dummkopf, der er war, hatte er geschworen, dass seiner Mutter kein Haar gekrümmt werden würde.

«Ruhe!» Majestätisch übertönte Helenas Stimme den Lärm. Sie stand achtunggebietend im Licht der geöffneten Fenster vor dem Thron, hob die Hand und gebot dem Treiben ein Ende. Das Sirren der Pfeile verstummte, und in dem Saal kehrte Stille ein.

«Edelleute», sagte Helena. «Ihr seid betrogen worden. Der Mann, den zu schützen Ihr geschworen habt, ist kein Herrscher. In seinen Adern fließt kein königliches Blut, denn er ist nicht mein Sohn. Mein Sohn Demetrios würde keine bewaffneten Männer in diesen Saal führen. Mein Sohn würde sich nicht über meine Wünsche hinwegsetzen oder seinem Bruder das Recht absprechen, die Regentschaft zu übernehmen. Dieser Mann ist nicht mein Sohn. Er ist ein Betrüger.»

Demetrios war wie vom Donner gerührt. Was redete sie da? Hatte seine Mutter den Verstand verloren? Enterbte sie ihn? Würde man ihn blenden? Oder gar töten?

«Ihr habt diesem Betrüger Gefolgschaft geschworen, diesem falschen Kaiser», fuhr Helena fort. «Aber da er nicht von königlichem Geblüt ist, sind Eure Schwüre nichtig. Ich entbinde Euch von ihnen. Schwört nun dem wahren Kaiser, Konstantin, ewige Treue. Legt als Zeichen Eurer Gefolgschaft Eure Schwerter vor mir ab.»

«Wir schwören Konstantin ewige Gefolgschaft!», skandierten die Edelleute im Chor. Einer nach dem anderen trat vor und legte Helena seine Waffe zu Füßen. Das war also ihr Plan, dachte Demetrios. Helena hätte die Edelleute nicht mit dem Leben davonkommen lassen können, wenn sie sich gegen Konstantin auf seine Seite gestellt hätten. Aber wenn sie sie hätte töten lassen, hätte sie die übrigen Adligen gegen Konstantin aufgebracht. Und dann hätte er für die Dauer seiner gesamten Regentschaft keinen Frieden mit ihnen gefunden. Sie ließ auf die einzig mögliche Art Gnade mit ihnen walten: indem sie leugnete, dass er Demetrios war. Damit waren ihre Treueschwüre wertlos. Demetrios musste zugeben, dass das ein äußerst geschickter Schachzug war. Sie hatte Konstantins ärgste Feinde gezwungen, ihm Treue zu schwören.

Die Saaltüren schwangen auf, und die Adligen verließen den Raum. «Hochstapler», rief Helena Demetrios zu. «Du kommst mit mir.» Sie führte Demetrios durch die kleine Tür hinter dem Thron. Dort nahmen ihm zwei Wächter das Schwert ab. Helena führte Demetrios durch gewundene Gänge zum Turm, wo sie, gefolgt von den Wächtern, die Stufen zum höchsten Zimmer hinaufstiegen. Es war klein und nur mit einem Bett und einem Stuhl möbliert. Sowie sie drinnen waren, schlossen die Wächter von außen die Tür. Helena bedeutete Demetrios, sich zu setzen. Sie selbst blieb stehen.

«Wenn ich nicht deine Mutter wäre, wärst du längst tot», begann sie.

«Mutter, ich ...»

«Ruhe», herrschte Helena ihn an. «Ich will meinen Sohn nicht betteln hören. Wer hat dir bei diesem Verrat geholfen?»

«Niemand, Mutter», sagte Demetrios.

«Ich kenne dich, mein Sohn», versetzte Helena. «Du

hast diesen Verrat nicht geplant, das geht über dein Vermögen. Wer also sonst? Gennadius?»

«Nein», sagte Demetrios. Er wagte es nicht, noch mehr zu sagen. Helena beobachtete ihn ganz genau, ihr Gesicht war kaum eine Handbreit von seinem entfernt.

«Notaras?», fragte sie.

«Nein», antwortete Demetrios wieder.

Helena wandte sich von ihm ab und nickte langsam. «Sie haben sich sehr klug auf Abstand gehalten.» Sie seufzte und ließ die Schultern hängen. Plötzlich sah sie müde und alt aus. «Warum müssen sich unsere besten Männer immer gegen uns stellen?» Dann richtete sie sich wieder auf, und als Helena sich jetzt an Demetrios wandte, war sie wieder die Herrscherin, die das Kommando führte. «Schwör bei deinem Leben», sagte sie mit eisiger Stimme, «dass du deinen Bruder, wenn er kommt, als Kaiser begrüßen wirst.»

«Ich schwöre es», sagte Demetrios.

«Gut», antwortete Helena. «Ich werde dich an deinen Eid erinnern. In der Zwischenzeit wirst du dich mit diesem Zimmer begnügen müssen. Solltest du zu fliehen versuchen, lasse ich dir Augen und Zunge rausschneiden und dich für den Rest deines Lebens in ein Kloster sperren. Hast du mich verstanden?»

«Ja, Mutter», sagte Demetrios.

«Gut», Helena trat einen Schritt vor und nahm Demetrios' Kopf in ihre Hände. Sie küsste ihn sanft auf die Stirn. «Willkommen zu Hause, mein Sohn», sagte sie.

Helena klopfte leise an die Tür. Sie wurde geöffnet, und Helena ging hinaus. Dumpf fiel die Tür hinter ihr ins Schloss, und Demetrios hörte nur noch das metallische Kratzen, mit dem der Riegel vorgeschoben wurde. Er drehte sich um und starrte zum Fenster hinaus. Der Regen stand in Pfützen auf den Straßen. Seine kurze Regentschaft war vorüber.

❖ ❖ ❖

Januar 1449 – Mystras

Am 6. Januar, dem Vorabend des orthodoxen Weihnachtsfestes, wartete Longo in der Kirche des heiligen Demetrios in Mystras, der Hauptstadt von Morea, auf die Ankunft des Mannes, der als Konstantin XI. zum römischen Kaiser gekrönt werden sollte. Die Kirche war gedrängt voll mit Adligen und Honoratioren. Longo saß eingezwängt in der ersten Reihe, Schulter an Schulter zwischen dem Leibwächter des Kaisers, Johannes Dalmata, und einem kleinen, korpulenten griechischen Würdenträger, der ihm dauernd die Ellbogen in die Rippen stieß. Die festlich gekleidete Menge in seidenen Dalmatiken – gegürteten Festgewändern mit weiten Ärmeln und golddurchwirkten Kragen – wollte nicht so recht zu dem intensiven Geruch der vielen eng aneinandergedrängten, schwitzenden Männern und Frauen passen. Der Gestank wurde durch den Versuch einiger Anwesender, ihre Ausdünstungen mit ekelerregenden Parfüms zu überdecken, noch schlimmer. Longo atmete flach ein und dachte daran, was für eine große Ehre es war, zur Krönung eingeladen worden zu sein.

Von draußen drang gedämpftes Murmeln in die Kirche, als die dort versammelten Gemeinen Konstantins ansichtig wurden. Longo drehte sich wie alle anderen um und blickte zum Kirchenportal. Er war neugierig auf diesen neuen Herrscher, auf den Mann, dem die Aufgabe zukam, Konstantinopel gegen die Türken zu verteidigen. Das Gemurmel der Menge schwoll an, dann öffnete sich das Kirchenportal. Zwei Reihen junger Männer traten ein, sie schwenkten silberne Rauchfässer an langen Ketten, und in der Kirche breitete sich der angenehm süßliche Duft von Weihrauch aus. Konstantin folgte ihnen. Er war in schlichtes Weiß gewandet, weiße Schuhe, weiße Handschuhe. Er war groß, schlank und gebräunt und hatte ein schönes, ausdrucksstarkes Gesicht. Haare und Bart waren frisch geschnitten und überraschend grau, obwohl Konstantin kein alter Mann war. Mit vierundvierzig hatte er sich viel von seiner jugendlichen Ausstrahlung erhalten. Entschlossen und mit hocherhobenem Haupt schritt er den Mittelgang hinunter, nahm die Stufen zu dem Baldachin, der vor dem Altar aufgestellt worden war, und drehte sich zu der Menge um. Longo war ihm so nah, dass er seine freundlichen grauen Augen sehen konnte.

«Ich schwöre, die eine vereinte Kirche zu erhalten und für den Glauben einzutreten», sagte Konstantin mit tiefer, bedächtiger Stimme.

«Gott schütze den Kaiser der Christenheit!», antwortete die Menge einstimmig. Doch Longo fiel auf, dass einige stumm blieben. Konstantins Politik der Union der katholischen und der orthodoxen Kirche fand keine große Zustimmung.

«Ich schwöre, das Reich, das mir Gott verliehen hat, mit meinem Blut und meinem Leben zu verteidigen.»

«Gott helfe den Frommen!», antworteten die Menschen. «Möge der Herr deine Welt erheben.»

«Ich schwöre, gerecht zu regieren als meines Volkes Hirte», sprach Konstantin.

«Unsere Gebete begleiten dich. Möge Gott mit dir sein!», antwortete die Menge.

Konstantin drehte ihnen den Rücken zu und kniete vor dem alten Priester nieder, dem Metropoliten von Mystras, der ganz in Scharlachrot gekleidet war. Er hielt seine Hand über Konstantin und sprach: «O Herr unser Gott, König der Könige und Herr der Herren, sieh von oben auf deinen treuen Diener Konstantin herab. Es hat dir gefallen, ihn als König über die heilige Nation einzusetzen, die du mit dem kostbaren Blut deines einzigen Sohnes erworben hast.» Nun legten zwei Würdenträger Konstantin einen scharlachroten Seidenmantel um die Schultern. «Gewähre, dass er mit dem Öl der Freude gesalbt werde, und verleih ihm himmlische Macht», fuhr der Metropolit fort, als er Konstantin mit dem Öl einrieb und ihn mit dem Kreuzzeichen auf die Stirn segnete.

«Setz ihm die Krone aus purem Gold auf das Haupt und gewähre ihm ein langes Leben», schloss der Metropolit. Ein junger Messdiener trug die Reichskrone – ein massives Band goldgefasster Juwelen, das sich nach oben in einem goldenen Gitterwerk über blütenweißem Hermelin verjüngte. Der Metropolit streckte die Hände aus, um dem Messdiener die Krone abzunehmen, doch war er alt und die Krone schwer. So musste die Menge entsetzt mit ansehen, wie der Metropolit stolperte und die Krone fallen ließ. Sie rollte die Stufen hinunter und blieb vor dem Baldachin liegen.

«Gott schütze uns!», keuchte der dicke Würdenträger neben Longo. «Ein schreckliches Omen!» Der Metropolit wurde kalkweiß und erstarrte. In der Menge hieb ein Flüstern an, und jemand rief, dies sei das Zeichen, dass das Reich fallen werde. Er wurde augenblicklich zum Schweigen gebracht, aber das erregte Flüstern wurde lauter.

Konstantin erhob sich und sah die Menge an, und die

verstummte. Dann stieg er die Stufen hinab, hob die Krone auf und hielt sie hoch über seinen Kopf, sodass alle sie sehen konnten. «Ich vertraue auf Gott und auf mein Schwert, nicht auf Vorzeichen», verkündete er und setzte sich die Krone aufs Haupt. «Möge Gott mir die Weisheit geben, gerecht zu regieren, und die Stärke, das Reich meiner Väter mit meinem Schwert zu verteidigen!»

Die Menge jubelte ihm zu. Auch Longo ließ sich mitreißen. Seine Zweifel an Konstantin waren verflogen. Dies war ein Herrscher, für den er bereitwillig kämpfen würde.

Allmählich ging der Jubel in die rituellen Worte über, die die Krönung jedes römischen Kaisers begleiteten: «Heilig, heilig, heilig! Ehre sei Gott in der Höhe und Frieden auf Erden!» Zu Ehren des neuen Herrschers wurden die Standarten der Adligen gesenkt. Die versammelten Edelleute und Geistlichen knieten nieder, dann warfen sie sich bäuchlings vor dem neuen Kaiser zu Boden. Longo kniete nieder, ohne sich zu Boden zu werfen. Er war ein genuesischer Adliger, und auch wenn er Konstantin seine Ehre erwies, würde er vor diesem Mann nicht im Staub kriechen. Hocherhobenen Hauptes sah er den Kaiser an. Konstantin nickte Longo ernst zu, dann schritt er, gefolgt vom Metropoliten und den Weihrauch schwenkenden jungen Männern, aus der Kirche. Konstantin Dragases war jetzt Konstantin XI., Caesar Augustus, Kaiser des Römischen Reiches.

Longo verließ die Kirche und folgte der Menschenmenge, die zum Palasthof strömte. Durch die dichte Menge konnte Longo Konstantin auf einem Thron in der Mitte des Hofes sitzen sehen. Er saß hoch aufgerichtet und lächelte, während Männer in langen Reihen an ihm vorbeidefilierten, seine Knie küssten und ihm Treue schworen. Longo schloss sich dieser Prozession an, und bald stand er vor Konstantin. Er trat vor und verneigte sich tief vor ihm. «Kaiser Konstantin, gestattet mir, im Namen Genuas der Erste zu sein, der Euch seine Freundschaft und Anerkennung darbringt.»

«Ich danke Euch, Signor Longo. Eure Anwesenheit ist mir eine Ehre», antwortete Konstantin. «Habt vielen Dank für die Überbringung der Botschafter meiner Mutter und die Beförderung der Krone auf Eurem Schiff. Ohne Euch wäre ich heute nicht gekrönt worden. Seid heute Abend beim Festmahl mein Gast. Ich werde Euch einen Platz an meinem Tisch decken lassen.»

«Ihr seid zu freundlich, Kaiser», sagte Longo. «Leider muss ich ablehnen. Ich bin schon zu lange fort aus Genua und möchte noch heute zurückfahren.»

«Dann bleibt mir nur, Euch eine gute Reise zu wünschen», sagte Konstantin. «Ihr seid an meinem Hofe stets willkommen.»

«Ich danke Euch, mein Herr», antwortete Longo und verbeugte sich tief. «Mein Schwert wird immer zu Euren Diensten stehen. Ruft nach mir, schon eile ich, Euch zu helfen.»

«Gute Reise, Signor Longo.»

«Gott schütze Euch, Kaiser Konstantin.»

* * *

Januar 1449 – in der Nähe von Edirne

Die türkische Armee marschierte in einer langen Kolonne, die sich über Meilen an der Maritsa entlangzog. Mehmed ritt weit vorne, von Ulu und seiner Leibgarde beschirmt. Es war ein herrlicher, klarer Wintertag, und Mehmed war bester Stimmung. Nach Wochen harten militärischen Drills, nachdem er sorgfältig Männer ausgesucht und ausgerüstet hatte, ritt er nun an der Spitze von über sechstausend Soldaten. Es war seine Armee.

Sein Vater Murad zog zwar in seiner Sänfte noch mit ihnen, aber schon am morgigen Tag, wenn sie das Maritsa-Tal verließen und sich östlich Richtung Konstantinopel wandten, würde Murad nach Edirne zurückkehren. Mehmed hatte die Absicht, Konstantinopel alleine zu erobern. Danach würde es keine geflüsterten Anspielungen mehr auf «Mehmed, den Gelehrten», geben und auch keine monatelangen unnützen Aufenthalte in Manisa. Er würde den ihm gebührenden Platz als regierender Sultan einnehmen, ob sein Vater damit einverstanden war oder nicht. Mit einer siegreichen Armee hinter ihm und Konstantinopel in seiner Gewalt konnte ihn niemand mehr aufhalten. Der Gedanke daran entlockte ihm ein Lächeln.

Als die Vorhut plötzlich anhielt und die gesamte Armee zum Stillstand brachte, wich das Lächeln einem Stirnrunzeln. «Ulu, seht nach, was da los ist!», befahl Mehmed. Einen Moment später war Ulu im Galopp zurück, gefolgt von einem unsicher im Sattel sitzenden untersetzten Griechen. Mehmed sah ihn forschend an. Der Blick des Griechen war klug und wachsam. Nach dem tiefblauen, mit Juwelen bestickten Kaftan und der goldenen Halskette zu urteilen, musste er eine Art Berater sein, ein Mann aus der Politik, und Politikern misstraute Mehmed zutiefst.

«Er sagt, er sei ein Gesandter aus Konstantinopel, ein Edelmann namens Sphrantzes», berichtete Ulu. «Er ritt an der Spitze eines kleinen bewaffneten Trupps. Er sagt, er habe eine wichtige Nachricht für den Sultan.»

«Ich bin der Sultan», sagte Mehmed auf Griechisch zu Sphrantzes. «Du kannst mir deine Botschaft ausrichten.»

Sphrantzes sah Mehmed skeptisch an. «Nun gut», sagte er schließlich. «Ich bin Georgios Sphrantzes, der *praepositus sacri cubiculi* von Konstantin Dragases und Gesandter des Römischen Reiches. Ich komme mit einer Botschaft vom Kaiser.»

«Der Kaiser ist tot», antwortete Mehmed.

«Richtig, Johannes VIII., unser Kaiser und Euer loyaler Verbündeter, ist verstorben», stimmte ihm Sphrantzes zu. «Ich komme im Namen seines Bruders, der als Konstantin XI. gekrönt wurde, als Nachfolger auf dem Kaiserthron.»

«Was ist mit seinen jüngeren Brüdern?», fragte Mehmed. «Werden sie ihm den Thronanspruch nicht streitig machen?»

Sphrantzes lächelte. «Demetrios und Thomas Dragases haben einen Gefolgschaftseid abgelegt. Konstantin hat sie als Despoten von Morea eingesetzt, Demetrios in Clarenza und Thomas in Mystras.»

«Verstehe», sagte Mehmed. Er konnte die Nachricht kaum glauben. Zuletzt hatte er von Konstantin gehört, dass er in Mystras weile, eine gute Monatsreise von Konstantinopel entfernt. Wie war es ihm gelungen, so schnell zum Kaiser gekrönt zu werden? Außerdem hatten Mehmeds Spione ihm versichert, dass die Brüder den Thron für sich beanspruchen würden. Mehmed schwor sich, ihnen allen die Köpfe abschlagen zu lassen. «Und welche Botschaft schickt dein Herrscher?»

«Er schickt mich mit einem Tribut von tausend Silber-Stavratons», sagte Sphrantzes. «Als Zeichen seines guten Willens und um seinem Wunsch nach dem Fortbestand des Friedens zwischen unseren großen Nationen Ausdruck zu verleihen.»

«Frieden?», lachte Mehmed. Er deutete auf die Armee,

die sich hinter ihm bis weit in die Ferne zog. «Wie du sehen kannst, ist es für Frieden viel zu spät.» Auch wenn die Griechen sich geeinigt hatten – Mehmeds Plan stand fest. «Ich habe eine andere Nachricht für deinen Kaiser. Ulu, schneidet ihm den Kopf ab und schickt ihn auf einem Tablett nach Konstantinopel.»

«Du sprichst, ohne gefragt worden zu sein, Prinz Mehmed», mischte sich Murad ein. Unvermittelt war er auf seinem Pferd hinter Mehmed aufgetaucht, steif im Sattel sitzend. Mehmed fragte sich, wie lange er schon dort gestanden hatte. «Gesandte sollte man immer zuvorkommend behandeln», fuhr Murad fort und lenkte sein Pferd neben Mehmeds. «Wir sind keine Wilden, die sämtliche Gesetze der Höflichkeit missachten.» Er wandte sich an Sphrantzes. «Seid gegrüßt, Gesandter Sphrantzes. Seid willkommen im Land der Osmanen.»

«Vielen Dank, verehrter Sultan», antwortete Sphrantzes bewegt und verbeugte sich. «Ich bringe Euch Grüße von meinem Herrn, Konstantin, dem neuen Kaiser der Römer, der Euch als Zeichen seines guten Willens heute ein Geschenk überbringen lässt.»

«Das sind erfreuliche Nachrichten», sagte Murad. «Ich freue mich über Konstantins Krönung und danke ihm für sein Geschenk. Ich wünsche mir Frieden zwischen unseren großen Reichen. Heute Abend werde ich in meinem Palast ein großes Festmahl zu Ehren des neuen Kaisers geben, und Ihr seid mein Ehrengast.»

«Ihr seid zu freundlich, Sultan», sagte Sphrantzes.

«Nun, Gesandter Sphrantzes, wir sehen uns heute Abend wieder.»

Sphrantzes entfernte sich mit einer Verbeugung. «Aber was wird aus unserer Armee?», fragte Mehmed, sobald

Sphrantzes gegangen war. «Wir sollten zuschlagen, jetzt sind wir bereit.»

«Still, mein Sohn», gab Murad zurück. «Ich habe meine Entscheidung getroffen, und ich lasse mich nicht umstimmen. Ein weiser Sultan kennt den Preis des Friedens.»

«Und ein weiser Sultan hat keine Angst, anzugreifen, wenn die Zeit reif ist», beharrte Mehmed. «Sie rechnen nicht mit einem Angriff, jetzt schon gar nicht, wo ein neuer Herrscher gekrönt wurde und du Frieden versprochen hast.»

«Ich greife nicht an, nachdem ich mein Wort gegeben habe», sagte Murad. «Jetzt loszuschlagen wäre eine Dummheit. Ich hatte mir einen schnellen Feldzug erhofft, wir hätten die Streitereien unter den Griechen zu unseren Gunsten nutzen können. Unsere Armee ist nicht stark genug, um ein vereintes Konstantinopel einzunehmen, und sie ist auch nicht auf eine lange winterliche Belagerung eingestellt. Der Feldzug ist vorbei, Prinz Mehmed. Entlass die Männer. Du kannst nach Manisa zurückkehren.»

«Ja, Vater», sagte Mehmed zutiefst enttäuscht. Niedergeschlagen sah er zu, wie die lange Reihe von Soldaten kehrtmachte und sich auf den kurzen Weg zurück nach Edirne machte. Im Stillen verfluchte er die Feigheit seines Vaters. Und er verfluchte den neuen Kaiser. Sie hatten seine Pläne zunichtegemacht, hatten ihn seiner Armee beraubt. Sie hatten ihm die Chance auf Ruhm gestohlen, seine Chance, wieder der wahre Sultan zu sein. Mehmed gab seinem Pferd die Sporen und stob im gestreckten Galopp an den Truppen vorbei Richtung Edirne, als könnte er seiner Enttäuschung entkommen. Aber seine Augen füllten sich mit bitteren Tränen.

VIER

Januar 1449 – Genua

Die *Fortuna* kam gegen Abend in Genua an. Sie glitt über das glatte Wasser der Bucht von Genua und machte an den Kais der Familie Giustiniani fest. Jenseits des Hafens erhob sich die Stadt vor Longos Augen, die Gebäude drängten sich die steilen Hügel hinauf. Die Bergkämme waren wie mit Schnee bestäubt und leuchteten purpurrot in der Abenddämmerung. Longo hieß seine Männer das Schiff entladen und machte sich mit Tristo und William durch die engen, gewundenen Straßen der Stadt auf zum nahegelegenen Palast der Giustiniani. Im Hof des *palazzo* wurde Longo von seinem Hausverwalter freudig begrüßt.

«Willkommen zu Hause, Signor Longo – Gott sei gedankt, dass Ihr lebt. Nach Eurer langen Abwesenheit hatten wir das Schlimmste befürchtet. Werdet Ihr über Nacht hierbleiben? Soll ich Euch Essen und Wein bringen?»

«Nein, Jacomo, vielen Dank», sagte Longo. «Bring mir ein Pferd und bring auch welche für Tristo und William. Wir reiten sofort zur Villa.»

«Zur Villa!» Jacomos Augenbrauen hoben sich erschrocken. «Soll ich einen Boten vorschicken, damit alles bereit ist, wenn Ihr kommt?»

«Das wird nicht nötig sein», sagte Longo. «Ich denke doch, dass wir schneller reiten als jeder Bote.» Longo lächelte. Offensichtlich wollte Jacomo dringend Nicolo, den Haushofmeister der Villa, vor Longos Ankunft warnen. Longo fragte sich, was Nicolo nun wieder ausgefressen hatte.

Die Villa lag etwa drei Meilen vor der Stadt in den Gebirgsausläufern, die auf Genua hinuntersahen, und war von Feldern und Weingärten umgeben. Sie erreichten Longos Ländereien kurz nach Einbruch der Dunkelheit und banden ihre Pferde in einem Weingarten hinter der Villa an. Longo sah zufrieden, dass die Reben in seiner Abwesenheit gut gediehen waren. Doch das kümmerte ihn im Augenblick nicht. «Leise», ermahnte er Tristo und William. «Wollen doch mal sehen, wie mein guter Haushofmeister Nicolo meine Abwesenheit genutzt hat. Tristo, für heute Nacht bist du entlassen. Du kannst zu Hause schlafen. Wir sehen uns morgen früh wieder.» Tristo entfernte sich leise, während sich Longo und William dem Landhaus zu Fuß näherten.

Das Haus war hell erleuchtet, und als sie herankamen, hörten Longo und William Gelächter und Musik. Ein trunkener Festgast torkelte johlend zwischen die Reben, um zu urinieren:

«Gib mir ein Mädchen, nur für mich,
Ja, gib mir ein Mädchen, drum bitt ich dich.
Eines, das mir den Knochen biegt
Das frisch im Stroh hier bei mir liegt.»

Das Landhaus war von einer rund sechs Fuß hohen Mauer umgeben. Longo kletterte hinauf und zog William hinter sich hoch. Von dort oben konnten sie den ganzen Garten übersehen: Springbrunnen, sorgfältig gepflegte Wege und Hecken und überall Menschen. Longos Diener stolperten in den Anlagen herum, sangen zotige Lieder und amüsierten sich mit einem Heer überschminkter, draller Frauen in grellen Kleidern, von denen offensichtlich viele käuflich waren.

Hier und dort verschwanden Männer in den Hecken, Frauen hinter sich herziehend. Im Haus spielten Longos Musiker Volkslieder auf Violen, Lauten und Blockflöten.

Longo und William sprangen von der Mauer in den Garten und bahnten sich einen Weg durch die betrunkenen Zecher. An der Gartentreppe wurde Longo von seinem Lautenspieler erkannt. Der Musiker wurde kreidebleich, ließ sein Instrument fallen und rannte hinaus in die Dunkelheit. Nach und nach hörten auch die anderen auf zu spielen, und als die Musik verstummte, richteten sich aller Blicke auf Longo. Allein Keuchen und Japsen waren zu hören. Ein Betrunkener erbrach sich in hohem Schwall. Ein korpulenter Mann, der gerade johlend mit einer Flasche Wein unter dem Arm aus der Villa in den Garten wollte, erkannte Longo. Er erstarrte, dann stieß er ein lautes *«Merda!»* hervor.

«Guten Abend, Anselmo. Ihr scheint euch nicht zu langweilen», sagte Longo.

«Nein, mein Herr», murmelte Anselmo. «Es ist Valentinstag, mein Herr. Und, und ...» Dann hatte er eine Eingebung. «Und wir haben auf Eure sichere Rückkehr getrunken!»

«Natürlich. Wo ist Nicolo?», fragte Longo.

Anselmo musste schlucken. «Ich glaube, er ist in Eurem Schlafzimmer, mein Herr.»

Longo nickte. «Anselmo, räum die Schweinerei hier auf. William, du bleibst hier und behältst ihn und die anderen im Auge. Lass sie keinen Wein mehr trinken. Fühl dich frei, jedem Mann den Bauch aufzuschlitzen, der dir nicht gehorcht.» William zog seinen Dolch und grinste Anselmo boshaft an. Longo durchschritt die Eingangshalle seines Landhauses und lief die gewundene Marmortreppe hinauf.

In seinem Schlafzimmer fand er Nicolo in seinem Bett vor, nackt, mit zwei ebenfalls nackten jungen Frauen, die ihn mit Weintrauben fütterten.

«Wer wagt es, mich zu stören?», brauste Nicolo auf. Als sein Blick auf Longo fiel, verschluckte er sich prompt an einer Traube. Die Frauen warfen einen Blick auf Longos rotes Gesicht und seinen gezückten Säbel und sprangen behände zur Tür hinaus. Longo sagte nichts, solange Nicolo, dessen Gesicht erst rot, dann violett anlief, mit der Traube kämpfte. Schließlich gelang es dem Haushofmeister, die Traube auszuhusten. Mit der Traube brach ein Wortschwall aus ihm heraus. «Es ist so gut», stieß er zwischen heftigem Japsen hervor, «Euch zu sehen, mein Herr!» Keuchen. «Hatte schon befürchtet, Ihr wärt tot.» Keuchen. «Entschuldigt die Unordnung.» Keuchen. «Solch eine unerwartete Freude!»

«Ich sehe, dass du gut auf mein Haus aufgepasst hast», unterbrach Longo ihn. «Sag, ist der Wein gut dieses Jahr?» Er nahm eine der gut ein Dutzend Weinflaschen, die vor dem Bett auf dem Boden lagen, und roch daran. «Offensichtlich kennst du dich mit der letzten Ernte bestens aus. Ist der Nebbiolo gut geworden?»

«Ja, mein Herr, er ist ganz ausgezeichnet. Den müsst Ihr einfach probieren.» Nicolo sah sich nach einer vollen Flasche um, doch als er keine entdecken konnte, fuhr er fort: «Die Ernte war hervorragend. Ich habe die Zahl der Erntehelfer verdoppelt und konnte außerdem noch einen angrenzenden Weinberg von ... Großer Gott!» Nicolo wurde von dem entfernten Aufheulen einer Frau unterbrochen. Es war entweder ein Schrei entsetzlicher Angst oder großen Glücks. Der Schrei steigerte sich zu einem unbeschreiblich hohen Crescendo, um abrupt abzubrechen.

«Was wolltest du gerade sagen?», wollte Longo wissen.

«Ja, ich habe einen Weinberg gekauft», murmelte Nicolo. «Von einem Kaufmann. Namens Rudolfi.»

«Tatsächlich?»

«Ja. Aber Ihr habt Euch noch nicht zu diesem ... äh ... zu diesem Fest geäußert», sagte Nicolo. «Ihr seid mir nicht böse, mein Herr?»

«Warum sollte ich dir böse sein, Nicolo?», fragte Longo und warf die Flasche zur Seite. Nicolo zuckte zusammen, als sie auf dem Boden zerschellte. Longo lächelte. «Du scheinst die Sache doch im Griff zu haben. Du wirst mir alles zeigen. Mich interessieren besonders die Felder. Mir ist nämlich aufgefallen, dass sie noch nicht gepflügt wurden. Wir werden uns gleich morgen darum kümmern.»

* * *

Der Schrei, den Longo und Nicolo gehört hatten, war aus Tristos Haus gekommen. Seine Frau Maria hatte panische Angst und freute sich gleichzeitig schrecklich. Tristo hatte sich leise an die winzige Hütte herangeschlichen. Vor der Tür hielt er inne und war nicht überrascht, nicht nur eine, sondern zwei Stimmen zu hören. Ein Mann sagte sanft und einschmeichelnd: «Wunderbar, wunderschön. Ich kaufe dir noch zehn davon.» Eine Frau antwortete mit einem erfreuten Auflachen. Tristo setzte einen Ausdruck gerechter Empörung auf. Er schob den Riegel hoch, und die Tür schwang auf. Auf dem Tisch standen die Überreste eines halbverzehrten Festmahls: Teile eines gebratenen Fasans, verschiedene Käsesorten und drei Flaschen Wein. Ein Feuer knisterte im Kamin. Und dort, auf dem Bett, nur halb bedeckt von ihrem seidenen Rüschenkleid, ertappte er seine Ehefrau *in flagrante delicto* mit einem ebenfalls halbnackten

Mann, den Tristo noch nie gesehen hatte. Als Maria Tristo mit seinem aufgesetzt wütenden Gesicht in der Tür stehen sah, begann sie zu schreien. Da der fremde Mann ihr Schreien für einen Ausdruck beispielloser Beglückung hielt, setzte er, der Tristo den Rücken zugekehrt hatte, seine Anstrengungen mit neuer Kraft fort.

Maria schrie noch immer, als Tristo den Mann am Nacken packte, ihn vom Bett zerrte und in hohem Bogen aus der noch offen stehenden Tür schleuderte. Sofort hörte Maria auf zu schreien. «Ein Segen, dass du gekommen bist», rief Maria. «Dieser gemeine Landstreicher wollte mir etwas antun!»

Der Mann rappelte sich so schnell hoch, wie es mit der heruntergerutschten Hose ging, dann hüpfte er, außer sich vor Wut, zurück zur Tür. «Dir was antun! Wovon sprichst du, Maria? Wer ist dieser Mann?» Tristo knallte dem Mann die Tür vor der Nase zu und setzte seiner Tirade so ein jähes Ende.

«Er hat dir was angetan, ja? Wer ist das eigentlich?», fragte Tristo. Er hatte sich an den Tisch gesetzt und ein Glas Wein eingeschenkt. Seine Wut war verflogen. Er lächelte froh und nahm sich Zeit, das Spitzenkleid seiner Frau genau zu betrachten. «Schönes Kleid.»

«Gefällt es dir?», fragte Maria, lächelte kokett und zupfte daran herum, bis es wieder richtig saß. Sie war eine grobknochige, üppige Frau, eher hübsch als schön, mit langem schwarzem Haar und einem schelmischen Lächeln. «Das war niemand. Nur irgendein Kaufmann aus der Stadt. Du kannst wohl kaum erwarten, dass ich standhaft bleibe, wenn du Ewigkeiten fort bist, Tristo. Zwei Jahre! Du hättest wenigstens so höflich sein können anzuklopfen. Gott, du hast mich zu Tode erschreckt. Ich dachte, du seiest ein

Geist, wie du da in der Tür standst. Wie Luzifer persönlich hast du ausgesehen!»

«Tja, ich lebe, und es geht mir gut», sagte Tristo. Er hatte den Wein getrunken und machte sich jetzt über die Reste des Fasans her. «Komm her und gib deinem Gatten einen Kuss.» Maria stand auf und küsste Tristo fest auf die Lippen. Er gab ihr einen ordentlichen Klaps auf den Hintern. «Das ist für deine Untreue, du ungezogenes Frauenzimmer», sagte er. «Das wird nicht mehr vorkommen, wenn ich zu Hause bin.»

Maria schlug ihn hart ins Gesicht. «Wofür war das, Frau?», rief Tristo.

«Das war für deine Untreue und dafür, dass du es wagst, deine Frau zu schlagen», antwortete Maria schroff.

Tristo sprang von seinem Stuhl auf und gab Maria noch einen Klaps auf den Hintern. «Dann ist dieser dafür, dass du deinen Platz nicht kennst, Frau.»

Sie schlug zurück. «Und das ist dafür, dass du eine Dame geschlagen hast.»

«Eine Dame?», platzte es aus Tristo heraus. Er jagte Maria um den Tisch und versuchte, ihren Hintern zu fassen zu kriegen. Er packte sie, und nach kurzem Gerangel küssten und umarmten sie sich leidenschaftlich. Eng umschlungen fielen sie aufs Bett.

«Willkommen zu Hause, Tristo», stieß Maria lachend hervor. «Oh, wie habe ich dich vermisst!»

\# # #

Longo überwachte am nächsten Morgen das Pflügen der Felder. Im Schatten eines Olivenbaums aß er Brot und Käse zum Frühstück und sah Nicolo dabei zu, wie dieser sich abmühte, einen Pflug durch den kalten, steinharten Boden zu ziehen. Longo hatte Nicolo persönlich angeschirrt, doch obwohl sich der Haushofmeister seit fast einer halben Stunde mit dem Pflug quälte, hatte er sich kaum ein paar Schritte von der Stelle bewegt. Nachdem Longo sein Frühstück beendet hatte, ging er zu dem am Geschirr zerrenden Nicolo. Die Sonne schien grell, und Nicolo war schweißgebadet, obwohl die Luft noch winterlich kalt war. Erschöpft sank er auf die Knie, als er Longo näher kommen sah.

«Nicolo, du hast erst sechs Fuß gepflügt», sagte Longo mit gespieltem Ernst und scharrte mit dem Fuß in der Erde herum. «Und besonders gut hast du das auch nicht gemacht. Wenn das so weitergeht, bist du im Sommer noch nicht fertig mit Pflügen.»

Nicolo sah ihn entsetzt an. «Bitte, mein Herr», flehte er. «Kein Pflügen mehr, ich bitte Euch. Ich werde alles tun, was Ihr verlangt.»

«Na gut», sagte Longo. Die Bestrafung war vor allem als Warnung für die anderen Bediensteten gedacht. Nicolo war Longo so viel wert, dass er sich mit seinen gelegentlichen Übertretungen abfand. Er half seinem Haushofmeister aus dem Geschirr. «Als Erstes läufst du zur Villa. Ich sehe mir die Weingärten an, und wenn ich zurückkomme, will ich gesattelte Pferde vorfinden – für mich, Tristo und drei weitere Männer. Ich muss zur Ratssitzung nach Genua, und ich bleibe über Nacht dort. Bitte schick einen Mann zum *palazzo*, damit die notwendigen Vorkehrungen getroffen werden.»

«Ja, mein Herr. Augenblicklich, mein Herr!», sagte Nicolo und eilte trotz seiner Erschöpfung im Laufschritt davon.

«Jemand soll sich deinen Rücken ansehen», rief ihm

Longo hinterher. «Das Geschirr hat sicher Spuren hinterlassen.»

«Bestimmt. Danke für Eure Aufmerksamkeit, mein Herr», sagte Nicolo. Er lief den Hügel zur Villa hinauf, blieb zum Luftholen kurz unter dem Olivenbaum stehen, in dessen Schatten Longo gefrühstückt hatte, und hastete dann über den Hügel außer Sichtweite.

Als Longo zur Villa kam, stand Nicolo im Hof, die Zügel seines Pferdes in der Hand. Tristo und drei bewaffnete Männer standen bereit, um Longo in die Stadt zu begleiten. William war unter ihnen. Er preschte vor, sowie er Longo sah. «Longo», rief er. «Darf ich mit Euch in die Stadt reiten? Ich mache keine Schwierigkeiten.»

«Wir sind nicht mehr im Orient, William. Du musst mich als ‹mein Herr› ansprechen», ermahnte Longo ihn, aber er lächelte freundlich. William hatte englisch mit ihm gesprochen, und nur Longo und Tristo hatten ihn verstanden. «Diesmal darfst du mich nicht begleiten», fuhr Longo fort. «Du kennst uns Genueser nicht, und ich will nicht, dass du in Schwierigkeiten gerätst. Wenn du etwas Italienisch kannst, darfst du mit nach Genua kommen. Vorher nicht.»

«Aber ich mache bestimmt keine Schwierigkeiten», protestierte William.

«Sicher nicht», sagte Longo und schwang sich in den Sattel. «Trotzdem musst du hierbleiben. Nicolo», sagte Longo, ins Italienische wechselnd, «gib William etwas zu tun. Bring ihm etwas Italienisch bei.»

Longo trabte mit seinen Männern davon. Sie ritten durch Weingärten und Felder bis zum großen Osttor von Genua – der Porta Soprana – und in die Stadt hinein. Als sie durch die engen Straßen ritten, bemerkte Longo, dass

William ihnen im Laufschritt folgte und nun vergeblich versuchte, außer Sichtweite zu bleiben. Longo schüttelte den Kopf. Wenn er in Longos Haushalt bleiben wollte, musste der Junge Disziplin lernen.

Als sie am Palazzo Ducale ankamen, dachte Longo nicht mehr an William. Weiße Marmorsäulen zierten die hohen Mauern der Straßenfassade, und über dem Palast erhob sich ein mächtiger Turm. Longo stieg vom Pferd, übergab Tristo die Zügel und betrat den Palast, das Machtzentrum Genuas. Die Stadt wurde von einer Handvoll großer Kaufmannsfamilien regiert: den Grimaldi, Cassello, Boccanegra, Spinola, Adorno, Fregoso, Doria, Fieschi und den Giustiniani. Einmal im Monat trafen sie sich zur Ratssitzung, über die der Doge präsidierte, den sie auf Lebenszeit wählten.

Longo betrat den Ratssaal – einen langen Saal mit hoher Decke, in dessen Mitte ein wuchtiger ovaler Tisch stand. Er nahm seinen Platz als Oberhaupt der Familie Giustiniani ein und wartete, während sich die Tafel langsam bevölkerte. Als Letzter betrat der Doge, Lodovico Fregoso, den Saal, ein großer Mann mit den freundlichen Zügen seiner Familie und einer bemerkenswert langen Nase. Er rief den Rat zur Ordnung, und die Gespräche wandten sich sogleich Fragen des Handels zu – der erwarteten Ankunft einiger Karawanen aus dem Osten, den anhaltenden Gerüchten über eine Seepassage zu den Westindischen Inseln und ob es ratsam sei, eine Erkundung dieses Seeweges zu finanzieren. Dann diskutierte man die aktuelle politische Lage: Genuas große Rivalin Venedig weitete ihre Besitzansprüche im östlichen Mittelmeerraum aus. Longo beteiligte sich erst, als man auf Pera zu sprechen kam – auf den Genueser Handelsstützpunkt, Konstantinopel gegenüber am Goldenen Horn gelegen.

«Signor Giustiniani», sprach ihn Fregoso an, «Ihr seid

kürzlich aus Konstantinopel zurückgekehrt. Was für Neuigkeiten bringt Ihr von dort?»

«Keine guten», begann Longo. «König Ladislaus von Polen wurde in der Schlacht auf dem Amselfeld geschlagen, und Johann Hunyadis Armee wurde vernichtet. Die Griechen haben nicht genug Männer, um die Truppen des Sultans zu bekämpfen. Wenn die Türken angreifen, wird Konstantinopel fallen, fürchte ich. Jedenfalls wenn die Griechen keine Hilfe von außen bekommen.»

An der Tafel war es still. Schließlich brach Niccolò Grimaldi, ein älterer Mann, der als kluger Handelsmann bekannt war, mit sanfter Stimme das Schweigen. «Wenn Konstantinopel fällt, ist Pera verloren. Das wäre das Aus für unseren Handel mit dem Orient.»

«Wir würden mit nichts dastehen und wären leichte Beute für die Venezianer», stimmte Umberto Spinola ihm zu.

«Wie sollen wir vorgehen? Was schlagt Ihr vor, Signor Giustiniani?», fragte Fregoso.

«Wir haben zwei Möglichkeiten», begann Longo. «Wir können dem Sultan einen Gesandten schicken und einen Vertrag mit ihm aushandeln, der uns die Unantastbarkeit von Pera garantiert. Murad mag ein Ungläubiger sein, aber er ist ein Mann, den man beim Wort nehmen kann. Man erzählt sich allerdings, dass er in schlechter gesundheitlicher Verfassung ist, und ich weiß nur wenig über seinen Sohn, den Thronerben. Außerdem quält mich die Vorstellung, als Bittsteller vor die Türken zu treten. Ich schlage stattdessen vor, dass wir eine Vereinbarung mit dem griechischen Kaiser treffen. Als Gegenleistung für Handelskonzessionen sollten wir Schiffe und Männer nach Konstantinopel schicken, um die Stadt zu verteidigen. Ich glaube, dass nur ein starkes Zeichen westlicher Unterstützung die Türken zurückhalten kann. Was auch immer wir tun, wir müssen schnell handeln. Nur weil Murad uns gewogen war, hält der Frieden bis jetzt. Doch ich fürchte, er wird nicht mehr lange währen.»

Longo lehnte sich zurück. Spinola, ein äußerst religiöser Mann, der die Türken nicht ausstehen konnte, antwortete als Erster. «Ich stimme Signor Giustiniani zu», sagte er. «Wir sollten nicht mit dem heidnischen Sultan in Verhandlungen treten.»

«Schöne Worte», versetzte Giovanni Adorno, ein plumper Mann, dessen fröhliches Gesicht und zwinkernde Augen leicht über seinen skrupellosen Charakter hinwegtäuschten. «Eure Religion, Signor Spinola, hat Eure Agenten jedenfalls nicht davon abgehalten, Verträge mit türkischen Kriegsherren über den Ankauf von Gewürzen im Wert von vielen Millionen Lira zu unterzeichnen.»

«Ihr zweifelt an meinem Glauben, Signore?», brauste Spinola empört auf.

«Keineswegs», besänftigte Adorno ihn. «Ich wollte nur betonen, dass selbst die Rechtschaffenen unter uns Geschäfte mit den Heiden gemacht haben. In der Tat hängt unsere Existenz davon ab.»

«Es gibt noch einen weiteren Punkt», schaltete sich Longo wieder ein. «Eine Vereinbarung mit dem Sultan bedeutet Ärger mit Konstantinopel. Wir können unsere dortigen Hafenanlagen und Lagerhäuser nicht aufs Spiel setzen.»

«Genau», pflichtete ihm Spinola bei. «Und deswegen müssen wir Konstantinopel beistehen.»

«Vergebt meine Frage», sagte Grimaldi, «aber was würde das kosten? Über eine solche Entfernung Truppen zu finanzieren ist keine Kleinigkeit. Ich möchte unsere Stadt nicht mit einem Krieg ruinieren, der noch nicht einmal begonnen hat.» Einige Männer nickten oder klopften zustimmend auf den Tisch. «Und was wird, wenn wir Konstantinopel unterstützen und die Stadt trotzdem fällt?», fuhr Grimaldi fort. «Dann verlieren wir alles.»

«Ein kleines Opfer, um unseren Glauben zu verteidigen», insistierte Spinola. «Oder habt Ihr alle schon vergessen, dass wir Christen sind, dass wir eine Pflicht unserem Herrn gegenüber haben.»

«Ich bin mir sicher, niemand von uns hat das vergessen, Signore, aber wir haben auch eine Pflicht unserer Stadt und unserem Volk gegenüber», sagte Fregoso. «Ich schlage vor, dass wir uns mit dem Sultan in Verbindung setzen.»

«Aber Signore!», unterbrach Longo ihn. «Wir können Konstantinopel doch nicht im Stich lassen.»

«Das werden wir auch nicht», versicherte Fregoso. «Wir versuchen herauszufinden, was der Sultan im Schilde führt, aber wir treten nicht in offizielle Verhandlungen ein. Inzwischen geben wir Kaiser Konstantin unsere Zusage, dass er im Falle eines Angriffs mit uns rechnen kann.» Kurzum, Fregoso schlug vor, gar nichts zu tun. «Sind alle dafür?», fragte der Doge. Ein Chor von Jastimmen beendete die Angelegenheit. Nur Longo und Spinola hatten sich enthalten. «Nun denn», schloss Fregoso, «die Sache ist entschieden, die Sitzung ist hiermit beendet.»

Longo erhob sich und stürmte grußlos aus dem Palast. Die Entscheidung hatte ihn nicht überrascht, trotzdem war er enttäuscht. Er schickte Tristo und seine Männer zum *palazzo* und folgte ihnen schnellen Schrittes zu Fuß, als wollte er seiner Enttäuschung davonlaufen.

* * *

Von einer schattigen Gasse aus beobachtete William, wie Longo den Palazzo Ducale verließ und zu Fuß in Richtung Stadtmitte ging. William folgte ihm mit Abstand. Eine dichte Menschenmenge schob sich durch die Straße, die von Läden gesäumt war. Über ihm trafen die geschlossenen Balkone beider Straßenseiten fast aufeinander, nur durch einen kleinen Spalt drang die blasse Januarsonne. William sah, wie ein Diener auf einen Balkon trat und einen Nachttopf auf die Straße leerte. Gerade noch rechtzeitig sprang William zurück. Um ein Haar hätte er die schmutzige Brühe überbekommen.

Als er sich umdrehte, stand Longo lächelnd vor ihm. William erstarrte und lief dunkelrot an. «Ich wollte nicht ungehorsam sein, Herr», erklärte William. «Aber ich wollte die Stadt sehen, und es war dunkel, als wir hier ankamen, und ich dachte, es würde nicht schaden ...»

«Ich bin dir nicht böse», unterbrach Longo ihn. «Ich kann deine Gesellschaft brauchen. Auf dem Weg zum *palazzo* gehen wir über den Markt. Wenn du schon mal hier bist, kann ich dir auch gleich etwas zum Anziehen kaufen. Diese Lumpen bedecken dich ja kaum noch.»

Sie liefen durch die labyrinthisch engen Gassen hinunter zum Markt, der nur ein paar Straßen vom Hafen entfernt die ganze Piazza San Giorgio einnahm und sich von dort in die umliegenden Straßen ausdehnte. Der Platz war mit Ständen gesäumt, an denen eine ungeheure Auswahl an Waren feilgeboten wurde – orientalische Seide, indische Gewürze, exotische Tiere, Schwerter, Blumen. Zwischen den Ständen bewegte sich eine dichte Menschenmenge, die sich ab und an für einen Adligen zu Pferde teilte. William blieb staunend stehen. Ihm schwindelte beim Anblick der leuchtend gestrichenen Häuser, die den Platz umgaben, der fremdländisch gekleideten Straßenkünstler und des lebhaften Treibens. Longo bahnte sich einen Weg durch die Menge, dicht gefolgt von William. Sie kamen an einen Stand, der Stoffe und gut durchgewalktes Leder in langen Streifen anbot. Longo befühlte das Leder anerkennend und ließ sich zwei lange Lederstreifen zur Begutachtung zeigen. Longo nickte, dann prüfte er einen Ballen weißen Baumwollstoffs.

«Ich dachte, wir wollten etwas zum Anziehen kaufen», unterbrach William ihn.

Longo lächelte. «Dies sind deine Kleider: Lederhose und Baumwollhemd. Tristo zeigt dir, wie man sie näht. Nun komm. Du musst ja richtig ausgehungert sein. Ich kaufe dir etwas zu essen. Ich wette, du hast noch nie eine Feige probiert.»

William hatte noch nie etwas so Wunderbares gegessen. Die Feige war so süß, dass es ihm fast wehtat, und hatte doch einen exotisch-erdigen Geschmack, der die Süße ausglich. Kauend ließen sich Longo und er langsam zu einem Feuerschlucker am Rande des Platzes treiben, der gerade dabei war, ein brennendes Schwert – in seiner gesamten Länge von zwei Fuß – zu verschlucken, sodass nur noch das Heft herausschaute. Als er das Schwert wieder herauszog, loderten an der Klinge noch immer Flammen empor.

«Wie macht er das bloß?», wollte William wissen.

Longo dachte kauend nach. «Vielleicht hat er etwas getrunken, das ihn schützt», sagte er schließlich. «Oder es verbrennt ihn tatsächlich, aber er hat sich inzwischen an den Schmerz gewöhnt.»

William hörte ihm jedoch gar nicht mehr zu. Seine ganze Aufmerksamkeit galt einem italienischen Adligen zu Pferde hinter dem Feuerschlucker, der langsam näher kam. Ein dünner Mann, dessen eigentlich gutaussehendes Gesicht von einem gefrorenen Hohnlächeln entstellt wurde. William erkannte ihn sofort – wie sollte er dieses Gesicht jemals vergessen? Es war Carlo Grimaldi, der Mann, der William und seine Schiffskameraden an die Türken verraten hatte.

William preschte vor und stellte sich dem Pferd in den Weg. «Du bist es, du Bastard!», schrie er. «Ich werde dich töten!»

Das Pferd bäumte sich auf. Fast wäre Carlo abgeworfen worden. Doch als er das Pferd wieder unter Kontrolle hatte, starrte er geringschätzig auf William hinab. «Du hast wohl den Verstand verloren, Junge», sagte er auf Englisch mit starkem Akzent. «Ich habe dich noch nie gesehen. Geh mir aus dem Weg.» Er schlug William mit der Reitpeitsche einen blutigen Striemen durchs Gesicht.

William zog seinen Dolch und wich nicht vom Fleck. «Du Mörder», spuckte er ihm vor die Füße. «Du hast meinen Onkel hinterrücks erstochen. Du hast uns an die Türken verraten.»

«Ich lasse mich nicht einfach so beleidigen, schon gar nicht von englischem Abschaum wie dir», stieß Carlo wütend hervor und ließ seine Reitpeitsche noch einmal auf Williams Gesicht niedergehen. William hob seinen Dolch und teilte die Peitschenschnur sauber in zwei Hälften. «Dafür zahlst du mit deinem Kopf!», brüllte Carlo und zog sein Schwert.

Longo trat zwischen Carlo und William. «Ich bin Longo Giustiniani, und dieser Junge steht unter meinem Schutz. Wenn Ihr Euch mit ihm anlegt, dann habt Ihr es mit mir zu tun.»

Bei der Erwähnung von Longos Namen wurde Carlo

kalkweiß. «Ich wusste nicht, dass der Junge in Euren Diensten steht, Signor Giustiniani», sagte Carlo. «Aber er hat mich beleidigt und seinen Dolch gegen mich erhoben. Ich verlange Gerechtigkeit.»

«Wenn Ihr Gerechtigkeit fordert, so stehe ich zu Eurer Verfügung», sagte Longo.

Carlo zögerte. Seine Ehre war verletzt, aber es war offensichtlich, dass er nicht gegen Longo kämpfen wollte. Schließlich nickte er. «Gut», sagte er. «Ich werde jemanden schicken, um die Einzelheiten zu regeln.»

«Nein», warf William ein. «Ich werde selber kämpfen.»

«Still, William», befahl Longo. «Du weißt nicht, was du tust.»

William beachtete ihn nicht. Carlo hatte seine Freunde umgebracht, und William hatte geschworen, dass er dafür zahlen würde. Er wandte sich an Carlo und sagte in gebrochenem Italienisch: «Ich dich kämpfen. Ich.»

Carlo lächelte. «Eher würde ich meine Füße an ihm abtreten, als mich diesem Gemeinen zu stellen», höhnte er. «Aber der Junge scheint eine Lektion in Manieren nötig zu haben. Wir sehen uns morgen. Ich schicke gleich einen Mann zu Euch. Guten Tag, Signor Giustiniani.»

* * *

Carlos Sekundant, sein stämmiger Bruder Paolo, kam keine Stunde später zum *palazzo*, und Longo und er einigten sich schnell auf die Bedingungen: im ersten Tageslicht, auf der Piazza di Sarzano, bis zum Tod.

Longo trat zu Tristo und William, die im Hof an einer langen Tafel aßen. Er blieb stehen, um sie zu beobachten. Tristo schaufelte einen gehäuften Teller Vermicelli mit reichlich Butter in sich hinein, während William eine einzelne dünne Nudel in die Höhe hielt und sie skeptisch betrachtete. «Sieht aus wie ein Wurm», bemerkte William. «Wie nennt ihr das nochmal?», fragte er.

«La pasta.»

«La pasta», wiederholte William und kaute vorsichtig auf der Nudel herum. «Nicht schlecht.» Er nahm einen Becher und schnupperte daran.

«Il vino», sagte Tristo zu ihm.

William nahm einen Schluck und verzog das Gesicht. «Gibt es denn hier kein Bier?», fragte er.

Tristo lachte. «Du wirst schon noch lernen, Wein zu mögen, Junge. Das kannst du mir glauben.» William nahm noch einen Schluck und schnitt wieder Grimassen.

«Mach ihn nicht betrunken, Tristo. Er braucht morgen früh einen klaren Kopf», rief Longo ihnen zu. «William, wir haben uns über die Bedingungen geeinigt. Das Duell geht auf Leben und Tod.» Longo musterte William eingehend, ob er Zeichen von Furcht zeigte, aber der Junge blickt ungerührt. «Hast du schon mal mit einem kurzen Schwert gekämpft?», fragte Longo ihn.

«Eigentlich nur mit Dolchen», antwortete William.

«Dann probier mal dieses», sagte Longo. Er gab William ein kurzes Schwert – drei Fuß lang, leicht, mit einer dünnen Klinge, die flach auslief. Die Waffe war mehr zum Zustoßen gedacht als zum Aufschlitzen. William übte sich im Luftgefecht.

«Es ist doch lang», sagte William. «Warum wird es kurz genannt?»

«Das Schwert wird nach der Länge seines Hefts benannt», erklärte Longo.

«Na gut, solange es scharf ist», sagte William. Er täuschte

noch einen Angriff vor, ging in die Knie und hieb mit seinem Schwert durch die Luft, in der Höhe, wo die Knie seines Feindes sein würden. Der Junge benutzte das Schwert wie einen überdimensionalen Dolch. Er hatte nicht die leiseste Ahnung von den Regeln des Schwertfechtens.

«Ich habe Carlo kämpfen sehen», sagte Tristo grimmig. «Er führt eine tödliche Klinge. Ich habe zugesehen, als er vor ein paar Jahren kurzen Prozess mit dem jüngsten Spinola gemacht hat.»

«Das passt zu ihm.» Longo nickte zustimmend. Obendrein würde William noch ein hübsches Sümmchen an Carlo zahlen müssen. «Wenn du willst, William, kann ich dich noch heute Nacht auf ein Schiff bringen. In ein paar Monaten könntest du in Chios sein. Das wäre keine Schande. Carlo ist ein Adliger, und es war unrecht von ihm, die Herausforderung eines Gemeinen anzunehmen.»

William strich über die frischen Striemen an seiner Wange, die Grimaldis Peitsche zurückgelassen hatte. «Ich werde gegen ihn kämpfen», sagte William. «Ich habe keine Angst.»

«Sehr gut», sagte Longo. «Sieh zu, dass du ein wenig Schlaf kriegst. Wir sehen uns morgen früh.»

* * *

Bei Sonnenaufgang fanden sich Longo und William auf der Piazza di Sarzano ein, ihre Pferde hatten sie vom kalten Wind geschützt an der alten Stadtmauer angebunden. Ihr Atem dampfte in der Luft, und sie hielten die Mäntel eng um sich geschlungen. Hinter ihnen erhob sich schemenhaft San Salvatore. An der mit zahlreichen Fresken und einem seltsamen Buntglasfenster in Form eines ungeheuer großen Hutes geschmückten Kirchenfassade ragten vier Säulen empor.

Die Brüder Grimaldi kamen angeritten und banden ihre Pferde an. Die vier Männer trafen in der Mitte des Platzes aufeinander. Die Luft war schwer von der Feuchtigkeit, die vom nahen Meer aufstieg, und noch lag die Dämmerung über allem. Die Stadt war still, alles schlief. Sie sprachen leise, als hätten sie Angst, die Ruhe zu stören.

«Wählt Euer Schwert», sagte Longo und händigte Paolo die beiden Waffen aus. Der prüfte sie, und als er zufrieden war, dass sie gleich waren, gab er seinem Bruder eine. Carlo nahm das Schwert und hieb mehrfach durch die Luft, um ein Gefühl dafür zu bekommen, wie es in der Hand lag. Carlo gab sein Einverständnis mit einem Nicken zu erkennen, und Longo reichte das andere Schwert William. «Ihr kennt die Bedingungen», sagte Longo. «Auf Leben und Tod. Weder wird um Schonung gebeten, noch wird sie gewährt.» William und Carlo nickten. «Nehmt Eure Plätze ein.» Longo wandte sich an William. «Sei auf der Hut. Gott schütze dich.» Longo und Paolo traten zurück an den Rand des Platzes. William und Carlo stellten sich etwa zehn Fuß voneinander entfernt kampfbereit auf. Im Vergleich mit dem viel größeren und stärkeren Carlo wirkte William bemitleidenswert schmächtig.

«Ich fürchte, das wird kein richtiger Wettkampf», bemerkte Paolo. Dann lenkte er ein, als sei ihm eben erst bewusst geworden, dass seine Worte als Beleidigung aufgefasst werden könnten. «Immerhin wird es schnell vorüber sein. Der Junge wird nicht leiden.» Longo beachtete ihn gar nicht.

«Bist du bereit für deine Lektion, Hundesohn?», fragte Carlo in gestochen klarem Italienisch.

«Geh zur Hölle, du Sohn einer türkischen Hure!», spuckte William auf Englisch aus.

«Also gut.» Carlo verbeugte sich und nahm die Grundposition ein, den Körper seitlich gedreht, den rechten Fuß in Williams Richtung vorgestellt und das Schwert locker auf den vorderen Fuß gerichtet. William ging tief in die Hocke. Sein Körper war Carlo zugewandt, das Schwert hielt er seitlich vor sich. Die beiden Gegner standen ganz still und schätzten einander ab.

Paolo gluckste vor sich hin. «Der Junge sieht aus wie ein Hummer, stimmt's?», fragte er. Longo betrachtete die Szene schweigend. «Ich will natürlich niemanden beleidigen», fügte Paolo hinzu. «Ich mag Hummer sehr gerne. Sie schmecken ausgezeichnet.»

Plötzlich sprang Carlo vor. Mit ein paar kurzen, federnden Sprüngen war er bei William, dann machte er einen Ausfall fast bis an dessen Brust. William hatte den Angriff vorausgesehen. Er war außer Reichweite, bevor Carlo bei ihm war. Vergeblich versuchte er, Carlo die Fersen aufzuschlitzen, dann brachte er sich in Sicherheit. Erneut griff der Italiener an, wiederholte seine Ausfälle mit gefährlichen Hieben. Jedes Mal wandte sich William heraus. Er bewegte sich in großen Kreisen auf dem Platz. Unterschiedlicher hätten ihre Kampfstile nicht sein können: Carlo griff auf seiner Linie an, beständig vorwärts und rückwärts, während William sich drehend und wegduckend seitwärts bewegte. William war schneller als Carlo, aber er hatte Schwierigkeiten, gegen die deutlich längere Reichweite des Italieners einen Angriff zu führen.

Langsam dämmerte es auch Paolo, dass der Kampf nicht so leicht sein würde, wie er angenommen hatte.

«Der Junge ist schnell», bemerkte er. «Das hat er bestimmt beim Taschenstehlen gelernt.»

Wieder führte Carlo einen Angriff, und dieses Mal entging William dem Hieb nur äußerst knapp. Das Schwert hatte sein Hemd aufgeschlitzt. Carlo versuchte, so nah wie möglich an William heranzukommen. William stellte sich jetzt auf die Fersen und umkreiste seinen Gegner nicht mehr. Er wich zurück und drehte sich seitlich, wobei er jedes Mal nur knapp den Hieben entkam. Sein Hemd wies einige weitere Schlitze auf, und schon rann Blut an seiner Seite herab. Doch William tänzelte weiter. Carlo erhöhte den Druck, Ausfall um Ausfall. Sein Schwert verfehlte Williams hüpfenden Körper immer nur knapp.

Ein letzter Ausfall, und diesmal war William einen Schritt zu langsam. Er drehte sich direkt in den Schlag hinein. Das Schwert durchbohrte seine linke Seite, unmittelbar unter den Rippen. William stolperte, doch bevor Carlo das Schwert zum nächsten Hieb herausgezogen hatte, kam William von unten hoch. Seine Klinge verschwand in Carlos Kehle und kam am Hinterkopf wieder heraus. Carlo ging sofort zu Boden. Unter seinem leblosen Körper sammelte sich das Blut zu einer Pfütze. William taumelte zurück. Carlos Schwert steckte noch immer in seiner Seite. Er sah einen Moment darauf hinunter, dann fiel er auf die Knie und brach zusammen.

«William!» Longo eilte an die Seite des Jungen. Zu seiner Überraschung sah die Wunde nicht tödlich aus. Sie blutete nur wenig, und es schien, als sei das Schwert glatt durchgegangen, ohne die Lunge oder andere Organe zu verletzen. «Du hast Glück gehabt, Junge», sagte Longo. «Aber jetzt muss dieses Schwert raus. Wappne dich.»

«Das war kein Glück, mein Herr», antwortete William

und sog tief die Luft ein, als Longo das Schwert herauszog. «Ich konnte ihm nicht nah genug kommen, ohne einen Schlag einzustecken. Der schweinsgesichtige Bastard hatte verdammt lange Arme.»

Longo legte William nieder, kippte ihm aus seiner Reiseflasche Brandy in die Wunde und riss zwei Stoffbahnen aus Williams neuem Hemd, wickelte eine zu einem Ball und drückte sie auf die Wunde. «Halt das so», befahl er William. Die andere Bahn hielt er auf die Wunde an Williams Rücken. Dann zog er einen langen Stoffstreifen hervor, den er mitgebracht hatte, und wickelte ihn mehrfach darum, sodass beide Wunden verbunden waren.

«Das sollte fürs Erste halten, aber jetzt musst du schnell nach Hause», sagte Longo. «Die Kälte wird dir nicht guttun, und nimm dich vor den Grimaldis in Acht. Das Duell wurde ehrenhaft ausgetragen, aber sie werden schlechter Stimmung sein, wenn sie kommen. Paolo», rief Longo den untersetzten jungen Mann an, der geschockt über seinem toten Bruder kniete. «Ich verlasse mich darauf, dass dies der Unstimmigkeit ein befriedigendes Ende setzt? Es wird keine Racheakte geben?» Paolo starrte ihn an. «Nun gut», fuhr Longo fort. «Ich schlage vor, du schickst sofort einige Männer her. Wenn du wartest, machen sich die Hunde an dem Leichnam zu schaffen.»

Sie ließen den erschütterten Paolo neben Carlo kniend zurück. Longo half William in den Sattel und setzte sich hinter ihn. Sie ritten zum *palazzo* Giustiniani zurück. In ihrem Rücken läuteten die Glocken von San Salvatore den neuen Tag ein.

* * *

Der entsetzliche Geruch, der am nächsten Morgen von Williams Verband aufstieg, zeigte an, dass die Wunde eiterte. Kurz darauf bekam William so hohes Fieber, dass er zusammenhanglos sprach. Er vermeinte, zu Hause in England bei seiner Mutter zu sein. Ein Arzt wurde gerufen, der William zur Ader ließ, um seine schlechten Körpersäfte abfließen zu lassen und das Fieber zu senken. Doch der Junge fieberte weiter, und die Bemühungen des Arztes vermochten sein Delirium nicht zu beenden. Nach zwei weiteren Tagen ohne Anzeichen einer Besserung äußerte der Arzt nur noch die düstersten Prognosen. Selbst wenn William überlebte, versicherte der Arzt, dann als Idiot, denn sein Verstand sei bereits dem Fieber zum Opfer gefallen.

Longo konnte nicht länger mit ansehen, wie William dahinsiechte. Er trug Tristo auf, ihn sofort zu benachrichtigen, wenn sich Williams Befinden änderte, und beschäftigte sich auf dem Landgut mit der Pflege der Rebstöcke. In der Nacht gab es Frost, und Longo und seine Leibeigenen verbrachten die Nacht damit, teergefüllte Töpfe zu entzünden und sie zwischen den Weinreben aufzustellen, damit der Frost die jungen Pflanzen nicht abtötete. Als Longo am nächsten Morgen in seinen Weingärten den Schaden begutachtete, kam Tristo in gestrecktem Galopp auf ihn zu.

Als Tristo näher kam, konnte Longo erkennen, dass der Riese Mühe hatte, sich aufrecht im Sattel zu halten. Er hielt den rechten Arm beim Reiten schützend an die Seite gedrückt. Was in Gottes Namen mochte ihm zugestoßen sein?

«Mein Herr», sagte Tristo, als er merklich zusammenzuckend vom Pferd abstieg. «Ich bringe Nachrichten aus der Stadt.» Tristo hielt den rechten Arm in einer Schlinge, und aus einem dicken Kopfverband sickerte Blut.

«Was ist passiert?», fragte Longo.

«Es gab einen Kampf mit Grimaldi-Männern», antwortete Tristo. «Ich kam erst gegen Ende dazu und hab mich bemüht, die Männer auseinanderzubringen. Einer unserer eigenen Männer hat mir mit einer Keule den Arm gebrochen – der verfluchte Idiot –, und ich habe mir auch noch eine klaffende Kopfwunde eingehandelt. Aber dem Rest ist es noch viel schlimmer ergangen. Gucio und Piero wurden getötet. Vier andere sind mit unterschiedlichen Verletzungen liegen geblieben. Einer von den Grimaldis ist tot, und den Übrigen geht es ziemlich schlecht.»

Die Nachricht kam nicht überraschend – durch Duelle wurden mehr Fehden begonnen als beendet –, aber sie war Longo gar nicht willkommen. Die Grimaldis waren eine mächtige Familie, und Longo wollte sie gewiss nicht zum Feind haben. Noch viel weniger wollte er sich dauernd umsehen müssen, wenn er durch die Straßen von Genua ritt, oder seine Bediensteten in der Begleitung Bewaffneter zum Markt schicken müssen. Jetzt galt es, schnell zu handeln. Da Männer beider Seiten Freunde verloren hatten, fehlte nicht mehr viel – der Tod eines Adligen aus einer der beiden Familien würde ausreichen –, und sie wären mitten in einer Blutfehde.

«Wer hat den Kampf angezettelt?», fragte Longo.

«Unsere Männer waren am Hafen und wahrscheinlich auch in der Taverne. Auf dem Heimweg haben sie auf der Straße sechs Grimaldis getroffen. Wahrscheinlich haben sie auf unsere Männer gewartet. Sie haben sich Beleidigungen an den Kopf geworfen, ein Grimaldi hat sein Schwert gezogen, und das war's. Von dem, was unsere Männer mir erzählt haben, scheinen die Grimaldis darauf aus, Rache für das zu nehmen, was William Carlo angetan hat. Sie scheinen zu denken, der Junge wäre eine Art gedungener Mörder.»

«Und was ist mit William?», fragte Longo.

«Unverändert», antwortete Tristo. «Nur dass er seit letzter Nacht kein Wort mehr gesagt hat. Loretta, die Hebamme, meint, dass sei ein gutes Zeichen. Sie glaubt, das Fieber klingt jetzt ab.»

«Und was sagt der Arzt?»

«Der Arzt sagt, es sei der Anfang vom Ende. Der unfähige Bastard scheint zu denken, William sei schon so gut wie tot.»

«Dann wollen wir hoffen, dass die Hebamme recht behält», sagte Longo. «Du bleibst hier im Gutshaus, bis du geheilt bist. Maria soll sich um dich kümmern. Ich kümmere mich in Genua um William und diesen Grimaldi-Schlamassel.»

* * *

Kurz nach Longos Ankunft sank Williams Fieber, und der Junge erwachte bei klarem Verstand aus seinem langen Delirium. Longo sah zu, wie er so viele Nudeln verschlang, dass zehn Männer davon hätten satt werden können, dann machte er sich auf zum *palazzo* Grimaldi, um Frieden zu schließen.

Trotz der Feindseligkeiten zwischen den Familien wurde Longo höflich begrüßt und sogleich Niccolò Grimaldi vorgeführt, dem Vater des unlängst verstorbenen Carlo und Familienoberhaupt. Der ältere Grimaldi war ein kleiner Mann. Seinen sechzig Jahren zum Trotz war sein schmales, gebräuntes Gesicht fast faltenlos, wenn sein Haar auch mit Grau durchsetzt war wie Asche auf einem verbrannten

Holzscheit. Er saß auf einem Balkon, der auf den Hof hinausging, und trank eine schwarze Flüssigkeit, die Longo für Kaffee hielt, eine Delikatesse des Orients. Grimaldi gab Longo ein Zeichen, sich zu setzen. Als sie die Formalitäten hinter sich gebracht hatten, kam Grimaldi gleich zum Punkt.

«Ihr seid gekommen, um Frieden zwischen unseren beiden Familien zu stiften», sagte er. «Ich bin ein alter Mann. Ich schätze den Frieden, aber nach so viel Blutvergießen ist er hart erkauft.»

«Sicherlich ist weiteres Blutvergießen keine Antwort», gab Longo zurück. «Ich bin ein Krieger, Signor Grimaldi. Ich habe mehr Schlachten erlebt, als die meisten Männer Jahre zählen. Ich habe keine Angst vor weiteren Tätlichkeiten, aber ebenso wenig hadere ich mit Eurer Familie oder mit Euch. Euer Sohn ist gerecht und ehrenhaft getötet worden. Lasst es damit ein Ende haben.»

Grimaldi nickte und nahm einen Schluck Kaffee, bevor er zu sprechen anhob. «Gewiss habt Ihr recht. Und doch habe ich einen Sohn verloren, Signor Giustiniani. Nichts kann ihn ersetzen. Nichts kann diesen Verlust vergelten. Aber vielleicht könnte ich vergeben, wenn ich einen neuen Sohn bekäme. Wir könnten dem Blutvergießen ein Ende setzen, indem wir unsere Familien vereinigen. Ihr seid nicht verheiratet, wenn ich mich recht erinnere?» Longo schüttelte den Kopf.

«Gut, soll ich Euch meine Tochter Julia vorstellen?»

«Ich wäre sehr erfreut», antwortete Longo. Julia wurde hereingeführt und vorgestellt, ein schüchternes Mädchen von zwölf. Es war deutlich, dass sie auf dieses Treffen vorbereitet worden war, sobald Longo den Hof betreten hatte, denn sie trug ihr bestes Kleid – ein hübsches Etwas aus rosa Seide –, und ihr langes Haar war zu einem aufwendigen Zopf geflochten. Sie war dünn und noch flachbrüstig, aber sie hatte feine Gesichtszüge und würde sicher zu einer schönen Frau heranwachsen. Sie knickste und lächelte sittsam, als Longo ihr Komplimente für ihr hübsches Kleid machte, dann wurde sie wieder entlassen.

«Sie ist sicher so fruchtbar wie ihre Mutter», sagte Grimaldi. «Und eine Schönheit, nicht wahr?»

«In der Tat, Signore», antwortete Longo.

«Gut. Dann widersprecht Ihr einer Hochzeit nicht?»

Longo dachte nach. Sein Haushofmeister Nicolo erinnerte ihn oft daran, dass Longos Besitz nicht gesichert war, wenn er keinen Erben hervorbrachte. Julia war jung, fruchtbar und gewiss ein schöner Anblick. Ein weibliches Wesen wäre in seinem Haushalt – und in seinem Bett – durchaus willkommen. Das Wichtigste war, dass mit dieser Ehe eine aufkeimende Fehde zu einer Allianz mit einer mächtigen Familie würde. Longos Gefühle taten nichts zur Sache. Es war seine Pflicht, Julia Grimaldi zu heiraten. «Ihr ehrt mich, Signor Grimaldi», sagte Longo schließlich. «Ich wäre überglücklich, Eure Tochter zu ehelichen.»

«Gut», sagte Grimaldi und erhob sich. «Dann möchte ich Euch als meinen neuen Sohn in die Arme schließen. Aber ich bin kein Türke, versteht Ihr, der seine Tochter so jung aus dem Haus schickt. Ich verlasse mich darauf, dass Ihr einem Aufschub der Hochzeit nicht widersprecht, bis sie zur Frau gereift ist.»

«Ich stimme Euch in dieser Sache voll und ganz zu, Signore. Ich werde frohen Herzens warten.»

«Dann ist es abgemacht», sagte Grimaldi und wandte sich wieder seinem Kaffee zu. «Die Einzelheiten handeln wir aus, wenn die Zeit gekommen ist. Ich danke Euch für Euren Besuch, Signor Giustiniani.»

«Und ich Euch für Eure Freundlichkeit, Signor Grimaldi», gab Longo zurück. Er verneigte sich zum Abschied. Also werde ich heiraten, dachte Longo, als ein Diener ihn zu seinem Pferd führte. Wenigstens Nicolo wird überglücklich sein.

FÜNF

März bis Juni 1449 – Konstantinopel

In ihrem taillierten, rostroten Kaftan mit den gebauschten Ärmeln folgte Sofia Konstantin, Helena und den anderen Mitgliedern der königlichen Familie in den Festsaal des Blachernen-Palastes. Konstantin war am Tag zuvor in Konstantinopel angekommen, und nun sollte zur Feier seiner Krönung ein großes Festmahl stattfinden. Sofia schritt an den Tischreihen entlang, die mit gebratenem Fleisch, kandierten Früchten und dampfendem, warmem Brot beladen waren. Die gold- und silberbestickten Gewänder der adligen Tischgäste verliehen der eher schäbigen Szenerie etwas Glanz. Die kaiserliche Familie litt seit Jahrzehnten an Geldmangel. Die golden Platten, Pokale und Kandelaber, die früher die Tische geziert hatten, waren längst zu Münzgeld eingeschmolzen worden. Einfache Zinnteller und Holzbecher standen nun auf den Tischen; nur auf der kaiserlichen Tafel brannten Kerzen, der Rest des Saals wurde von Wandfackeln erhellt.

Sofia wunderte sich darüber, dass man sie am kaiserlichen Tisch zwischen Lukas Notaras und den beschränkten, aber sehr gesprächigen Logotheten Georgios Metochites gesetzt hatte. Als Frau hatte Sofia nur zu sprechen, wenn sie direkt angesprochen wurde, deswegen hörte sie Metochites geduldig zu und unterdrückte ihr Gähnen, während er zwischen seinen beiden Lieblingsthemen hin- und herwechselte: dem Ruhm seines gelehrten Urgroßvaters Theodoros Metochites und den Gefahren einer Union mit der katholischen Kirche. Gleichzeitig aß er mit faszinierender Geschwindigkeit, und bald führte eine Spur halbzerkauter Essensreste von seiner Brust bis auf den Fußboden hinunter – von Metochites unbemerkt, der weiter vor sich hin schwatzte.

«Wusstet Ihr, dass mein Urgroßvater ein großer Gelehrter war?», fragte Metochites sie auf seine plumpe Art. Er fuhr fort, ohne auf eine Antwort zu warten. «O ja, das war er wirklich. Ein richtiger Gelehrter. Seine Aristoteles- und Astronomiestudien sind einfach fabelhaft. Die Astronomie ist der Mathematik sowieso überlegen. Sowieso, denn epistemologisch betrachtet, setzt die Astronomie ja das Funktionieren der Mathematik voraus, nicht wahr? Selbst wenn wir das goldene Mittel oder die Berechnung von Kreisen und Ellipsen nicht verstünden, würde die Sonne trotzdem um die Erde kreisen. Das ist natürlich nicht das, was unsere lateinischen Freunde denken. Bei ihnen dreht sich die Sonne nur um den Papst, ohne den Bischöfen oder anderen Mitgliedern des Konzils auch nur zuzunicken. Wusstet Ihr, dass sie bei der Kommunion ungesäuertes Brot austeilen? Sie könnten genauso gut Juden sein …»

Ihrem anderen Tischnachbarn, Notaras, war Sofia schon des Öfteren begegnet. Sie fand ihn arrogant und sehr gut aussehend, was er auch wusste. Er verbrachte die Mahlzeit in angeregter Unterhaltung mit dem königlichen Berater Sphrantzes, ohne Sofia weiter zu beachten. Soweit sie es mitbekam, unterhielten sich die beiden über die Möglichkeit einer Union mit der katholischen Kirche. Erst gegen Ende des Mahls, als die Unterhaltung zwischen Sphrantzes und Notaras eingeschlafen war, wandte sich Notaras schließlich an sie.

«Der verdammte Dummkopf», murmelte Notaras. «Wenn es nach ihm ginge, würden wir auf den Knien bettelnd zu den Katholiken kriechen.» Er blickte Sofia an, als sähe er sie zum ersten Mal. «Mir ist zu Ohren gekommen, dass Ihr etwas von Politik versteht, Prinzessin», ließ er sich auf sie ein. «Sagt mir, was haltet Ihr von diesem Unionsgerede?»

Sofia schlug die Augen nieder. «Ich bin mir sicher, dass ich Euch wenig mitteilen könnte, was Ihr nicht schon wisst», antwortete sie. Auch wenn sie in ihren eigenen vier Wänden Politik- und Philosophiestudien betrieb, kannte sie doch ihre Grenzen in der Öffentlichkeit.

Notaras' Augen verengten sich. «Sphrantzes meinte, dass Ihr Euch hinter verschlossenen Türen nicht ganz so bescheiden gebt. Prinzessin, Ihr könnt frei sprechen.»

«Gut», sagte Sofia und sah Notaras direkt an. «Ich bin der Überzeugung, wenn sich Hilfe anbietet, sollte man sie annehmen. Und ich meine auch, dass wir die Hilfe nicht aus Frömmigkeit ablehnen, sondern aus Stolz.»

«Hört, hört! Das ist ein Wort», rief Sphrantzes über den Tisch. Notaras beachtete ihn nicht.

«Vielleicht habt Ihr recht, Prinzessin», sagte Notaras etwas zu laut. «Vielleicht ist es Stolz, der mich antreibt. Aber ich schäme mich nicht zu sagen, dass ich zu stolz bin, um mich dem Regiment des Papstes zu unterwerfen. Ich bin auch zu stolz, um mit anzusehen, wie unser Patriarch entmachtet wird oder wie katholische Soldaten auf unseren

Mauern herumlaufen und nicht die rechtmäßigen Verteidiger. Ich bin stolz, Prinzessin, und ich hoffe bei Gott, dass alle Männer dieser Stadt ebenso stolz sind.»

«Euer Stolz wird nichts wert sein, wenn unsere Stadt fällt, wenn Häuser und Kirchen geplündert und Frauen vergewaltigt werden», gab Sofia lauter zurück, als sie beabsichtigt hatte. Die Gespräche um sie herum waren verstummt. Trotzdem fuhr Sofia fort. «Ich sehe keine Ehre darin, eine ganze Stadt Euren vornehmen Gefühlen zu opfern.»

«Ihr seid eine Frau», schnaubte Notaras. «Was versteht Ihr schon von Ehre!»

«Mir scheint, Ihr versteht wenig außer von Ehre», murmelte Sofia.

«Was war das?»

«Ich sagte, Ihr habt recht. Von der Ehre, von der Ihr sprecht, verstehe ich nichts.»

«Das ist genug, Prinzessin», rief Konstantin von der Mitte der Tafel. «Wir sind nicht hier, um uns zu streiten, sondern um zu feiern. Kommt, lasst uns alle auf die Herrlichkeit und den Reichtum unseres Reiches trinken.»

Konstantin stürzte sein Glas hinunter, und die übrigen Gäste taten es ihm nach. Nun schloss sich eine große Runde von Trinksprüchen an: auf Konstantin, auf das Reich und auf den Fortbestand des Friedens und der Freundschaft zwischen den Türken und Konstantinopel. Danach stand Konstantin auf. Das Festmahl war vorüber. Sofia verließ ihren Platz, ohne Notaras auch nur eines Blickes zu würdigen. Sie verließ eilends den Festsaal und war überrascht, dass Konstantin im Flur auf sie wartete.

«Nichte», sagte er. «Komm mal her. Wie gefällt dir der Megadux, Lukas Notaras? Ein ausgezeichneter Mann, nicht wahr?»

«Ja, Herr», antwortete sie, obwohl sie Notaras für einen aufgeblasenen Kasper hielt. Doch dem Kaiser konnte sie unmöglich widersprechen. «Er ist gewiss ein ausgezeichneter Mann.»

«Gut», sagte Konstantin lächelnd. «Vielleicht glaubst du mir nicht, aber ich würde dich nur ungern gegen mich aufbringen. Ich freue mich sehr, dass du Notaras' Gesellschaft genießt, denn er hat eingewilligt, dich zu heiraten. Er wird dein Ehemann sein, noch bevor das Jahr zu Ende geht.»

Sofia wurde augenblicklich übel. Sie legte die Hand auf den Bauch und senkte den Kopf. Mit einem tiefen Atemzug versuchte sie, ihren Schock und ihre Enttäuschung unter Kontrolle zu bringen. «Ja, Herr», konnte sie gerade noch hervorbringen, «ich bin überglücklich.» Dann wandte sie sich ab und eilte fort, bevor Konstantin ihre Tränen sah.

\# \# \#

«En garde!», rief Sofia und führte ihr Schwert gegen den Kopf ihres Fechtlehrers. Dalmata, der Befehlshaber der kaiserlichen Leibgarde, wich zurück. Sofia trieb ihn quer durch ihr Zimmer. Dalmata war um einiges größer als Sofia, doch das glich sie mit außerordentlicher Schnelligkeit aus. Sie hob das Schwert, wich geschickt einem Hieb aus und ließ ihre Waffe mit einem grausamen Schlag auf die Knöchel seiner Schwerthand niedersausen. Der Schlag brannte trotz des Lederhandschuhs und der stumpfen Klinge des Übungsschwertes.

«Gut gemacht», sagte Dalmata und rieb sich die Hand. Dalmata war Sofias Überredungskünsten erlegen und hatte schließlich eingewilligt, Sofia den Schwertkampf beizubringen. Sofia hatte sich als gelehrige Schülerin erwiesen. Sie übten in ihren Gemächern, dem einzigen Ort im Palast, an dem so ein seltsames Verhalten einer königlichen Prinzessin unbemerkt bleiben konnte. «Aber seid vorsichtig und übernehmt Euch nicht», mahnte Dalmata sie.

Sofia nickte. Nach über einer Stunde Training ging ihr Atem schnell, aber sie wollte noch nicht aufhören. «Machen wir weiter?», fragte sie.

«Gut, eine Runde noch», sagte Dalmata. «Aber ich warne Euch, diesmal werde ich Euch nicht schonen.» Und damit griff er an und führte sein Schwert gegen ihre Seite. Doch sie parierte den Schlag und ging in die Offensive, wobei die Entschlossenheit ihres Angriffs sie selbst überraschte. Sie ging auf Dalmata los, bis er an der Wand stand, wo sich ihre Schwerter kreuzten und blockierten. Schließlich drängte Dalmata Sofia zur Seite. Sie fiel hin und ließ sich abrollen.

«Seid Ihr verletzt?», fragte Dalmata. Sofia sprang auf die Füße und schüttelte den Kopf. Sie würde einen blauen Fleck an der Hüfte davontragen, doch sie wollte jetzt nicht klein beigeben. Wieder griff sie an, wieder drängte sie Dalmata an die Wand. Wieder verkeilten sich ihre Schwerter ineinander, aber als Dalmata sie dieses Mal wegschubsen wollte, war sie bereit. Als er gegen ihr Schwert presste, gab sie nach und ließ sich in die Hocke fallen, dabei trat sie Dalmata und stieß ihn um. Sofort kam sie wieder hoch und holte zum Schlag gegen den Rücken seiner Schwerthand aus, die sie mit der flachen Seite der Klinge erwischte. Frustriert warf Dalmata sein Schwert weg.

«Großer Gott, Prinzessin!», rief er aus. «In den letzten Tagen habt Ihr gekämpft, als wolltet Ihr mich töten! Was ist nur in Euch gefahren?»

Sofia senkte beschämt ihr Schwert. Noch immer atmete sie schnell, sie war wütend, aber nicht auf Dalmata. «Es tut mir leid, *filos*», sagte sie zu ihm. «Seid Ihr verletzt?» Dalmata machte eine wegwerfende Handbewegung. «In letzter Zeit kenne ich mich selber nicht wieder», bekannte Sofia. «Ich habe keine Ahnung, warum.»

«Seid nicht so schüchtern mit mir, Prinzessin», sagte Dalmata, als sie sich setzten. «Ich kenne Euch schon so lange. Ist es dieses Gerede von der Hochzeit?»

Sofia wandte den Blick ab. Es war ihr peinlich, dass Dalmata sie so schnell durchschaut hatte. Dann seufzte sie. «Heirat ist wie der Tod für mich», sagte sie. «Ich bin nicht dazu erzogen worden, meine Tage irgendwo weggeschlossen zu verbringen, zu weben und Kinder zu stillen. Ich kann den Gedanken nicht ertragen.»

«Ihr habt ein Rückgrat aus Eisen, Sofia», sagte Dalmata. «Ich glaube, dass Ihr alles ertragen könnt. Eines Tages müsst Ihr heiraten. Ihr hättet es noch viel schlimmer treffen können. Notaras ist wenigstens Grieche und kein ausländischer Potentat.»

«Ihr versteht das nicht», gab Sofia zurück. «Wenn ich ihn geheiratet habe, hört alles auf. Kein Unterricht im Schwertkampf mehr, keine Studien mit Sphrantzes, keine Politik.»

«Die Ehe hat auch ihr Gutes. Ihr werdet schon sehen», tröstete Dalmata sie. «Außerdem seid Ihr noch nicht verheiratet. Es wird Euch interessieren, dass heute Nacht im Ratssaal eine Zusammenkunft stattfindet, bei der Konstantin entscheidet, was für eine Botschaft er dem Papst hinsichtlich der Union schicken wird.»

«Heute Nacht? Danke, *filos*», sagte Sofia und drückte Dalmata einen Kuss auf die Wange. Er hatte recht. Es gab

Wichtigeres als ihre Heirat. Sie hatte Kaiser Johannes geschworen, Konstantinopel zu verteidigen, und sie würde ihr Wort halten, ob sie verheiratet war oder nicht.

\# \# \#

In der Nacht schlich Sofia durch einen engen, dunklen Gang. Ihre Lampe hielt sie bedeckt, damit sie nur einen schwachen Lichtstrahl vor ihre Füße warf. Der Blachernen-Palast war geradezu durchlöchert von geheimen Kammern und versteckten Gängen. Nur wenige wussten von deren Existenz, und noch weniger kannten sich in dem Labyrinth identisch erscheinender Gänge aus. Sofia gehörte dazu. Als Mädchen hatte sie oft in diesen Gängen gespielt. Jetzt nutzte sie die Geheimgänge, um an die Informationen zu kommen, die sie brauchte.

Sie gelangte an das Ende des Gangs und stieg mit sicheren Schritten im Dunkeln die Wendeltreppe hinauf. Oben an der Treppe trat sie in eine kleine Nische, wo sie ihre Lampe löschte. In der absoluten Dunkelheit konnte sie ein Pünktchen Licht durch die Wand vor ihr schimmern sehen. Durch das Loch konnte sie in den Ratssaal spähen. Sechs Personen waren um einen runden Tisch versammelt. Zur Linken saß Konstantin. Ihm gegenüber waren Sphrantzes und Dalmata platziert. Helena, die Kaiserinmutter, saß mit dem Rücken zu Sofia, und am entfernten Tischende hatten Mammas und Sofias Verlobter Notaras Platz genommen. Sofia konzentrierte sich auf Konstantin, der gerade sprach. Seine Stimme war laut und deutlich zu vernehmen, als stünde er direkt neben ihr.

«Die Bedrohung durch die Türken ist real», sagte er. «Murad mag Frieden ausgerufen haben, aber ich fürchte, es wird schon sehr bald zum Angriff kommen. Sphrantzes hat ihre Armee gesehen, er sagt, es seien mehr als sechzigtausend Mann. Wenn wir eine Truppe von dieser Stärke besiegen wollen, werden wir Hilfe brauchen. Ich schicke einen Gesandten mit der Bitte um Soldaten nach Venedig und Genua. Doch das schafft wieder neue Probleme. Wir können keinen Gesandten nach Italien schicken, ohne dass er dem Papst seine Aufwartung macht.» Er unterbrach sich und blickte in die Runde. «Die Botschaft, die wir dem Papst senden, ist selbstredend von äußerster Wichtigkeit.»

Von äußerster Wichtigkeit, in der Tat. Denn die Haltung, die Konstantin jetzt dem Papst gegenüber einnahm, würde seine Haltung zur Union der katholischen Kirche mit der orthodoxen bestimmen. Vierhundert Jahre waren die Kirchen nun schon getrennt. Die Katholiken bestanden auf dem Primat des Papstes und auf dem Filioque, das besagte, dass der Heilige Geist aus dem Vater und aus dem Sohn hervorging. Die Griechen bestanden jedoch darauf, dass alle Bischöfe gleichen Ranges waren und dass der Heilige Geist nur aus Gott dem Vater hervorging. Der Filioque-Disput schien nebensächlich, doch die Kluft zwischen beiden Parteien wurde durch jahrzehntelanges Misstrauen und wechselseitige Verärgerungen vertieft. Der Streit war 1204 eskaliert, als christliche Kreuzfahrer Konstantinopel erobert und geplündert hatten.

Die letzten beiden Kaiser hatten die Union aus politischen Gründen unterstützt: Sie waren auf westliche Hilfe gegen die türkische Bedrohung angewiesen. Geistlichkeit, Adel und ein Großteil des Volkes waren jedoch erbitterte Feinde der Union. Auch Sofia war keine Freundin der katholischen Kirche, doch sie war überzeugt, dass die Union der einzige Weg war, die Katholiken zur Unterstützung Konstantinopels zu bewegen.

Mammas sprach zuerst, und seine Worte waren nicht überraschend. Nachdem er öffentlich für Demetrios' gescheiterte Thronbesteigung eingetreten war, hatte er das Vertrauen des Kaisers verloren. Nun waren die Katholiken seine einzigen Verbündeten. Er hatte keine andere Wahl, als die Union zu unterstützen. «Kardinal Bessarion hat mir aus Rom geschrieben», sagte Mammas. «Er berichtet, dass der neue Papst bereit ist, Truppen für Konstantinopel aufzustellen. Er wartet nur die Beschlussfassung zur Union ab.»

Sphrantzes nickte. «Ich habe dasselbe gehört. Doch Hunyadis Armee ist nur noch ein Haufen zerlumpter Gestalten, und ich weiß nicht recht, was die Unterstützung des Papstes wert sein soll. Was kann der Papst schon tun, wenn Venedig und Genua Truppen schicken? Er könnte einen Kreuzzug ausrufen, auch wenn ich mir nicht vorstellen kann, dass die Franzosen darüber besonders begeistert wären. Die Vorbehalte wegen des avignonesischen Papsttums sind noch immer stark. Wir alle wissen, dass eine Union zu Hause große Probleme schaffen wird und ...», mit einem Nicken auf Notaras, «mehr Schaden anrichten als Gutes bewirken könnte.»

«Hört, hört!», stimmte Notaras zu und klopfte auf den Tisch, um dem Gesagten Nachdruck zu verleihen. «Wenn wir die Bedingungen der Union annehmen, verlieren wir unsere Identität, es wäre, als nähmen die Türken unsere Stadt ein. Es besteht keine Notwendigkeit, bei den Katholiken zu betteln. Wir können unsere Stadt allein verteidigen. So wie wir es in den letzten tausend Jahren getan haben.» Sofia verzog das Gesicht. Das war genau die Art von dummem Stolz, die ihnen zum Verhängnis werden konnte. Doch Notaras schien die Stimmung der Runde zum Ausdruck zu bringen. Konstantin und Dalmata nickten ernst. Sogar Mammas schien geneigt zuzustimmen. Nur Helena war wohl anderer Meinung. Sofia konnte ihr Gesicht nicht sehen, doch an der Art, wie die Kaiserinmutter die Schultern hielt, erkannte Sofia, dass sie nicht zufrieden war. Gott sei Dank gab es wenigstens eine Frau am Tisch, die diesen irrsinnigen männlichen Stolz in Frage stellte.

Konstantin bemerkte Helenas Zurückhaltung. «Welchen Rat erteilst du uns, Mutter?», fragte er.

«Als ich jung war, war unser Reich mächtig», begann Helena, und ihre Stimme klang gebieterisch und streng. «Damals konnten wir uns allein gegen die Türken wehren, heute nicht.» Notaras wollte etwas sagen, doch Helena ließ ihn nicht zu Wort kommen. «Nein, Notaras, widersprecht mir nicht. Ich war hier, als Murad die Stadt belagert hat. Wenn er nicht gezwungen gewesen wäre, den Rückzug anzutreten, um die Rebellion im eigenen Land niederzuschlagen, wäre unsere Stadt schon damals gefallen. Heute sind wir noch schwächer und die Türken noch stärker. Ohne Hilfe der Lateiner wird unsere Stadt fallen. Ich würde der Union tausendmal zustimmen, um das zu verhindern.»

«Die Stadt wird fallen?», fragte Notaras. «Wer soll sie denn einnehmen? Wir leben schon seit vielen Jahren in Frieden mit den Türken. Murad wünscht keinen Krieg, und sein Sohn ist ein Schwächling. Er hat sich nur wenige Monate auf dem Thron gehalten, nachdem Murad abgedankt hatte.»

«Wenn Mehmed schwach ist, wie Ihr sagt, so ist das

nur noch ein Grund dafür, die Union einzugehen, und zwar jetzt», beharrte Helena. «Wenn wir die Lateiner auf unserer Seite wissen, können wir in dem Augenblick zuschlagen, da Mehmed den Thron besteigt, solange er noch jung ist. Wir könnten uns ein für alle Mal von der türkischen Bedrohung befreien. Ist das nicht den Preis einer Union wert?»

«Aber wir können doch nicht einfach den Forderungen der Lateiner nachgeben», rief Notaras. «Ich würde mich niemals dem Primat des Papstes unterwerfen, und ich kenne nur wenige Männer, die das tun werden.»

«Natürlich», stimmte Konstantin ihm zu, um einzulenken. Er war auf Notaras angewiesen. «Die Union ist lebenswichtig, dennoch müssen wir uns nicht kompromittieren. Was schlagt Ihr vor, Notaras?»

«Wenn es eine Union geben soll, dann zu unseren Bedingungen», sagte Notaras. «Ich schlage vor, die Synaxe der Bischöfe dem Papst einen Brief schreiben zu lassen. Sie werden die Position der orthodoxen Geistlichen darlegen. Wir können die Union so gestalten, dass sie vom Volk Konstantinopels getragen wird.»

«Die Synaxe?», stieß Mammas hervor. Die Synaxe war ein Zusammenschluss von Bischöfen, die der Union erbitterten Widerstand entgegenbrachten und sich weigerten, Mammas als Patriarchen anzuerkennen. «Sie hat doch gar keine Autorität.»

«Das Volk vertraut ihr», erwiderte Notaras.

«Aber Gott nicht!», gab Mammas zurück.

«Und hat Gott Euch befohlen, meinen Bruder Demetrios zum Kaiser zu krönen?», fragte Konstantin ihn.

Das Blut wich aus Mammas' Gesicht, und um die Tafel breitete sich gespanntes Schweigen aus. Schließlich schob

Mammas seinen Stuhl zurück und stand auf. «Ich habe Euch Loyalität geschworen, Konstantin», sagte Mammas. «Aber wenn Ihr kein Vertrauen in mich habt, dann trete ich zurück und verlasse Euch.»

«Nein», lenkte Konstantin ein. «Bleibt. Lasst mich hören, was Ihr vorschlagt.»

«Gut», sagte Mammas und setzte sich wieder. «Ich stimme Notaras zu, dass ein Brief geschrieben werden sollte. Aber ich bin der Patriarch und damit derjenige, der ihn schreiben sollte. Wer sollte geeigneter sein, die Standpunkte des Klerus zu vertreten?»

«Aber die Mehrzahl der Geistlichen lehnt Mammas ab», beharrte Notaras. «Sie werden eine Union nur akzeptieren, wenn sie selbst wesentlich zu ihr beigetragen haben.»

«Also werden wir zwei Briefe verschicken», sagte Konstantin. «Ihr, Mammas, werdet den einen schreiben und die Synaxe den anderen. Wenn der Papst mit einer solch geeinten Unterstützung für die Union konfrontiert wird, wird er uns sicher in einigen unwesentlicheren Punkten entgegenkommen.»

«Aber, mein Herr», protestierte Mammas. «Die Synaxe ist kein rechtmäßiges Organ. Wenn sie einen Brief an den Papst schreibt, werde ich mich nicht daran beteiligen. Eher trete ich von meinem Amt zurück, als dass ich zulasse, mit diesen Häretikern in Verbindung gebracht zu werden.»

«Ihr sprecht unbedacht, Patriarch», sagte Konstantin.

«Nein, ich versichere Euch», beharrte Mammas, «wenn der Brief der Synaxe verschickt wird, dann müsst Ihr Euch einen neuen Patriarchen suchen.» Wieder breitete sich Schweigen im Raum aus.

Konstantin runzelte die Stirn. «Die Synaxe wird ihren Brief schreiben», sagte er schließlich. «Ich bitte Euch, Eure

Entscheidung zu überdenken und ebenfalls einen Brief zu verfassen.»

Doch Mammas schüttelte düster den Kopf und erhob sich. «Nicht mit mir!», rief er und stürmte aus dem Raum. Seine krächzende Stimme hörte man noch, als er bereits die Treppe hinuntergestapft war. «Das müsst Ihr auf Eure Kappe nehmen!», wetterte er. «Auf Eure eigene Kappe!» Das Echo seiner Stimme klang noch eine Weile im Treppenhaus nach, bis es im Nichts verhallte.

«Ich werde Andronikos Bryennios Leontaris als Botschafter schicken», sagte Konstantin in die Stille hinein. «Gibt es dazu irgendwelche Einwände?» Es gab keine. «Gut. Sphrantzes, Ihr werdet ihm die Position der Venezianer und Genuesen darlegen. Das wäre alles.»

Noch bevor Konstantin zu Ende gesprochen hatte, schlich Sofia sich davon. Sie hatte alles gehört, was sie hören wollte. Konstantin setzte sich für die Union ein, und das war das Einzige, was wirklich zählte. Und doch machte sie sich Sorgen wegen Mammas' Zornesausbruch und des Briefes der Synaxe. Gewiss würde der Papst verärgert sein. Sofia bezweifelte, dass der einfältige alte Leontaris der Situation gewachsen sein würde. Wenn man ihr erlauben würde, nach Rom zu reisen, könnte sie die Worte des Briefs erläutern und den Papst dazu bringen, die Notwendigkeit der Union einzusehen. Doch das sollte nicht sein. In wenigen Monaten würde sie mit Notaras verheiratet sein. «Gott verdamme den Tag, an dem ich als Frau zur Welt kam», fluchte sie leise – und nicht zum ersten Mal.

\# \# \#

Der Mönch Gennadius saß hinter dem breiten Schreibtisch in seiner Zelle im Pantokrator-Kloster und hielt eine winzige Phiole mit einer goldenen Flüssigkeit gegen das Licht. Er beobachtete, wie sich der Kerzenschein in der Flüssigkeit brach, dann entkorkte er das Fläschchen und roch daran. Es verströmte einen sehr feinen Geruch, ein leiser Hauch von Mandeln stieg daraus auf. Er hatte sich sagen lassen, dass viele auch diesen nicht wahrnehmen konnten. Die Flüssigkeit war Gennadius von einem Freund am osmanischen Hof geschickt worden: ein absolut tödliches Gift. Die ganze Dosis würde in wenigen Sekunden töten, aber in geringeren Mengen wirkte das Gift über einige Monate fast unmerklich, bis es schließlich zum Tod führte. Perfekt, dachte Gennadius. Perfekt.

Es klopfte an der Tür, und Gennadius stellte die Phiole auf seinem Schreibtisch beiseite. «Herein», rief er. Die Tür öffnete sich, und der Mönch Eugenius erschien, gefolgt von Notaras. «Willkommen Notaras», sagte Gennadius. «Ihr kommt genau zur rechten Zeit. Bitte setzt Euch.» Eugenius zog sich zurück und schloss die Tür. «Ihr wart im Palast?»

«Ja», antwortete Notaras. «Konstantin ist dem Gedanken der Union verpflichtet, wie wir befürchtet haben. Er entsendet Leontaris nach Rom, damit der die Bedingungen mit dem Papst erörtert. Ich habe getan, was Ihr mir empfohlen habt, und habe das ganze Unternehmen unterstützt, allerdings unter der Bedingung, dass die Synaxe den Brief an den Papst aufsetzen sollte.»

«Und dies ist der nämliche Brief», sagte Gennadius und reichte Notaras ein Pergament über den Schreibtisch. Notaras' Augenbrauen hoben sich, während er las.

«Die Ablehnung des Filioque, die Anerkennung des Konzils als ein dem Papst übergeordnetes Gremium, die

Verwendung von gesäuertem Brot in der Kommunion – was sind das für Forderungen!», sagte Notaras, als er den Brief zurückgab. «Der Papst wird äußerst erbost sein.»

«In der Tat», pflichtete Gennadius ihm bei. «Ich nehme an, dass er uns in Kürze seine eigenen Forderungen schickt. Und so Gott will, werden sie noch unverschämter sein als die unsrigen. Nicht einmal Konstantin wird einen solchen Affront hinnehmen. Das wird dem Gerede von der Union ein Ende setzen.»

«Ich fürchte, nicht», sagte Notaras. «Konstantin hört auf die Kaiserinmutter, und sie ist der Union um jeden Preis verpflichtet.»

«Die Kaiserinmutter?» Gennadius lächelte boshaft. «Habt keine Angst. Sie wird unseren Plänen nicht mehr lange im Wege stehen.»

Notaras' Augen verengten sich, als er die Phiole auf Gennadius' Schreibtisch sah. «Sicherlich habt Ihr nicht vor ...»

«Nein, natürlich nicht», log Gennadius und legte das Fläschchen in eine Schreibtischschublade. «Ich meinte nur, dass sie alt ist, sehr alt sogar, und dass ihre Tage gezählt sind.» Er sah, dass Notaras noch nicht ganz überzeugt war. «Was ist mit Patriarch Mammas?», wechselte Gennadius das Thema. «Wie hat er reagiert?»

«Wie Ihr es erwartet habt», sagte Notaras. «Er lehnt es ab, zu kooperieren. Er hat sich sogar zu der Ankündigung verstiegen, wenn dieser Brief abgeschickt würde, würde er als Patriarch zurücktreten.»

«Gut», sagte Gennadius und rieb sich erfreut die Hände. «Jetzt fehlt nur noch ein kleiner Anstoß, und wir haben ihn davon überzeugt, Konstantinopel zu verlassen. Ich werde sichergehen, dass ihm eine Abschrift dieses Briefes zu Augen kommt. Könnt Ihr Euch die Szene vorstellen, wie er nach Rom rennt und sich beim Papst beschwert, dass er misshandelt worden ist? Das wird den Papst erst recht gegen uns einnehmen, das ist wirksamer als Tausende solcher Briefe.»

⁜ ⁜ ⁜

«Tretet ein», flüsterte der Wächter und ließ Sofia in Helenas verdunkeltes Zimmer ein. Aus dem sonnendurchströmten Flur kommend, konnte Sofia zunächst gar nichts erkennen, und sie blieb stehen, um ihre Augen an die Düsternis zu gewöhnen. Die Szene brachte schmerzliche Erinnerungen an den Tod ihres Onkels, Johannes' VIII., zurück. Ein Weihrauchstäbchen, das auf einem Tisch in Türnähe glomm, füllte die Luft mit seinem schweren Duft. Daneben standen zwei Votivkerzen, deren Flammen die einzige Lichtquelle im Raum waren. Sie beleuchteten schwere Vorhänge und ein Bett von ungeheuren Ausmaßen, dessen vier Pfosten in die Dunkelheit ragten. Helena lag mit geschlossenen Augen auf dem Bett. Zwei Wochen zuvor war sie krank geworden. Die Hofärzte waren ratlos und konnten nur Bettruhe und gelegentliche Aderlässe verordnen, um ihre Körpersäfte wieder ins Lot zu bringen. Doch allen Bemühungen zum Trotz verschlechterte sich Helenas Gesundheitszustand stetig.

Sofia schritt leise über den Teppich und kniete sich neben Helenas Bett. Es war das erste Mal, dass sie die Kaiserinmutter seit dem Beginn ihrer Krankheit besuchte. Sofia war überrascht, wie gebrechlich sie war. Helenas Haut sah dünn und papieren aus, und Sofia erschauerte bei jedem Atemzug. Helena öffnete die Augen einen Spaltbreit, und als sie Sofia sah, lächelte sie, ein Lächeln, das auf ihrem eingefallenen Gesicht eher einer Grimasse glich. Sofia half der Kaiserinmutter, sich etwas höher zu betten, und schob ihr Kissen unter.

Helena sah Sofia an. «Du wolltest mich sprechen, meine Liebe?», fragte sie mit angestrengter Stimme.

«Ja, *mamme*», antwortete Sofia. «Aber ich möchte dir nicht zur Last fallen.»

Helena machte eine wegwerfende Handbewegung. «Dies ist nur eine vorübergehende Indisposition. Mir geht es bald wieder besser», sagte sie. «Tatsächlich habe ich mich in den vergangenen Tagen schon deutlich erholt. Aber was ist mit dir, meine Liebe? Mir ist zu Ohren gekommen, dass du nicht gut schläfst?» Sofia verneinte dies mit einem Kopfschütteln. «Dann sag mir, was es ist.»

Sofia wich Helenas forschendem Blick aus und holte tief Luft. «Es ist die Hochzeit, *mamme*», murmelte sie.

«Hast du Angst vor der Hochzeitsnacht?», fragte Helena. Sofia schüttelte den Kopf. «Gefällt dir dein zukünftiger Ehemann Notaras nicht?»

«Es ist mehr als das, *mamme*», sagte Sofia und sah Helena direkt an. Sie machte eine Pause, und Helena lächelte ermutigend. «Es ist die Ehe selbst», fuhr Sofia fort. Die Worte, die sie so lange für sich behalten hatte, brachen sich nun mit aller Macht Bahn. «Ich bin in jeder Hinsicht so fähig wie Notaras, und doch werde ich als seine Frau ein Niemand sein. Notaras wird mir nicht gestatten, mich außerhalb des Hauses zu bewegen, geschweige denn an Ratsversammlungen teilzunehmen oder ein Schwert zu führen. In der Sekunde, in der ich heirate, ist mein Leben vorbei. Ich kann mich dem nicht unterwerfen, *mamme*.»

Helena nickte. «Ich habe auch einmal so empfunden wie du, Kind», flüsterte sie. «Nach meiner Hochzeit bin ich über Monate nicht aus meinen Gemächern gekommen, außer wenn ich gerufen wurde. Trotzdem ist die Ehe nicht das Ende. Ich habe meinen Mann nie lieben gelernt, aber die Ehe mit ihm hat mir Macht gegeben, die ich sonst nicht gehabt hätte. Notaras ist ein mächtiger Mann, und wenn du ihn zu beeinflussen lernst, wirst du im Reich viel zu sagen haben. Nur weil Frauen nicht gesehen werden, heißt das noch lange nicht, dass sie keinen Einfluss hätten, Sofia.»

Sofia schüttelte den Kopf. «Aber du hast den Kaiser geheiratet. Notaras ist nur ein Adliger. Und außerdem hört er nicht auf mich. Er ist zu stolz, zu arrogant.»

«Ich verstehe.» Helena schloss die Augen und lehnte sich zurück. Sie saß eine Weile bewegungslos, und Sofia fürchtete schon, sie sei eingeschlafen. Gerade als sie sich erheben wollte, öffnete Helena jedoch die Augen. «Du wirst Lukas Notaras nicht heiraten», sagte sie. «Nein, sag jetzt nichts. Lass es mich erklären. Du weißt, dass wir Andronikos Leontaris als Botschafter nach Italien entsenden?»

«Ja, *mamme.*» Sofia wurde rot. Wie hatte Helena das erraten?

«Als junge Frau habe ich auch immer hinter der Mauer gesessen und Gespräche belauscht, die nicht für meine Ohren bestimmt waren», sagte Helena lächelnd. «Leontaris ist ein guter Mann, aber nicht gerade scharfsinnig. In den Verhandlungen mit dem Papst wird viel Taktgefühl und Intelligenz erforderlich sein, mehr als Leontaris besitzt. Ich habe Konstantin überredet, dass wir außer Leontaris noch einen weiteren Botschafter schicken sollten. Dieser Botschafter wirst du sein, Sofia. Du hast politisches Gespür, stammst aus der königlichen Familie, und vor allem bist du eine Frau. Die Italiener sind empfänglich für Schönheit. Vielleicht kannst du sie davon überzeugen, Hilfe zu gewähren.»

Sofia nickte. «Ich werde dich nicht enttäuschen», versprach sie. «Aber wie wird das meine Ehe verhindern?»

«Die Reise nach Italien wird Monate dauern, vielleicht gar Jahre», erklärte Helena. «In der Zwischenzeit werde ich Konstantin davon überzeugen, dass Notaras' Loyalität von zu großer Bedeutung ist, als dass man auf deine Rückkehr warten könnte, bevor er mit unserer Familie verbunden wird. Eine andere Prinzessin aus der königlichen Familie wird mit ihm verheiratet, und deine Verlobung ist gelöst. Ich rate dir aber, dir einen Mann zu suchen, mit dem du leben kannst. Du kannst die Ehe nicht ewig umgehen, als Prinzessin bist du zur Heirat verpflichtet.»

Sofia stand auf und küsste Helena auf die Wange. «Ich danke dir, *mamme*», sagte sie. «Danke.»

Am anderen Ende des Zimmers öffnete sich eine Tür, und ein Mann im Priestergewand trat ein. Er trug ein Tablett mit Brot und Wein für die heilige Kommunion. «Hier kommt mein Priester, Neophytus. Du musst gehen», sagte Helena zu Sofia. «Ich mag nicht mehr lange auf Erden weilen», murmelte Helena, «aber wenigstens werde ich nicht in der Hölle schmoren.»

Sofia küsste Helena noch einmal und ging an dem Priester vorbei. Der Mann hatte etwas Abstoßendes, aber Sofia beachtete ihn nicht weiter. Sie war mit ihren Gedanken schon in Italien. Lächelnd trat sie in den sonnigen Flur. Sie war frei. Gott sei Dank, sie war frei!

SECHS

September 1449 – Manisa und Edirne

Mehmed lenkte sein Pferd aus dem kühlen Schatten des Waldes auf die staubige Straße, die nach Manisa führte, der Stadt der Prinzen. Hinter ihm folgte die Jagdgesellschaft: Reiter, Hunde, denen nach der langen Jagd dieses Tages die Zungen heraushingen, und die beiden Hirsche, die sie in den Wäldern an den Hängen des Sipylos zur Strecke gebracht hatten. Mehmed und seine Jagdgesellschaft waren jetzt an den flacheren Hängen, doch immer noch ein gutes Stück oberhalb der Stadt. Sie erstreckte sich in der Ebene unter ihnen, ein Gewirr krummer Straßen und staubiger Basare, unterbrochen nur von der gewaltig in die Höhe ragenden Hauptmoschee und den prächtigen grünen Gärten hinter den kühlen weißen Mauern des neu errichteten Palastes. In der Karawanserei am Stadtrand wimmelte es von Kaufleuten, Wachleuten und Lastkamelen, die sich alle noch etwas ausruhten, bevor sie die Weiterreise nach Smyrna oder Konstantinopel antraten. Eine heiße Spätsommersonne brannte am wolkenlosen Himmel, und vom Boden stieg Hitze auf, in der die Stadt zu schimmern und zu wabern schien wie eine Fata Morgana. Es war ein schöner Anblick, doch Mehmed warf nur einen kurzen Blick auf die Stadt, bevor er sein Pferd im Galopp die Straße hinuntertrieb. Die Hitze der Stadt umgab ihn schon, und Mehmed wollte so schnell wie möglich in der kühlen Behaglichkeit des Palastes Zuflucht suchen.

Im Palast warteten keine offiziellen Verpflichtungen auf Mehmed, doch das überraschte nicht. Obwohl er von dem Palast in Manisa aus die Provinz Sarakhan regierte, gab es wenig zu regieren. Er überwachte und besteuerte die Karawanserei, und diese Aufgabe überließ Mehmed den tüchtigen Eunuchen, denen die Stadtverwaltung oblag. Mehmed verbrachte seine Tage mit Jagd, Säbelkampf und Lektüre. Er las hauptsächlich militärische Schriften – Berichte über Schlachten, Schriften berühmter Generäle, Bücher über Strategien –, doch im Augenblick las er einen Bericht über Konstantinopel, den ein russischer Besucher des griechisch-orthodoxen Hofes im dreizehnten Jahrhundert verfasst hatte. Sobald er seine Gemächer betreten hatte, badete Mehmed, zog sich kühle Baumwollgewänder über und nahm das Buch mit in den Garten.

Unter einem Zitronenbaum hatte man Kissen für ihn ausgelegt, und dort ließ Mehmed sich nieder, inmitten des angenehmen Zitronendufts. Er wurde von drei *gedikli* begleitet – schönen Sklavinnen, die von Kindheit an ausgebildet worden waren, ihm zu dienen. Sie fächelten ihm Luft zu und beköstigten ihn mit Honigdatteln und Wein. Doch Mehmeds Aufmerksamkeit galt allein dem Buch. Der russische Autor namens Alexander beschrieb die Stadt in aller Ausführlichkeit, und Mehmed machte sich sorgfältig Notizen, während er las, füllte eine abgenutzte alte Schriftrolle mit Skizzen und Ideen. In dem Kapitel, das er gerade las, ging es um die zahlreichen unterirdischen Gänge in die Stadt und aus der Stadt heraus – ein Thema, das Mehmed besonders interessierte –, und während er las, schmiedete er in Gedanken Kriegslisten und Angriffspläne, um die prächtige Stadt zu erobern. Wenn er einen solchen Gang fand, dann konnte er seine Truppen bei Nacht heimlich in die Stadt schleusen und sie die Tore öffnen lassen. Vielleicht konnte er die Gänge auch mit Schießpulver füllen und damit die Mauern darüber zum Einsturz bringen.

Doch im Augenblick war die Eroberung Konstantinopels nur ein kühner Traum. Im entfernten Manisa hörte Mehmed wenig Neues vom Hof in Edirne, und sein Einfluss dort war gering. Ich kann nicht einmal meine *kadin* befehligen, geschweige denn eine ganze Armee.

Murad hatte darauf bestanden, dass Mehmed Gülbehar im königlichen Harem in Edirne zurückließ. Mehmed vermisste sie, doch größer noch war sein Bedauern darüber, dass er die Geburt seines Sohnes Bayezid versäumt hatte. Der Junge war noch ein Baby – zu jung, um ihn gegen seinen Vater aufzubringen –, trotzdem wäre es Mehmed lieber gewesen, er hätte ihn in seiner Nähe gehabt. Murad hatte deutlich gemacht, dass er sowohl Gülbehar als auch Bayezid ablehnte, und Mehmed fürchtete, sein Vater könnte seine Abwesenheit dazu nutzen, sich ihrer zu entledigen. Es hatte jedoch keinen Sinn, über die Sache zu grübeln. Mehmed musste sich in Geduld üben. Und in der Zwischenzeit hatte er seine *gedikli,* die ihn ablenkten. Das Mädchen, das den Fächer hielt, war besonders hübsch: Sie hatte ein breites, ovales Gesicht und rotes Haar. Mehmed fand, sie sah russisch aus, und damit passte sie zu seiner augenblicklichen Lektüre. Er machte sich auf einer Seite eine Notiz, seiner *haznedar usta* zu befehlen, ihm das Mädchen für eine Nacht zu schicken.

Ein schwarzer Eunuch näherte sich Mehmed durch den Garten. Er stammte aus Abessinien, war glattrasiert und ziemlich untersetzt. Wie die meisten schwarzen Eunuchen war er auch ein *sandali.* Vor Erreichen der Pubertät wurden den *sandali* mit einem einzigen Schnitt mit dem Rasiermesser die Hoden und der Penis entfernt, ein Holzröhrchen in die Harnröhre eingesetzt und die Wunde mit kochendem Öl kauterisiert. Danach wurden sie bis zum

Kinn in einen Berg frischen Dung eingegraben und eine Woche lang nur mit Milch ernährt. Wenn sie diese Prozedur überlebten, was erstaunlich oft der Fall war, wurden sie am Hofe des Sultans in Dienst genommen. Dieser *sandali* hieß Salim, und als er näher kam, sah Mehmed, dass er die Stirn verärgert gerunzelt hatte.

Salim verbeugte sich vor Mehmed. «Verzeiht, dass ich Euch störe, allergnädigster Herr», sagte er mit hoher, aufgewühlter Stimme. «Ein Mann möchte Euch sehen, ein Händler von einer der Karawanen. Er muss sehr wohlhabend sein, denn er hat sämtliche Wachleute und Eunuchen im ganzen Umkreis bestochen, um zu mir vorgelassen zu werden.» Mehmed lächelte darüber, denn der Mann hatte zweifellos Salim ebenfalls bestochen. «Ich habe ihm gesagt, dass Ihr beschäftigt seid, doch er hat darauf bestanden, Euch zu sehen. Er sagt, Ihr kennt ihn. Er hat sich als Isa aus Satalia vorgestellt.»

Isa. Mehmed kannte in der Tat einen Mann dieses Namens, doch er hatte geglaubt, er sei seit vielen Jahren tot. Als Mehmed noch ein Kind gewesen war – und Dritter in der Thronfolge –, hatte es einen Arzt asiatischer Herkunft mit Namen Isa gegeben, der in den Haushalt in Manisa gekommen war, um dort zu leben. Isa wusste viel über Kräuter, sowohl über wohltuende als auch über giftige, und für beträchtliche Summen hatte er Mehmeds zwei ältere Brüder vergiftet. Später waren Mehmed und seine Mutter zu dem Schluss gekommen, Isa sei eine Belastung. Mehmed hatte Isa aus seinen Diensten entlassen und dann einen Trupp Janitscharen hinter ihm hergeschickt, um ihn aufzuspüren und zu töten. Die Janitscharen hatten von Isas Tod berichtet, und Mehmed hatte sie töten lassen. Er war davon ausgegangen, mit ihnen sei alles Wissen über Isa aus der Welt geschafft worden. Und doch bat hier, rund sechs Jahre später, ein Mann um Einlass, der behauptete, Isa zu sein.

«Führ den Mann in mein privates Audienzzimmer», befahl Mehmed. «Vergewissere dich, dass er unbewaffnet ist. Ich möchte diesen Isa unter vier Augen sprechen. Nur Ulu soll zugegen sein.» Salim verbeugte sich und eilte davon.

Mehmed schickte die *gedikli* weg und begab sich in seine Privatgemächer. Bevor er sein privates Audienzzimmer betrat, ging er in eine angrenzende Kammer und spähte durch ein Guckloch. Dort stand Ulu grimmig blickend neben Mehmeds Thron, und mitten im Raum erkannte Mehmed tatsächlich Isa. Der Mann wirkte kaum gealtert, obwohl er inzwischen fast fünfzig sein musste. Sein sanftes Gesicht war immer noch glatt, sein Kopf sauber rasiert, und seine Augen waren dieselben lebhaften, mandelförmigen Augen, an die Mehmed sich so gut erinnerte. Mehmed beobachtete Isa einige Minuten – er legte Wert darauf, dass Besucher auf eine Audienz warten mussten –, doch Isas Gesicht blieb unbewegt. Der Asiat trug eine Art Päckchen bei sich – vielleicht war darin der Grund für seine Anwesenheit. Nach einem letzten Blick betrat Mehmed das Audienzzimmer und setzte sich auf den Thron.

Isa verbeugte sich tief, bis seine Stirn den Boden berührte. «Du kannst dich erheben», sagte Mehmed und ließ seine junge Stimme so gebieterisch klingen, wie er konnte. Isa sollte von Anfang an wissen, dass er jetzt ein Mann war und nicht mehr der Junge, den Isa vor vielen Jahren gekannt hatte. «Es freut mich zu sehen, dass du wohlauf bist, Isa. Ich hatte gefürchtet, du seiest seit vielen Jahren tot.»

«Vielen Dank für Euer hochherziges Willkommen. Ich bin hocherfreut zu sehen, dass die Jahre Euch gut bekommen sind», begann Isa. «Und was meinen vermeintlichen Tod angeht, es wundert mich nicht, dass Ihr das geglaubt habt. Ich bin mir sicher, die Janitscharen, die Ihr ausgeschickt habt, um mich zu töten, waren ziemlich überzeugend, als sie zu Euch zurückkehrten.»

«Sie haben mir erzählt, du wärst tot», sagte Mehmed. «Wären sie noch am Leben, müsste ich sie töten lassen. Hast du sie bestochen?»

«Nein, das war nicht notwendig. Ich ging in eine Schenke, und Eure Janitscharen legten sich davor auf die Lauer. Ich schickte den Wirt mit etwas zu trinken nach draußen, um ihnen die Warterei zu versüßen. Als ich nach draußen trat, erklärte ich ihnen, das Getränk sei vergiftet gewesen und sie würden das Gegengift nur bekommen, wenn sie genau das täten, was ich ihnen sagte. Sie sollten zu Euch zurückkehren und Euch erzählen, dass sie mich umgebracht hätten. Danach würde ich ihnen das Gegenmittel bringen lassen. Sie waren natürlich gar nicht vergiftet, aber das spielte keine Rolle. Ich wusste, dass Ihr sie umbringen lassen würdet, sobald sie Euch Bericht erstattet hätten.»

«Verstehe», sagte Mehmed. Er war beeindruckt. Dieser Isa war wahrlich mit Vorsicht zu genießen. «Und was führt dich nach so vielen Jahren in meinen Palast?»

«Ich komme im Auftrag eines Dritten, um ein Geschenk und ein Angebot zu unterbreiten», sagte Isa und packte sein Päckchen aus. Eine hübsche Mahagonischachtel von der Größe eines dicken Buches kam zum Vorschein. Er trat vor und hielt Mehmed die Schachtel hin. Mehmed wollte danach greifen, zögerte jedoch.

«Geschenke von dir könnten sich als giftig erweisen, Isa. Vielleicht sollte ich dieses ablehnen.»

«Es ist nur eine Schachtel», sagte Isa. «Doch wenn Ihr sie nicht annehmen wollt, ist das Eure Entscheidung.»

«Und wie lautet das Angebot, von dem du sprachst?»

«Das Angebot und das Geschenk sind ein und dasselbe. Ihr müsst das Geschenk annehmen, bevor ich das Angebot unterbreiten kann.»

«Gut», sagte Mehmed und nahm die Schachtel. Dann überlegte er es sich noch einmal und gab sie Isa zurück. «Mach du sie auf», befahl er. Behutsam öffnete Isa den Deckel. Er klappte an Scharnieren nach hinten und gab den Blick auf eine glänzende Kristallphiole mit einer bernsteinfarbenen Flüssigkeit frei. Isa hielt Mehmed die Schachtel wieder hin, und Mehmed nahm sie. Er hielt die Phiole ins Licht. «Was ist das?», fragte er. «Gift?»

«Ein sehr starkes Gift», sagte Isa. «Es wirkt im Kontakt mit der Haut und tötet innerhalb von Stunden. In kleinen Dosen geschluckt, wirkt das Gift langsamer. Abhängig von Gewicht und Konstitution des Opfers, kann der Tod Tage dauern oder sogar Monate.»

«In wessen Auftrag bringst du mir dieses starke Gift?», fragte Mehmed. «Und was soll ich damit?»

«Ein Freund aus Edirne schickt es», antwortete Isa. «Mehr kann ich Euch dazu nicht sagen. Und was seinen Gebrauch angeht, es wundert mich, dass Euch nichts einfällt. Schließlich wissen wir beide, dass Ihr nicht zögert, auf Gift zurückzugreifen, wenn es nötig ist, um auf den Thron zu gelangen.»

«Willst du andeuten, ich würde meinen eigenen Vater meucheln?», fragte Mehmed und hob die Stimme. «Das kostet dich den Kopf, Isa. Ulu», brüllte Mehmed, und der stämmige Janitschar trat vor und zog seinen langen, gebogenen *yatagan*.

Isa blinzelte nicht einmal. «Wenn du mich tötest, wirst du sterben, bevor der Tag zur Neige geht», sagte er mit ruhiger Stimme. Ulu zögerte, der Säbel schwebte in der Luft.

«Ulu, lass ab», befahl Mehmed. «Was meinst du damit, ich werde sterben?»

«Glaubt Ihr, ich würde in Euren Palast spazieren, ohne Vorsichtsmaßregeln zu treffen?», fragte Isa. «Die Schachtel, die Ihr haltet, ist mit demselben Gift bestrichen, das auch in der Phiole ist. Ihr müsstet seine Wirkung bereits spüren – Trockenheit im Hals, plötzliche Schweißausbrüche.» Mehmed schluckte und wischte sich den Schweiß von der Stirn. Isa fuhr fort: «Ja, ich habe die Schachtel ebenfalls gehalten, also sind wir beide vergiftet. Doch es gibt ein Gegengift. Wenn es bald verabreicht wird, können wir beide überleben.»

«Woher soll ich wissen, dass du nicht lügst?»

«Das wisst Ihr nicht», erwiderte Isa.

«Gib mir das Gegengift», befahl Mehmed.

«Ich habe es nicht bei mir», sagte Isa. «Es ist in meinem Zelt in der Karawanserei. Nur ich weiß, wo es verwahrt ist.»

«Dann geh und beeil dich», sagte Mehmed. «Ulu, lass ihn nicht aus den Augen. Wenn du einen falschen Schritt machst, Isa, wird Ulu dich umbringen, das schwöre ich dir.»

«Verstehe», sagte Isa. «Ihr solltet wissen, dass ich in der Karawanserei mehr als hundert Männer in meinen Diensten habe. Ich gebe Ulu das Gegengift, doch wenn er oder jemand anders mir nach dem Leben trachtet, wird er sterben, und Ihr werdet das Gegengift niemals bekommen.»

«Verstanden. Ulu wird nicht zulassen, dass dir ein Haar gekrümmt wird.»

«Sehr wohl», sagte Isa. «Vielen Dank für die Audienz, Prinz Mehmed. Euer Freund in Edirne wird sehr enttäuscht sein, dass Ihr sein Angebot nicht angenommen habt, doch man hat mir aufgetragen, Euch zu sagen, dass Ihr das Gift trotzdem behalten könnt. Möge es Euch von Nutzen sein.» Isa verbeugte sich und verließ, gefolgt von Ulu, das Audienzzimmer.

Mehmed blieb auf dem Thron sitzen und starrte auf die Schachtel in seinem Schoß. Wer war der geheimnisvolle Freund in Edirne, der seinem Vater den Tod wünschte? Und glaubte er wirklich, Mehmed wäre so dumm, sein Angebot anzunehmen? War er wirklich vergiftet worden, oder erlaubte Isa sich einen Spaß mit ihm? Mehmed schüttelte den Kopf, um sich zu besinnen. Er würde Spione hinter Isa herschicken.

Mehmed erhob sich vom Thron und ging in seine Privatgemächer. Er öffnete einen Schrank an der Wand, in dem in einem goldenen Futteral eine Ausgabe des Korans lag. Er holte den Koran heraus und drückte an der Rückwand des Schrankes einen verborgenen Riegel. Die Rückwand sprang auf, und dahinter kam ein kleines Fach zum Vorschein, in dem sich mehrere Stöße Goldmünzen, einige Flaschen Wein und verschiedene private Papiere befanden. Mehmed stellte die Schachtel hinein, schloss das Geheimfach und legte den Koran zurück. Nein, er würde nicht so dumm sein, seinen Vater zu vergiften. Das Gift würde er trotzdem aufbewahren. Eines Tages mochte es ihm nützlich sein.

* * *

Halil stand mit verschränkten Armen hinter einem Perlenvorhang und trommelte ungeduldig mit den Fingern, während er auf Isa wartete. Halil hatte wenig Zeit für sich, und wenn er sich länger als eine Stunde vom Palast entfernte, blieb das auf keinen Fall unbemerkt. Er wartete schon seit über fünfzehn Minuten hier im Hinterzimmer des Ladens des Teppichhändlers Farzam auf Isa, und lange konnte er nicht mehr warten. Um sich die Zeit zu vertreiben, hatte Halil sich verschiedene Möglichkeiten überlegt, Isa für seine Verspätung zu bestrafen – ihm die Augen mit heißen Eisen zu versengen, ihm die Fingernägel zu ziehen, seine Zehen in Säure zu tauchen. Halil wollte sich gerade anschicken, zu gehen und anzuordnen, dass eine dieser grausamen Foltermethoden anzuwenden sei, als Isa in den Laden trat und auf seine Kleider klopfte, um die Staubschicht loszuwerden, die sich auf dem langen Ritt von Manisa darauf abgesetzt hatte. Isa wirkte müde und abgespannt, doch nicht verängstigt. Das war gut, es hieß, dass er erfolgreich gewesen war. Halil trat durch den Perlenvorhang.

«Du bist zu spät, und man ist dir gefolgt», fuhr Halil ihn an. «Mehmeds Spione wurden gesehen, wie sie hinter dir hergeritten sind, als du in die Stadt kamst. Zweifellos warten sie draußen auf dich. Wenn sie uns zusammen sehen, kostet mich das den Kopf.»

«Ich bitte um Verzeihung, Halil», antwortete Isa. «Ich wusste nicht, dass man mir gefolgt ist, sonst hätte ich die Männer niemals hierhergeführt.»

«Dessen bin ich mir sicher», murmelte Halil. «Aber egal. Du wirst als Erster vorne rausgehen, und ich nehme die versteckte Tür hinten. Es besteht wenig Gefahr, dass Mehmeds Spione mich sehen. Ich hoffe es um deiner Familie willen nicht.» Bei diesen Worten wurde Isas Kiefer hart und seine Augen gefährlich schmal. «Ich nehme an, deine Reise war ein Erfolg», fuhr Halil fort. «Der griechische Mönch scheint sein Mittel bekommen zu haben. Meine Spione in Konstantinopel berichten, dass die Kaiserinmutter krank geworden ist.»

«Ja», sagte Isa. «Ich habe ihm das Mittel persönlich übergeben.»

«Und was ist mit Mehmed?», fragte Halil. «Wie hat er auf meinen Vorschlag reagiert?»

«Wie Ihr vermutet habt», erklärte Isa. «Er hat Euer Angebot abgelehnt, doch das Gift hat er behalten.»

«Sehr gut», sagte Halil, und sein böses Grinsen gab seinem Gesicht etwas Wölfisches. «Mehmed wird das Gift bald gegen seinen Vater einsetzen. Dafür werde ich sorgen. Das hast du gut gemacht, Isa. Hier ist dein Lohn.» Halil warf Isa einen kleinen Seidenbeutel zu. Er öffnete ihn und schüttete ein halbes Dutzend kleiner Diamanten in seine Hand. «Ich nehme an, er ist angemessen?»

«Ja», sagte Isa. «Das ist genug.»

«Gut. Du kannst gehen.»

Aber Isa rührte sich nicht. «Und was ist mit meiner Familie?», wollte er wissen. «Ihr habt gesagt, Ihr würdet sie freilassen, wenn ich tue, was Ihr von mir verlangt.»

«Das werde ich», sagte Halil. «Ich werde sie freilassen, sobald du alles getan hast, worum ich dich gebeten habe. Vorerst darfst du sie sehen. Du kennst das Haus, wo sie sich aufhalten. Die Wachen erwarten dich. Du hast eine Stunde, und man wird dich durchsuchen, bevor du eintreten darfst.»

Isa ging ohne ein weiteres Wort. Halil war froh, dass er ihn gefunden hatte. Als Mehmeds ältester Bruder Ahmet vergiftet worden war, hatte Halil sich die Sache natürlich genauer angesehen. Es hatte mehrere Jahre gedauert und viele, viele Bestechungen erfordert, doch dann hatte er die Spur bis zu Isa zurückverfolgt, der damals Diener in Mehmeds Haushalt gewesen war. Inzwischen war auch Mehmeds anderer Bruder Ala umgebracht worden, und kurz danach war Isa verschwunden. Halil hatte geglaubt, er sei tot, bis er im Jahr zuvor auf der Suche nach einem besonders seltenen Gift eine Karawanserei außerhalb von Edirne aufgesucht hatte. Man hatte ihn in das Zelt eines Händlers geführt, eines Mannes, der den Namen Amir trug, und er war überrascht gewesen, vor Isa zu stehen. Isa lebte seit Jahren als wohlhabender Kaufmann Amir, der mit der Karawane umherzog. In der ersten Zeit hatte er einen weiten Bogen um die großen osmanischen Städte gemacht. Doch bald wurde er mutiger, und so hatte er sich einige Jahre lang Karawanen nach Edirne und Manisa angeschlossen, wo Mehmed lebte. Niemand erkannte ihn, und Isa nahm den Handel mit Tränken und Giften wieder auf. Vor drei Jahren hatte er sogar geheiratet, und jetzt hatte er bereits zwei Kinder. Isas Familie stand unter Halils Schutz – was bedeutete, dass sie, wenn Isa nicht genau das tat, was Halil befahl, getötet würde. Isa war ein starker Mann. Er hatte nicht einmal geblinzelt, als Halil ihm erklärt hatte, er wisse, dass Isa Prinz Ahmet vergiftet hatte, und auch angesichts von Drohungen mit Folter oder Tod hatte er keine Furcht gezeigt. Er hatte jedoch eine überraschende Schwäche, was seine Familie anging. Nachdem Halil sie in seine Gewalt gebracht hatte, war Isa überaus kooperativ gewesen.

Ja, Halil war froh, dass er Isa gefunden hatte. Dank seiner Bemühungen würde Murad bald tot sein, und Mehmed würde auf dem Thron sitzen. Er würde um einiges leichter zu kontrollieren sein als sein Vater, und wenn nicht, war da ja auch noch Sitt Hatun. Halil wusste, dass die Frau des Sultans eine stolze Frau war, die ihren niederen Status neben Mehmeds neuer *kadin* Gülbehar hasste. Halil hatte ihr eine mächtige und respektvolle Position als Mutter des herrschenden Sultans angeboten. Alles, worum er gebeten hatte, war, dass sie ihm beischlief, damit der Prinz, den sie zur Welt bringen würde, der Prinz, der einst Sultan werden würde, sobald Halil Mehmed beseitigt hatte, in Wirklichkeit Halils Sohn sein würde. Sitt Hatun würde bekommen, was sie wollte, und Halil würde Regent und Vater des Reiches werden. Sitt Hatun hatte sein Angebot noch nicht angenommen, doch das, so hoffte Halil, war nur eine Frage der Zeit.

❖ ❖ ❖

Sitt Hatun saß am Karpfenteich im Haremsgarten und träumte mit offenen Augen, während Cicek ihr laut aus einem Gedichtband vorlas. Die Morgenluft im Garten war warm und entspannend, parfümiert vom Duft Tausender Blüten. Sitt Hatun fuhr mit der Hand durch das Wasser und spürte, wie der Karpfen sanft an ihren Fingern knabberte. Sie schloss die Augen und atmete aus. Die Monate, seit Mehmed nach Manisa abgereist war, waren friedlich gewesen, trotz Gülbehars kränkendem Verhalten. Und in letzter Zeit hatte Sitt Hatun Gülbehar kaum gesehen, da sie sich seit der Geburt ihres Sohnes Bayezid hauptsächlich in ihren Gemächern aufhielt.

In Augenblicken wie diesem konnte Sitt Hatun sich

fast einreden, der Harem sei das, was das gemeine Volk dachte: *dâr-üs-saâde*, der Ort der Seligkeit. Doch Sitt Hatun wusste es besser. Der Harem war in der Tat ein Ort des beispiellosen Luxus, doch er war auch ein Ort des Verrats und der Intrigen. Eine eigene Welt. Es gab eigene Gärten, eine eigene Moschee, eine eigene Küche und Waschküche. Der Harem hatte sogar eine eigene Dienstbotenschaft: Bis auf die Frauen des Sultans und ihre Abkömmlinge lebten im Harem keine Türken, denn Muslime durften laut Gesetz nicht versklavt werden. Die Frauen des Harems wurden von fremden Regenten geschickt, die begierig waren, sich mit dem Sultan gut zu stellen, oder sie wurden im Krieg gefangen genommen oder von benachbarten Völkern als Tribut gefordert. Es waren Griechinnen, Bosnierinnen, Walachinnen, Bulgarinnen, Russinnen, Polinnen, Italienerinnen und sogar Französinnen. Bei den Eunuchen war es ähnlich: Die meisten waren ursprünglich Kriegsgefangene gewesen oder bei der *devshirme* zusammengetrieben worden, die von allen Nichtmuslimen, die im Osmanischen Reich lebten, einen Tribut an Kindern einforderte.

Unter dieser buntgemischten Menschenmenge hatten Freundschaften nur selten Bestand, dazu waren sich die Sprachen und Kulturen zu fremd. Ihnen gemeinsam war nur der Wunsch, innerhalb der Hierarchie des Harems aufzusteigen, von der Haremsschülerin *jariye* zur *odalisque* am Hof oder zu einer der Favoritinnen des Sultans, zur Konkubine oder vielleicht sogar zur Frau oder *kadin*. Jeder spionierte jedem hinterher, beging, als Gegenleistung für ein wenig Macht, jeden Verrat. Sitt Hatuns Freundin, ihre Verbündete in diesem Schlangennest, war Cicek, ihre Cousine und Freundin seit Kindertagen. Nachdem Ciceks Eltern gestorben waren, waren sie und Sitt Hatun zusammen aufgewachsen. Sie waren unzertrennlich, und als Sitt Hatun Mehmed geheiratet hatte, hatte Cicek beschlossen, mit ihr in den Harem zu gehen, auch wenn sie damit ihre Freiheit aufgab. Jetzt war Cicek Sitt Hatuns ständige Gefährtin.

«Herrin.» Cicek hatte aufgehört zu lesen und legte Sitt Hatun die Hand auf die Schulter. «Herrin!», flüsterte sie noch einmal. «*Yilan* ist im Garten.» Sitt Hatun öffnete die Augen und richtete sich auf. *Yilan*: die Schlange. So nannten sie und Cicek Gülbehar wegen ihrer giftigen Zunge und ihrer geschmeidigen, schlängelnden Art zu gehen – wie der Körper einer verhexten Kobra. Sitt Hatun entdeckte sie im Portikus am anderen Ende des Gartens, wo sie mit hocherhobenem Haupt auf den Rasen trat. Ihr folgten nicht weniger als zehn *odalisques*, alle in rote Seidenkaftane gekleidet, bestickt mit wirbelnden Mustern in Gold – ein prächtiger Putz, den Sitt Hatun sich nicht leisten konnte. Doch neben Gülbehar, die gekleidet war wie eine Prinzessin aus *Tausendundeiner Nacht*, wirkten sie schlicht. Gülbehar trug enge, ärmellose tiefrote Seidenroben, bestickt mit Gold und Perlen. An ihren nackten Armen hingen Dutzende von juwelenbesetzten Armreifen, und ihr langes, blondes Haar war um ein Diadem aus funkelndem Gold geflochten, besetzt mit Diamanten. Gülbehar fehlte es eindeutig an nichts, Mehmed überschüttete sie mit Geschenken. Doch Sitt Hatun hatte sie noch nie so prunkvoll gekleidet gesehen. Sie sah eher aus wie die Frau von Sultan Murad und nicht wie die *kadin* eines Prinzen, selbst wenn er der Kronprinz war.

«Sei gegrüßt, Schwester», sagte Gülbehar. Ihr Türkisch hatte einen starken albanischen Akzent – noch etwas, was Sitt Hatun an ihr hasste. «Was für ein schöner Tag. Ich dachte, ich leiste dir ein wenig Gesellschaft.» Gülbehar winkte ihren Dienerinnen, und sie legten auf dem Boden neben Sitt Hatun Kissen aus. Gülbehar setzte sich, und zwei weitere Dienerinnen traten vor, um ihr kühle Luft zuzufächern.

«Ich freue mich, dich zu sehen», log Sitt Hatun. «Ich habe dich nicht oft gesehen, seit unser Ehemann abgereist ist. Ich hoffe, du hast dich nicht krank gefühlt.»

«Nein, ich war nicht krank», sagte Gülbehar und lächelte. Was bedeutet dieses Lächeln?, überlegte Sitt Hatun. «Der kleine Bayezid hat mich ganz in Beschlag genommen, das war alles.»

Die Worte waren wie eine Ohrfeige. Bayezid war nicht nur Gülbehars ganzer Stolz, es gefiel ihr, Sitt Hatun zu quälen, indem sie von ihrem Sohn sprach. Wegen Bayezid genoss Gülbehar den Titel der *bas haseki* – Mutter des Thronerben – und die Privilegien, die damit einhergingen. Wegen Bayezid war Sitt Hatun nur dem Namen nach Mehmeds Ehefrau.

«Ja, dein Sohn macht dir viel Arbeit», sagte Sitt Hatun. «Fürchten die Ärzte immer noch, dass er ein Idiot ist?» Gülbehar lief hochrot an. Bayezid war als Neugeborener fallen gelassen worden, und obwohl nichts darauf hindeutete, dass er dabei Schaden genommen hatte, hielten sich im Palast hartnäckig Gerüchte, sein Verstand sei verwirrt. Es war ein dummes Gerücht, aber etwas anderes fiel Sitt Hatun nicht ein.

«Nein», antwortete Gülbehar. «Es geht ihm gut. Er sieht seinem Vater mit jedem Tag ähnlicher.» Wie aufs Stichwort fing der unsichtbare Bayezid an zu weinen, seine lauten Schreie drangen aus Gülbehars Gemächern herunter und hallten durch die Gärten. Gülbehar lächelte. «Eine starke Stimme, ganz der Vater», sagte sie. «Man sollte wohl nach ihm sehen.»

Sitt Hatun nickte. Sie hoffte, Gülbehar bald los zu sein. «Ja», sagte sie. «Er schreit zweifellos nach seiner Mutter.»

«Zweifellos», stimmte Gülbehar ihr zu und schaute sich um, als suchte sie etwas. «Doch meine Dienerinnen sind alle beschäftigt», sagte sie. «Macht nichts. Du», rief sie und zeigte auf Cicek, «bring mir mein Kind.» Sitt Hatun sah sie erstaunt an. Den Dienern eines anderen Anweisungen zu geben hieß, die Verantwortung für sie zu übernehmen, aber Gülbehar würde es doch sicher nicht wagen, Sitt Hatun die Gefährtin zu nehmen? Das würde Murad nicht erlauben.

Cicek rührte sich nicht. «Hörst du mich, Mädchen? Bring mir meinen Sohn», wiederholte Gülbehar. Cicek sah Sitt Hatun an, die nickte und den Blick abwandte, als Cicek aufstand und sich entfernte. «Es macht dir doch nichts aus, oder, Schwester?», fragte Gülbehar Sitt Hatun. «Ich schicke dir morgen Ersatz. Wen du willst.»

Doch das war zu viel für Sitt Hatun. «Ich brauche keinen Ersatz», rief sie und erhob sich. «Der Sultan wird das nicht erlauben.» Gülbehar lächelte nur, als Sitt Hatun, mühsam gegen die Tränen kämpfend, in ihre Gemächer eilte. «Das kann nicht sein», sagte sie immer wieder. Das würde Murad nicht zulassen. Das konnte er unmöglich erlauben. Ausgeschlossen.

Doch Murad erlaubte es. Als Antwort auf Sitt Hatuns zornig vorgebrachte Bitte, man möge Cicek zu ihr zurückbringen, erklärte er, Haremspolitik ginge ihn nichts an, und befahl ihr, dafür eine von Gülbehars *odalisques* zu nehmen. Sitt Hatun stürmte wütend davon. Sie war zornig, und nicht im Traum würde ihr einfallen, eine von Gülbehars Haremsdamen, eine Spionin ohne Zweifel, in ihren Haushalt zu lassen. Sie schloss sich in ihrem Schlafzimmer ein, nahm ihren Sitar zur Hand und spielte, um sich zu beruhigen, ein altes Lied aus ihrer Kindheit. Doch sie konnte sich nicht beruhigen, dicke Tränen tropften auf das polierte Holz der Sitar. Sie hatte jetzt keine Freundin mehr im Harem. Sie war allein.

Allein vielleicht, doch nicht schwach. Sitt Hatun legte den Sitar zur Seite und wischte sich verärgert die Tränen aus den Augen. Sie konnte sich kein Selbstmitleid erlauben. Sitt Hatun hatte weder das Geld noch die Schar an Dienerinnen, die Gülbehar zur Verfügung standen. Sie hatte nur ihren Verstand, und den brauchte sie jetzt. Gülbehar hatte ihr Cicek genommen, doch vielleicht konnte Sitt Hatun das zu ihrem Vorteil nutzen. Cicek würde ihr immer treu sein, und eine Spionin in Gülbehars Gefolge konnte sich durchaus als nützlich erweisen. Sehr nützlich, falls Sitt Hatuns Verdacht, was Gülbehars plötzlichen Wohlstand betraf, sich als zutreffend erwies. Sitt Hatun dachte noch einmal an Gülbehars seltsames Lächeln. Sitt Hatun würde schon dahinterkommen.

* * *

Eine Woche verging, bevor Sitt Hatun Cicek wiedersah. Als Sitt Hatun vom Abendgebet in der Haremsmoschee zurückkehrte, wartete Cicek in ihrem Schlafzimmer auf sie. Sitt Hatun wollte auf sie zugehen, um sie zu umarmen, doch Cicek bedeutete ihr mit einer Geste, innezuhalten.

«Ich muss mich beeilen, Herrin», flüsterte Cicek. «Wenn *Yilan* erfährt, dass ich Euch besucht habe, werden wir beide Schwierigkeiten bekommen.» Sitt Hatun nickte. «Draußen wartet ein Mädchen darauf, mit Euch zu sprechen, eine *odalisque* aus Gülbehars Haushalt. Sie hat um Euren Schutz gebeten als Gegenleistung für Informationen über Gülbehar.

Mir will sie ihr Geheimnis nicht anvertrauen, aber ich glaube, dass es wichtig ist. Werdet Ihr mit ihr sprechen?»

«Selbstverständlich. Aber was ist mit dir?», fragte Sitt Hatun. «Behandelt *Yilan* dich gut?»

«Ich habe sie nicht gesehen», antwortete Cicek mit müder Stimme. «Ich verbringe meine Tage mit Sticken und Wäschewaschen. Es ist mir nicht erlaubt, Gülbehar aufzuwarten.» In Ciceks Augen standen Tränen, und Sitt Hatun wusste, dass Cicek ihr das Schlimmste ersparte. «Ich muss gehen, Herrin.»

Sitt Hatun umarmte Cicek, und sie klammerten sich aneinander. «Hab vielen Dank, liebste Freundin», flüsterte Sitt Hatun. «Und jetzt geh, und möge Allah dich beschützen.»

Cicek verließ den Raum, und wenige Sekunden später trat ein polnisches Mädchen ein, nicht älter als fünfzehn Jahre. Sie trug dasselbe scharlachrot-goldene Gewand, das Sitt Hatun an Gülbehars *odalisques* im Garten gesehen hatte. Das hieß, dass sie Gülbehars innerem Hofstaat angehörte. Das Mädchen war auf ganz eigene Weise schön. Sie war groß und dünn, als wäre sie gestreckt worden. Ihr Arme waren schlank, ihre Finger graziös. Ihr Hals war lang und schlank, und ihr blondes Haar ging ihr fast bis zur Hüfte. Ihre großen Augen waren blau, unschuldig und blickten angstvoll. Sie verbeugte sich tief, als sie Sitt Hatuns ansichtig wurde, und richtete sich nicht wieder auf.

«Erheb dich, Mädchen», befahl Sitt Hatun, doch in freundlichem Tonfall. «Was hast du mir zu sagen? Sprich offen. Hier musst du keine Spione fürchten.»

Das Mädchen blieb stumm, und Sitt Hatun fürchtete schon, sie würde gar nichts sagen. Doch dann öffnete das Mädchen den Mund, und die Worte strömten nur so aus ihr heraus. «Bitte, beschützt mich, Herrin», setzte das Mädchen an. «Cicek hat mir so viel Gutes über Euch erzählt. Sie hat gesagt, ich könne Euch vertrauen. Trotzdem würde ich nicht um Euren Schutz bitten, aber ich weiß, dass Ihr Gülbehar hasst. Sie würde mich töten lassen, wenn sie wüsste, dass ich zu Euch gekommen bin, aber ohne Eure Hilfe werde ich auch sterben. Ich werde Euch mein Geheimnis anvertrauen, aber zuerst müsst Ihr mir versprechen, dass Ihr mich beschützt.»

«Wovor?», fragte Sitt Hatun. «Vor Gülbehar?» Das Mädchen nickte energisch. «Und warum sollte Gülbehar dir Böses wollen?» Das Mädchen wurde rot und senkte den Blick. «Hast du sie bestohlen?»

«Selbstverständlich nicht, Herrin», protestierte das Mädchen. «Sie ist eifersüchtig auf mich.»

«Eifersüchtig? Verstehe.» Sitt Hatun war nicht überrascht. Sie kannte Gülbehars Eifersucht. Doch warum war sie auf dieses Mädchen eifersüchtig? Welcher Mann stand zwischen ihnen? Doch sicher nicht Mehmed, der weit weg in Manisa war. Sitt Hatun glaubte die Antwort zu kennen, doch sie wollte sie aus dem Mund des Mädchens hören. «Hab keine Angst», sagte Sitt Hatun zu ihr. «Ich schütze dich. Und jetzt erzähl mir: Warum ist Gülbehar eifersüchtig auf eine *odalisque*?»

«Weil ich *gözde* bin», antwortete das Mädchen und wurde rot. *Gözde* zu sein bedeutete wörtlich, dem Sultan «ins Auge gefallen zu sein». Es bedeutete, dass Murad Notiz von dem Mädchen genommen hatte und vielleicht seiner *haznedar usta* sogar schon befohlen hatte, sie ihm für eine Nacht zu bringen.

«Und wie kommt es, dass du, eine Dienerin Gülbehars, *gözde* bist?», fragte Sitt Hatun.

«Murad besucht Gülbehar in ihren Gemächern, um mit

ihr zusammen zu sein», sagte das Mädchen mit brennenden Wangen, den Blick fest zu Boden gerichtet. «Gülbehar lässt ihre Dienerinnen Masken tragen, damit wir Murads Blick nicht begegnen, doch er hat mich trotzdem bemerkt. Es war nicht meine Schuld. Ich habe nichts getan, und doch hat mir eine Freundin erzählt, dass die *haznedar usta* mich für eine Nacht zum Sultan bringen soll. Gülbehar ist eine eifersüchtige Frau. Wenn ich dem Sultan beischlafe, wird sie mich töten lassen. Meine Freundin hat mir erzählt, dass ich nächste Woche dran bin.»

«Und was soll ich dagegen tun?», fragte Sitt Hatun. «Ich habe keinen Einfluss auf die *haznedar usta*. Es liegt nicht in meiner Macht.»

«Nehmt mich in Euren Haushalt auf», sagte das Mädchen. «Ich war im Garten, als Gülbehar Euch Cicek weggenommen hat. Sie hat Euch eine Dienerin als Ersatz für Cicek angeboten. Bittet um mich. Diesen Wunsch kann sie Euch nicht ausschlagen.»

Sitt Hatun war geneigt, dem Mädchen die Bitte zu gewähren. Es war das Mindeste, was sie tun konnte, als Gegenleistung für die Informationen, die das Mädchen ihr gebracht hatte. Wenn Sitt Hatun Mehmed erzählte, dass seine geliebte Gülbehar ihm untreu war – und ausgerechnet mit seinem Vater! –, würde Mehmed sie dafür sicher belohnen. Vielleicht würde er ihr sogar beischlafen. Doch das Mädchen konnte auch lügen. Sie konnte eine von Gülbehar geschickte Spionin sein. Und selbst wenn sie die Wahrheit sprach … Wenn Sitt Hatun Gülbehar beschuldigen wollte, brauchte sie mehr Beweise als das Wort dieses Mädchens.

«Ich nehme dich in meinen Haushalt auf, aber zuerst brauche ich einen Beweis für das, was du sagst», erklärte Sitt Hatun dem Mädchen.

Das Mädchen holte eine goldene Kette hervor, an dem ein riesiger Rubin hing, der rot aufblitzte, wie die letzten Strahlen der untergehenden Sonne. Der Edelstein war unverwechselbar. Es war der *kumru kalp*, das Taubenherz, und Sitt Hatun hatte Murad noch nie ohne den kostbaren Schmuck gesehen. «Murad hat ihn Gülbehar gegeben. Ich habe ihn aus ihren Räumen genommen. Glaubt Ihr mir jetzt?», fragte das Mädchen.

«Ich glaube dir, Mädchen, aber ich muss es mit eigenen Augen sehen. Wann wird der Sultan Gülbehar das nächste Mal besuchen?»

«Heute Nacht.»

«Dann werde ich da sein.»

«Aber das ist unmöglich», stammelte das Mädchen. «Ich kann Euch unmöglich in Gülbehars Räume bringen. Gewiss nicht, wenn Murad da ist.»

«Wenn du mich nicht mitnehmen kannst, dann gibt es nur eine Lösung», sagte Sitt Hatun. «Wie heißt du, Mädchen?»

«Anna, Herrin.»

«Anna, zieh dein Gewand aus.»

* * *

In Annas Gewänder gekleidet, eilte Sitt Hatun durch den Palast und schlich sich in Gülbehars Gemächer. Obwohl sie die Maske trug, die Anna ihr gegeben hatte, wollte Sitt Hatun kein Risiko eingehen. Ihre Verkleidung konnte nur den unaufmerksamen Beobachter täuschen, das Gewand war eindeutig zu lang an Armen und Beinen. Sie hatte Angst vor dem, was passieren würde, wenn man sie erwischte. Gülbehar konnte sie leicht ermorden lassen und die Unwissende spielen. Wenn eine Frau ihren Platz innerhalb des Harems verließ, genoss sie keinerlei Schutz mehr.

Sitt Hatun betrat ihre alten Gemächer, in denen jetzt Gülbehar lebte, und nahm den Dienstbotengang, der vom Eingangsbereich abging und an einem mit zahlreichen Kissen ausgestatteten Wohnzimmer vorbeiführte, das erfüllt war vom Rauch einer *hookah.* Der Gang führte sie in den inneren Garten. Goldenes Licht fiel durch das offene Dach. Sie ging rasch hinüber in den hinteren Winkel, wo sie hinter einer Topfpalme verschwand und vorsichtig auf eine der kühlen Kacheln an der Wand drückte. Eine verborgene Tür öffnete sich. Sitt Hatun huschte hindurch und gelangte in einen weiteren Dienstbotengang, der an Gülbehars Schlafzimmer vorbei in die zu der Wohnung gehörende private Küche führte.

Der Gang war dunkel, nur hier und da schienen durch kleine Gucklöcher in der Wand winzige Lichtstrahlen. Sie waren dort, damit die Dienerinnen ihre Herrin beobachten und augenblicklich auf jede Laune reagieren konnten. Jetzt stand niemand an den Gucklöchern. Gülbehar sorgte sicher dafür, dass dieser Gang während ihrer Stelldichein mit Murad leer war. Sitt Hatun drückte ein Auge an ein Loch und sah Gülbehars von Kerzen beleuchtetes Schlafzimmer vor sich. Gülbehar hatte Veränderungen vorgenommen. Da waren immer noch die prächtigen deckenhohen Fenster an zwei Seiten des Raums, die einen spektakulären Blick über den sich bis zum Fluss erstreckenden Sultanspalast boten. Doch jetzt waren die Fenster halb verborgen hinter Paravents aus Goldgewebe. Die übrigen Wände waren mit seidenen Teppichen behängt, in denen silberne und goldene Fäden schimmerten. Auf dem Fliesenboden lagen dicke Teppiche. Alles in allem erinnerte der Raum an ein üppig ausgestattetes Zelt, ein Eindruck, dem nur das riesige Bett in der Mitte des Raumes widersprach. Das mit gelben Seidenvorhängen verhängte Bett war leicht zehn Fuß breit. Und dort, auf dem Bett, waren Gülbehar und Murad, nackt.

Gülbehar lag auf dem Rücken, ihr Kopf hing über den Bettrand, sodass Sitt Hatun ihr vor Ekstase verzerrtes Gesicht sehen konnte. Gülbehar hatte ihre langen Beine um Murads Hüfte geschlungen, der auf ihr lag und bei jedem Stoß ächzte. Als er sich immer schneller bewegte, schrie Gülbehar etwas auf Albanisch. Schließlich stöhnte Murad vor Wollust und brach auf Gülbehar zusammen. Nach einem Augenblick rollte er von ihr herunter und stand auf. Eine lange Narbe zog sich über seine rechte Schulter, und auch die dünnen Beine waren voller Narben. Die eingesunkene Brust und der dicke Bauch waren von feinem grauem Haar überzogen. Gülbehar blieb auf dem Bett liegen, nackt und schweißbedeckt, während er sich daranmachte, sich anzukleiden.

«Musst du schon gehen?», schmollte Gülbehar.

«Ibrahim Bey macht in Karmamania schon wieder Probleme. Ich muss an die loyalen Beys dort schreiben», erklärte er ihr. «Ich verbringe zu viel Zeit in deinen Gemächern. Man wird tratschen. Mehmed ist ein unbesonnener junger Mann. Er weiß sicher Bescheid über uns.»

Gülbehar stand auf und half Murad, die Schärpe an seinem Turban zu verknoten. «Mehmed ist nichts», schnurrte sie. «Du bist der Sultan, und jetzt hast du noch einen Erben: meinen Sohn.»

Sitt Hatun hörte Schritte. Sie sah, dass sich von der Küche her ein Licht näherte. Sitt Hatun eilte in die andere Richtung hinaus in den Garten. Dort gab es keine Möglichkeit, sich zu verstecken, also ging sie weiter in das Wohnzimmer, wo sie plötzlich Murad gegenüberstand. Sitt Hatun verbeugte sich tief und hielt den Kopf gesenkt. Sie wollte sich rückwärts entfernen, doch Murad gab ihr mit einer Geste zu verstehen, innezuhalten.

«Steh auf, Mädchen», befahl er. Sitt Hatun tat, wie ihr geheißen. Sie sah ein Schimmern in Murads Augen. Erkannte er sie, oder war es schlicht Verlangen? «Ich habe dich hier noch nie gesehen», fuhr Murad fort, nachdem er Sitt Hatun von oben bis unten gemustert hatte. «Bist du neu in Gülbehars Hofstaat?»

Sitt Hatun nickte und murmelte in einem basso profundo, der, wie sie hoffte, ihre Stimme hinreichend maskierte: «Ich muss ihr aufwarten, Herr.» Sie wollte sich entfernen, doch Murad fasste sie am Arm und hielt sie fest.

«Du hast es aber eilig», sagte er lachend. «Du solltest nicht so begierig sein, dem Blick des Sultans zu entkommen.» Er drehte Sitt Hatun zu sich und streichelte ihren Arm. «Du bist sehr hübsch», sagte er. «Nimm die Maske ab, Mädchen. Zeig mir dein Gesicht.»

Sitt Hatun erstarrte und überlegte verzweifelt, wie sie entkommen konnte. Sie konnte rufen, doch wozu wäre das gut? Weglaufen konnte sie nicht, denn Murad hielt sie am Arm fest. Jetzt strich er ihr auch noch übers Haar. Seine Hand spielte mit dem Knoten, der ihre Maske hielt, und löste ihn langsam. Nur noch wenige Sekunden, und ihre Tarnung flog auf. Sitt Hatun schloss die Augen und hielt den Atem an.

«Murad!» Gülbehar stand, immer noch nackt, in der Tür zum Wohnzimmer, die Hände in die Hüfte gestemmt. Sie schritt an Sitt Hatun vorbei, lehnte sich an den Sultan und schnurrte ihm ins Ohr: «Lass meine Haremsdame in

Ruhe.» Murad ließ Sitt Hatun los, und Gülbehar küsste ihn gierig. Sitt Hatun huschte zum Ausgang.

«Halt!», fuhr Gülbehar auf, und Sitt Hatun erstarrte. Gülbehar musterte Sitt Hatun mit zusammengekniffenen Augen. «Wie lautet dein Name, Mädchen?»

Was sollte sie sagen? Sie konnte nicht behaupten, Anna zu sein. Die Täuschung wäre zu offensichtlich. Nur ein einziger anderer Name kam ihr in den Sinn. «Cicek, Herrin», sagte sie und verbeugte sich tief, um ihr Gesicht zu verbergen.

«Fort mit dir, Mädchen», befahl Gülbehar. «In der Küche wartet Arbeit auf dich.» Sie hielt inne und fügte dann hinzu: «Und zieh dieses Gewand aus. Du bist keine *odalisque* in meinem Hofstaat.»

Sitt Hatun eilte in die Haremsküche und nahm von dort einen Dienstbotengang, der in ihre eigenen Gemächer führte. Zitternd brach sie auf dem Bett zusammen. Sie wusste, dass sie gerade knapp dem Tod entkommen war. Nach einem kurzen Augenblick jedoch beruhigte sie sich und zwang sich, still zu liegen. Die Gefahr war vorüber, und jetzt war keine Zeit für Schwäche. Was das Mädchen Anna ihr erzählt hatte, entsprach der Wahrheit. Gülbehar und Murad waren ein Liebespaar. Bald, schwor sie sich, sollte es Gülbehar sein, die Grund zum Fürchten haben würde.

\# \# \#

Am nächsten Tag träumte Sitt Hatun von ihrer Rache: wie sie Mehmed alles erzählen würde, was Mehmed mit Gülbehar tun würde, wie sie, Sitt Hatun, ihre gefallene Rivalin verspotten würde. Sie träumte, doch Pläne schmiedete sie keine – noch nicht. Schließlich bestand kein Grund zur Eile. Sie konnte es Mehmed erst sagen, wenn er von Manisa zurück war, denn es gab keinen Boten, dem sie voll und ganz vertraute. Und sie hatte beschlossen, es nicht Halil zu erzählen. Jetzt, wo sie Beweise für Gülbehars Untreue hatte, brauchte sie den Großwesir und seine Pläne nicht mehr. Sitt Hatun konnte die Dinge jetzt selbst in die Hand nehmen.

An diesem Abend sandte sie eine Nachricht an Gülbehar mit der Bitte, Anna zu ihr zu schicken, um ihr zu dienen, und zufrieden mit Gülbehars Antwort, Anna werde am nächsten Morgen zu ihr geschickt, ging Sitt Hatun mit ruhigem Geist und einem seltenen Lächeln auf den Lippen zu Bett. Um Mitternacht wurde sie von einem langen, entsetzten Schrei aus dem Schlaf gerissen. Der Schrei erstarb. Es war eine Frauenstimme gewesen, seltsam vertraut. Sitt Hatun gefror das Blut in den Adern. Sie lauschte eine ganze Weile, doch weiter war nichts zu hören. Schließlich sank sie in einen unruhigen Schlaf.

Als sie am nächsten Morgen aufwachte, war der Tag hell und lieblich, und der Schrei kam ihr fern und unwirklich vor – ein Albtraum, den sie besser vergaß. Sitt Hatun ließ sich von ihren *odalisques* ankleiden, nahm ein leichtes Frühstück aus Brot und Oliven zu sich und ging hinunter in den Haremsgarten, um zu lesen. Sie hatte sich kaum gesetzt, als Anna kam. Ein Blick auf das Gesicht des Mädchens verriet ihr, dass etwas nicht stimmte. Anna verbeugte sich tief und sagte: «Gülbehar hat mich geschickt, Euch zu dienen, Herrin. Findet Ihr Gefallen an mir?»

Sitt Hatun nickte. «Du sollst einen Platz in meinem Haushalt haben», sagte sie. «Komm, wir ziehen uns in meine Gemächer zurück, und ich zeige dir, wo du wohnen wirst.» Sobald sie in Sitt Hatuns Gemächern waren, nahm sie Anna beiseite und ging mit ihr in ihr Schlafzimmer.

«Erzähl», befahl Sitt Hatun flüsternd, um nicht belauscht zu werden, «stimmt etwas nicht?»

Anna nickte und senkte den Blick. «Eure Freundin Cicek ist tot.»

«Wie?», wollte Sitt Hatun wissen. «Was ist passiert?»

«Gülbehar hat Cicek der Spionage und des Diebstahls beschuldigt», sagte sie. «Letzte Nacht sind Männer gekommen und haben sie mitgenommen. Sie hat um Hilfe geschrien, aber sie haben ihr die Zunge herausgeschnitten und sie geknebelt und gefesselt. Dann haben sie sie in einen Sack gesteckt und in den Fluss geworfen.» Sitt Hatun konnte nur nicken, Tränen stiegen ihr in die Augen. Cicek hatte den Preis für Sitt Hatuns Dummheit bezahlt. Sie grub sich die Nägel tief in die Handflächen und biss die Zähne fest zusammen, um nicht laut aufzuschluchzen.

«Doch da ist noch mehr», fuhr Anna fort. «Gülbehar ist wütend, weil der *kumru kalp* verschwunden ist. Sie argwöhnt, Cicek hat ihn Euch gegeben und dass Ihr von ihr und Murad wisst. Ihr seid in großer Gefahr, Herrin. Ich kenne Gülbehar. Sie wird nicht eher ruhen, bis Ihr tot seid.»

SIEBEN

Winter 1450 – Genua

Die Sonne war an einem kalten Januartag längst untergegangen, als Longo zum *palazzo* von Signor Grimaldi kam, um an dem Fest teilzunehmen, dass zu Ehren des Gesandten von Konstantinopel gefeiert wurde. Am Hoftor saß er ab und überließ William sein Pferd. Er sah dem Jungen hinterher, wie er zu den Ställen eilte, zweifellos begierig darauf, beim Spiel mit den anderen Burschen seine paar Münzen zu verlieren. William verschwand in den Ställen, und Longo betrat den Festsaal des *palazzo* Grimaldi.

Ein riesiger, mit unzähligen winzigen Kristallen verzierter Kronleuchter hing von der Decke, seine flackernden Kerzen warfen ein funkelndes Licht. Kandelaber leuchteten an den Wänden. Mitten durch den Raum lief ein langer Tisch, an dem die Oberhäupter der bedeutenden Familien Genuas saßen. Am Kopfende saß Grimaldi neben seinem ältesten Sohn Paolo, und beide nickten zum Gruß, als Longo ihrem Blick begegnete. Das Fußende des Tisches war für den griechischen Gesandten reserviert, der Platz war noch leer.

Longo sprach mit einigen Männern, zu denen er in guter Beziehung stand, und nahm neben seinem zukünftigen Schwiegervater Platz. «Wie machen sich Eure Weingärten?», fragte Grimaldis Sohn Paolo mit einem leicht einfältigen Grinsen. Am Tag zuvor hatte jemand die trockenen Winterreben in Longos Weingärten in Brand gesteckt, wodurch Longo nicht an der Ratssitzung hatte teilnehmen können, bei der über die griechische Bitte um die Entsendung von Truppen diskutiert worden war. Longo hatte den Verdacht, dass das Feuer eigens gelegt worden war, um ihn fernzuhalten.

«Das Feuer hat einige meiner neueren Nebbiolo-Pflanzungen beschädigt – ein ziemlicher Rückschlag», antwortete Longo. Er blickte Paolo tief in die Augen, bevor er fortfuhr. «Aber macht Euch um meinetwegen keine Sorgen, Paolo. Ich finde den, der das Feuer gelegt hat, bald, und dann wird er sich dafür verantworten müssen. Wie heißt es so schön? Wer mit dem Feuer spielt, läuft Gefahr, sich die Finger zu verbrennen.»

Trompetengeschmetter ertönte, und die Männer am Tisch erhoben sich. Die Doppeltür, die in den Festsaal führte, wurde geöffnet. Der erste Gesandte, der eintrat, war ein älterer vitaler Mann mit einem langen, weißen Bart. «Andronikos Bryennios Leontaris», verkündete der Herold.

Leontaris betrat den Saal, und ihm folgte, zu Longos großer Überraschung, die schöne junge Frau, der er im Kaiserpalast in Konstantinopel begegnet war. «Prinzessin Sofia Dragases», verlautete der Herold feierlich. Sie war elegant gekleidet in ein eng geschnürtes Gewand aus buttergelber Seide, und in ihr langes, schwarzes Haar war eine goldene Tiara geflochten. Was macht sie hier?, überlegte Longo.

Leontaris und Sofia setzten sich, und der Genuese folgte ihrem Beispiel. Augenblicklich traten Diener vor und trugen eine riesige Servierplatte herbei, auf der ein ganzer gebratener Eber lag. Rund um den Tisch erhob sich leises Stimmengemurmel. Longo hörte den Gesprächen ringsum nur mit halbem Ohr zu, während sein Blick immer wieder zu Sofia am anderen Ende der Tafel wanderte. Nachdem der letzte Gang serviert worden war, wurde es schließlich still im Saal. Jetzt kam man zum eigentlichen Zweck der Zusammenkunft.

Lodovico Fregoso, der Doge von Genua, stand auf und erhob das Glas. «Auf unsere verehrten Gäste und auf das Gedeihen ihrer prächtigen Stadt», sagte er, und die versammelte Gesellschaft trank.

Fregoso setzte sich, und Leontaris erhob sich. «Auf unsere genuesischen Verbündeten. Wir danken Euch für Eure Freundschaft und Eure Unterstützung», sagte er. Als er

«Verbündete» sagte, erhob sich leises Gemurmel, und nicht alle Anwesenden tranken auf den Trinkspruch.

«Eure Worte sind freundlich», sagte Fregoso zu Leontaris so laut, dass alle ihn hören konnten. «Wir haben die Freundschaft des römischen Kaisers stets gewürdigt, und ich bin mir sicher, dass viele Genuesen Euch zu Hilfe eilen werden, falls es je notwendig werden sollte.»

«Viele Genuesen?», fragte Leontaris. «Und was ist mit Genua selbst? Wird die Republik Konstantinopel zur Seite stehen?»

«*Falls* die Türken angreifen», antwortete Fregoso, «dann wird die Republik Genua Konstantinopel die Dienste eines Schiffes und einer Besatzung anbieten, als Verbindung zur Welt und als Heimsuchung für die Osmanen.» Ein Schiff. Longo war nicht überrascht, doch eine gewisse Enttäuschung konnte er nicht verhehlen.

«Wir danken Euch für die versprochene Hilfe», sagte Leontaris, «und hoffen, dass sich, wenn der Tag kommt, da die Türken angreifen, viele tapfere Genuesen um dieses eine Schiff scharen werden.»

Damit schien die Angelegenheit geklärt. Die Männer am Tisch hatten sich wieder dem Essen und ihren Privatgesprächen zugewandt, als Sofia das Wort ergriff: «Ich denke doch, dass die Genuesen Konstantinopel unbedingt verteidigen wollen. Schließlich würdet Ihr nicht nur das Römische Reich verteidigen, sondern auch Eure Kolonie Pera. Euer Tor zum Osten wollt Ihr doch sicher nicht verlieren?»

«Was wisst Ihr schon von solchen Angelegenheiten, Frau?», schnaubte Paolo und trank einen kräftigen Schluck Wein. «Ihr solltet Euch Eure Worte fürs Schlafzimmer aufsparen.» Sofia wurde puterrot, und um den Tisch herum erhob sich leises Lachen.

«Das reicht, Paolo», sagte Grimaldi. «Ich möchte mich für die mangelnde Höflichkeit meines Sohnes entschuldigen, Prinzessin. Doch er hat recht. Gegen die Türken zu kämpfen wird sie nur gegen uns aufbringen. Ich bedaure, es sagen zu müssen, doch Pera ist womöglich sicherer, wenn die Türken Konstantinopel einnehmen. Sie haben wenigstens die Mittel, unsere Interessen dort zu schützen.»

«Ihr glaubt, Eure Kolonien wären in den Händen der Türken sicher?», fragte Sofia. «Die Venezianer dachten dasselbe von Thessaloniki, doch die Türken haben es trotzdem erobert. Nein, Signore, Ihr solltet den Türken nicht so leichtfertig vertrauen.»

«Hört, hört!», rief Umberto Spinola von der Mitte des Tisches. «Die Türken sind Heiden!», lallte er, offensichtlich betrunken. «Wir sollten keinen Handel mit dem Teufel treiben.»

«Die Türken mögen Heiden sein, aber sie sind nicht heidnischer als die Bürger von Konstantinopel», erwiderte der mächtige Signor Adorno, «die seit Jahren die Union mit der einen wahren Kirche ablehnen. Warum sollten wir für Menschen kämpfen und sterben, die auf unsere Religion spucken?» Um den Tisch herum murmelte man zustimmend.

Longo stand auf. «Das reicht!», sagte er. «Ich habe gegen die Türken gekämpft. Ich habe ihnen Auge in Auge gegenübergestanden, und ich kenne den Unterschied zwischen Türken und Griechen. Ich habe mich bereits verpflichtet, für Kaiser Konstantin zu kämpfen. Falls Konstantinopel angegriffen wird, werde ich seine Mauern verteidigen.» Longo zog seinen Säbel und legte ihn auf den Tisch. «Wer kämpft an meiner Seite?» Er sah die Männer um den

Tisch herum an und richtete den Blick dann auf Sofia. Sie nickte zum Dank.

Es herrschte Stille, während die Männer auf ihren Stühlen hin und her rutschten. Schließlich stand ein junger Adliger, Maurizio Cattaneo, auf. Einige andere folgten ihm – die beiden Di-Langasco-Brüder und die drei Bocchiardo-Brüder. Alles junge Männer, die keine Erbschaft zu erwarten hatten und folglich nicht viel zu verlieren, wenn sie ihr Leben in fremden Landen aufs Spiel setzten. Keiner von ihnen würde große Truppen in den Kampf einbringen, aber Longo war trotzdem froh über ihre Unterstützung. Einer nach dem anderen zogen sie ihre Schwerter und legten sie auf den Tisch.

«Im Auftrag des Kaisers danke ich Euch allen für Euer mutiges Angebot», sagte Leontaris zu ihnen. «Doch bitte, behaltet Eure Schwerter vorerst. Womöglich braucht Ihr sie noch.» Die Männer steckten ihre Schwerter in die Scheide und setzten sich wieder. «Ich möchte auch Signor Grimaldi danken, der heute Abend unser Gastgeber ist, und all denen, die uns in Eurer Stadt so herzlich willkommen geheißen haben. Unser Kaiser wird sehr erfreut sein, und Konstantinopel wird in seinem Herzen immer einen Platz für Genua haben. Auf Genua!», schloss er und hob sein Glas.

«Auf Genua!», antworteten die versammelten Männer im Chor, als sie aufstanden und ihre Gläser leerten. Das Mahl war beendet, Grimaldi führte die Gäste nach draußen in die Gärten hinter dem *palazzo*, wo seine Musiker im Fackelschein unter dem sternenübersäten Himmel spielten. In regelmäßigen Abständen waren große, mit warmen Kohlen gefüllte Pfannen gegen die nächtliche Kühle aufgestellt worden, und die Gäste gingen zwischen ihnen umher, diskutierten über Politik und tranken gekühlten Süßwein.

Longo war kaum nach draußen getreten, da wurde er von Leontaris mit Beschlag belegt. «Signor Giustiniani, erlaubt mir noch einmal, meinen Dank für Eure angebotene Hilfe auszusprechen.»

«Das ist nicht notwendig», erwiderte Longo. «Meine genuesischen Mitbürger mögen es nicht einsehen, doch der Kampf gegen die Türken ist genauso unser Kampf wie Euer. Entweder bekämpfen wir sie jetzt, oder wir bekämpfen sie später, doch bekämpfen werden wir sie.»

«Ich bin ganz Eurer Meinung», sagte Leontaris. «Wenn Ihr nur noch ein paar mehr Eurer mächtigen Landsleute überzeugen könntet, sich Euch anzuschließen, wüsste der Kaiser das zu würdigen. Und er würde Euch entsprechend entlohnen.»

«Wenn ich sie überzeugen könnte, würde ich dies tun, auch ohne Lohn», sagte Longo. «Abgesehen davon brauche ich Euer Geld nicht. Und viele Männer hier auch nicht.»

«Ich biete Euch kein Geld», erwiderte Leontaris und zeigte auf Sofia, die in der Nähe in ein ernstes Gespräch mit mehreren Männern vertieft war. «Ihr habt sicher Prinzessin Sofia bemerkt. Sie ist schön, nicht wahr?»

«Was redet Ihr da?», wollte Longo wissen.

«Der Kaiser meint, Prinzessin Sofia wäre eine gute Partie für einen Mann, der unserer Stadt in der Stunde der Not beisteht», erklärte Leontaris.

«Verstehe», sagte Longo. Er wusste, dass Heiraten auf diese Weise arrangiert wurden, dennoch gefiel ihm der Gedanke nicht, Sofia könnte an einen seiner Landsleute verhökert werden. «Und was hält die Prinzessin von dem Arrangement?»

«Was die Prinzessin denkt, ist nicht von Belang», sagte Leontaris.

«Tatsächlich?» Weder Leontaris noch Longo hatten bemerkt, dass Sofia sich ihnen genähert hatte. «Habt Ihr deshalb versäumt, mich darüber zu informieren, dass ich für den Höchstbietenden auf den Markt gebracht wurde?»

«Ich habe nur den Befehl des Kaisers ausgeführt, Prinzessin», sagte Leontaris verlegen. Dann erlangte er die Fassung wieder und fügte mit fester Stimme hinzu: «Was glaubt Ihr, warum er sonst einverstanden war, eine Frau diese Reise machen zu lassen? Ihr habt Euch doch wohl nicht eingebildet, dass Euer politischer Scharfsinn gefragt sei?»

«Wie Ihr schon sagtet, was ich denke, ist nicht von Belang», erwiderte Sofia mit leiser, doch harter Stimme. «Doch ich will Euch sagen, was ich weiß, Leontaris. Ich bin eine Prinzessin der königlichen Familie, keine Sklavin, die einfach so verkauft werden kann, und sicher nicht von Euch. Wenn Ihr mich noch einmal als Preis anbietet, werdet Ihr das bereuen.» Sie wandte sich ab und stolzierte in die Dunkelheit.

«Es tut mir leid, dass Ihr das mit anhören musstet, Signore», sagte Leontaris. «Doch mein Angebot steht.»

«Ich bin kein Söldner, den man kaufen kann», erwiderte Longo knapp. «Gute Nacht, Gesandter.»

Longo ging nach Sofia suchen. Er fand sie, allein, fast verborgen im Dunkeln, wo das Licht der Fackeln nicht hingelangte.

«Seid Ihr gekommen, um Eure Ware zu begutachten?», fragte Sofia, und ihre Augen funkelten zornig.

«Ich bin bereits verlobt, doch selbst wenn ich es nicht wäre, so ist mein Schwert nicht käuflich, nicht einmal für so einen hohen Preis», erklärte Longo ihr. «Wenn meine Gegenwart Euch härmt, werde ich mich zurückziehen.»

«Nein, bleibt», sagte Sofia weicher. «Nicht auf Euch bin ich zornig, Signor Giustiniani. Ich sollte Euch vielmehr danken für das, was Ihr heute Abend getan habt. Ich möchte mich für meinen Ausbruch entschuldigen.»

«Ihr müsst Euch nicht entschuldigen», sagte Longo. «Ich kann mir vorstellen, dass es nicht leicht ist, gegen seinen Willen verheiratet zu werden.»

«Ihr seid ein Mann, Signore. Was wisst Ihr von solchen Dingen?»

«Manchmal sind auch Männer nicht frei, zu wählen. Wir alle haben Pflichten.»

Bevor Sofia antworten konnte, tauchte wie aus dem Nichts Grimaldi auf. «Da seid Ihr, Signor Giustiniani», sagte Grimaldi, wandte sich dann Sofia zu und verbeugte sich tief. «Prinzessin Sofia. Es ist mir eine Ehre.»

«Prinzessin, dies ist Signor Grimaldi, der Vater meiner zukünftigen Frau», erklärte Longo Sofia, die einen Knicks machte.

«Es tut mir leid, Prinzessin», sagte Grimaldi, «doch der Abend ist fast vorüber, und ich muss Euch Longo entführen. Er muss morgen zeitig aufstehen, um meiner Tochter aufzuwarten. Er nimmt sie mit auf eine Reise zum Wohnsitz seiner Familie in Bastia auf Korsika. Longo hat dort einiges zu erledigen.»

«Korsika ist nicht weit von Rom, nicht wahr?», fragte Sofia.

Longo nickte. «Bei günstigem Wind segelt man von Korsika in einem halben Tag nach Ostia, dem Hafen von Rom.»

«Falls es keine zu große Zumutung ist, möchte ich Euch

fragen, ob Ihr mich, Leontaris und unsere Diener nach Rom bringen könntet, wenn ihr nach Korsika segelt. Wir sind von Venedig über Land gereist, und unser Schiff erwartet uns in Rom. Ich möchte so bald wie möglich dort sein, und die Aussicht auf eine weitere Reise über Land entzückt mich nicht gerade. Man hat mir berichtet, die Straßen nach Rom seien voller Banditen.»

Longo sah Grimaldi an.

«Selbstverständlich», sagte Grimaldi. «Ich bin sicher, Longo ist entzückt, Euch zu Diensten zu sein, und meine Tochter wird es als Ehre empfinden, Euch kennenzulernen. Wenn Ihr uns jetzt bitte entschuldigt, Prinzessin.»

«Es war mir ein Vergnügen, Euch kennenzulernen, Signor Grimaldi», sagte Sofia. «Bis morgen, Signor Giustiniani.»

Sofia entfernte sich und mischte sich wieder unter die Leute. Longo wandte sich in die entgegengesetzte Richtung, zu den Ställen, doch Grimaldi hielt ihn auf. «Einen Augenblick, Signore», sagte er. Der alte Mann blickte Longo eindringlich in die Augen. «Seid vorsichtig, Signor Giustiniani. Ich zweifle nicht an Eurer Ehrenhaftigkeit, doch es wäre klug, auf Eurer Reise nach Rom mit der Prinzessin aufzupassen.»

«Ihr zweifelt doch wohl nicht an meinen Absichten oder an der Ehrenhaftigkeit der Prinzessin.»

«Ich zweifle nicht an Eurer Ehrenhaftigkeit, doch ich sah Euch mit der Prinzessin, ich bin nicht blind», entgegnete Grimaldi. «Gute Nacht, Signore. Bis morgen.»

* * *

Als Longo am nächsten Tag vor dem Morgengrauen in den Hof des *palazzo* Grimaldi ritt, hing dichter Nebel über der Stadt. Sein Magen – normalerweise so ruhig, selbst am Vorabend einer Schlacht – war nervös. Longo wurde noch nervöser, als er Julia sah – dünn und zerbrechlich, in einem eng geschnürten blauen Samtkleid, das ihre knospenden Brüste betonte – und ihr in ihre Kutsche half. Und die Anspannung stieg in seinem Bauch hoch und schnürte ihm schier die Kehle zu, als er auf den Hof des *palazzo* Fregoso kam und Sofia aus der Tür treten sah – wunderschön in einem grünen Umhang, einem langen Hosenrock und hohen Reitstiefeln. Longo stieg vom Pferd und bot Sofia eine Hand, um ihr in die Kutsche zu helfen, doch sie lachte nur. «Ich möchte reiten», erklärte sie ihm. «Ich will so viel wie möglich von der Stadt sehen.» Damit schwang sie sich in den Sattel eines der Pferde, die für das Gefolge des griechischen Gesandten gesattelt worden waren. Leontaris murmelte etwas von wegen, seine alten Gelenke würden in der feuchten Morgenluft schmerzen, und nahm zufrieden Sofias Platz in der Kutsche ein.

Als sie den kurzen Weg zum Dock ritten, stieg über den Hügeln in ihrem Rücken die Sonne auf, vertrieb den Morgennebel und die kühle Luft. Sofia plauderte und lachte, fragte hier und da nach den Namen von Gebäuden und Plätzen. Sie wirkte lebhafter als am Abend zuvor, und im Sattel schien sie sich vollkommen wohl zu fühlen. Ihre heitere Stimmung war ansteckend, und bald lächelte auch er, und die Anspannung fiel von ihm ab. Bis sie auf dem Dock das ganze Gepäck an Bord der *Fortuna* geladen hatten, war die frostige Morgendämmerung einem prächtigen Wintermorgen gewichen. Longo gab den Befehl abzulegen und stellte einen seiner Männer ans Steuer, während er nach vorne ging, um mit Sofia, Julia und Leontaris an der Reling zu stehen. Unter günstigem Wind glitten sie durch die Bucht von Genua, das Schiff schnitt kühn durch die kurzen, kabbeligen Wellen.

«Wenn der Wind so bleibt, wird es eine kurze Reise», erklärte Longo. «Wir segeln an der genuesischen Küste hinunter und an der Mündung des Arno vorbei. Dann müssten wir Korsika lange vor der Abenddämmerung erreichen. Wir übernachten im Haus meiner Familie in Bastia und segeln am nächsten Tag weiter nach Ostia. Morgen Nachmittag seid Ihr sicher in Rom.»

«Bastia kenne ich nicht», sagte Sofia. «Wie ist es?»

«Es ist eine kleine Stadt an der steilen, felsigen Küste Korsikas», antwortete Longo. «Die Insel selbst steht unter dem Einfluss einer Gruppe genuesischer Händler, den Maonas, in die jede vornehme Familie Vertreter entsendet. Korsika gehört seit fast zweihundert Jahren zu Genua, obwohl man davon nichts merkt. Die Menschen sehnen sich seit je nach Unabhängigkeit.»

«Mein Vater sagt, die Korsen seien wie Tiere», sagte Julia. «Sie müssen domestiziert werden, um von Nutzen zu sein.» Ihr Gesicht wurde schon leicht grün.

«Er würde zweifellos anders reden, wenn *sein* Land besetzt wäre», erwiderte Sofia. «Ich bewundere die Korsen. Es erfordert großen Mut, einen Kampf zu kämpfen, der nach menschlichem Ermessen nicht zu gewinnen ist.»

«Oder große Dummheit», sinnierte Leontaris. «Manchmal fürchte ich, dass wir auf dieser Mission alle miteinander den Narren spielen.»

«Ganz im Gegenteil, Leontaris», sagte Longo. «Ein Narr kämpft, wenn er keine Chance hat. Ein tapferer Mann kämpft, wenn er keine Wahl hat. Nein, die einzigen Narren sind die, die Euch nicht zu Hilfe eilen. Und was die Korsen angeht: Allein die Zeit wird zeigen, ob sie Narren sind oder nicht. Ich für meinen Teil kann es ihnen nicht verübeln, dass sie frei sein möchten.»

«Ich wollte Euch nicht beleidigen», sagte Julia und wurde rot. «Ich verstehe nicht viel von diesen Dingen, und ... Wenn Ihr mich bitte entschuldigen wollte, Signore.» Julia verbeugte sich, schlug sich eine Hand vor den Mund und entfernte sich eilig von der Reling. Von ihrer Dienerin begleitet, eilte sie nach unten in ihre Kabine.

«Ich ziehe mich ebenfalls zurück», sagte Leontaris. «Die Luft auf Deck scheint mir nicht zu bekommen.» Er wandte sich ab und folgte Julia nach unten.

Sofia schüttelte den Kopf. «Seekrankheit muss schrecklich sein», sagte sie. «Ich liebe das Meer, das Gefühl der Freiheit, wenn das Schiff die Wellen durchschneidet, den Wind in meinem Haar.»

«Dann seid Ihr eine erfahrene Schiffsreisende?», fragte Longo.

«Kaum», sagte Sofia und lachte, als die *Fortuna* mit dem Bug frontal durch eine Welle stieß und sie beide nass gespritzt wurden. «Ich bin auf dem Goldenen Horn mit Schiffen unterwegs gewesen, doch meine Reise nach Venedig war meine erste richtige Fahrt auf hoher See. Ich liebe es. Wie glücklich Ihr Euch schätzen könnt, ein eigenes Schiff zu besitzen und die Freiheit zu haben, dass Ihr ziehen könnt, wohin Ihr wollt.»

«So frei bin ich gar nicht», erwiderte Longo. Sie schwiegen eine Weile, erfreuten sich am Sonnenschein und an dem endlosen Rauschen des Meers unter dem Bug. Longo hatte für sie auf dem Vordeck zwei segeltuchbespannte Klappstühle aufstellen lassen, und sie setzten sich und betrachteten die an ihnen vorbeiziehende italienische Küste. Die gebirgige Republik Genua ließen sie jetzt hinter sich, die hohen Berge gingen in die sanftere Landschaft der mittelitalienischen Staaten Modena und Florenz über. Andere Schiffe tauchten am Horizont und um sie herum auf. Longo zeigte in der Ferne auf einen Fleck am Horizont.

«Die Mündung des Arno», erklärte er Sofia. «Dort liegt ein Hafen, der Pisa und Florenz dient.»

Sofia nickte. «Davon habe ich gehört», murmelte sie. Dann wandte sie sich Longo zu, um ihm in die Augen zu sehen, und fragte: «Wenn Ihr frei wäret zu tun, wie Euch beliebt, was würdet Ihr dann tun?»

Longo schwieg eine Weile. Welchen Sinn hätte das Leben überhaupt ohne die Pflichten, die ihn leiteten? «Vermutlich würde ich nicht vieles anders machen», sagte er schließlich.

«Und sie?», fragte Sofia und wies mit einem Nicken zu der Kabine.

«Was?», fragte Longo. «Glaubt Ihr nicht, dass sie eine gute Partie ist?»

«Sie ist sehr schön, wie eine zarte Blume», sagte Sofia. «Aber sie ist so jung.»

«Sie ist die Tochter einer der mächtigsten Familien Genuas und sehr schön, wie Ihr sagt», bemerkte Longo. «Sie ist alles, was man von einer Frau erwarten kann.» Er unterbrach sich und überlegte. «Aber was ist mich Euch? Was würdet Ihr tun, wenn Ihr frei wärt?»

«Ich würde kämpfen, um Konstantinopel zu verteidigen», antwortete Sofia ohne Zögern. «Und ich würde reisen. Ich habe erst so wenig von der Welt gesehen, und Bücher sind ein magerer Ersatz.»

«Kämpfen und Reisen, das ist nicht so glanzvoll, wie es sich anhört», sagte Longo. «Man wird beides leid.»

«Seid Ihr des Kämpfens leid, Signor Giustiniani?», fragte sie.

«Ihr dürft mich Longo nennen, Prinzessin», erwiderte er. «Und ja, ich bin des Kämpfens müde. Früher habe ich mir nichts sehnlicher gewünscht, als gegen die Türken ins Feld zu ziehen, doch in letzter Zeit ...»

Sofia nickte schweigend. Longo überlegte, ob sie ihn wohl verstand. Er hatte das Gefühl, dass sie ihn verstand. Sie schwiegen, bis Korsika als winziger Fleck am Horizont auftauchte. «Wir legen bald an», erklärte Longo der Prinzessin und erhob sich aus seinem Stuhl. «Ich muss Vorbereitungen treffen. Bis heute Abend, Prinzessin.»

* * *

Longo begleitete Sofia und Julia in ihre Räumlichkeiten in der Villa seiner Familie hoch oben in den Hügeln über Bastia und kehrte dann zum Dock zurück, wo er am Nachmittag mit dem Verwalter, der sich auf der Insel um Longos Anteile am Fischfang und an der Lastenschifffahrt kümmerte, die Geschäftsbücher durchging. Die Arbeit hielt ihn bis nach Sonnenuntergang am Dock auf, und als er zu der Villa zurückkehrte, war es dunkel. Er hatte angewiesen, seinen Gästen ein fürstliches Mahl vorzusetzen, doch als er kam, musste er feststellen, dass Sofia die Einzige war, die nach unten gekommen war, um an dem Festmahl teilzunehmen. «Gesandter Leontaris und Signorina Julia bitten, sich zu entschuldigen», sagte der Haushofmeister. «Sie haben mich ersucht, Euch darüber zu informieren, dass sie nicht hungrig sind und Euch morgen sehen werden.»

«Verstehe», sagte Longo und nahm gegenüber von Sofia am Tisch Platz. «Julian, kümmere dich darum, dass man Leontaris und Julia Suppe und Brot bringt, und jemand soll einen Arzt holen, damit der ihnen etwas gibt, was ihren Magen beruhigt.»

«Sehr aufmerksam von Euch», sagte Sofia.

Longo lächelte. «Wenn ich ehrlich bin, habe ich mehr an mein eigenes Wohlergehen gedacht als an das ihre. Ich würde es vorziehen, wenn Leontaris seine sieben Sinne beisammenhätte, bis er in Rom ankommt. Und was Julia angeht, sie wird meine Frau. Ich weiß genug über Frauen, um mir über eines im Klaren zu sein: Je mehr sie jetzt leidet, desto mehr werde ich in Zukunft leiden.»

«In der Tat», sagte Sofia und erwiderte sein Lächeln. Sie wandten sich schweigend dem Essen zu. Ein Gang war köstlicher als der andere – sautierter Rochen, gebratener Fasan, gefüllt mit Ziegenkäse, und schmerzlich süße korsische Orangen –, während die Kerzen herunterbrannten. Zwischen einzelnen Bissen blickte Longo immer wieder zu Sofia hinüber. Sie war schön, aber nicht wie Julia. Sofia war keine zerbrechliche Blume, sie war eher wie ein exquisit geschmiedetes Schwert. Doch im Augenblick schien sie ein wenig besorgt.

«Ist das Essen nach Eurem Geschmack?», fragte Longo.

«Es ist köstlich», antwortete Sofia.

«Ich frage nur, weil Ihr den Eindruck macht, als läge Euch etwas auf dem Herzen, Prinzessin. Vielleicht macht Ihr Euch Sorgen wegen des Empfangs in Rom?»

Longo sah ihr in die Augen, und zu seiner Überraschung wurde Sofia rot. «Ja», stimmte sie ihm zu. «Der Papst entscheidet über das Schicksal Konstantinopels.»

Longo nickte und musterte sie, versuchte eine Regung

in ihrem Gesicht auszumachen, und als sie ihn dabei ertappte, dass er sie beobachtete, war es an ihm, rot anzulaufen. Ich benehme mich wie ein Narr, dachte Longo. Trotzdem konnte er die Augen nicht von Sofia lassen – ihre funkelnden Augen und vollen Lippen, die Wölbung ihrer Brust unter ihrem engsitzenden Kleid.

«Es wird spät, und wenn ich es recht verstanden habe, müssen wir morgen sehr früh aufbrechen», sagte Sofia. «Ich sollte mich zurückziehen.»

Longo nahm eine Kerze vom Tisch und führte sie aus dem Speisezimmer in den offenen Hof und von dort eine Treppe hinauf. Er blieb vor dem Zimmer stehen, in dem sie wohnte, und öffnete die Tür.

«Gute Nacht, Prinzessin», sagte er, doch keiner rührte sich. Sie standen einander gegenüber, wie Schatten in der Tür. Ihre Blicke begegneten sich, und diesmal wandte keiner den Blick ab. Plötzlich trat Sofia vor und küsste ihn. Ihre Lippen waren weich und warm. Longo erwiderte den Kuss mit Leidenschaft, doch dann löste sie sich. Ihre Wangen und ihr Hals schienen zu glühen. Sie öffnete den Mund, um etwas zu sagen, doch sie brachte kein Wort heraus. In ihren Augen sah Longo Verwirrung und Panik. Er machte einen Schritt nach hinten.

«Verzeiht», sagte Sofia schließlich. «Das war nicht recht von mir.» Longo sagte nichts, wartete, dass sie zu Ende sprach. «Ich ... Vielleicht sollte ich morgen ein anderes Schiff nach Ostia nehmen, wenn das möglich ist.»

Longo nickte. «Vor Sonnenaufgang segelt ein Schiff nach Rom. Ich kümmere mich darum, dass Ihr und Leontaris sicher an Bord gelangt.»

«Vielen Dank, Signor Giustiniani», sagte Sofia. Ihre Blicke begegneten sich wieder, und sie wandte den Blick ab.

«Und habt Dank für Eure Freundlichkeit. Gute Nacht, und Gott mit Euch.»

Sie huschte in ihr Zimmer und schloss die Tür. Longo blieb noch einige Minuten dort stehen, bis er sich schließlich langsam abwandte.

* * *

Zwei Tage später kehrte Longo nach Genua zurück. Julia war auf der ganzen Reise nachdenklich und antwortete nur mit höflichen Bemerkungen auf seine Fragen. Longo vermutete, dass sie noch unter Seekrankheit litt.

Als sie den *palazzo* Grimaldi erreichen, eilte Julia hinein und hatte kaum ein Wort für Longo. Er stieg auf sein Pferd, doch bevor er aus dem Hof reiten konnte, rief Grimaldi hinter ihm her, er möge warten. Longo drehte sich um und sah, dass Grimaldi aus dem *palazzo* auf ihn zugeschritten kam. Julia stand in der Tür. Longo stieg ab und schüttelte Grimaldi die Hand.

«Hattet Ihr eine gute Reise?» Grimaldi musterte Longos Gesicht.

«Das Meer war ruhig, und die Geschäfte laufen gut.»

«Julia hat mir erzählt, dass Ihr viel Zeit allein mit Prinzessin Sofia verbracht habt. Ich verlasse mich auf Euch.»

«Selbstverständlich», erwiderte Longo. Doch er sah Sofia vor sich, wie sie ihn küsste, und er wandte den Blick ab.

«Gut», sagte Grimaldi, «denn die Zeit ist gekommen: Julia ist bereit zu heiraten.»

«Aber sie ist immer noch sehr jung, oder nicht?»

«Sie ist vierzehn, alt genug, um ein Kind zu empfangen», sagte Grimaldi. «Ihr werdet in zwei Wochen heiraten.» Longo erwiderte nichts. Er dachte an Sofia, an ihr

Lachen an Bord der *Fortuna.* «Dies ist kein Vorschlag, Signore», beharrte Grimaldi.

«Es wird mir eine Ehre sein, sie zu heiraten», entgegnete Longo.

ACHT

Spätwinter 1450 – Rom

Sofia stand vor den hohen Bronzetüren des Papstpalastes und biss sich auf die Lippe, während sie auf ihre erste Audienz bei Papst Nikolaus wartete. Leontaris stand zu ihrer Rechten und zupfte mit einer Hand an dem juwelengeschmückten Kragen seines Festgewands herum, während er mit der anderen Hand den Brief der Synaxe fest umklammert hielt. Sie waren schon seit einer Woche in Rom, doch der Papst war nicht da gewesen, da er sich irgendwo im Norden mit dem deutschen König Friedrich traf. Der Aufschub hatte ihnen Zeit gegeben, Rom zu erkunden. Die Stadt war ein Wunder, so etwas hatte Sofia noch nie gesehen. Genua mit seinen dicht beieinanderstehenden Häusern, die über der Bucht hockten, hatte sie beeindruckt, und Venedig – eine wundersamerweise auf dem Wasser errichtete Stadt – war ein Traum gewesen. Doch Rom berührte ihr Herz auf eine besondere Art, vielleicht, weil die Stadt Konstantinopel so ähnlich war. Auch in Rom stolperte man an jeder Straßenecke über die Ruinen des jahrhundertealten Reiches – die Bäder von Caracalla, das Kolosseum und das Forum –, doch im Gegensatz zu Konstantinopel war Rom eine geschäftige Stadt, die nach jahrhundertelangem Verfall wieder pulsierte. Überall erhoben sich neue Gebäude, viele aus den Steinen des alten Roms erbaut. Das alte römische Forum war wieder zum Leben erweckt worden, dort wurde jetzt jeden Tag Markt abgehalten. Überall fanden sich Zeichen des Wohlstands. Konstantinopel war immer noch die Hauptstadt des Römischen Reiches, doch die Zierde der Christenheit war jetzt Rom.

Und all das war Papst Nikolaus zu verdanken. Sofia hatte in den vergangenen Wochen alles über ihn Erfahrung gebracht. Obwohl er nur der Sohn eines Arztes war, war er dank seines erstaunlichen Gedächtnisses und einer unersättlichen Liebe zur Gelehrsamkeit in den Reihen der Kirche rasch aufgestiegen. Er war vor noch nicht einmal drei Jahren zum Papst gewählt worden, und doch hatte er schon das Papsttum in Avignon beendet und ein Abkommen mit Friedrich ausgehandelt, das die Rechte des Papstes gegenüber dem deutschen König wiederherstellte. Jetzt hatte er seine Aufmerksamkeit dem Osten zugewandt. Er wollte die Griechen unterstützen, doch er war entschieden gegen eine Kirchenunion, bei der er einer vereinigten Kirche nicht als Oberhaupt vorstand. Er würde nicht gerade wohlwollend auf den Brief der Synaxe reagieren. Doch er war ein begeisterter Anhänger der griechischen Gelehrsamkeit, und das konnte Sofia vielleicht zu ihrem Vorteil nutzen.

Die Türen vor Sofia schwangen nach innen und öffneten den Blick in einen langen Saal, in den durch Fensterreihen auf beiden Seiten Licht fiel. Höflinge und Kirchenleute drängten sich darin. Nachdem ein Herold sie angekündigt hatte, schritten Leontaris und Sofia durch die Reihen von Höflingen in kostbaren Gewändern und schlicht gekleideten Priestern und Mönchen. Sofia achtete nicht auf all den

Putz, sie sah sich nach dem Papst um. Sie hatte einen älteren Mann erwartet, mit grauem Haar und einer Ausstrahlung glückseliger Autorität, doch Papst Nikolaus V. erwies sich als stattlicher, eleganter Mann Anfang fünfzig. Er hatte scharfgeschnittene italienische Züge und tiefsitzende, intelligente Augen mit dunklen Rändern – die Augen eines Mannes, der viel las und wenig schlief. Er saß in vollem päpstlichem Ornat – weiße Roben, Tiara, in der Hand einen Stab – auf einem kleinen Thron. Leontaris trat an den Fuß des Throns, kniete sich nieder und küsste den Ring des Papstes. Sofia tat es ihm nach. Der Papst forderte sie auf, sich zu erheben, und begrüßte sie.

«Andronikos Bryennios Leontaris, Prinzessin Sofia», begann er in fehlerfreiem Griechisch, «seid willkommen. Wir fühlen uns geehrt durch die Anwesenheit solch illustrer Gesandter. Ich hoffe und bete, dass Euer Aufenthalt fruchtbar sein möge.»

Leontaris verbeugte sich noch einmal. «Eure Heiligkeit, wir fühlen uns geehrt durch Euren äußerst liebenswürdigen Empfang», sagte er. «Und im Auftrag meines Herrn, Kaiser Konstantin, möchte ich unseren Dank für Eure kluge Leitung der vereinigten Kirche und Eure beständige Freundschaft aussprechen. Er bietet Euch dafür seine Freundschaft und bittet Euch, diesem Brief der Synaxe der orthodoxen Bischöfe Beachtung zu schenken.»

«Ach ja, die vereinte Kirche.» Nikolaus lächelte, als er den Brief nahm und – ungeöffnet – zur Seite legte. «Ich bin mir sicher, dass wir bezüglich der vereinten Kirche viel zu besprechen haben. Doch was ist mit Euch, Prinzessin Sofia. Bringt Ihr ebenfalls eine Nachricht von Eurem Kaiser? Oder erlaubt Ihr Eurer Schönheit, für Euch zu sprechen?»

Er sieht also nicht nur gut aus, sondern ist auch charmant, dachte Sofia. «Ich erlaube meiner Schönheit nie, für mich zu sprechen», erwiderte sie auf Lateinisch, um auf Italienisch fortzufahren: «Denn ich finde Worte sehr viel beredter.»

«In der Tat, wie es schon in der Bibel geschrieben steht: ‹So erfreut die Art, wie man die Worte setzt, die Ohren derer, die die Geschichte hören›», zitierte Nikolaus. «Doch ich bin erstaunt. Ihr seid also nicht nur schön, sondern auch eine Sprachkundige.»

«Beides schließt sich nicht aus, Eure Heiligkeit», sagte Sofia. «Obwohl es wahr ist: ‹Die Ohren sind nicht so gläubig als die Augen.›»

«Herodot!», rief Nikolaus aus und klatschte begeistert in die Hände. «Ihr seid auch eine Gelehrte. Umso besser. Ich schätze Gelehrsamkeit. Wie Ihr zweifellos gelesen habt: ‹Es gibt nur ein Gut, das Wissen, und nur ein Übel, die Unwissenheit.›»

«Sicher, das hat Sokrates geglaubt», sagte Sofia, und Nikolaus lächelte. «Aber Gelehrsamkeit allein ist ein schlechter Lehrmeister. War es nicht Heraklit, der geschrieben hat: ‹Viel Wissen bedeutet noch nicht Verstand›?»

«Ja, in der Tat.» Nikolaus lächelte. «Und Ihr hättet hinzufügen können: ‹Keine Lehre ist so abwegig, dass sie nicht von irgendeinem Philosophen vertreten werden könnte›.» Fragend zog er die Augenbrauen hoch.

«Cicero, Eure Heiligkeit», sagte Sofia, und Nikolaus nickte zufrieden.

«Eure Bildung gereicht Euch zu Ehren, Prinzessin Sofia», erklärte er. «Ihr seid hier willkommen. Ich muss Euch einem Eurer gebildeten Landsleute vorstellen, der mir die Ehre erweist, an meinem Hof zu wohnen: Kardinal Bessarion. Ein kluger Mann, der mich vieles gelehrt hat.»

«Ich freue mich, ihn kennenzulernen», erwiderte Sofia. Dem war tatsächlich so, besonders wenn Bessarion das Vertrauen des Papstes genoss. «Doch ich bezweifle, dass er Eure Heiligkeit viel lehren konnte.»

Der Papst lächelte. «Eure Worte sind sehr freundlich», sagte er. «Doch, da der Stolz der Niedergang des Menschen ist, bin ich gezwungen, Euch zu widersprechen.» Er nahm den Brief der Synaxe und tippte gleichgültig damit auf die Armlehne seines Throns. «Prinzessin, Leontaris, die Freundschaft des griechischen Kaisers ist mir sehr willkommen, ebenso wie Ihr beide. Ihr werdet heute Abend beim Essen meine Gäste sein, dann sprechen wir über den Brief der Synaxe. Bis dahin möchte ich mich entschuldigen.» Der Papst erhob sich und verließ, während alle im Raum respektvoll schwiegen, den Raum. Sobald die Tür hinter ihm ins Schloss fiel, erwachte der Raum wieder zum Leben, Höflinge scharten sich zusammen, um Klatsch und politische Neuigkeiten auszutauschen. Leontaris ging direkt zu einem Nachttopf in der Ecke, um sich zu erleichtern.

«Ich fand, das lief gut», sagte Sofia zu Leontaris, als er zurückkehrte. «Der Papst scheint uns geneigt zu sein.»

Leontaris brummte kaum zur Zustimmung. Er war zweifellos schon mit dem abendlichen Mahl beschäftigt, wo er den päpstlichen Zorn über den Brief der Synaxe über sich würde ergehen lassen müssen. Sofia hoffte, dass er nichts Dummes sagte. Konstantin hatte Leontaris angewiesen, die Union nicht zu unterstützen, wenn der Papst nicht sämtlichen Forderungen der Synaxe zustimmte. Der Papst würde auf solch eine starre Haltung nicht freundlich reagieren, und Leontaris besaß nicht das Talent, harte Worte mild klingen zu lassen. Es wäre sogar besser, wenn Leontaris beim Abendessen nicht zugegen wäre.

«Leontaris, geht es Euch gut?», fragte Sofia.

«Viel besser, ja», antwortete er abwesend.

«Freut mich, das zu hören, denn wenn Ihr vor dem Essen heute Abend krank würdet», deutete sie an, «wärt Ihr heute Abend nicht zugegen, wenn der Papst über den Brief der Synaxe spricht. Ihr müsstet Euer Treffen mit ihm verschieben, bis er mehr Zeit hatte, darüber nachzudenken.»

«Was? Krank?», fragte Leontaris. Er sah sie erleichtert an. «Ja, ich fühle mich gar nicht gut. Ich weiß nicht recht, ob meine Seekrankheit wirklich schon geheilt ist. Würdet Ihr mir die Ehre erweisen, mich heute Abend an der Tafel des Papstes zu vertreten und ihm mein Bedauern zu übermitteln?»

«Selbstverständlich», antwortete Sofia. Damit war ein Problem gelöst. Doch es galt immer noch, sich mit dem Brief der Synaxe zu befassen. Wie sollte sie dem Papst begreiflich machen, dass die einzige Möglichkeit, mit der Synaxe umzugehen, die war, sie dazu zu zwingen, Farbe zu bekennen. Vielleicht konnte Kardinal Bessarion ihr helfen. Es sah fast so aus, als wäre er ihre einzige Hoffnung.

* * *

Eine gute Stunde später folgte Sofia einem jungen Priester in Bessarions Arbeitszimmer, einen quadratischen Raum in einer der oberen Etagen im Südturm des päpstlichen Palastes. Bücher füllten den Raum, stapelten sich auf Bücherregalen und bedeckten auch einen großen Teil des Fußbodens. In der Mitte des Raums ragte aus den Bücherstapeln ein Tisch empor, und an diesem Tisch saß Bessarion. Die Erscheinung des alternden Gelehrten stand in scharfem Kontrast zu dem chaotischen Durcheinander seines Arbeitszimmers. Er war makellos gekleidet in die rote Kardinalsrobe, sein weißes Haar unter dem roten Käppchen war kurzgeschnitten, und sein weißer Bart ordentlich gestutzt. Er schaute von dem Manuskript auf, das vor ihm lag, und lächelte. «Prinzessin Sofia, seid herzlich willkommen», sagte er mit leiser, tiefer Stimme. «Ich habe Großes über Euch gehört.»

Sofia knickste. «Vielen Dank, dass Ihr mich so kurzfristig empfangt, Eure Eminenz», sagte sie. «Ihr erweist mir große Ehre.»

«Bitte, nennt mich Bessarion. Für einen alten Mann wie mich ist ‹Eure Eminenz› ein viel zu hochtrabender Titel», erwiderte er mit einem Lächeln. «Nun, Prinzessin, ich vermute, es sind nicht Fragen der Gelehrsamkeit, die Euch zu mir geführt haben. Ihr möchtet zweifellos über die Kirchenunion und unsere Unterstützung für Konstantinopel sprechen. Natürlich wisst Ihr, dass der Papst jede Unterstützung geben möchte, die er geben kann, solange die Union durchgesetzt wird. Doch ich muss Euch warnen, dieser Brief der Synaxe hat Eurer Sache keinen Dienst erwiesen.»

«Dann habt Ihr den Brief gelesen?», fragte Sofia.

«Ja. Der Papst hat mich zu sich gerufen, sobald er die Audienz mit Euch beendet hatte», sagte Bessarion. «Der Brief hat ihn sehr empört. Er hat deutlich gemacht, wo er steht. Der Papst wird niemals einem weiteren Konzil zustimmen, und er wird auch keiner Kirchenunion zustimmen, der er nicht als Oberhaupt der Kirche vorsteht.»

«Und was denkt Ihr?», fragte Sofia.

Bessarion lächelte. «Ich? Was spielt es für eine Rolle, was ein alter Mann wie ich denkt?» Eine sehr große, dachte Sofia bei sich. Bessarion war die einzige Person, die den

Papst dahin gehend beeinflussen konnte, Konstantinopel zu unterstützen. Nach einer Pause fuhr Bessarion fort: «Ich denke, die Union ist gut für den Glauben und gut für das Reich. Dieser Meinung war ich immer schon. Deswegen bin ich hier in Rom. Deswegen bin ich Kardinal geworden. Ich glaube auch, dass man Konstantinopel helfen muss. Schließlich ist es von Konstantinopel nicht weit nach Wien oder von Wien nach Rom. Wenn wir ohne die Kirchenunion Hilfe für Konstantinopel haben könnten, dann würde ich das befürworten. Doch das ist ausgeschlossen, und ich verstehe das Zögern des Papstes. Nikolaus macht sich größere Sorgen um die Kirche als um Konstantinopel. Wenn man ihn davon überzeugen könnte, dass die Union umgesetzt werden wird, würde er womöglich handeln. Doch nach diesem Brief der Synaxe wird er, fürchte ich, sehr schwer zu überzeugen sein.»

«Aber nicht unmöglich?», fragte Sofia.

«Mit Gottes Hilfe ist nichts unmöglich, mein Kind», erwiderte Bessarion. «Doch Gott wird ein kleines Wunder wirken müssen, um den Papst zu einem Meinungsumschwung zu bewegen. Ich bin mir jedoch nicht so sicher, ob der Papst sich täuscht. Die anderen Bischöfe haben mich aus Konstantinopel vertrieben, weil ich die Union unterstützt habe, und seht Euch an, wie sie mit dem armen Patriarchen Mammas umgesprungen sind. Ich glaube nicht, dass die Union möglich ist, solange solche Männer die orthodoxe Kirche kontrollieren.»

«Da stimme ich Euch zu», pflichtete Sofia ihm bei. «Doch was wäre, wenn diese Männer nicht an der Macht wären? Was, wenn wir die Synaxe stürzen?»

Bessarion zog die Augenbrauen hoch. «Fahrt fort, Prinzessin. Ihr habt meine ungeteilte Aufmerksamkeit.»

«Gebt der Synaxe, was sie verlangt», sagte Sofia. «Auf diese Weise könnt Ihr sie schwächen.»

Bessarion runzelte die Stirn. «Ich bin mir nicht sicher, ob ich Euch folgen kann.»

«Die Bischöfe der Synaxe sind stark, weil sie gegen die Kirchenunion sind», erklärte Sofia. «Gebt ihnen bei den unwichtigeren Punkten nach, und sie werden gezwungen sein, der Union zuzustimmen. Sobald sie das tun, werden sie für das Volk entzaubert sein.»

«Aber das sind wohl kaum unwichtige Punkte. Ihr wollt doch sicher nicht vorschlagen, der Papst solle der Doktrin von der Gleichheit aller Bischöfe zustimmen oder dass er die Lehren von eintausend Jahren in Abrede stellt und akzeptiert, dass der Heilige Geist nur von Gott kommt?»

Sofia nickte nachdrücklich. «Doch, genau das schlage ich vor», sagte sie. «Der Papst muss die griechisch-orthodoxe Liturgie in Kauf nehmen, über sämtliche theologischen Differenzen hinwegsehen und die Gleichheit aller Bischöfe zumindest formell akzeptieren. Wenn er all das tut, hat die Synaxe keine andere Wahl, als die Union anzunehmen.»

«Worum Ihr da bittet, ist die vollständige Aufgabe der römisch-katholischen Position!»

«Nein, Bessarion», beharrte Sofia. «Es ist ein Kompromiss, und ein vorübergehender obendrein. Das Wichtigste ist doch, dass der Papst die Kontrolle über die Kirche behält. Sobald die Menschen die Kirchenunion akzeptiert haben, kann der Papst seine Dekrete in einigen Jahren aufheben und die orthodoxe Kirche nach und nach mit der lateinischen Kirche gleichschalten. Das ist die einzige Möglichkeit, die Union je zu erreichen: langsam oder gar nicht.»

«Andere haben das auch schon so formuliert wie Ihr», sinnierte Bessarion. «Doch Ihr verlangt sehr viel von Papst

Nikolaus. Ich weiß, was er dazu sagen wird: Muss nicht der Schutz der Wahrheit über Gott Vorrang haben vor allen säkularen Vorteilen, die durch die Kirchenunion zu gewinnen wären? Ich frage mich das auch.»

«Aber was spielt die Wahrheit für eine Rolle, wenn niemand mehr da ist, sie zu lehren?», erwiderte Sofia. «Wenn Konstantinopel an die Türken fällt, dann ist jede Chance dahin, die Griechen zu retten. Es ist doch für den Papst sicher besser, die orthodoxe Kirche zurück zur Kirche zu bringen, wenn auch mit kleinen Schönheitsfehlern, und sie langsam zu transformieren, statt sie für immer von wahrer Errettung auszuschließen.»

«Genug, genug», sagte Bessarion. «Ihr habt Eure Argumente vorgebracht, Prinzessin. Ich werde das, was Ihr gesagt habt, mit dem Papst diskutieren.»

«Und?», fragte Sofia.

«Und», Bessarion lächelte, «ich werde mein Möglichstes tun, um sicherzustellen, dass er Eure Argumente überzeugend findet.»

* * *

Das Essen am Abend fand in dem privaten Speisezimmer des Papstes an einem Tisch statt, an dem nicht mehr als zehn Gäste Platz fanden. Drei Seiten des Raums schmückten Fresken, die die Tode der Heiligen darstellten, und unter dem flackernden Kerzenlicht schienen die Gemälde lebendig zu werden. Bogenfenster gaben den Blick über die Lichter von Rom frei, die hell am klaren Februarhimmel brannten.

Der Papst saß am Kopfende des Tisches, Sofia und Bessarion zu seiner Linken und zu seiner Rechten. Die übrigen Gäste waren Kardinäle und Bischöfe, die Sofia nicht kannte. Der Tisch war mit Silber, Gold und Kristall gedeckt – ein starker Kontrast zu den schlichten Holzgefäßen am griechischen Hof. Ein Gang war köstlicher als der vorangegangene: eine *tartara* aus Eiern, Käse und gemahlenen Mandeln, gewürzt mit Zimt und serviert mit einem süßen Weißwein, gebratene Sardinen, gefüllt mit Majoran, Salbei, Rosmarin und Safran, dazu ein funkelnder Lambrusco, Hase mit Fenchel und Mandelsoße und ein vollmundiger Rotwein aus Montepulciano. Während die versammelten Kardinäle und Bischöfe schlemmten, aß Papst Nikolaus wenig und sprach viel, verwickelte Sofia und Bessarion in einen philosophischen Diskurs über die Verdienste des heiligen Augustinus und den Scharfsinn von Averroës.

Als der Abend sich dahinzog, ohne dass die Kirchenunion oder der Brief der Synaxe erwähnt wurden, ließ Sofia ihre Gedanken schweifen – das Tischgespräch drehte sich im Augenblick um die Frage des freien Willens. Sie ertappte sich dabei, dass sie an Longo dachte, an ihren Kuss. Sie überlegte, was er wohl gerade tat, ob er an sie dachte, und gleichzeitig fragte sie sich, warum ihr so viel daran lag.

Papst Nikolaus berührte sie am Arm und brachte sie in die Gegenwart zurück. Zu ihrer großen Verlegenheit ging ihr auf, dass er ihr eben eine Frage gestellt hatte. «Ich fürchte, Ihr wart eine Weile woanders, Prinzessin», sagte Nikolaus lächelnd. «Vielleicht habt Ihr über die wunderbare Logik von Aquinas nachgedacht.»

Sofia wurde rot. «Ja, so etwas in der Art», murmelte sie.

«Ich hatte gefragt, was Ihr von der Basilika St. Peter haltet», sagte Nikolaus. «Ich überlege, ob ich sie ganz abreißen lassen und durch einen prächtigeren Bau ersetzen lassen soll.»

Das überraschte Sofia. Die Basilika war ein wunderschönes Gebäude. Ihr hochaufragender Eingang – gewaltige Säulen, darüber zwei Bogenreihen, die ein spitzes Dach trugen – war zu Recht in der ganzen Welt als Symbol des Papsttums berühmt. «St. Peter steht seit über tausend Jahren», sagte Sofia. «Ich würde zögern, etwas so Altes, so Schönes zu zerstören.»

«Die Gesetze und der Glaube der katholischen Kirche sind auch alt, Prinzessin», sagte Nikolaus. «Und doch will die Synaxe, dass ich sie beiseitewerfe. Sie fordert, man müsse eine großartigere, vereinte Kirche bauen, doch wie Ihr es formuliert, ich zögere, etwas so Altes, so Schönes zu zerstören.» Die Synaxe, endlich, dachte Sofia. Die anderen Gäste verstummten und beugten sich vor, um ihre Erwiderung zu hören.

«Ihr würdet nicht die Glaubenssätze der Kirche zerstören», entgegnete Sofia. «Ihr würdet ihnen nur neue hinzufügen.»

«Und was geschieht, wenn ich den Forderungen der Synaxe nachgebe und sie sich immer noch gegen eine Union sperrt? Dann habe ich die Kirche umsonst gedemütigt und vielleicht jede Chance zunichtegemacht, je eine wahre Union zu erreichen.»

Am Tisch wurde zustimmend gemurmelt. Nur Bessarion schwieg.

«Was Ihr sagt, stimmt», sagte Sofia. «Womöglich wehrt sich die Synaxe immer noch gegen eine Union, selbst wenn Ihr auf alle ihre Forderungen eingeht. Doch dann ist der Kaiser frei, die Union zu erzwingen, selbst wenn er jeden einzelnen Bischof der Synaxe absetzen muss. Dann können sie ihn nicht mehr aufhalten, denn mit ihrer Unterschrift unter diesem Brief haben sie der Union unter diesen Bedingungen bereits zugestimmt.»

«Könnte ich doch nur so sicher sein wie Ihr, Prinzessin, dass Kaiser Konstantin die Union auch gegen die Einwände seiner Geistlichkeit durchsetzen würde», sagte Nikolaus.

«Wenn Leontaris nicht krank wäre, wäre er sicher hier, um das Wort des Kaisers zu verpfänden», sagte Sofia. «Doch da er nicht hier ist, werde ich dies tun, als Gesandte Konstantinopels.» Sofia schickte schweigend ein Dankgebet gen Himmel, dass Leontaris nicht anwesend war. Er hätte etwas Derartiges niemals versprochen, und damit wäre ihre ganze Arbeit zunichte gewesen.

Nikolaus nickte lächelnd. «Na schön», sagte er. «Ich glaube, diese Angelegenheit ist geklärt. Nachdem wir uns den Einzelheiten gewidmet haben, werde ich eine Audienz abhalten, auf der ich die Wünsche der orthodoxen Bischöfe anerkennen werde, als ersten Schritt zu einer wahren Union der Kirche. Ich hoffe, Leontaris geht es dann so weit wieder besser, dass er an diesem Treffen teilnehmen kann.» Nikolaus lächelte. «Inzwischen wollen wir uns der Nachspeise zuwenden, und ich hätte da noch eine Frage an Euch, Prinzessin, Euren Freund Aquinas betreffend ...»

\# \# \#

Die Audienz, die der Papst versprochen hatte, fand früher statt, als Sofia erwartet hatte, nur drei Tage später. Sofia besuchte gerade das Atelier des berühmten Malers Vittore Pisano, da trat ein Bote ein und sagte, sie solle sofort in das Audienzzimmer des Papstes kommen.

Vor dem Audienzzimmer stieß Sofia auf Leontaris, der die Hände rang. «Wisst Ihr, warum ich so eilig herbeigerufen wurde?», fragte Sofia. «Ist der Papst bereit, den Forderungen der Synaxe offiziell nachzugeben?»

Leontaris schüttelte den Kopf. «Ich dachte, wir wären noch Wochen entfernt von jeglicher Deklaration», sagte er. «Gestern haben wir noch an der genauen Formulierung gearbeitet, wie der Papst in der vereinten Kirche anzusprechen ist.»

Weit über ihnen in dem hohen quadratischen Turm der St.-Peter-Basilika begannen die Glocken die Mittagsstunde zu läuten, und die Türen vor ihnen schwangen auf. Sofias Blick richtete sich zuerst auf den Papst, der ernst auf seinem Thron saß, und dann auf den Mann, der neben ihm stand. Jetzt wusste Sofia, warum diese Audienz so plötzlich einberufen worden war: Dort stand Gregor Mammas, Patriarch von Konstantinopel.

Sofia und Leontaris traten gemeinsam vor den Thron und brachten dem Papst ihre Ehrerbietung dar. Nikolas schenkte ihnen ein kurzes, gezwungenes Lächeln und forderte sie auf, sich zu erheben. «Leontaris, Prinzessin Sofia», setzte er an. «Ihr wart an unserem Hof sehr willkommen, genau wie die freundlichen Worte, die Ihr von Kaiser Konstantin überbracht habt. Wisst, dass Ihr stets in Rom willkommen seid.» Leontaris und Sofia verbeugten sich zum Dank.

«Ihr hattet weise Ratschläge, und wir hatten in den letzten Monaten über vieles nachzudenken», fuhr Nikolaus fort. «Im Lichte all dessen, was wir gehört und erfahren haben, sowohl von Euch, als auch von dem kürzlich hier eingetroffenen Patriarchen von Konstantinopel selbst, erklären wir und verfügen, im Namen Gott des Vaters, die folgende Antwort an Konstantin, Kaiser der Römer.»

Ein Priester mit Tonsur trat vor und fing an, von einem Pergament zu lesen: «Wenn Ihr, mit Euren Adligen und dem Volk von Konstantinopel, das Unionsdekret akzeptiert, werdet Ihr uns und unsere ehrwürdigen Brüder, die Kardinäle der Heiligen Römischen Kirche, stets bereit finden, Eure Ehre und Euer Reich zu unterstützen. Doch wenn Ihr und Euer Volk Euch weigert, das Dekret zu akzeptieren, zwingt Ihr uns, Maßnahmen zu ergreifen, die notwendig sind für Eure Errettung und unsere Ehre.»

Sofia runzelte die Stirn. Die päpstliche Erklärung war noch schlimmer, als sie befürchtet hatte. Sie lehnte die Synaxe und alles, was sie gefordert hatte, rundheraus ab. «Aber Eure Heiligkeit», protestierte Sofia, «das wird die Synaxe nur stärken. Hattet Ihr nicht entschieden, ihren Forderungen nachzugeben?»

Der Papst schüttelte den Kopf, und Mammas antwortete ihr. «Die Synaxe und die Menschen, die ihr folgen, sind Narren und Ketzer. Sie werden der Union niemals zustimmen», sagte er. «Ihren Forderungen nachzugeben würde sie nur noch dreister machen und ihre unheiligen Versuche, die Macht des Patriarchen an sich zu reißen, gutheißen. Wenn sie der Union nicht freiwillig beitreten, dann muss man sie dazu zwingen. Mit solchen Leuten gibt es keine Kompromisse.»

Ohne auf ihn zu achten, richtete Sofia noch einmal das Wort an den Papst. «Ihr kehrt Konstantinopel also den Rücken? Ihr überlasst uns den Türken!»

«Nein.» Nikolaus seufzte. «Ihr selbst habt gesagt, dass Konstantin die Macht hat, die Bischöfe zu zwingen, die Union zu unterstützen. Ich stimme Mammas zu. Nicht Vernunft hindert die Griechen daran, die Union zu akzeptieren, sondern halsstarriger Stolz. Lasst Konstantin ihre Zustimmung erzwingen, dann schicken wir Eurer Stadt alle Hilfe, die wir aufbringen können. Bis dahin können wir denen, die sich außerhalb der Kirche befinden, nicht helfen. Das Schicksal Konstantinopels liegt in Gottes Händen.» Nikolaus unterbrach sich, und als er weitersprach, war seine Stimme weicher. «Es tut mir leid, Prinzessin», sagte er, «aber ich kann Euren Rat nicht über die Worte des Patriarchen stellen. Er kennt seine Herde besser als Ihr oder ich.»

Sofia wagte nicht zu sprechen und nickte nur. Sie verbeugte sich und verließ den Raum, ohne auf die päpstliche Entlassung zu warten. Draußen vor dem Audienzzimmer lehnte sie sich an die Wand, ließ sich zu Boden sinken und vergrub den Kopf in den Händen. Sie war gescheitert. Die ganze Reise war umsonst gewesen. Nur ein Schiff von den Venezianern und den Genuesen, und keine Hilfe aus Rom. Sie hätten genauso gut zu Hause bleiben können.

«Prinzessin?»

Sofia schaute auf und sah Mammas vor sich stehen, der das Gewicht unbehaglich von einem Fuß auf den anderen verlagerte. «Was wollt Ihr?», fuhr sie auf.

«Ich sehe, Ihr seid bestürzt über das Dekret des Papstes», sagte Mammas. «Ihr müsst mir verzeihen, dass ich noch mehr schlechte Nachrichten bringe. Ich weiß, dass Ihr der Kaiserinmutter sehr nah gestanden habt. Sie starb, kurz bevor ich Konstantinopel verließ.»

«Was?», fragte Sofia. Wie konnte das nur sein? Ohne Helena wusste man nicht, was Konstantin tun würde, unter wessen Einfluss er fallen würde. Sofia stand auf und blickte Mammas in die Augen. «Wie ist sie gestorben?», wollte sie wissen.

«Kurz nach Eurer Abreise hat sich ihre Krankheit verschlimmert», erklärte Mammas. «Die Kaiserinmutter hat ihre Ärzte weggeschickt und sich ganz Gott anvertraut. Sie hat sich geweigert, irgendjemanden zu empfangen, außer

Konstantin und ihren Beichtvater. Leider hat sich ihr Zustand rasch verschlechtert. Ich habe gehört, in den letzten Wochen war sie kaum noch bei Verstand, doch sie hat die Letzte Ölung empfangen, bevor sie starb.»

Sofia konnte nur nicken, denn Tränen standen ihr in den Augen. Sie hatte Helena verloren, ihre Freundin und Beschützerin, und Konstantinopel hatte den Segen des Papstes verloren. Der Palast um sie herum und die Stadt da draußen erschienen ihr plötzlich leidvoll und fremd. Was auch immer sie in Konstantinopel erwartete, Sofia war bereit, nach Hause zurückzukehren.

NEUN

Mai 1450 – Edirne

Sitt Hatun saß im Schneidersitz zwischen zahlreichen Kissen, vor sich ein Abendessen, das eines Sultans würdig gewesen wäre. Niedrige Schemel waren im Halbkreis um sie herum aufgestellt, und auf jedem stand eine mit Essen beladene Kupferschüssel. Als Vorspeise gab es geröstete Mandeln, getrocknete Aprikosen und würzige *dolma*, mit einer Mischung aus Zwiebeln, Reis, Dill und Minze gefüllte und mit Zitronensaft beträufelte Weinblätter. Dazu die Beilagen eines türkischen Mahls, wie sie nur mit beispielloser Könnerschaft in der Haremsküche zubereitet wurden: eine frische, cremige Joghurtsoße, ein Korb frisch gebackener *girde*, ein dünnes, knuspriges Fladenbrot, das im Mund zerschmolz, und eine riesige Platte mit gekochtem Reis, mit Olivenöl beträufelt und schwarzem Pfeffer bestreut. Die Hauptgerichte waren ein ganzes Brathuhn mit goldener Haut und zartem Fleisch, das sich leicht von den Knochen löste, und Sitt Hatuns Lieblingsgericht, *nirbach*: ein schwerer Schmortopf aus gewürfeltem Lammfleisch und Karotten, gewürzt mit Koriander, Ingwer, Zimt und Granatapfelsirup. Zu trinken hatte sie einen Krug *ayran*, eine erfrischende Mischung aus Joghurt und Wasser, gewürzt mit Salz und Minze. Die scharfen Düfte ließen Sitt Hatuns Magen knurren, doch sie aß nicht.

Sitt Hatun gegenüber hatte Anna Platz genommen. Das polnische Mädchen war noch dünner als zu der Zeit, da Sitt Hatun sie vor Monaten in ihr Gefolge geholt hatte. Sie aßen stets zusammen, und Anna aß immer zuerst. Sitt Hatun hatte zwar offizielle Vorkoster, um zu verhindern, dass man sie vergiftete, doch sie vertraute ihnen nicht. Sie hatten schon zweimal versagt, und beide Male war Anna beinahe gestorben. Während Anna krank daniederlag, aß Sitt Hatun nur Früchte, die sie eigenhändig im Haremsgarten gepflückt hatte. Anna hatte sich von der letzten Vergiftung gerade erst erholt, und Sitt Hatun freute sich auf ihr erstes richtiges Mahl seit Wochen.

Bevor sie irgendetwas aß, schnupperte Anna sorgfältig an den Gerichten. «Die *dolma* empfehle ich nicht», sagte sie und stellte die Schüssel beiseite. «Und dem *nirbach* traue ich auch nicht. Er ist sehr kräftig gewürzt, vielleicht um ein Gift zu überdecken.»

Sitt Hatun bedeutete einer Dienerin, die potenziell gefährlichen Gerichte abzutragen. Sie würde kein Risiko eingehen. «Wenigstens werden wir nicht hungern», sagte sie. Manchmal waren sämtliche Gerichte vergiftet, und an solchen Tagen hungerte der ganze Haushalt, denn die Bediensteten speisten das, was Sitt Hatun übrig ließ. Sitt Hatun befahl dann, das Essen in die Küche zurückzuschicken, und ließ ihre Diener zusehen, wie sie ihren *asçibasi,* den Hauptkoch, zwang, von jedem Gericht etwas zu essen – für die anderen Mitglieder ihres Haushalts eine lehrreiche Lektion.

Jetzt machte Anna sich daran, das Essen zu probieren. Sie aß einige Mandeln, und sie warteten, während ihr Magen sich vor Hunger zusammenzog. Nach mehreren Minuten reichte Anna Sitt Hatun den Teller. «Ihr könnt sie essen», sagte sie. Während Sitt Hatun die Mandeln aß, probierte Anna das übrige Essen, wobei sie zwischen zwei Gerichten jeweils einige Minuten verstreichen ließ. Als sie Sitt Hatun das Huhn reichte, war über eine Stunde vergangen.

Sitt Hatun nahm mit einem Stück Fladenbrot etwas von der dicken Joghurtsoße auf und aß es mit einem Happen Huhn. Sie schloss die Augen, um den Geschmack zu genießen, und als sie sie wieder aufschlug, sah sie, dass in der Tür zu ihrem Zimmer ein Eunuch stand. Sie erkannte ihn, es war Davarnza, einer der Sekretäre des Großwesirs Halil.

«Ich bringe eine Nachricht, Herrin», sagte Davarnza. Er verbeugte sich tief und reichte ihr ein gefaltetes Blatt Papier. Sitt Hatun nahm es und las rasch: *«Gülbehar hat Meuchelmörder angeheuert, um Euch heute Nacht zu töten. Der Sultan hat seine Zustimmung gegeben, und Eure Wachen sind bestochen worden, die Meuchelmörder bei ihrem Werk nicht zu stören. Wenn Ihr mein Angebot annehmen wollt, helfe ich Euch, aus dem Palast zu fliehen.»* Der Brief war nicht unterzeichnet.

«Ich soll auf Antwort warten», erklärte Davarnza. Sitt Hatun zweifelte nicht am Wahrheitsgehalt dessen, was Halil schrieb. Sie konnte versuchen, auf eigene Faust zu fliehen, doch sie hätte Glück, wenn sie aus dem Palast kam, geschweige denn aus der Stadt. Sie konnte Murad um Gnade bitten, doch diese Taktik war noch weniger vielversprechend. Halil war der einzige Mensch, der ihr helfen konnte. Sosehr sie auch die Aussicht fürchtete, sich in seine Hände zu begeben, so wusste Sitt Hatun doch, dass sie keine Wahl hatte.

«Meine Antwort lautet ‹ja›», sagte sie.

«Dann soll ich Euch das hier geben.» Davarnza reichte ihr eine zweite Nachricht. *«Mein Mann, Isa, wird heute Nacht zu Euch kommen. Packt nichts, er kümmert sich um alles. Er wird Euch zu mir bringen. Danach werdet Ihr nach Manisa reisen und Mehmed berichten, was Gülbehar in seiner Abwesenheit treibt.»*

Sitt Hatun entließ Davarnza und riss dann die beiden Nachrichten in winzige Fetzen. Sie aß die Fetzen einen nach dem anderen und spülte sie mit dem frischen *ayran* hinunter. Als sie fertig war, befahl sie allen Dienerinnen, außer Anna, sich zu entfernen, und versuchte zu schlafen. Sie musste sich ausruhen. Es würde eine lange Nacht werden.

❉ ❉ ❉

Sitt Hatun erwachte kurz nach Einbruch der Nacht. Sie bewaffnete sich und Anna mit Dolchen, und dann stopften sie Sitt Hatuns Bett mit Kissen aus, damit es so aussah, als schliefe sie, bevor sie leise in den angrenzenden Raum schlichen. Sie schlossen hinter sich die Tür und setzten sich auf Annas Bett, um zu warten. Der Mond stand nicht am Himmel, und die Nacht war dunkel und neblig, sodass Sitt Hatun Anna, die dicht neben ihr saß, kaum erkennen konnte. Das geschäftige Treiben im Harem kam allmählich zur

Ruhe, bis Sitt Hatun nichts mehr hörte, außer ihre eigenen Atemzüge und das Pochen ihres Herzens. Sie war hellwach und lauschte auf das geringste Geräusch. Draußen hörte sie, wie die Nachtwache abgelöst wurde – Lachen und Stiefelgetrampel aus der Ferne. Das bedeutete, dass Mitternacht war. Immer noch kein Zeichen von Isa. Sitt Hatun kamen allmählich Zweifel. Was, wenn Halil sie verraten hatte?

Endlich, ein Geräusch aus der Halle – Stiefel, die über den Boden schlurften. Sonst nichts, nur Stille. Sitt Hatun und Anna schauten einander an. «Sieh im Flur nach», flüsterte Sitt Hatun. «Vielleicht ist es Isa.»

Anna erhob sich im Dunkeln, zog ihr langes, dünnes Messer heraus, ging zu der Tür, die zum Flur führte, und spähte durch ein Guckloch. Sie drehte sich wieder zu Sitt Hatun um und schüttelte den Kopf. Es war niemand da. Wieder ein Geräusch: das Rascheln von Stoff aus Sitt Hatuns Schlafzimmer. Anna ging zu der Tür hinüber, die ins Schlafzimmer führte. Sie warf nur einen kurzen Blick durch das Guckloch und eilte rasch zurück zu Sitt Hatun. «Isa?», flüsterte Sitt Hatun. Anna schüttelte den Kopf: Nein. Im Zimmer nebenan brüllte eine Stimme – ein barscher Ruf in einer Sprache, die Sitt Hatun nicht verstand. «Der Dienstbotengang», flüsterte Sitt Hatun, stand auf und nahm Anna am Arm. Sie führte sie zur Wand, drückte auf einen Hebel, und ein kleiner Teil der Wand schwang nach innen auf und gab den Blick frei auf einen schmalen, pechschwarzen Gang. Sie huschten hinein und schlossen hinter sich die Tür. Sitt Hatun zog Anna den Gang hinunter, da hörte sie hinter ihnen schon, wie die Tür zwischen ihrem und Annas Zimmer aufgebrochen wurde.

Sitt Hatun beschleunigte ihre Schritte, verließ sich im Dunkeln ganz auf ihr Gedächtnis. Sie erreichten eine

Treppe, die nach unten in die Hauptküche des Harems führte, und eilten hinunter. Mitten auf der Treppe erstarrte Sitt Hatun. In der Küche stand ein schwarzgekleideter Mann, von den aufgehäuften Kohlen rot beleuchtet. Er trug ein schwarzes Tuch über dem Gesicht und hielt ein langes Messer in der Hand. Er hatte sie gehört und spähte die dunkle Treppe hinauf. *«Chi va là?»*, rief er. Sitt Hatun rührte sich nicht. *«Chi va là?»*, fragte er noch einmal und stieg eine Stufe hinauf.

Sitt Hatun drehte sich um, um wegzulaufen, doch Anna hielt sie auf. «Wartet hier», flüsterte Anna und huschte an Sitt Hatun vorbei die Treppe hinunter. Sie schoss im Laufschritt auf den Mann zu, duckte sich unter seinem Messer weg und warf ihn um. Sie polterten in die Küche, wo der Mann rücklings auf dem Boden landete. Anna saß rittlings auf ihm, ihr Messer steckte in seiner Brust. Sie zog das Messer heraus, schnitt dem Mann die Kehle durch, um sicherzugehen, dass er tot war, und stand dann auf, um Sitt Hatun herbeizuwinken.

Sitt Hatun führte sie von der Küche durch einen Seitengang in den zentralen Hof des Harems. Sie blieb stehen, bevor sie den Hof betrat, um sich davon zu überzeugen, dass er leer war, doch als sie vortrat, wurde sie von einer Männerhand gepackt, die ihr den Mund zuhielt und sie an ihn zog. Sie biss in die Hand und versuchte zu schreien. «Ruhig», flüsterte der Mann ihr ins Ohr. «Ich bin es, Isa.» Er ließ sie los, und sie drehte sich zu ihm um. Sein breites Gesicht war glattrasiert, und seine Bewegungen anmutig und selbstsicher. Er trug ein kleines Päckchen bei sich und war in unbestimmbare braune Gewänder gekleidet. «Die Meuchelmörder sind früh in Euer Zimmer gekommen», sagte er. «Wir haben nicht viel Zeit. Folgt mir.»

Er führte sie am Rand des Hofes entlang durch eine Tür zurück in den Harem und von dort durch eine Reihe von Lagerräumen in einen fensterlosen Raum, wo ein Teppich an die Wand geschoben war. Darunter war im Boden eine offene Falltür. Isa nahm eine brennende Fackel von der Wand und bedeutete ihnen hinunterzusteigen. «Beeilt Euch», sagte er. «Auf diesem Weg sind die Meuchelmörder in den Harem gekommen – der einzige Weg, der nicht von Janitscharen bewacht wird. Wir müssen uns beeilen, bevor sie zurückkehren.»

Sobald sie in dem Gang waren, holte Isa sein Päckchen hervor und brachte zwei braune Gewänder zum Vorschein, wie er selbst eines trug. Er reichte sie den Frauen und wies sie an, sie über ihre Kleider zu ziehen. Dann führte er Sitt Hatun und Anna im Laufschritt den Gang hinunter. Seine Fackel flackerte in der feuchten Brise, die ihnen entgegenwehte. Die Wände des Gangs waren grob behauen und tropften vor Feuchtigkeit. Der Boden senkte sich sachte. Sitt Hatun vermutete, dass sie in Richtung Fluss liefen.

Sie waren noch nicht weit gegangen, als sie von hinten Stimmen und Schritte durch den Gang hallen hörten. Isa ließ seine Fackel fallen, und sie stolperten im Dunkeln weiter. Die Schritte hinter ihnen wurden lauter, und sie konnten das schwache Glühen einer sich nähernden Fackel erkennen. Sitt Hatun spürte einen Luftzug auf der Haut. «Pfeile», zischte Isa. «Haltet Euch dicht an den Wänden.» Vor ihnen konnte Sitt Hatun ein wenig Licht ausmachen, einen leichten Schimmer, der bedeutete, dass der Gang dort endete. Wenige Sekunden später waren sie draußen und liefen einen sandigen Hang hinunter zum Flussufer.

Am Ufer lag ein kleines Boot, das von zwei bewaffneten Männern bewacht wurde. Isa eilte auf die Männer zu. Er blieb dicht vor ihnen stehen und schleuderte ihnen ein weißes Pulver ins Gesicht. Die Männer brachen zusammen, umklammerten Hälse und Augen, und Isa trat über sie hinweg, stieg in das Boot und winkte Sitt Hatun und Anna, ihm zu folgen. Sie kletterten hinein, und Isa stieß sie ab. Sitt Hatun schaute nach hinten und sah, dass fünf schwarzgekleidete Männer brüllend und wild gestikulierend aus dem Gang stürmten. Ein Pfeil schlug direkt vor ihr in den Bug. «Runter!», rief Isa, und schon zischten ihnen weitere Pfeile um die Ohren. Er machte einige Ruderschläge, und das Boot wurde von der Strömung erfasst und trieb immer schneller den Fluss hinunter. Isa ließ die Ruder los und legte sich zu den Frauen auf den Boden des Boots. Nach einigen Minuten kamen keine Pfeile mehr, und die drei erhoben sich langsam. Isa griff wieder nach den Rudern, während Sitt Hatun und Anna sich in den Bug setzten.

«Du bist verletzt!», rief Sitt Hatun, als sie die Blutflecken auf Annas Kleidern bemerkte.

«Das ist nicht mein Blut», erwiderte Anna.

«Der Mann, den du getötet hast ...», sagte Sitt Hatun. «Wo hast du so kämpfen gelernt?»

Anna zuckte die Achseln. «Meine Eltern sind gestorben, als ich noch klein war, und ich musste mich allein durchs Leben schlagen.»

Es war eine kalte Frühlingsnacht, und die beiden kauerten sich im Bug aneinander und schauten zurück zu dem ausgedehnten Kaiserpalast, dessen weiße Mauern von Hunderten flackernden Fackeln beleuchtet wurden. «Das nächste Mal, wenn wir diese Mauern sehen», schwor Sitt

Hatun leise, «betreten wir den Palast in aller Pracht, und Gülbehar soll aus Angst um ihr Leben zittern.»

* * *

Sie waren erst wenige Minuten auf dem Fluss, da ruderte Isa schon in Richtung Ufer. Er vertäute das Boot an einem kleinen Pier im Flusshafen von Manisa. Sobald sie ausgestiegen waren, schob er es wieder in den Fluss und ließ es davontreiben. «Kommt, wir haben nicht viel Zeit», erklärte er und führte sie in die dunklen, engen Straßen der Stadt. Ihr kurzer Gang endete am Tor eines unauffälligen weißen Hauses im Händlerviertel. Isa schloss das Tor auf und führte sie durch einen kleinen Hof ins Haus. Sie betraten einen runden Raum, von dem mehrere Korridore abgingen. In der Mitte des Raums stand ein niedriger Tisch, darauf standen Kerzen und etwas zu essen und zu trinken. Halil saß in einer Robe aus grünem Satin, in den verschlungene Muster aus Gold gewoben waren, auf einem der Kissen am Tisch. Es war das erste Mal, dass Sitt Hatun ihm persönlich begegnete. Er war groß und hager und hatte lange, zarte Hände, die gewiss nie eine Schlacht geschlagen hatten. Sein olivfarbenes Gesicht war schmal und, trotz seiner achtundvierzig Jahre, relativ glatt. Er trug einen sauber gestutzten Schnurrbart, der nach unten in einen winzigen, graugesprenkelten Bart überging. Man hätte ihn gutaussehend nennen können, wären da nicht die schartige Narbe gewesen, die sich von der rechten Schläfe bis zum Kiefer zog, und seine beunruhigenden Augen. Sie waren groß und vom allerblassesten Grau, und ihr Blick war kalt und unbewegt, wie der eines Toten.

Halil erhob sich und verbeugte sich, als Sitt Hatun eintrat. «Willkommen, Sultanin», sagte er. Sein Lächeln – dünne Lippen, die sich über scharfen Zähnen öffneten – ließ ihn aussehen wie ein Wolf auf der Jagd. «Ich bin sehr froh, dass Ihr sicher hergekommen seid», fuhr Halil fort. «Euere Dienerin kann es sich hier drin bequem machen.» Er wies auf einen Seitengang. Anna drückte Sitt Hatun die Hand und entfernte sich. Als Nächstes wandte Halil sich an Isa. «Isa, du kannst gehen», sagte er, und Isa zog sich leise zurück. Halil bedeutete Sitt Hatun, sich an den Tisch zu setzen. «Eine kleine Erfrischung? Nach Euren Abenteuern habt Ihr doch sicher Hunger.»

Sitt Hatun schüttelte den Kopf. Sie war nervös, und ihr Magen zog sich beim Anblick des Essens zusammen. «Umso besser», sagte Halil. «Wir haben keine Zeit zu vergeuden. Die Meuchelmörder werden Euch suchen, und es wäre das Beste, Ihr wärt vor Sonnenaufgang fort. Kommt, folgt mir.» Er nahm eine Kerze und führte sie einen Seitengang hinunter in einen kleinen Raum, in dem ein riesiges Bett mit Baldachin stand. Die Kerze stellte er auf einen Tisch neben dem Bett, und dann band er seinen Gürtel los und ließ seine Gewänder zu Boden gleiten. Er war vollkommen nackt. Sie sah seinen dünnen, schmalen Körper ohne Muskeln. Er bedeutete ihr, sich auszuziehen, doch Sitt Hatun rührte sich nicht. «Ihr habt die Einzelheiten unserer Vereinbarung doch verstanden?», fragte Halil.

«Ja», antwortete Sitt Hatun und schalt sich innerlich für ihre Zimperlichkeit. Jedes Opfer war es wert, wenn es hieß, dass ihr Kind den Thron erben würde. Sie würde mit Gülbehar verfahren, wie ihr beliebte. Die Gedanken fest auf dieses Ziel gerichtet, wandte Sitt Hatun Halil den Rücken zu und entkleidete sich langsam. Als sie nackt war, ging sie achtsam an Halil vorbei und blies die Kerze aus. Im Raum wurde es dunkel.

Sitt Hatun unterdrückte ein widerwilliges Schaudern, als sie Halils kalte Hand an der Schulter spürte. «Tut, was getan werden muss», flüsterte sie.

❈ ❈ ❈

Manisa

Sitt Hatun erreichte Manisa in der Abenddämmerung, acht Tage nach ihrer Nacht mit Halil. Halil hatte sie und Anna einem griechischen Eunuchen namens Erzinjan anvertraut, der sie auf einem Handelsschiff die Maritsa hinunter und quer durch die Ägäis gebracht hatte. Sie hatten während der Reise ideales Wetter gehabt, doch die Anspannung war groß gewesen. Sitt Hatun wusste, dass sie den Meuchelmördern, die nach ihr ausgeschickt worden waren, nicht entfliehen konnte. Wenn Mehmed sie in Manisa nicht beschützte, würden sie sie finden und töten.

Falls Mehmed sie nicht vorher umbrachte. Sitt Hatun war sich nicht sicher, wie Mehmed reagieren würde, wenn sie ihm von Gülbehars Untreue erzählte. Vielleicht würde er wütend werden. Schließlich genoss sie jetzt, da sie dem Harem entflohen war, keinen Schutz, hatte keine Rechte mehr. Alles, was sie hatte, war der *kumru kalp*, eingenäht in die Falten ihres seidenen Gewands. Sitt Hatun betete zu Allah, dass das reichte.

Verschleiert, um sich vor neugierigen Blicken zu schützen, gingen Sitt Hatun und Anna durch die von der Sonne ausgedörrten Straßen von Manisa zum Palast. Sitt Hatun führte Anna seitlich um den Palast herum, wo eine kleine, von Eunuchen bewachte Tür Dienern Zugang zum Haremsbereich gab. Sie ging direkt auf eine der Wachen zu. «Wir möchten uns der *kahya kadin* des Harems vorstellen», erklärte sie ihm. «Wir wünschen, dem Sultan zu dienen.»

Die Wache musterte die beiden eingehend. «Zeigt mir eure Gesichter», sagte er schließlich.

Sitt Hatun schüttelte den Kopf. «Wir zeigen keinem Mann unsere Gesichter, nur der *kahya kadin.*»

«Gut», brummte die Wache. «Wartet hier.»

Sitt Hatun und Anna standen im Schatten der Palastmauer, während sich die Sonne über den Himmel schob und ihr Schattenfleck immer kleiner wurde. Schließlich erschien die *kahya kadin.* Sie war eine große, schlanke Frau, immer noch schön, trotz der feinen Falten, die ihr Gesicht durchzogen, und des Graus in ihrem langen, schwarzen Haar. Als *kahya kadin* des Harems war es ihre Aufgabe, die Frauen auszusuchen und auszubilden, die dem Sultan dienen würden. «Die zwei hier?», fragte sie den Wachmann, und er nickte. «Folgt mir», sagte sie zu Sitt Hatun und Anna.

Sie folgten ihr einen kurzen Gang hinunter in einen runden Raum, wo die *kahya kadin* stehen blieb und sich zu ihnen umdrehte. «Weiter kommt ihr nicht, bevor ich euch nicht einer gründlichen Begutachtung unterzogen habe», sagte sie. «Nehmt eure Schleier ab.» Sitt Hatun legte ihren Schleier ab, und die *kahya kadin* keuchte auf. «Sultanin! Was macht Ihr hier?»

«Still», befahl Sitt Hatun und legte ihren Schleier wieder an. «Ich möchte nicht, dass außer Sultan Mehmed irgendjemand von meiner Anwesenheit erfährt. Du wirst ihm persönlich sagen, dass ich hier bin. Doch vorher bereitest du mir und meiner Dienerin in einem privaten Raum ein Bad zu. Und bring mir neue Kleider. Ich möchte mich frisch machen, bevor ich zum Sultan gehe.»

«Ja, Sultanin», sagte die *kahya kadin*. Sie führte Sitt Hatun und Anna in eine große Kammer, in deren Wanne im Fußboden ein dampfendes Bad eingelassen war. Sitt Hatun zog sich aus, ließ sich ins Wasser gleiten und wusch sich den Schmutz von der Reise ab. Sie kleidete sich mit Sorgfalt, zog sich ein offenherziges Gewand aus goldener Seide an, das aussah, als könnte man es ihr durch schiere Willenskraft von den Schultern gleiten lassen, und einen passenden Schleier. Sie wusste, dass sie schön war, als sie der *kahya kadin* des Harems in Mehmeds Lesezimmer folgte, doch sie war nicht überrascht, als er nicht einmal von dem Buch aufblickte, das er vor sich hatte. Erst als sie ihren Schleier abgelegt hatte und sich ihm gegenüber auf den Boden gesetzt hatte, sah Mehmed sie an. «Warum bist du hergekommen, Frau?», fragte er unvermittelt. «Kommst du auf Bitte meines Vaters?»

Sie schüttelte den Kopf. «Nein. Er weiß nicht, dass ich hier bin.» Mehmed legte sein Buch beiseite und zog die Augenbrauen hoch. Sitt Hatun war froh, dass sie ihn überrascht hatte, das verschaffte ihr einen Vorteil. «Ich komme aus freien Stücken. Ich bringe Nachrichten über deinen Vater.»

«Tatsächlich?», erwiderte Mehmed. «Das müssen ja sehr wichtige Nachrichten sein. Du weißt, welche Strafe darauf steht, den Harem ohne die Zustimmung des Sultans zu verlassen?»

«Ich weiß, mein Herr», antwortete sie. Die Strafe war der Tod, so wie denjenigen, die den Harem ohne Erlaubnis betraten, der Tod drohte. «Doch *du* bist der Sultan, mein Herr», sagte Sitt Hatun. «Es ist an dir, über mein Schicksal zu entscheiden. Sobald du meine Nachrichten angehört hast, wirst du verstehen, dass ich nur meine Pflicht als Ehefrau getan habe, indem ich hierhergekommen bin, um dich zu warnen.»

«Mich zu warnen?», fragte Mehmed. «Mein Vater würde es nicht wagen, gegen mich zu agieren. Ich bin der Thronerbe.»

«Nein, mein Herr», stimmte Sitt Hatun ihm zu. «Er würde nie die Hand gegen seinen Sohn erheben. Doch er legt vielleicht Hand an die Lieblingsfrau seines Sohnes.»

Mehmed kniff die Augen zusammen. «Sachte, Frau», sagte er, und seine Stimme klang drohend. «Wenn du falsch über Gülbehar sprichst, lasse ich dir die Zunge herausschneiden.»

Sitt Hatun spürte, wie ihr das Blut aus dem Gesicht wich, doch sie zögerte nicht. «Ich spreche nicht falsch, Gatte», sagte sie. «Ich habe deinen Vater mit eigenen Augen in Gülbehars Schlafzimmer gesehen. Doch ich erwarte nicht, dass du mir glaubst, obwohl ich vier Mal bei Allah schwöre. Ich habe einen Beweis mitgebracht.» Sie holte den *kumru kalp* aus ihren Gewändern und legte den kostbaren Edelstein vor Mehmed nieder.

Beim Anblick des Rubins verspannte sich Mehmeds Kiefer. Er nahm ihn und umklammerte ihn so fest, dass die Knöchel seiner Hand weiß hervortraten. Plötzlich stand Mehmed auf, und Sitt Hatun fürchtete schon, er werde sie schlagen. Doch stattdessen ging er zu seinem Schreibtisch und legte den *kumru kalp* darauf. Als er zurückkehrte, waren seine Züge wieder ruhig.

«Bist du dir ganz sicher, dass mein Vater nicht weiß, dass du hier bist?», fragte Mehmed. «Er weiß nicht, dass du mir den *kumru kalp* gebracht hast? Gülbehar weiß es auch nicht?»

«Niemand weiß es», sagte Sitt Hatun. «Nur die *kahya kadin* deines hiesigen Harems.»

«Gut», sagte Mehmed. «Dann wollen wir es auch weiter so halten. Du zeigst dich nicht, solange du hier bist, und nur deine Dienerin und die *kahya kadin* werden dir aufwarten.» Sitt Hatun nickte. «Du hast mir einen großen Dienst erwiesen», fuhr Mehmed fort. «Ich danke dir, Sitt Hatun. Wie kann ich dir deine Loyalität vergelten?»

«Ich habe nur meine Pflicht als Ehefrau getan, mein Herr», antwortete Sitt Hatun. «Und ich bitte dich nur darum, mir Gerechtigkeit als deine Gattin widerfahren zu lassen.»

Mehmed musterte sie eine ganze Weile, während Sitt Hatun den Atem anhielt. Schließlich nickte er. «Sehr wohl», sagte er. «Komm.» Mehmed nahm ihre Hand und führte sie ins Schlafzimmer.

\# # #

Mondlicht schimmerte durch die Vorhänge von Mehmeds Bett und fiel auf das Gesicht der schlafenden Sitt Hatun. Sie wirkte friedlich, und um ihre Lippen spielte ein leichtes Lächeln. Wenn er seine lange vernachlässigte Frau jetzt so anschaute, tat sie Mehmed fast ein wenig leid. Fast. Denn obwohl er Vergnügen an dem Liebesspiel mit Sitt Hatun gehabt hatte, bereute er es schon, ihr beigeschlafen zu haben. Er hatte es nicht nur getan, um sie zu belohnen, sondern auch aus Zorn und Gehässigkeit, die beide seinem Vater und Gülbehar galten. Er hatte sich von seinen Leidenschaften beherrschen lassen, und er wusste, dass er irgendwann den Preis dafür würde zahlen müssen. Doch als Mehmed aufstand und über den weichen Teppich in sein

Arbeitszimmer ging, hatte er andere Dinge im Sinn. Er nahm den *kumru kalp* an seiner goldenen Kette und hängte ihn sich um den Hals. Er würde den Edelstein als Erinnerung an Gülbehars Betrug tragen, als Erinnerung daran, nie wieder seinem Herzen zu folgen.

Er hatte wenig Zweifel daran, dass Sitt Hatuns Anschuldigungen wahr waren. Der *kumru kalp* hing immer um Murads Hals. Er war einer seiner kostbarsten Schätze, der Überlieferung zufolge hatte ihn schon die römische Kaiserin Anna Anachutu Komnene getragen. Murad hatte sich seiner bemächtigt, als er Edirne erobert hatte, und trug ihn stets als Erinnerung an seinen größten Sieg. Murad hätte ihn niemals Sitt Hatun gegeben, ganz zu schweigen einer einfachen *gedikli*. Nur eine Frau konnte ihn dazu verführt haben, ihn abzulegen: Gülbehar. Mehmed wusste nur zu gut, welch wilde Leidenschaft sie entfachen konnte. Abgesehen davon bestätigte Sitt Hatuns Geschichte nur, was Mehmed hundertfach vermutet hatte. Deswegen, dachte er, war mein Vater so wild darauf, mich wegzuschicken, deswegen war er so entschieden gegen Mehmeds Beziehung zu Gülbehar gewesen, deswegen hatte er darauf bestanden, dass sie in Edirne blieb. Zorn flackerte in Mehmed auf, und er packte den Edelstein so fest, dass seine scharfen Kanten ihm in die Hand schnitten. Der alte Narr, glaubte er wirklich, er könnte Mehmeds *kadin* stehlen? Es war an der Zeit, dass er seinem alten Vater eine Lektion erteilte. Es war an der Zeit, dass er seinen rechtmäßigen Platz auf dem Thron des Osmanischen Reiches wieder einnahm.

Mehmed ging um seinen Schreibtisch herum zu dem Schrank an der Wand. Er öffnete ihn und holte den Koran heraus. Er fiel in seiner Hand auseinander, und Mehmed las: «Ihr Gläubigen! Bei Totschlag ist euch die Wiedervergeltung vorgeschrieben: ein Freier für einen Freien, ein Sklave für einen Sklaven und ein weibliches Wesen für ein weibliches Wesen.» Mehmed lächelte bitter und schlug das Buch zu. Eine Sultanin für eine Sultanin.

Mehmed legte den Koran zur Seite und drückte den verborgenen Riegel, mit dem sich das Geheimfach des Schrankes öffnen ließ. Er zog ein Paar engsitzende Lederhandschuhe über und holte dann die Schachtel hervor, die Isa ihm gebracht hatte. Er öffnete die Schachtel und nahm die Phiole mit Gift heraus. Das Elixier darin war ein wenig dickflüssig und schimmerte im Mondschein wie blasser Bernstein. Mehmed wusste immer noch nicht, wer ihm das Gift geschickt hatte, doch damit würde er sich später befassen. Im Augenblick zählte nur, was er mit dem Gift tun konnte. Er würde Rache üben.

ZEHN

Mai und Juni 1450 – Konstantinopel

Das Läuten der Kirchenglocken drang leise an Sofias Ohr, als sie durch den Palast zu Konstantins privatem Audienzzimmer ging. Das feierliche Läuten markierte das Ende der Trauerzeit für die Kaiserinmutter Helena. Sofia wünschte, Helena wäre jetzt bei ihr, um ihr zur Seite zu stehen, wenn sie Konstantin gegenübertrat. Sie hatte erwartet, zu ihm gerufen zu werden, seit sie am Vortag nach Konstantinopel zurückgekehrt war, und sie fürchtete sich vor dem, was er ihr sagen würde. Sollte sie immer noch verheiratet werden, oder war sie frei?

Sofia betrat das Audienzzimmer, wo Konstantin mit unergründlicher Miene auf seinem Thron saß. Die rechte Hand umklammerte eine zerknitterte Kopie des päpstlichen Dekrets. Sofia machte einen Knicks vor ihm, und er forderte sie auf, sich zu erheben.

«Willkommen zu Hause, Prinzessin Sofia», sagte Konstantin. «Ich habe dich hergebeten, um über deine Mission nach Italien zu reden. Leontaris hat mir erzählt, dass du dich bei den Verhandlungen mit dem Papst engagiert hast. Stimmt das?»

Sofia nickte. «Verzeiht mir, mein Herr, aber Leontaris ist ein ungeschickter Politiker. Ich dachte, ich könnte mehr erreichen.»

«Leontaris war der von mir eingesetzte Gesandte», sagte Konstantin entschieden.

«Dennoch, ich war beinahe erfolgreich», protestierte Sofia. «Und ich glaube, wir können die Situation immer noch zu unserem Vorteil wenden, wenn Ihr nur ...»

Konstantin brachte sie mit einer Geste zum Schweigen. «Dein Engagement hat uns in diese Situation gebracht!», brüllte er und hielt das päpstliche Dekret hoch. «Ich habe meiner Mutter auf dem Sterbebett versprochen, die Union durchzusetzen, aber wie soll mir das jetzt gelingen? Sag es mir: Wie?» Dann fing er sich und fuhr in ruhigem Tonfall fort. «Du bist nach Italien geschickt worden, um gesehen zu werden, nicht gehört, Sofia. Da du dich für den Megadux nicht recht erwärmen kannst, hatte ich gehofft, Leontaris würde auf dieser Reise einen Ehemann für dich finden, der uns militärische Unterstützung bieten kann. Doch selbst diese Hoffnung ist dahin.»

Wie konnte er sie, nach allem, was sie in Italien getan hatte, so maßregeln? Sofia schluckte ihre Empörung hinunter. «Ich habe mein Bestes getan, um Euch treu zu dienen, mein Herr», sagte sie.

«Du dienst mir am besten, Sofia, indem du die Rolle der Prinzessin spielst, nicht die eines Politikers», sagte Konstantin. «Du kannst dich glücklich schätzen, dass Megadux Notaras immer noch willens ist, dich zu heiraten. Ich habe mit ihm über einen Termin in diesem Sommer gesprochen. Bis dahin tust du, was ich sage. Du bist eine Dame, Sofia, und du musst dich entsprechend benehmen. Kein Schwertfechten und kein Politisieren mehr. Wenn du studieren willst, dann lern etwas Gefälliges: zu singen oder ein Instrument zu spielen.»

«Ja, mein Herr», sagte sie mit toter Stimme.

Konstantin runzelte die Stirn. «Ich habe gehört, du hast den Wunsch geäußert, Vater Neophytus zu besuchen, den Beichtvater der Kaiserinmutter», sagte er. Sofia nickte. «Du hast meine Erlaubnis, ihn in der Hagia Sophia aufzusuchen. Ich schicke eine Eskorte aus Wachleuten, die dich hinbringen.»

«Vielen Dank, mein Herr», sagte Sofia. Die Worte schmeckten bitter auf der Zunge. Sie knickste und zog sich zurück. Sie würde doch verheiratet werden. Jetzt, da Helena tot war, gab es niemanden mehr, der das verhindern konnte.

* * *

Am nächsten Tag, einem nassen, tristen Frühlingsmorgen, besuchte Sofia Neophytus in der einst so prächtigen Hagia Sophia. Beim Anblick der Kirche wurde Sofia immer schwer ums Herz. Sie war noch schön, doch ihre Pracht war verblasst. Die westliche Fassade wurde einigermaßen instand gehalten, doch die Plastiken an den Seitenwänden zerfielen, und viele der Fenster, die die Mauern des Mittelschiffs säumten und die riesigen Kuppeln des Gebäudes umgaben, waren zerbrochen. Im Narthex war der Zerfall noch augenscheinlicher. Riesige Kronleuchter ohne Kerzen schwebten über den Köpfen, hingen an einer fernen Decke, die im Dunkeln nicht zu erkennen war. Kerzen waren ein Luxus, der seit einiger Zeit eingespart wurde. Die Binsenfackeln, die sie ersetzt hatten, steckten in Halterungen an den Wänden, zuckten im Durchzug, der durch die kaputten Fenster über ihnen zog, und ließen mit ihrem rußigen Qualm alles noch düsterer wirken. Außer dem Knistern der Fackeln war noch das laute Tropfen von der hohen Decke zu hören. Die Kirche wirkte verlassen.

Einer der Wachmänner, die sie zur Kirche begleitet hatten, trat vor und läutete eine kleine Messingglocke, die an der hinteren Wand hing. Das laute Läuten hallte von den engen Mauern wider, bis es wieder still war. Sofia hörte Schritte näher kommen – Sandalen, die über weichen Stein schlurften. Am fernen südlichen Ende des Narthex öffnete sich eine Tür, und mitten in der Düsterkeit tauchte ein winziges Licht auf. Das Licht näherte sich. Ein Akolyth mit Tonsur in einer Mönchskutte trug die Kerze.

Er war kaum älter als dreizehn und verbeugte sich, als er Sofias ansichtig wurde. «Herrin», sagte er mit brüchiger Stimme. «Wie kann ich Euch helfen?»

«Ich bin Prinzessin Sofia. Ich bin hier, um Vater Neophytus zu sehen!»

«Prinzessin Sofia!», quiekste der Junge und fuhr dann mit tieferer Stimme fort: «Vater Neophytus erwartet Euch nicht. Er ist ...»

«Ich bitte um Verzeihung, dass ich nicht um ein formelles Treffen ersucht habe, doch ich erwarte keinen besonderen Empfang», sagte Sofia. «Ich möchte nur mit Vater Neophytus über die Kaiserinmutter sprechen. Bring mich zu ihm.»

«J…j…ja, selbstverständlich», stotterte der Junge. «Folgt mir.» Sofia überlegte, warum er so nervös war. Wahrscheinlich war er den Umgang mit Frauen nicht gewohnt und eingeschüchtert durch ihren Stand. Er führte sie durch eine Tür in das Mittelschiff mit seiner prächtigen Kuppeldecke mehr als hundertfünfzig Fuß über dem Erdboden – das mächtigste Bauwerk in ganz Konstantinopel. Sie durchquerten das Mittelschiff und betraten das Gewirr aus Gängen, die zu den Quartieren der Priester führten. Schließlich blieben sie vor einer schlichten Holztür stehen. Der Junge klopfte und rief: «Vater Neophytus, hier ist …»

«Halias? Bist du das?», drang Neophytus' Stimme durch die Tür. «Komm rein.» Halias öffnete die Tür und trat ein, und Sofia folgte ihm. Neophytus' Zelle war klein und spärlich ausgestattet. Der Steinboden und die Wände waren ohne jeden Schmuck. Rechts an der Wand stand ein niedriges Bett mit einem rauen Leintuch und links ein schlichter Eichenholztisch. Eine kleine Truhe in der Ecke war das einzige andere Möbelstück im Raum. Neophytus stand mit dem Rücken zu ihnen an der hinteren Wand. Er schürte das Feuer, es sah so aus, als würde er etwas verbrennen. Sofia erhaschte einen kurzen Blick auf ein Pergament, das sich in den Flammen rollte.

«Ich habe einen Brief für dich zu überbringen», sagte Neophytus und drehte sich zu Halias um, doch als er Sofia erblickte, hielt er inne. Doch er hatte sich schnell wieder gefasst. «Ah, Prinzessin Sofia, welch unerwartetes Vergnügen», sagte er mit einem gezwungenen Lächeln. «Vielleicht können wir uns irgendwo unterhalten, wo es etwas behaglicher ist.» Er wies zur Tür. «Meine Zelle ist alles, was ich brauche, doch sie ist einer Prinzessin nicht würdig.»

«Nein, Ihr müsst meinetwegen keine Umstände machen», beharrte Sofia. «Ich möchte nur reden, und dieser Raum dient diesem Zweck vortrefflich.»

«Sehr wohl», sagte Neophytus und knetete sich die Finger. «Halias, du kannst draußen warten. Prinzessin, bitte nehmt Platz.» Er zog für Sofia den Stuhl unter dem Tisch hervor. Er selbst setzte sich aufs Bett. «Was kann ich für Euch tun, Prinzessin?»

«Es geht um die Kaiserinmutter», begann Sofia. «Ihr wart gegen Ende häufig bei ihr. Ich würde gern wissen, ob sie von mir gesprochen hat oder ob sie mir vielleicht etwas hinterlassen hat.»

«Es tut mir leid, aber sie hat Euch nichts hinterlassen», sagte er. Seine Augen huschten über den Tisch. Sofia folgte seinem Blick, während er weitersprach, doch sie sah nichts Ungewöhnliches: ein Tintenfass, eine kleine Phiole, ein Paar Handschuhe, einen Brotkanten und einen Becher. «Doch sie hat oft von Euch gesprochen. Sie sagte – und ich hoffe, ich trete Euch damit nicht zu nahe –, sie sagte, sie wünsche sich, Ihr wärt als Mann geboren worden.»

Sofia nickte. Das klang ganz nach Helena, doch es war nicht das, was Sofia hören wollte. «Und sonst hat sie nichts gesagt? Hat sie meine Heirat erwähnt?», fragte Sofia.

«Es tut mir leid, Prinzessin, doch ich erinnere mich nicht daran, dass sie irgendetwas über Eure Heirat gesagt hätte», entgegnete Neophytus. Sofia runzelte die Stirn. «Wartet, jetzt fällt es mir wieder ein.» Neophytus unterbrach sich. «Sie hat Euch großes Glück gewünscht. Kurz bevor sie starb, sagte sie, sie wünschte, sie hätte noch so lange gelebt, um Eure Hochzeit mitzuerleben.» Sofia sah, dass sein Blick jetzt nervös zur Seite huschte. Er war, wie sie feststellte, kein guter Lügner. Warum war er so nervös?

Dann sah sie es. Der Becher auf dem Tisch war nicht irgendein Becher. Der kleine goldene Becher, auf dessen Außenseite Szenen aus der Passionsgeschichte eingraviert waren, hatte Helena gehört. Sie hatte ihn für ihre private Kommunion benutzt. Was machte Neophytus damit? Hatte er ihn gestohlen? Das würde erklären, warum er so nervös war, doch warum hatte er ihn dann nicht längst verkauft? Warum hatte er den Becher gestohlen und ihn dann behalten? Irgendetwas war hier äußerst mysteriös.

«Vielen Dank für Eure freundlichen Worte», sagte Sofia und erhob sich. «Ich sehe, dass Ihr den Kommunionbecher der Kaiserinmutter habt.» Sie nahm ihn vom Tisch, und Neophytus streckte eine Hand aus, als wollte er sie aufhalten. «Es war eines ihrer liebsten Besitzstücke, ein Geschenk von ihrem Vater», fuhr Sofia fort. «Hat die Kaiserinmutter Euch gebeten, ihn für mich zu verwahren?»

«Die Kaiserin ...», stammelte Neophytus. «Das heißt, sie ... Vor ihrem Tod hat sie ...»

«Egal», sagte Sofia. «Ich freue mich, ihn hier zu finden. Er wird mir ein kostbares Andenken sein. Hättet Ihr nicht auf ihn aufgepasst, wäre er inzwischen sicher für die kaiserliche Schatzkammer eingeschmolzen worden. Ich danke Euch.» Sofia eilte zur Tür, den Becher nahm sie mit. Neophytus sprang auf und folgte ihr. Er sah aus, als hätte er ihr den Becher am liebsten aus den Händen gerissen. «Und habt vielen Dank für Eure Freundlichkeit, mir gegenüber und Helena. Ich lasse Euch jetzt in Ruhe.»

«Aber Ihr könnt nicht ... der Becher ist ...», setzte Neophytus an, unterbrach sich dann jedoch. «Das heißt, ich hoffe, der Becher bringt Euch ein wenig Trost, Prinzessin.»

«Gott beschütze Euch, Neophytus.»

«Und Euch, Prinzessin», erwiderte Neophytus und machte das Kreuzzeichen. «Halias bringt Euch hinaus.»

Der Akolyth wartete im Flur auf sie. «Halias», fragte Sofia, als sie nebeneinander zurück zum Narthex gingen, «lieferst du oft Briefe für Vater Neophytus aus?»

«Ja.» Der Junge nickte.

«Darf ich fragen, an wen?» Halias zögerte. «Ich bin nur neugierig», sagte Sofia, trat näher und legte dem Jungen eine Hand auf den Arm.

Halias wurde rot. «An vie...vie...viele Leute», stotterte er. «Die Kaiserinmutter, Patriarch Mammas, Vater Gennadius.»

Gennadius. Sofia hatte nicht gewusst, dass Neophytus in Verbindung mit dem Mönch stand. «Danke, Halias», sagte Sofia und ließ den Arm des Jungen los.

Als sie in ihrer Kutsche zum Palast zurückfuhr, hob Sofia Helenas Becher an die Nase. Er roch nach Mandeln. Seltsam, dachte sie. Sie fuhr mit einem Finger über den Boden des Bechers und steckte ihn in den Mund, doch sie konnte nichts Ungewöhnliches schmecken, nur den schwachen, bittersüßen Geschmack von Weinrückständen.

* * *

Am Abend wurde Sofia übel, und sie musste sich bis spät in die Nacht immer wieder übergeben, auch als sie längst nichts mehr im Magen hatte. Schließlich fiel sie erschöpft in einen fiebrigen Schlaf. Sie träumte von Helenas goldenem Kommunionbecher, dessen Rand rot loderte. In dem Traum nahm sie den Becher und trank daraus, um festzustellen, dass er mit Blut gefüllt war. Neophytus erschien und erklärte er, sie müsse ihn austrinken. Sie trank den Becher aus, und Blut lief ihr über die Wangen. Dann wachte sie auf. Der Becher stand auf ihrem Nachttisch, wo sie ihn hingestellt hatte. Sie tastete nach dem Becher, stieß ihn dabei jedoch um. Zu ihrer Erleichterung war er leer. Sofia wandte sich schaudernd ab, doch ihr Traum ging ihr nicht mehr aus dem Kopf.

Am nächsten Morgen wachte sie mit dröhnenden Kopfschmerzen und schweren, müden Gliedern auf. Sie war überzeugt, dass ihr Traum eine Botschaft gewesen war: Der Becher war vergiftet. Deshalb war sie krank geworden, deshalb Helenas allzu früher Tod. Und wenn Helena vergiftet worden war, dann konnte dafür nur ein Mann verantwortlich sein. Nicht Neophytus, er hatte durch Helenas Tod nichts zu gewinnen. Nein, dahinter konnte nur Gennadius stecken.

Ihren Verdacht zu beweisen würde nicht leicht werden. Sie würde Neophytus erpressen müssen, um an Gennadius heranzukommen, und das würde ihr unmöglich allein gelingen. Es gab nur einen Menschen, an den sie sich wenden konnte: Lukas Notaras, ihr zukünftiger Ehemann. Konstantin hatte verfügt, dass sie im September heiraten würden, und als ihr Verlobter war Notaras – außer ihrem Beichtvater – der einzige Mann, den Sofia empfangen durfte. Sie schrieb eine kurze Nachricht, in der sie ihn bat, sie am nächsten Morgen in ihren Gemächern aufzusuchen. Notaras hinzuzuziehen war riskant, das wusste sie. Er war ein stolzer Gegner der Union und ein Verbündeter von Gennadius. Doch wenn sie Helenas Tod rächen wollte, war er ihre einzige Hoffnung.

Am nächsten Tag fand Notaras sich pünktlich in ihren Gemächern ein. «Prinzessin Sofia, ich bin freudig überrascht über Eure Einladung», sagte Notaras lächelnd und verbeugte sich. «Welchem Umstand verdanke ich die Ehre?»

«Ich muss mit Euch über eine äußerst wichtige Angelegenheit reden», erklärte sie. «Wir müssen uns unter vier Augen unterhalten.»

«Unter vier Augen, Prinzessin?», fragte Notaras mit einem anzüglichen Lächeln.

«Ja», erwiderte sie. «Gehen wir in den Garten.» Notaras nickte und folgte ihr in den kleinen Rosengarten im Palasthof. Dort konnten sie unter den wachsamen Blicken von Sofias Dienerin unter vier Augen reden. Sie gingen den gekiesten Weg um den Garten herum, und als Sofia sich sicher war, dass niemand in Hörweite war, ergriff sie leise das Wort. «Ich brauche Eure Hilfe.»

«Selbstverständlich, Prinzessin.»

«Ich weiß, dass Ihr Gennadius' Bitte, Mammas als Patriarchen abzulösen, unterstützt», sagte Sofia. «Ihr müsst alle Verbindungen zu ihm abbrechen. Gennadius ist gefährlich.»

«Was meint Ihr mit ‹gefährlich›?»

Sofia blieb stehen. «Ihr müsst mir schwören, niemandem zu sagen, was ich Euch jetzt anvertraue», sagte Sofia. Notaras zögerte. «Ich verspreche, dass es nicht Eure Ehre kompromittiert.»

«Gut, dann schwöre ich es», sagte er.

«Gut», sagte Sofia. «Denn ich glaube, dass ich dahintergekommen bin, warum die Kaiserinmutter gestorben ist.»

«Die Kaiserinmutter? Sie war seit Monaten krank. Sie ist an Altersschwäche gestorben.»

«Nein, sie wurde vergiftet», sagte Sofia und ging weiter.

«Wer hat das behauptet?», wollte Notaras wissen, als er sie wieder eingeholt hatte. Er wirkte nicht überrascht.

«Niemand», erwiderte sie. Sie nahm den goldenen Kommunionbecher aus einem kleinen Beutel, den sie bei sich trug, und reichte ihn ihm. «Das hier war Helenas Kommunionbecher. Ich glaube, dass ihr Beichtvater, Vater Neophytus, ihn benutzt hat, um sie zu vergiften.»

Notaras war misstrauisch. «Wie kommt Ihr darauf?»

«Riecht daran», sagte sie.

«Er riecht nach Mandeln.»

«Warum sollte ein Becher, in dem nur Wein war, nach Mandeln riechen?», fragte sie. «Ich habe den Rest am Boden des Bechers kaum probiert und bin schrecklich krank geworden.»

«Aber warum sollte Neophytus Helenas Tod wünschen?», fragte Notaras.

«Er nicht, aber Gennadius», sagte Sofia. «Neophytus steht in Kontakt mit ihm, und Gennadius würde alles tun, um die Union zu verhindern. Er würde selbst vor einem Mord nicht zurückschrecken.»

«Verstehe», murmelte Notaras und betrachtete den Becher genauer. «Was soll ich tun?»

«Morgen konfrontieren wir Neophytus zusammen», antwortete Sofia. «Ihr tut, was immer notwendig ist – drohen, bestechen oder foltern –, um ihn davon zu überzeugen, sich gegen Gennadius zu wenden. Wenn er das tut, gehen wir zu Konstantin. Ihr liefert ihm Gennadius aus und erklärt Konstantin, dass Ihr Euch nicht länger gegen die Union stellt.» Notaras wollte protestieren, doch sie fiel ihm ins Wort. «Ich bitte Euch nicht, das päpstliche Dekret zu akzeptieren, aber wenigstens auf einen Kompromiss hinzuarbeiten. Ihr habt Konstantin Euren Eid geschworen. Wenn Ihr wirklich an Ehre glaubt, dann haltet Euren Eid. Versammelt die Edelleute hinter Eurem Kaiser.»

«Und wenn ich mich weigere?»

Sofia blieb stehen und sah ihm direkt in die Augen. «Eure Freundschaft mit Gennadius ist weithin bekannt. Wenn Ihr die Praktiken derer unterstützt, die gegen die Union kämpfen, dann werdet Ihr auch deren Strafe bekommen.»

«Ist das eine Drohung, Prinzessin?»

«Ja, Megadux, das ist es.»

Notaras blieb eine ganze Weile stehen, den Blick schweigend auf den Becher gerichtet. «Ich werde tun, worum Ihr mich bittet, Prinzessin», sagte er schließlich. «Und wenn das, was Ihr sagt, wahr ist, dann werde ich Gennadius Konstantin ausliefern und die Union unterstützen. Doch wisst, dass ich das nur tue, weil ich glaube, dass es das Beste für Konstantinopel ist. Ich reagiere nicht gut auf Drohungen.»

«Solange Ihr mir helft, sind Eure Gründe allein Eure Sache», sagte Sofia. «Dann bis morgen. Auf Wiedersehen, Notaras.» Sie wandte sich ab und ging davon. Er hielt immer noch den Becher in der Hand.

* * *

Früh am nächsten Morgen gingen Sofia und Notaras, begleitet von Sofias Dienerin, zur Hagia Sophia. Notaras wartete nicht, bis jemand sie im Narthex in Empfang nahm. Er eilte direkt in das Hauptschiff der Kirche, und Sofia folgte ihm, während ihre Dienerin ihnen mit etwas Abstand folgte. Sie durchquerten das Mittelschiff und betraten einen Speisesaal, wo Notaras sich einen jungen Akolythen schnappte und ihm befahl, sie zu Neophytus' Zelle zu bringen.

Als sie dort waren, wollte Notaras die Tür öffnen, doch sie war verschlossen. Er klopfte an die Tür und rief mit lauter Stimme: «Vater Neophytus? Der Megadux ist hier, Lukas Notaras!» Keine Antwort. Notaras rief noch einmal und wandte sich dann dem Akolythen zu. «Bist du dir ganz sicher, dass Vater Neophytus da drin ist?»

«Ja, mein Herr», sagte der Akolyth. «Er hat seine Zelle seit Vater Gennadius' Besuch gestern Abend nicht mehr verlassen.»

Notaras machte einen Schritt nach hinten und trat mit Wucht gegen die Tür. Das Holz um das Schloss herum splitterte, und die Tür flog auf. Die Zelle, kaum erhellt von einer flackernden Lampe, schien leer zu sein. «Vater Neophytus», rief Notaras. «Seid Ihr hier?» Wieder keine Antwort.

«Da», sagte Sofia und zeigte auf Neophytus, der, den Kopf auf dem Tisch, reglos dasaß. Er schien zu schlafen.

«Vater Neophytus», rief Notaras laut, doch der Priester rührte sich nicht. Während Sofia sich um die Lampe kümmerte, ging Notaras zu dem Priester und schüttelte ihn. Neophytus rutschte zur Seite und fiel vom Stuhl. Er landete mit dem Gesicht Sofia zugewandt. Als es im Raum heller wurde, sah sie, dass seine Lippen schwarz waren und er die Augen nach hinten verdreht hatte. Sofias Dienerin keuchte auf. Neophytus war tot.

Notaras beugte sich über ihn, um ihn genauer zu betrachten. «Er ist noch warm.» Er schüttelte den Kopf. «Warum hat er sich umgebracht?»

«Vielleicht hat er das gar nicht», erwiderte Sofia. «Schaut, er hält etwas in der Hand.»

Notaras bog Neophytus' Hand auf und hielt eine kleine leere Phiole hoch. Er hielt sie sich unter die Nase. «Mandeln. Ich glaube, Ihr habt recht, Prinzessin. Helena wurde vergiftet. Ich habe diese Phiole zuvor schon einmal in Gennadius' Arbeitszimmer gesehen.»

«Falls Gennadius genug wusste, um sich Neophytus' zu entledigen, dann weiß er auch, dass ich Helenas Becher an mich genommen habe», überlegte Sofia.

«Dann seid Ihr in großer Gefahr, Prinzessin», sagte Notaras. «Ihr habt gesehen, wozu Gennadius fähig ist.»

«Aber ohne Neophytus», sagte Sofia, «können wir Gennadius nicht anklagen.»

«Es gibt andere Wege», sagte Notaras und fasste an sein Schwert.

«Nein.» Sofia schüttelte den Kopf. «Er soll kein Märtyrer sein. Das wäre seiner Sache nur dienlich.»

«Dann werde ich die Pantokrator-Kirche von meinen Männern bewachen lassen», sagte Notaras. «Sollte Gennadius einen Verrat planen, werde ich davon erfahren.»

«Danke.»

«Es ist das Mindeste, was ich für meine Verlobte tun kann», sagte Notaras.

Bei dem Wort «Verlobte» runzelte Sofia die Stirn. Sie blickte Notaras in die Augen. «Ihr wisst, dass ich Euch nicht aus freien Stücken zum Gemahl gewählt habe, Notaras», begann sie. «Und ich habe bisher kein Geheimnis daraus gemacht, dass ich mich nicht auf unsere Ehe freue. Vielleicht war es unrecht von mir, so hart über Euch zu urteilen.»

«Ich habe Euch auch nicht aus freien Stücken gewählt, Prinzessin», erwiderte Notaras. «Der Kaiser hat mir Euch zur Ehefrau angeboten. Eine Ehre, die ich nicht ausschlagen konnte, doch es war nie mein Wunsch, Euch gegen Euren Willen zu heiraten. Glaubt mir: Wenn ich die Wahl gehabt hätte, hätte ich keine Frau mit so einer scharfen Zunge genommen.» Er lächelte. «Trotzdem, wir werden heiraten, ob es uns gefällt oder nicht. Ich hätte gern Euer Einverständnis, wenn auch nicht Eure Liebe. Und ich bin bereit, darauf zu warten.»

«Helft mit, die Union durchzusetzen, und Ihr werdet Euch mein Einverständnis verdienen», erklärte Sofia. «Vielleicht könnt Ihr dann auch meine Liebe gewinnen.»

«Mehr verlange ich gar nicht», sagte Notaras und verbeugte sich tief. «Wir reden erst wieder übers Heiraten, wenn die Union vollendet ist. Einverstanden?»

«Einverstanden.»

* * *

Konstantin stand am Fenster seines Audienzzimmers und schaute in den Abendhimmel, während er den Brief, den er an diesem Tag von Lukas Notaras bekommen hatte, immer wieder zusammen- und auseinanderfaltete. Nach Wochen voller Sorgen und unbeantworteter Gebete hatte Notaras' Brief ihn endlich beruhigt. Der Megadux hatte geschrieben, er werde die Union unterstützen, solange sie in Übereinstimmung mit gewissen Kompromissen erreicht werden konnte. Mit Notaras' Unterstützung konnte Konstantin die Union akzeptieren, ohne fürchten zu müssen, am nächsten Tag eine Rebellion am Hals zu haben. Es war das Wunder, auf das er gehofft hatte. Er konnte sein Versprechen Helena gegenüber halten und würde, was noch wichtiger war, die Unterstützung der Lateiner nicht verlieren. Konstantin überlegte, was Notaras wohl bewogen hatte, seine Meinung zu ändern. Vielleicht, sinnierte er, sind meine Gebete am Ende doch erhört worden.

Er faltete den Brief noch einmal auseinander und sah

sich den zweiten Abschnitt der Nachricht an. Es schien, als habe Notaras auch bezüglich Gennadius einen Sinneswandel durchgemacht. Er bestand darauf, dass der Mönch nicht die richtige Wahl sei für das Patriarchat. Doch auch wenn Notaras sich gegen Gennadius gewandt hatte, Konstantin würde ihn nicht so bereitwillig fallenlassen. Könnte er Gennadius' Unterstützung für die Union gewinnen, indem er ihm das Patriarchat anbot, dann wäre das ein geringer Preis. Wenn Gennadius und Notaras die Union unterstützten, würde Konstantin mit den übrigen Bischöfen und Adligen keine Probleme haben.

Die Glocken läuteten acht Uhr. Gennadius würde bald da sein. Konstantin hatte ihn just an diesem Abend in den Palast geladen, um ihm das Patriarchat anzubieten. Er faltete den Brief ein letztes Mal zusammen, schob ihn in eine Tasche und nahm seinen Platz auf dem Thron ein. «Bitte, Gott», betete Konstantin leise, «erfüll mir heute noch ein letztes Wunder.»

* * *

Gennadius betrat den Palast in fröhlicher Stimmung. Er wusste, was die Ladung bedeutete: Nach jahrelangem Warten würde er endlich Patriarch der orthodoxen Kirche werden, und dann hatte er niemanden mehr über sich außer Gott. Er eilte ins Audienzzimmer, wo Konstantin auf dem Thron saß. Gennadius trat näher und verbeugte sich tief. «Willkommen, Gennadius», sagte Konstantin.

«Es ist mir eine Ehre, dass Ihr einen einfachen Mönch wie mich in Eure erlauchte Gegenwart ladet», antwortete Gennadius.

«Ich habe Euch hergebeten, um mit Euch über die Situation der Kirche zu sprechen», erklärte Konstantin. «Wie Ihr wisst, ist Patriarch Mammas in Rom. Unsere Kirche ist ohne Oberhaupt. Die Situation kann nicht andauern.» Konstantin hielt inne, als suchte er nach den richtigen Worten. «Die Union war zwischen uns bisher ein Quell bitterer Unstimmigkeiten, Gennadius, aber wir sind keine Feinde. Ich habe Euch hergebeten, um Euch um Hilfe zu bitten.»

«Ich werde alles tun, was in meiner Macht steht», sagte Gennadius.

«Gut. Die Synaxe betrachtet Euch als ihren Anführer», sagte Konstantin. «Wenn jemand sie unter meiner Regentschaft vereinen kann, dann Ihr.» Gennadius senkte gnädig den Kopf, er hielt es für besser, nicht zu antworten. «Wärt Ihr bereit, die Kirche anzuführen, Gennadius?»

«Ich bin nur ein einfacher Mönch», entgegnete Gennadius. «Aber ich empfinde es als meine Pflicht, jede Aufgabe zu übernehmen, die Gott mir im Dienst der Kirche auferlegt.»

«Gut. Dann biete ich Euch das Patriarchat an, vorausgesetzt, Ihr nutzt Euren Einfluss dazu, die Bischöfe davon zu überzeugen, die Union mit Rom zu unterstützen.»

Als ihm aufging, was Konstantin da sagte, erstarben Gennadius die Worte. «Wenn es Gottes Wille ist, dann sei es so», hatte er sagen wollen, doch würde er Konstantins Bedingungen akzeptieren, war er nicht mehr als eine Marionette des Kaisers und ein Handlanger des Papstes, genau wie Mammas. «Aber, mein Herr, die Bischöfe werden die Union mit Rom niemals unterstützen», erwiderte Gennadius. «Und auch die Adligen nicht.»

«Ihr irrt Euch, Gennadius», erklärte Konstantin. «Megadux Notaras hat sich entschlossen, die Union zu unterstützen. Selbst er erkennt, dass sie unsere einzige Hoffnung ist.»

Gennadius schüttelte den Kopf. Notaras hatte ihn also hintergangen. Das war zweifellos auf den Einfluss von Prinzessin Sofia zurückzuführen. Er würde sich um sie kümmern müssen. «Notaras ist Soldat, kein Mann Gottes», sagte Gennadius schließlich. «Die Synaxe lässt sich nicht so leicht beeinflussen. Wo Seelen in Gefahr sind, kann es keine Kompromisse geben.»

«Sie akzeptieren die Union womöglich, wenn Ihr derjenige seid, der sie erklärt», beharrte Konstantin. «Ich weiß, dass die Union bedeutet, die Vorrangstellung des Papstes anzuerkennen, doch das ist besser, als sich vor dem Sultan verbeugen zu müssen.»

«Ist es das?», entgegnete Gennadius. «Ich bin mir da nicht so sicher.»

Konstantins Züge verhärteten sich. «Ihr wagt es, mir so etwas ins Gesicht zu sagen, Mönch?»

«Natürlich nicht, Kaiser», sagte Gennadius und verbeugte sich. «So Gott will, verbeuge ich mich weder vor dem Papst noch vor dem Sultan. Doch ich muss mich immer vor dem Willen Gottes verbeugen. Ich habe bereits auf ein Bischofsamt verzichtet, um ihm als Mönch besser zu dienen. Es ist sein Wille, dass ich ihm demütig diene. Ich muss das Patriarchat ablehnen.» Die Worte waren bitter, doch er würde lieber Mönch bleiben, als ein Marionettenpatriarch ohne Macht zu werden.

«Sehr wohl», sagte Konstantin seufzend. «Ich verstehe, dass Ihr die Union nicht wollt, doch ich meine, was ich gesagt habe. Wir sind keine Feinde, Gennadius. Vergesst das nicht. Ihr könnt gehen.»

Gennadius verbeugte sich und ging. Konstantin war ein

Narr. Gennadius würde ihn zu Fall bringen, und mit ihm die Union, doch das konnte er nicht allein. Als er zurück zum Pantokrator-Kloster ritt, formulierte Gennadius in Gedanken einen Brief an den Großwesir des Osmanischen Hofes, Halil Pascha.

ELF

Februar bis März 1451 – Edirne

Mehmed ritt aufrecht und mit hocherhobenem Haupt durch das Tor in die Stadt Edirne. Eine Menschenmenge war angetreten, um zuzusehen, wie er und sein Hofstaat in die Stadt einzogen, doch die Atmosphäre war alles andere als festlich. Murad, Sultan des Osmanischen Reiches, lag im Sterben, und sein schlechter Gesundheitszustand war kein Geheimnis. Die Gesichter der Menschen waren grimmig und ernst. Kein Jubel erhob sich für Mehmed.

Die finstere Stimmung der Menschen entsprach Mehmeds Laune. Sitt Hatun hatte ihm einen Sohn geschenkt, und obwohl Selim noch ein Baby war, wusste Mehmed, dass ein Sohn in den Händen einer gerissenen Mutter leicht zum Rivalen für ihn werden konnte. Doch das war nicht der wahre Grund, warum er Selim nicht mochte. Das Kind weckte schmerzliche Erinnerungen an seinen anderen Sohn, Bayezid, und an Gülbehar. Obwohl der *kumru kalp* als Erinnerung an Gülbehars Untreue an Mehmeds Herz ruhte, sehnte sich Mehmed noch nach ihr. Der Gedanke, dass sie in den Armen seines Vaters lag, war ein steter Schmerz, den nicht einmal Murads nahe bevorstehender Tod lindern konnte.

Mehmed erreichte den Eski-Saray-Palast und stieg im Hof vom Pferd. Halil wartete inmitten einer Menge aus wichtigen Ministern, Eunuchen und Wesiren auf den Palaststufen, um ihn zu begrüßen. Alle verneigten sich tief, als Mehmed näher trat. «Seid gegrüßt, Padischah. Allah sei gepriesen für Eure sichere Reise», sagte Halil. Mehmed bedeutete ihm und den anderen Männern, sich zu erheben, und Halil richtete sich auf und trat näher. «Ich habe viele Nachrichten für Euch, doch zuerst möchte der Sultan Euch sehen.»

«Ich werde meinem Vater in Kürze meine Aufwartung machen», sagte Mehmed. «Doch zuerst muss ich mich um andere Angelegenheiten kümmern.» Mehmed drehte sich zu Sitt Hatun um, die gerade ihrer geschlossenen Sänfte entstieg. «Frau, du begleitest mich», befahl er ihr. «Bring dein Kind mit.»

Mehmed führte sie in Gülbehars Räumlichkeiten im Harem und warf die Türen auf, ohne zu klopfen. Eine *jariye*, eine junge Haremssklavin, stand im Vorzimmer und goss die Blumen. Beim Anblick von Mehmed, der in der Tür stand und sich finster umblickte, ließ sie die Gießkanne fallen. «Wo ist sie?», brüllte Mehmed. Die *jariye* verbeugte sich tief und machte einige Schritte rückwärts.

«Ich ... ich bringe sie zu Euch», stotterte sie und verschwand in dem Dienstbotengang. Einen Augenblick später tauchte Gülbehar mit ihrem Sohn Bayezid auf, der inzwischen anderthalb war. Sie kniff die Augen zusammen, als sie Sitt Hatun sah, die den kleinen Selim auf dem Arm hielt, dann verbeugte sie sich graziös vor Mehmed. Auch Bayezid verbeugte sich. Mehmed fiel auf, dass der Junge Murads goldene Augen hatte. Sein Kiefer verhärtete sich.

«Und wessen Kind ist das?», wollte Mehmed wissen. «Ist er mein Sohn oder mein Bruder?»

Gülbehar lief hochrot an. «Ich verstehe dich nicht, mein Herr», antwortete sie. «Er ist dein Sohn. Bayezid, geh zu deinem Vater.»

Der Junge machte einen Schritt, erstarrte dann jedoch, als Mehmed ihn drohend ansah. «Mein Sohn? *Mein* Sohn?» Mehmeds Stimme wurde immer lauter. Er trat vor und schlug Gülbehar fest ins Gesicht. «Bist du ganz sicher, dass er nicht der Bastard meines Vaters ist?» Bayezid weinte jetzt, und Gülbehar zog ihn an sich und hielt ihn fest, als wollte sie ihn schützen. «Antworte, Frau!», verlangte Mehmed.

Gülbehar senkte den Kopf. «Ich hatte keine Wahl», flüsterte sie. «Er ist der Sultan.»

«*Ich* bin dein Sultan!», dröhnte Mehmed. Er hob die Hand, um sie noch einmal zu schlagen, doch dann riss er sich zusammen. Als er wieder das Wort ergriff, war seine Stimme ruhig, aber kalt. «Du verlässt diese Gemächer und gehst wieder in deine alten Zimmer. Du wirst sie nicht verlassen. Ich stelle draußen eine Wache auf, denn es ist ja offensichtlich, dass man dir nicht vertrauen kann.»

«Aber, mein Herr, dies sind meine Gemächer», sagte Gülbehar.

«Das waren sie. Jetzt gehören sie Sitt Hatun», erklärte Mehmed ihr. «Du ziehst in ihr altes Zimmer.»

«Was ist mit meinem Gefolge? Diese Räume sind dafür zu klein.»

«Du hast kein großes Gefolge mehr», erwiderte Mehmed. «Du hast deine Haremsdamen und ein paar *jariye*, die sich um deinen Haushalt kümmern können. Das ist mehr, als du verdienst.» Mehmed wandte sich ab, um zu gehen, doch Gülbehar hielt ihn auf, um ihn ein letztes Mal anzuflehen.

«Aber was ist mit deinem Sohn, mit Bayezid?», fragte sie mit Tränen in den Augen. «Er hat doch etwas Besseres verdient.»

«Wie du siehst, habe ich jetzt einen anderen Sohn», sagte Mehmed. Dann drehte er sich um und ging, und Sitt Hatun blieb allein mit Gülbehar zurück. Ihr hämischer Blick war für Gülbehar die schlimmste Strafe, die er sich hätte ausdenken können.

* * *

Mehmed war immer noch zornig, als er die Gemächer seines Vaters betrat, doch jetzt mehr über sich selbst als über Gülbehar. Er hätte nicht so die Selbstkontrolle verlieren dürfen, das gebührte sich nicht für einen Prinzen. Und für einen Sultan noch weniger. Er würde seine Gefühle besser im Griff haben müssen, jetzt, wo der Thron praktisch ihm gehörte. Während der Oberkämmerer Murad die Anwesenheit seines Sohnes bekanntgab, sammelte Mehmed sich.

Murad rührte sich nicht, als Mehmed eintrat. Der Sultan war sehr alt geworden in den zwei Jahren, die Mehmed ihn nicht gesehen hatte. Sein dünner, ausgemergelter Körper wirkte winzig zwischen den Kissen, die ihn stützten. Trotz des winterlichen Wetters und der merklichen Kälte im Palast waren seine Gewänder vom Fieberschweiß durchnässt, und zwei junge Sklavinnen fächelten ihm energisch Luft zu. Murads einst starkes, gebräuntes Gesicht war schmal und ausgezehrt, dunkle Ringe lagen um seine Augen. Die Narbe auf seiner Wange prangte strahlend rot auf seiner kränklich blassen Haut. Sein Vater bot einen mitleiderregenden Anblick, doch Mehmed war nicht der Sinn nach Mitleid. Er wusste, dass Murad sein Schicksal verdient hatte, und er empfand keine Reue, nur Leere.

Mehmed kniete sich neben seinen Vater. «Lasst uns allein», befahl er den Sklavinnen. «Ich möchte unter vier Augen mit meinem Vater sprechen.» Er dachte, sein Vater schliefe vielleicht oder sei bereits tot, doch dann schlug Murad die Augen auf, die hellen, intelligenten Augen, an die Mehmed sich so gut erinnerte. Wenigstens sein Blick hatte sich nicht verändert.

«Dann bist du gekommen, um mich sterben zu sehen», krächzte Murad mit einer Stimme, so leise, dass Mehmed sich ganz tief über ihn beugen musste.

«Ich bin gekommen, um mit dir zu reden, Vater», sagte Mehmed.

«Dann musst du dich beeilen», sagte Murad und stieß ein kurzes, pfeifendes Lachen aus. «Meine Tage sind gezählt. Bald gehört der Thron wieder dir, Mehmed. Ich bete, dass du es diesmal angehst.»

«Ich bin kein Kind mehr, Vater», sagte Mehmed. «Ich werde klug regieren, und ich werde Erfolg haben, wo du gescheitert bist. Ich werde Konstantinopel zur Hauptstadt des Osmanischen Reiches machen.»

Murad schüttelte den Kopf. «Du bist noch jung, mein Sohn», sagte Murad. «Versuch nicht zu schnell, Großartiges zu erreichen. Konstantinopel steht seit über tausend Jahren. Gedulde dich ein wenig. Du musst lernen, in Friedenszeiten zu regieren, bevor du in Kriegszeiten regieren kannst.»

«Ich habe genug gelernt, Vater», erklärte Mehmed. «Die

Griechen sind schwach. Sie haben keine Verbündeten. Wenn ich zuschlage, werden sie fallen.»

«Du warst immer schon zu übereifrig. Warum tust du nicht, was ich sage, Junge?», sagte Murad mit lauterer Stimme, und seine Augen blitzten. Eine Sekunde lang glaubte Mehmed, sein Vater würde ausholen und ihn ohrfeigen. Doch stattdessen brach Murad mit einem Hustenanfall in den Kissen zusammen. «Nun, noch bist du nicht Sultan», sagte Murad, als er sich erholt hatte. «Vielleicht werde ich dich enttäuschen und dem Tod ein Schnippchen schlagen.»

«Nein, du wirst dich nicht erholen, Vater», sagte Mehmed.

«Und warum nicht?»

Mehmed holte den *kumru kalp* unter seinem Kaftan hervor, und Murads Blick richtete sich fest auf den Edelstein. Mehmed beugte sich über seinen Vater. «Ich weiß, was du getan hast», flüsterte Mehmed. «Und ich habe Rache geübt. Du bist vergiftet worden. Das Gift wirkt langsam, aber es ist tödlich.»

Murad riss die Augen weit auf, und Mehmed freute sich, dass es ihm wenigstens ein Mal gelungen war, seinen Vater zu überraschen. «Du», sagte Murad, und seine Stimme war kaum mehr als ein Flüstern. «Ich werde von meinem eigenen Sohn getötet.»

«Nein, Vater. Du hast dich selbst vergiftet an dem Tag, da du Gülbehar in dein Bett genommen hast.» Murad riss die Augen noch weiter auf, die Augäpfel quollen ihm förmlich aus dem Kopf, doch er sagte nichts. «Glaubst du, du könntest Gülbehar beischlafen, ohne dass ich es erfahre?», fragte Mehmed. «Meiner liebsten aller Frauen?»

Immer noch sagte Murad nichts, und Mehmed erkannte, dass die Züge seines Vaters nicht vor Überraschung verzerrt waren. Murad erlitt einen Schlaganfall. Er hatte den Kiefer fest zusammengepresst, und seine Lippen zitterten. In seinen Mundwinkeln hatte sich Speichel gesammelt, und die Adern an seinen Schläfen traten hervor. Sein Körper fing an zu zucken, und er verdrehte die Augen.

Mehmed rückte ein Stück von seinem Vater ab und wartete, bis Murad aufgehört hatte zu zittern und still dalag. Dann stand er auf und rief laut: «Ein Arzt! Holt den Arzt des Sultans her, schnell!» Der Arzt legte Murad das Ohr auf die Brust und sah dann Mehmed an. Er bestätigte nur, was Mehmed bereits wusste.

«Er ist tot», sagte der Arzt zu Mehmed. «Ihr seid jetzt der Sultan, mein Herr.»

* * *

Zwei Wochen später wurde Mehmed in der Eyüp-Moschee zum zweiten Mal in seinem Leben mit dem großen Säbel zu Mehmed Khan II., Siebtem Souverän des Hauses Osman, oberstem Khan, Sultan von Anatolien und Rumelien, Kaiser der beiden Städte Adrianopel und Bursa, Herrscher über zwei Kontinente und zwei Meere ernannt. Danach ritt er zu seiner ersten offiziellen Audienz als Sultan zum Palast. Bevor er eintrat, blieb er stehen und beobachtete seine Untertanen durch einen Vorhang. Emire, Beys und Paschas aus allen Ecken des Reiches waren in dem großen Prunksaal des Palastes versammelt und warteten darauf, ihm ihre Hochachtung zu bezeigen. Rechts von Mehmed scharten sich Murads Minister und blickten ernst, zu seiner Linken standen Murads und Mehmeds Frauen, verschleiert und schweigend. Ein Dutzend Janitscharen umstanden den Thron und schirmten ihn von der Menschenmenge ab. Mehmed warf einen letzten Blick in die Runde und trat dann durch den Vorhang in den Saal. Augenblicklich schwiegen die versammelten Männer und Frauen. Das Einzige, was noch zu hören war, war das Rascheln der Seide, als die Menschenmenge sich tief vor ihrem neuen Sultan verneigte.

Mehmeds Herz klopfte heftig, doch er hielt den Kopf hoch und ging gemessenen Schrittes zu dem kaiserlichen Diwan, denn er wusste, dass Hunderte Augenpaare jeden seiner Schritte beobachteten. Er trug einen weißen Turban und Gewänder aus rosenroter Seide, geschmückt mit aufwendigen goldenen Mustern. Sein schwarzer Bart war kurzgeschnitten, und er gab einen prächtigen Sultan ab, als er sich auf dem Diwan niederließ und sich auf dem linken Ellbogen abstützte. Mehmed wusste, dass viele Anwesende ihn nicht gesehen hatten, seit er das letzte Mal den Thron bestiegen hatte, vor sieben Jahren, als bartloser Knabe von zwölf. Er würde ihnen allen zeigen, dass er kein Kind mehr war. Er würde ihnen zeigen, dass er wusste, wie ein Sultan zu regieren hatte.

Er bedeutete der Menschenmenge, sich zu erheben, und wandte sich dann zuerst den Ministern seines Vaters zu. «Ihr könnt Eure gewohnten Plätze einnehmen», sagte er und wies sie an, sich zu setzen. Ihr erleichtertes Aufatmen war förmlich zu hören, als sie sich auf eine Reihe Kissen setzten, wobei die Anordnung der Kissen der Hierarchie der Minister innerhalb des Staatsrats entsprach. Sie hätten sich keine Sorgen machen müssen. Sie hatten seinem Vater gut gedient, und Mehmed war auf ihre Erfahrung angewiesen. Er würde ihnen die Möglichkeit geben, ihre Loyalität unter Beweis zu stellen. Und wenn sich jemand als nicht vertrauenswürdig erwies, würden Mehmeds Spione ihn informieren, und er würde die Verräter köpfen lassen. Mehmed bezweifelte, dass mehr als ein Minister sich gegen ihn stellen würde. Eine Enthauptung eignete sich bestens als lehrreiches Exempel.

Als Nächstes benannte Mehmed die Wesire des Reiches und rief sie einen nach dem anderen vor den Thron. Wer aufgerufen wurde, trat vor und verbeugte sich tief. «Halil Pascha, Großwesir des Osmanischen Reiches», sagte Mehmed und bestätigte damit Halil an seinem Platz. Mehmed nahm Halil immer noch übel, welche Rolle er vor Jahren dabei gespielt hatte, Murad zurück auf den Thron zu holen, doch der Großwesir konnte ihm ohne Zweifel sehr nützlich sein. Um Halils Einfluss zu schwächen, benannte Mehmed zwei seiner Rivalen, Sarudscha Pascha und Zaganos Pascha, zu stellvertretenden Wesiren. Schließlich bestätigte Mehmed als Obereunuchen und stellvertretenden Wesir Shehab ed-Din, den einzigen Vertrauten aus seiner früheren kurzen Regentschaftszeit.

Mehmed wandte sich jetzt den Frauen des Harems zu und bat sie, näher zu treten. Sitt Hatun kam als Erste, drückte ihm ihr Beileid zum Tod seines Vaters aus und gratulierte ihm zur Thronbesteigung. Dann kam Gülbehar, und als er sie grüßte, hatte Mehmed große Mühe, teilnahmslos wie ein Sultan zu blicken. Nach seinen Frauen kamen die Witwen von Murad: zuerst seine jüngste Frau, die kinderlose Christin Mara von Serbien, die Mehmed zu ihrem Vater zurückschickte, und dann Hadije, Murads Favoritin und Mutter seines jüngsten Sohnes. Sie war jung, sogar jünger als Mehmed, und sie weinte, als sie sprach, ihre Stimme zitterte. Mehmed überlegte, ob die Tränen ihrem verstorbenen Ehemann galten oder ob sie bereits um das Schicksal ihres Sohnes wusste. Denn während er Hadijes Beileidsbekundungen und Ehrenbezeigungen entgegennahm, waren Mehmeds Diener im Harem und ertränkten ihren jungen Sohn Ahmet im Bad. Mehmed hasste den Jungen nicht, doch er war ein potenzieller Rivale um den Thron, und als solcher musste er sterben.

Schließlich wandte sich Mehmed den vielen Edelleuten im Saal zu. «Emire, Beys, Paschas – Herren des Reiches, ich danke Euch für Eure Anwesenheit», fing er an. «Ihr habt meinem Vater treu gedient, und auch ich werde Eure Dienste bald brauchen. Denn ich schwöre Euch jetzt auf den heiligen Koran, dass ich als Euer Sultan nicht eher ruhen werde, als bis die Stadt Konstantinopel vor mir in die Knie geht. Wer an meiner Seite kämpft, dem werden große Reichtümer und Ruhm zuteilwerden. Zusammen werden wir die zu Staub zertreten, die uns viel zu lange getrotzt haben. Zusammen werden wir für uns eine neue Hauptstadt für ein neues, goldenes Zeitalter erobern!»

Zustimmendes Gemurmel ging durch die Menge. Zuerst erhoben sich einige Stimmen, dann ein paar Dutzend, und am Ende jubelten all die vielen hundert Anwesenden zusammen immer wieder: «Hoch lebe, Mehmed, Sultan des Osmanischen Reiches!»

* * *

Sitt Hatun saß im Haremsgarten und genoss den Sonnenschein an einem für die Jahreszeit ungewöhnlich warmen Spätwintertag. Anna war bei ihr, und zwischen ihnen lag Sitt Hatuns zwei Monate alter Sohn Selim. Sitt Hatun gurrte, und der Kleine lächelte zurück. Sitt Hatun konnte kaum glauben, dass sie vor noch nicht einmal einem Jahr

Edirne als Ausgestoßene verlassen hatte und um ihr Leben geflohen war. Jetzt war sie eine *bas haseki* – Mutter eines männlichen Erben. Es spielte keine Rolle, dass Sitt Hatun nicht wusste, ob Mehmed oder Halil Selims Vater war. Selim gehörte ihr, und eines Tages würde er Sultan werden.

Aus Gülbehars Gemächern hallte lautes Geschrei über den Garten, und Sitt Hatun lächelte. Gülbehar kam nicht gut damit zurecht, dass sie in Ungnade gefallen war, und ihr Leiden war für Sitt Hatun ein weiterer Quell der Zufriedenheit. Im Augenblick schrie Gülbehar wütend, und Sitt Hatun konnte hier und da einige Worte verstehen – «Unfähigkeit! Verzogenes Balg! Raus hier, alle miteinander!» Türen wurden zugeschlagen, und dann kehrte wieder Ruhe ein.

Einen Augenblick später erschien eine von Gülbehars *odalisques* im Garten, den brüllenden Bayezid unter dem Arm. Die *odalisque* sah russisch aus: ein blasses Mädchen, nicht älter als vierzehn, mit kastanienbraunem Haar. Sie ging zu einer Reihe immergrüner Sträucher, nicht weit weg von Sitt Hatun, und setzte sich dahinter. Nach einem Augenblick hörte Bayezids Geschrei auf, doch dafür war das gedämpfte Schluchzen des russischen Mädchens zu hören. Vielleicht hätten wir beide etwas davon, wenn ich mich mit ihr anfreundete, überlegte Sitt Hatun. Es könnte nützlich sein, eine Verbündete in Gülbehars Gefolge zu haben.

Sitt Hatun bedeutete ihren Dienerinnen, zu bleiben, wo sie waren, stand auf und ging zu der *odalisque*, die den Blick abwandte und sich die Tränen aus dem Gesicht wischte. Bayezid hockte ganz in der Nähe zwischen zwei dicht beieinanderstehenden Sträuchern. Sitt Hatun setzte sich neben das Kindermädchen ins Gras. Bayezid guckte verstohlen zwischen den Sträuchern hervor. Er war ein niedliches Kind, anderthalb Jahre alt, mit der hellen Haut und dem blonden Haar seiner Mutter und der charakteristischen Nase seines Vaters. Auf seiner linken Wange prangte ein blauer Fleck.

«Hallo, kleiner Prinz», sagte Sitt Hatun.

«Hallo», antwortete er.

«Ihr dürft nicht mit ihm sprechen», warnte das Kindermädchen Sitt Hatun und schaute zu den Fenstern von Gülbehars Gemächern hinauf. «Ich darf nicht mit Euch gesehen werden. Bitte geht!»

Sitt Hatun blieb sitzen. «Gülbehar behandelt dich nicht gut, oder?», fragte Sitt Hatun. Sie streckte die Hand aus und berührte das Kindermädchen freundlich am Arm. «Dich und den Jungen?»

Das Mädchen wandte sich ab, Tränen in den Augen. «Ich bin ihre Dienerin, ich darf nicht schlecht über sie sprechen. Ich darf überhaupt nicht mit Euch sprechen. Meine Herrin sagt, Ihr seid gefährlich.»

«Sehe ich gefährlich aus?», fragte Sitt Hatun leise. Das junge Mädchen schüttelte den Kopf. Sitt Hatun lächelte. «Ich bin auch Mutter. Es schmerzt mich zu sehen, dass der kleine Bayezid leidet.»

«Meine Herrin sagt, wenn Selim Sultan wird, werdet Ihr Männer schicken, die Bayezid töten.»

«Das ist Unsinn», versicherte Sitt Hatun dem Mädchen. Es konnte durchaus sein, dass man Bayezid umbringen würde, wenn Selim den Thron übernahm, doch Sitt Hatun würde damit nichts zu tun haben. «Ich schwöre dir, dem Kind nie ein Haar zu krümmen», fuhr sie fort. «Nicht alle im Harem sind so herzlos wie Gülbehar.»

«Sie ist ein Monster», brach es aus dem Mädchen hervor. «Sie schlägt Bayezid und behandelt ihre Dienerinnen noch schlechter. Ich kann mit den Schlägen leben, aber Bayezid ist doch noch ein Kind.» In Gülbehars Räumen schlug eine Tür zu, und das russische Mädchen erstarrte. «Ihr müsst gehen», flüsterte sie. «Ich darf nicht mit Euch gesehen werden.»

«Verstehe», sagte Sitt Hatun. «Doch zuerst sag mir, wie du heißt, Mädchen.»

«Kacha, Herrin.»

«Ich kann mir vorstellen, wie schwer es für dich ist, Kacha. Wenn du eine Freundin brauchst, dann stehen meine Gemächer dir immer offen. Auch Bayezid ist mir willkommen. Der Junge sollte einen Ort haben, wo er sich sicher fühlt vor seiner Mutter.»

«Aber wie, Herrin?», fragte Kacha. «Gülbehar würde das niemals erlauben.»

«Sie muss es nicht erfahren. Es gibt einen Geheimgang, der euere Räumlichkeiten mit meinen verbindet. Sag mir, welches ist Bayezids Zimmer?» Kacha zeigte auf ein Fenster. «Perfekt», sagte Sitt Hatun. «Du musst Folgendes tun: Geh in seinem Zimmer zu der dem Fenster gegenüberliegenden Wand. Auf der Wandvertäfelung finden sich geschnitzte Tiere. Such den Löwen und drück seinen Kopf. Dann geht eine Geheimtür auf.» Kacha nickte. «Diese Tür musst du immer sorgfältig hinter dir schließen, damit dir niemand folgt. Der Gang ist dunkel. Folge ihm, bis du zu einer Treppe kommst. Diese bringt dich hinunter in die Haremsküche. Durchquere die Küche und nimm den mittleren Gang an der hinteren Wand. Er führt direkt zu meinem Schlafzimmer. Klopf erst zweimal, dann dreimal, wenn du am Ende ankommst.»

«Verstehe», sagte Kacha. «Danke, Herrin.»

«Gerne», sagte Sitt Hatun. «Du magst hier Sklavin sein, doch das bedeutet nicht, dass man dich nicht mit Freundlichkeit behandeln sollte.» Sitt Hatun drückte Kachas Schulter, dann stand sie auf und ging zu Selim und Anna zurück. Einen Augenblick später kam Gülbehar in den Garten gestürmt.

«Kacha! Was machst du hier?», wollte Gülbehar wissen. «Bring Bayezid sofort her!» Gülbehar warf Sitt Hatun einen giftigen Blick zu, drehte sich um und schritt davon, gefolgt von Kacha und Bayezid. Sitt Hatun nahm Selim auf und ging ebenfalls hinein.

In ihren Gemächern stieß sie auf Halils Sekretär Davarnza, der auf sie wartete. Er holte ein gefaltetes Blatt Papier hervor und reichte es Sitt Hatun. Es war eine Nachricht von Halil. Er würde am Abend in den Harem kommen, um sich mit ihr zu treffen.

* * *

Sitt Hatun saß auf ihrem Bett und schaute auf die Spiegelung des Vollmonds in der Maritsa, die am Palast vorbeifloss. Sie hatte ihre Dienerinnen schon vor Stunden in ihre Zimmer geschickt, nur Anna war noch bei ihr. Sie warteten auf Halil, und Sitt Hatun dachte an jene Nacht zurück, da sie im Dunkeln zusammengesessen und auf Isa gewartet hatten, damit er komme und sie rette. Sie dachte an Ciceks Tod und an ihre Nacht mit Halil. Bei der Erinnerung an die Berührung seiner kalten Hand schauderte ihr.

Leise klopfte es an der Geheimtür, die zu den Dienstbotengängen und hinunter in die Haremsküche führte. Es klopfte zweimal. Anna stand auf und öffnete die Tür. Halil trat ein. Er hatte Frauengewänder übergeworfen, und sein

Gesicht war verschleiert, doch Sitt Hatun erkannte ihn sofort an seinen blassgrauen Augen.

«Guten Abend, Sitt Hatun», sagte Halil mit seiner weichen Stimme und legte den Schleier ab. «Vielen Dank, dass Ihr einverstanden wart, mich zu sehen. Wir müssen über vieles reden.» Nickend wies er auf Anna. «Ich würde mich lieber unter vier Augen unterhalten.»

«Ich habe keine Geheimnisse vor ihr», sagte Sitt Hatun. «Sagt, was Ihr zu sagen habt, und geht wieder.»

«Also direkt zur Sache. Ganz wie bei unserer letzten Begegnung», sagte Halil. «Sehr wohl. Ich möchte über die Zukunft unseres Sohnes sprechen. Ihr wisst, dass Mehmed sich auf die Belagerung Konstantinopels vorbereitet. Krieg ist eine gefährliche Angelegenheit, und sollte der Sultan sterben, dann müssten sich Bayezid und unser Selim um die Nachfolge streiten. Ihr wisst sicher, dass man unser Kind ermorden würde, sollte Bayezid Sultan werden.»

«Aber Gülbehar ist in Ungnade gefallen, und Ihr seid der Großwesir», sagte Sitt Hatun. «Selim würde doch sicher den Thron übernehmen.»

«Ja, aber ganz sicher kann ich nicht sein», sagte Halil. «Es wäre besser, wenn es keinen Streit um die Thronfolge gäbe, wenn Bayezid vorher beseitigt würde.»

«Ihr meint getötet», sagte Sitt Hatun scharf. «Er ist doch nur ein Kind.»

«Aber ein gefährliches Kind», entgegnete Halil. «Und wenn Selim Sultan wird, wird man Bayezid natürlich sowieso töten. Warum nicht jetzt handeln? Für Euch und Eure Dienerin wäre es ein Leichtes. Ich könnte Euch mit gewissen Giften versorgen, die es schmerzlos machen.»

Sitt Hatun dachte an den kleinen Bayezid mit seinen

vertrauensvollen goldenen Augen und schüttelte den Kopf. «Nein», sagte sie. «Ich will nichts mit dem Tod des Kindes zu tun haben, und ich will nichts mehr von Euren Verschwörungen wissen, Halil.» Sie würde auf ihre Art mit Bayezid umgehen. Sie wollte nie wieder in eine von Halils gefährlichen Intrigen hineingezogen werden. «Wir hatten eine Abmachung, und diese Abmachung gilt nicht mehr», fuhr Sitt Hatun fort. «Ich habe meinen Teil der Abmachung erfüllt. Von heute an habe ich nichts mehr mit dieser Intrige zu tun, und mit Euch auch nicht.» Sie wandte ihm den Rücken zu. «Ihr könnt gehen.»

«Aber überlegt doch, Sitt Hatun», sagte Halil, trat vor und legte ihr eine Hand auf die Schulter. Er hatte sie jedoch kaum berührt, da trat Anna hinter Halil und zog seinen Arm weg, während sie ihm mit der anderen Hand ein Messer an die Kehle hielt.

«Meine Herrin hat Euch gebeten zu gehen», sagte Anna. «Ich schlage vor, Ihr folgt ihrer Bitte.»

«Das würdest du nicht wagen», zischte Halil. Seine freie Hand fuhr zu einem Dolch an seinem Gürtel, doch Anna drückte ihm das Messer noch fester an die Kehle. Halil ließ den Dolch los. «Lass mich», befahl er.

«Ich würde nur dem Gesetz gehorchen», entgegnete Anna. «Ihr müsst wissen, dass die Strafe der Tod ist, wenn ein Mann, der nicht der Sultansfamilie angehört, im Harem angetroffen wird. Es sei denn, der Mann ist ein Eunuch.» Sie hielt das Messer an Halils Lende. «Wenn Ihr bleiben wolltet, kann ich Euch diesen Dienst gern erweisen.»

«Nein, nein, ich gehe», sagte Halil. Anna nahm ihr Messer weg und trat zurück. Halil verbeugte sich steif vor der Sultanin und ging zu der Geheimtür. Dort blieb er noch einmal stehen und wandte sich um. «Denkt gut über das nach, was ich gesagt habe, Sitt Hatun», sagte er. «Ihr werdet sehen, dass es nur zum Besten ist.» Damit ging er.

Keine zwei Minuten später klopfte es wieder leise – zweimal, Pause, dreimal. Anna öffnete die Geheimtür, und Kacha trat herein, Bayezid im Arm. «Verzeiht, dass ich so spät komme, Herrin», sagte Kacha. «Aber ich musste fliehen. Seht, was Gülbehar ihrem eigenen Kind angetan hat.» Der Junge hatte einen blauen Fleck am Arm – den zornigen Abdruck einer Hand – und schluchzte leise. «Ich hasse sie!», sagte Kacha.

Sitt Hatun nahm Bayezid und drückte ihn an sich. «Schscht, schscht. Es wird alles gut», tröstete sie ihn und wandte sich dann an Kacha. «Hast du auf dem Weg hierher jemanden gesehen? Hat jemand dich bemerkt?»

«In der Küche war eine alte Frau, aber sie hat uns nicht gesehen.»

«Gut», sagte Sitt Hatun. «Ich bin froh, dass du hergekommen bist, Kacha. Du und Bayezid werdet hier immer Freunde haben.» Sitt Hatun streichelte über Bayezids Kopf und dachte an Halils Worte: Damit Selim Sultan werden konnte, musste dieser Junge sterben.

* * *

Einige Nächte später trat Halil, das Gesicht in den Falten eines Mantels mit Kapuze verborgen, aus einer kleinen Seitentür des Palastes und stieg eilig in eine verhängte Sänfte. Vier kräftige Sklaven hoben die Sänfte hoch und machten sich auf den Weg in das Herz der dunklen Stadt. Es war noch keinen Monat her, seit Mehmed den Thron übernommen hatte, und schon fand Halil unter der Regentschaft des neuen Sultans Grund zum Verdruss. Mehmed war genauso halsstarrig wie eh und je und so schwer zu beeinflussen, wie Halil befürchtet hatte. Jahrelang hatte Halil Murad geholfen, Frieden mit den Christen zu halten, und schon jetzt war Mehmed bereit, das alles zu zerstören. Er ignorierte Halils Rat und übertrug ihm die undankbarsten Aufgaben. Es war fast so erniedrigend wie zu der Zeit vor vielen Jahren, als Murad ihm die unersprießliche Aufgabe übertragen hatte, christliche Kinder zur *devshirme* – zur Knabenlese – zusammenzutreiben, um Soldaten für die Janitscharen zu rekrutieren. Doch damals war Halil nur ein einfacher *kazasker*, ein Heeresrichter, in der neuen Provinz Selânik gewesen und nicht Großwesir.

Halils Sänfte wurde in einer Gasse hinter dem prächtigen Wohnsitz von Ishak Pascha abgesetzt. Halil war überrascht gewesen, wie bereitwillig Ishak diesem nächtlichen Treffen zugestimmt hatte, doch Ishak hatte gewiss seine Gründe. Nach der Schlacht auf dem Amselfeld hatte Murad ihn zum zweiten Wesir des Reiches ernannt. Jetzt hatte Mehmed ihn ohne ein Wort übergangen und seinen Posten als Wesir oder als Anführer der anatolischen Kavallerie nicht bestätigt. Es gab wenige, die dem Reich treuer dienten als Ishak, doch wenn seine Treue je gewankt hatte, dann jetzt.

Einer von Ishaks Dienern wartete neben einer kleinen Tür, und Halil stieg aus der Sänfte und folgte ihm ins Haus. Der Diener führte ihn eine Treppe hinauf in einen kleinen Raum, in dem sich nur ein dicker Teppich befand, einige Kissen und ein niedriger Tisch, auf dem eine kleine Teekanne und zwei kleine Keramiktassen standen. Ishak erwartete ihn, die Hände hinter dem Rücken verschränkt. Er sah aus wie immer – graues Haar und ein stattliches, verwittertes Gesicht. Der Diener entfernte sich und schloss die dicke Tür hinter sich, und Ishak trat vor und umarmte Halil. «Willkommen, alter Freund», sagte er.

«Vielen Dank, dass Ihr Euch mit mir trefft», sagte Halil, und sie setzten sich beide auf Kissen am Boden.

«Ihr habt gesagt, es sei wichtig, und um ehrlich zu sein, bin ich begierig auf alles, was Ihr mir berichten könnt», sagte Ishak. Er schenkte zwei dampfende Tassen Tee ein und reichte Halil eine. «Was für Neuigkeiten bringt Ihr aus dem Palast? Hat der Sultan von mir gesprochen?»

Halil schüttelte den Kopf, und Ishak ließ die Schultern hängen. Ishak hatte wohl gehofft, Halil werde Nachricht von einer neuen Stellung bringen. «Ich fürchte, ich bringe nur schlechte Nachrichten aus dem Palast», sagte Halil. Er wies durch den Raum. «Kann ich hier offen sprechen?»

«Die Wände dieses Raums sind dick», antwortete Ishak. «Niemand kann uns belauschen.»

Halil nickte, senkte aber trotzdem die Stimme. «Ich muss über den Sultan sprechen», sagte er. «Ich fürchte, er taugt nicht zum Regieren. Er spricht von nichts anderem als von Verschwörungen gegen ihn. Er fürchtet Eure Macht und hat vor, Euch Eurer Ränge zu entheben und Euch in die Provinz ins Exil zu schicken, wo Ihr für ihn keine Bedrohung darstellt. Ähnlich verfährt er mit allen fähigen Männern im Reich. Ich fürchte, dass ich auch bald an der Reihe bin.»

«Das sind in der Tat keine guten Nachrichten», sagte Ishak nachdenklich und trank einen Schluck Tee. «Ich hatte gehofft, Mehmed wäre inzwischen klüger geworden.»

«Ach, er hat sich nicht verändert», sagte Halil. «Er umgibt sich mit Narren und Speichelleckern, genau wie während seiner ersten Regentschaft. Er ignoriert mich und zeigt den Ministern seines Vaters offen seine Verachtung. Er hört lieber auf die, die seiner Eitelkeit schmeicheln. Ich fürchte, er wird unser großartiges Reich in den Untergang stürzen.»

«Werdet nicht melodramatisch, Halil. Mehmed ist noch jung», sagte Ishak. «Er wird mit der Zeit klüger werden.»

«Mit der Zeit? Wann? Nachdem wir alle längst tot sind?», fragte Halil. Er stellte seinen Tee ab, ohne ihn gekostet zu haben, und sah Ishak in die Augen. «Ich bin nicht willens, so lange zu warten, Ishak. Ihr?»

«Was wollt Ihr damit sagen, Halil?»

«Vielleicht würden wir besser daran tun, einem anderen Sultan zu dienen», sagte Halil. Ishak kniff die Augen zusammen, doch er schwieg, und so fuhr Halil fort: «Mehmeds Sohn Selim ist noch ein Baby. Bis er erwachsen ist, wäre das Reich besser aufgehoben in den Händen derer, die klug genug sind, es anständig zu regieren.»

«Also Rebellion?», sagte Ishak mit einer Spur Widerwillen in der Stimme. «Ist das Eure Absicht? Und was ist mit Mehmed?»

«Mehmed ist jung und schwach», sagte Halil. «Die Armee liebt ihn nicht, doch Euch wird sie folgen. Wiegelt die Armee auf und nehmt den Palast ein. Ich werde dafür sorgen, dass Ihr auf wenig Widerstand stoßt. Innerhalb eines Monats könnte Selim auf dem Thron sitzen, und wir beide könnten als seine Wesire das Reich so regieren, wie es regiert werden sollte.»

Ishak schwieg. Er trank seinen Tee aus und stand dann auf, um im Raum auf und ab zu gehen. Schließlich blieb er stehen und rieb sich die Hände. «Warum seid Ihr hergekommen?», fragte Ishak. «Wir sind alte Freunde, Halil. Ihr wisst, dass ich dem Sultan immer treu bin.»

«Aber Mehmed ist kein Sultan!», beharrte Halil und erhob sich ebenfalls. «Erinnert Euch an seine erste Regentschaft: Da hat er mit dem halb verrückten persischen Ketzer verkehrt und sich nicht um die Armee gekümmert, während die Christen gegen unsere Länder marschiert sind. Heute ist er nicht anders. Jetzt träumt er davon, Konstantinopel zu erobern, und das, wo er fast die Schlacht auf dem Amselfeld verloren hätte, obwohl er mehr als doppelt so viele Männer hatte wie die Christen. Ihr wart dort, Ishak. Ihr habt es gesehen. Seid Ihr bereit, Euer Leben zu geben, um seine törichte Eitelkeit zu befriedigen?»

«Er mag ein Narr sein, aber er ist ein tapferer Narr», erwiderte Ishak. «Den letzten Angriff hat er höchstpersönlich angeführt, und mit wenig Aussicht auf Erfolg. Doch ich würde ihm auch folgen, wenn er ein Narr und ein Feigling wäre, denn ich habe keine Wahl. Allah hat Mehmed zum Sultan erwählt.»

«Selbst wenn das heißt, dass Ihr übergangen, ignoriert und ins Exil geschickt werdet, um dort zu versauern, während Männer wie Sarudscha Pascha den Platz einnehmen, der rechtmäßig Euch zusteht?»

«Ich werde niemals die Hand gegen den Sultan erheben, Halil», sagte Ishak entschieden. «Niemals.»

Halil nickte. Das hatte er erwartet. Doch er hatte noch eine Karte, die er ausspielen konnte. «Es ist nicht nur eine Frage der Loyalität gegenüber dem Sultan», sagte Halil. «Ich spiele kein Spiel, Ishak. Ich weiß, dass Ihr solche Intrigen verabscheut, doch hier könnt Ihr Euch nicht heraushalten. Ihr müsst wählen. Entweder seid Ihr auf meiner Seite oder gegen mich.»

Ishak drehte Halil den Rücken zu. «Dann bin ich gegen Euch, alter Freund», sagte er mit einem Seufzer. «Ihr könnt jetzt gehen. Mein Diener führt Euch hinaus. Allah sei mit Euch.»

«Und mit Euch», sagte Halil und ging. Er hatte nichts anderes erwartet. Ishak Pascha war immer ein Mann von unerschütterlicher Integrität gewesen, ein Soldat mit wenig Appetit auf die hässliche Seite der Politik. Nein, Halil war nicht überrascht und auch nicht empört. Sein mitternächtlicher Ausflug hatte genau zu dem Ergebnis geführt, auf das er gehofft hatte.

* * *

Mehmed war kaum richtig wach, als der Obereunuch erschien und ihm erklärte, Ishak Pascha habe um eine Privataudienz bei ihm gebeten. Der alte Soldat war bei Sonnenaufgang in den Palast gekommen und wartete seither. Er bestand darauf, dass er nicht eher wieder gehen würde, bis er den Sultan gesehen hatte. Mehmed beeilte sich mit dem Ankleiden. Es versprach ein sehr interessantes Treffen zu werden.

Wie immer blieb Mehmed an einem Guckloch stehen, bevor er sein Audienzzimmer betrat, und musterte Ishak einige Sekunden. Er stand steif und ernst da, mit ordentlich gestutztem Bart und in die schlichte Tracht des Soldaten gekleidet. Selbst allein in einem Raum strahlte Ishak Autorität aus. Einen solchen Mann wollte Mehmed nicht zum Feind haben. Nach einem letzten Blick trat Mehmed ein, setzte sich auf den Thron und quittierte Ishaks Verbeugung mit einer Handbewegung.

«Ich bin sehr erfreut, Euch zu sehen, Ishak Pascha», fing Mehmed an. «Nun, was ist so wichtig, dass Ihr zu dieser frühen Stunde hier erscheint?»

«Ich habe von einer Verschwörung gehört, die Euch töten und Euren jüngsten Sohn auf den Thron setzen will, mein Herr. Gestern Abend ist man an mich herangetreten und hat mich gefragt, ob ich mich der Verschwörung anschließe. Ich betrachte es natürlich als meine Pflicht, Euch sofort über diesen Verrat zu informieren.»

«Verrat?» Mehmed runzelte die Stirn. «Es ist also sehr ernst. Wer hat diesen Verrat begangen?»

Ishak zögerte, und Mehmed sah, dass ihm die nächsten Worte schwerfielen. «Ich bedaure, sagen zu müssen, dass der Verräter der Großwesir Halil Pascha ist.»

Mehmed nickte zufrieden. «Ich bin sehr erfreut über Eure Loyalität, Ishak Pascha», sagte er. «Es ist nicht leicht, einen Freund zu beschuldigen, auch wenn es geschieht, um den Sultan zu schützen. Ich sehe, dass mein Vater recht daran tat, Euch so hochzuschätzen. Ihr seid ein Mann, dem man vertrauen kann, und Eure Loyalität soll belohnt werden.»

«Danke, mein Herr», sagte Ishak und verbeugte sich.

«Und was Halil angeht, habt keine Angst», fuhr Mehmed fort. «Ich weiß schon von dem, was er gestern Abend zu Euch gesagt hat.»

«Tatsächlich, mein Herr? Woher?»

«Weil ich ihn geschickt habe», sagte Mehmed.

«Das verstehe ich nicht, mein Herr.»

«Ich ziehe bald gegen Konstantinopel, Ishak Pascha, und ich brauche Befehlshaber, denen ich vertrauen kann», erklärte Mehmed. «Ich musste mich Eurer Loyalität versichern, bevor ich Euch auf Eurem Posten bestätige. Ihr werdet Statthalter von Anatolien, und Ihr sollt Oberbefehlshaber der anatolischen Kavallerie bleiben.»

«Ich bin Euch zu großem Dank verpflichtet, Herr», sagte Ishak.

«Und ich bin sehr dankbar für Eure Loyalität, Ishak Pascha», sagte Mehmed. «Und was die Verschwörung angeht, von der Halil Euch erzählt hat, seid unbesorgt: Es gibt sie nicht.»

* * *

An diesem Abend saß Halil allein bei Kerzenschein in seinem privaten Arbeitszimmer – ein sicherer Raum mit dicken Mauern, zu dem er allein einen Schlüssel besaß – und las. In der Hand hielt er einen verschlüsselten Brief des griechischen Mönchs Gennadius. Der Brief bot die Gelegenheit, auf die Halil gewartet hatte. Jetzt hatte sich zweifach ausgezahlt, dass er die Beziehung zu dem aufrührerischen Mönch gepflegt hatte. Ursprünglich hatte Halil Gennadius seine Giftphiolen nur geschickt, um den Tod der griechischen Kaiserinmutter Helena zu befördern, mehr hatte er nicht erwartet. Doch jetzt bot Gennadius ihm Konstantinopel auf dem Silbertablett an, er ging sogar so weit, den Niedergang der Stadt zu garantieren, wenn Halil Gennadius zusicherte, dass er ihn zum Patriarchen machen würde und es keine Union zwischen der orthodoxen und der katholischen Kirche geben würde.

Das Angebot war zu gut, um es auszuschlagen. Mit Gennadius' Hilfe würde es am Ende vielleicht doch gelingen, Konstantinopel zu erobern. Ja, beschloss Halil, er würde Gennadius' Vorschlag zustimmen, doch unter einer Bedingung: Der Mönch musste dafür sorgen, dass Mehmed während der Belagerung den Tod fand. Für einen Mann von Gennadius' Gerissenheit sollte das keine unmögliche Aufgabe sein. Mehmeds Spione, so achtsam sie auch waren, würden den Mönch nicht überwachen können. Und Halil würde Gennadius mit ausreichend Informationen versorgen, um erfolgreich zu sein. Sobald Mehmed tot und Konstantinopel gefallen war, würde er, Halil, als Großwesir und Regent, das größte Reich auf der ganzen Welt regieren. Mit Freude würde er das Patriarchat Gennadius übergeben.

Nachdem sein Entschluss gefasst war, verbrannte Halil Gennadius' Brief, trat die Asche auf dem Steinboden aus und nahm eine Feder, um seine verschlüsselte Antwort zu schreiben. Er würde Isa den Brief zu Gennadius bringen lassen, zusammen mit ausreichend Gold, um Mehmeds Tod zu ermöglichen.

Halil grinste in sich hinein. Wie seltsam, sinnierte er, dass Mehmeds Traum, Konstantinopel zu erobern, am Ende zwar wahr werden würde, dass der Triumph den Sultan jedoch das Leben kosten würde.

ZWÖLF

Dezember 1451 bis Januar 1452 – Genua

Longo stand am Pier, als das Schiff, auf dem Sofia reiste, vor ihm Anker warf. Er wusste nicht, warum sie nach Genua zurückgekommen war, und es war ihm auch egal. Sie war hier. Und sie war wunderschön in ihrem schlichten weißen Baumwollgewand. Sie ging von Bord, und Longo beeilte sich, um sie zu begrüßen, und zu seiner Überraschung warf sie ihm die Arme um den Hals.

«Ich bin so froh, dass du zurückgekommen bist», sagte Longo. «Aber warum bist du hier? Wirst du nicht in Konstantinopel gebraucht?»

«Ich komme deinetwegen», erklärte Sofia ihm.

«Du kommst zu spät», sagte Longo und löste sich aus ihrer Umarmung. «Ich bin verheiratet.»

«Nein, es ist nie zu spät», flüsterte Sofia und küsste ihn leidenschaftlich. «Komm mit mir.» Sie führte Longo zu seinem palazzo *und dort in seine Privatgemächer. Vor seinem Bett blieb sie stehen und drehte sich zu ihm um. «Ich habe viel an dich gedacht, an unseren Kuss», sagte sie.*

«Ich auch», gestand er. «Es ist dumm, ich weiß.»

«Nein, das ist es nicht», sagte Sofia und löste die Bänder ihrer Gewänder, sodass diese zu Boden glitten. Nackt stand sie vor Longo, runde Brüste und ein geschmeidiger, gebräunter Körper. «Ich liebe dich, Longo.»

«Aber ich bin verheiratet. Wir können nicht.»

«Wir können», sagte Sofia und machte einen Schritt auf ihn zu, und Longo zog sie in seine Arme und küsste sie leidenschaftlich. Doch etwas stimmte nicht. Ein feiner Qualm zog durch den Raum. Durch das Fenster sah Longo, dass die Stadt in Flammen stand, von den Türken überrannt. Der Raum füllte sich mit Rauch und Feuer, und plötzlich war der narbengesichtigte Türke da, der Longos Eltern getötet hatte. Er zeigte auf Sofia und befahl seinen Männern, sie zu töten. Longo zog sie an sich, bereit, sie mit seinem Leben zu verteidigen, doch Sofia löste sich in Flammen auf, den Mund aufgerissen zu einem stummen Schrei, als sie aus seinen Armen verschwand. Die Flammen breiteten sich weiter aus, umzingelten Longo und füllten die Luft mit erstickendem Qualm …

* * *

Longo erwachte vom süßen, beißenden Geruch brennender Weinreben. Er rieb sich das Gesicht und schaute sich um. Er war in seiner Villa, und die Frau, die neben ihm lag, war nicht Sofia, sondern Julia, mit der er seit fast zwei Jahren verheiratet war. Er hatte geträumt, einen Albtraum. Longo stand auf und ging zu dem Fenster, das seine Weingärten überblickte. Die Sonne war aufgegangen, und seine Männer waren schon bei der Arbeit, die blätterlosen Reben zu beschneiden. Das Schnittgut wurde auf kleinen Haufen verbrannt. Hinter ihm rührte sich Julia.

«Komm zurück ins Bett», bettelte sie. «Mir ist kalt.»

«Da draußen wartet Arbeit auf mich», erwiderte Longo.

«Darum können Tristo und William sich kümmern. Dafür sind Diener da», jammerte Julia. «Geh nicht.» Sie setzte sich im Bett auf, und ihr dicker, schwangerer Bauch dehnte sich vor ihr aus. «Komm. Fühl mal», sagte sie und legte die Hand auf den Bauch. «Er tritt.»

Longo setzte sich auf die Bettkante und legte eine Hand behutsam auf den Bauch seiner Frau. Er lächelte, als er eine leichte Bewegung wahrnahm. Er nahm Julias Hand. «Ich muss gehen», sagte er. «Dein Bruder Paolo hat mich heute Abend zu einer Lesung eingeladen, und vorher habe ich noch viel zu tun. Nach dem Ausputzen ist noch ein neues Pferd zuzureiten.» In Wirklichkeit war Longo froh über den Vorwand, seine junge Frau allein lassen zu können. Sie war verwöhnt, launisch und anspruchsvoll, umso mehr, seit sie schwanger war.

«Eine Lesung?», fragte Julia und strahlte. «Da möchte ich mitkommen.»

«Du weißt, dass du nicht reisen kannst», sagte Longo. Julia zog einen Schmollmund. «Du könntest sowieso nicht kommen. Das Stück ist von einem jungen Neapolitaner namens Guardarti, und es ist augenscheinlich nicht für Damen geeignet.» Longo interessierte sich auch nicht besonders dafür. Doch seit Longos Heirat mit Julia war Paolo reserviert, zuweilen sogar feindselig, und Longo wollte etwas für ihre Beziehung tun.

«Aber ich will mitkommen», beharrte Julia und runzelte auf eine Art und Weise die Stirn, die in der Regel einen Wutanfall ankündigte. «Ich langweile mich hier auf dem Land zu Tode.»

«Du wirst bald niederkommen», sagte Longo. «Danach kannst du deine Familie in der Stadt besuchen.» Julias Stirnrunzeln wurde tiefer. Sie wandte ihm den Rücken zu und zog sich die Decke über den Kopf, ohne etwas zu sagen. Longo stieß mit schlechtem Gewissen einen Seufzer der Erleichterung aus. Er wusste, dass eine Dienerin im Laufe des Tages Julias Enttäuschung abbekommen würde. «Ich komme heute Abend spät zurück», sagte er und ging.

* * *

Longo war schlechter Stimmung, als er am Abend den *palazzo* Grimaldi betrat. Kurz bevor er sein Gut verlassen hatte, war in seinen Weingärten ein Feuer aufgeflammt, es war von einem Haufen mit Schnittgut auf die Rebstöcke übergesprungen. Longo hatte es William und Tristo überlassen, sich darum zu kümmern, während er in Begleitung von sechs Männern nach Genua ritt. Er wäre lieber geblieben und hätte sich selbst um den Brand gekümmert, doch er wollte Paolos Einladung nicht ausschlagen.

Bald war er froh, dass er gekommen war. Paolo grüßte ihn freundlich, umarmte ihn und nannte ihn Bruder und behandelte ihn den ganzen Abend über mit ungewohnter Höflichkeit. Und auch die Lesung fand Longo interessanter, als er befürchtet hatte. Ein spanischer Adliger, ein gewisser Carlos de Sevilla, war zugegen. Er war ein eleganter

Mann, klein und hager, mit kurzem schwarzem Haar und dunkler Haut, und nach der Lesung sprach er über die neuesten portugiesischen Entdeckungen in Afrika und die Möglichkeit, nach Indien zu gelangen, indem man nach Westen segelte. Als die ersten Gäste sich allmählich verabschiedeten, nahm Paolo Longo beiseite, um mit ihm zu reden.

«Ich möchte ganz offen sein», erklärte er Longo. «Es tut mir sehr leid, dass ich nicht besonders freundlich zu Euch war, seit Ihr in unsere Familie gekommen seid. Im Haushalt meines Vaters sind einige, die Euch die Schuld am Tod meines Bruders geben. Ich fürchte, ich habe zu sehr auf ihre Klagen gehört, und dafür möchte ich mich entschuldigen. Zwischen uns sollte kein Groll herrschen.»

«Es freut mich, Euch so reden zu hören», sagte Longo. «Und Ihr müsst Euch nicht entschuldigen. Euer guter Wille allein zählt.»

«Ausgezeichnet», sagte Paolo mit einem breiten Lächeln. «Und jetzt kommt. Es ist fast Mitternacht, höchste Zeit, dass Ihr zu meiner Schwester zurückkehrt.»

Longo ging in die Ställe der Grimaldis, wo er feststellen musste, dass seine Männer hoffnungslos betrunken waren. Der Anzahl der herumliegenden leeren Weinflaschen nach zu urteilen, hatten Paolos Männer ihnen freien Wein spendiert. Zwei lagen bewusstlos über einem Tisch, ein vergessenes Kartenspiel zwischen ihnen. Drei lagen auf dem Boden und schnarchten laut. Nur einer war wach, er lag in einer Pfütze seines eigenen Erbrochenen. Er wollte aufstehen, schwankte unsicher und brach zusammen. Longo schwor, sich seine Männer herzunehmen, sobald sie nüchtern genug waren, um ihn zu verstehen. Inzwischen bot Paolo ihm an, seine Männer könnten ihren Rausch im *pa-*

lazzo Grimaldi ausschlafen, und Longo nahm das Angebot an. Er würde zu seinem Stadtpalast reiten, beschloss er, und nicht auf sein Landgut.

Longo hielt eine Hand ans Heft seines Säbels, als er durch die engen, dunklen Straßen von Genua ritt. Nicht selten stieß man um diese späte Zeit auf Diebe oder Banden von Halsabschneidern. Er ritt über einen düsteren Platz, auf dem eine große Eiche mit silbrig schimmerndem Laub stand. Longo gelangte in eine besonders schmale Gasse, die sich zu seinem *palazzo* schlängelte. Auf halbem Weg die Gasse hinunter versperrte ihm ein am Boden hockender Bettler den Weg, der lärmend seinen Zinnbecher rüttelte. «Gebt Ihr einem armen Mann etwas zu essen?», fragte der Bettler.

Longo ließ sein Pferd langsamer gehen und griff nach seiner Börse, da sah er, dass unter dem Umhang des Bettlers Stahl aufblitzte. Er trug ein Schwert. Longo zog seinen Säbel und lenkte sein Pferd von dem Bettler weg, doch es war zu spät. Sechs Männer mit Schwertern in der Hand, die Gesichter hinter schwarzen Masken verborgen, waren hinter ihm in die Gasse getreten. Vor ihm hatten sich vier weitere maskierte Männer zu dem Bettler gesellt.

«Hilfe! Meuchelmörder!», schrie Longo, obwohl er wusste, dass er nicht darauf hoffen konnte, dass ihm jemand beistand. Er musste sich selbst retten. Er sprengte vor, trampelte mit dem Pferd über einen Angreifer hinweg und schlug einen zweiten mit dem Säbel nieder. Doch die Gasse war zu schmal, um den anderen Männern zu entkommen. Plötzlich bäumte Longos Pferd sich auf und einer von ihnen schlitzte ihm die Brust auf. Longo fiel nach hinten und stürzte aus dem Sattel. Kaum war er wieder auf den Beinen, wurde er von drei Männern angegriffen. Einen streckte

Longo nieder, duckte sich unter dem harten Hieb des zweiten weg und rammte den dritten mit der Schulter zu Boden. Er lief an ihnen vorbei, doch dabei traf ihn ein Schwerthieb am Oberschenkel. Longo biss die Zähne zusammen und lief humpelnd weiter. Er hörte die Schritte seiner Angreifer näher kommen.

Longo rannte aus der Gasse und überquerte einen Platz. Er eilte eine kurze Treppe hinauf, und ein Dolch zischte an seinem Kopf vorbei, kurz bevor Longo scharf rechts in eine düstere Seitengasse bog. Er drehte sich um und wartete. Der erste Maskierte kam um die Ecke gestürmt und lief direkt in Longos Klinge. Die anderen blieben abrupt stehen, während Longo sich weiter in die Gasse zurückzog. Die Mauern standen hier so eng, dass seine Angreifer ihn höchstens zu zweit gleichzeitig angreifen konnten, und die übrigen Männer schienen nicht begierig, ihn auf die Probe zu stellen.

«Es ist nur einer!», schrie einer der maskierten Männer die anderen auf Italienisch mit starkem Akzent an. «Tötet ihn, oder ihr kriegt es mit mir zu tun.» Drei Männer bewegten sich zögernd in die Gasse hinein. Die übrigen verschwanden, sie wollten sicher um die Gebäude herum, um Longo von hinten anzugreifen.

Die drei Männer kamen näher, griffen aber nicht an, sondern hielten sich so nah, dass sie, sollte Longo sich umdrehen, um wegzulaufen, zuschlagen konnten. Longo zog sich weiter zurück und tat dabei so, als müsste er stark humpeln. Als einer der Männer zu nah kam, sprang Longo vor. Der Mann hatte kaum Zeit, sein Schwert zu heben, da wurde er durch die Brust aufgespießt. Die beiden anderen machten ein paar Schritte rückwärts, das Schwert parat. Dann hörte Longo, dass sich von hinten Schritte näherten. Er schaute über die Schulter und sah, dass die übrigen Männer die Gasse betreten hatten. Er saß in der Falle.

Longo sprang auf seine Angreifer zu und trieb sie einen Schritt zurück, dann drehte er sich um und rannte los. Auf halbem Weg entdeckte er eine Tür und hielt darauf zu, doch einer der Maskierten, die ihm entgegenkamen, erreichte sie zuerst. Longo parierte den Hieb des Mannes und schlug ihm fest ins Gesicht. Dann packte er den benommenen Mann, wirbelte herum und schleuderte ihn mit dem Gesicht voran gegen die Tür, die sofort aufflog. Der Mann landete bewusstlos auf dem Boden, und Longo trat in einen dunklen Raum voller Talgbottiche und schlug die Tür hinter sich zu. Der Riegel war zerbrochen, und so stemmte sich Longo mit der Schulter gegen die Tür.

Eine Sekunde später stieß von außen jemand gegen die Tür. Longo stolperte nach hinten, konnte die Tür jedoch zuhalten. Wieder stieß jemand gegen die Tür, und diesmal trat Longo zur Seite und ließ sie auffliegen. Ein überraschter Angreifer stolperte in den Raum. Longo streckte ihn nieder und schlug die Tür wieder zu. Er hörte, wie die vier übrigen Männer draußen diskutierten, was sie als Nächstes tun sollten. Longo wartete eine Sekund, riss die Tür auf und lief hinaus.

Zwei Männer erledigte er sofort, den einen stach er in den Bauch, und dann wirbelte er herum und versetzte dem anderen einen Hieb quer übers Gesicht. Ein dritter Mann stieß nach Longos Brust, doch er konnte gerade noch so ausweichen. Longo hieb auf den Arm seines Angreifers ein. Der Mann ließ sein Schwert fallen. Er fiel auf die Knie, hielt seinen blutenden Arm und weinte vor Schmerz, bevor er ohnmächtig wurde.

Longo drehte sich zu dem letzten Mann um, der sich

ein gutes Stück zurückgezogen hatte. «Wir sehen uns wieder, Signore», sagte der Mann.

«Wer bist du?», wollte Longo wissen. «Wer hat dich geschickt?»

Der Mann drehte sich um und lief. Longo stützte sich gegen eine Mauer, denn jetzt, da die Kampfeswut ihn verlassen hatte, brannte sein Oberschenkel vor Schmerz. Der Mann neben ihm umklammerte seinen blutenden Arm und fing an zu stöhnen. Longo rollte ihn auf den Rücken und kniete sich, ein Knie auf seiner Brust, hin. Er zog dem Mann die Maske vom Gesicht und versetzte ihm eine Ohrfeige. Flatternd schlug der Mann die Augen auf. Longo zog seinen Dolch und hielt ihn dem Mann dicht vors Gesicht.

«Wer hat euch geschickt?», knurrte er. Der Mann antwortete nicht. Er schloss die Augen und verlor langsam das Bewusstsein. «Sag's mir!», versetzte Longo und drückte dem Mann das Messer an die Nase.

«Paolo», krächzte der Mann, bevor er endgültig ohnmächtig wurde.

* * *

Longo stolperte mit dem bewusstlosen Mann über der Schulter in den Hof des *palazzo* Grimaldi. «Paolo!», brüllte er und ließ den Mann unsanft zu Boden plumpsen. «Wo seid Ihr? Paolo!»

Paolo kam mit bleichem Gesicht und weit aufgerissenen Augen die Stufen des *palazzo* herunter. «Was ist passiert?», fragte er. «Wer ist das?»

«Das wisst Ihr wohl eher als ich», knurrte Longo. Er packte Paolo am Hemdkragen und stieß ihn gegen die Mauer des *palazzo*. «Er und zehn weitere Männer haben mich angegriffen, kurz nachdem ich heute Abend von Euch weg bin.»

«W...wie seid Ihr ihnen entkommen?», stotterte Paolo.

Longo überging die Frage. «Wenn Ihr nicht mein Schwager wärt, wärt Ihr jetzt tot», zischte er. «Ich weiß, dass Ihr sie geschickt habt.»

«Ihr habt diesen englischen Bastard geschickt, um meinen Bruder zu töten», hielt Paolo dagegen. «Der Mörder seid Ihr.»

Bevor er noch überlegen konnte, hielt Longo Paolo das Messer an die Kehle.

«Longo? Was geht hier vor sich?», rief der ältere Grimaldi, der jetzt die Stufen des *palazzo* herunterkam. Er wies auf Longos blutverschmierte Kleider. «Was ist passiert?»

Longo ließ Paolo los und wandte sich zu Grimaldi um. «Euer Sohn hat Männer angeheuert, um mich zu töten.»

«Ist das wahr, Paolo?», wollte Grimaldi wissen. Paolo wandte den Blick ab. «Es tut mir leid, Signore», seufzte Grimaldi, indem er sich wieder an Longo wandte. «Ich wusste, dass der Tod seines Bruders Paolo sehr mitgenommen hat, aber ich hätte nie gedacht, dass er so weit gehen würde.»

«Es muss etwas passieren», sagte Longo. «Ich fordere ihn morgen zum Duell auf.»

«Das kann ich nicht erlauben», entgegnete Grimaldi. «Paolo ist mein einziger Sohn. Wenn Ihr ihn schlagt, schlagt Ihr mich. Ich möchte nicht Euer Feind sein, Signore.»

«Und ich nicht Eurer», sagte Longo, wandte sich zu Paolo um und spuckte ihm vor die Füße. «Ihr könnt Euch glücklich schätzen», sagte er, drehte sich um und ging davon.

«Das ist noch nicht vorbei», rief Paolo hinter ihm her.

«Carlos ist noch nicht fertig mit Euch. Euer englischer Bastard ist so gut wie tot!»

«William!», flüsterte Longo und beschleunigte seinen Schritt.

* * *

«William!», kicherte Portia. «Dein Bart, er kitzelt.»

Er hörte kurz auf, sie aufs Ohr zu küssen. «Aber du findest mich doch sehr stattlich mit Bart, oder?», fragte er grinsend. Der achtzehnjährige William war sehr stolz auf seinen kurzen rötlich braunen Bart.

«Ich finde dich … annehmbar», neckte sie.

«Annehmbar?», fuhr William auf und küsste ihren Hals, während seine Hand langsam ihr Bein hinaufwanderte.

«William!», keuchte Portia und schob seine Hand von der Innenseite ihres Oberschenkels. Er legte die Hand auf ihren Rücken, zog sie tiefer in das Stroh auf dem Heuboden und küsste sie leidenschaftlich. Sie öffnete den Mund und drückte sich an ihn, sodass er ihre vollen Brüste und ihren festen Bauch spüren konnte. Seine Hand wanderte über ihre Hüfte zwischen ihre Schenkel. «Stopp!», rief sie und zog sich zurück. Sie war schön, ihr langes, schwarzes Haar zerzaust, ihr Kleid halb ausgezogen und die dunklen Augen erhellt von der kleinen Flamme der Lampe, die William mitgebracht hatte. «Du liebst mich nicht», schmollte sie.

«Warum sagst du so etwas?», fragte William.

«Du weißt, warum», sagte Portia, kehrte ihm den Rücken zu und zog die Knie an die Brust. «Du bist genau wie die anderen. Du willst nur das Eine.»

«Du weißt, dass das nicht wahr ist», sagte William und legte ihr die Hände auf die Schultern. Sie schüttelte ihn ab.

William hatte Portia zwei Jahre zuvor kennengelernt, ein paar Wochen bevor die genuesischen Gesandten gekommen waren. Damals war sie fünfzehn gewesen, Tochter eines Ledernähers aus einem nahegelegenen Dorf. Mit ihrem dunklen Haar und ihrer olivfarbenen Haut war sie schön und vollkommen unnahbar. Die Dorfjungen folgten ihr voller Bewunderung in Scharen, doch Portia wollte nichts mit ihnen zu tun haben. Später hatte sie William gestanden, dass die Jungen ihr Angst eingejagt hatten. Ihre Amme – eine verbitterte Witwe, die ihren Mann und ihr Kind an die Pest verloren hatte, bevor sie Portia aufnahm – hatte ihr Gräuelmärchen darüber erzählt, was Männer tun würden, wenn sie sie je in die Hände kriegten, und Portia hatte ihr geglaubt.

William hatte wochenlang um sie geworben, bevor Portia überhaupt mit ihm gesprochen hatte. Selbst da waren ihre Gespräche zuerst schleppend gewesen, da Portia so schüchtern war und Williams Italienisch schlecht. Mit der Zeit hatte Portia Gefallen gefunden an seiner beständigen Aufmerksamkeit. Wenn William in ihrer Nähe war, musste sie sich keine Sorgen mehr machen über die Jungen, die ihr hinterherpfiffen und anzüglich grinsten, wenn sie durch die Stadt ging, zumindest nicht mehr, seit er eigenhändig eine Bande Möchtegernliebhaber vertrieben hatte, indem er ihnen das Schwert über den Rücken gezogen und ihnen auf Englisch gedroht hatte, ihnen die Zunge abzuschneiden und in den Hintern zu schieben. Portia hatte in William einen Freund gefunden, und schließlich mehr.

Portias Vater hieß William nicht gut. Er wollte seine Tochter nicht mit einem Soldaten verheiraten. Also trafen sie sich heimlich, machten lange Nachmittagsspaziergänge übers Land und verbrachten zauberhafte Nächte in dieser Scheune hinter einem Bauernhaus ein Stück von der Hauptstraße entfernt. Es war der einzige Ort, wo sie sicher waren, für sich und einigermaßen warm, selbst wenn es hier nach Hühnerkacke und Stalldung roch.

«Was soll ich sagen?», fragte William Portia.

«Du weißt, was ich will.»

William schluckte schwer. «Willst du mich heiraten?», fragte er.

Portia drehte sich um. Sie lächelte. Sie warf sich auf William. «Ja», flüsterte sie zwischen zwei Küssen. «Ja, ja.»

Knarrend ging die Stalltür auf, und sie erstarrten. «Mein Vater!», flüsterte Portia. «Er bringt uns um.» Sie rollte von William herunter und machte sich daran, ihr Kleid zu schnüren.

William krabbelte zum Rand des Heubodens und spähte hinunter. Es war nicht Portias Vater. Im matten Licht stand ein schwarzgekleideter Mann, ein Schwert hing an seiner Hüfte. Er war klein und hatte dunkle Züge. Er schaute auf, und sein Blick begegnete Williams. William sah Stahl aufblitzen, und unmittelbar darauf grub sich ein Dolch in das Holz direkt vor Williams Gesicht. Er kroch zurück.

«Bleib hier!», wies er Portia an, nahm sein Schwert und schwang sich über den Rand des Heubodens. William rollte sich ab, als er auf dem Scheunenboden landete, und sprang gerade rechtzeitig auf die Füße, um einen Schwerthieb zu parieren, der auf sein Herz gezielt hatte. Sein Angreifer stieß noch einmal vor, mit raschen und geschmeidigen Bewegungen, und William sprang nach hinten und trat hinter einen der Balken, die den Heuboden stützten. «Wer bist du?», fragte er.

«Ich bin Carlos, und ich bin der letzte Mann, dem du

begegnen wirst», sagte der Mann auf Italienisch mit starkem spanischem Akzent.

Der Mann stieß an dem Balken vorbei und zwang William weiter nach hinten. Er griff mit Verve an, und William verlor an Boden, denn er hatte Mühe, die Blitzangriffe des Spaniers zu parieren. William hatte von Longo viele, viele Schwertkampfstunden erhalten, doch diesem Mann war er nicht gewachsen. Carlos holte hoch aus, und als William sich duckte, zog Carlos das Knie hoch und erwischte ihn am Kinn. William stolperte rückwärts und knallte mit dem Rücken an die Scheunenwand. Er parierte einen Hieb, und ihre Schwerter verkeilten sich, sodass sie sich nah gegenüberstanden. Carlos versetzte ihm einen Kopfstoß, der ihn benommen machte, und dann hieb er auf seinen Schwertarm ein. William ließ das Schwert fallen. Er hatte keine Möglichkeit, sich weiter zurückzuziehen.

Carlos stieß vor, und sein Schwert grub sich in die Wand, denn William hatte sich weggedreht. Gleich darauf stolperte der Spanier fluchend rückwärts, denn etwas hatte ihn am Kopf getroffen. William holte aus, traf seinen Gegner am Kinn und streckte ihn zu Boden. Er schaute auf und konnte Portia erkennen, die auf dem Heuboden stand. Sie hatte Carlos die Lampe auf den Kopf geworfen. Das brennende Öl war auf den Boden der Scheune gespritzt, und das festgetretene Stroh fing rasch Feuer. Die Hühner in ihren Nestern fingen an zu gackern, und die Kühe schnaubten und verdrehten panisch die Augen, denn das Feuer breitete sich rasch aus, und die Scheune füllte sich mit Rauch. Die Flammen fraßen sich an den Wänden hinauf zum Heuboden.

«Spring!», rief William. Portia tat, wie ihr geheißen, und er fing sie auf. Sie purzelten beide zu Boden, rappelten sich rasch wieder auf und liefen aus der Scheune. Den bäuchlings hingestreckten Carlos ließen sie zurück.

William legte Portia den Arm um die Schulter und zog sie an sich, als sie in der kalten Nachtluft standen und zusahen, wie die Flammen die Scheune verschlangen. Hinter sich hörte William Hufdonnern und drehte sich um. Es waren Longo und Tristo. Sie zügelten ihre Pferde, und Longo sprang aus dem Sattel. «Geht es euch gut?», fragte er. «Euch beiden?»

William nickte. «Da war ein Mann, Carlos. Er wollte mich umbringen», sagte William und zeigte auf die Scheune. «Er ist da drin.» In diesem Augenblick brach der lodernde Dachstuhl der Scheune ein, und ein Funkenregen stob gen Himmel. «Wisst Ihr, warum?»

«Paolo», erklärte Longo. «Und ich fürchte, das war noch nicht alles.»

* * *

Ein langer Schmerzensschrei drang an Longos Ohr. Er stand auf der niedrigen Mauer, die seine Villa umgab, und wartete auf die Geburt seines Kindes. Die Geburtswehen hatten in der Nacht zuvor eingesetzt, kurz nachdem Longo mit Tristo und William zurückgekehrt war. Nach stundenlangem Warten war Longo schließlich aus dem Haus auf die Mauer geflohen, denn er stand lieber im kalten Regen, als Julias schreckliche Schreie zu ertragen.

Die Nachricht von Paolos Verrat hatte sie aufgewühlt, und die Wehen hatten zu früh eingesetzt. Longo machte sich Sorgen um seine Frau, doch noch mehr um das Kind, das sie unter dem Herzen trug. Seit seiner Kindheit hatten ihn die Träume von dem narbengesichtigen Türken gequält, der seine Familie getötet hatte, doch wenn er jetzt träumte, träumte er oft von einem Sohn. Er wusste, dass das Kind auch ein Mädchen sein konnte, doch in seinen Träumen war es immer ein kleiner Junge. Longo würde ihm Lesen und Reiten beibringen, und sie würden zusammen angeln gehen oder durch die Weingärten spazieren. Der Junge würde ein gutes Leben haben – das Leben, das Longo nie gehabt hatte.

Ein besonders lauter, qualvoller Schrei riss Longo aus seinen Gedanken. Und dann herrschte Schweigen, fast unmittelbar gefolgt von dem energischen Greinen eines Neugeborenen. Einen Augenblick später kamen Tristos Frau Maria und die Hebamme aus der Villa. Die Hebamme war blutbesudelt, und sie hielt einen plärrenden Säugling in den Armen. In ihren Augen standen Tränen.

«Was ist passiert? Ist es ein Junge?», fragte Longo.

Die Hebamme nickte und zeigte Longo das Bündel in ihren Armen. Es war ein Junge, mit weichem, blondem Haar und Longos blauen Augen. Der Kleine weinte in der Kälte, und Longo nahm ihn und drückte ihn an sich.

«Julia hat darum gebeten, ihn Carlo zu nennen, nach ihrem Bruder», sagte Maria.

Longo nickte. «Wie geht es Julia?»

Die Hebamme wandte sich ab und schluckte ihre Tränen hinunter. Maria legte Longo eine Hand auf die Schulter. «Es tut mir leid, Longo, sie ist bei der Geburt gestorben.»

Longo drückte sein Kind noch enger an sich und drehte sich weg, um über die Reihen der frisch zurückgeschnittenen Reben zu schauen. Er hatte Julia nicht geliebt, doch er hatte sie gerngehabt, und er hatte Mitleid mit seinem Neugeborenen, das seine Mutter niemals kennenlernen würde. Carlo war nur ein Säugling, und schon hatte er jemanden verloren.

«Wir tragen Trauer», sagte Longo. «Verhängt alle Spiegel und schließt die Fensterläden. Ich reite in die Stadt, um Julias Vater zu informieren.»

\# \# \#

Longo ritt in den *palazzo* Grimaldi und wurde sofort in Grimaldis Privatgemächer geführt. Grimaldi saß an einem kleinen Tisch und trank Kaffee. Er erhob sich, als Longo eintrat. «Wenn Ihr wegen Paolo gekommen seid», sagte Grimaldi, «dann muss ich noch einmal für meinen Sohn um Verzeihung bitten.»

«Darum geht es nicht», sagte Longo. «Julia hat entbunden.»

Grimaldis Gesicht leuchtete auf. «Ein Junge?»

Longo nickte. « Sie ist bei der Geburt gestorben.»

Grimaldi sank auf seinen Stuhl nieder. «Verstehe.» Er senkte den Kopf. «Es tut mir leid, Longo. Sie war ein reizendes Kind.»

«Ja», stimmte Longo ihm zu und setzte sich Grimaldi gegenüber. «Ich muss Euch um einen Gefallen bitten.»

«Der wäre?» Grimaldi schaute auf.

«Ich möchte, dass Ihr Euch meines Sohnes annehmt», sagte Longo. «Er heißt Carlo.» Grimaldi machte große Augen. «Ich habe keinen Grund, in Genua zu bleiben», erklärte Longo. «Julia ist tot, und ich fürchte, wenn ich bleibe, wird es zwischen unseren Familien noch mehr Blutvergießen geben. Ich gehe nach Osten. Das ist kein Ort für ein Kind. Unsere Händler, die von Konstantinopel zurückkommen, sagen, dass der Sultan eine riesige Armee zusammenzieht. Es wird Krieg geben. Carlo ist hier besser aufgehoben.»

«Seid Ihr Euch da ganz sicher?», fragte Grimaldi. «Ihr seid immerhin sein Vater.»

Longo wandte den Blick ab, er kämpfte mit den Tränen. «Ja», sagte er. «Und ich werde tun, was das Beste für mein Kind ist. Der Junge hat schon seine Mutter verloren. Er soll nicht auch noch mit ansehen müssen, wie sein Vater stirbt.»

Grimaldi nickte. «Ich werde ihn aufziehen wie meinen eigenen Sohn, Signore.»

«Danke», sagte Longo. «Sobald der Krieg vorbei ist, komme ich zurück zu ihm. Wenn ich sterbe ...»

«Dann sorge ich dafür, dass er Eure Ländereien erbt», versprach Grimaldi. Longo nickte zum Dank. «Wann reist Ihr ab?», fragte Grimaldi.

«Nach der Beerdigung», sagte Longo. «Sobald ich meinen Haushalt geordnet habe.»

* * *

Longo blickte suchend zum Horizont, während er auf Deck der *Fortuna* auf und ab ging, die sanft am Pier schaukelte. Die morgendliche Flut verebbte, und das Schiff lag tief. Alles war zur Abreise bereit. Die Schiffe waren geladen, und Longos Männer waren bei ihm an Bord der *Fortuna* oder ihrem Schwesterschiff, der *Speranza*. Einige Frauen begleiteten sie, darunter, zu Tristos Verdruss, seine Frau Maria. Nicolo war auf der *Fortuna* und klagte schon jetzt über Seekrankheit. Nur William war noch nicht an Bord. Am Abend zuvor war er zu Portia gegangen, um sich zu verabschieden. Longo hoffte halb, er würde bei ihr bleiben. William war zu einem tüchtigen jungen Mann herangewachsen, dessen Verlässlichkeit Longo inzwischen zu schätzen wusste. Doch wenn William in Italien bliebe, könnte er ein besseres Leben haben denn als Soldat. Er würde klug daran tun, die Liebe höher zu schätzen als die Rache.

In wenigen Minuten würde die Sonne über die fernen Hügel steigen und die Tide gegen sie stehen, die sie im Hafen festhielte. Es war Zeit abzulegen, ob William da war oder nicht. Tristo hatte an der Quersaling gestanden und am Horizont Ausschau nach William gehalten, jetzt rutschte er das Backstag hinunter und landete auf Deck. «Ich glaube, wir können keine Sekunde länger warten», sagte Tristo.

«Ja.» Longo wandte sich vom Ufer ab und blickte übers Meer. «Gib Befehl, abzulegen und Segel zu setzen.»

Die *Fortuna* trieb vom Dock weg und nahm langsam Fahrt auf. Da entdeckte der Matrose im Mastkorb ein Pferd, das auf das Hafengelände zupreschte. Er rief hinunter, und Longo drehte sich um. Zwei Personen saßen ab und redeten wild gestikulierend auf einige Seeleute ein. Schließlich legte ein Boot mit den beiden Reitern darin ab, gerudert von vier Seeleuten. Longo befahl, die Segel zu lösen, und das Boot holte schnell auf. Einer der Passagiere, die im Heck saßen, war William. Der andere war gegen die Gischt verhüllt, und Longo konnte nicht erkennen, wer es war.

Nach wenigen Minuten legte das Boot längsseits an der *Fortuna* an. William kletterte als Erster an Bord. «Tut mir leid, dass ich zu spät bin», sagte er.

Tristo lachte und nahm ihn in die Arme. «Unsinn. Wir sind froh, dass du es geschafft hast.»

«Das sind wir wirklich», sagte Longo und reichte William die Hand.

«Ich habe mit den Türken noch eine Rechnung zu begleichen», sagte William. «Das hätte ich ungern versäumt.»

Er löste den Händedruck und wandte sich um, um dem zweiten Passagier an Bord zu helfen. «Und jetzt zum Grund für meine Verspätung», sagte er. «Darf ich Euch meine Verlobte, Portia Fiori, vorstellen.» Portia trat an Bord und schob die Kapuze ihres Mantels zurück, sodass ihr langes, schwarzes Haar im böigen Wind flatterte. Die Matrosen an Deck ließen ein leises anerkennendes Pfeifen hören. Portia wurde rot.

Longo verbeugte sich. «Signorina», sagte er, «herzlich willkommen an Bord meines Schiffes.» Portia wurde noch röter und machte einen Knicks. «William, zeig ihr ihre Koje. Sie kann bei Maria und den anderen Frauen schlafen. Tristo, gib Befehl, sämtliche Segel zu setzen. Wir sollten die leichte Strömung nutzen, solange wir noch können.»

Das Schiff nahm wieder Fahrt auf, und Longo ging nach achtern, um an der Reling zu stehen. Endlich kroch die Sonne über die Berge und verwandelte das Meer in geschmolzenes Gold. Der Wind zerzauste ihm das Haar, und Longo atmete die würzige Meeresluft tief ein. Zum ersten Mal seit Julias Tod gestattete er sich ein Lächeln. Liebe und Rache. In der Welt, sinnierte Longo, ist wohl doch Platz für beides.

2. TEIL

DREIZEHN

Sonntag, 1. April, bis Donnerstag, 12. April 1453 –
Konstantinopel
1. bis 12. Tag der Belagerung

Sofia kniete auf dem Steinboden der Hagia Sophia und betete leise. Es war Ostern, doch die prächtige Kirche war nicht einmal halb voll. Seit im Dezember zuvor die Kirchenunion in Kraft getreten war, machte das gemeine Volk einen großen Bogen um die Hagia Sophia. Auch heute waren nur wenige gekommen, um der Messe beizuwohnen, die von dem offiziellen päpstlichen Delegierten, Erzbischof Leonhard, gehalten wurde. Auch Sofia hörte nicht zu. Beim nächtlichen Spionieren im Palast hatte sie Berichte gehört, wonach Zehntausende türkische Soldaten sich im Bosporus sammelten. Sie kannte auch die offizielle Schätzung der Zahl der Soldaten in Konstantinopel. Sie belief sich auf weniger als siebentausend. Ein paar Italiener und Spanier waren angereist, um die Stadt zu verteidigen, doch seit Wochen waren keine neuen Truppen gekommen. Obwohl er es Konstantin versprochen hatte, war Longo nicht zurückgekehrt. Während Leonhard predigte, betete Sofia um Hilfe aus dem Westen.

Erzbischof Leonhard fing an, die Osterkommunion auszuteilen, und Sofia trat vor, um das Sakrament zu empfangen. Sie hatte sich gerade vor dem Altar niedergekniet, als ein staubbedeckter Bote den Altarraum betrat und zu Konstantin eilte. Der Bote flüsterte Konstantin etwas ins Ohr, und der Kaiser stand augenblicklich auf. «Ich bitte um Verzeihung, Erzbischof», sagte er, bevor er die Kirche verließ. Im Gehen rief er Dalmata zu: «Schickt Nachricht an die anderen Generäle. Sie sollen sich am Charisios-Tor versammeln.»

Gerüchte breiteten sich wie ein Lauffeuer unter den Gottesdienstbesuchern aus. Hier und da rief einer: «Die Türken sind hier!», und Männer verließen in Scharen die Kirche. Sofia nutzte das Durcheinander, um aus dem Altarraum zu huschen und ihr Gefolge zurückzulassen. Sie holte Konstantin ein und folgte ihm unauffällig. Vor der Kirche nahm sie, ohne zu fragen, das Pferd eines der kaiserlichen Leibgardisten hievte sich einfach in den Sattel und ritt mit der Gruppe um den Kaiser davon. Der verblüffte Gardist sagte nichts. Manchmal, sinnierte Sofia, ist es doch von Vorteil, der königlichen Familie anzugehören.

Sie nahmen Konstantinopels Hauptdurchgangsstraße, die Mese, zum Charisios-Tor und stiegen auf den Torturm, der die Landschaft um rund siebzig Fuß überragte. Dort wartete Notaras auf sie. Als sein Blick auf Sofia fiel, zog er fragend die Augenbrauen hoch, sagte jedoch nichts. Sorgfältig darauf achtend, dass Konstantin sie nicht sah, trat Sofia so nah wie möglich an den Rand des Turms. Sie hätte sich keine Sorgen machen müssen, der Kaiser war mit seiner Aufmerksamkeit ganz woanders. Er spähte in die Ferne, und seine Hände umklammerten die Mauer so fest, dass die Knöchel weiß hervortraten. Sofia folgte seinem Blick, konnte jedoch nichts erkennen, nur Felder und verstreute Dörfer, die sich über die Hügel bis zum leeren Horizont erstreckten.

«Wo sind sie?», fragte Konstantin.

«Sie werden früh genug hier sein», antwortete Notaras.

Während sie noch Ausschau hielten, war am Horizont eine dünne Linie zu erkennen, die rasch breiter wurde, wie auf einem Pergament verschüttete Tinte. Bald waren die fernen Hügel mit Reitern übersät. Die Front der Männer erstreckte sich über viele Meilen am Horizont.

«Mein Gott», flüsterte Konstantin. «Sie sind so viele.»

«Das ist nur die Vorhut», sagte Notaras. «Das Gros ist noch mehrere Tage hinter ihnen.»

«Dann ist die Zeit also gekommen», sagte Konstantin. «Dalmata, lasst die Brücken über den Stadtgraben niederbrennen und die Tore schließen. Notaras, lasst die Sperrkette an Ort und Stelle bringen, um das Goldene Horn abzuriegeln. Niemand verlässt ohne meine Erlaubnis die Stadt. Ist das klar?» Die beiden Männer nickten und eilten davon. Konstantin blieb mit einigen Wachleuten und Sofia auf der Mauer zurück. Unter ihnen setzten Männer die Brücke, die zum Charisios-Tor führte, in Brand, und der schwarze, beißende Qualm, der zum Turm aufstieg, brannte Sofia in den Augen. In der Ferne kamen immer noch Männer über den Horizont. «Wir sind im Krieg», murmelte Konstantin. «Gott rette uns.»

* * *

Mehmed erreichte Konstantinopel vier Tage später mit der letzten Abteilung der türkischen Armee. Bis dahin war das türkische Lager bereits aufgebaut und auf einem Hügel neben dem Lykos das ausgedehnte rotgoldene Zelt des Sultans errichtet worden. Von dort konnte Mehmed fast die gesamte Mauer um Konstantinopel überblicken, die in einer ununterbrochenen Linie über vier Meilen vom Goldenen Horn zum

Marmarameer verlief. Zur Verteidigung gab es einen Graben, knapp sechzig Fuß breit und stellenweise geflutet, mit einer niedrigen Brustwehr unmittelbar dahinter. Über dem Graben erhob sich eine äußere Mauer, fünfundzwanzig Fuß hoch, mit Türmen. Jenseits der Mauer war die innere Mauer, die nie bezwungen worden war. Sie war vierzig Fuß hoch und stellenweise bis zu zwanzig Fuß dick, und die Türme erreichten eine Höhe von bis zu siebzig Fuß. Die Mauern hatten manch einen Angreifer abgewehrt, darunter Mehmeds Vater. Doch Mehmed war nicht sein Vater.

Mehmed hatte sich sein ganzes Leben lang auf diese Belagerung vorbereitet. Er kannte die Schwächen der Mauern, und er würde sie zu nutzen wissen. Von seinem Zelt aus hatte er einen ausgezeichneten Blick über das Mesoteichion – den Abschnitt der Mauern, wo sie das Tal des Lykos durchquerten und am leichtesten zu überwinden waren. Dort würde er seinen Angriff konzentrieren, und er wollte die Stelle ständig im Blick haben.

Mehmed sah über die Felder. Gut hundert Klafter vor der Mauer arbeiteten seine Männer eifrig daran, ihre eigenen Befestigungsanlagen zu errichten – einen tiefen Graben mit einer irdenen Rampe dahinter, auf der eine hölzerne Palisade stand. Die Befestigungsanlagen würden nächtliche Überraschungsangriffe seitens der Christen erschweren, und sie würden eine Rampe für ihre Kanonen bilden. Zwischen den Befestigungsanlagen und Mehmeds Zelt standen die Zelte der Janitscharen. Und dicht um Mehmeds Zelt herum drängten sich die Zelte seiner Leibgarde.

Mehmeds Generäle und Berater suchten sich den Weg zwischen den Zelten hindurch zu ihm. Ishak Pascha und Halil gingen voran. Dann kam Baltoghlu, ein bulgarischstämmiger Pirat, der berüchtigt war für seine Überfälle auf venezianische und genuesische Handelsschiffe. Mehmed hatte ihn zum Admiral der türkischen Flotte ernannt. Neben ihm watschelten der kleine, feurige Befehlshaber der Başi Bozuks, Mahmud Pascha, und Kardja Pascha, der Kommandeur der zehntausend Mann starken europäischen Truppen, die Mehmeds Vasallen und Verbündete geschickt hatten. Die Nachhut bildete der hervorragende ungarische Geschützgießer Urban. Er hatte für den griechischen Hof gearbeitet, bis Mehmed ihm den vierfachen Lohn angeboten hatte. Ulu stand schon neben Mehmed. Der großgewachsene oberste Aga der Janitscharen verließ selten seinen Platz an der Seite des Sultans. Als die Männer am Zelteingang vor Mehmed traten, verbeugten sie sich.

«Wir haben viel zu besprechen», sagte Mehmed und führte sie hinein. Mitten im Zelt stand ein Tisch, bedeckt mit Karten, Plänen und Zahlenkolonnen. Mehmed schob die Papiere zur Seite, und darunter kam ein großer, detaillierter Stadtplan von Konstantinopel zum Vorschein. Mehmed zeigte auf die lange Linie der Mauern, die auf der Karte eingezeichnet war. «Ich habe im Lager schimpfen hören, diese Mauern seien unüberwindlich, sie könnten nicht fallen», sagte er. «Das ist Unsinn. Wer solche Reden führt, soll mit Peitschenhieben bestraft werden. Ihr alle werdet heute Abend Eure Männer zusammenrufen. Sagt ihnen, dass Allah auf unserer Seite ist und dass ihr Sultan einen Plan geschmiedet hat, um die Mauern von Konstantinopel zum Einsturz zu bringen. Erzählt ihnen von den Reichtümern und dem Ruhm, der ihnen zuteilwerden wird, und dass der erste Mann, der die Mauer bezwingt, nicht nur einen besonderen Platz im Paradies erringen wird, sondern auch ein Vermögen, von dem er den Rest seines Lebens zehren kann.»

Die Männer um den Tisch nickten, und Mehmed fuhr

fort: «Morgen werdet Ihr Eure Männer in Position bringen. Baltoghlu, Ihr bringt die Flotte hierher, um den Bosporus zu blockieren und die Einfahrt zum Goldenen Horn zu kontrollieren. Ihr werdet sämtliche Schiffe vernichten, die der Stadt Hilfe bringen wollen. Ulu, Ihr stellt die Janitscharen am Lykos entlang auf, gegenüber dem Blachernen-Viertel und dem Mesoteichion. Ishak Pascha, Ihr postiert Eure Männer entlang der Mauer im Süden. Kardja Pascha, Ihr stellt Eure europäischen Verbündeten jenseits des Goldenen Horns auf, um einen möglichen Rückzug der Christen abzuschneiden. Mahmud Pascha, Ihr haltet Eure Başi Bozuks hinter den Linien in Reserve, bis sie gebraucht werden.»

«Wann greifen wir an?», fragte Mahmud Pascha.

«Bald», sagte Mehmed. «Doch zuerst müssen wir uns um die Mauern kümmern. Urban, wann sind Eure Kanonen an Ort und Stelle?»

«Ich brauche noch ein paar Tage», sagte Urban. «Im Morast lassen sich die Kanonen nur schwer von der Stelle bewegen. Doch wenn sie erst an Ort und Stelle sind, würden sie auch die Mauern von Babylon zum Einsturz bringen.»

«Ihr habt sieben Tage, Urban», sagte Mehmed. «Nehmt so viele Männer, wie Ihr braucht.»

«Ja, mein Herr.»

«Sieben Tage?», sagte Mahmud Pascha. «Aber, Sultan, meine Männer sind hergekommen, um zu kämpfen. Es wird ihnen nicht gefallen, nur herumzustehen.»

«Keine Angst, Mahmud Pascha», sagte Mehmed. «Ich habe vor, Eure Männer ordentlich auf Trab zu halten. Werft einen Blick auf diese Pläne.» Mehmed nahm eine alte, zerfledderte Rolle und rollte sie auf dem Tisch aus.

Schweigen breitete sich aus, als die Männer die detaillierten, zuweilen phantastischen Skizzen betrachteten: Schiffe an Land, Floßbrücken, Tunnelnetzwerke. Sie waren alle von der Hand des Sultans persönlich. Ishak Pascha ergriff schließlich das Wort. Er zeigt auf die Zeichnung der Schiffe, die scheinbar über Land ins Goldene Horn segelten. «Verzeiht mir, Sultan, aber ist das überhaupt möglich?»

«Ob es möglich ist, ist nicht die Frage, Ishak Pascha», sagte Mehmed. «Es wird passieren. Ihr habt drei Wochen, um den Plan zu verwirklichen, keinen Tag mehr. Ich bin mir sicher, Ihr werdet mich nicht enttäuschen.»

* * *

Gennadius suchte sich seinen Weg durch die dunklen Katakomben unter der Pantokrator-Kirche, eine Fackel wies ihm den Weg zwischen den dunklen Krypten hindurch. Er trug nicht seine Mönchsrobe, sondern einen schwarzen Umhang und hatte das auffällige goldene Kreuz abgelegt, das normalerweise um seinen Hals hing. Eugenius folgte ihm, fast genauso gekleidet, außer dass er ein Schwert an der Seite trug. Wenn die Männer, die Notaras vor dem Kloster postiert hatte, sie sahen, hoffte Gennadius, sie würden sie für einen Händler und seinen Leibwächter halten. Doch Gennadius hatte nicht vor, gesehen zu werden.

Sie kamen an eine schmale Treppe, die sie nach unten führte, an den Rand eines riesigen, unterirdischen Bassins, dessen niedrige Decke von Hunderten von Säulen gestützt wurde. Die Zisterne ging auf römische Zeiten zurück, und noch immer bezogen die Mönche von hier ihr Trinkwasser. Die Flamme von Gennadius' Fackel spiegelte sich im Wasser und ließ seltsame Lichter über die vielen Rundgewölbe der Decke huschen. Vor ihm schlängelten sich hölzerne Stege zwischen den Säulen durch über das Wasser, verloren sich in der Dunkelheit. Die Stege waren seit Jahrzehnten nicht repariert worden, und das Holz faulte langsam in der feuchten Luft. Es knarrte und ächzte unter seinem Schritt, als Gennadius die Zisterne durchquerte. Er hatte erst wenige Schritte getan, als er etwas Langes und Schuppiges durchs Wasser gleiten sah. Es hieß, im Wasser lebten riesige Fische, groß wie ein Mensch, und Gennadius hatte nicht den Wunsch, herauszufinden, ob die Legenden der Wahrheit entsprachen. Er ging weiter, sorgfältig darauf achtend, nicht auf lose Planken zu treten.

Der Steg endete an einer schweren Holztür. Gennadius holte einen Schlüssel heraus und schloss sie auf. Als er die Tür aufdrückte, fiel helles Morgenlicht in den Gang. Gennadius trat in eine flache Höhle, eingegraben in die Flanke des Hügels, auf dem die Pantokrator-Kirche thronte. Unter ihm funkelte das Goldene Horn in der Sonne. Christliche Schiffe waren dicht an der großen Sperrkette vertäut, die man auf Holzflößen über den Eingang zum Goldenen Horn gespannt hatte. Hinter der Kette konnte Gennadius die im Marmarameer patrouillierende türkische Flotte sehen.

Ein Pfad führte von der Höhle hinunter zu den Seemauern, die parallel zur Küste des Goldenen Horns verliefen und den Hafen von der Stadt trennten. Obwohl sie nicht so eindrucksvoll waren wie die Landmauern, waren sie doch gewaltig; sie erhoben sich dreißig Fuß in die Höhe und waren mit Türmen besetzt. Und wegen ihrer Lage an den Gestaden des Goldenen Horns waren die Seemauern unmöglich einzunehmen, es sei denn, der Feind kontrollierte den Hafen vollständig. Obwohl die Mauern ursprünglich die Grenzen der Stadt markiert hatten, waren im Laufe der

Jahrhunderte für die Docks dort unten außerhalb der Mauern Lagerhäuser gebaut worden, und mit der Zeit waren für die Matrosen, die auf den Docks und in den Lagerhäusern zu tun hatten, auch Tavernen, Gasthäuser, Bordelle und Kirchen aus dem Boden geschossen.

Gennadius und Eugenius nahmen den Pfad hinter den Seemauern, wo eine Wache, die der Snyaxe treu ergeben war, sie durchließ. Sie wandten sich an den Docks vorbei nach Norden zu einer kleinen orthodoxen Kirche. Von ihrer Krypta führte ein Gang zum Keller unter einem Kloster in der nahegelegenen Heilstätte Kosmidion, ein Stück nördlich von Konstantinopel am Goldenen Horn. Gennadius und Eugenius betraten die Kirche und gingen durch bis zum Altarraum, wo eine Treppe in die Krypta führte. Dort, hinter einer Reihe steinerner Sarkophage, fanden sie eine Falltür, von der eine Leiter hinunter in die Dunkelheit führte. Eugenius nahm eine Fackel von der Wand und stieg als Erster hinab. Gennadius folgte ihm. Unten stießen sie auf einen Mann, der auf sie wartete, einen Mann aus dem Orient, mit breitem, glattem Gesicht und rasiertem Schädel. Er hielt eine Fackel in einer Hand, und zu seinen Füßen stand ein kleiner Vogelkäfig mit einer Taube darin. Die Art, wie der Mann Gennadius betrachtete, machte den Mönch nervös.

«Was führt Euch hierher, Fremder?», fragte Gennadius. So begann der Code, den er und Halil vereinbart hatten.

«Ich bin hier, um Weisheit zu suchen», antwortete der Mann in passablem Griechisch. Die richtige Antwort.

«Dann bist du Isa», sagte Gennadius. «Hast du, worum ich gebeten habe?»

«Ich habe das Gift mitgebracht», bestätigte Isa. Er nahm einen kleinen Lederbeutel heraus und reichte ihn Gennadius. Gennadius öffnete ihn und schaute hinein. Er sah das weiße Pulver.

«Was ist das?»

«Ein starkes Gift, aus Bittermandeln gewonnen», erklärte Isa. «Wenn es eingeatmet wird, ist das Pulver tödlich. Der Meuchelmörder muss es dem Sultan nur ins Gesicht schleudern.»

«Dann wird es seinen Zweck erfüllen», sagte Gennadius und schloss das Beutelchen sorgfältig.

«Gut. Der Großwesir legt Wert darauf, dass Ihr eines versteht – die Stadt fällt erst, wenn der Sultan tot ist. Das sind die Bedingungen des Handels. Wenn Ihr sie erfüllt, dann sollt Ihr haben, was Ihr begehrt.»

«Sag Halil, er soll sich keine Sorgen machen. Der Bote, der den Schlüssel bringt, um die Stadt zu öffnen, und der Meuchelmörder, der den Sultan töten wird, ist ein und dieselbe Person», sagte Gennadius. «Ich schicke ihn, wenn die Belagerung schon eine Weile dauert und der Sultan so verzweifelt ist, dass er ihn empfängt.»

«Was Ihr tut, ist allein Eure Sache», sagte Isa. «Solange Ihr erfolgreich seid, ist es umso besser, je weniger Halil weiß. Inzwischen kommt Ihr hierher, wenn Ihr Halil eine Nachricht übermitteln wollt.» Er nahm den Vogelkäfig hoch und reichte ihn Gennadius. «Nehmt mit Hilfe des Vogels Kontakt zu Halil auf. Lasst ihn einfach raus, und er fliegt zu Halil. An dem Abend, an dem der Vogel zu Halil kommt, wird Euch ein Bote hier erwarten, kurz nach Sonnenuntergang. Er wird Euch, um Eure Identität zu prüfen, eine Frage stellen. Die Antwort lautet: ‹Edirne.›»

«Verstehe», sagte Gennadius. Er war beeindruckt. Mittels eines Vogels Kontakt aufzunehmen schien ihm äußerst elegant.

«Dann sind wir hier fertig», sagte Isa und wandte sich ab, um zu gehen.

«Geh mit Gott, mein Sohn», sagte Gennadius.

«Gott hat mich schon vor langer Zeit im Stich gelassen», sagte Isa, bevor er in der Dunkelheit verschwand.

* * *

Halil saß allein in seinem luxuriösen Zelt, von zahlreichen Kissen gestützt und mit einer Schreibunterlage auf dem Schoß. Er war schon seit dem frühen Morgen fleißig damit beschäftigt, einen Brief nach dem anderen an Emire und Beys in der Nähe zu schreiben, in denen er um die Lieferung von Nahrungsmitteln und anderen Gütern bat. Die Armee des Sultans verzehrte riesige Mengen, und selbst nach Monaten der Vorbereitung konnte sie ohne frischen Nachschub kaum länger als eine Woche im Feld bleiben. Es war Halils Aufgabe, für diesen Nachschub zu sorgen. Die Briefe, die er schrieb, waren natürlich eine reine Formalität. Wenn sie sich weigerten, die Armee des Sultans zu einem angemessenen Preis zu versorgen, würden die Truppen sich einfach holen, was sie brauchten.

Halil fing gerade einen neuen Brief an, da trat Isa in sein Zelt. «Sklaven, lasst uns allein», sagte Halil. «Isa, du kannst dich setzen.» Halil wies auf einige Kissen auf dem Boden, doch Isa blieb stehen. «Ich hatte dich früher zurückerwartet. Du hast das Gift und den Vogel abgeliefert?»

«Der Mönch hat beides bekommen, und er hat versprochen, dass die Stadt erst dann fällt, wenn Mehmed tot ist.»

«Hat er sonst noch etwas über seine Pläne gesagt?»

«Nein, nur dass der Bote, der das Geheimnis bringt, wie

Konstantinopel zu erobern ist, auch derjenige sein wird, der Mehmed den Tod bringt.»

«Ah, ein Rätsel», sagte Halil. «Und eines, das besser ungelöst bleibt. Je weniger wir über Gennadius' Tun und Treiben wissen, desto besser. Ich habe noch eine Aufgabe für dich.»

Isa hielt die Hand hoch und schnitt dem Wesir das Wort ab. «Ich habe es satt, Euer Bote zu sein», sagte er. «Ihr habt mir versprochen, meine Familie freizulassen, wenn ich tue, was Ihr verlangt, und ich habe die vergangenen drei Jahre alles getan, was Ihr von mir gefordert habt, sogar mehr.» Isa zog einen kleinen Beutel unter seinem Gewand heraus. «Ich hab's satt. Lasst meine Familie frei, oder ich töte Euch hier und jetzt.»

Schweiß lief in einem dünnen Rinnsal Halils Rücken hinunter. «Nicht so unbesonnen, Isa», sagte Halil, und es gelang ihm, seine Stimme ruhig zu halten. «Wenn du mich umbringst, wird deine Familie sterben. Das weißt du. Wirf ihr Leben nicht weg, wo du so nah daran bist, ihre Freiheit zu gewinnen. Ich habe nur noch eine Aufgabe für dich, dann wird deine Familie frei sein.»

Isa zögerte, doch schließlich steckte er den Beutel wieder in seine Gewänder. «Was soll ich tun?»

«Geh zurück nach Edirne und töte den kleinen Bayezid, den Sohn des Sultans», sagte Halil. «Es muss aussehen wie ein natürlicher Tod, aber es ist eilig. Er muss sterben, bevor die Belagerung zum Ziel führt, bevor Mehmed stirbt.»

«Und wenn ich das tue, wird meine Familie dann frei sein?», fragte Isa.

«Wenn Bayezid tot ist, werden meine Männer den Befehl erhalten, dir deine Familie zu übergeben, und du wirst reich entlohnt werden für deine Dienste.»

«Ich will nichts mehr von Eurem Geld, Halil, nur meine

Familie», sagte Isa. Seine Hand wanderte zu dem Beutel mit dem Gift. «Habe ich Euer Wort, dass sie freigelassen wird?»

«Du hast mein Wort.»

«Gut. Und es wäre besser für Euch, wenn Ihr Euer Versprechen haltet», sagte Isa und verließ das Zelt.

Halil schaute ihm hinterher. Isas Familie war sein schwacher Punkt, sie würde sein Verderben sein. Halil legte den Brief an die Stadt Chorlu zur Seite und fing einen neuen an, diesmal einen codierten, an seine Bevollmächtigten in Edirne.

* * *

Konstantin stand auf seinem Posten am Fünften Heerestor, etwa in der Mitte des Mesoteichion, und blinzelte in der frühen Morgensonne, als er beobachtete, wie die türkische Armee sich in der Ferne formierte. Dalmata stand neben ihm, und Notaras war nicht weit weg auf der Blachernen-Mauer. Es war der zehnte Tag der Belagerung, und es war noch keine Kanone abgefeuert und kein Pfeil abgeschossen worden. Während die Männer der Stadt Tag für Tag nervös auf den Mauern warteten, blieb es im türkischen Lager ruhig. Jetzt war die türkische Armee endlich zum Leben erwacht. Obwohl er das drohende Blutbad fürchtete, freute sich Konstantin darauf, dass die schreckliche Spannung, die über der Stadt hing, sich endlich lösen würde.

Die türkische Armee hatte sich auf der fernen Ebene formiert. Banner wehten über jedem Regiment, identifizierten die Herkunft einzelner Einheiten. In der Mitte der Janitscharen, direkt Konstantin gegenüber, knatterte die Flagge von Mehmed im Wind – eine weiße Standarte, reichverziert, mit arabischer Schrift. Die türkische Armee ließ Hörner ertönen, ihr lautes Signal durchdrang die Stille, und die Regimenter setzten sich in Bewegung, marschierten im Schritt zu den Trommeln, dem blechernen Rasseln von Becken und dem Klingeln der Zimbeln, die auf Stöcken hochgehalten wurden. Nach der langen Stille war der Lärm der anrückenden Armee ohrenbetäubend. «Macht euch zum Kampf bereit!», rief Konstantin über das Getöse. Kaum hatte er gesprochen, ertönten erneut die Hörner, und die türkische Armee machte halt.

«Worauf warten sie?», fragte Konstantin. «Warum greifen sie nicht einfach an und bringen es hinter sich?»

«Ich glaube nicht, dass sie schon angreifen wollen», sagte Dalmata. «Seht. Herolde.»

Auf ganzer Länge der türkischen Linien traten im Abstand von rund fünfzig Klaftern Herolde vor, in rote Kaftane gekleidet, begleitet von Männern mit weißen Parlamentärflaggen, die im Wind wehten. Kurz vor dem Graben blieben sie stehen, hoben die Trompeten und bliesen sie lautstark. Bevor die Trompeten noch ganz verklungen waren, begannen die Herolde mit lauter Stimme auf Griechisch unisono zu sprechen.

Dort, wo Konstantin auf der Mauer stand, war die Stimme des nächsten Herolds mal lauter und mal leiser zu hören, denn der launische Wind trieb seine Worte mal gegen die Mauer, mal in die entgegengesetzte Richtung. Dennoch war die Botschaft klar. Es war eine Aufforderung zur Kapitulation: «Gemäß ... Gesetzen des Islam verspricht der Sultan, diejenigen zu verschonen, die sich ihm freiwillig ausliefern. Diejenigen, die bleiben ... keine Gnade ... Ihr habt bis morgen zum Sonnenaufgang, um Euch zu entscheiden.» Nachdem sie ihre Nachricht überbracht hatten, kehrten die Herolde in die Reihen zurück. Die Armee des Sultans marschierte ins Lager zurück.

«Soll ich eine Antwort schicken, Kaiser?», fragte Dalmata.

«Eine Antwort ist nicht notwendig», sagte Konstantin. «Doch lasst in der Stadt bekanntmachen, dass die Tore geöffnet werden für die, die gehen möchten.»

«Aber, mein Herr», protestierte Dalmata. «Wir sind so schon unterbemannt. Wir können es uns nicht erlauben, noch mehr Männer zu verlieren.»

«Ich werde keinen Mann zum Kämpfen zwingen, der lieber weglaufen möchte», sagte Konstantin. «Sein Schwert wäre eh nicht von Nutzen. Öffnet die Tore für die, die sich ergeben, und lasst uns beten, dass unsere Leute die Ehre höher schätzen als die Versprechungen des Sultans. Und, Dalmata, lasst mir mein Abendessen hierherbringen.»

«Hierher, mein Herr?»

«Es wird eine lange Nacht, und ich möchte sie lieber hier verbringen, als in den Sälen des Palastes auf und ab zu gehen. Ich vertraue darauf, dass mein Volk bleibt und kämpft, doch wenn jemand gehen möchte, dann soll er dabei seinem Kaiser ins Gesicht sehen.»

* * *

Als die Nacht dem Morgen wich, das türkische Lager zum Leben erwachte und sich der mannigfaltige Lärm einer Armee auf dem Feld erhob, stand Mehmed oben auf einem Erdwall und sah über die Palisaden hinweg auf die eindrucksvollen Mauern von Konstantinopel und das Stadttor hinunter, das die ganze Nacht offen gestanden hatte. Im schwachen Licht vor Sonnenaufgang konnte Mehmed nur die Gestalt des Kaisers ausmachen, der oben auf dem Tor stand. Ulu hatte ihm erzählt, dass Konstantin die ganze Nacht dort verbracht hatte. In dieser Zeit waren sieben Venezianer zum Tor hinausgehuscht, doch das war alles. Kein Einziger war unter dem Blick des Kaisers durch das offene Tor geflohen. Als die Strahlen der Sonne jetzt auf den Torpfosten schimmerten, schwang es langsam zu. Die Griechen hatten Mehmeds Angebot abgelehnt. Die Zeit der Gnade war vorüber.

«Sie sind mutig, daran besteht kein Zweifel», sagte Mehmed zu Ulu. «Umso besser. Es macht unseren Sieg noch viel süßer.» Mehmed wandte sich zu Urban um, der ein Dutzend Männer befehligte, die damit beschäftigt waren, eine gigantische Kanonenkugel von vier Fuß Durchmesser in die Mündung der größten Bombarde zu laden, die die Welt je gesehen hatte. Das Rohr hing in seiner ganzen Länge von siebundzwanzig Fuß an dicken Seilen an einem Holzrahmen – eine Vorrichtung, die Urban erfunden hatte, um den heftigen Rückstoß aufzufangen, der das Holzgestell, das man traditionell bei Kanonen verwendete, zerstören würde. Urban nannte seine monströse Schöpfung «den Drachen», und Mehmed gefiel der Name. Er hatte Künstler beauftragt, das Rohr mit der schlangenförmigen Gestalt eines Drachen zu bemalen. Die furchterregende Stimme der Kanone sollte das Erste sein, was die Christen an diesem Morgen hörten, sie sollte ihnen verkünden, dass der Krieg begonnen hatte und das Ende nahe war. «Urban, ist die Kanone bereit?», fragte Mehmed.

«Ja, mein Herr», antwortete Urban. «Sie ist noch ein wenig wacklig, aber sie wird halten.»

«Ganz sicher? Ihr wisst, wie viel vom Drachen abhängt.»

«So sicher, wie die Sterne am Himmel stehen», sagte Urban. «Ich verwette mein Leben darauf.» Urban erstarrte in dem Moment, in dem er diese Worte gesprochen hatte. Das war ein Fehler gewesen.

«Sehr gut», sagte Mehmed. «Dann steht also Euer Leben auf dem Spiel. Ich für meinen Teil setze Euer Gewicht in Gold dagegen. Es gehört Euch, wenn die Kanone hält und die Kanonenkugel die Stadt erreicht. Ihr könnt abfeuern, wenn Ihr so weit seid, Urban.»

«Ja, mein Herr», sagte Urban, wandte sich wieder seinen Männern zu und brüllte: «Öffnet die Palisade!» Die Männer zogen an Seilen, und die an einem Scharnier befestigte Tür in der Palisade, die die Kanone schützte, schwang auf. Urban war am hinteren Ende der Kanone beschäftigt. Er überprüfte ein letztes Mal die Seile, mit denen das Kanonenrohr verzurrt war, und nahm dann die brennende Lunte. «Ihr wollt Euch sicher die Ohren zuhalten, Sultan», sagte Urban. Mehmed befolgte seinen Rat, und Urban senkte die Lunte behutsam an das Zündloch der Kanone.

Augenblicklich stieß die Kanone eine lange Feuerzunge aus und ruckte heftig nach hinten. Obwohl Mehmed sich die Ohren zuhielt, brachte der Lärm seine Ohren zum Klingeln und erschütterte die Rampe. Mehmed drehte sich um, um den Flug des gewaltigen Geschosses zu verfolgen. Es schien unvorstellbar lange durch die Luft zu schweben, als es die hundert Klafter zu den Mauern flog. Es segelte über den Graben und krachte in die äußere Mauer, die augenblicklich in eine Wolke aus Staub und herumfliegenden Trümmern gehüllt wurde. Einen Sekundenbruchteil später drang der laute Knall des Aufpralls an Mehmeds Ohren, und dann löste die Staubwolke sich langsam auf. Die Christen hatten die Mauern mit Streifen aus Leder und Heuballen und Wolle behängt, um den Einschlag der schweren

Kanonenkugeln abzufedern, doch ihre Vorkehrungen hatten nichts genützt. Die Kugel hatte die Mauer auf halber Höhe getroffen und ein Loch hineingehauen. Als der Wind die letzten Staubfetzen davonwehte, krachte der Teil der Mauer über dem Loch ein. Die türkischen Linien brachen in wildes Jubelgeschrei aus.

Mehmed drehte sich um, um Urban zu gratulieren, und sah, dass das hintere Ende der Bombarde aus dem Rahmen gerutscht war und einen Mann unter sich begraben hatte. Urban und seine Männer waren mit Brecheisen verzweifelt bemüht, die gewaltige Kanone vom zerschmetterten Bein des Mannes zu heben. Der Mann war entweder bewusstlos oder tot.

«Setzt sie instand», sagte Mehmed. «Ich möchte, dass sie vor Sonnenuntergang noch einmal abgeschossen wird.»

«Und was ist mit unserer Wette?», fragte Urban vorsichtig und kratzte sich den Hals.

«Die Kanonenkugel hat die Mauer erreicht, wie ich es gewünscht habe. Nennen wir es ein Unentschieden.» Urban verbeugte sich. «Abgesehen davon müsst Ihr die Kanone wieder schussbereit machen. Kümmert Euch darum.»

«Ja, mein Herr», sagte Urban und brüllte augenblicklich Befehle in alle Richtungen.

«Ulu, sagt den anderen Artilleriekommandanten entlang der Linien, dass sie feuern können, wenn sie bereit sind», befahl Mehmed. «Ich möchte, dass die Kanonen Tag und Nacht schießen. Sie sollen sich auf das Mesoteichion konzentrieren. Sagt ihnen, wenn ein Mauerabschnitt fällt, werde ich die Einheit, die ihn zum Einsturz gebracht hat, mit hundert Asper belohnen. Die Mauern von Konstantinopel stehen seit über tausend Jahren. Lasst uns sehen, wie lange wir brauchen, um sie zum Einsturz zu bringen.»

VIERZEHN

Samstag, 14. April, und Sonntag, 15. April 1453 –
Konstantinopel
14. und 15. Tag der Belagerung

Sofia saß in der Palastbibliothek auf dem Fußboden, umgeben von alten Büchern und zerlesenen Manuskripten, vor sich eine historische Karte. Die Bibliotheksfenster blickten über die Stadtmauern, und wenn Sofia ans Fenster getreten wäre, hätte sie über die Mauern hinweg auf die türkischen Kanonenstellungen sehen können, die die Stadt bombardierten. Doch ihre ganze Aufmerksamkeit galt der vergilbten Karte. Sofia konnte zwar nicht auf den Mauern kämpfen, aber das hieß noch lange nicht, dass sie untätig bleiben würde. Sie suchte nach nützlichen Informationen, vor allem nach Einzelheiten über die Gänge, die in die Stadt führten. Obwohl sich Gerüchte um diese Gänge über Jahrzehnte gehalten hatten, war man nie auf welche gestoßen. Auch die Karte schien ihr da nicht weiterzuhelfen. Auf ihr waren Zisternen, Gänge und Abwasserrohre verzeichnet, die unter der Stadt entlangliefen, aber keine Gänge unter den Stadtmauern hindurch.

Ein ohrenbetäubender Krach ließ sie aufschrecken. Der Boden vibrierte beängstigend, und sie sprang auf, um Deckung zu suchen. Doch nach ein paar Sekunden hörte das Beben auf. In den letzten drei Tagen hatte sich Sofia einigermaßen an das ständige Bombardement der Türken gewöhnt, doch bei den vereinzelten Kanoneneinschlägen in den Palast schreckte sie jedes Mal auf. Zum Glück waren die Kanonen, die das Blachernen-Viertel beschossen, längst nicht so gewaltig wie die dem Mesoteichion gegenüber.

Sofia ging zum Fenster. Der Teil des Palastes, den sie überblicken konnte, sah im frühen Morgenlicht unversehrt aus. Sie wollte sich gerade wieder ihren Büchern zuwenden, da bemerkte sie, dass zahlreiche Menschen über den Platz liefen, von den Mauern weg. Wohin wollten die wohl alle? Hatten die Türken die Mauern durchbrochen? Sofia trat vor die Tür, um eine Palastwache zu fragen.

Die Flure waren menschenleer, also ging Sofia zum Palasteingang. Da sie ihn unbewacht vorfand, mischte sie sich in die Menschenmenge. Sie sprach eine gebückt vorüberhumpelnde alte Frau an. «Entschuldigung, gute Frau», sagte Sofia, «aber wohin gehen die Menschen denn alle?»

«Zur Akropolis», antwortete die Frau. «Endlich ist Hilfe da. Im Marmarameer sind christliche Schiffe gesichtet worden.» Sofia hielt mit ihr Schritt.

«Wann?», fragte Sofia. «Wisst Ihr, woher sie kommen?»

«Ein Beobachtungsposten hat sie im ersten Morgenlicht erspäht. Ich weiß nicht, woher sie kommen. Solange sie uns Hilfe bringen, könnten sie meinetwegen aus dem Hades kommen, und ich würde jedes von ihnen segnen.»

«Ich auch. Habt Dank, gute Frau», sagte Sofia und eilte mit der Menge fort. Sofia fand einen Platz an der Südspitze der Akropolis hoch über dem Meer. Im Südwesten sah sie in einiger Entfernung vier große Schiffe mit vollen Segeln hart am Wind auf das Goldene Horn zuhalten. Selbst auf die Entfernung erkannte Sofia die Fahnen mit dem großen roten Kreuz auf weißem Grund, die am Mast des größten Schiffes flatterte. Und wenn sie das Kreuz nicht gesehen hätte, wäre die Reaktion der türkischen Flotte genug gewesen, um ihr zu bedeuten, dass auf den herannahenden Schiffen Christen waren. Die türkische Flotte hatte ihren Ankerplatz an den Doppelsäulen verlassen, einem Kai etwas nördlich von Pera. Ein Schwarm von Galeeren und kleineren Schiffen ruderte gegen den Wind auf die vier christlichen Schiffe zu. Die Türken kamen langsam voran, denn die Ruder verkeilten sich oft. Dennoch war jetzt schon deutlich, dass sie die christlichen Schiffe umzingeln würden, bevor diese die Sicherheit des Goldenen Horns erreichten.

Die christlichen Schiffe kamen näher. Sofia konnte auf Deck jetzt Männer hin und her laufen sehen. Sie war viel zu weit entfernt, um Gesichter erkennen zu können, aber sie versuchte es trotzdem, weil sie nach einem Zeichen von Longo Ausschau hielt. Auch wenn sie mit einem Blick auf die herannahende türkische Flotte fast hoffte, er wäre in Italien geblieben.

Als die Sonne im Zenit stand, trafen die christlichen auf die türkischen Schiffe, unmittelbar unter dem Südostzipfel von Konstantinopel, keine Viertelmeile von dort entfernt, wo Sofia Ausschau hielt. Die vier Schiffe segelten mitten durch die Mauer der entgegenkommenden Schiffe, wobei sie einige zur Seite stießen und andere zerdrückten. Sie ragten hoch über den türkischen auf. Von ihren hohen Decks ließen die Seeleute Pfeile und Lanzen auf die Türken niederregnen, die dem nichts entgegenzusetzen hatten. Sie konnten nur versuchen zu entern, aber sie hatten Schwierigkeiten, die Haken an den schnellen christlichen Schiffen festzumachen. Die Besatzung der wenigen türkischen Boote, denen das doch gelang, bereute es ganz schnell. Die Christen übergossen sie mit griechischem Feuer – einer klebrig-zähen, brennenden Flüssigkeit, die sich nicht mit Wasser löschen ließ. Die ölige Lösung überzog die Schiffe mit Feuer, und die verzweifelten Löschversuche der Türken entfachten das Feuer nur. Das Feuer brannte noch auf der Wasseroberfläche, nachdem die türkischen Schiffe längst gesunken waren, und trieb in kleinen Feuerinseln auf den Wellen.

Innerhalb weniger Minuten waren die christlichen Schiffe durch die türkische Flotte hindurchgesegelt. «Sie haben es geschafft!», jubelte eine Frau, und Sofia fiel in die begeisterten Freudenrufe ein. Die türkischen Galeeren wendeten und setzten Segel, doch es schien nur noch eine Frage der Zeit zu sein, bevor die Christen das sichere Goldene Horn erreichen würden.

Und dann erstarb der Wind.

* * *

Longo stand am Steuer der *Fortuna* und betrachtete bange die Segel, die jetzt schlaff herabhingen. Unter seiner Hand drehte sich das Steuerrad ohne Widerstand, als das Schiff vom Kurs abkam und von der Strömung auf die türkische Flotte zugetrieben wurde. Er drehte sich um. Die türkischen Galeeren ruderten mit hoher Geschwindigkeit auf sie zu. Da die christlichen Schiffe viel massiger waren, hatten sie keine Chance davonzurudern. Schon jetzt hatte das erste türkische Schiff, eine flache Trireme unter der Flagge von Baltoghlu, dem Admiral der türkischen Flotte, das Lastensegelschiff mit dem Getreide erreicht. Die *Fortuna*, und mit ihr die anderen Schiffe, würden bald wieder umzingelt sein. Der sichere Hafen des Goldenen Horns war in Sichtweite, doch ohne Wind hätte er auch meilenweit entfernt sein können. Sie würden kämpfen müssen.

«Äxte bereit, Männer!», rief Longo, verließ das Steuerrad und griff nach einer Axt. «Wir müssen uns verteidigen, bis der Wind wieder auffrischt. Wir werden ihnen die Hölle auf Erden bereiten!» Die Männer jubelten. Longo hatte mehr als sechshundert Männer bei sich: zweihundertfünfzig hier an Bord der *Fortuna* und weitere vierhundert an Bord der *Speranza* und der *Aquila*. Die *Aquila* war in Chios zu ihnen gestoßen. Das vierte Schiff, ein Lastensegelschiff des Papstes, das Getreide geladen hatte, war das schwächste Glied in ihrer Kette. Kapitän Phlatanelas war ein tapferer Mann, aber er hatte viel Getreide an Bord und wenige Männer.

Das türkische Flaggschiff erreichte den Lastensegler und rammte dessen Bug. Eine Horde Türken schwärmte die Seiten hoch, doch griechisches Feuer schwemmte sie rasch ins Meer. Longo wandte sich von diesem Spektakel ab und brüllte seinen Männern Befehle zu. «Tristo, du übernimmst mit zwei Kompanien Steuerbord. William, du nimmst dir auch zwei Kompanien und kämpfst Backbord», befahl Longo. «Bogenschützen, in die Takelung! Schießt, sowie die Türken längsseits kommen. Löschtrupps, stellt euch die Eimer bereit.»

«Und was ist mit mir?», fragte Nicolo. Longos stämmiger Haushofmeister stand unbeholfen in seiner sperrigen Rüstung im Weg, rang die Hände und stierte auf die näher kommenden türkischen Schiffe.

«Als Erstes legst du die Rüstung ab. Du kannst dich ja kaum bewegen», sagte Longo. «Dann gehst du unter Deck und hilfst den Männern, Ballaststeine aus dem Lagerraum hochzuholen.»

«Aber warum? Werden sie nicht als … als Ballast gebraucht?»

«Schleppt sie zur Reling und werft sie auf die türkischen Schiffe, die längs kommen. Sie haben dünne Rümpfe. So Gott will, schlagen die Steine sauber durch sie hindurch.»

«Verstehe», sagte Nicolo, doch Longo hatte sich schon abgewandt. Die ersten türkischen Schiffe waren jetzt ganz nah und beschossen sie mit brennenden Pfeilen. Die meisten erloschen beim Aufprall, aber einige brannten weiter. Die Löschtrupps rannten übers Deck und bekämpften die Flammen mit Wassereimern. Kurz danach rammte das erste türkische Schiff die Seite der *Fortuna* mit einem harten, dumpfen Aufprall, der einige von Longos Männern von den Beinen warf. Dem soliden Rumpf der *Fortuna* konnte der Stoß nichts weiter anhaben, aber der Bug des rammenden Schiffs zersplitterte bei dem Aufprall. Die türkischen Soldaten konnten in ihren schweren Rüstungen nicht schwimmen. Ihre panischen Rufe erstarben einer nach dem anderen, während ihr Schiff schnell in den Wellen versank.

Drei weitere türkische Schiffe machten längsseits fest, ihnen folgten Dutzende. Innerhalb von Sekunden war die *Fortuna* belagert und ins komplette Chaos gestürzt. Von allen Seiten schwärmten Türken auf das Schiff, sie brüllten wie Dämonen und kämpften verzweifelt, um zu entern. Longos Männer schlugen mit schweren Äxten auf sie ein, trennten ihnen Hände und Köpfe ab. Tristo schwang eine schwere Kampfaxt und verteidigte fünf Fuß Reling im Alleingang, Kopf um Kopf abschlagend. Auf der anderen Seite des Schiffes hatte William die Axt gegen sein Schwert eingetauscht. Er schlüpfte zwischen seinen Männern hindurch und tauchte überall dort auf, wo jemand gebraucht wurde. Er tötete die türkischen Kaperer mit unbarmherziger Effizienz. Hoch in der Takelage der *Fortuna* sangen gespannte Sehnen, Pfeile sausten durch die Luft und bohrten sich in ihr Ziel. Nicolo stolperte mit einem riesigen Ballaststein an Longo vorbei und wuchtete ihn über die Reling. Der Stein durchschlug das Deck des türkischen Schiffs unter ihnen, und Nicolo klatschte vor Begeisterung in die Hände. Im Nu stiegen Wasserblasen durch das Loch und fluteten das Deck. Die türkischen Soldaten streiften ihre Rüstungen ab und sprangen vom sinkenden Schiff. Und ununterbrochen regneten brennende Pfeile aufs Deck der *Fortuna*.

Longo kam seinen Männern zu Hilfe, wenn einer von ihnen fiel oder zurückweichen musste. Er wehrte gerade am Heck eine neue Angriffswelle ab, als die Türken den Bug der *Fortuna* enterten. «Zum Bug!», feuerte Longo seine Männer an und rannte schon auf das gute Dutzend Türken zu, das sich dort zu sammeln begann. Im Vorbeilaufen schleuderte er seine Axt auf einen Türken. Der Schlag traf diesen mitten auf die Brust und warf ihn von den Füßen. Im Weiterlaufen zog Longo seinen Säbel und traf kampfbereit auf die anderen Türken. Er kämpfte unerbittlich, er drehte und wendete sich und schlug eine Bresche durch die Angreifer. So stürmte er zum Bug, wo er auf einen letzten Türken traf. Longo parierte dessen Angriff, dann rammte er ihn mit der Schulter und stieß ihn über die Reling ins Meer. Doch noch immer kletterten Türken am Schiffsrumpf hoch. Longo durchschnitt etliche Taue, an denen sie sich hochzogen. Dann sah er sich um.

Der Bug des Schiffs war frei. Seine Männer waren seinem Beispiel gefolgt und hatten die Türken vertrieben. Auch an den Seiten sah es gut aus, die Türken ließen nach. Longo sah hinüber zu den anderen christlichen Schiffen.

Die *Speranza* war der *Fortuna* am nächsten, sie schien sich gut zu behaupten. Auch die *Aquila* hatte den Sturm wohl überstanden, aber das Lastensegelschiff, das am weitesten entfernt war, steckte in Schwierigkeiten. Die kleine Mannschaft wurde von einem guten Dutzend türkischer Schiffe bedrängt. Noch immer war das türkische Flaggschiff längsseits, und noch immer hangelten sich Männer an den Seiten des Seglers hoch. Wenn sie ihm nicht zu Hilfe eilten, war er verloren. Und dann war die Getreideration von mehreren Tagen für ganz Konstantinopel verloren.

Wieder sah Longo zu den anderen Schiffen hinüber. Die Strömung hatte sie aufeinander zugetrieben, sie waren jetzt keine dreißig Fuß mehr voneinander entfernt. Longo wurde klar, dass sie den Lastensegler mit etwas Glück noch retten konnten.

«Taue!», schrie Longo seinen Männern zu. «Bringt mir vier Taue mit Enterhaken. Tristo und William, dort hinüber!» Während die Männer die Taue vorbereiteten, erläuterte Longo seinen Plan. «Tristo, meinst du, du kannst die *Speranza* mit dem Tau erreichen?»

«Klar!», antwortete Tristo.

«Gut», sagte Longo. «Ich will, dass du diese drei Taue auf die *Speranza* schleuderst, damit wir die beiden Schiffe zusammenziehen können. Dann gehen wir rüber auf die *Speranza* und ziehen die *Aquila* an uns heran. Als Letztes das Lastensegelschiff. William, du übernimmst hier das Kommando. Wenn wir uns beeilen, können wir das Getreideschiff noch rechtzeitig erreichen.»

Longo erklärte dem Kapitän der *Speranza*, was er vorhatte. Tristo stellte sich mit einem aufgewickelten Tau, an dessen Ende ein Enterhaken befestigt war, dicht an die Reling. Während die anderen weiter die Türken abwehrten, brachte Tristo den Enterhaken am Seil in immer größeren Bahnen über seinem Kopf zum Kreisen. Schließlich ließ er los. Der Haken beschrieb einen Bogen in der Luft, das Seil wickelte sich zu Tristos Füßen ab, doch kurz vor der *Speranza* fiel es ins Meer und versank. In die enttäuschte Stille rief Tristo: «Bringt mir das nächste!» Dieses Mal ließ er das Seil in einem etwas höheren Bogen fliegen.

Der Enterhaken stieg hoch in die Luft und landete mit einem dumpfen Aufschlag mitten auf dem Deck der *Speranza*. Die Mannschaften jubelten. Tristo schleuderte die restlichen beiden Seile hinüber, und die Männer zurrten die Schiffe längsseits.

Ein paar Minuten später konnten Longo und Tristo vom Deck der *Fortuna* auf das der *Speranza* springen. Dann wiederholten sie das ganze Manöver mit der *Aquila*.

Als sie sich schließlich an den Lastensegler heranzogen, hatten die Kämpfe dort schon verzweifelte Ausmaße angenommen. Überall hatten sich kleine türkische Einheiten Zugang zum Deck verschafft, und die christliche Mannschaft verlor schnell an Boden. Das schwerbeladene Lastensegelschiff war nur mit großer Kraftanstrengung heranzuziehen, und Longo fürchtete bereits, dass die Taue zwischen der *Aquila* und dem Segler gekappt werden würden und sie das Schiff aufgeben müssten. «Wir haben keine Zeit zu verlieren!», rief Longo Tristo zu. «Wir müssen jetzt rüber.»

Longo schwang sich über Bord und hangelte sich an Händen und Füßen langsam zu dem anderen Schiff hinüber. «Was für ein Irrer», rief ihm Tristo nach. Dann drehte er sich nach der Mannschaft um und rief: «Worauf wartet ihr noch?» Er packte ein Tau und hievte sich hinüber, und die restlichen Männer folgten ihm.

Pfeile umschwirrten Longo, aber er erreichte die andere Seite unverletzt. Gerade wollte er aufs Deck klettern, da gab es an der Reling ein Scharmützel, und seitlich über ihm tauchte ein Türke auf. Als er seinen Säbel hob, um Longos Seil zu kappen, wurde er von hinten niedergeschlagen. Phlatanelas, der Kapitän des Seglers, zog Longo an Bord. Die Situation dort war verzweifelt. Und mit jeder Sekunde kamen mehr Türken an Deck.

«Griechisches Feuer?», fragte Longo und zerrte den schweratmenden Tristo an Deck.

«Wir haben nur noch ein Fass.» Phlatanelas deutete auf ein Holzfass in der Schiffsmitte, neben dem eine Fackel brannte.

«Ich wüsste, was wir damit anfangen könnten», bemerkte Tristo.

«Was habt Ihr vor?», fragte Phlatanelas.

Longo nickte. «Zieh deine Männer im Heck zusammen, Phlatanelas», rief Longo. «Wir kümmern uns um den Bug.»

Phlatanelas eilte zum Heck, Longo und Tristan gingen zu dem Fass. «Bist du dir sicher, dass es diesmal klappt?», fragte Longo.

«Wir haben keine Wahl», versetzte Tristo knapp. Longo holte eines der Focksegel ein. Tristo nahm den Verschluss vom Feuerfass. Stöhnend hob er das schwere Fass hoch und kippte das noch nicht entzündete griechische Feuer auf das Segel. Longo verteilte es mit einem Lumpen. «Gut», sagte Tristo grimmig, als das Fass leer war. «Jetzt geht's los!» Tristo und Longo hissten das Segel. Als es rund zwanzig Fuß über Deck war, nahm Longo sich eine Fackel und zog seinen Säbel.

«Bist du dir ganz sicher?», fragte er Tristo. «Das letzte Mal haben wir dabei das Schiff abgefackelt.»

«Wenn es Feuer fängt, kriegen die Türken es wenigstens nicht», antwortete Tristo grinsend.

«Gott sei mit uns», rief Longo und durchhieb die Stage, die den Vormast hielten. Als der Mast vornüberkippte, ließ Tristo seine Leine los, und das Segel schwang nach vorne vor den Mast. «Rückzug! Zu mir! Rückzug!», brüllte Longo seinen Männern zu. Sie zogen sich vom Bug zurück, dicht gefolgt von den Türken. Longo rannte hinter dem gebauschten Segel her auf die Türken zu. In letzter Sekunde hielt er die Fackel an das getränkte Tuch. Das Segel ging augenblicklich lichterloh in Flammen auf und schwang weit aus, mitten hinein in die Türken, und fegte sie von Deck. Als das brennende Segel hinter den Türken über Bord ging, krachte der Vormast direkt neben Longo aufs Deck. Am hinteren Ende hatten Phlatanelas und seine Männer wieder die Oberhand gewonnen. Vielleicht würden sie doch überleben.

«Ich habe Euch doch gesagt, dass es klappt», grinste Tristo. Die Segel am Großmast blähten sich kurz auf, dann hingen sie wieder schlaff herab. «Komm, verdammter Wind, blas gefälligst!», rief Tristo, und wie zur Antwort frischte der Wind auf und blähte die Segel.

«Macht uns von der *Aquila* los», befahl Longo. Als er das Steuerrad erreichte, war die Brise von einem konstanten Nordwind abgelöst worden, der sie zur Mündung des Goldenen Horns brachte. Die Mannschaft jubelte, als das Lastensegelschiff durch die türkischen Schiffe krachte und Fahrt aufnahm. Auch auf den anderen christlichen Schiffen strahlte die Besatzung. Die Glocken von Konstantinopel stimmten ein in den Jubel. Die große Kette, die den Hafen der Stadt schützte, war gerade so weit eingeholt worden, dass sie passieren konnten, und als sie ins Goldene Horn segelten, lächelte Longo. Nun hatten sie Konstantinopel doch erreicht.

* * *

Als der Abend dämmerte, stand Sofia in ihrem Zimmer vor dem Spiegel und begutachtete sich in einem Kaftan, dem dritten, den sie anprobierte. Der enge Kaftan aus goldbestickter, scharlachroter Seide betonte ihre schmale Taille und ihre vollen Brüste und lief in weiten Ärmeln aus. Sie nickte zufrieden. Dann machte sie sich daran, ihre weitstehenden, haselnussbraunen Augen mit Kajal zu betonen, wobei sie enttäuscht bemerkte, dass sich in den Augenwinkeln allererste feine Fältchen zeigten. Wenigstens war sie gesund und anmutig. Ihr olivenfarbener Teint schimmerte, auch wenn er nicht von der blassen Vollkommenheit einer Dame war. Allerdings glaubte Sofia auch nicht, dass sie je der Vorstellung einer tadellosen Dame entsprechen würde. Sie war sie selbst, nicht mehr und nicht weniger.

Als Sofia den Festsaal betrat, saßen die Gäste bereits an den Tischen. Longo und Phlatanelas saßen am Ehrentisch, zur Rechten und Linken Konstantins. Sphrantzes und Dalmata waren auch an der linken Seite des Kaisers platziert worden, während Notaras und der Erzbischof Leonhard rechts von ihm saßen. Ein Bediensteter führte Sofia zu ihrem Platz zwischen dem Erzbischof und dem stumpfsinnigen Logotheten Metochites. Sofia gab vor, ihrer Diskussion zu lauschen – einer erhitzten Debatte über den Gebrauch ungesäuerten Brotes bei der Kommunion –, dabei versuchte sie, so viel wie möglich von der Unterhaltung an der Tischmitte mitzubekommen. Das war allerdings erst spät am Abend möglich, als sich der Lärm legte und Trinksprüche ausgesprochen wurden.

Konstantin stand als Erster auf. «Auf Signor Giustiniani und seine tapferen Männer!», sagte er und hob sein Glas. «Möge er uns ein Beispiel sein! Mögen wir siegen!» Die Gäste klopften auf die Tische und riefen «So sei es!», dann kippten sie ihre Getränke hinunter.

Longo stand auf. «Auf Konstantinopel, die schönste Stadt der Welt, und auf ihre Menschen, die uns so freundlich empfangen haben. Es ist eine Ehre, an Eurer Seite zu kämpfen.» Wieder wurden die Gläser geleert.

Viele Trinksprüche folgten: «Auf die Türken! Sollen sie doch in der Hölle schmoren!», «Auf das Reich der Römer!», «Auf den Kaiser!», «Auf die Venezianer!», «Auf die Genuesen!»

Erzbischof Leonhard, der nach diesen Runden offensichtlich nicht mehr nüchtern war, erhob sich schwankend und rief: «Auf die Union und alles, was sie uns gebracht hat!» Ein unbehagliches Schweigen legte sich über den Saal, schließlich murmelten einige: «Auf die Union.» Mindestens die Hälfte der Gäste ließ ihr Glas stehen, das das letzte des Abends sein sollte. Die Stimmung schien getrübt.

«Ich wollte doch nur sagen, dass uns die Union Signor Giustiniani gebracht hat», brummte Erzbischof Leonhard, als er sich wieder setzte. «Bestimmt ist noch weitere Hilfe unterwegs. Sogar die verdammte Synaxe sollte sich darüber freuen.»

«Was habt Ihr gehört, Signor Giustiniani?», fragte Notaras. «Hat der Papst Wort gehalten? Ist weitere Hilfe unterwegs?»

Die Gespräche verstummten, alle sahen Longo an. «Der Papst hat einen Kreuzzug ausgerufen», begann Longo.

«Ah, da seht Ihr es!», schaltete sich der Erzbischof ein.

«Aber der französische und der englische König weigern sich zu kämpfen, und die ungarische Armee steckt in Schwierigkeiten. Ich weiß nichts von weiterer Verstärkung aus Venedig oder Genua.» Im Saal war es still. «Ich könnte unrecht haben. Meine Schiffe sind wegen der Stürme wochenlang in Chios aufgehalten worden, und wir haben seit Wochen keine neuen Nachrichten. Vielleicht hat sich in der Zwischenzeit etwas getan.»

«Vielleicht?», fragte Notaras. «Das hören wir jetzt seit Monaten. Vielleicht wird der Westen sich geschlossen hinter uns stellen. Vielleicht wird Venedig uns seine Flotte senden. Vielleicht hat sich die ungarische Armee in Bewegung gesetzt. Vielleicht ist Hilfe schon ganz nah. Aber die Armee des Sultans steht nicht vielleicht vor unseren Toren. Sie ist da, unmittelbar vor unseren Mauern, und mit Versprechungen werden wir sie nicht besiegen.»

«Genug, Notaras», sagte Konstantin. «Heute wird gefeiert. Ob Hilfe kommt oder nicht, Signor Giustiniani und seine Männer sind hier, und das Getreide, das der Papst geschickt hat. Grund genug, uns zu freuen! Kommt, trinkt Wein. Wir wollen Musik und Tanz. Wenigstens heute Abend wollen wir uns amüsieren!»

Der Auftritt der Musiker und leichtbekleideten Tänzerinnen war für die Frauen das Zeichen, den Saal zu verlassen. Sofia lag nichts daran, an dem trunkenen Gelage teilzunehmen, aber es tat ihr leid, dass sie gehen musste. Sie hatte gehofft, mit Longo sprechen zu können, auch wenn sie nicht wusste, was sie ihm sagen sollte. Sie erhob sich von der Tafel, verbeugte sich vor dem Kaiser und ging durch den schmalen, mit Fackeln beleuchteten Gang hinaus, der zu ihren Gemächern führte.

«Prinzessin Sofia», rief eine vertraute Stimme hinter ihr her. Longo. «Es tat mir leid, Euch gehen zu sehen. Ich hatte gehofft, mit Euch sprechen zu können.»

Sofia wurde rot. «Und worüber wolltet Ihr mit mir sprechen, Signor Giustiniani?»

«Bitte seid doch nicht so förmlich. Nennt mich Longo.»

«Ich sollte nicht allein mit Euch sprechen», sagte Sofia. «Zudem wird man Euch sicher vermissen.»

Longo zuckte die Achseln. «Niemand wird mich vermissen. Sie haben nur Augen für die tanzenden Mädchen. Aber wenn Ihr nicht mit mir sprechen wollt, so kann ich es verstehen. Bitte, vergebt mir meine Unverfrorenheit.» Er wandte sich zum Gehen, doch Sofia legte die Hand auf seinen Arm und hielt ihn zurück.

«Nein, bleibt», sagte sie. «Ich wollte auch mit Euch sprechen. Und ich kann mich sicher auf die Ehre eines verheirateten Mannes verlassen.»

«Ihr könnt Euch auf meine Ehre verlassen, Prinzessin. Aber ich bin nicht verheiratet», sagte Longo. «Julia ist vor über einem Jahr im Kindbett gestorben.»

«Das tut mir leid. Sie war noch so jung.»

«Zu jung», stimmte ihr Longo zu. «Aber vielleicht gehört dies, so traurig es ist, zum göttlichen Plan. Wäre sie nicht tot, so wäre ich vielleicht nicht hier. Sie war es, die mich in Genua gehalten hat.»

«Und nun, da Ihr frei seid, seid Ihr gekommen, um Konstantin gegenüber Euer Versprechen einzulösen?»

Longo machte eine Pause. «Ja, darum bin ich hier», sagte er schließlich und wandte den Blick ab. Sie verstummten beide. «Aber was ist mit Euch?», fragte er schließlich.

«Ist einer der Männer, die neben Euch saßen, Euer zukünftiger Ehemann?»

Sofia lachte, als sie an den rüpelhaften Metochites und den betrunkenen Erzbischof Leonhard dachte. «Glücklicherweise nicht», sagte sie. «Ich bin mit dem Megadux Lukas Notaras verlobt.»

«Ein glücklicher Mann», sagte Longo. Er trat auf sie zu, nun waren nur noch zwei Handbreit zwischen ihnen. Sofias Herz begann wild zu schlagen, und sie atmete schnell. «Ich wollte mit Euch über Korsika sprechen», sagte Longo zu Sofia. «Ich habe viel über die Nacht nachgedacht.»

«Ich auch», sagte Sofia.

Ein Räuspern unterbrach sie. Notaras war im Flur aufgetaucht. Longo und Sofia traten rasch auseinander. «Signor Giustiniani, ich sehe, dass Ihr meine zukünftige Gattin bereits kennengelernt habt, Prinzessin Sofia. Ich bin der Megadux Lukas Notaras, Kommandant der kaiserlichen Truppen.»

«Es ist mir eine Freude, Euch kennenzulernen, Megadux», sagte Longo, und die beiden Männer reichten einander die Hand. «Prinzessin Sofia hat wohlwollend von Euch gesprochen.»

«Tatsächlich?», sagte Notaras. «Mir war nicht bewusst, dass Ihr Euch so gut kennt.»

«Wir sind uns kurz in Italien begegnet», erklärte Longo ihm.

«Ah, sehr interessant», sagte Notaras. «Ihr werdet mir davon berichten, Sofia. Kommt. Ich geleite Euch zu Euren Gemächern. Es gehört sich für eine junge Prinzessin nicht, unbegleitet durch die Palastflure zu huschen.» Er nahm Sofia beim Arm. «Gute Nacht, Signor Giustiniani.»

* * *

Der Kaiser nickte Longo zu, als dieser in den Festsaal zurückkehrte. «Signor Giustiniani», sagte Konstantin, «ich muss mit Euch sprechen. Folgt mir.» Konstantin führte Longo in den Palastgarten hinter dem Saal. Der Garten lag still, die vielen Blumen schimmerten silbern im Mondschein und erfüllten die Luft mit ihrem schweren Duft. Im Gehen pflückte der Kaiser eine Rose ab. «Ist es nicht wunderbar, dass Blumen weder Krieg noch Frieden kennen, nur Sonnenschein und Regen? Sicher ein beneidenswerter Zustand, was meint Ihr? Dieser Rosenbusch blüht wie in jedem Frühjahr. Er würde für den Sultan so schön blühen wie für den Kaiser.» Aus der Ferne hörten sie ab und an einen Kanoneneinschlag. Der Kaiser ließ die Rose fallen und sah Longo an. «Ich habe Euch hierhergebeten, damit wir uns offen unterhalten können», sagte Konstantin zu Longo.

«Und worüber wollt Ihr mit mir sprechen, Kaiser?»

«Als Erstes möchte ich Euch danken, von Herzen danken, von Mann zu Mann. Eure Ankunft hat uns gerettet. Das ununterbrochene Bombardement und das schreckliche Warten treiben uns in den Wahnsinn. Die Soldaten murren Tag für Tag. Venezianer und Genuesen können sich nicht ausstehen, und viele meiner römischen Männer weigern sich, neben ihnen zu kämpfen. Euer heutiger Sieg hat uns Mut gemacht. Römer, Venezianer und Genuesen haben gemeinsam Eure Ankunft gefeiert. Wahrhaftig ein Segen.»

«Ich sagte Euch vor einiger Zeit, dass mein Schwert zu Euren Diensten stünde, solltet Ihr seiner je bedürfen», sagte Longo. «Ich stehe zu meinem Wort. Ich werde nicht abreisen und Euch diese Schlacht alleine schlagen lassen.»

«Ich bin froh, dass Ihr gekommen seid, denn ich brauche Euer Schwert tatsächlich, und auch Eure Weisheit, Signor Giustiniani», antwortete Konstantin. «Mir ist zu Ohren gekommen, Ihr hättet Erfahrungen mit der Kriegsführung bei Belagerung?»

«Ich habe 1440 die Belagerung von Belgrad miterlebt, bei der wir die Armee des Sultans zurückgeschlagen haben. Solltet Ihr meinen Rat brauchen, so stehe ich Euch zur Verfügung.»

«Ich brauche mehr als Euren Rat, Signor Giustiniani», sagte Konstantin. «Ich brauche Euch als Anführer. Von meinen Männern kennt keiner die Türken so gut wie Ihr. Und keiner kann sie so geschlossen führen, wie Ihr es heute getan habt. Ich möchte Euch das Kommando der Verteidigung übertragen.»

«Aber, mein Herr, sosehr ich Konstantinopel liebe, so bin ich doch ein Fremder hier», protestierte Longo. «Sicherlich wären Eure Männer eher bereit, einem der Ihren zu folgen. Wenn keiner Eurer Männer dazu befähigt ist, so solltet Ihr sie führen. Das ist als Herrscher Euer Recht und Eure Pflicht.»

Konstantin schüttelte den Kopf. «Ich bin Soldat, Longo, aber kein Stratege. Ich werde meinen Platz auf der Mauer einnehmen und meine Männer in die Schlacht führen. Ich werde mein Leben geben, um die Stadt zu verteidigen, wenn es so sein soll. Aber ich bin nicht der Richtige für die Strategie der Verteidigung. Die einzige Belagerung, die ich befehligt habe, war eine Katastrophe. Meine Männer wurden abgeschlachtet, und ich bin nur knapp mit dem Leben davongekommen. Ich möchte das nicht noch einmal in Konstantinopel erleben.»

«Und was ist mit dem Megadux, Lukas Notaras?», fragte Longo.

«Ah, ja, Notaras», seufzte Konstantin. «Er ist tapfer, das ist wahr, aber auch unbesonnen und halsstarrig. Ich fürchte, er würde die Stadt seiner Ehre zum Opfer bringen.»

«Auch ich bin ein Ehrenmann, Kaiser.»

«Das weiß ich wohl», sagte Konstantin. «Aber Ihr versteht, dass wahre Ehre manchmal darin bestehen kann, seinen eigenen Stolz der größeren Sache unterzuordnen. Ich bin mir nicht sicher, ob Notaras das weiß. Außerdem hat er nur wenig für die Lateiner übrig. Sie folgen ihm nicht so wie Euch. Ihr, Longo, seid unsere größte Hoffnung. Gott hat Euch aus einem bestimmten Grund zu uns geschickt.»

«Wenn es wahrhaft Euer Wille ist, so beuge ich mich», sagte Longo.

Konstantin lächelte. «Dann ist es beschlossen», sagte er und schlug Longo auf den Rücken. «Ihr werdet in Mauernähe Quartier nehmen. Ein venezianischer Kaufmann, der aus der Stadt geflohen ist, hat ein schönes Haus zurückgelassen. Ihr sollt es bekommen. Und wenn wir siegreich sind, sollt Ihr die Insel Lesbos zur Belohnung erhalten.»

«Dank sei Euch, Kaiser.»

«Nun kommt. Ich will meinem Volk den neuen Verteidiger Konstantinopels vorstellen.»

FÜNFZEHN

Dienstag, 17. April 1453 – Konstantinopel
17. Tag der Belagerung

Mehmed stand wie jeden Tag vor seinem Zelt und betrachtete das Aufblitzen der Artilleriefeuer am dunklen Himmel vor der Morgendämmerung. Eine Kanonenkugel schlug in das Fundament eines Turms am Mesoteichion ein. Der Turm wankte, dann stürzte er vornüber. Mehmed lächelte. Am Vortag hatte er sich die Mauern angesehen und festgestellt, dass der Schaden größer war, als er gehofft hatte. Die äußere Mauer am Mesoteichion war fast nur noch ein Geröllhaufen. Die Zeit zum Angreifen war gekommen.

«Ihr seht erfreut aus, Padischah», bemerkte Halil, ein Gähnen unterdrückend, als er sich zu Mehmed gesellte. «Sind es gute Nachrichten, dass Ihr zu dieser gottlosen Stunde mit mir zu sprechen wünscht?»

«Sehr gute Nachrichten, Halil», versetzte Mehmed. «Morgen Nacht werden wir im Schutz der Dunkelheit angreifen. Ihr werdet Sturmleitern und Fackeln austeilen und Euch darum kümmern, dass die Männer alles haben, was sie brauchen.»

«Haltet Ihr einen Angriff jetzt für weise, Padischah? Vielleicht noch eine Woche Beschuss, wie wir besprochen hatten, und der Erfolg ist uns sicher. Bei einer Belagerung ist Geduld die Haupttugend der Kriegsführung.»

«Ihr überrascht mich, Halil», sagte Mehmed. «Ich weiß, wie sehr Ihr das Leben im Feld verabscheut. Ich hatte gedacht, Ihr wärt froh, die Belagerung früher zu beenden.»

«Ich wäre nur zu glücklich darüber, Padischah. Aber die

Mauern von Konstantinopel werden nicht leicht zu überwinden sein, selbst wenn sie schon bröckeln. Wir sollten uns in Geduld üben und den anderen Plänen gestatten, Früchte zu tragen. Bedenkt nur, welche Wirkung eine Niederlage auf die Moral der Armee hätte.»

«Es wird keine Niederlage geben», gab Mehmed knapp zurück. «Ich bin weder ein Narr noch ein Kind und benötige keine Unterweisung, Halil. Die Mauern von Konstantinopel sind nachts nur spärlich bemannt. Wir greifen schnell an. Wir schicken Başi Bozuks nach Norden und Süden, um die Verteidiger abzulenken, während die Janitscharen ihren Angriff auf den Lykos konzentrieren, wo die Mauern am leichtesten zu überwinden sind. Sie überrennen die Verteidiger, bevor diese weitere Truppen zusammenziehen können, und Konstantinopel wird uns gehören.»

«Ich war hier, als Euer Vater die Stadt belagert hat. Die Mauern von Konstantinopel werden, fürchte ich, nicht so leicht fallen», sagte Halil. Nach einer langen Pause verbeugte er sich und fügte hinzu: «Aber es sei, wie Ihr sagt, großer Sultan. Ich beuge mich Eurer größeren Weisheit.»

Mehmed runzelte die Stirn. Weder gefiel ihm Halils Ton, noch verstand er, warum sein Großwesir den Angriff unbedingt aufschieben wollte.

«Entschuldigt mich, Sultan», sagte Ulu, als er neben Mehmed auftauchte. «Zaganos ist aus den unterirdischen Gängen zurück.»

«Sehr gut, Ulu. Bringt ihn her.» Zaganos war Mehmeds oberster Mineur. Er machte Mehmed ein paar Sekunden später die Aufwartung, Gesicht und Kleidung schwarz vor Dreck.

«Wir haben etwas gefunden, Sultan», sagte Zaganos.

«Einen Gang in der Nähe des Kaligaria-Tors, wo Ihr uns zu graben befahlt. Er führt auf die Mauern zu, aber er mündet vorher in einer Sackgasse. Es sieht aus, als sei er zugeschüttet worden.»

«Bring mich hin», befahl Mehmed. «Das will ich mir mit eigenen Augen ansehen.»

Mehmed folgte Zaganos hinter das Lager. Mehmed hatte befohlen, dass mit dem Graben der Gänge hier begonnen werden sollte, wo man sie von den Mauern Konstantinopels aus nicht sehen konnte. Das hatte bedeutet, dass sie lange Gänge graben mussten, ein mühsames Unterfangen, doch allmählich reichten die Gänge bis an den Festungsgraben vor den Blachernen-Mauern heran. Es würde noch Wochen dauern, Gänge unter dem Graben und den Mauern anzulegen. Viel leichter wäre es, wenn sie eine der Passagen finden könnten, von denen Mehmed in dem russischen Reisebericht über Konstantinopel gelesen hatte.

Sie erreichten den Eingang zum Tunnel – ein fünf Fuß hohes Loch, das in den Hügel gegraben und mit Holzbalken abgestützt worden war. «Seid Ihr sicher, dass Ihr hineingehen wollt?», fragte Zaganos. «Die Gänge sind nicht besonders stabil.»

«Ich möchte es mit eigenen Augen sehen», antwortete Mehmed.

«Gut. Achtet auf Euren Kopf, Sultan», sagte Zaganos und ging vorweg. Der Durchgang war eng, nur wenig breiter als Mehmeds Schultern. Die Decke wurde von Holzpfeilern abgestützt, und an einigen Stützbalken hingen Lampen, die ein schwaches, unstetes Licht warfen. Die Decke bestand wie die obere Hälfte der Wände aus schwarzem Erdreich. Darunter waren die Wände aus feinem grauem Lehm, genau wie der

Boden. Je weiter sie vorankamen, desto niedriger wurde die Decke, bis Mehmed sich bücken musste. Zaganos war kräftig gebaut, aber klein, er musste nur etwas den Kopf einziehen.

«Der Gang, den wir entdeckt haben, befand sich unter dem, den wir gegraben haben», erläuterte Zaganos im Gehen. «Deswegen haben wir ihn vorher nicht gefunden.» Er deutete auf einen Seitengang. «Wir haben solche Seitengänge von beiden Seiten des Hauptgangs in das Erdreich getrieben, aber unsere Grabungen waren zu hoch. Nur durch Zufall sind wir auf den Gang gestoßen. Ein Arbeiter hat eine Karre Lehm durch einen Seitengang geschoben. Plötzlich hat der Boden unter ihm nachgegeben, und er ist in den Gang darunter gestürzt.» Zaganos hielt vor einem dunklen Seitengang. «Hier ist es.»

Er nahm eine Laterne von der Wand und ging wieder voran. Nach fünfzehn Fuß kamen sie an ein Loch im Boden, in dem eine Leiter lehnte. «Ich gehe vor, um Euch die Sprossen auszuleuchten, Padischah», sagte Zaganos. Er kletterte die Leiter hinunter, und Mehmed folgte ihm. Als er wieder Boden unter den Füßen hatte, konnte er aufrecht stehen. Der Gang war sicher sieben Fuß hoch. Die Wände und die gewölbte Decke bestanden aus Stein, der Boden aus Erde. Der Gang, den der Russe beschrieben hatte, war ganz aus Stein – Decke, Wände und Boden. Also musste dies ein anderer Gang sein.

«Hier geht es auf die Stadtmauern zu», sagte Zaganos. Sie folgten dem Gang rund dreißig Fuß, bis er an einem Geröllhaufen endete.

«Vielleicht ist er nur eingestürzt», meinte Mehmed. «Hast du drum herum graben lassen?»

«Das habe ich, Padischah», sagte Zaganos. «Es gibt keinen Weg drum herum. Der Gang ist, soweit wir feststellen konnten, hier zu Ende.»

«Und was ist mit der anderen Richtung? Wohin führt er da?»

«In der Richtung ist der Gang auch versperrt. Ich vermute, dass ihn jemand gesprengt hat. Aus irgendeinem Grund ist der Abschnitt, in dem wir stehen, nicht eingestürzt.»

«Gut. Wir sollten weitergraben», sagte Mehmed. «Es gibt hier unten noch mehr Gänge, und wir werden sie finden. Du bekommst so viele Männer, wie du brauchst, Zaganos. Ich möchte, dass du von diesem Gang ausgehend Seitenarme gräbst, wenn es sein muss, auf der ganzen Länge der Mauern, bis du etwas findest.»

«Ich verstehe, Sultan.»

«Gut. Dann mach dich an die Arbeit.»

* * *

Ein altes, zerfleddertes Buch in der einen Hand und eine Kerze in der anderen, stieg Sofia die Stufen von der Palastküche in die Lagerräume hinunter. Sie hatte sich von der Bibliothek auf den Weg gemacht, als sie auf ein Buch gestoßen war, das ein Russe namens Alexander hundert Jahre zuvor geschrieben hatte. Er schrieb, es gebe ein System von Gängen unter den neuen Stadtmauern des Blachernen-Viertels aus dem siebten Jahrhundert. Der Russe behauptete sogar, er sei selbst in einem solchen Gang gewesen. Er behauptete, der Kaiser sei während der christlichen Kreuzzüge durch einen der Gänge aus der Stadt geflohen. Für etwas Geld hatte ein Koch, der während der lateinischen Eroberung im Palast gedient hatte, dem Russen den Fluchtweg gezeigt. Der Eingang, schrieb Alexander, befinde sich unter dem kaiserlichen Palast.

An der rückwärtigen Wand des Lagerraums befand sich eine Treppe, die hinunter in die Palastverliese führte. Sofia schritt die von ihrer Kerze nur schwach beleuchteten Stufen in die unterirdische Finsternis hinunter. Die Treppe endete in einem großen Raum. Etwas, das wie Vogelkot aussah, machte den Boden glitschig. Sofia vermeinte, über ihrem Kopf das hohe Tschilpen von Fledermäusen zu hören, aber das Licht der Kerze reichte nicht bis an die Decke. Von den Fledermäusen abgesehen war es in dem Verlies still wie in einem Grab. Seit Jahrhunderten wurden hier keine Gefangenen mehr eingesperrt. Soweit Sofia wusste, war hier seit vielen Jahren niemand mehr gewesen.

Drei Durchgänge gingen von diesem Raum ab, und nach einem Blick ins Buch nahm Sofia den rechten. Er führte durch mehrere niedrige Räume zu einer Treppe, die weiter hinabging. Unten stieß die Treppe auf einen langen Gang. Hier war die Luft kälter, und die Wände glitzerten vor Feuchtigkeit. Eine große Ratte, vom Licht aufgeschreckt, huschte Sofia zwischen den Füßen hindurch. Sofia schnappte nach Luft. Als sie wieder ausatmete, konnte sie ihren Atem in der feuchten Kälte sehen.

Sofia zog ihre Gewänder enger um sich und folgte dem Gang. Zu beiden Seiten konnte sie durch offene Türen in ehemalige Gefängniszellen schauen. Ketten hingen von den Wänden, und in einer Zelle sah sie ein Skelett. Sonst waren die Zellen leer. Am Ende des Gangs, hinter den Zellen, versperrte eine große Tür den Weg.

Wieder warf Sofia einen Blick in das Buch, dann drückte sie die Tür auf, die knarrend langsam aufschwang. Sofia trat in einen Raum voller staubbedeckter Folterinstrumente, auf denen eine dicke Schicht Spinnweben lag. In die rechte Wand war eine Feuerstelle eingelassen, neben der Brandeisen und Zangen hingen. An der anderen Wand stand ein Gestell, auf dem die Opfer offenbar langsam gestreckt worden waren, bis sie alles gestanden. Auf dem Boden lagen weitere Instrumente: Fesseln, Spieße und gefährlich aussehende Messer aller Art. Sie schauderte bei dem Gedanken daran, was hier passiert war.

An der gegenüberliegenden Seite hing ein großer Wandteppich, der die Eroberung Konstantinopels durch die Kreuzzüge im Jahr 1203 zeigte. Verschiedene Szenen aus der Belagerung am Rand des Wandbehangs bildeten den Rahmen für ein größeres Bild, das die Kreuzritter zeigte, wie sie die Seemauern durchbrachen und die Stadt überrannten, die Kirchen plünderten und die Häuser in Brand steckten. Aus diesem Raum führte keine Tür hinaus. Sofia war in eine Sackgasse geraten.

Sie sah sich den Wandbehang näher an. Am unteren Rand war auf einer Reihe von Szenen die Flucht des Kaisers dargestellt. Der Kaiser durchschritt zunächst das Verlies und dann einen langen Gang und kam schließlich an einem Hügel heraus, von dem aus man Konstantinopel in der Ferne brennen sah. Sofia trat zurück und dachte nach. Was hatte ein Wandbehang in einer Folterkammer zu suchen? Sie packte den vermoderten Stoff und zog ihn zur Seite. Dahinter lag eine Tür. Sofia zog kräftig daran, doch sie rührte sich nicht. Dann setzte sie Buch und Kerze ab und versuchte es wieder. Vergeblich. Sie nahm ein Brandeisen von der Wand und stemmte es in den kleinen Zwischenraum zwischen Tür und Rahmen. Mit dem ganzen Gewicht drückte sie gegen den Griff des Eisens, das sie als Hebel benutzte. Mit einem markdurchdringenden Knirschen sprang die Tür auf. Aus dem Dunkeln jenseits der Tür wehte kalte Zugluft herein. Die Kerze flackerte, dann brannte ihre Flamme in der frischen Luft hell auf. Sofia nahm das Buch und die Kerze wieder zur Hand und trat in den dunklen Gang.

Boden und Wände bestanden aus grobbehauenen, feuchten Steinen. Der Gang fiel leicht nach unten ab und verlor sich in der Dunkelheit. Langsam bewegte Sofia sich vorwärts, und je weiter sie kam, desto stärker wurde der Luftzug. Ein paar Minuten später blies ein starker Luftzug die Kerze aus. Sofia fuhr sich mit der Hand vor dem Gesicht vorbei, doch sie konnte nicht einmal ihre eigenen Finger erkennen. Die Dunkelheit war undurchdringlich.

Panik stieg in ihr hoch, und sie musste sich zum Atmen zwingen. Der Gang führte geradeaus, sie konnte sich nicht verlaufen. Sie musste sich nur umdrehen und der Wand folgen, dann kam sie wieder zur Treppe zurück. Aber zuerst wollte sie herausfinden, wohin dieser Gang führte. Denn wenn er tatsächlich aus der Stadt hinausführte, dann konnten die Türken ihn ebenso leicht nutzen, um in die Stadt hineinzugelangen. Sofia atmete einmal tief durch und berührte die Wand. Die Steine waren kalt und glatt. Sie machte einen Schritt vorwärts und tastete sich im Weitergehen an der Wand entlang.

Schließlich fiel der Gang nicht mehr ab, sondern ging eben weiter. Kurz danach schien die Wand plötzlich verschwunden, an der sie sich entlanggetastet hatte. Auch vor ihr konnte sie nichts greifen, nur leeren Raum. Vorsichtig trat sie zurück und fand die Ecke, wo die Mauer scharf nach rechts bog. Sie folgte der Mauer, die Hand immer an den kalten Steinen. Noch ein paar Schritte, und wieder war keine Wand mehr zu ertasten. Sofia ging trotzdem weiter, und nach einigen Schritten spürte sie die Mauer wieder unter ihrer Hand. Sie hatte einen Nebengang entdeckt. Wenige Schritte weiter fand sie noch einen und danach einen weiteren. Aufgeregt begriff sie, wo sie war. Der Russe hatte diesen Ort beschrieben: eine Art Knotenpunkt, ein runder Raum, von dem in alle Richtungen Gänge führten. Ihm zufolge lag diese Kreuzung auf halbem Weg zwischen dem Palast und dem Ausgang auf der anderen Seite der Stadtmauern. Einer dieser Gänge führte also unter den Mauern hindurch. Doch welcher?

Sofia drehte sich um und zählte, bis sie wieder an den Gang kam, durch den sie hergekommen war. Hier konnte man sich leicht verlaufen. Sie stellte sich vor, wie sie in dieser Dunkelheit von Gang zu Gang stolperte, mutterseelenallein, bis sie starb. Sie wollte weiter, weg von hier, aber zuerst musste sie nachdenken. Sie schloss die Augen und versuchte, einen klaren Kopf zu bekommen, da hörte sie etwas, ein entferntes, metallisches Klirren. Dann wieder Stille, nur ihr Atem und das laute Klopfen ihres Herzens. Ihr Instinkt riet ihr, sich umzudrehen und in den Palast zurückzurennen. Ich wäre eine Närrin, schalt sie sich, wenn ich mich von so einem Geräusch in die Flucht schlagen ließe. Sollten die Türken hier irgendwo sein, hatten sie sicherlich Fackeln, und ihre Augen waren nicht an die Dunkelheit gewöhnt. Sofia würde sie sehen, bevor sie sie entdecken würden.

Sofia legte das Buch an der Einmündung dieses Gangs ab und stellte die Kerze obenauf. Dann drehte sie sich um und folgte der Wand. An jedem Seitengang horchte sie angespannt, doch sie hörte nichts. Der Raum war sehr groß, und sie verlor schnell den Überblick über die Anzahl der Seitengänge. Schon fürchtete sie, sich im Kreis zu bewegen, da strich auf einmal ein warmer Wind über ihr Haar. Es war eine konstante Brise, und das bedeutete, dass dieser Gang irgendwo am Ende ins Freie führte.

Sie war erst ein paar Schritte in den Gang hineingegangen, als sie erneut das Klappern hörte, diesmal deutlich näher. Sie erstarrte. Die Härchen in ihrem Nacken stellten sich auf. Sofia hielt den Atem an, um besser hören zu können. Doch es blieb still, und so setzte sie ihren Weg fort.

Nun stieg der Gang sanft an. Sie bewegte sich auf Zehenspitzen und hielt dauernd inne, um zu lauschen, aber nichts war zu hören. Bei jedem Schritt erwartete sie, dass eine Horde Türken ihr in den Weg springen würde, aber nichts passierte, allein die Dunkelheit blieb undurchdringlich. Sie schätzte, dass sie rund hundert Fuß gegangen war, als sie gegen etwas Hartes stieß. Der plötzliche Aufprall überraschte sie, und sie sprang zurück und ging in die Hocke. Da war das Klappern wieder, laut, direkt vor ihr. Sie wartete mit angehaltenem Atem, da ließ das Klappern langsam nach. Als es ganz verklungen war, kroch sie mit ausgestreckter Hand vorwärts. Dann stieß sie auf etwas, auf eine Metallstange, die vom Boden bis zur Decke reichte. Links und rechts davon waren weitere Metallstangen. Sie packte die Stange mit beiden Händen und rüttelte daran. Da war es wieder, das Klappern, und jetzt wusste sie auch, woher es kam: ein verschlossenes Tor, das im Wind schepperte.

Der russische Reisende hatte kein Tor erwähnt. Entweder war es später eingebaut worden, oder sie befand sich in einem anderen Gang. Sie prüfte den Abstand der Eisenstangen. Er war so bemessen, dass Männer in Rüstung nicht durchkamen, aber sie passte vielleicht hindurch. Zuerst schob sie den Kopf durch, dann drehte sie sich mit angehaltenem Atem seitwärts und quetschte sich gerade eben durch. Sie folgte dem Gang in die Dunkelheit. Jetzt konnte sie ein neues Geräusch hören, ein dumpfes, wiederkehrendes Dröhnen, das klang wie der Herzschlag der Erde. Sie brauchte einen Augenblick, um zu begreifen, was es wirklich war: Kanonen. Schließlich wurde das Geräusch leiser. War sie an den Kanonen vorbeigegangen? Bewegte sie sich von einem Ausgang fort, den sie in der Dunkelheit verpasst hatte? Trotz ihrer Zweifel ging Sofia weiter. Schließlich sah sie hinter einem großen Geröllhaufen, der den Weg blockierte, ein schwaches Licht.

Sofia hastete voran. Es sah aus, als sei hier einmal ein kleiner Raum gewesen, von dem Stufen nach oben führten, und es sah genauso aus, wie der Russe den Ausgang aus dem unterirdischen Gang beschrieben hatte. Sie ließ sich auf die Knie fallen und suchte zwischen den heruntergefallenen Felsbrocken nach einem Ausgang. Schließlich fand sie ihn: einen schmalen Durchbruch, der sich durch das Geröll nach oben wand, wo sie einen kleinen Spalt ins Freie sehen konnte. Sie zwängte sich hindurch, doch nach einigen Schritten versperrte ihr ein großer Stein den Weg. Sofia drückte mit ihrem ganzen Gewicht dagegen, und der Stein bewegte sich ganz leicht. Sie stemmte die Beine gegen die Seiten des Durchbruchs und schob noch kräftiger. Jetzt rollte der Stein zur Seite und gab den Blick auf den blauen Himmel frei.

Sofia zog sich hoch, bis ihr Kopf aus dem Gang ragte. Sie war an einem kleinen Hügel herausgekommen, inmitten von hohem Gras. Der schwere, flache Stein, der den Eingang zu dem unterirdischen Gang verdeckt hatte, lag auf einer Seite. Sie blickte sich um, konnte aber niemanden sehen. Also robbte sie heraus und kauerte versteckt im Gras. Vor ihr zogen sich menschenleere Hügelketten bis in die Ferne. Zu ihrer Rechten lag die Spitze des Goldenen Horns. Sie drehte sich um und kroch den Hügel hinauf. Als sie den Kamm erreichte, machte sie sich ganz klein. Nur etwa fünfzig Klafter entfernt begann das türkische Lager, das sich bis weit in die Ferne zog, bis zu den Mauern von Konstantinopel.

* * *

Als die Sonne den Zenit erreichte, inspizierte Longo mit Dalmata die Mauern, um die Schäden abzuschätzen, die die türkischen Kanonen angerichtet hatten. Sie fingen nördlich vom Palast an der Blachernen-Mauer an. Dies war der neueste Teil der Mauer, der im siebten Jahrhundert erbaut worden war und das Blachernen-Viertel umschloss. Im Gegensatz zu den übrigen Landmauern war die Mauer einfach, aber sie war dick und hielt dem Bombardement gut stand.

«Die Mauern sind stärker, als ich vermutet hatte», sagte Longo.

«Wartet, bis Ihr das Mesoteichion seht», gab Dalmata zurück. «Dort haben sie die größten Bombarden platziert.»

Sie gingen zu der innersten der Theodosianischen Landmauern, die vor über tausend Jahren erbaut worden war, in den frühen Tagen des Römischen Reiches. Zunächst waren die Mauern noch unversehrt, doch je mehr sie sich dem Lykos näherten, desto mehr Löcher wies die äußere Mauer auf. Am Mesoteichion – wo der Lykos unter den Mauern hindurchgeleitet wurde – waren die Mauern durchlöchert. Die innere Mauer war noch mehr oder weniger intakt, aber die äußere Mauer war fast ganz zerstört. Longo blieb stehen und sah auf die wackelige Palisade hinunter, die auf dem Geröll aufgestellt worden war. Der Schutt war mit Erde abgedeckt worden, um einen Wehrgang zu schaffen, der mit Brettern und Sandsäcken geschützt worden war. Darüber dienten sandgefüllte Fässer als Zinnen, die den Verteidigern etwas Deckung boten.

«Die Palisade hält ihren Kanonen nicht stand», sagte Dalmata. «Die Soldaten losen aus, wer hier am Tag die Verteidigung übernimmt und wer in der Nacht den Wiederaufbau.»

Dalmatas Worte wurden von einem furchtbaren Knall unterbrochen. Einen Moment später explodierte die Palisade unter ihnen, staubige Splitter regneten herab. Als sich der Staub gelegt hatte, sah Longo, dass die Palisade ein fünf Fuß breites Loch aufwies. Auf den Trümmern lag eine gewaltige Kanonenkugel.

Longo schüttelte den Kopf. «Was war denn das?»

Dalmata zeigte auf eine riesige Kanone auf einem von den Türken aufgeworfenen Erdwall in hundert Klafter Entfernung. «Die Männer nennen es den großen Bastard», sagte er. «Die Türken nennen es den Drachen. Wie auch immer, es ist ein Monster. Nichts, was wir bauen, wird ihm standhalten.»

Ein Bote aus dem Palast kam auf sie zu. «Signor Giustiniani, ich bringe Euch eine Nachricht von Prinzessin Sofia», sagte der Mann und überreichte Longo ein gefaltetes Blatt, auf dem stand: *Ich habe wichtige Informationen. Ich möchte ganz dringend mit Euch sprechen. Kommt schnell zum Palast. Prinzessin Sofia.*

«Ich muss gehen», verabschiedete sich Longo von Dalmata. «Wir machen hier morgen weiter.» Longo eilte zum Palast, wo Sofias Zofe ihn in die Bibliothek brachte. Sofia stand an einem Tisch und betrachtete eine große Karte.

«Prinzessin Sofia», sagte Longo, indem er sich verbeugte.

Sofia sah von der Karte hoch und lächelte. «Kommt und seht Euch dies an», sagte sie. Longo trat neben sie. Sie roch nach Geißblatt und hatte sich vornübergebeugt, sodass Longo von den weichen Kurven ihres Dekolletés abgelenkt wurde. Er zwang sich, seinen Blick der historischen Karte zuzuwenden, die vor ihm ausgebreitet lag und auf der Zisternen, Abwasserrohre und unterirdische Gänge eingezeichnet waren. «Dies gehört zu einer Reihe von Vermessungen aus dem zwölften Jahrhundert», sagte Sofia. «Seht Ihr diesen unterirdischen Raum, wo so viele Gänge zusammenlaufen?»

«Was ist damit?», fragte Longo. Der fragliche Raum befand sich in der Nähe der Mauern. Gänge führten strahlenförmig von ihm weg zum Palast und in andere Teile der Stadt.

«Die Karte ist unvollständig», sagte Sofia. «Seht Ihr das, hier, am Rande der Kammer, wo die Linien verschmiert sind? Hier ist ein Gang wegradiert worden.»

«Seid Ihr Euch sicher?», fragte Longo.

Sofia lächelte. «Ich habe den Gang heute Morgen gefunden. Er führt unter den Mauern und dem Lager der türkischen Armee hindurch. Der Eingang zum Gang befindet sich unter dem Palast.»

«Habt Ihr irgendjemandem davon erzählt? Dem Kaiser? Notaras?»

Sofia schüttelte den Kopf. «Nein. Es ist schwer, in dieser Stadt Geheimnisse zu haben. Wenn unsere Feinde von der Existenz dieser Gänge erfahren, so sind wir verloren.»

Longo richtete den Blick wieder auf die Karte. «Ihr habt recht. Wenn die Türken in diese Gänge gelangen, haben sie Zugang zur gesamten Stadt.» Er sah von der Karte hoch, und ihre Blicke begegneten sich. «Aber warum erzählt Ihr mir davon und nicht dem Kaiser?»

Sofia schlug die Augen nieder. «Ihr seid der Kommandant der Verteidigung», sagte sie und sah Longo wieder an. «Und ich vertraue Euch.»

Longo blickte tief in ihre goldbraunen Augen. «Ich werde Euch nicht enttäuschen», versprach er. Von der Tür her ließ die Zofe ein Hüsteln vernehmen, und Longo richtete sich auf und sah wieder auf die Karte. «Ich werde meine Männer anweisen, die Gänge zu zerstören. Führt nur einer unter den Mauern durch?»

«Es ist der einzige, den ich gefunden habe», sagte Sofia. «Aber es könnte noch mehr geben.»

«Hoffentlich nicht! Ich muss diesen Gang so schnell wie möglich sehen. Könnt Ihr mich hinführen?»

«Jetzt nicht», sagte Sofia leise. «Sonst ziehen wir womöglich Aufmerksamkeit auf uns. Wir treffen uns um Mitternacht, vor meinen Gemächern. Und geht sicher, dass Ihr nicht gesehen werdet.»

\# \# \#

Bis spät in die Nacht saß Longo in einer Besprechung mit Konstantin. Longo hatte den Eindruck, dass es dem Kaiser mehr um Gesellschaft ging als um Informationen über den Belagerungszustand. Longo konnte Konstantin gut verstehen. Der Kaiser kämpfte um den Erhalt eines Reiches, das mehr als tausend Jahre bestanden hatte.

Gegen Mitternacht verabschiedete Longo sich von Kaiser Konstantin und verließ dessen Gemächer, doch er verließ nicht den Palast. Er machte sich auf den Weg zu Sofia, wobei er sich bemühte, unbemerkt zu bleiben. Zur Tarnung trug er einen schwarzen Kapuzenmantel, in dem er in der Dunkelheit kaum zu sehen war, aber der Palast war zu dieser Stunde so gut wie leer. Er begegnete niemandem, bis er zu Sofias Gemächern kam. Sie erwartete ihn bereits an der Tür.

«Kommt», flüsterte sie. «Folgt mir.» Sie führte ihn vom Vorraum in ihr Schlafzimmer, wo sie auf eine Wandkachel drückte. Ein Teil der Wand wich zurück und offenbarte einen Geheimgang. Sie nahm eine Kerze und trat in die Dunkelheit. «Hier entlang», sagte sie. «Hierdurch gelangen wir in die Küche, ohne gesehen zu werden.»

Sofia schloss hinter Longo die Tür. Der Durchgang war eng, und die Kerze beleuchtete nur ein paar Fuß vor ihnen. «Ich wusste nicht, dass es diese Gänge gibt», flüsterte Longo. «Sind die für die Bediensteten? Wer kennt sie noch?»

«Ich weiß nicht, wofür sie ursprünglich gebaut wurden», sagte Sofia. «Aber ich habe hier noch nie jemanden getroffen. Ich habe sie als Kind entdeckt.»

«Führen sie durch den ganzen Palast?»

Sofia nickte. «Schscht», machte sie noch leiser. «Wir dürfen erst sprechen, wenn wir die Küchen erreicht haben. Hier sind die Wände dünn. Jemand könnte uns hören.» Sie gingen stumm weiter, nur ihre vorsichtigen Schritte waren zu hören. Der Gang zweigte mehrmals ab, aber Sofia ging, ohne zu zögern, weiter. Sie kamen an zwei enge Wendeltreppen und danach in eine Sackgasse. Rötliches Licht schimmerte durch ein winziges Guckloch. Sofia sah hindurch. «Wir haben Glück. Es ist niemand da», flüsterte sie. «Kommt, wir müssen uns beeilen.»

Sie drückte eine versteckte Klinke und zog daran. Die Wand öffnete sich zu einem Durchgang, der von einer Herdstelle beleuchtet wurde. Sie traten hinaus in die Küche. Überall hingen Messer und Töpfe. An der gegenüberliegenden Wand schwelte in einer gewaltigen Feuerstelle von rund zwanzig Fuß Breite und zehn Fuß Tiefe ein Feuer. Sofia deutete auf eine Fackel in einer Wandhalterung neben der Feuerstelle.

Longo nahm sie, und sie hasteten durch die Küche zu der Treppe, die in die darunter gelegenen Lagerräume führte. Hier stapelten sich bis zur Decke Fässer und Getreidesäcke. Sofia führte Longo zur nächsten Treppe, und sie stiegen hinab in die feuchte Dunkelheit des Kerkers.

«Jetzt können wir uns unterhalten», sagte Sofia, als sie Longo durch den hohen Eingangsraum in das Verlies führte. «Hier unten hört uns niemand.»

«Wo sind wir hier?»

«Dies war früher das Palastverlies, aber es wird seit vielen Jahren nicht mehr genutzt», antwortete Sofia und führte Longo durch einen langen Gang. «Hier gibt es nur noch Knochen.»

Im nächsten Raum scheuchten sie Fledermäuse auf. Sie schossen von der Decke herab, stießen schrille Schreie aus und flatterten Longo und Sofia um den Kopf. Sofia hob die Arme, um sich zu schützen. Longo legte den Arm um sie und zog sie an sich. Mit der anderen Hand schwenkte er die Fackel, um die Fledermäuse zu vertreiben. Als sie weg waren, machte Sofia sich aus Longos Umarmung frei. Er konnte noch die Wärme ihres Körpers spüren. Eine Sekunde standen sie ganz still, dann war der Augenblick vorüber. Sofia drehte sich um und ging zur nächsten Treppe.

«Ihr habt diesen ganzen Weg allein zurückgelegt?», fragte Longo sie auf der Treppe. «Im Dunkeln?»

«Überrascht Euch das?», fragte Sofia.

«Die meisten Damen haben nicht allzu viel für dunkle

Verliese übrig, geschweige denn für Fledermäuse», sagte Longo und sah sich um. «Tatsächlich würden auch die meisten Männer nicht gerne alleine herkommen. Es ist beklemmend hier unten.»

Sofia lächelte. «Na, dann schätzt Euch glücklich, dass Ihr mich zu Eurem Schutz habt», sagte sie, als sie am Ende des Gangs die alte Folterkammer erreichten. Sofia ging hindurch. Den alten Wandbehang hatte sie notdürftig wieder aufgehängt. Jetzt zog sie ihn zur Seite und stieß die Tür dahinter auf. «Ich fürchte mich mehr vor dem Untergang von Konstantinopel als vor Fledermäusen und Dunkelheit.»

«Ihr scheint Euch überhaupt recht wenig zu fürchten, Prinzessin», gab Longo zurück.

«Ich fürchte alles, worüber ich keine Kontrolle habe», sagte sie und führte ihn in den Gang. «Der Erfolg unserer Männer in der Schlacht, das Schicksal unseres Reiches, selbst mein eigenes. Prinzessin ist ein hübscher Titel, aber ich würde ihn gerne gegen die Möglichkeit eintauschen, über mein eigenes Schicksal zu entscheiden, zu tun, wie mir beliebt, zu lieben, wen ich …» Sofia unterbrach sich.

Longo blieb stehen. «Ihr liebt den Megadux also nicht?»

Sofia wandte sich um und sah Longo an. «Nein, ich liebe ihn nicht», sagte sie. Sie drehte sich um und ging weiter, ihr Gesicht lag im Schatten. «Aber ich rede zu viel», sagte Sofia. «Ich bin eine Prinzessin. Ich kann nicht wählen, wen ich heirate.»

Sie gingen schweigend weiter, bis sie den großen runden Raum erreichten, von dem die vielen Gänge abzweigten. Sofia ging von einem Gang zum nächsten, um zu sehen, von wo der Windhauch kam, der ihr verriet, welcher Gang nach draußen führte. «Wisst Ihr, wohin die anderen Gänge führen?», fragte Longo.

«Der Karte nach führen sie in andere Stadtteile», antwortete Sofia. «Ich nehme an, sie sind zugeschüttet, sonst wären sie doch sicher längst entdeckt worden.» Dann blieb sie an einem Gang stehen, aus dem eine leise Brise über ihr Haar strich. «Kommt. Dieser ist es.»

Sie mussten nicht lange laufen, bis sie das Tor erreichten, das den Gang blockierte. «Es ist verschlossen», sagte Sofia. «Ich konnte mich durchquetschen, aber ich fürchte, weiter werdet Ihr nicht kommen.»

«Vielleicht doch», sagte Longo und begutachtete die rostige Kette. «Tretet zur Seite, Prinzessin.» Er reichte Sofia die Fackel, dann zog er seinen Säbel und hieb auf die Kettenglieder ein. Funken flogen, dann fiel die Kette zu Boden. Unter quietschendem Protest schwang das Tor auf. «Nach Euch», sagte Longo, und sie gingen weiter.

Jetzt stieg der Boden leicht an, und die Fackel brannte heller in der frischen Luft. Der Kanonendonner wurde erst lauter und dann wieder leiser. «Die Türken», sagte Sofia plötzlich. «Ich habe gehört, dass Ihr früher einer von ihnen wart, ein Janitschar. Wie sind sie?»

«Die meisten sind ganz normale Männer», sagte Longo. «Das Leben der Janitscharen ist nicht leicht. Sie werden als Kinder von ihren Eltern getrennt und gezwungen, dem Sultan zu dienen. Entweder sie lieben ihn, oder sie hassen ihn.»

«Und Ihr hasst ihn?»

«Die Janitscharen haben meine Familie getötet, als ich noch ein Kind war», sagte Longo. «Mein ganzes Leben lang habe ich nach dem Mann gesucht, der sie getötet hat. Lange Zeit war mein Hass auf ihn alles, was ich hatte.» Sie verstummten, bis sie an den Geröllhaufen am Ende des Gangs kamen.

«Hier ist es», sagte Sofia. «Der Ausgang ist zerstört

worden, aber man kommt hier zwischen den Felsbrocken durch. Ich habe versucht, den Eingang wieder abzudecken.» Aus der Hocke konnte Longo am Ende eines schmalen Durchbruchs einen Streifen Sternenhimmel sehen. Er stand wieder auf und übergab Sofia die Fackel.

«Geht zurück und berichtet Tristo und William, was Ihr entdeckt habt», sagte Longo zu ihr. «Wenn Ihr keinen Boten habt, dem Ihr vertraut, so geht selbst. Sagt ihnen, sie sollen Männer und Pulver mitbringen, um den Gang zu zerstören. Wenn ich bis Mittag nicht zurück bin, sollen sie den Gang sprengen.»

«Wo geht Ihr hin?»

«Raus», sagte Longo. «Die Türken werden sich nicht damit zufriedengeben, ewig die Mauern zu bombardieren. Eine bessere Gelegenheit herauszufinden, was sie im Schilde führen, werde ich nicht mehr kriegen.»

«Aber das ist verrückt!», protestierte Sofia. «Sie werden Euch töten!»

«Habt keine Angst. Wie Ihr sagtet: Ich war früher ein Janitschar», sagte Longo. «Ich kenne mich aus in türkischen Lagern.»

«Seid vorsichtig.»

«Ihr auch, Sofia. Und beeilt Euch.»

Sofia nickte, doch sie bewegte sich nicht von der Stelle. Sie standen ganz nah beieinander. Longo blickte ihr in die Augen. Er vermeinte, dort Angst und Liebe zu sehen. Schließlich wandte sich Sofia zum Gehen, dann hielt sie noch einmal inne. «Was diese Nacht in Korsika angeht ...», sagte sie und sah Longo direkt an. «Vielleicht war es falsch, aber ich bereue nichts.»

«Ich auch nicht», antwortete Longo. Er trat vor und küsste Sofia. Sie zögerte kurz, dann ließ sie sich von ihm in die Arme nehmen. Ihre Lippen öffneten sich, und Longo spürte ihre Zunge an seiner. Longo zog sie noch enger an sich. Schließlich machte sie sich los.

«Wenn ich frei wäre für die Liebe ...», begann Sofia, doch dann zögerte sie. Die Fackel zitterte in ihrer Hand, und ihre Augen glänzten.

«Niemand kann Euch vorschreiben, wen Ihr lieben sollt», sagte Longo sanft.

Sofia nickte und trat einen Schritt auf Longo zu. «Ich weiß», flüsterte sie. Sie küsste ihn noch einmal, schnell, und dann drehte sie sich um und eilte fort, bevor er antworten konnte.

* * *

Bis zur Morgendämmerung waren es noch mindestens drei Stunden, als Longo in der Nähe des türkischen Lagers aus dem Gang kroch. Die Dunkelheit war undurchdringlich. In seinem schwarzen Kapuzenmantel war Longo fast unsichtbar. Er schlich sich an einen Wachposten heran und tötete ihn unauffällig, indem er ihm den Mund zuhielt und einen Dolch zwischen die Rippen stieß. Longo legte die Rüstung des getöteten Janitscharen an und ging auf das türkische Lager zu, vorbei an Hunderten von grasenden Maultieren und muhenden Kühen, ehe er die Zelte erreichte.

Trotz der frühen Stunde herrschte im Lager reges Treiben. Longo sah Dutzende von Tischlern beim Zimmern von Sturmleitern, Bogenmacher spannten Sehnen, und Schmiede hämmerten Waffen. Als er zwischen den Zelten der Janitscharen durchschritt, hörte Longo überall das metallische Raspeln vom Schärfen der Waffen. Er sah viele Männer, die um Feuerstellen saßen und ihre Waffen pflegten. Hier und da hörte Longo das aufgeregte Rufen von Würfelspielern.

Die Janitscharen gruppierten ihre Zelte nach *ortas* oder Kompanien. Den Mittelpunkt einer jeden *orta* bildete ein großes Versorgungszelt mit dem Emblem der Kompanie. Longo ging zwischen den Zelten hindurch, bis er ein Symbol sah, das er gut kannte – das zweischneidige Schwert Alis, in Rot auf ein Zelt gestickt, von dem ein grüner Wimpel wehte. Das war die Standarte einer Einheit der kaiserlichen Garde aus Edirne, die Elite der Janitscharen, der *solak*. Ums Feuer saßen einige grimmig blickende Männer beim Essen. Mit einem harten Flachbrot schaufelten sie gebutterten Weizenpilaw aus einem gemeinsamen Topf. Longo setzte sich zwischen sie, brach sich Brot ab und bedeutete einem von ihnen, ihm den Topf zu reichen. Doch ein Grauhaariger trat dazwischen. Der ältere Mann trug eine mit Fuchsfell gefütterte Weste, das Zeichen des Bataillonskommandanten. Das zweischneidige Schwert war auf seine Schulter tätowiert. Er schielte Longo an. «Ich kenne dich nicht», sagte er schließlich auf Türkisch.

«Ich bin von einer *orta* aus Selânik», erklärte Longo in fließendem Türkisch.

«Warum gehst du dann nicht zu deinen Leuten?» Das war keine Frage.

Longo lächelte. «Ich hatte heute etwas zu viel Glück beim Würfeln», sagte er und klatschte gegen seinen vollen Geldbeutel. «Ich fürchte, ich bin in meiner *orta* nicht besonders willkommen. Die Selâniker sind keine guten Verlierer.» Longo ging ein Risiko ein. Glücksspiele waren unter den Janitscharen offiziell verboten, wenn das Verbot auch nur selten durchgesetzt wurde. Der Kommandant der *orta* konnte Longo dafür mit Stockschlägen auf die Fußsohlen bestrafen lassen.

Der alte Janitschar betrachtete Longos gutgefüllten Geldbeutel und grinste. «Diese Münzen scheinen dir zu schwer zu sein. Wir nehmen dir die Last gern ab.» Er zog ein Paar Würfel hervor und schüttelte sie in der hohlen Hand. «Wenn du uns Gelegenheit gibst, etwas aus dem Beutel zu gewinnen, bist du an unserem Feuer willkommen.»

«Gut», sagte Longo. Er warf einen goldenen Asper vor ihn hin. «Aber ich muss dich warnen. Ich habe sehr viel Glück.»

Der alte Janitschar grinste, und die anderen lachten in sich hinein. «Glück hält nicht ewig», sagte er und warf die Würfel. Zwei Sechser – ein perfekter erster Wurf. Longo verlor das Spiel und nach diesem noch viele. Er hatte den Eindruck, dass die Würfel gezinkt waren, aber er war froh, dass er verlor, denn so waren die Janitscharen umso gesprächiger. Nach einem Dutzend Spielen schlugen sie Longo auf den Rücken und behandelten ihn wie einen der Ihren.

«Wie gewonnen, so zerronnen», sagte Longo und fingerte in seiner mehr oder weniger leeren Börse nach Münzen. «Ich muss wohl warten, bis die Stadt fällt, um sie wieder zu füllen. Ich habe gehört, Konstantinopel ist voller Gold.»

«Und voller Frauen», grinste Longos Nachbar anzüglich.

«Sei als Erster über der Mauer, und du wirst tausend solcher Geldbeutel haben», sagte Qayi, der alte Janitschar. «Aber du bekommst keine Gelegenheit dazu. Ulu, unser oberster Aga, wird die Beute für sich beanspruchen. Und dem würde ich mich für nichts in der Welt in den Weg stellen.»

«Ich auch nicht», pflichtete Longo ihm bei. Er seufzte,

als er mit dem letzten Wurf den Rest aus seinem Beutel verlor. «Ich wünschte nur, wir könnten jetzt angreifen. Ein Geldsegen aus den berühmten Schatzkammern Konstantinopels täte mir gut.»

«Geduld, mein Freund», sagte Qayi. «So Allah will, werden wir die Stadt morgen Nacht einnehmen, und du wirst ein reicher Mann sein. Und dann», fügte er mit einem Lächeln hinzu, «kannst du es beim Würfeln wieder an uns verlieren.»

«Einverstanden», sagte Longo. «Glück währt nicht ewig.»

Qayi lachte in sich hinein. Doch plötzlich wich das Lächeln aus seinem Gesicht. Er sammelte die Würfel ein und sprang auf. Die anderen Janitscharen folgten seinem Beispiel, und Longo schloss sich ihnen an. Ulu kam auf sie zu, er war keine zwanzig Fuß mehr von ihnen entfernt. Er hatte Longo noch nicht gesehen. Die Männer salutierten, als Ulu an ihnen vorüberging, und Longo nutzte die Gelegenheit, um sich heimlich vom Feuer weg in die Dunkelheit zu schleichen. Hinter ihm hörte er Ulus tiefe Stimme: «Qayi, du und deine Männer, ihr solltet euch etwas ausruhen. Euer Regiment hat die Ehre, morgen Nacht den Angriff auf die Palisaden anzuführen.»

Wenn Ulu ihn entdeckte, war er verloren. Longo schlich sich fort. Er hatte außerhalb der Stadtmauern noch etwas zu tun, bevor die Sonne aufging.

\# \# \#

Während Longo im türkischen Lager würfelte, war Sofia wieder in ihren Gemächern. Sie traute niemandem, William und Tristo die Botschaft zu überbringen. Und so warf sie sich einen langen Kapuzenmantel über und gürtete ein Schwert um die Taille. Dann öffnete sie leise die Tür und schlüpfte in den dunklen Flur. Doch sie blieb wie angewurzelt stehen, die Hand auf dem Heft. Vor ihrem Zimmer stand ein Mann. Er trat aus dem Schatten. Es war Notaras.

«Megadux, was tut Ihr hier?», fragte Sofia.

«Das könnte ich Euch auch fragen, Prinzessin», antwortete Notaras. «Mir ist das hässliche Gerücht zu Ohren gekommen, Signor Giustiniani habe Eure Gemächer betreten und sie noch nicht wieder verlassen.» Er spähte an ihr vorbei ins Zimmer. «Ich bin erleichtert, dass das nicht der Wahrheit zu entsprechen scheint.»

«Selbstverständlich nicht!», rief Sofia mit gespielter Entrüstung aus. Sie war froh, dass die Kapuze ihre rotglühenden Wangen verbarg.

«Dann wird es Euch doch sicher nichts ausmachen, wenn ich einen kurzen Blick in Eure Gemächer werfe?», fragte Notaras.

«In meinen Gemächern hält sich kein Mann auf», antwortete Sofia. «Ich sollte meinen, mein Wort genüge Euch, aber tut, wie Ihr wünscht, Megadux.»

«Selbstverständlich genügt mir Euer Wort», sagte Notaras, auch wenn er ein letztes Mal in ihr Zimmer schielte, bevor Sofia die Tür schloss. «Und doch geziemt es einer Prinzessin nicht, den Palast vor Morgengrauen zu verlassen.»

«Und so wünscht Ihr Euch mich, Notaras? Geziemend?»

«Nein, Sofia», sagte Notaras. «Aber ich wünsche sehr, dass Ihr vorsichtig seid. Ihr seid meine Verlobte, und damit steht mein Ruf genauso auf dem Spiel wie der Eure.»

«Ihr verdächtigt mich doch sicher nicht, mitten in der

Nacht irgendeiner schäbigen Affäre nachzugehen. Dafür kennt Ihr mich zu gut.»

«Ja, Prinzessin, ich kenne Euch schon sehr gut, in der Tat», sagte Notaras. Sofia spürte seinen scharfen Blick und sah weg. «Aber nicht alle Bürger Konstantinopels kennen Euch so gut wie ich. Ihr müsst vorsichtig sein, Sofia. Gestattet mir, Euch wenigstens dorthin zu begleiten, wohin Ihr gehen mögt.»

«Ich danke Euch, Notaras, aber ich finde den Weg allein. Ich habe etwas vor, das Euch nicht zu beschäftigen braucht.»

«Zu dieser Stunde? Was könnte das wohl sein?»

«Ich muss dringend eine Botschaft überbringen. Vertraut mir, Notaras. Die Sicherheit Konstantinopels hängt davon ab.»

«Ich vertraue Euch doch, Sofia», sagte Notaras. «Aber Ihr müsst mir ebenso vertrauen. Habe ich Euer Vertrauen je enttäuscht? Sagt mir, was Ihr tut, und ich werde Euch so gut helfen, wie ich vermag.»

Sofia sah Notaras lange an. Vielleicht hatte er recht, vielleicht war es falsch, dass sie ihm nicht vertraute. Er war arrogant und stolz, aber für seine Stadt würde er kämpfen bis zum Tod.

«Gut, Notaras», sagte sie. «Ich habe einen unterirdischen Gang entdeckt, der vom Palast bis hinter die Mauern führt. Ich habe außer Signor Giustiniani niemandem davon erzählt. Da er der Kommandant der Verteidigung ist, dachte ich, er sollte es zuerst erfahren. Zu dieser Stunde ist er draußen vor den Mauern und spioniert im türkischen Lager. Ich werde seine Männer benachrichtigen, damit sie Vorbereitungen treffen, um den Gang zu zerstören.»

«Und Signor Giustiniani hielt es nicht für angebracht, mich zu informieren?», verlangte Notaras zu wissen.

«Er hat es eben erst erfahren, Notaras. Und ich habe ihm geraten, Schweigen zu bewahren. Wenn einer weiß, wie schwer es ist, in dieser Stadt ein Geheimnis zu wahren, dann doch Ihr.»

«Ihr habt recht», sagte Notaras. «Danke, dass Ihr mich davon unterrichtet habt, Sofia. Ihr werdet sehen, dass Euer Vertrauen in mich nicht ungerechtfertigt ist. Erlaubt mir, die Nachricht an Eurer Stelle zu überbringen. Die Straßen sind bei Nacht kein geeigneter Ort für eine Frau.»

«Ich werde diese Botschaft selbst überbringen, aber Ihr dürft mich begleiten, Notaras», sagte Sofia. «Es scheint, ich kann Euch nicht davon abhalten, selbst wenn ich es wünschte.»

«Ich passe nur auf Euch auf, um Euch zu beschützen, Sofia.»

«Ich kann mich selbst schützen, Notaras», antwortete Sofia und legte die Hand auf das Heft ihres Schwertes. «Nun kommt. Die Dämmerung naht. Wir müssen uns beeilen.»

* * *

Als Longo die türkischen Wälle erreichte, vernahm er hinter sich die Rufe. Auf seinem Weg durchs Lager hatte er von einem unbewachten Feuer einen brennenden Ast gestohlen und damit ein Dutzend Zelte der Kanoniere in Brand gesteckt. Sie brannten jetzt lichterloh. Das Feuer breitete sich unter den dicht beieinanderstehenden Zelten in Windeseile aus. Die Mannschaften an den Wällen hatten aufgehört zu schießen und sich dem Feuer im Lager zugewandt. Einige von ihnen hatten schon ihre Stellungen verlassen, um das Feuer zu bekämpfen. Longo erreichte den Festungswall, auf dem der Drache stand. Die Kanone war gewaltig: bestimmt zwanzig Fuß lang. Ein Dutzend Kanoniere stand daneben und starrte benommen in die Feuersbrunst. «Worauf wartet ihr denn», fuhr Longo sie an. «Das sind eure Zelte, die da brennen, Männer. Rennt, was ihr könnt, und rettet sie!»

Die Kanoniere reagierten sofort. Sie liefen los, um ihre Habseligkeiten zu retten. Longo sah ihnen nach, dann näherte er sich dem Drachen und suchte nach einer Möglichkeit, die Bombarde außer Gefecht zu setzen. Er steckte die Hand bis zu der Öffnung, durch die die Kanonenkugeln geladen wurden, in das lange Geschützrohr. Vielleicht konnte er das Rohr verstopfen. Aber womit? Dann sah er sich die Rückseite der Kanone an. Die Kartusche – ein kleineres Rohr von rund drei Fuß Durchmesser, das mit einem Scharnier am Geschützrohr befestigt war – stand offen. Wenn er eine Möglichkeit fand, die Kartusche zu zerstören, war die Kanone nutzlos. Aber wie sollte er das anstellen?

Er trat zurück, lehnte sich gegen einen Holzbottich und sah sich nach etwas Brauchbarem um. Er entdeckte nichts Vielversprechendes, nur eine Schaufel, ein paar gigantische Kanonenkugeln, die Ladewinde, einen Eimer mit einer brennenden Lunte und noch ein paar Fässer. Moment mal, das waren ja Pulverfässer. Longo hatte eine Idee.

Im Lager hatten die Kanoniere unterdessen die brennenden Zelte von den anderen weggezerrt, sodass um das Feuer herum eine freie Fläche entstand. Bald würde es sich verzehren, und dann würden die Männer zurückkehren. Longo stemmte sich mit aller Macht gegen eines der schweren Pulverfässer und warf es um. Er rollte das Fass unter den Drachen. Dann kam das nächste Fass dran. Er sah sich zum Lager um. Das Feuer war gelöscht, die Männer waren schon auf dem Rückweg. Longo nahm die Schaufel, stemmte den Deckel von einem Fass und verstreute reichlich Pulver auf dem Boden. Mit zwei Handvoll Pulver legte er eine Pulverspur einige Fuß von der Kanone weg. Dann nahm er die brennende Lunte und wollte sie gerade ans Pulver legen, da sagte jemand von hinten: «He, du! Was machst du da?»

Longo drehte sich um und sah sich einem kleinen, gedrungenen Mann gegenüber, der offensichtlich kein Türke war. Der Blick des Mannes wanderte von der Lunte in Longos Hand zu der Zündpulverspur, die bei den drei Pulverfässern unter dem Drachen endete. Seine Augen weiteten sich. «Wehe!», knurrte er. «Ich reiß dich in Stücke!»

Longo antwortete nicht. Er legte die Lunte an die Pulverspur und rannte von der Rampe hinunter auf das türkische Lager zu. Der Mann zögerte eine Sekunde, dann heftete er sich an Longos Fersen. Longo war erst ein paar Schritte vom Wall entfernt, als das Zündpulver explodierte. Die Explosion war ohrenbetäubend. Staub und Zündpulver rieselten auf ihn herab.

Longo stand auf und klopfte sich den Staub von den Kleidern. Von dem Gestell, in dem die Bombarde gehangen hatte, war nur noch ein Haufen Splitter übrig. Die Kanone lag auf dem Boden. Ihr Geschützrohr bog sich nach innen. Die Kartusche war nicht zu sehen, sie war wohl zerfetzt worden. Dieser Drache würde nie mehr Feuer spucken.

Zu Füßen des Walls, nur ein paar Schritte von Longo entfernt, lag der untersetzte Mann stöhnend auf dem Rücken. Plötzlich wimmelte es um die schwelende Ruine des Drachens nur so von Männern. «Schnell!», schrie Longo. «Holt

Wasser! Und einen Arzt!» Er war gekleidet wie ein Janitschar, und die Männer folgten seinen Befehlen. Als sie wegliefen, folgte Longo ihnen durch das Lager. Niemand hielt ihn auf.

SECHZEHN

Mittwoch, 18. April 1453 – Konstantinopel
18. Tag der Belagerung

William lief am Ende des Gangs auf und ab. Seit Stunden wartete er dort mit zwölf von Longos besten Männern und bewachte den Eingang. Die anderen Männer, alles erfahrene Kämpfer, hatten es sich bequem gemacht, sie spielten Karten oder schliefen sogar, aber William konnte einfach nicht still stehen. Er war kein Junge mehr, sondern ein Mann von neunzehn Jahren, alt genug, um mehr zu tun, als in einem unterirdischen Gang Wache zu stehen. Er wollte draußen bei Longo sein. Ein kleiner Lichtstrahl drang durch den Geröllhaufen vor dem Eingang herein. Es wurde von Minute zu Minute heller. «Bald wird der Morgen da sein», sagte William zu niemandem im Besonderen.

«Mach dir keine Sorgen, William», sagte ein kleiner, dünner Mann namens Benito. Er hatte sich in einiger Entfernung an die Wand gesetzt. «Longo ist ein harter Brocken. Er schafft das.»

William nickte, ging weiter auf und ab und behielt den Ausgang im Auge. Plötzlich verfinsterte es sich, und Longo rief einen Gruß über die Gesteinsbrocken hinweg. Ein paar Sekunden später war sein Kopf zu sehen, Haar und Gesicht so schwarz, als hätte er sich mit Ruß eingerieben.

«Was ist Euch denn zugestoßen?», fragte William.

Longo kletterte zu ihnen herüber, dann rieb er sich die Wange und betrachtete seine jetzt ebenfalls schwarze Hand. «Schießpulver», sagte Longo. «Ich habe dem Drachen einen Besuch abgestattet. Er wird nicht mehr fauchen.»

«Und, habt Ihr etwas in Erfahrung gebracht?»

«Die Türken greifen heute Nacht an», antwortete Longo. «Wir haben noch viel zu tun. Seid ihr bereit, den Gang zu zerstören?»

William schüttelte den Kopf. «Wir brauchen Tristo zum Sprengen, aber wir wissen nicht, wo er ist.»

Longo lächelte. «Ich weiß, wo er zu finden ist», sagte er. «Geh zu Krotons Taverne, in der Nähe des türkischen Viertels. Das ist sein zweites Zuhause in Konstantinopel. Bring ihn so schnell wie möglich her. Ich will, dass der Gang vor Mittag zerstört ist.»

William eilte in den Palaststall und ließ sich zwei Pferde geben. Er erreichte Krotons Taverne, noch bevor die Sonne über die Mauern der Stadt gestiegen war. Die Schenke war in einem zweistöckigen Gebäude, an dem rote Seidenfahnen flatterten. William band die Pferde an und stieg an der Türschwelle über einen betrunkenen Soldaten. Im schummerigen Wirtshaus saßen Betrunkene an zwei langen Tischen, aber William war sofort klar, dass Krotons Taverne mehr war als eine einfache Weinschenke. In einer Ecke zu Williams Rechter hatte sich um drei Tische, an denen gewürfelt wurde, eine Traube gebildet. Zu Williams Linker saßen einige Männer auf dem Boden und rauchten Wasserpfeifen. Überall standen notdürftig bekleidete, grellgeschminkte Frauen herum und boten sich den Zechern an.

«Du bist ja noch grün hintern Ohren», sagte eine Hure mit langen, schwarzen Locken. «Willst du dich amüsieren?»

«Ich suche meinen Freund Tristo.»

«Ach der», kicherte die Frau. «Er hatte Glück beim Würfeln und ist gerade hochgegangen. Erste Tür links.»

William nickte. Er stieg die Treppe hinauf und hämmerte gegen die verschlossene Tür. «Geht weg! Ich bin beschäftigt!», grölte Tristo von drinnen.

«Longo braucht dich beim Palast!», schrie William zurück. «Es ist dringend!»

Einen Augenblick später öffnete sich die Tür einen Spaltbreit, und Tristos Gesicht erschien. «Hat das fünf Minuten Zeit?», fragte er. William schüttelte den Kopf. «Verdammt!», fluchte Tristo und warf die Tür ins Schloss. Als er sie einen Moment später wieder öffnete, war er schon dabei, seinen Schwertgürtel umzuschnallen. Eine rundliche, nackte Frau rekelte sich auf dem Bett hinter ihm.

«Tut mir leid, Liebchen, die Pflicht ruft», rief Tristo ihr zu. Er begegnete Williams missbilligendem Blick und hob beide Hände. «Was? Sie erinnert mich an Maria. Das heißt, dass ich Maria im Herzen treu bin.» William lachte. Kopfschüttelnd ging er die Treppe hinunter voran.

Doch auf der letzten Stufe blieb er wie angewurzelt stehen. Ein Mann hatte das Bordell betreten, dessen stark gebräuntes Gesicht William bekannt vorkam. Der Mann starrte William an. Es war Carlos, der spanische Meuchelmörder, der versucht hatte, Longo und William in Genua zu töten.

«Heilige Mutter Gottes, das glaube ich nicht», flüsterte William vor sich hin. «Er lebt!» Er hatte den Satz noch nicht zu Ende gesprochen, da hatte der Mann schon auf dem Absatz kehrtgemacht. «Komm mit, Tristo!», schrie William, zog sein Schwert und setzte dem Spanier nach. «Wir müssen ihn zu fassen kriegen!» Tristo rannte so schnell los, wie es ihm seine Leibesfülle gestattete. William holte schon auf, da verschwand der Spanier plötzlich um eine Ecke. Als William um die Ecke bog, stand er vor einem Straßenmarkt. Zu beiden Seiten der Straße standen Karren voller Waren, und dazwischen wechselten Dutzende Frauen und Kinder hin und her. Carlos war in der Menge untergetaucht.

«Und jetzt?», schnaufte Tristo, als er William eingeholt hatte.

Da sah William den Spanier ein Stück vor ihnen durch die Menge fortlaufen. «Da!», schrie er. «Du rechts, ich links!» Sie trennten sich, und William schob sich auf der linken Straßenseite durch die Menschen. Er war etwa in der Mitte des Marktes, als er aus dem Augenwinkel das Schimmern einer Klinge wahrnahm. Er bückte sich und rollte sich ab, unmittelbar bevor ein Schwert über seinen Kopf hinwegsauste. Als William auf die Füße sprang, sah er den Spanier wegrennen. «Tristo! Da drüben», rief William im Laufen.

Der Meuchelmörder schlüpfte in eine schmale Gasse. William folgte ihm. Nach kaum zwanzig Fuß endete die Gasse an einer hohen Mauer, doch von Carlos nirgends eine Spur. Keine Türen, keine Fenster, die auf die Gasse hinausgingen. Es gab keinen Ausweg, und doch war der Spanier verschwunden.

Sekunden später kam Tristo angekeucht. «Wo ist er?», fragte Tristo atemlos.

«Ich weiß es nicht.»

«Wer war das?»

«Der Mörder, den Paolo Grimaldi auf Longo und mich angesetzt hatte», antwortete William. «Er ist wohl gekommen, um seine Aufgabe endlich zu erledigen.»

«Hat Glück gehabt, dass er uns entwischt ist», schnaufte Tristo.

«Glück für ihn, Pech für uns», stimmte William ihm zu. «Komm jetzt. Wir haben schon viel zu viel Zeit vergeudet.»

\# \# \#

Longo stand auf der inneren Mauer am Romanos-Tor und überwachte, wie das Mesoteichion mit Palisaden verstärkt wurde, als er sah, dass William über die Mauer auf ihn zugelaufen kam. Keine zehn Minuten zuvor hatte Longo das gedämpfte Grollen gehört, als das Pulver hochgegangen war und den Gang unterhalb der Mauer zerstört hatte. William sah so aus, als käme er direkt aus dem gesprengten Gang. Er hatte zwar Gesicht und Hände gewaschen, war aber ansonsten mit einer dicken, grauen Staubschicht bedeckt.

«Gut gemacht, William», sagte Longo. «Der Gang ist zerstört worden?»

«Ja», antwortete William. «Wir haben die Strecke von der Mauer bis zum Ausgang gesprengt.»

«Ich habe die Explosion hier auf der Mauer gehört», sagte Longo. «Es hat einen Aufruhr im türkischen Lager gegeben. Selbst unsere eigenen Männer hatten Angst. Ich habe gehört, wie sich zwei Griechen darüber gestritten haben, ob Donner an einem klaren Tag ein gutes Omen ist oder ein schlechtes.»

«Und, worauf haben sie sich geeinigt?»

Longo lächelte. «Ich freue mich, dir mitteilen zu können, dass es sich um ein gutes Omen handelt. Es bedeutet, dass Gott mit uns ist.» Sein Lächeln erstarb. «Und wir werden Gott brauchen heute Nacht, wenn die Türken angreifen. Wir müssen die Mauer halten.» Longo sah hoch, um am Stand der Sonne die Zeit zu schätzen. «Ich muss zum Palast, um mich mit den anderen Befehlshabern zu besprechen.»

«Wartet», sagte William. «Der spanische Meuchelmörder, den Paolo gedungen hat, um Euch zu töten, lebt noch. Tristo und ich sind ihm auf dem Weg zum Palast begegnet.»

«Von wegen gutes Omen!», sagte Longo. «Ich dachte, er sei tot.» Wieder sah Longo nach der Sonne. «Aber wir können jetzt nichts unternehmen. Ich muss zum Palast. William, du bleibst hier und überwachst die Männer, solange ich weg bin. Und pass auf dich auf. Der Mörder ist auch hinter dir her.»

Im Palast angekommen, ließ Longo den anderen Kommandanten Zeit, sich im Ratssaal zu versammeln, während er dem Kaiser seine Pläne darlegte. Als alle anwesend waren, standen Konstantin und Longo noch vor der geschlossenen Tür des Saals. Longo gab dem Kaiser ein Zeichen, zu schweigen, und sie lauschten an der Tür. «Aber er ist ein Lateiner», sagte jemand ärgerlich. Longo vermutete, dass es Notaras war. «Die Stadt sollte von einem Römer kommandiert werden.»

«Er kennt sich besser mit den Türken aus als ihr alle zusammen. Er hat in Sofia gekämpft und auf dem Amselfeld und ...»

Eine andere Stimme, vielleicht die von Erzbischof Leonhard, unterbrach ihn: «Er weiß ein bisschen zu viel über die Türken, wenn ihr mich fragt. Mir ist zu Ohren gekommen, dass er als Janitschar aufgewachsen ist. Wie sollten wir ihm trauen?»

Konstantin blickte finster drein. Er sah aus, als wollte er in den Saal stürmen. Longo legte ihm die Hand auf die

Schulter und hielt ihn zurück. «Lasst mich mit ihnen fertigwerden», sagte er. «Ich erstatte Euch nach dem Treffen Bericht.» Konstantin nickte, und Longo betrat den Saal allein. Notaras stand am Kopf des Tisches, um den sich der Erzbischof Leonhard, Dalmata, der venezianische Bailo Minotto und ein weiteres Dutzend Kommandanten versammelt hatten. Sofort verfielen die Männer in Schweigen.

«Ich danke Euch für Euer Kommen», begann Longo. «Ich weiß, dass es unter Euch einige gibt, die Konstantins Entscheidung, mich zum Kommandanten der Verteidigung zu ernennen, in Frage stellen. Ich habe ihn gebeten, persönlich das Kommando der Stadtverteidigung zu übernehmen, doch das hat er abgelehnt. Er hat mir das Kommando übertragen, und ich werde ihn nicht enttäuschen.» Longo machte eine Pause. Niemand hatte ihn unterbrochen. Das war ein gutes Zeichen. «Ich verstehe Eure Sorgen. Ich bin kein Römer, das ist wahr. Aber ich bin Christ, so wie Ihr. Ich werde die Verteidigung organisieren, aber Ihr seid diejenigen, die die Stadt retten müssen. Ich kann das nicht alleine schaffen. Keiner von uns kann das. Wir müssen zusammen kämpfen, Römer, Venezianer, Genuesen und selbst Türken. Alle, die diese Stadt ihre Heimat nennen, müssen wie Brüder zusammen kämpfen. Sind wir uns einig?»

Alle nickten oder brachten murmelnd ihre Zustimmung zum Ausdruck. «Gut, dann können wir anfangen», sagte Longo. «Ich habe herausgefunden, dass die Türken heute Nacht angreifen, sowie es dunkel ist.»

«Seid Ihr sicher?», fragte Notaras. «Ich habe nichts davon gehört.»

«Ich versichere Euch, dass es stimmt», sagte Longo. Es widerstrebte ihm zu erklären, woher er Kenntnis von den türkischen Plänen hatte. Der Gang war zerstört worden, aber es konnte noch weitere geben. Je weniger etwas darüber wussten, desto besser.

«Was, wenn sich Eure Nachricht als Kriegslist herausstellt?», beharrte Notaras.

«Eine verstärkte Nachtwache wird unseren Männern nicht schaden», versetzte Longo. «Die Türken glauben, sie überraschen uns und könnten uns so schnell besiegen. Wir müssen auf sie vorbereitet sein.» Der Megadux nickte zustimmend, und Longo fuhr fort: «Wir stellen den Großteil der Truppen an den Landmauern auf. An den Seemauern lassen wir nur so viele Männer zurück, dass sie Hilfe holen können, falls es dort Probleme gibt. Erzbischof Leonhard, Ihr werdet zusammen mit den Langasco-Brüdern die Mauern an der Stelle verteidigen, wo sie Richtung Goldenes Horn abfallen. Minotto, Ihr verteidigt den kaiserlichen Palast und die Blachernen-Mauern.»

«Er verbringt dort sowieso genug Zeit. Wenn Ihr mich fragt, interessiert er sich eher dafür, den Palastdamen den Hof zu machen, als zu kämpfen», kicherte Troilo, einer der Bocchiardo-Brüder. Er war mit seinen Brüdern Paolo und Antonio ein paar Wochen vor Longo aus Genua eingetroffen. Longo kannte ihn schon seit vielen Jahren, und er respektierte ihn, doch jetzt ließ er sich nur ungern unterbrechen. Er warf Troilo einen strengen Blick zu.

Minotto ignorierte Troilo. «Ich schätze mich glücklich, diese Aufgabe zu übernehmen», sagte er.

«Gut», sagte Longo. «Ihr Bocchiardo-Brüder und Eure Männer nehmt die Stellung südlich von Minotto ein, dort, wo die Blachernen-Mauern auf die Theodosianischen Landmauern stoßen. Ihr teilt Euch das Kommando über die Blachernen-Viertel mit Minotto.»

«Mit dem Venezianer?», protestierte Troilo. «Meine Männer kämpfen nicht Seite an Seite mit Venezianern!»

«Dafür ziehe ich dir das Fell ab!», rief Minotto, die Hand schon am Schwert. «Ich verlange Satisfaktion!»

«Ruhe!», rief Longo. Er zog seinen Säbel und legte ihn auf den Tisch. «Ich lasse keinen Zank unter Euch zu», sagte er gefährlich leise. «Wir sind hier, um gegen die Türken zu kämpfen, nicht gegeneinander. Wenn einer von Euch Satisfaktion verlangt, so werde ich sie ihm gewähren. Ist das klar?» Troilo nickte. «Minotto?» Zögernd nickte auch der Venezianer.

«Gut», fuhr Longo fort. «Theophilos Palaelogos wird die Mauern südlich des Lykos bis zum Pegae-Tor verteidigen. Filippo Contarini und seine Venezianer übernehmen den Mauerabschnitt von dort bis zum Goldenen Tor. Manuel und seine Männer haben sich freiwillig zu dessen Verteidigung gemeldet. Protostrator Demetrios Kantakuzenos übernimmt den südlichsten Mauerabschnitt. Die Venezianer führen das Kommando über die Flotte und am Goldenen Horn. Die Seemauern werden von den griechischen Mönchen verteidigt sowie von allen übrigen Truppenteilen in der Stadt.» Longo war erfreut, dass die Kommandanten einverstanden schienen. Keiner von ihnen weigerte sich, Longo Folge zu leisten. «Meine Männer und ich gehen südlich von den Bocchiardo-Brüdern in Stellung. Der Kaiser am Mesoteichion. Prinz Orhan und die türkischen Truppen werden uns dort verstärken.»

«Aber das sind Ungläubige!», protestierte der Erzbischof. «Ihr könnt die Türken nicht an unserem verletzlichsten Punkt einsetzen. Sie werden uns an den Feind verraten.» Einige Anwesende nickten. Orhan, ein osmanischer Prinz, der in Konstantinopel Schutz vor der Ermordung durch Mehmed gesucht hatte, wollte darauf antworten, doch Longo bedeutete ihm zu schweigen.

«In der türkischen Armee kämpfen Christen und sogar Griechen. Es gibt keinen Grund, warum nicht in unserer Armee Türken kämpfen sollten», sagte Longo. «Konstantinopel ist ihre Heimat, und Orhan und seine Männer gehören zu unseren stärksten Kämpfern. Wir brauchen ihre Hilfe auf den Mauern.»

«Bedeutet die Union also nichts?», fragte Leonhard. «Der Papst hätte das niemals zugelassen.»

«Der Papst ist nicht hier, und seine Männer auch nicht. Und wir brauchen die Hilfe, die wir bekommen können», sagte Notaras entschieden. Longo war überrascht, dass Notaras ihn unterstützte. Der Megadux wandte sich an Longo. «Und was ist meine Aufgabe?», fragte er.

«Ihr werdet eine Reservetruppe anführen, die dort steht, wo die Blachernen-Mauer auf die Theodosianischen Landmauern trifft. Ihr greift da ein, wo Ihr gebraucht werdet.»

«Mein Platz ist auf den Mauern, ich muss nicht dahinter Schutz suchen», sagte Notaras.

«Versteht mich nicht falsch, Notaras», sagte Longo. «Eurer Stellung wird es nicht an Gefahren mangeln. Ihr seid frei, dort in den Kampf einzugreifen, wo es sich anbietet, und Ihr werdet Euch immer inmitten der schlimmsten Kämpfe finden. Ich habe Euch diese Stellung angeboten, weil ich Euren Mut und Eure Fähigkeiten als Krieger schätze.»

«Wenn die Stellung so ruhmreich ist, solltet Ihr sie vielleicht übernehmen.»

«Darüber wäre ich sehr glücklich, Megadux, aber es gibt noch eine weitere Überlegung», sagte Longo. «Ich habe gehört, Ihr seid im Besitz einer Reihe mobiler Kanonen. Sie werden entscheidend sein. Wollt Ihr, dass jemand anders Eure Geschütze kommandiert? Dann werde ich gerne die Reservetruppe anführen.»

«Das wird nicht nötig sein», sagte Notaras. «Aber ich entscheide allein, wo und wann meine Männer und Kanonen eingesetzt werden. Ich kämpfe neben Euch, Signor Giustiniani, aber nicht unter Euch.»

«Solange Ihr kämpft, Megadux, soll es mir recht sein», gab Longo zurück. Er sah jeden Mann am Tisch einzeln an. «Ich bitte keinen von Euch, für mich zu kämpfen. Wenn Ihr für einen Mann kämpfen wollt, dann für den Kaiser.» Longo sah Notaras in die Augen. «Und wenn Ihr nicht für einen Mann kämpfen wollt», sagte er, «dann kämpft für Konstantinopel.»

«Er hat recht», stimmte Minotto ihm zu, und nach und nach pflichteten ihm alle bei. Die Blicke waren auf Notaras gerichtet, der als Einziger zögerte.

«Für Konstantinopel», sagte er und nickte knapp.

«Dann ist es gut», sagte Longo. «Eure Männer sollten zeitig vor Sonnenuntergang auf den Mauern sein. Sie sollen die Mauern ausbessern, Pfeile schärfen oder Blendungen bauen. Wenn der Angriff losbricht, werden wir jede vergeudete Sekunde bereuen. Irgendwelche Fragen?» Niemand sagte etwas. «Gut. Dann geht auf Eure Posten, und möge Gott Euch beschützen.»

* * *

Longo, William und Tristo standen auf der Palisade. Ihre Rüstungen schimmerten im Licht der Fackeln. Die Sonne war lange untergegangen, und tintenschwarze Dunkelheit hatte die letzte Farbe des Himmels geschluckt. Longo sah hinüber zum türkischen Lager. Er konnte dort nichts Ungewöhnliches entdecken. Kochfeuer glommen in der Ferne, und der Kanonendonner dauerte unvermindert fort.

Longo hörte hinter sich laute Stimmen, und als er sich umdrehte, sah er den Kaiser in schwerem Harnisch auf sich zukommen. «Seid gegrüßt, Signor Giustiniani», sagte Konstantin. Er deutete auf das türkische Lager. «Alles sieht friedlich aus», sagte er. «Vielleicht greifen sie doch nicht an.»

«Möget Ihr recht haben», sagte Longo. Er sah auf die vielen Löcher, die am Tag in die Palisade geschossen worden waren, und auf die Männer, die hinter der Barriere Schutz genommen hatten. Selbst mit Prinz Orhans Truppen und Konstantins Leibgarde hatte er weniger als dreitausend Mann, um das ganze Mesoteichion gegen die zehnfache Anzahl türkischer Angreifer zu verteidigen. «Wenn es zum Kampf kommt», sagte er, «geraten wir in größte Bedrängnis.»

«Gott wird uns schützen. Er wird das Römische Reich nicht untergehen lassen», sagte Konstantin. «Ich muss die anderen Truppenteile inspizieren. Gott sei mit Euch, Signor Giustiniani.»

Bald nachdem der Kaiser gegangen war, verebbte das türkische Bombardement. Als das Donnern der letzten Kanonen verklungen war, senkte sich zum ersten Mal seit Wochen Stille über die Stadt. Männer eilten los, um die Löcher, die die Kanonen gerissen hatten, mit Blendungen, hölzernen Schutzwänden, abzudecken. Von der Palisade starrte Longo in die Dunkelheit. Er sah nichts; aber es gab nur einen Grund, warum die Kanonen schwiegen. «Sie kommen», sagte er zu William und Tristo. «Geht auf eure Posten.» Longo zog seinen Säbel und hielt ihn hoch über sich. Hinter ihm hörte er das metallische Raspeln, als Hunderte von Schwertern gezogen wurden. «Seid bereit, Männer!», schrie er.

Longo hörte, dass die Truppen im Anmarsch waren, aber sehen konnte er in der Dunkelheit immer noch nichts. Plötzlich erhellten Leuchtgeschosse den Himmel über der Palisade, und in ihrem roten Schein sah er in fünzig Klafter Entfernung Horden von Janitscharen heranstürmen. Sie schwärmten über den Graben auf die Palisaden zu. Zehntausende waren es, und als der Lichtschein sie traf, war ihr Kriegsgeschrei «Allah! Allah! Allah!» zu hören, das den Verteidigern das Blut in den Adern gefrieren ließ. Dann erklangen die Trommeln und die unheimliche Klage der Schalmeien. Longo schien es, als habe sich der Schlund der Hölle vor ihm aufgetan, als seien die im roten Licht der Leuchtgeschosse mit barbarischem Kriegsgeschrei angreifenden Türken Dämonen.

Als die Türken an der Böschung des Grabens hochkletterten, bohrte sich ein Pfeil in die Palisade vor Longo. Ein weiterer traf den Soldaten neben ihm mitten in der Brust, und er fiel vor Schmerz schreiend zu Boden. «Runter, Männer!», brüllte Longo, duckte sich hinter der Palisade und hielt den Schild über den Kopf. Mit ihren kurzen, aus Holz, Horn und Sehnen gefertigten Bögen feuerten die Janitscharen Pfeile mit so großer Wucht ab, dass diese sogar durch Plattenharnische drangen. Immer mehr Pfeile schlugen über Longo in die Palisade und rutschten von seinem Schild ab. Und dann war plötzlich Schluss damit. Die ersten Türken hatten die Mauern erreicht. «Auf geht's, Männer!», brüllte Longo. «Für Konstantinopel! Gott mit uns!»

Die Türken lehnten Sturmleitern an die Palisaden vor Longo und kletterten daran hoch, schleuderten Enterhaken über die Mauer und versuchten, die Holzfassade der Palisade niederzureißen. Longo rannte hin und her, trat Leitern um und durchschnitt die Seile der Enterhaken. Obwohl die Türken in erdrückender Überzahl waren, hielten sich die Verteidiger gut. Hier und da gelang es vereinzelten Türken, die Mauer zu erklettern, aber sie wurden schnell abgewehrt. Gekämpft wurde weiter unten, in den Löchern, die in die Palisade geschossen worden waren. In den engen Breschen half den Janitscharen ihre Übermacht nicht. Hier waren die Christen durch ihre solideren Rüstungen entschieden im Vorteil. Die Kämpfe waren erbittert, aber die Palisade schien in ganzer Linie standzuhalten. Doch für jeden getöteten Janitscharen standen fünf an seiner Stelle, und die Wut ihres Angriffs ließ nicht nach. Während der Mond über den Himmel kroch, türmten sich die Leichen der getöteten Türken so hoch vor der Palisade auf, dass die Janitscharen sie erklimmen konnten, indem sie über ihre toten Kameraden stiegen.

Longo sah einige Janitscharen mit Fackeln über den Graben kommen, und kurz danach hatte ein Teil der Palisade vor ihm Feuer gefangen. Das hatte er vorausgesehen, und seine Männer waren vorbereitet. In der Nacht war die Mauer genässt worden, und nun rannten Männer mit Eimern los, um die um sich greifenden Flammen zu löschen. Weiter unten wütete ein größeres Feuer. Longo sah Tristos massige Gestalt als Silhouette vor dem Feuer auf der Palisade stehen, wie er mit einer nassen Decke auf die Flammen einschlug. Aber plötzlich kollabierte der Teil der Palisade, auf dem Tristo stand, und Tristo verschwand.

* * *

Als Tristo zu sich kam, war er halb unter Erdsäcken und brennenden Balken begraben. Benommen sah er sich um. Die Palisade war nach außen kollabiert, dadurch war eine Bresche von rund dreißig Fuß entstanden. Überall um ihn kletterten Janitscharen über die Trümmer. Die christlichen Soldaten, die Tristo sah, waren bewusstlos oder tot, unter den Trümmern der Palisade begraben. Tristo versuchte aufzustehen, aber ein schwerer Balken drückte ihn zu Boden. Er stemmte sich mit aller Kraft dagegen. Tatsächlich bewegte der Balken sich, aber nicht genug, dass Tristo freikam. Ein Janitschar wurde auf Tristo aufmerksam und kletterte über die Ruinen auf ihn zu. Tristos Schwert war nirgends zu sehen. Er mühte sich wieder mit dem Balken ab, aber sosehr er es auch versuchte, er rührte sich nicht von der Stelle. Tristo sah wieder nach dem Janitscharen. Der Türke hatte ihn schon fast erreicht.

In seiner Verzweiflung griff sich Tristo eine herumliegende Latte, ein Trümmerstück aus der Palisade, und schwang sie gegen die Beine des Janitscharen. Der sprang über den Hieb hinweg, dann trat er Tristo die Latte aus der Hand. «Dann komm schon, du Bastard, bring es zu Ende!», schrie Tristo ihn an. Der Janitschar erhob seinen gebogenen *yatagan*, aber er konnte nicht mehr zuschlagen. Plötzlich ließ er den Säbel fallen und ging in die Knie. Eine Klinge ragte aus seiner Brust. William trat hinter dem gefallenen Türken hervor.

«Warum hast du so lange gebraucht?», grummelte Tristo.

«Ist das deine Art, dich bei mir dafür zu bedanken, dass ich dir das Leben gerettet habe?», fragte William und stieß ein paar Sandsäcke von dem Balken, unter dem Tristo eingeklemmt war.

«Ich hatte die Situation unter Kontrolle», antwortete Tristo. Er schob den Balken, der ohne die Erdsäcke viel leichter war, zur Seite und stand auf. Mit der Hand hielt er sich die Brust, wo er unter dem Balken eingeklemmt gewesen war.

«Wie geht es dir? Kannst du kämpfen?», fragte William und reichte Tristo ein Schwert.

«Mir geht es gut», grummelte Tristo. «Komm schon, lass uns hier verschwinden.»

⁂ ⁂ ⁂

Longo stand mit gefletschten Zähnen im rasenden Kampf mitten in der breiten Bresche in der Palisade. Er hatte gesehen, wie Tristo zwischen den brennenden Trümmern der Palisade verschwunden war, und war in kalte Raserei ausgebrochen. Unbarmherzig tötete er jeden Türken, der das Pech hatte, ihm in die Quere zu kommen. Im Kampf mit einem Janitscharen wich er dessen Lanzenwurf aus, hieb den Lanzenschaft entzwei, wirbelte herum und spießte seinen Gegner auf, alles in einer einzigen, fließenden Bewegung. Doch kaum war dieser Janitschar gefallen, rückte der nächste an seinen Platz. Trotz Longos wilden Hieben mussten er und seine Männer zurückweichen. Die dünne Front christlicher Soldaten, die die Bresche verteidigt hatte, konnte der weitaus größeren Anzahl von Türken nicht ewig standhalten. Aber wenn es den Türken gelang, sich in die Palisade zu drängen, war die äußere Mauer verloren. Und wenn das geschah, war es nur noch eine Frage der Zeit, bis die Stadt fiel.

Jetzt stand Longo einem hünenhaften Janitscharen gegenüber. In der einen Hand schwang er einen Krummsäbel, in der anderen einen Morgenstern. Longo parierte einen Säbelhieb, duckte sich unter dem Morgenstern weg und trat dem Janitscharen hart gegen ein Knie. Der Janitschar stolperte, dann fiel er – sehr zu Longos Überraschung – tot vornüber. Dort, wo er gestanden hatte, stand nun Tristo, ein bluttriefendes Schwert in der Hand. Hinter Tristo konnte Longo William erkennen, der sich im Kreis drehend unzählige Angriffe von allen Seiten abwehrte. Die beiden traten zurück in die christliche Linie und nahmen ihre Plätze links und rechts von Longo ein.

«Ich dachte, du wärst tot», rief Longo Tristo zu. Longo schützte sich mit seinem Schild vor einem Säbelhieb, und Tristo brachte die Sache zu Ende, indem er dem Angreifer eine Lanze in den Bauch spießte.

«Begraben, aber nicht tot», brüllte Tristo. «William hat mich wieder ausgebuddelt. Ein Segen, denn es sieht so aus, als könntet Ihr Hilfe brauchen.»

«Wir können uns hier nicht mehr lange halten», rief Longo. «Wir brauchen Verstärkung!» Longos letzte Worte wurden vom markerschütternden Geschrei einer neuen Welle kampflustiger Janitscharen verschluckt. Hier und da brachen die ersten Janitscharen schon durch, und mit einem Mal hatte sich die christliche Front in lauter vereinzelte Inseln verzweifelt kämpfender Christen mitten in einem Meer von Janitscharen aufgelöst. Longo, Tristo und William fanden sich zu dritt wieder. Sie kämpften Rücken an Rücken, doch sie wurden immer weiter zurückgezwungen. «Zur mir! Zu mir!», brüllte Longo seiner Truppe zu. «Wir müssen die Frontlinie wieder aufbauen!» Einige christliche Soldaten kämpften sich zu ihnen durch, aber es waren nicht genug, um die türkische Flut aufzuhalten.

«Wir müssen zum Rückzug blasen!», schrie Tristo. «Die Palisade ist gefallen!»

Longo wollte ihm schon zustimmen, da krachten zu allen Seiten Einschläge herunter. Eine ganze Welle heranstürmender Janitscharen vor ihnen war plötzlich wie vom Erdboden verschluckt. Notaras kam ihnen mit seinen Kanonen zu Hilfe, die er um die Bresche in der Palisade positioniert hatte. Wieder feuerte er, und der türkische Angriff löste sich unter den Kanonenkugeln auf.

«Kommt!», schrie Longo, der die Gelegenheit sofort nutzte. «Rauf auf die Palisade!» Er stürmte zurück zu der breiten Lücke, und seine Männer folgten ihm. Sie fegten die wenigen Janitscharen, die den Kanonenhagel überlebt hatten, beiseite, erreichten die Bresche und formierten ihre Verteidigungslinie neu.

Die Janitscharen sammelten sich zu einem letzten, verzweifelten Angriff. Doch der fiel in sich zusammen, als Notaras mit seinen Kanonen die Front erreichte und das Feuer eröffnete. Aus dem türkischen Lager bliesen Hörner zum Rückzug. Die Männer um Longo brachen in Jubel aus und brüllten den fliehenden Feinden Schmähungen hinterher. Heute Nacht, wenigstens heute, hatten sie gesiegt.

* * *

Mehmed stand auf dem türkischen Wall und beobachtete ungläubig, wie seine abgekämpften, blutverschmierten Soldaten an ihm vorbeizogen. Viele schleppten verwundete Kameraden mit. Sie hatten Hunderte verloren – und alles für nichts. Mehmed sah zu, bis der letzte seiner Männer das Schlachtfeld verlassen hatte und ins Lager zurückgekehrt war. Er sah zu, bis das letzte Leuchtgeschoss, das den Kampfplatz erhellte, erloschen war, und dann stand er im Dunkeln und starrte die Mauern an, die ihm getrotzt hatten. Es war das erste Mal, dass Mehmed auf dem Schlachtfeld eine Niederlage einstecken musste, und das gefiel ihm ganz und gar nicht.

Mehmed war noch immer auf dem Wall, als Halil und Ulu eintrafen. Er war alles andere als erfreut, sie zu sehen. Dass Halil darauf gedrängt hatte, früher anzugreifen, zehrte an Mehmed. Er meinte auch, auf dem Gesicht des Großwesirs einen Anflug von Selbstgefälligkeit zu entdecken. Und was Ulu anging, er hatte versagt. Ulu hatte die Schlacht um die Mauer verloren. Mehmed wandte sich an ihn: «Wie viele Männer haben wir verloren?»

«Mehrere hundert unserer besten Männer, Sultan», antwortete Ulu. «Die *orta* aus Edirne ist fast vollständig ausgelöscht worden.»

«Und die Christen? Wie viele haben sie verloren?»

«Nicht viele, mein Herr», sagte Ulu. «Vielleicht fünfzig Mann.»

Mehmed wandte sich ab und starrte wieder auf die Mauer. «Wie konnte das passieren?», fragte er. «Wir haben zehnmal so viele Männer wie sie. Die Mauer ist eine Ruine. Der Sieg hätte unser sein sollen.»

«Sie haben mit uns gerechnet, mein Herr», sagte Ulu. «Die Kanonen hatten nur kleinere Lücken in die Palisaden geschossen, sodass uns unsere zahlenmäßige Überlegenheit nichts genützt hat. Ritter in voller Rüstung und Kanonen haben uns erwartet. Wir sind nicht überraschend gekommen.»

«Spione», sagte Mehmed. «Ich fürchte, unter uns ist ein Verräter.»

«Vielleicht, Padischah», sagte Halil und zögerte, bevor er weitersprach. «Aber die Janitscharen murren, dass Allah gegen uns ist. Der Rat der Janitscharen erwartet Euch in seinem Zelt. Er besteht darauf, dass wir die Belagerung aufheben und nach Edirne zurückkehren.»

«Unsinn», antwortete Mehmed. «Wir müssen die christliche Verteidigung nur etwas härter angehen. Ich habe eine Überraschung für sie – eine, auf die sie nicht vorbereitet sind.»

Halil räusperte sich. «Ich fürchte, die Janitscharen sind nicht bereit zu diskutieren. Wenn Ihr dem Ende der Belagerung nicht zustimmt, töten sie Euch und ernennen Euren Sohn Bayezid zum Sultan.»

«Rebellion also», sagte Mehmed leise. Sie belagerten die Stadt noch keinen Monat, und schon lagen seine Ruhmesträume in Scherben. Er schüttelte den Kopf und zwang sich, an etwas anderes zu denken. Seine Männer waren vor den Christen weggelaufen, doch so schnell würde Mehmed nicht aufgeben. Er würde ein Exempel statuieren, um zu zeigen, was mit denen passierte, die sich ihm widersetzten. «Und Ihr, Ulu», fragte er. «Seid auch Ihr mit ihnen?»

«Ich diene einzig Euch, mein Herr», gab Ulu zurück.

«Gut. Dann versammelt ein Dutzend Männer, auf deren Loyalität Ihr Euch verlassen könnt, und bringt sie in mein Zelt.»

Als Mehmed durch das Lager schritt, sah er *orta* um *orta* von Janitscharen noch in ihrer Kampfrüstung um ihre hohen Kupfertöpfe stehen, die nicht nur dem Kochen dienten. Dort versammelte man sich nach der Schlacht. Alle Töpfe waren zum Zeichen des Aufstands umgedreht worden. Mehmed sah so vielen Männern in die Augen, wie er konnte. Manche salutierten, aber die meisten blickten verlegen weg. Einige wenige starrten trotzig zurück. Um Mehmeds Zelt standen die meisten Männer. Mehmed gingen mitten durch die Janitscharen hindurch, von denen einige ihre Säbel noch in der Hand hielten. Vor dem Zelteingang wandte er sich mit lauter Stimme an die Janitscharen.

«Ihr habt mir in diesem Feldzug loyal gedient. Ihr seid weit marschiert, von Edirne nach Konstantinopel. Ihr habt heute Nacht tapfer vor den Mauern von Konstantinopel gekämpft, und auch wenn der Sieg nicht unser war, denkt nicht, dass ich eure Dienste deswegen geringer achte. Ich bin ein gerechter Herrscher, der treue Dienste immer belohnt. Für alles, was ihr bisher auf diesem Feldzug getan habt, erhöhe ich euren Sold um 50 Asper pro Mann.» Mehmed wartete, bis sich die vereinzelten Jubelrufe gelegt hatten. «Denn es waren weder die Mauern noch die Männer von Konstantinopel, die euch besiegt haben, sondern Verräter aus unserer Mitte. Heute Nacht haben sie uns den Sieg gestohlen, und nun wollen sie, dass wir davonlaufen. Damit würden sie euch Ruhm und Beute vorenthalten. Das werden wir nicht zulassen!», brüllte Mehmed. «Nein, wir halten stand, und wir kämpfen! In den Tagen, die kommen, werden die Tapferen Ruhm erlangen und genug Beute, um euch alle zu reichen Männern zu machen. Der ganze Reichtum der Christenheit wird euch zu Füßen liegen. Ihr müsst nur eurem Sultan folgen. Ich werde euch zum Ruhm führen! Nun», fuhr Mehmed fort, «wer von euch folgt mir zum Ruhm? Wer will seinem Sultan dienen, sogar bis in den Tod?»

Zuerst schlug ihm nur Schweigen entgegen, dann kniete sich ein Janitschar in Mehmeds Nähe nieder und hob seine Faust zum Gruß. Ihm folgten weitere, bis überall um Mehmed Janitscharen knieten. Ulu brüllte: «Heil dem Sultan!», und die Männer taten es ihm nach. Der Sprechchor wurde immer lauter. Mehmed war wie berauscht. Zum ersten Mal seit seiner Thronbesteigung fühlte er sich wirklich als Sultan. Aber er war noch nicht fertig. Er hatte sich mit den Janitscharen auseinandergesetzt. Nun waren ihre Führer an der Reihe.

Als der Jubel verebbt war, wandte sich Mehmed an Ulu. «Geht in das Zelt», befahl ihm Mehmed, «ergreift die Kommandanten, aber tötet sie nicht.» Ulu nickte und führte seine Männer mit gezückten Säbeln zum Zelt. Als die Schreie und das Säbelgerassel vorüber waren, trat Mehmed ein.

Dort fand er die Anführer der Rebellion vor, acht Janitscharenführer, kniend auf dem Zeltboden, jeder mit einem Säbel an der Kehle. «Wenn ich euch das Leben schenke», sagte Mehmed, «wird man meine Autorität immer wieder in Frage stellen. Ich bin ein gerechter Sultan, und ein solcher Verrat verlangt nach Gerechtigkeit. Ulu, nehmt sie mit nach draußen und lasst sie vor ihren Männern enthaupten. Es soll schnell gehen, es darf nicht zum Spektakel werden. Aber zeigt meinen Männern, dass ich schnell und gerecht urteile.»

Die Kommandanten baten um Vergebung, aber Mehmed beachtete sie nicht mehr, als sie aus dem Zelt gezerrt wurden. Er ging in sein Zelt und schenkte sich ein Glas Wein ein. Im Feld hielt er sich mit Wein so weit wie möglich zurück, schließlich verbot der Koran den Genuss von Alkohol, und er wollte nicht, dass seine Männer ihn für pietätlos hielten. Doch nach den Ereignissen der Nacht hatte er das Bedürfnis danach. Mehmed hob gerade den Becher an die Lippen, da hörte er von draußen einen abgehackten Schrei und den widerwärtigen Schlag des Henkersäbels. Er setzte den Becher ab, ohne einen Schluck getrunken zu haben.

* * *

Nachdem er gebadet und sich Reithose und Tunika angezogen hatte, erreichte Longo den Palast erst nach Mitternacht, aber die Siegesfeier war noch in vollem Gange. In dem großen Festsaal des Palastes drängten sich zahllose Soldaten und Frauen. Alle tranken einen Toast nach dem anderen auf den Sieg. Ein Herold verkündete Longos Ankunft. Die Menge jubelte und hob die Becher zum Gruß. Longo fand sich von Gratulanten umringt. Während er die Männer und Frauen begrüßte, sah er sich im Saal nach Sofia um. Er entdeckte Tristo, der vor Lachen brüllte, und William, der sich über die Heiterkeit seines Freundes freute, aber Sofia war nirgends zu sehen.

«Gratulation, mein Freund», rief Konstantin, als er auf Longo zukam. «Was für ein glorreicher Sieg! Gott ist wahrhaftig mit uns. Die Türken werden diese Mauern niemals einnehmen!»

«Ich hoffe, Ihr habt recht, Eure Majestät», begann Longo, doch der Herold verkündete lautstark die Ankunft des Megadux Lukas Notaras. Longo bemerkte, dass der Jubel für Notaras noch lauter war als für ihn, und freute sich. Vielleicht machte dieser Ruhm Notaras kooperativer.

«Ah, der Megadux», sagte Konstantin. «Ich muss auch ihm gratulieren. Ohne seine Kanonen wäre die Schlacht verloren gewesen.» Konstantin wandte sich zum Gehen, und Longo drängte sich auf der Suche nach Sofia durch die Menge im Festsaal. Als er sie dort nirgends finden konnte, machte er sich auf den Weg in den Garten. Er war leer.

«Sucht Ihr jemanden?» Verblüfft wandte sich Longo nach Notaras um, der in der Tür zum Saal stand. Der Megadux sah ihn herausfordernd an, und Longo vermutete, dass er getrunken hatte.

«Nein», log Longo. «Da drin ist es nur so voll. Ich brauchte etwas frische Luft.»

Notaras trat aus dem Schatten zu ihm in den Garten. «Ich verstehe», sagte er. «Ich dachte, Ihr würdet vielleicht nach Prinzessin Sofia suchen. Ihr scheint Euch doch recht nahezustehen.»

«Mir gefällt Euer Ton nicht, Notaras», sagte Longo. «Passt auf mit dem, was Ihr sagt.»

«Nein, Signore Giustiniani, Ihr solltet aufpassen», sagte Notaras. Er trat vor, sodass sie sich Auge in Auge gegenüberstanden. Longo konnte den Wein in seinem Atem riechen. «Ich weiß Bescheid über die unterirdischen Gänge, und ich weiß auch von Euren nächtlichen Treffen mit Prinzessin Sofia. Hört mir gut zu, Signore: Ich werde alles Notwendige tun, um ihre und meine Ehre zu schützen.» Notaras trat an Longo vorbei hinaus in den Garten.

Longo sah ihm nach. Notaras hatte Sofia am Vortag wohl überrascht, als sie aus dem Gang zurückkam. Jetzt war der Megadux eifersüchtig, und eifersüchtige Männer waren gefährlich. War Sofia deswegen nicht auf dem Fest? Hatte Notaras ihr etwas angetan? Es gab nur einen sicheren Weg, das herauszufinden. Longo ging zur Haremsküche und nahm dort den Geheimgang zu Sofias Gemächern.

❖ ❖ ❖

Am Ende des Geheimgangs suchte Longo im Dunkeln nach dem Mechanismus, der die Tür verriegelte. Als er den Haken endlich fand und die Tür öffnen konnte, stand Sofia vor ihm, in einem dünnen Schlafgewand und mit gezücktem Schwert. Sie lächelte, als sie ihn sah, und ließ das Schwert sinken. «Ihr seid es», flüsterte sie, trat ganz nah an ihn heran und küsste ihn. «Gott sei Dank seid Ihr wohlbehalten. Ich habe vom Verlauf der Schlacht gehört und habe Schlimmstes befürchtet.» Sie trat zurück. Plötzlich bemerkte sie, dass ihr Gewand leicht durchsichtig war, ging zum Bett und warf sich eine Decke um die Schultern.

Longo wandte diskret den Kopf ab. «Warum seid Ihr nicht zum Fest erschienen?», fragte er.

«Konstantin hat mir verboten, meine Gemächer nach Sonnenuntergang zu verlassen», sagte Sofia. «Notaras hat ihm von meinem Ausflug letzte Nacht erzählt.»

«Notaras hat mich davor gewarnt, Euch zu sehen», sagte Longo.

«Er ist kein Mann, mit dem man spaßen würde. Ihr solltet seine Warnung ernst nehmen.»

«Ich weiß.»

«Und doch seid Ihr hier.»

«Ich wollte sichergehen, dass es Euch gutgeht. Als Ihr heute Abend nicht aufgetaucht seid, habe ich befürchte, etwas liege im Argen.»

«Und ist das der einzige Grund, warum Ihr gekommen seid?», fragte Sofia.

«Nein, das ist nicht der einzige Grund», sagte Longo. Er zog sie in seine Arme und küsste sie. Ihre Lippen öffneten sich den seinen. Seine Hände strichen über ihre schlanke Taille. Er zog Sofia an sich. Sofia küsste ihn heiß und begann, seine Weste aufzuknöpfen. Longo trat zurück. «Seid Ihr sicher?», fragte er.

Auch Sofia trat einen Schritt zurück, ließ die Decke von der Schulter fallen, und ihre vollen Brüste zeichneten sich deutlich unter dem Gewand ab. «Ich bin nie im Leben sicherer gewesen», erklärte sie ihm. «Ich habe mich entschieden, dich zu lieben, Longo.» Dann nahm sie ihn bei der Hand und führte ihn zu ihrem Bett.

SIEBZEHN

Sonntag, 22. April, bis Donnerstag, 3. Mai 1453 –
Konstantinopel
22. bis 33. Tag der Belagerung

Die Sonne würde frühestens in einer Stunde aufgehen, und in Sofias Schlafzimmer war es immer noch dunkel, als Longo aufstand und sich anzog. Er war in den letzten fünf Nächten in ihre Gemächer gekommen und hatte damit ihrer beider Ruf aufs Spiel gesetzt und vielleicht sogar ihr Leben, um mit ihr zusammen zu sein. Jetzt beobachtete er sie beim Schlafen – betrachtete das leise Lächeln, das ihren Mund umspielte – und dachte nicht zum ersten Mal, dass es das Risiko wert war. Er schnallte sich sein Schwertgehenk um und wollte gerade gehen, da rührte Sofia sich im Halbschlaf. «Es ist noch früh», sagte sie und setzte sich auf. «Wo gehst du hin?»

«Zu den Mauern», antwortete er. «Die Nacht ist noch nicht zu Ende, und wenn ich nicht vor der Morgendämmerung auf meinem Posten bin, wird man mich vermissen.»

«Kommst du heute Abend wieder?»

«Ich weiß nicht», sagte Longo. «Wir gehen ein großes Risiko ein, Sofia. Wenn man uns erwischt, ist dein Ruf zerstört.»

Zu Longos Überraschung lachte Sofia. «Mir ist lieber, mein Ruf ist zerstört, als dass ich für den Rest meines Lebens als anständige Dame hinter Türen eingeschlossen werde. Sag, dass du heute Abend wiederkommst.»

Longo sah sie an, leidenschaftlich und schön, und spürte, wie sein Widerstand dahinschwand. «Ich komme, wenn ich kann», sagte er.

Sofia stand auf und küsste ihn. «Dann geh und sei vorsichtig, Longo. Bis heute Abend.»

Longo nahm den Geheimgang und kam in einer dunklen, leeren Seitenstraße in der Nähe des Palastes heraus. Er ging zu seinem Posten an der Mauer am Romanos-Tor, das das Mesoteichion überblickte. Einmal glaubte er, hinter sich Schritte zu hören, doch als er sich umdrehte, sah er nichts. Es war nicht das erste Mal in den letzten Nächten, dass Longo das Gefühl hatte, verfolgt zu werden. Er konnte nicht vergessen, was William ihm gesagt hatte: Der spanische Meuchelmörder war hier in Konstantinopel. Er packte seinen Säbel fester und ging langsamer, während er auf Schritte lauschte, doch er gelangte ohne weitere Zwischenfälle zur Mauer.

Longo stieg auf die Mauer, als der Himmel heller wurde und sich unten die erste Palisade und die Felder dahinter abzuzeichnen begannen, die sich bis zu den türkischen Wällen und ihrem Lager erstreckten. Nirgendwo rührte sich etwas, selbst die Luft war still, und das gelegentliche Donnern der türkischen Kanonen erklang wie aus weiter Ferne. Beim Blick über diese schlafende Welt fühlte Longo sich in Frieden. Zum ersten Mal, seit er denken konnte, war ihm etwas wichtiger als Rache. Er war nicht nur hier, um die Türken zu schlagen. Er war hier, um die Stadt zu retten, und Sofia.

Über den fernen Hügeln ging glühend orange die Sonne auf und legte einen rötlichen Schimmer über die Welt. Auf den Mauern von Konstantinopel war Wachablösung, die Nachtwache ging nach Hause zur wohlverdienten Ruhe. Die Morgenwache löste sie ab, mit müden Augen und gähnend. Viele Männer hatten die Nacht auf den Feldern innerhalb der Mauern von Konstantinopel gearbeitet, um den Winterweizen einzubringen und die Felder fürs Frühjahr zu bestellen. Tristo und William kamen mit der Wachablösung und gesellten sich Longo auf der Mauer zu.

«Ihr seid früh auf», sagte Tristo und grinste Longo an. «Eine lange Nacht, was?» Longo sah Tristo scharf an, und dessen Lächeln erstarb. «Gütiger Himmel, Ihr seid ganz schön bärbeißig. Ich hab doch nur gefragt», sagte er. «Habt Ihr den Aufruhr gehört, den es an den Seemauern gegeben hat?»

«An den Seemauern?», fragte Longo. «Was ist passiert?»

«Das wissen wir nicht so genau», sagte William. «Aber als wir zu den Mauern kamen, schien die halbe Stadt hinunter zum Goldenen Horn zu eilen. Wir dachten, Ihr wüsstet vielleicht etwas darüber.»

«Vielleicht weiß er was», sagte Tristo und zeigte auf Dalmata, der über die Mauer auf sie zukam.

«Longo, Ihr müsst schnell kommen», sagte Dalmata, als er bei ihnen war.

«Was ist? Was ist passiert?», fragte Longo.

«Das müsst Ihr sehen, sonst glaubt Ihr es nicht.»

⁂

Longo stand unweit des Blachernen-Palastes auf der Seemauer und staunte nicht schlecht. Dalmata, Konstantin, Tristo und William waren bei ihm. An den Seemauern hatten sich Dutzende versammelt, die alle den Blick über das Goldene Horn auf den Streifen Land hinter der Stadt Pera richteten. Dort war ein Wald aus Masten am Horizont zu erkennen. Die türkische Flotte näherte sich der Stadt. Segel blähten sich im Wind, und es sah aus, als segelten sie über das trockene Land.

«Ich traue meinen Augen nicht», sagte Konstantin. «Das ist unmöglich.»

«Ist da ein Fluss?», fragte Longo. «Irgendein Meeresarm?»

«Da ist nichts. Gar nichts», sagte Dalmata kopfschüttelnd. «Auf dem Stück Land zwischen dem Bosporus und dem Goldenen Horn ist kein Wasser.»

Schweigend sahen sie zu, wie die Masten immer höher über die Hügel stiegen. Schließlich tauchte der Bug des ersten Schiffes auf. Als der Rumpf sich deutlich am Horizont erhob, sahen sie, dass die Ruder im Rhythmus durch die Luft fuhren. Und als das Schiff den Hügel ganz erklommen hatte, wurde auch deutlich, wie sie sich fortbewegten. Das Schiff hing in einer riesigen, hölzernen Tragwiege über der Erde. Ochsengespanne zogen die ganze Konstruktion. Die riesigen Räder schimmerten in der Sonne. Sie waren aus Bronze geschmiedet, um das gewaltige Gewicht der Schiffe zu tragen. Longo und die anderen waren sprachlos.

«Unglaublich», sagte Konstantin schließlich. «Das hätte ich nicht für möglich gehalten.»

Am Mast des Schiffes wehte eine große Flagge. Selbst aus der Entfernung konnte Longo sie erkennen: goldene arabische Schriftzeichen auf weißem Hintergrund, die Standarte des Sultans. Jetzt, da sich das Schiff bergab auf das Wasser des Goldenen Horns zubewegte, nahm es Geschwindigkeit auf. Mit jeder Minute, die verstrich, konnte Longo mehr Einzelheiten erkennen. Auf Deck war ein Podium aufgestellt worden, und auf dem Podium ein Thron. Dort saß Mehmed, und zwei Sklaven fächelten ihm frische Luft zu, während sein Schiff majestätisch über trockenes Land glitt.

«Der Kerl hat es mir ein wenig zu behaglich», knurrte Tristo. «Wir haben doch eine Kanone, die bis hinunterreicht, oder?»

Dalmata lächelte. «Ich glaube schon.»

Longo schüttelte den Kopf. «Es wäre besser, das Pulver zu sparen. Es wäre ein Wunder, träfen wir sein Schiff auf diese Entfernung, und wir brauchen in den kommenden Tagen alles Schießpulver. Solange die türkische Flotte im Horn ist, ist es nahezu unmöglich, übers Meer weiteren Nachschub an Vorräten zu bekommen. Wir werden mit dem kämpfen müssen, was wir haben.»

«Ich werde Rationierungen erlassen müssen», sagte Konstantin. «Ohne Vorräte von außen werden uns die Nahrungsmittel knapp, bevor ein Monat zu Ende geht.»

«Und mit all den Schiffen da im Horn müssen wir die Zahl der Truppen auf den Seemauern und der Flotte verdoppeln», fügte Dalmata hinzu. «Wir müssen Männer von den Landmauern abziehen.»

«Wir haben zu wenig Männer, und sobald sich Hunger breitmacht, werden es noch weniger», sagte Konstantin. «Wir müssen etwas gegen diese Schiffe unternehmen.»

Longo nickte. «Ja», sagte er. «Wir müssen sie niederbrennen.»

* * *

Halil stand an Bord des Flaggschiffes des Sultans und hielt sich mit beiden Händen an der Reling fest, während das Schiff voranholperte und auf seiner großen hölzerne Tragwiege willkürlich hin und her schaukelte. Halil wäre genauso gern im Lager geblieben, doch Mehmed hatte darauf bestanden, dass er dabei war und neben dem Thron stand. «Seht. Sie beobachten uns», sagte Mehmed und zeigte über das Horn auf die Seemauern von Konstantinopel. «Ich hoffe, sie genießen das Spektakel.»

«Ich bin mir sicher, sie finden es recht erbaulich», sagte Halil und wischte sich den Schweiß von der Stirn. Vor ihm saßen Reihen voller schwitzender Männer und schwangen ihre Ruder durch die Luft, und am hinteren Ende des Schiffes wurde auf einer riesigen Trommel der Rhythmus geschlagen: Bum, bum, bum. Das beständige Schlagen der Trommel und die Sonne, die heiß vom Himmel brannte, bereiteten Halil Kopfschmerzen. «Aber ist das alles nötig?», fragte er. «Vielleicht wären die Schiffe schneller, wenn sie nicht durch die vielen Ruderer beschwert würden.»

«Ich möchte den Christen zeigen, dass ich das Land genauso befehlige wie das Meer», erwiderte Mehmed. «Ich lasse meine Schiffe hinrudern, wo es mir passt.»

«Was für eine Dummheit ...», murmelte Halil bei sich.

«Dummheit?», fuhr Mehmed auf. Halil zuckte zusammen. «Und womit würdet Ihr die Männer beschäftigen?», fragte Mehmed. «Wäre es Euch lieber, sie hockten müßig und unzufrieden im Lager herum und heckten die nächste Meuterei aus? Nein, diese Männer müssen beschäftigt werden. Das Rudern mag Euch dumm erscheinen, Halil, aber so haben die Männer etwas zu tun. Solange sie nicht kämpfen können, können sie wenigstens rudern.»

«Sehr klug, mein Herr», sagte Halil, gegen seinen Willen beeindruckt. Mehmed hatte recht. Zumindest heute würden diese Männer zu müde sein, um Schwierigkeiten zu machen.

«Ja, allerdings», sagte Mehmed. «Und ich habe mir noch mehr einfallen lassen, damit unsere Männer in den kommenden Tagen etwas zu tun haben. Sagt mir, was Ihr hiervon haltet.» Er reichte Halil ein verblasstes Blatt Papier. Darauf war eine Art Zeichnung, ein Konstruktionsplan. Halil glaubte, riesige Fässer zu erkennen, mit Seilen zusammengebunden, und darüber ein Gewirr aus Bohlen und Brettern. Die ganze Konstruktion schien auf dem Wasser zu schwimmen.

«Was ist das?», fragte Halil.

«Eine Schwimmbrücke über das Goldene Horn», antwortete Mehmed. «Sie wird sich von dort ...», Mehmed zeigte auf die Küste des Horns unter ihnen, «bis dahin erstrecken.» Er zeigte auf einen Punkt nicht weit von da, wo die Mauer von Konstantinopel in das Goldene Horn mündete.

Ein ehrgeiziges Projekt, doch die strategischen Vorteile lagen auf der Hand. Eine Brücke würde der türkischen Armee erlauben, die Seemauern von Konstantinopel anzugreifen, und die Christen zwingen, ihre Verteidigung noch mehr auszudünnen. Ein Geniestreich, und das gefiel Halil nicht. Er hatte mit einer langen, schwierigen Belagerung gerechnet, um seinen Plänen Zeit zum Reifen zu geben.

«Eine ausgezeichnete Idee, Sultan», sagte Halil. «Aber gefährlich, und vielleicht unpraktisch. Die christliche Flotte würde doch niemals zulassen, dass diese Brücke gebaut wird.»

«Ihr habt recht, Halil. Die Christen würden alles tun, um es zu verhindern», stimmte Mehmed ihm zu. «Deswegen übertrage ich Euch die Verantwortung dafür, zwölf Kanonen über das Goldene Horn zu schaffen, um die Flotte zu schützen. Die Christen wären dumm, uns angesichts unserer Flotte und der Kanonen anzugreifen. Wir werden die Brücke bauen, und wenn die christliche Flotte uns daran hindern will, werden wir sie eben vernichten.»

«Sehr schlau, mein Herr», murmelte Halil. Leider viel zu schlau. Mehmed durfte die Stadt nicht erobern. Gennadius musste sich beeilen, sonst würde Halil alles verlieren, wofür er so viele Jahre gearbeitet hatte.

* * *

Fünf Tage später war die erste Kanone jenseits des Goldenen Horns aufgestellt. Halil kehrte nach einem langen Tag in der Sonne zurück zu seinem Zelt, wo ein Bote auf ihn wartete.

«Was gibt es?», fuhr Halil ihn gereizt an.

«Eine Eurer Brieftauben ist heute Nachmittag ohne eine Nachricht in den Taubenschlag im Lager zurückgekehrt, Großwesir. Ihr habt uns gebeten, Euch in diesem Fall zu informieren.»

Eine Taube ohne Nachricht, das war das Zeichen, auf das Halil gewartet hatte. Er ließ sich ein Pferd bringen und ritt direkt zum Taubenschlag. Der graubärtige Taubenwärter werkelte zwischen den vielen Käfigen herum und verstreute Vogelfutter.

«Wärter», rief Halil. Der Mann richtete sich auf, und als er Halils ansichtig wurde, ließ er das Futter fallen und warf sich zu Boden.

«Womit kann ich Euch dienen, Großwesir?», fragte der Wärter.

«Steh auf», befahl Halil ihm. Der Wärter erhob sich. «Heute Nachmittag ist eine Taube ohne Nachricht zurückgekehrt. Erinnerst du dich, welche es war?» Der Wärter nickte. «Gut. Bring mich zu ihr.»

«Ja, ehrwürdiger Großwesir», sagte der Wärter und führte Halil zu einem Käfig, in dem eine einzelne Taube saß. Halil holte sie aus dem Käfig und untersuchte sie. Tatsächlich, sie hatte einen dunklen Punkt hinten am Kopf. Jetzt bestand kein Zweifel mehr. Am Abend würde er Gennadius treffen.

* * *

Keine Stunde später stand Halil in einem dunklen Gang, die Hand am juwelenbesetzten Heft seines Säbels, während er ungeduldig auf Gennadius wartete. Nachdem er den vereinbarten Treffpunkt gefunden hatte, hatte Halil seine Fackel gelöscht und lauschte jetzt in der absoluten Dunkelheit auf jedes Geräusch. Er war sich sicher, dass ihm niemand gefolgt war, trotzdem war er nervös. Er ging nicht gern so ein Risiko ein. Doch Isa war nach Edirne gereist, und er vertraute niemandem, der statt seiner selbst sich mit Gennadius treffen könnte. Schritte hallten den dunklen Gang herunter – Sandalen, die über Stein schlappten. Die Schritte wurden lauter, und dann kam ein Licht in Sicht – eine Fackel, die in der Ferne zitterte. Halil betrachtete den Mönch, als der näher trat. Gennadius war gedrungen und dünn. Sein Gesicht war faltig, doch er bewegte sich mit dem aufrechten, entschlossenen Schritt eines viel jüngeren Mannes. Er trug eine schlichte schwarze Mönchskutte, die zu seinem tonsurierten schwarzen Haar passte. Gennadius verlangsamte seine Schritte, als er sich dem Treffpunkt näherte. Er hatte Halil, der im Schatten stand, noch nicht entdeckt.

«Wie lautet die Antwort?», fragte Halil und trat in den Lichtschein von Gennadius' Fackel. Gennadius machte einen Schritt nach hinten und ließ die Hand sinken, um den Dolch zu greifen, der in seinem Gürtel steckte.

«Wer seid Ihr?», fragte Gennadius. «Wo ist Isa?»

«Beantwortet zuerst die Frage», versetzte Halil. «Wie lautet die Antwort?»

«Edirne», antwortete Gennadius.

«Gut. Edirne ist auch die Antwort auf Eure Frage», sagte Halil. «Isa ist in Edirne.»

«Und wer seid Ihr?»

«Ich bin Halil.»

«Halil?», fragte Gennadius und betrachtete den Großwesir genauer. «Warum seid Ihr hier? Ich dachte, wir wären uns einig gewesen, je weniger Kontakt wir hätten, desto sicherer wären wir beide.»

«Ja», stimmte Halil ihm zu. «Aber Isa ist nicht da, und sonst traue ich niemandem. Ich bin froh, dass Ihr den Vogel geschickt habt, denn ich muss mit Euch reden. Die Belagerung schreitet schneller voran, als ich erwartet hatte. Wir müssen bald handeln, sonst ist unsere Chance vertan.»

«Das glaube ich nicht», entgegnete Gennadius. «Eine Flotte ins Goldene Horn zu verlegen ist vielleicht nicht so schwer. Eine Armee über die Mauern zu bringen schon. Konstantinopel steht seit tausend Jahren.»

«Trotzdem, es ist jetzt an der Zeit zu handeln», beharrte Halil. «Ich habe Euch fürstlich entlohnt, Gennadius. Ich hoffe um Euretwillen, dass das Geld nicht vergeudet war.»

«Droht mir nicht, Halil. Ihr werdet feststellen, dass man

mich nicht einfach so beseitigen kann wie Eure türkischen Lakaien», sagte Gennadius leise. Dann lächelte er mit dünnen Lippen. «Aber wie dem auch sei. Ich habe Informationen für Euch: Für morgen Abend ist ein Angriff auf die türkischen Schiffe im Goldenen Horn geplant, in der Dunkelheit des Neumonds.»

«Morgen Abend?», fragte Halil. Seine Gedanken überschlugen sich. Wenn die türkischen Schiffe zerstört wurden, würde er Zeit gewinnen. «Was haben sie vor? Wie werden sie angreifen?»

«Nach Einbruch der Nacht wird eine Flotte kleiner Schiffe ablegen», erklärte Gennadius ihm. «Sie wollen die türkische Flotte mit flüssigem Feuer niederbrennen.»

«Das habt Ihr gut gemacht, Gennadius. Das sind sehr nützliche Informationen», sagte Halil. «Ich sorge dafür, dass die christliche Flotte erfolgreich ist.»

«Nein, nicht deswegen habe ich es Euch gesagt», meinte Gennadius. «Ihr müsst die Information an den Sultan weitergeben. Damit mein Plan, Mehmed zu meucheln, funktioniert, muss er erfahren, dass Ihr einen Kontakt nach Konstantinopel habt, und er muss begreifen, dass die Informationen, die Ihr diesem Kontakt verdankt, wertvoll sind.»

«Verstehe», sagte Halil. Er glaubte, Gennadius' Plan allmählich zu durchschauen, doch Halil wusste auch: Je weniger er über die Meuchelmordpläne wusste, desto sicherer war er. «Mehr müsst Ihr mir nicht verraten», erklärte er Gennadius. «Ich tue, was Ihr sagt. Ist das alles?»

«Ja.»

«Gut», sagte Halil. «Nehmt nur mit mir Kontakt auf, wenn es absolut lebenswichtig ist. Diese Treffen sind zu gefährlich.»

«Gefährlich?», schnaubte Gennadius. «Von meinen

griechischen Landsleuten habe ich wenig zu fürchten. Die Menschen vertrauen mir eher als der Kaiser, und die, die sich mir entgegenstellen, sind Narren.»

«Hoffen wir, dass Ihr recht habt», sagte Halil. «Dennoch, ich möchte nicht mein Leben aufs Spiel setzen, um zu beweisen, dass Ihr recht habt. Es wird kein Treffen mehr geben. Wenn wir uns das nächste Mal sehen, erwarte ich, dass der Sultan tot ist und dass Ihr Patriarch eines osmanischen Konstantinopel seid.»

Gennadius nickte. «So sei es.»

«So sei es», wiederholte Halil, drehte sich um und verschwand in der Dunkelheit.

* * *

Gennadius stieg aus dem dunklen Gang in den Keller der Kirche, der vom flackernden Licht einer auf dem Boden stehenden Lampe erhellt wurde. Eugenius wartete, wo Gennadius und er sich getrennt hatten – er kniete auf dem Boden neben der Lampe, den Kopf im Gebet gesenkt. Gennadius berührte Eugenius an der Schulter. «Es ist Zeit zu gehen, mein Freund», sagte Gennadius.

Eugenius nickte und stand auf. «Ihr wart länger weg, als ich erwartet hatte», sagte Eugenius. «Gab es Probleme?»

«Alles geht nach Gottes Plan», sagte Gennadius. «Und jetzt lasst uns ins Kloster zurückkehren, bevor es zu dunkel wird.»

Sie verließen die kleine Kirche und gingen an den Docks hinter den Seemauern entlang. Die Tore in der Mauer waren auf kaiserlichen Befehl geschlossen, doch mehrere Wachmänner am Ispigas-Tor waren Gennadius treu ergeben, und sie gelangten problemlos zurück in die Stadt. Jenseits des Tors verließen er und Eugenius die Straße und suchten den schattigen Pfad, der sich hinauf zu der Höhle schlängelte, durch die er wieder in das Kloster gelangen würde. Schließlich wurde der Pfad, dem sie folgten, eben. Vor ihnen lag der dunkle Eingang zur Höhle. Sie traten ein, doch Gennadius hatte erst wenige Schritte gemacht, da erstarrte Eugenius. Gennadius blieb neben ihm stehen, und als seine Augen sich an die Dunkelheit gewöhnt hatten, erkannte er, dass etwas nicht stimmte. Die Tür im hinteren Teil der Höhle stand offen.

Eugenius bückte sich und untersuchte den Boden. «Hier war jemand», sagte er und zeigte auf die schwachen Umrisse von Schritten im Staub. Er folgte den Schritten. «Und er ist noch da.» Er griff nach seinem Schwert, doch es war zu spät. Aus dem Augenwinkel sah Gennadius, wie Schatten auf sie zukamen. Eugenius stand auf, um gegen sie zu kämpfen, doch drei Männer stürzten sich auf ihn, bevor er das Schwert ziehen konnte.

Gennadius drehte sich um, um wegzulaufen, doch er hatte erst wenige Schritte getan, als ein weiterer Mann ihm den Weg versperrte. Gennadius griff nach seinem Dolch, da spürte er einen heftigen Schlag am Hinterkopf. Die Welt drehte sich. Er spürte, wie er fiel, und dann … nichts.

* * *

Gennadius kam zu sich, als ihm kaltes Wasser ins Gesicht geklatscht wurde. Verstohlen blickte er sich um. Seine Hände waren an die Armlehnen eines schweren Holzstuhls gefesselt. Er saß in einem dunklen, luxuriös möblierten Raum: dicke Perserteppiche, kostbare Gemälde an den Wänden und vor ihm ein breiter Tisch. Er konnte nicht erkennen, wer ihm das kalte Wasser ins Gesicht geschüttet hatte. Gennadius versuchte, den Kopf zu drehen, er konnte niemanden entdecken. Doch von da, wo er saß, konnte er verschiedene Folterinstrumente auf dem Boden liegen sehen: eine Peitsche, Schrauben und, am beunruhigendsten, ein riesiger eiserner Dorn wie die, auf die man Verräter manchmal zu sitzen zwang. Gennadius spürte, wie Panik in ihm aufstieg. «Wer ist da?», fragte er. «Was wollt Ihr von mir?» Keine Antwort. Gennadius zwang sich, ruhig zu atmen. Er lebte noch, und das war gut. Sein Entführer wollte etwas von ihm, sonst wäre er längst tot. Oder, überlegte Gennadius grimmig, vielleicht wollen sie mich auch leiden sehen, bevor ich sterbe.

Irgendwo hinter Gennadius öffnete sich eine Tür, und er hörte Schritte näher kommen. «Willkommen in meinem Haus, Gennadius.» Es war Notaras' Stimme. Er setzte sich Gennadius gegenüber an den Tisch.

Gennadius brachte ein schwaches Lächeln zustande. Er blickte vielsagend auf die Seile, mit denen seine Hände gefesselt waren. «Vielen Dank für Eure großzügige Gastfreundschaft.»

«Die Fesseln sind notwendig», erklärte Notaras. «Ich muss Euch einige Fragen stellen. Und mein Freund hier wird dafür sorgen, dass Ihr sie beantwortet.» Notaras wies auf den Mann hinter Gennadius, der jetzt vortrat. Er war groß und dunkelhäutig, sein Gesicht voller Narben. Er hatte ein tückisch aussehendes gebogenes Messer in der Hand, dessen flache Klinge er gegen seine Handfläche klatschen ließ.

Gennadius beachtete den Mann gar nicht. Er musste das Gespräch mit Notaras in Gang halten. Er verfügte über Informationen, die ihn vielleicht retten konnten, falls er

Notaras dazu brachte, ihm zuzuhören. «Mit Freude werde ich Eure Fragen beantworten, Notaras. Ich habe nichts zu verbergen.»

«Seltsam, dass ein Mann, der nichts zu verbergen hat, dieses Kloster durch einen Geheimgang verlässt. Noch seltsamer, dass er sich zur Stadtmauer hinausschleicht.»

«Das habe ich nicht getan.»

«Lügt mich nicht an, Mönch», fuhr Notaras auf. «Die Wachen auf den Seemauern sind Euch nicht so treu, wie Ihr glaubt. Ich weiß, dass Ihr die Stadt verlassen habt. Und jetzt will ich wissen, was Ihr im Schilde führt. Kontakt zum Feind ist Verrat, Gennadius. Darauf steht die Todesstrafe, aber wenn Ihr die Wahrheit sagt, verschone ich Euch vielleicht. Sagt mir: Warum habt Ihr das Kloster heimlich verlassen?»

«Ich habe nichts zu verbergen», wiederholte Gennadius. «Aber ich habe gute Gründe, vorsichtig zu sein. Ich habe den Gang genommen, um Euch und Euren Männern aus dem Weg zu gehen. Ihr seid gegen mich eingenommen worden, Notaras. Ich wusste, dass Ihr nicht verstehen würdet, was ich gemacht habe.»

«Und was genau war das? Habt Ihr eine weitere Vergiftung arrangiert? Vielleicht diesmal Sofia oder den Kaiser?»

Gennadius lachte. «Seid kein Narr», sagte er. «Ich wünsche nicht dem Kaiser den Tod, sondern dem Sultan.»

Notaras kniff die Augen zusammen. «Unmöglich», sagte er. «Ihr kommt niemals an den Sultan heran. Das kommt niemand. Er ist die ganze Zeit von Dutzenden von Janitscharen umgeben.»

«Nein, nicht unmöglich, Notaras. Nicht mit Eurer Hilfe.»

«Und warum sollte ich Euch glauben? Das ist doch nur wieder einer von Euren Tricks.»

«Nein, Notaras», protestierte Gennadius. «Das ist kein

Trick. Zusammen können wir den Sultan töten und unsere Stadt retten. Ihr werdet als Retter des Reiches in die Geschichte eingehen.»

Notaras schüttelte den Kopf. «Nein, ich glaube Euch nicht, Gennadius, und ich höre mir Eure Lügen nicht länger an. Ich habe genug von Eurem Verrat gesehen. Ihr habt Neophytus dazu gebracht, die Kaiserinmutter zu vergiften, und ihn habt Ihr getötet, um Eure eigene Haut zu retten. Ihr würdet alles und jeden opfern, um die Union zu zerschlagen und Patriarch zu werden.»

«Tatsächlich, Notaras? Hat Prinzessin Sofia Euch das erzählt? Ihr tätet gut daran, nicht alles zu glauben, was sie sagt. Ich habe Euch schon einmal gesagt, dass man ihr nicht trauen kann. Sie liegt jede Nacht mit Giustiniani, dem Mann, der Euren rechtmäßigen Platz als Verteidiger der Stadt übernommen hat.»

Notaras sagte nichts. Er machte eine Geste, und der dunkelhäutige Mann trat vor und setzte Gennadius das Messer an die Kehle, wobei er so fest drückte, dass Blut in einem dünnen Rinnsal an dessen Hals hinunterlief. «Passt auf, was Ihr sagt, Mönch», sagte Notaras. «Ich verliere die Geduld mit Euch, und Ihr seid tot, bevor ich mit Euch fertig bin.»

«Tötet mich, wenn Ihr wollt, Notaras, aber was ich sage, ist wahr», sagte Gennadius, der Mühe hatte, dass seine Stimme nicht zitterte. «Was glaubt Ihr denn sonst, warum der Kaiser Prinzessin Sofia verboten hat, nach Sonnenuntergang ihre Gemächer zu verlassen? Ich habe ihn darüber informiert, dass da etwas nicht stimmt.»

«Ich wusste nicht, dass der Kaiser das getan hat.»

«Ihr wisst vieles nicht, mein Freund», sagte Gennadius. «Und ich werde nicht immer da sein, um Eure Interessen zu schützen. Ihr müsst Euch um Eure Frau kümmern. Sie könnte Euch gefährlich werden … uns allen.»

«Ihr lügt, um Eure Haut zu retten», sagte Notaras.

«So? Schickt nach Sonnenuntergang Männer zu Sofias Gemächern. Dann werdet Ihr sehen, ob ich lüge.»

Notaras antwortete nicht, doch Gennadius wusste, dass er nur die Ängste des Megadux bestätigt hatte. Und diese Ängste nagten an Notaras, untergruben seine Urteilsfähigkeit. Schließlich bedeutete Notaras dem dunkelhäutigen Mann mit einer Handbewegung, sich zu entfernen, und der löste das Messer von Gennadius' Kehle und schnitt damit die Seile durch, mit denen Gennadius' Hände gefesselt waren. Gennadius rieb sich die Handgelenke und atmete erleichtert auf.

«Nun gut», sagte Notaras schließlich. «Ich werde Giustiniani beobachten, und wenn das, was Ihr sagt, wahr ist, dann werde ich mir Euren Plan, den Sultan zu töten, anhören. Doch wisst, wenn es ein Trick ist, dann werdet Ihr Euch wünschen, nie das Licht der Welt erblickt zu haben. Kommt.»

Notaras stand auf und verließ das Zimmer, und Gennadius folgte ihm. Der dunkelhäutige Mann kam hinter Gennadius her und hielt sich unbehaglich dicht an ihm. Sie kamen zu einer engen Wendeltreppe und stiegen drei Etagen hinunter in einen engen, trüb beleuchteten Flur. Notaras führte Gennadius zu einer Tür halbwegs den Flur hinauf und blieb stehen. Notaras holte einen Schlüssel heraus, schloss die Tür auf und hielt sie auf. Gennadius schaute hinein. Es war eine kleine, viereckige Zelle, deren Boden mit Stroh ausgelegt war. Eugenius saß zusammengesunken in der Ecke.

«Was ist das?», fragte Gennadius.

«Eure Zelle», sagte Notaras. Bevor Gennadius widersprechen konnte, gab ihm der dunkelhaarige Mann von hinten einen Schubs, und er stolperte in die Zelle. Er landete hart auf dem Boden, und als er sich umdrehte, ging die Tür hinter ihm zu. Sie fiel laut dröhnend ins Schloss, und er hörte, wie der Schlüssel gedreht wurde. Gennadius stand auf und eilte zu dem Gitter in der Tür.

«Was macht Ihr da?», rief er durch das Gitter. «Ihr könnt mich nicht hier gefangen halten. Ich bin ein Mann Gottes.»

«Ihr lebt. Dankt dafür Gott», entgegnete Notaras. «Ihr kommt frei, wenn ich mich davon überzeugt habe, dass das, was Ihr sagt, der Wahrheit entspricht.» Damit drehte Notaras sich um und ging. Gennadius hörte, wie sich seine Schritte den Flur hinunter entfernten, und dann war es still.

«Was machen wir jetzt?», fragte Eugenius.

«Geduld, mein Freund», sagte Gennadius. «Jetzt warten wir ab.»

\# # #

Die nächste Nacht war fast mondlos, und William konnte gerade eben die Schiffe direkt vor ihm erkennen, als sein Boot über das dunkle Gewässer des Goldenen Horns auf die türkische Flotte zuglitt. Zur Linken konnte er etwas ausmachen, was er für Longos Boot hielt, und zur Rechten ragte ein genuesisches Frachtschiff auf, dessen gewaltiger Bug kaum zu sichten war. Der Rest der christlichen Flotte war in der Dunkelheit nicht zu erkennen.

«Ruhig jetzt, Männer», flüsterte William seiner Mannschaft zu. «Rudert vorsichtig.» Sie hatten die Ruderdollen mit Stoff umwickelt, bevor sie abgelegt hatten, und jetzt war das Einzige, was zu hören war, das leise Klatschen der

Wellen gegen den Bootsrumpf und das leise Eintauchen der Ruderblätter ins Wasser, als sie sich von den übrigen christlichen Booten entfernten und auf ihr erstes Ziel zuhielten: zwei Schiffe am hinteren Ende der türkischen Flotte. Es war Neumond, nur eine winzige Sichel hing am Nachthimmel, und die ferne Küste und die türkischen Schiffe waren im Dunkeln unmöglich auszumachen.

Sie hatten fast das entfernte Ufer erreicht, und William konnte die beiden Schiffe, die sie niederbrennen sollten, immer noch nicht entdecken. «Wo sind sie? Sind wir noch auf Kurs?», flüsterte er dem Mann an der Ruderpinne zu. Der Mann nickte. Dann blitzte plötzlich ein Licht an der türkischen Küste auf. Die Männer hörten auf zu rudern und drehten sich um.

«Was in Gottes Namen ist das?», rief der Steuermann.

«Ruhig», zischte William, doch auch er drehte sich um. Der Leuchtkörper stürzte langsam vom Himmel und warf sein Licht auf die anderen christlichen Schiffe, die backbord rund hundert Klafter weiter zusammenlagen, bereit, die türkische Flotte anzugreifen. William erspähte Longos Boot in der Mitte der Flotte. Giacomo Coco – der das Unternehmen befehligte – hatte sich von den übrigen Schiffen abgesetzt und die Türken fast erreicht. Er stand im Bug und trieb seine Ruderer energisch an. Während William zuschaute, schoss an der fernen Küste eine türkische Kanone, und eine Sekunde später war Cocos Kopf einfach verschwunden. Sein Körper sank zusammen und stürzte über Bord, als der Leuchtkörper verlosch und sich alles wieder verdunkelte.

Weitere türkische Kanonen an der Küste schossen, und augenblicklich brach das Chaos los. Im Blitzlicht der Kanonen sah William, wie Kanonenkugeln über das Wasser flogen und die christliche Flotte entzweirissen, Rümpfe zerschlugen und Matrosen aus ihren Booten fegten. Er glaubte zu sehen, wie Longos Schiff entkam, verlor es jedoch in der Dunkelheit wieder aus den Augen. «Was sollen wir machen?», fragte einer der Männer. «Sollen wir umkehren?»

«Nein», antwortete William. «Wir steuern auf die christliche Flotte zu. Die Männer halten es in dem kalten Wasser nicht lange aus, und wenn sie an die türkische Küste schwimmen, sind sie so gut wie tot. Wir retten so viele Männer wie möglich.»

«Aber, Herr», protestierte der Steuermann. «Die Kanonen töten uns.»

«Nein ... Hört doch. Die Kanonen schießen nicht mehr», sagte William. Er zeigte auf die türkische Flotte, die jetzt auf die Christen zuhielt, um sie zu zerschlagen. «Sie gehen nicht das Risiko ein, ihre eigenen Leute zu treffen. Und jetzt wendet das Boot.»

«Aye, aye, Sir», sagte der Steuermann. «Steuerbord zurück, Backbord vor. Rudert!», rief er. Das Boot drehte sich, und sie schossen auf das Schlachtgetümmel zu. Sie waren noch nicht weit gerudert, als plötzlich vor ihnen ein hohes türkisches Schiff aus der Dunkelheit aufragte und ihnen den Weg zur christlichen Flotte abschnitt. Das Schiff war voll besetzt, doch die Mannschaft hatte sich an der anderen Reling versammelt, da gerade ein Angriff auf eines der christlichen Schiffe in vollem Gange war. Sie schienen Williams kleines Schiff nicht bemerkt zu haben.

«In Ordnung, Männer. Tun wir, wozu wir hier sind», rief William seiner Mannschaft zu. «Ruder einholen. Keinen Mucks», flüsterte er, während sein Boot längsseits des türkischen Schiffes glitt. Leise hakten sie sich seitlich am

Schiff an und zogen sich näher. «Macht das Feuer bereit», flüsterte William, und einer der Matrosen zündete die Lunte zu einem Fass mit griechischem Feuer an. William ließ sie einige Sekunden zischen. «Hakt uns los», flüsterte er schließlich. Das türkische Schiff trieb sofort ab. «Jetzt!», schrie William. Die Männer packten das kleine Fass und warfen es auf das türkische Schiff hinauf. Es rollte mitten aufs Deck, wo es augenblicklich in Flammen aufging.

«Rudert! Rudert!», schrie William, als das Feuer sich rasch über das türkische Schiff ausbreitete und es im Nu gänzlich verschlang. Sie brachten sich eilends in Sicherheit, während das brennende Schiff, dessen Ruderpinne in Flammen stand, gegen ein anderes türkisches Schiff stieß, das sofort in Flammen aufging. Die beiden Schiffe brannten bald lichterloh. Im hellen Feuerschein sah William, dass die christliche Flotte sich im Rückzug befand und die türkischen Schiffe hinterhereilten, um die Langsameren zu erwischen. In ihrer Nähe, gleich hinter den brennenden türkischen Schiffen, sah William ein Dutzend Männer, die im Wasser mit den Armen ruderten. Eine türkische Galeere hielt darauf zu, um sie zu erledigen.

«Da!», sagte William zum Steuermann. «Rudert zu diesen Männern und legt euch jetzt ordentlich in die Riemen!» Sie gelangten zu den Männern und zogen sie gerade an Bord, als von der Galeere Pfeile ab sie herabregneten. Von Longo keine Spur. William stand im Heck und suchte verzweifelt das Wasser nach ihm ab. Der Steuermann zog William in Deckung.

«Wir müssen verschwinden, Herr!», rief der Steuermann und zeigte auf die näher kommende Galeere.

«Du hast recht. Rudert nach Hause, Männer!», befahl

William. «Und ihr», sagte er zu den triefnassen Männern, die bibbernd im Boot hockten, «greift zu den Rudern, dann wird euch warm.»

Sie entfernten sich von der langsameren Galeere und waren auf halbem Weg zurück über das Goldene Horn, als sie auf zwei Männer trafen, die sich im Wasser abmühten, um sich schwimmend an die christliche Küste zu retten. Eine Minute später half William Tristo und Longo ins Boot.

«Jetzt hast du mir schon zum zweiten Mal das Leben gerettet», sagte Tristo mit klappernden Zähnen.

Alle drei schauten hinüber zu der fernen Küste, wo der türkische Hafen lag. Die türkische Flotte war fast ganz intakt, wie sie im Licht dreier brennender Schiffe sehen konnten. Die Christen hatten mindestens doppelt so viele Schiffe verloren. Der Angriff war eine Katastrophe. «Sie haben auf uns gewartet», sagte Longo.

«Ja», stimmte Tristo ihm zu. «In der Stadt ist eine Ratte. Jemand hat ihnen verraten, dass wir kommen.»

«Jetzt kriegen wir sie nie mehr aus dem Hafen», sagte Longo. «Und wenn der Hafen in ihren Händen ist ... Wir haben nicht genug Männer, um die Seemauern und die Landmauern zu verteidigen.»

«Und was machen wir jetzt?», fragte William.

«Wir bitten um Hilfe», antwortete Longo. «Und beten, dass jemand kommt.»

\# \# \#

Fünf Tage später war abends die *Fortuna* zum Ablegen bereit. William hatte unbedingt mitfahren wollen, und obwohl Longo um die Sicherheit des jungen Mannes fürchtete, hatte er es ihm doch erlaubt. Schließlich hatte William beim Angriff auf die türkische Flotte tapfer gekämpft, und er hatte Longo das Leben gerettet. Da wollte Longo es ihm ermöglichen, Ruhm zu erlangen. Und vielleicht würde William so auch die Gelegenheit haben, auf Chios seine junge Frau zu besuchen. Er würde Phlatanelas, der sich freiwillig als Kapitän des Schiffes gemeldet hatte, als Leutnant dienen. Das Schiff lag an einem fernen Pier vertäut. Im Schutz der Nacht war der Rumpf seitlich mit Schilden gesäumt worden wie ein türkisches Kriegsschiff, und am Hauptmast flatterten jetzt die türkischen Farben. Longo entdeckte William auf Deck, wo er der Mannschaft Befehle gab. Wie die Übrigen war er gekleidet wie ein Türke, in bauschige Hosen, ein weites rotes Hemd und einen Turban.

Als Longo und Tristo an Bord gingen, eilte William herbei, um sie zu begrüßen, und Tristo umarmte ihn.

«Pass da draußen gut auf dich auf, Kleiner», sagte Tristo und hob William hoch. Er setzte ihn wieder ab und zauste ihm durch die Haare. «Bleib tapfer, William», sagte er.

Longo trat vor und reichte William die Hand. «Ich komme klar», sagte William, bevor Longo etwas sagen konnte. «Um die Stadt müsst Ihr Euch Sorgen machen, Longo. Passt bis zu meiner Rückkehr gut auf sie auf.»

Longo nickte. «Pass gut auf dich auf», sagte er. «Phlatanelas ist ein guter Mann. Tu, was er sagt. Und vergiss nicht: Wenn ihr ein türkisches Schiff seht, flieht. Ihr fahrt aus, um Hilfe zu holen, nicht um die Türken im Alleingang zu schlagen.»

William nickte. «Hab verstanden.» Er sah hinüber zu Turan, dem einzigen türkischen Besatzungsmitglied, der damit beschäftigt war, das Tau des Bugsierboots festzubinden. William senkte die Stimme. «Dieser Turan da, können wir dem trauen?»

«Nicht alle Türken sind unsere Feinde, William», sagte Longo. «Seine Familie lebt seit vielen Generationen in Konstantinopel. Dies ist seine Heimat, und er wird für sie so entschlossen kämpfen wie du und ich. Er spricht auch Türkisch und kann übersetzen, falls es notwendig sein sollte.»

«Longo!», rief Phlatanelas und kam über das Deck zu ihnen. «Schön, Euch zu sehen. Vielen Dank noch einmal, dass Ihr mir das Schiff anvertraut habt.»

«Keine Frage», sagte Longo und klopfte dem Kapitän auf die Schulter. «Passt gut auf sie auf und legt als Erstes in Chios an. Meine Männer dort werden Euch sagen können, wo die venezianischen Schiffe sind, falls sie überhaupt da draußen irgendwo sind.»

«Mache ich», sagte Phlatanelas. «Und Ihr, haltet die Stadt, bis wir zurückkommen.» Er wandte sich zum Gehen.

«Ihr müsstet eigentlich ohne Schwierigkeiten wegkommen», sagte Longo zu William. «In einer so finsteren Nacht werden die Türken euch für eines ihrer Kriegsschiffe halten.» Das Schiff bewegte sich jetzt, es wurde ins Goldene Horn hinausgeschleppt. Longo nahm noch einmal Williams Hand und drückte sie. «Komm heil zurück», sagte er zu William.

«Wir werden Euch nicht enttäuschen», antwortete William. Dann drehte Longo sich um und sprang vom Schiff auf den Pier. Er sah zu, wie das Schiff langsam Richtung Goldenes Horn glitt. William winkte noch einmal vom Achterdeck und wandte sich dann um, um übers Meer zu blicken. Longo blieb stehen, bis zuerst William und dann das ganze Schiff in der Dunkelheit verschwunden war.

«Keine Angst», sagte Tristo und legte Longo eine Hand auf die Schulter. «Er ist ein zäher kleiner Bursche, unser William. Wir werden ihn wiedersehen.»

ACHTZEHN

Samstag, 5. Mai, bis Sonntag, 6. Mai 1453 – Edirne
35. und 36. Tag der Belagerung

Sitt Hatun stand am Fenster ihres Schlafgemachs und schaute über den Kaiserpalast und den Fluss dahinter. Im diesigen Morgenlicht konnte sie gerade so die schwerbeladenen Boote ausmachen, die ablegten, um der Armee in Konstantinopel Nachschub zu bringen. Bei ihrem Anblick dachte sie an ihre Reise nach Manisa vor vielen Monaten, doch dann verscheuchte sie den Gedanken daran aus ihrem Kopf. Es hatte keinen Sinn, über vergangenes Unglück zu grübeln. Diese Zeiten waren vorbei. Jetzt war sie die *bas haseki,* Mutter des künftigen Sultans, und sie hatte mehr Geld und ein größeres Gefolge, als sie brauchte. Sie hatte alles, was sie begehrte.

Sitt Hatun wandte sich vom Fenster ab, um ihren Sohn anzusehen. Selim saß in der Ecke und spielte ruhig mit Bayezid. Die beiden jungen Prinzen hätten unterschiedlicher nicht sein können. Bayezid, inzwischen fast vier Jahre alt, war ein kräftiges Kind mit heller Haut und sandfarbenem Haar. Es war bereits deutlich zu sehen, dass er sich einmal als Jäger und Krieger hervortun würde. Selim, anderthalb Jahre jünger als Bayezid, war dünn und zart und hatte olivbraune Haut und schwarzes Haar. Sein Gesicht war freundlich, doch er hatte Mehmeds intelligente, durchdringende Augen. Obwohl er klein war für sein Alter, legte Selim bereits eine unersättliche Neugier an den Tag, die seine Lehrer entzückte.

Sitt Hatun lächelte, wie sie sie zusammen spielen sah. Das Schicksal ging seltsame Wege, und diese waren besonders seltsam: Wer hätte je gedacht, dass der Sohn von Sitt Hatuns erbittertster Feindin in ihrem Haushalt ein und aus gehen und Selims Spielgefährte werden würde. Seit Sitt Hatun Selims Kindermädchen Kacha vor einigen Monaten den Geheimgang gezeigt hatte, der von seinem Schlafzimmer in ihre Gemächer führte, besuchte Bayezid sie immer häufiger. Bayezid war lieber in Sitt Hatuns Räumen als in Gülbehars, und Sitt Hatun konnte ihm das kaum verdenken. Kacha erzählte ihr, dass Gülbehar oft bis zum Mittag schlief und einen Großteil des Tags vor der Wasserpfeife hockte und Haschisch rauchte. Und seit Mehmed nach Konstantinopel abgereist war, waren Gülbehars Tiraden fast täglich bis in Sitt Hatuns Gemächer herüber zu hören. Kein Wunder, dass der kleine Bayezid seine Mutter mied.

Zuerst war Bayezid nur nachts gekommen, wenn Gülbehars Haushalt schlief, doch in letzter Zeit kam er auch oft am Vormittag. Kacha deckte den jungen Prinzen, wenn er sich davonschlich, und eilte herbei, um Sitt Hatun Bescheid zu sagen, falls Bayezids Mutter nach ihm rief. Es war unvernünftig, aber Sitt Hatun hatte Bayezid ins Herz geschlossen. Zuerst hatte sie die Freundschaft zu dem Jungen nur deshalb gepflegt, um ihn gegen seine Mutter einzunehmen. Doch inzwischen lag er ihr fast so sehr am Herzen wie ihr eigener Sohn.

Sitt Hatun ging zum Bett und setzte sich, um Bayezid und Selim zuzuschauen. Sie spielten mit einem Satz geschnitzter

Klötzchen, mit denen sie die Belagerung Konstantinopels nachstellten. Es gab Türme, Tore und Mauerabschnitte, die alle zusammenpassten. Und dazu gab es Dutzende winziger Figuren, christliche Ritter und türkische Krieger. Das Ganze war mit großer Kunstfertigkeit aus Elfenbein geschnitzt. Mehmed hatte es Selim als Geschenk geschickt, damit er der Belagerung folgen und etwas über militärische Strategie lernen konnte.

Sitt Hatun sah zu, wie Bayezid Selim half, die Stadtmauer von Konstantinopel zusammenzubauen. Sie hatten erst vor wenigen Minuten angefangen, doch schon erstreckte sich die Miniaturmauer vier Fuß über den Fußboden. «Jetzt brauchen wir einen Turm», sagte Bayezid. Selim fand das passende Teil, und Bayezid nahm es, um es an Ort und Stelle zu platzieren. «Und jetzt ein Tor.»

Nachdem Bayezid das Tor aufgebaut hatte, nahm Selim eine Figur – einen türkischen Bey auf einem Pferd – und stellte sie in das Tor. Er drehte sich um und lächelte stolz. «Schau, *anne*!», sagte er. Selim nannte sie immer *«anne»* oder «Mama». «Papa!»

Sitt Hatun lächelte. «Sehr schön, Selim!»

Es klopfte an der Geheimtür, und Kacha trat ein. «Verzeiht, Herrin», sagte sie. «Aber Gülbehar ist aufgewacht und ruft nach ihrem Sohn.» Bayezid runzelte die Stirn und setzte sich auf, die Arme vor der Brust verschränkt.

«Ich will nicht», sagte er.

«Du musst», erklärte Sitt Hatun ihm. «Deine Mutter wird zornig, wenn du nicht bald zurückkehrst. Und wenn sie erfährt, dass du hier bist ...» Sitt Hatun musste den Satz nicht beenden. Bayezid begriff, dass er Sitt Hatun und Selim nie wiedersehen würde, wenn seine Mutter von den Besuchen erfuhr.

Bayezid runzelte die Stirn, doch er stand auf und ging zu dem Geheimgang. An der Tür blieb er stehen. «Ich bin ein Prinz», sagte er. «Warum kann ich mir nicht aussuchen, wo ich lebe? Warum kann ich mir meine Mutter nicht aussuchen?»

Traurig schüttelte Sitt Hatun den Kopf. «Es gibt Dinge, die können nicht einmal Prinzen frei wählen», erklärte sie Bayezid. «Und jetzt geh. Ade, kleiner Prinz.»

Kacha nahm Bayezid an der Hand und ging mit ihm. Nach einem Augenblick kam Selim zu Sitt Hatun und legte seiner Mutter die Hand aufs Knie. «Was ist los, Mama?», fragte er.

Zu ihrer Überraschung merkte Sitt Hatun, dass sie Tränen in den Augen hatte. Sie wollte solche Sentimentalitäten nicht zulassen, doch Bayezids Worte hatten sie gerührt. Der Junge hatte eine bessere Mutter verdient. Doch Sitt Hatun konnte diesem Jungen keine Mutter sein, wenn er doch sterben musste, damit Selim den Thron besteigen konnte? Sie wusste, dass sie Bayezid nicht lieben durfte.

Sitt Hatun wischte sich die Augen und nahm Selim auf den Schoß. «Es ist alles in Ordnung, mein Prinz», sagte sie. «Es ist alles gut.»

* * *

Isa duckte sich im schattigen Eingang zu einer engen Gasse und sah zu, wie über einer geschäftigen Straße in Edirne die Nacht hereinbrach. Auf der gegenüberliegenden Straßenseite standen, dicht aneinandergedrängt, eine Reihe Häuser, in denen Läden untergebracht waren. In dem Haus in der Mitte, von den anderen schäbigen, verputzten zweistöckigen Gebäuden kaum zu unterscheiden, wurde seit inzwischen fast drei Jahren seine Familie gefangen gehalten. Isa hatte seine Frau und seine beiden Kinder seit bald einem Jahr nicht mehr gesehen, doch heute Abend würde er wieder mit ihnen zusammen sein. Und diesmal würde er sie mitnehmen, weit weg von diesem verfluchten Ort. Er musste vorher nur noch eine Aufgabe erledigen. Sobald der junge Prinz Bayezid tot war, waren Isa und seine Familie frei.

Um Isa herum wurde es dunkel, und die Menschenmenge verlief sich, bis nur noch einige Händler durch die dunklen Straßen nach Hause eilten. Der Mond würde erst in einigen Stunden aufgehen, und in seinen engen, schwarzen Kleidern war Isa fast unsichtbar. Es war Zeit. Er kehrte dem Haus den Rücken zu und huschte, sich immer nah den Hauswänden haltend, die Gasse hinunter. Er hatte den Weg zum Palast eingeschlagen, wo er in einer Gasse gegenüber der Umfassungsmauer stehen blieb. Rund um den Palast verlief ein gepflasterter, von Fackeln erhellter, etwa zwanzig Fuß breiter Streifen. In der Nacht war es verboten, diesen Streifen zu betreten. Bogenschützen patrouillierten auf den Mauern, und wer dort erwischt wurde, wurde augenblicklich erschossen. Wenn Isa in den Palast gelangen wollte, musste er diesen Streifen unbemerkt überqueren.

Von da, wo er stand, konnte Isa zwei Wachen auf der Mauer stehen sehen, die sich unterhielten. Er wartete mehrere Minuten, doch sie gingen nicht weg. Isa zog seinen Dolch und löste aus der Mauer hinter sich einen Stein. Er warf ihn nach links ganz weit in die Straße, wo er mit einem lauten Aufschlag landete und laut polternd über das Pflaster kollerte. Die Wachen wandten sich dem Lärm zu, und Isa nutzte die Gelegenheit, über den offenen Streifen zu huschen. Er drückte sich flach gegen die Wand und wartete reglos. Niemand schlug Alarm. Er war nicht gesehen worden.

Isa kroch an der Mauer entlang und umrundete eine Ecke zu der dem Fluss zugewandten Seite. Er schlich weiter, bis er zu einem rostigen Eisengitter kam, das tief in der Wand saß. Das Gitter befand sich über der Mündung eines Abwasserkanals von etwa drei Fuß Durchmesser. Isa zog sich ein Paar schwarze Lederhandschuhe über, löste dann einen Beutel von seinem Gürtel und streute vorsichtig ein dunkelgrünes Pulver an die Stellen, wo die Eisenstangen in die Mauer eingelassen waren. Dann nahm er einen ledernen Wasserschlauch und bespritzte das Pulver mit Wasser. Es zischte, und ein giftig grüner Rauch stieg auf. Wenige Minuten später löste sich das Gitter unter Isas Händen aus der Wand. Er legte es beiseite und kroch in den Kanal.

Der Boden des Kanals war mit einer glitschigen, widerlich stinkenden Schlammschicht bedeckt – der modrige Abfall, der im Küchenabguss hinuntergespült wurde. Isa achtete nicht auf den Gestank, er dachte, als er sich durch den Dreck schob, nur daran, dass seine Familie endlich frei sein würde. Nach hundert Fuß endete der Kanal unter einem weiteren Gitter. Isa schob das Gitter leise beiseite und krabbelte in die leere, kaum beleuchtete Küche. Er legte das Gitter zurück und ging dann durch die Küche zu einer schmalen Wendeltreppe, die ihn in einen lichtlosen Flur führte. Sich mit den Händen an den Wänden entlangtastend, bewegte Isa sich langsam durch den Flur. Nach einigen Schritten fand er einen Riegel und zog daran. Die Wand vor ihm schwang auf, und er trat in den Empfangsraum von Gülbehars Gemächern. Der Raum war dunkel, Gülbehars Haushalt schlief wahrscheinlich. Das war ihm nur recht. Mit ein wenig Glück konnte er sich hinein- und wieder hinausschleichen, ohne bemerkt zu werden. Man würde annehmen, dass der Junge, Bayezid, einfach im Schlaf gestorben war.

Lautlos huschte Isa durch das Empfangszimmer und betrat einen langen Flur, der an allen Räumen entlangführte. Halil hatte ihn darüber informiert, dass der Eingang zu Bayezids Räumen am hinteren Ende des Flurs lag. Der Junge hatte drei Räume: ein Empfangszimmer, ein Spielzimmer und sein Schlafzimmer. Isa hatte die Tür zum Empfangszimmer fast erreicht, da ging sie auf, und eine *odalisque* trat heraus. Sie schrie und drehte sich um, um wegzulaufen, doch Isa machte einen Satz und packte sie an ihrem langen, kastanienbraunen Haar. Er riss sie nach hinten und schnitt ihr die Kehle durch, damit sie nicht weiterschrie. Über ihre Leiche hinweg trat er ins Zimmer. Er schloss die Tür hinter sich und verriegelte sie, dann ging er ins Spielzimmer und verschloss auch dort die Tür. Aus dem Flur drang Lärm. Isa musste sich beeilen.

Er nahm eine kleine Phiole aus seiner Tasche und trat die Tür zu Bayezids Schlafzimmer auf. Bayezids Bett war leer. Isa durchsuchte rasch das Zimmer, doch der Junge war nicht da. Im Raum nebenan versuchte jemand, die Tür zu öffnen. Isa kniete sich hin und nahm einen der Beutel, die an seinem Gürtel hingen. Lieber wollte er hier sterben als weiterleben und mit ansehen, wie seine Familie den Tod fand, weil er versagt hatte.

Da sah er es: ein schmaler Riss in der ansonsten fugenlosen Wand auf der gegenüberliegenden Seite des Zimmers. Es war der Rand einer Geheimtür, die nur angelehnt war. Noch war nicht alles verloren. Isa huschte durch die Tür und schloss sie fest hinter sich.

* * *

Ein lautes Klopfen riss Sitt Hatun aus einem unruhigen Schlaf. Sie schoss hoch, plötzlich hellwach. Wieder klopfte es – zweimal, Pause, dreimal. Es war das Zeichen, das sie mit Bayezid verabredet hatte. Sie eilte zu der Geheimtür und öffnete sie.

«Bayezid!», rief Sitt Hatun. «Was tust du hier?» Sie unterbrach sich. Bayezid stand stocksteif da, und sein Gesicht war kreidebleich. «Geht es dir gut?», fragte Sitt Hatun. «Was ist passiert?» Bayezid rührte sich immer noch nicht. Sitt Hatun hockte sich hin und umfasste den Kopf des Jungen mit den Händen, damit er ihr in die Augen sah. «Erzähl mir, was passiert ist, Bayezid», befahl sie ihm.

«Ein Mann ...», setzte er an und fing an zu weinen. Er vergrub das Gesicht in Sitt Hatuns Gewand. Jetzt, wo er einmal angefangen hatte zu reden, war kein Halten mehr. «Er hat Kacha umgebracht. Er wird mich auch töten. Ich werde sterben. Ich werde sterben.»

«Pssst, du wirst nicht sterben. Ich beschütze dich», sagte Sitt Hatun zu Bayezid und nahm ihn in die Arme. Sie schloss die Geheimtür und drehte sich um, um nach Anna zu rufen, doch sie war schon herbeigeeilt.

«Ich habe das Klopfen gehört», sagte Anna. «Was ist passiert?»

«Ein Meuchelmörder», sagte Sitt Hatun und ging durchs Zimmer. «Es ist hinter dem Jungen her. Nimm ihn und pass auf ihn auf.» Anna nickte und nahm Bayezid in die Arme. Sie verließ das Zimmer, und Sitt Hatun schloss die Tür hinter ihr. Als sie sich umdrehte, sah sie Isa in der Tür zum Geheimgang stehen. «Du!», schrie sie. «Was tust du hier? Hat Halil dich geschickt?»

«Ich komme wegen des Jungen, Bayezid», sagte Isa leise. «Sagt mir, wo er ist.»

«Hier ist er nicht», log sie. «Und du musst gehen, bevor du hier entdeckt wirst.»

«Ich gehe nicht ohne den Jungen», sagte Isa und nahm einen kleinen Beutel von seinem Gürtel. «Ich möchte Euch nichts tun. Der Junge kann nur hier sein. Sagt mir, wo er ist.» Damit machte er einen Schritt auf Sitt Hatun zu.

«Halt», befahl Sitt Hatun, die versuchte, das Zittern in ihrer Stimme zu unterdrücken. «Ich brauche nur zu schreien, schon sind Wachen hier. Du weißt, welches Schicksal einem Mann droht, der im Harem erwischt wird. Man wird dir die Eier abschneiden und in den Mund stopfen, und dann wird man dich in einen Sack stecken und in den Fluss werfen, damit du ertrinkst.»

Isa machte noch einen Schritt auf sie zu. «Wenn Ihr schreit, werdet Ihr sterben.»

Sitt Hatun sah Isa fest in die Augen und wandte den Blick nicht ab. «Dann sterben wir beide», sagte sie. «Aber du wirst Bayezid nicht anrühren.»

«Und du wirst auch meine Herrin nicht anrühren», sagte Anna. Die Türen zu dem Raum waren aufgegangen, und sie kam mit gezücktem Schwert in den Raum und trat zwischen Isa und Sitt Hatun.

Isa schaute von Sitt Hatun auf das Schwert und sah sie wieder an. «Seid keine Närrin, Sitt Hatun», sagte er. «Bayezid muss sterben, wenn Euer Sohn Sultan werden soll. Besser, es passiert jetzt, durch meine Hand. Ich beeile mich. Der Junge wird nicht leiden. Oder wäre es Euch lieber, er wird an dem Tag, da Selim den Thron besteigt, von den Palastwachen in der Badewanne ertränkt?» Sitt Hatun zögerte, und Isa fuhr fort: «Ihr müsst nur zur Seite treten, und Euer Platz als *valide sultan* ist Euch sicher.»

Sitt Hatun zögerte. Als *valide sultan*, Mutter des Sultans, konnte sie alles haben, was sie wollte, selbst Gülbehars Kopf auf einem Tablett. Und sie musste nicht mehr tun, als Bayezid den Rücken zu kehren und ihn dem Tod zu überlassen. Es wäre so leicht. Und Isa hatte recht: Wenn Selim Sultan werden sollte, musste der Junge früher oder später sterben. Doch dann dachte sie an Bayezid und an die Angst in seinen Augen, als er sie angefleht hatte, ihn zu beschützen. Sie dachte an ihren eigenen Sohn Selim und daran, was sie tun würde, wenn man ihn ihr wegnehmen würde. «Nein», sagte sie schließlich. «Ich kann nicht. Er ist doch nur ein Kind.»

«Nun gut», sagte Isa und griff mit überraschender Schnelligkeit in den Beutel und warf eine Wolke weißen Pulvers in Annas Richtung. Doch Anna war auf der Hut. Sie ließ sich fallen, rollte unter der Pulverwolke weg, sprang auf der anderen Seite wieder auf die Füße und hieb mit dem Schwert auf Isa ein. Isa konnte den Hieb mit einem kleinen Dolch parieren, dann holte er mit dem Fuß aus und trat Anna die Beine weg. Als er den Dolch hob, um Anna zu töten, fing Sitt Hatun an zu schreien. Sie packte die einzige Waffe, die sie finden konnte – einen schweren goldenen Kerzenständer –, und schleuderte ihn gegen Isa. Sie erwischte ihn mitten auf der Stirn, und er taumelte blutend zurück.

Sitt Hatun trat vor und half Anna auf die Füße. Von draußen hörten sie ein Krachen, als Mitglieder der Eunuchengarde die Türen zu den Gemächern eintraten. Isa richtete den Blick auf die Tür und sah sie dann wieder an. Er zögerte, dann drehte er sich um und floh durch den Geheimgang. Die Tür war gerade hinter ihm zugefallen, als die Gardisten ins Schlafzimmer stürmten.

Die Wachen hielten inne, als sie sahen, dass Sitt Hatun und Anna allein waren und dass Anna ein Schwert in ihren Händen hielt. «Was machst du hier, Hauptmann?», fragte Sitt Hatun ruhig. Sie würde die Eunuchen nicht hinter Isa herschicken. Schließlich hatte er ihr einmal das Leben gerettet, und davon abgesehen würde Isas Besuch schwer zu erklären sein, wenn sie nicht verraten wollte, dass Bayezid in ihren Gemächern war.

Der Hauptmann der Eunuchengarde verbeugte sich tief. «Wir haben Euren Schrei gehört, Sultanin», sagte er. «Wir sind so schnell wie möglich gekommen. Geht es Euch gut?»

«Wie du siehst, geht es mir gut», sagte Sitt Hatun. «Danke für deine Wachsamkeit, Hauptmann, aber ich bin nur aus einem schlechten Traum aufgeschreckt. Du kannst gehen.» Der Hauptmann blickte unschlüssig von Annas Schwert zu dem blutigen Kerzenleuchter, der am Boden lag.

«In Sultanin Gülbehars Gemächern wurde heute Nacht eine *odalisque* getötet, und Prinz Bayezid wird vermisst», sagte der Hauptmann. «Seid Ihr ganz sicher, dass Ihr nichts gesehen habt? Der Meuchelmörder ist womöglich noch im Harem.»

«Dann schlage ich vor, du gehst und suchst ihn, Hauptmann», sagte Sitt Hatun.

«Sehr wohl», sagte der Gardist. «Doch ich postiere eine Wache vor Euren Gemächern.»

«Hab Dank», sagte Sitt Hatun. Der Hauptmann verbeugte sich und führte seine Eunuchengarde aus dem Zimmer.

Als sie weg waren, tauchte Bayezid in der Tür auf. Er lief zu Sitt Hatun und vergrub das Gesicht in den Falten ihres Gewands. «Ist es sicher?», fragte er. «Ich wusste, dass sie hinter mir her waren, genau wie meine Mutter gesagt hat. Werden sie mich töten?»

Sitt Hatun streichelte ihm zärtlich übers Haar. «Na, na», sagte sie. «Niemand wird dir etwas tun, Bayezid. Du bist sicher.»

* * *

Als Isa in die Haremsküche kam, war der ganze Palast alarmiert, dass ein Meuchelmörder frei herumlief. Isa konnte sich gerade noch in den Küchenabfluss zwängen und das Gitter über den Kopf ziehen, bevor ein Trupp der Eunuchengarde durch die Küche marschierte. Isa zwängte sich so schnell wie möglich durch den Kanal. Er tauchte außerhalb der Mauer auf und schaute nach oben. Die Bogenschützen waren zweifellos alarmiert, doch Isa konnte nicht warten. Er rannte über den offenen Streifen an der Mauer in eine nahe Gasse.

Pfeile zischten an ihm vorbei, doch Isa gelangte unverletzt in die Gasse. Trotzdem lief er weiter. In den gewundenen engen Gassen von Edirne konnte man sich leicht verlaufen, und er wusste, dass die Wachen ihn hier nicht fassen würden. Doch seine größte Sorge galt nicht den Wachen. Die Nachricht von seinem fehlgeschlagenen Mordversuch würde rasch die Runde machen, auch bei Nacht, und Halil wäre nicht zufrieden. Wenn Isa seine Familie in Freiheit sehen wollte, musste er zu ihr, bevor ihre Wächter von Isas Fehlschlag erfuhren.

Isa lief, ohne haltzumachen, bis er in dem Viertel war,

wo seine Familie festgehalten wurde, dann verlangsamte er seine Schritte. In den Straßen war es ruhig, in den Fenstern brannte kein Licht. Soldaten waren nicht zu sehen. Er hatte es also rechtzeitig geschafft. Er beeilte sich, zu dem Haus zu kommen, wo seine Familie war. Dort ging er direkt zur Tür und klopfte. Niemand reagierte, also klopfte er wieder. Schließlich hörte er von drinnen etwas. Nach einer Minute ging die Tür auf.

In der Türöffnung stand ein großer, muskulöser Mann mit buschigem Bart und einem großen Mal auf der Stirn. Er trug eine lederne Reithose und eine engsitzende wollene Tunika. Drei Jahre lang hatte dieser Mann Isas Familie bewacht. Isa wusste nichts über den Mann, er kannte nicht einmal seinen Namen, aber er hasste ihn.

«Was wollt Ihr hier?», fragte der Mann. «Ihr dürft erst herkommen, wenn der Prinz tot ist.»

«Der Prinz ist tot», log Isa. «Ich will zu meiner Familie.»

Der Mann kniff die Augen zusammen. «Ich habe nichts dergleichen gehört», sagte er.

«Ich habe Prinz Bayezid in seinem Bett getötet, es ist noch keine halbe Stunde her», erwiderte Isa. «Sein Tod wird erst am Morgen entdeckt werden.»

Der narbengesichtige Mann gähnte. «Dann kommt am Morgen wieder», sagte er. «Dann wird Eure Familie freigelassen, vorher nicht.»

Der Mann wollte die Tür schließen, doch Isa stellte den Fuß dazwischen. «Ich habe lange genug gewartet», sagte Isa. «Ich habe alles getan, was Halil verlangt hat. Meine Familie ist jetzt frei, ich warte keinen Augenblick länger. Bringt mich zu ihr.» Er griff nach einem Beutel an seinem Gürtel. «Ich bitte Euch kein zweites Mal darum.»

Beim Anblick des Beutels trat der Mann an der Tür einen Schritt nach hinten. «Steckt das weg», sagte er. «Ihr werdet Euer Gift hier nicht brauchen. Wenn Ihr so in Eile seid, dann kommt. Ich bringe Euch zu Eurer Familie.»

Er ließ Isa ins Haus und führte ihn einen Flur hinunter, von dem mehrere Zimmer abgingen. Dort saßen die Männer, die Wachen, die Isa im Auftrag von Halil von seiner Familie fernhielten. Isas Familie durfte sich nur im oberen Stockwerk aufhalten, von wo sie nicht fliehen konnte. Sie kamen an die Treppe, und der narbengesichtige Mann blieb stehen und bedeutete Isa, voranzugehen. Isa eilte an dem Mann vorbei die schmale Treppe hinauf. Die schwere Tür am oberen Treppenabsatz war nicht verschlossen. Isa öffnete sie und trat in den spärlich beleuchteten Flur. «Sie sind im zweiten Zimmer auf der rechten Seite», sagte der Mann. «Die Tür ist nicht verschlossen. Sie warten auf Euch.»

Isa brauchte keine weiteren Anweisungen. Er eilte den Flur hinunter und zog die Tür auf. Das Zimmer hatte kein Fenster und war dunkel, Licht fiel nur durch die Tür hinein. Isa konnte seine Familie nicht sehen. «Jina!», rief er. «Kinder?» Keine Reaktion. Kaum war er eingetreten, stieg ihm der Verwesungsgeruch in die Nase. Hier stimmte etwas nicht. «Jina?», rief er noch einmal. Er machte noch einige Schritte ins Zimmer, bevor er seine Familie sah. Seine Frau und seine zwei Kinder lagen an der hinteren Wand, reglos. Er lief zu ihnen und kniete sich neben seine Frau. Man hatte ihr die Kehle durchgeschnitten, genau wie seiner Tochter und seinem Sohn. Dem verwesten Zustand ihrer Leichen nach zu schließen, waren sie schon einige Tage tot.

«Halil hat mich gebeten, Euch für Eure Dienste zu danken», sagte der narbige Mann von der Tür her. «Doch es ist zu gefährlich, Euch am Leben zu lassen. Wie Halil versprochen hat, werdet Ihr jetzt bald für immer mit Eurer Familie zusammen sein.» Isa lief zur Tür, doch sie wurde ihm vor der Nase zugeschlagen, und im Zimmer wurde es stockfinster. Isa hörte, wie ein Riegel vorgeschoben wurde, dann ein zweiter.

Er stolperte weiter durch das stockfinstere Zimmer zur Tür und schlug mit der Faust dagegen, doch niemand reagierte. «Das werdet Ihr teuer bezahlen!», brüllte er. «Das werdet Ihr teuer bezahlen.» Immer noch keine Reaktion. Er riss am Griff und trat dann mit Wucht gegen die Tür. Sie bewegte sich nicht. Die Tür war aus solider Eiche. Er brauchte eine Axt, um sie zu zerstören. Er saß in der Falle.

Mutlos ließ Isa sich zu Boden gleiten und blieb reglos sitzen. Er hatte alles getan, was Halil von ihm verlangt hatte, doch er hatte seine Familie im Stich gelassen. Sein Leben bedeutete ihm nichts mehr. Doch wenn Isa seine Familie nicht hatte retten können, so wollte er doch ihren Tod rächen. «Halil», murmelte er bei sich. Er wiederholte den Namen immer wieder, wie ein Mantra. Das war jetzt der Sinn seines Lebens. Er würde dafür sorgen, dass Halil litt, wie er gelitten hatte.

Doch vorher würde er die Wächter seiner Familie töten, und dazu musste er zuerst fliehen. Isa schloss die Augen und konzentrierte sich. Er achtete nicht mehr auf den Verwesungsgestank der Leichen seiner geliebten Frau und seiner Kinder. Er hatte viel Zeit zum Nachdenken. Wahrscheinlich würde der Wächter ihn einfach hier eingeschlossen lassen, bis er verhungert war, doch wenn er Glück hatte, würde er zurückkommen, um ihn zu töten. Selbst wenn er sich jedem Wachmann im Haus stellen musste, Isa war fest entschlossen, sein Leben teuer zu verkaufen. Und wenn niemand kam, musste Isa einen anderen Weg hinaus finden.

Er hielt die Augen weiter geschlossen und besann sich,

versuchte, seine Gedanken ganz auf die bevorstehende Aufgabe zu konzentrieren. Nach wenigen Minuten liefen ihm erste Schweißtropfen über den rasierten Schädel, und er bemerkte, dass die Tür in seinem Rücken warm war. Er legte die Hand auf die Wand neben der Tür und dann auf den Boden. Wand und Boden waren warm. Er schob die Nase an den Schlitz unter der Tür und roch Rauch. Voller Entsetzen wurde Isa klar, dass das Haus in Flammen stand. Sie wollten ihn bei lebendigem Leib verbrennen.

Isa stand auf und ging im Zimmer herum, tastete die Wände nach Rissen ab. Doch er fand nichts. Er ging auf dem Boden herum, stampfte mit den Füßen auf und suchte nach losen Bodendielen, doch das ließ er nach einigen Sekunden wieder sein. Wenn er durch den Fußboden floh, würde er wahrscheinlich mitten im Feuer landen. So wandte er sich wieder den Wänden zu. Er hustete, denn immer mehr Rauch drang in den Raum. Er musste bald einen Ausweg finden. Er ging noch einmal im ganzen Zimmer herum, klopfte die Wände ab. Zuerst nahm er sich die Wand links von der Tür vor und dann von der Ecke aus die hintere Wand. Auch dort nichts. Der Rauch war inzwischen sehr dicht, er stieg zwischen den Bodendielen auf, brannte ihm in den Augen und versengte ihm die Kehle. Er zog sein Hemd hoch, um seinen Mund damit zu schützen, trotzdem keuchte und hustete er, als er an der Wand entlangging, an der seine Familie lag. Auch hier hörte er nur das dumpfe Pochen seiner Hand auf hartem Putz. Er verlor schon die Hoffnung, als er plötzlich bemerkte, dass in Hüfthöhe, direkt über der Leiche seiner Frau, das Klopfen hohl klang. Er legte das Ohr an die Wand, um zu lauschen, und klopfte fester. Rums. Hier war die Wand nicht massiv. Hier musste früher eine Tür oder eine Fenster gewesen sein, das überputzt worden war.

Isa zog sein Messer heraus und kratzte an der Wand, doch das war vergebens. Nur ein paar Putzbrocken lösten sich, mehr nicht. Verzweifelt nahm er Anlauf und trat mit voller Wucht gegen die Wand. Sie zitterte leicht. Er trat wieder dagegen und wollte gerade noch einmal zutreten, als er sich umdrehte und sah, dass die Zimmertür in Flammen stand und die Flammen sich rasch auf Wände und Decke ausbreiteten. Er hatte keine Zeit mehr. Isa warf sich mit voller Wucht gegen die Wand. Er hörte ein Bersten und spürte, wie die Wand nachgab, und als Nächstes flog er durch die Luft. Er flog nicht weit, bevor er mit einem schmerzhaften Rums auf dem einstöckigen Nachbarhaus landete. Unsicher stand er auf, immer noch benommen von dem Qualm, den er eingeatmet hatte. Er hatte sich die Schulter ausgerenkt, als er gegen die Wand geprallt war, und der pochende Schmerz war fast unerträglich. Doch er lebte.

Isa ließ sich von dem Flachdach in die angrenzende Gasse hinunter. Er lehnte sich mit der Schulter an die nächste Hauswand und renkte sie sich mit einer Verdrehung des ganzen Körpers wieder ein. Er musste die Zähne fest zusammenbeißen, um nicht vor Schmerz aufzuschreien. Als die Höllenschmerzen allmählich verebbten, verließ Isa die Gasse und ging um die Ecke in die Straße, wo das brennende Haus stand. Menschen eilten vorbei, trugen vom Brunnen Wassereimer herbei, um das Feuer zu löschen. Irgendwo läutete eine Glocke, und vor dem Haus hatten sich Schaulustige eingefunden, um den Flammen zuzusehen. Der Wärter, der seine Familie gefangen gehalten hatte, stand mitten unter ihnen.

Aus seiner Tunika nahm Isa eine mit einer dunklen, zähen Flüssigkeit gefüllte Phiole und ließ behutsam drei Tropfen auf die Klinge seines Messers tropfen. Dann schob er sich durch die Menschenmenge und näherte sich von hinten dem Wärter. Kaum stand er hinter ihm, fuhr er dem Mann mit einer raschen Bewegung des Messers über den Nacken, hinterließ nur einen dünnen Schnitt. Der Mann fasste sich an den Hals und drehte sich um. Als er Isas ansichtig wurde, riss er überrascht die Augen auf. Er machte den Mund auf, brachte jedoch keinen Ton heraus. Das Gift wirkte zu schnell. Isa packte den Mann und zog ihn näher. «Das Gift, dessen Wirkung du schon spürst, wird aus zerstoßenen Kirschlorbeerblättern gewonnen», flüsterte Isa ihm zu und wischte das Messer am Hemd des Mannes ab. «In wenigen Sekunden bist du tot. Auch wenn du ein ganz anderes Schicksal verdient hättest.»

Der Mann fing am ganzen Körper an zu zittern, und Isa ließ ihn los und entfernte sich, tauchte in der Menschenmenge unter. Er sah zu, wie der Wärter am ganzen Körper heftig zitternd zusammenbrach. Eine verschleierte Frau schrie auf. Die Menschen ringsum traten verängstigt zurück. «Was ist mit ihm passiert?», fragte jemand. Jetzt war der ganze Körper des Wächters verdreht. Schaum tropfte ihm von den Lippen. «Er ist besessen!», schrie jemand. Dann erstarrte der Wächter, sein ganzer Körper wurde steif, und seine Augen traten hervor. Er zuckte noch einige Male, und dann lag er still da. Er war tot.

Zwei Männer zogen seine Leiche zur Seite, wo seine Familie, die Behörden oder die Hunde – wer immer auch zuerst bei ihm war – sich um ihn kümmern würden. Die Menschenmenge wandte sich wieder dem brennenden Haus zu. Auch Isa schaute zu. Immer noch eilten Männer mit Wassereimern herbei. Nach einer Stunde war klar, dass das Feuer sich nicht ausbreiten würde, und die Menschenmenge zerstreute sich. Isa wartete, bis alle längst gegangen und die letzten Kohlen ausgebrannt waren. Dann ging er durch die verkohlten Ruinen des abgebrannten Hauses, nahm eine Handvoll Asche und steckte sie in einen der Beutel, die an seinem Gürtel hingen. Das war alles, was ihm von seiner Familie geblieben war. Es dämmerte, als Isa das abgebrannte Haus verließ und sich aufmachte zum Fluss Maritsa, um ein Schiff nach Konstantinopel zu nehmen, wo er Halil suchen würde.

NEUNZEHN

Montag, 7. Mai 1453 – Konstantinopel
37. Tag der Belagerung

Mit einer Fackel in der Hand marschierte Tristo durch einen dunklen Gang tief unter dem Blachernen-Palast. Er beeilte sich auf seinem mitternächtlichen Kontrollgang, um sich bald unterhaltsameren Unternehmungen zuwenden zu können. Die meisten Gänge hatte er zerstört, doch einige hatte er aus Furcht, die Palastmauern darüber zum Einsturz zu bringen, intakt gelassen. Diese verbliebenen Gänge waren zugemauert worden, und Longo hatte am Ende eines jeden eine Wache platziert. Drei Wachposten hatte Tristo bereits kontrolliert, und jetzt war er unterwegs zum letzten. Dieser Gang, der unter dem Charisios-Tor lag, war am weitesten vom Palast entfernt. Benito und Roberto, Männer, die seit Jahren an Longos Seite kämpften, saßen auf dem Boden um ein Pulverfass. Eine Laterne hing an der Wand, deren Licht auf ein Paar Würfel fiel.

«Benito, Roberto, wie läuft es?», fragte Tristo.

«Ganz gut», antwortete Roberto. «Abgesehen davon, dass ich einfach nicht gewinne.»

Tristo hockte sich hin und sah zu, wie Roberto ein weiteres Mal verlor. «Keine Angst», erklärte Tristo ihm. «Pech hält nicht ewig.» Roberto nickte verdrießlich. «Ihr kennt eure Befehle?»

«Wenn wir die Türken hören, sprengen wir den Gang und laufen Hilfe holen», antwortete Benito.

«Gut», sagte Tristo. «Beim ersten Morgenlicht kommt jemand, um euch abzulösen.»

Tristo stapfte den Gang hinunter davon. Sobald er außer Sichtweite war, nahmen Roberto und Benito ihr Spiel wieder auf. Doch Roberto hatte weiterhin Pech, und nach nur einer Stunde hatte Benito ihm das letzte Kleingeld abgenommen. «Und jetzt?», brummte Roberto.

«Wenn wir nicht spielen können, könnten wir doch wenigstens ein bisschen schlafen», sagte Benito und klopfte auf seinen vollen Geldbeutel. «Ich träume von all den schönen Griechinnen, die ich mir mit deinem Geld kaufen kann.»

«Schön», stimmte Roberto ihm zu. «Aber als Strafe für dein verfluchtes Glück übernimmst du die erste Wache. Ich träume davon, mein Geld zurückzugewinnen.» Und damit legte er sich auf den Boden und schloss die Augen. Innerhalb weniger Minuten schnarchte er laut.

Benito sah Roberto beim Schlafen zu und überlegte, ob sein Gewinn wohl ausreichte, um sich das bezaubernde teure griechische Mädchen leisten zu können, auf das er ein Auge geworfen hatte. Er dachte wohlig daran, wie es mit ihr sein würde, als er ein leises Geräusch hörte, ein Kratzen, das trotz Robertos Geschnarche zu vernehmen war. Benito neigte den Kopf und versuchte, die Richtung auszumachen, aus der das Kratzen kam, aber es war nicht mehr zu hören. Vielleicht war es nur eine Ratte gewesen. Dann hörte Benito wieder etwas, nur war es diesmal ein deutlicheres Klirren. Er rüttelte Roberto wach.

«Ich bin doch nicht schon dran, oder?», fragte Roberto.

«Horch», sagte Benito.

«Worauf?»

«Horch einfach.» Sie warteten in absoluter Stille, und nach einigen Sekunden war das Klirren wieder zu vernehmen, lauter diesmal. «Da! Hast du das gehört?», fragte Benito.

«Es klingt, als käme es von da drüben», sagte Roberto, der das Ohr an die Wand gelegt hatte. «Jetzt kann ich es besser hören. Es ist ganz nah. Es klingt wie eine Hacke, als würde jemand graben. Warte ... jetzt höre ich eine Stimme. Ich glaube, es ist ein Türke.»

Kaum waren die Worte über Robertos Lippen, da stieß auch schon das Blatt einer Hacke durch die Wand und traf Roberto am Kopf. Er war augenblicklich tot. Roberto fiel zu Boden, und das Licht einer Fackel drang durch das Loch in der Wand. Laute türkische Stimmen waren zu hören.

Benito vergeudete keine Zeit. Er nahm die Laterne und entzündete die Lunte zu dem Pulverfass, das den Gang zum Einsturz bringen würde. Dann lief er los. Die Lunte war kurz, und er hatte nicht viel Zeit, um sich in Sicherheit zu bringen. Nach einer Minute blieb Benito stehen. Das Pulver hätte inzwischen längst explodiert sein müssen, doch er hatte nichts gehört. Das hieß, dass die Lunte nicht funktioniert hatte oder, noch schlimmer, dass die Türken durch die Wand gebrochen waren und sie rechtzeitig gelöscht hatten. Und wenn die Türken im Gang waren, musste Benito schnellstens Alarm schlagen. Er drehte sich um, um weiterzulaufen, doch er hatte erst einige Schritte gemacht, da traf ihn ein Geschoss aus einer Armbrust am Rücken und streckte ihn zu Boden. Trotz der Schmerzen kroch er weiter und schrie dabei um Hilfe. Seine Stimme hallte durch den Gang, doch er bekam keine Antwort. Dann holten die Türken auf, und Benito wurde mit einem einzigen Säbelhieb zum Schweigen gebracht. Sein abgetrennter Kopf rollte zur Seite, der Mund noch zu einem stummen Schrei geöffnet. In dem Gang kehrte Stille ein, bis auf das leise Schlurfen Hunderter türkischer Soldaten.

❈ ❈ ❈

Longo und Sofia saßen nackt auf ihrem Bett, ein Schachbrett zwischen ihnen. Sie beobachtete ihn, wie er mit gerunzelter Stirn über seinen nächsten Zug grübelte. Schließlich schlug er ihren Turm mit seinem Läufer. Sofia lächelte. Longo wusste es noch nicht, aber in vier Zügen würde er seine Königin verlieren und drei Züge danach das Spiel. «Das war ein Fehler», sagte sie. «Jetzt habe ich dich.»

Longo richtete den Blick wieder auf das Brett und stöhnte, als ihm aufging, was er da getan hatte. Er beugte sich vor und küsste Sofia. «Du bist einfach viel zu schlau», sagte er. «Vielleicht solltest du die Verteidigung der Stadt befehligen.»

«Und was würdest du dann machen?», fragte sie.

«Ich wäre der stellvertretende Kommandeur», antwortete Longo. «Was befiehlst du mir, große Anführerin?»

«Ich befehle dir hierherzukommen», sagte Sofia lachend.

Ein lautes Klopfen an der Tür zu Sofias Gemächern unterbrach sie. Longo sprang vom Bett auf und zog eilig seine

Reithose an. «Wer kann das sein um diese Zeit?», überlegte Sofia, während sie sich ein Gewand überstreifte. Das Klopfen wurde lauter und dringlicher. «Ich kümmere mich darum», sagte sie zu Longo. «Du bleibst hier.» Sie verließ das Schlafzimmer, doch sie hatte die Tür zu ihren Gemächern noch nicht erreicht, da flog diese auf, und Notaras trat ein, gefolgt von einem Dutzend bewaffneter Männer.

«Wo ist er?», wollte er wissen.

«Notaras! Wie könnt Ihr es wagen!», rief Sofia entrüstet.

«Wo ist er?», wiederholte Notaras und packte Sofia am Arm.

«Ich weiß nicht, wovon Ihr redet», sagte Sofia. «Hier ist niemand, nur ich und meine Dienerinnen.»

Notaras ließ sie los und wandte sich seinen Männern zu. «Durchsucht die Gemächer und findet ihn», befahl er ihnen. «Ich sehe in ihrem Schlafzimmer nach.»

«Das könnt Ihr nicht», protestierte Sofia und trat Notaras in den Weg. «Dies sind meine Privaträume. Ihr habt nicht das Recht, hier zu sein!»

«Ich bin Euer zukünftiger Gatte», entgegnete Notaras, «ich habe jedes Recht dazu.» Er schob sie zur Seite und trat in ihr Schlafzimmer. Sofia folgte ihm auf dem Fuß. Zu ihrer Erleichterung war von Longo keine Spur zu sehen.

«Seid Ihr jetzt zufrieden?», fragte Sofia. «Und jetzt geht.»

«Noch nicht, Prinzessin», erwiderte Notaras und trat an das Bett, wo die Schachfiguren umgestoßen worden waren und jetzt verstreut zwischen den Laken lagen. Er hob eine Figur auf und hielt sie ihr unter die Nase. «Was ist das?», fragte er.

«Eine Königin», antwortete Sofia. «Seid Ihr vertraut mit dem Schachspiel?»

«Treibt nicht Euer Spiel mit mir, Sofia», warnte Notaras sie. «Dafür habe ich keine Geduld. Was machen die Figuren hier auf Eurem Bett?»

«Ich habe gegen mich selbst gespielt», erklärte Sofia ihm. «Das ist die einzige Unterhaltung, die mir geblieben ist, seit Konstantin mich in meine Räume verbannt hat.»

«Verstehe», sagte Notaras. Er setzte seine Inspektion des Zimmers fort und erstarrte plötzlich. In der Ecke stand, an die Wand gelehnt, Longos Säbelscheide. Notaras nahm sie und zog den Säbel heraus. Die gebogene Klinge war genauso unverwechselbar wie die asiatischen Symbole, die sie zierten. «Und was ist das?», fragte Notaras.

Sofia stieg die Röte in die Wangen. «Das ist ... ich ...», murmelte sie.

Notaras trat auf sie zu, und ihre Blicke begegneten sich. «Sagt mir die Wahrheit, Prinzessin, und nehmt Euch in Acht, was Ihr antwortet», sagte er. «Auf Eure Ehre, war Longo heute Nacht hier?» Sofia antwortete nicht, doch die Röte auf ihren Wangen kroch ihr bis hinunter über den Hals. Schließlich senkte sie den Blick und nickte fast unmerklich. «Verstehe», sagte Notaras mit fest zusammengebissenen Zähnen. «Und wo ist er jetzt?»

Sofia schüttelte den Kopf. «Nein», sagte sie. «Ich kann nicht.»

Notaras packte Sofias Arme und drückte so fest zu, dass sie aufkeuchte. «Sagt es mir!», knurrte er. «Wo ist er?»

«Weg», sagte sie. «Ich weiß nicht, wo er ist.»

Notaras hielt sie noch einen Augenblick lang fest und gab sie dann frei. Seine Hände hinterließen rote Abdrücke auf ihren Oberarmen. «Egal», sagte Notaras. «Ich finde ihn schon.» Notaras verließ das Schlafzimmer, und Sofia folgte ihm. Notaras' Männer hatten ihre Gemächer durchwühlt,

Möbel umgestoßen und Tapisserien von den Wänden gerissen, um eine Spur von Longo zu finden. «Männer!», rief Notaras. «Signor Giustiniani ist gegangen, aber weit kann er noch nicht gekommen sein. Durchsucht den Palast und findet ihn.» Die Männer gingen, und Notaras machte sich daran, ihnen zu folgen, hielt dann jedoch noch einmal inne und drehte sich um. Seine Augen glänzten, ob vor Zorn oder vor Kummer, vermochte Sofia nicht zu sagen. «Zuerst kümmere ich mich um Longo», sagte er. «Aber seid unbesorgt. Danach komme ich zurück, um mich um Euch zu kümmern, Prinzessin.»

«Und was habt Ihr mit mir vor?», fragte Sofia trotzig. «Ihr besitzt mich nicht, egal was Ihr glaubt.» Sie unterbrach sich und sah ihm in die Augen. «Ich liebe ihn, Notaras. Versteht Ihr das nicht?»

Notaras lächelte schmerzlich. «Doch, das verstehe ich», erklärte er. Dann wandte er sich ab, ging und schlug die Tür zu ihren Gemächern hinter sich zu.

* * *

Halb angezogen, die Stiefel ungeschnürt und mit halboffenem Hemd eilte Longo durch einen der vielen Geheimgänge, die sich unter dem Blachernen-Palast hindurchschlängelten. Er hatte aus Sofias Räumen keine Lampe mitgenommen und stolperte im Dunkeln oft und musste sich mit den Händen an den Wänden abstützen. Er war noch nicht weit gekommen, da hörte er etwas Unerwartetes: Schritte aus der Ferne. Jemand war im Gang.

Longo beschleunigte seine Schritte und eilte eine Wendeltreppe hinunter. Die Schritte wurden lauter, und als er das Fußende der Treppe erreichte, sah er in der Ferne das schwache Leuchten einer Fackel. Longo lief in die entgegengesetzte Richtung den Gang hinunter und bog in einen Seitengang. Wenige Sekunden später trat er in eine leere Seitenstraße nahe dem Palast und seufzte erleichtert auf. Er hatte es geschafft.

Longo eilte vom Palast weg zu dem nahegelegenen Haus, in dem er logierte. Er wollte eben in seine Straße biegen, da stand er plötzlich Notaras gegenüber. Als Notaras Longo sah, schürzte er die Lippen zu einem maliziösen Lächeln. Longo eilte vorbei, hoffte, einer Konfrontation zu entfliehen, doch Notaras streckte die Hand aus, um ihn aufzuhalten. «Und was macht Ihr zu so später Stunde noch auf der Straße, Signor Giustiniani?», fragte Notaras. Er zeigte auf Longos halboffenes Hemd. «Und so nachlässig gekleidet?»

«Ich habe gehört, dass es im Palast einen Tumult gab», log Longo. «Ich bin so schnell wie möglich hingelaufen. Ich hatte kaum Zeit, mich anzuziehen.»

«In der Tat», entgegnete Notaras. «Ihr habt sogar Euren Säbel vergessen.» Longo wollte nach seinem Säbel greifen, doch der war nicht da, wo er hingehörte. Notaras klopfte auf seinen Gürtel, und Longo sah, dass daran zwei Waffen hingen, von denen eine Longo gehörte. Notaras zog den Säbel aus der Scheide und hielt ihn zwischen sie. «Eine wunderschöne Klinge», sagte Notaras. «Ihr solltet vorsichtiger sein, wo Ihr sie zurücklasst.»

«Das kann ich erklären», sagte Longo.

«Und was möchtet Ihr mir erklären, Signor Giustiniani?», versetzte Notaras. «Ihr habt mir meinen Posten als Verteidiger der Stadt gestohlen, und jetzt habt Ihr mir auch noch Sofia gestohlen. Ich verstehe das voll und ganz.»

«Sie liebt Euch nicht, Notaras», sagte Longo.

«Das habe ich gehört», sagte Notaras. «Aber Ihr solltet Euch nicht um Sofia sorgen.» Er schwang Longos Säbel durch die Luft.

«Ihr seid ein ehrbarer Mann, Notaras», sagte Longo. «Es ist unter Eurer Würde, einen unbewaffneten Mann zu schlagen.»

«Wer seid Ihr, dass Ihr zu mir von Ehre sprecht?», brüllte Notaras. «Sie war meine Anverlobte.» Er holte aus, und Longo stolperte rückwärts, wich dem Hieb aus, stürzte dabei jedoch zu Boden. Notaras blickte kalt auf Longo hinunter, griff ihn jedoch nicht an. «Aber Ihr habt recht», sagte er schließlich. «Es würde mir keine Befriedigung verschaffen, Euch unbewaffnet zu töten.» Er warf Longos Säbel zu Boden und zog sein Schwert. «Kommt, Signore», sagte Notaras. «Entweder bekomme ich meine Rache, oder Ihr sollt mein Leben genauso haben wie meine Liebe.»

Longo stand auf, ließ seinen Säbel jedoch am Boden liegen. «Wir sollten gegen die Türken kämpfen, nicht gegeneinander», sagte er. «Nach der Belagerung sollt Ihr meinetwegen Euer Duell haben.» Longo hob seinen Säbel auf und wandte sich ab, um zu gehen.

«Feigling», spuckte Notaras. «Kämpft jetzt mit mir, oder ganz Konstantinopel wird von Eurer Feigheit und von Sofias Schande erfahren.»

Longo hielt inne, drehte sich dann um und hob kampfbereit den Säbel. «Na gut», sagte er. «Aber lasst uns nur bis zum ersten Treffer kämpfen.»

«Bis zum Tod!», knurrte Notaras und griff an, hieb nach Longos Kopf und bedrängte ihn mit einer Reihe rascher Stöße. Longo parierte und verlor an Boden. Er war davon ausgegangen, dass Notaras ein geschickter Kämpfer war, doch er war überrascht, wie gut der Megadux sich unter

Kontrolle hatte. Obwohl er so wütend war, kämpfte Notaras präzise.

Longo wich Notaras' letztem Hieb aus und schlitzte dem Megadux die Seite auf, doch Notaras drehte sich um und blockierte den Hieb, dann trat er Longo böse gegen das Knie. Longo wich dem Tritt aus, doch dabei verlor er das Gleichgewicht. Notaras nutzte den Vorteil und griff nochmal an. Er schlug nach Longos Beinen, änderte im letzten Augenblick die Richtung seines Schwerts und stieß nach Longos Brust. Longo entkam dem Hieb mit knapper Not, doch Notaras hatte sich zu weit vorgestreckt, und Longo wollte die Sache zum Abschluss bringen, doch zu seiner Überraschung gelang es Notaras in letzter Sekunde, sich zu fangen. Ihre Klingen verkeilten sich am Heft, und beide Männer stemmten sich mit aller Kraft gegeneinander.

Plötzlich riss eine gewaltige Explosion sie auseinander, und sie stolperten rückwärts, als der Boden unter ihren Füßen zitterte. Als das Beben nachließ, hörten sie Schreie aus dem Palast. Longo und Notaras blickten einander in die Augen und senkten die Waffen.

«Was war das?», fragte Notaras. «Ein Kanonenschuss?»

«Nein», erwiderte Longo. «Eine Explosion in einem der Gänge.»

«Gänge? Dann heißt das ...»

«Die Türken sind in der Stadt», beendete Longo den Satz. «Kommt, wir müssen den Kaiser beschützen.»

\# \# \#

Die schwere Eichentür zu den kaiserlichen Gemächern bebte im Rahmen, als ein schwerer Schlag sie traf. Dem Schlag folgten ein zweiter und ein dritter. Die Tür war mit

Tischen und Stühlen verrammelt worden, und Konstantin, Dalmata und ein Dutzend Palastwachen standen bereit, um den Kaiser und seine Familie zu verteidigen. Sofia wartete hinten im Raum, das Schwert in der Hand. Sie hatte kaum Zeit gehabt, über Notaras' Besuch und die Folgen nachzudenken, da war Dalmata gekommen und hatte ihr gesagt, sie solle sich beeilen, es seien Türken im Palast.

Das Holz der Tür barst, ein eisernes Scharnier wurde aus der Wand gerissen, und die Tür gab nach.

Konstantin wandte sich an Sofia. «Du solltest nebenan bei Sphrantzes warten», sagte er zu ihr. Sie ging auf ihn zu, blieb jedoch in der Tür stehen. Sie sah, wie Konstantin sein Schwert zog. «Macht Euch bereit, Männer», sagte er. «Wenn wir heute Nacht sterben, dann lasst uns unser Leben teuer verkaufen.»

Aus dem Flur hörte Sofia laute türkische Stimmen und klirrende Säbel. Dann verstummte das Gebrüll, und die Tür bebte nicht mehr. In der Stille konnte Sofia das wilde Hämmern ihres Herzens hören.

Es klopfte wieder an der Tür. «Öffnet die Tür!», rief eine Stimme von der anderen Seite.

«Das ist Longo!», rief Sofia.

«Lasst ihn ein», befahl Konstantin, und einige Sekunden später schwang die Tür auf, und Longo trat ein, dicht gefolgt von Notaras. Hinter ihnen im Flur stand ein Trupp Palastwachen. Notaras begegnete Sofias Blick, und sie senkte den Kopf.

«Gott sei Dank seid Ihr gekommen», sagte Konstantin zu Notaras und Longo.

«Wir haben keine Zeit, uns zu freuen», erwiderte Longo. «Wir haben die Türken in die Flucht geschlagen, doch wir müssen sie aufhalten, bevor sie entkommen. Wenn wir einen ihrer Mineure fangen, kann er uns sagen, wo ihre übrigen Gänge sind. Sonst sind wir auch weiterhin in großer Gefahr.»

❋ ❋ ❋

Tief unter dem Palast folgte Notaras Longo durch einen felsigen Gang, der nur von ihren flackernden Fackeln schwach erhellt wurde. Aus allen Richtungen konnte Notaras aus der Ferne Schritte hören, die an den Wänden des Gangs widerhallten. Gelegentlich waren auch türkische Stimmen zu hören. Mal lauter, mal leiser, mal aus der einen, dann aus der anderen Richtung. Mehrmals war Notaras davon überzeugt, um die nächste Ecke würden sie auf Türken stoßen, doch dem war nicht so.

Hinter Notaras folgten mehrere hundert Palastwachen, doch sie blieben ein Stück zurück, damit Notaras und Longo besser lauschen konnten. Notaras blickte zurück, und in der unterirdischen Dunkelheit waren die Gardisten nur Schatten. Er könnte Longo jetzt töten, ging Notaras auf, und in der Dunkelheit würde niemand erfahren, was er getan hatte. Dann könnte Notaras wieder die Verteidigung der Stadt befehligen. Sofia wäre wieder sein. Er hob sein Schwert auf halbe Höhe und hielt dann inne.

Vor ihm war Longo vor einer Abzweigung im Gang stehen geblieben. «Hört Ihr das?», flüsterte er. Aus dem Gang zur Rechten drangen Stimmen und dann laute Schritte, die rasch näher kamen.

Notaras drehte sich um, um die Wachen zu rufen. «Männer, kommt jetzt näher!» Notaras wandte sich wieder um und sah, dass sich von der anderen Seite Fackeln näherten. In der Dunkelheit konnte er sehen, wie das Licht sich auf den näher kommenden Klingen brach. Notaras hob sein Schwert und trat neben Longo, bereit zum Kämpfen. Dann steckte Longo zu Notaras' Überraschung seinen Säbel in die Scheide und schritt vor, um den herbeieilenden Männern entgegenzugehen.

«Tristo?», rief Longo. «Bist du das?»

«Selbstverständlich», antwortete Tristo und trat in den Schein von Notaras' Fackel. «Wo sind die Türken?»

Longo schüttelte den Kopf. «Wir können sie nicht finden. Es ist, als jagte man Schatten hinterher.»

«Wir sollten uns aufteilen», schlug Notaras vor. «Dann sind unsere Chancen größer.»

«Aber haben wir dann, wenn wir auf sie treffen, genügend Männer, um sie aufzuhalten?», fragte Tristo.

«Notaras hat recht. Wir haben keine andere Wahl», erwiderte Longo. «Wir teilen uns in drei Gruppen auf. Tristo, du gehst mit deinen Männern den Gang hinunter, aus dem ihr gekommen seid. Notaras, Ihr nehmt die Hälfte der Gardisten mit nach links. Ich gehe mit der anderen Hälfte zurück zum letzten Seitengang. Hinterlasst an jeder Abzweigung eine Fackel, um zu kennzeichnen, wohin Ihr gegangen seid. Wenn Ihr auf die Türken stoßt, ruft um Hilfe. Wir kommen, so schnell wir können.»

Notaras eilte im Laufschritt mit seinen Männern den Gang hinunter. Jetzt, wo sie sich aufgeteilt hatten, war es noch schwerer, festzustellen, woher die Schritte kamen. Dennoch versuchte Notaras, den Geräuschen zu folgen. Nach mehreren Biegungen und Abzweigungen blieb er vor einem Seitengang stehen. Irgendetwas war hier seltsam. Die Luft roch süßlich, nach Erde und Gras.

«Ihr drei», Notaras zeigte auf drei Männer, «geht zurück und holt Hilfe. Die restlichen folgen mir. Wir haben sie.» Notaras lief den Gang hinunter, seine Männer folgten ihm dichtauf. Ein Luftzug, der immer stärker wurde, ging durch den Gang, ihre Fackeln flackerten und zuckten im Durchzug. Notaras konnte jetzt türkische Stimmen hören. Vor ihm bog der Gang scharf nach links. Notaras lief um die Ecke und stürmte blindlings auf einen der türkischen Soldaten zu, den er zu Boden warf. Der Gang vor ihm war voller Türken. Rund zehn Klafter weiter vorn zwängten sie sich durch ein kleines Loch, das in eine Ziegelmauer gebrochen worden war.

«Lasst sie nicht entkommen!», schrie Notaras. Wenn er das Loch in der Wand erreichen und verteidigen konnte, dann saßen die Türken, die noch im Gang waren, in der Falle und konnten gefangen genommen werden. Notaras war nur noch gut zehn Schritte von dem Loch entfernt, als er daneben ein Pulverfass sah. Während er zuschaute, führte ein Türke eine Fackel an die Lunte, die zu dem Fass führte. Auch einige seiner Männer sahen, was geschah. «Lauft! Schnell!», schrie jemand, und die Männer um ihn herum drehten sich um und flohen.

«Nein! Bleibt hier und kämpft!», schrie Notaras und stürmte in die andere Richtung, auf das Fass zu. Wenn der Gang zerstört wurde, würden die Türken fliehen. Er musste die Explosion verhindern.

Zwischen Notaras und dem Fass waren noch fünf Türken. Entweder wussten sie nicht, was passieren würde, oder sie waren bereit, ihr Leben zu opfern, damit ihre Kameraden entkommen konnten. Notaras krachte im Laufschritt in sie hinein, rammte dem ersten Türken die Schulter in die Brust und warf ihn um. Den Rückstoß nutzend, holte Notaras mit dem Schwert aus und schlitzte einem anderen Türken den Arm auf, und der ließ seine Waffe fallen. Drei Türken waren ihm noch im Weg, und weitere kamen den Gang herunter zurück, um ihnen zu helfen. Die Lunte brannte, und die Funken wanderten rasch seitlich am Fass hoch. Notaras hob den Säbel auf, den der verletzte Türke fallen gelassen hatte, und stürmte auf das Fass los. Er parierte einen Hieb, drehte sich nach rechts, holte mit beiden Klingen aus und stieß zwei Türken zur Seite. Die Funken an der Lunte krochen über den Rand des Fasses und hielten auf das Pulver zu. Notaras sprang vor und hieb auf die Lunte ein und durchtrennte sie gerade dort, wo sie in das Fass hineinführte. Das brennende Stück Lunte fiel zu Boden.

Eine Sekunde später stieß ein Säbel in Notaras' Seite. Die Klinge drang nicht durch das Kettenhemd, doch der Hieb nahm ihm den Atem, und er taumelte gegen die Wand. Er drehte sich um. Vier Türken standen ihm gegenüber. Notaras holte aus und trieb sie einen Schritt zurück, doch viel würde er nichts gegen sie ausrichten können. Ein Säbelhieb schlitzte ihm das Bein auf. Er stürzte auf ein Knie. Ein weiterer Hieb traf ihn am Arm, und er ließ sein Schwert fallen. Die Welt um Notaras herum schien sich zu verlangsamen. Er schaute auf und sah, dass der Türke unmittelbar vor ihm den Säbel erhob, um Notaras zu töten, doch der Hieb blieb aus. Stattdessen ließ der Türke seinen Säbel fallen und stürzte zur Seite. Longo. Hinter ihm schoben sich griechische Soldaten durch das Loch in der Wand, um die Türken zu verfolgen.

«Ihr seid es», murmelte Notaras. Longo streckte die Hand aus und half Notaras auf die Füße. Dann reichte er Notaras sein Schwert. «Warum?», fragte Notaras.

«Weil Ihr dasselbe getan hättet», antwortete Longo. «Und jetzt kommt.» Sie zwängten sich durch das Loch in der Wand, und nach rund fünfzehn Klaften trafen sie auf

Tristo, der aus der anderen Richtung kam und einen Türken hinter sich herschleifte.

«Schaut, was ich gefunden habe: eine türkische Ratte!», frohlockte Tristo. «Er ist ein Mineur. Er hat gerade Befehl gegeben, weiter unten den Gang zu sprengen.»

«Kennst du die Lage der anderen Gänge?», fragte Longo den Mann auf Türkisch.

«Allah verfluche dich, Ungläubiger!», beschimpfte der Türke ihn.

«Er weiß etwas», sagte Longo zu Tristo. «Treib so viele Gefangene wie möglich zusammen. Du weißt, was du zu tun hast, Tristo.»

Tristo lächelte breit. «Macht Euch keine Sorgen, der wird reden.» Er hievte den Gefangenen durch das Loch in der Mauer und verschwand mit ihm, während Longo und Notaras allein zurückblieben.

Longo wandte sich Notaras zu. «Wenn Ihr Euch immer noch mit mir duellieren wollt, schlage ich vor, wir warten bis morgen», sagte Longo. «Jetzt ist dazu keine Zeit.»

«Es wird kein Duell geben», entgegnete Notaras. «Ihr habt mir das Leben gerettet. Ich werde meine Ehre nicht beschmutzen, indem ich Euch das Leben nehme.»

«Und Sofia?», fragte Longo. «Was wird aus ihr?»

«Ich sage nichts. Ihr könnt sie haben», sagte Notaras und ging davon.

* * *

Der Tag dämmerte schon, als Sofia schließlich in ihre Gemächer zurückkehrte. Konstantin hatte darauf bestanden, dass sie in seinen Räumen blieb, bis der Palast durchsucht worden war und er absolut sichergehen konnte, dass alle

Türken weg waren. Als Sofia ihre Gemächer betrat, wartete Notaras dort auf sie. Er sah sie mit unergründlicher Miene an.

«Notaras, was macht Ihr hier?», fragte Sofia.

Notaras antwortete nicht. Stattdessen durchquerte er das Zimmer und schlug sie so fest ins Gesicht, dass Sofia Blut schmeckte. Sie sank zu Boden und hielt sich die Wange. Notaras spuckte ihr vor die Füße. «Zwischen uns ist nichts mehr», sagte er. «Ihr seid meiner nicht wert.» Notaras ging an ihr vorbei zur Tür.

«Notaras», rief Sofia hinter ihm her, und er blieb in der Türöffnung stehen. «Es tut mir leid», sagte sie. «Ich wollte Euch nicht verletzen.»

Notaras drehte sich um, und Sofia sah, dass seine Augen glänzten. «Dann tut es uns beiden leid, Prinzessin», sagte er und ging.

* * *

Gennadius wurde vor Sonnenaufgang davon geweckt, dass er Schritte in dem langen Flur vor seiner Zelle hörte. Ein Schlüssel drehte sich im Schloss. Gennadius setzte sich auf und versuchte, so gelassen auszusehen wie möglich, nachdem er sich zehn Tage lang hatte weder waschen noch frische Kleider anziehen können. Die Tür schwang auf. Als die Fackel die Zelle plötzlich hell erleuchtete, konnte Gennadius blinzelnd Notaras ausmachen. Der Megadux wirkte alles andere als erfreut. Gennadius lächelte.

«Guten Morgen, Notaras», sagte er. «Was führt Euch zu dieser frühen Stunde in mein bescheidenes Quartier?»

«Ihr seid frei und könnt gehen, Mönch.»

«Dann war es wahr, was ich Euch über Sofia erzählt habe?», fragte Gennadius.

Notaras nickte. «Und jetzt, Gennadius, erzählt mir von Eurem Plan, den Sultan zu töten. Ich bin bereit, Euch zuzuhören.»

ZWANZIG

Dienstag, 8. Mai, bis Mittwoch, 23. Mai 1453 –
Konstantinopel
38. bis 53. Tag der Belagerung

Bei Sonnenaufgang stand Mehmed auf einem Hügel knapp außerhalb der Reichweite der Kanonen von Konstantinopel und sah zu, wie die geköpften Leichen seiner Soldaten eine nach der anderen über die Mauern geworfen wurden. Die Leichen würden an der Mauer liegen und verwesen, ein grausiges Hindernis, das Mehmeds Männer entmutigen sollte, wenn sie angriffen. Mehmed stand dort, seit er am späten Abend des Vortags den Angriff durch die Geheimgänge befohlen hatte. Er hatte sich geschworen, dort stehen zu bleiben, bis er gesehen hatte, wie die letzte Leiche über die Mauer geworfen worden war. Das war die Strafe für sein Versagen.

Ein ohrenbetäubendes Donnern erklang, und Mehmed schlug sich die Hände auf die Ohren. Es folgte ein lautes Poltern, und direkt zu seiner Linken brach ein fünfzig Klafter langer Streifen Erdreich ein, der von den Mauern zum türkischen Lager verlief. Als das Poltern verklang, hörte Mehmed den Jubel, der von den Stadtmauern Konstantinopels herüberschallte. Wenige Sekunden später war ein zweites lautes Donnern zu hören, und ein weiterer langer Streifen Erdreich brach in einer Staubwolke ein.

«Großer Sultan», keuchte ein Bote, der außer Atem vor Mehmed trat. «Die Christen haben unsere Gänge entdeckt.»

«Ja, das sehe ich», erwiderte Mehmed. Einer der Mineure, die die Christen gefangen genommen hatten, hatte wohl geplaudert. Sie hatten wochenlang gegraben. Umsonst. In den nächsten Stunden sah Mehmed zu, wie sämtliche türkischen Gänge in die Stadt zerstört wurden. Er tröstete sich damit, dass er sich vorstellte, die Leichen, die von den Mauern von Konstantinopel fielen, seien die der Mineure, die ihn verraten hatten. Schließlich waren die letzten türkischen Soldaten über die Mauern geworfen worden. Wieder wurde in Konstantinopel gejubelt, und dann kehrte Stille ein.

Mehmed hatte genug gesehen. «Sag meinen Generälen und Wesiren, sie sollen sich in meinem Zelt einfinden», befahl er einem Boten. Doch Mehmed ging nicht sofort zu seinen Generälen, sondern spazierte mit Ulu im Schlepptau durch das türkische Lager. Als einfacher Janitschar verkleidet, erregte Mehmed wenig Aufmerksamkeit. Schließlich hatten die meisten seiner Männer ihn noch nie von Angesicht zu Angesicht gesehen. Überall sah er Männer mit abgehärmten Gesichtern und leeren Augen, die wenig sprachen. Mehmed gesellte sich einer Gruppe Janitscharen zu, die an einem Feuer frühstückten. Ulu hielt sich außer Sichtweite.

«Ich komme gerade von der Wache», sagte Mehmed. «Habt ihr ein bisschen was zu essen übrig?»

Der grauhaarige alte Veteran, der sich um den Kochtopf kümmerte, warf Mehmed einen langen Blick zu, doch dann schöpfte er eine Kelle einer weißen Brühe aus dem Topf in eine Schale. Er reichte sie Mehmed zusammen mit einem Stück *peksimet,* einem steinharten Zwieback. «Iss leer», sagte der Veteran. «Oder so viel, wie du runterkriegst.»

Mehmed brach ein Stück *peksimet* ab und nahm damit etwas von dem flüssigen Gebräu auf. Er steckte es in den Mund und musste beinahe würgen, so widerlich war der Geschmack. Er kaute beharrlich und zwang sich dann, es hinunterzuschlucken. «Schmeckt's dir nicht?», fragte der Veteran. «Was Besseres kriege ich aus den Sachen, die sie uns liefern, nicht hin. Der Fraß wird jeden Tag schlechter. Aber ihm ist das egal», meinte der Veteran, wies mit einem Nicken auf das Zelt des Sultans in der Ferne und sah Mehmed dann scharf an. «Er speist wie eine Seele im Paradies, während wir dieses Spülwasser fressen müssen.»

Mehmed nahm starrköpfig noch einen Bissen der wässrigen Schleimsuppe. «Ein kleiner Preis für den Ruhm und die Reichtümer, die unser sein werden, wenn die Stadt fällt», sagte er. Die Männer um das Lagerfeuer brachen in Gelächter aus.

«Das ist köstlich», sagte der Mann neben Mehmed. «Du klingst genau wie der Sultan.»

«Das Einzige, was hier fallen wird, sind wir», fügte ein anderer hinzu. «Seht euch doch nur an, was letzte Nacht passiert ist. Der großartige Plan des Sultans hat wieder hundert unserer besten Männer das Leben gekostet – abgeschlachtet ohne die geringste Chance in den verdammten Gängen.»

«Ich habe in der Armee seines Vaters gekämpft», sagte der alte Veteran. «Wenn es Murad nicht gelungen ist, die Stadt einzunehmen, wie soll dieser Junge es dann wohl schaffen?»

Mehmed stellte die Schale zur Seite und stand auf. «Danke für das Essen», sagte er steif.

«Gerne», sagte der alte Veteran. «Wir teilen immer mit unseren Kameraden.»

Mehmed wandte sich zum Gehen, und Ulu gesellte sich wieder zu ihm. «Soll ich diese Männer auspeitschen lassen, mein Herr?», fragte Ulu.

«Nein», antwortete Mehmed. «Findet heraus, wer der alte Mann ist. Ich will, dass er die Verantwortung für die Verpflegung der Truppen übernimmt.»

«Sehr wohl, mein Herr.»

Mehmed stürmte in sein Zelt. Halil und die beiden obersten Generäle – Ishak Pascha und Mahmud Pascha – verbeugten sich, als Mehmed eintrat. Er marschierte schnurstracks an ihnen vorbei zu einem niedrigen Tisch, der mit dem köstlichsten Essen gedeckt war. Er fegte es zu Boden. Augenblicklich traten Diener vor, um das Durcheinander zu beseitigen. «Lasst das!», brüllte Mehmed sie an und wandte sich dann zu seinen Beratern um.

«Was ist das, Halil?», fuhr er auf. «Warum bekomme ich das feinste Essen serviert, wenn meine Männer nur Dreck zu fressen kriegen?»

«Ich habe mein Bestes getan, Padischah», stammelte Halil. «Die Armee ist so groß und ...»

«Das reicht», sagte er. «Ihr wart die längste Zeit für die Versorgung der Truppen verantwortlich.» Halil wollte protestieren, doch Mehmed schnitt ihm mit einer Handbewegung das Wort ab. «Ich habe eine andere Aufgabe für Euch, Halil», sagte er. «Etwas, was Euren Begabungen mehr entspricht.» Mehmed wandte sich an Ishak Pascha. «Ishak, was ist letzte Nacht schiefgelaufen?»

«Die Gänge waren viel weiter verzweigt, als wir angenommen haben, mein Herr», antwortete Ishak. «Die Männer haben einige Zeit gebraucht, um sich darin zurechtzufinden, und bis dahin waren die Christen aufmerksam geworden.»

Mehmed nickte. «Glaubt Ihr, die Christen wussten von unserem Plan?»

«Nein, mein Herr», antwortete Ishak. «Ich glaube, wir haben sie überrascht.»

«Verstehe», sagte Mehmed. «Halil, habt Ihr in unserer Armee Spione gefunden?»

«Ich habe mehrere Verräter aufgedeckt, die in Kontakt mit dem Feind gestanden haben, Padischah.»

«Lasst sie sofort exekutieren», sagte Mehmed. «Es soll ein Exempel statuiert werden für alle, die es wagen, mich zu hintergehen.»

«Verzeiht, mein Herr, aber ist das klug?», fragte Ishak. «Die Moral unter den Männern ist schlecht. Eine Exekution könnte für Aufruhr sorgen.»

«Sehr gut. Dann exekutiert sie in aller Stille, Halil», befahl Mehmed.

«Ja», sagte Halil. «Aber Ishak Pascha hat recht. Die Männer sind unzufrieden, Padischah. Sie sagen, über der Belagerung liege ein Fluch, Allah wolle nicht, dass wir erfolgreich sind.»

«Allah? Allah wolle es nicht?», fragte Mehmed, und seine Stimme wurde lauter. «*Ich* will es. Das ist das Einzige, was zählt.»

«Trotzdem, Padischah», beharrte Halil, «die Männer sind müde. Sie murren, dass sie hergekommen sind, um zu kämpfen, und nicht, um unterirdische Gänge zu graben und Kanonen hin und her zu wuchten. Vielleicht sollten wir uns eine Weile zurückziehen?»

«Und was denkt Ihr Übrigen? Pflichtet Ihr Halil bei?», fragte Mehmed. Ishak und Mahmud Pascha nickten. «Sehr wohl, dann erlaube ich den Männern, sich vorerst auszuruhen», sagte Mehmed. «Wenigstens in einem Punkt habt Ihr recht. Die Belagerung muss enden, und zwar bald.»

* * *

Mehrere Tage später ging Longo kurz nach Sonnenaufgang über die innere Mauer und inspizierte die Schäden durch das türkische Bombardement. Die Mauer hielt in großen Teilen gut stand, obwohl von der äußeren Mauer am Mesoteichion – wo die Mauer sich in das Lykos-Tal senkte – nur noch Geröll übrig war. Dennoch machte sich Longo mehr Sorgen um die Männer, die die Stadt verteidigten, als um die Mauern.

Über eine Woche war seit dem mitternächtlichen Angriff der Türken auf den Palast verstrichen, und die Tage waren, bis auf das fortwährende Bombardement und einen kurzen, zaghaften Angriff durch die Türken, ereignislos verstrichen. In die Stadt war sogar ein bisschen Normalität zurückgekehrt, denn die Menschen gewöhnten sich an die Belagerung. Allerdings sorgten die Bewohner Konstantinopels sich, dass eine Hungersnot bevorstand. Die Ernte musste eingeholt werden. Die Soldaten auf den Mauern sahen jeden Tag dünner aus. Viele griechische Soldaten am südlichen Ende der Mauer hatten noch gar nicht gekämpft, und um nicht untätig auf den Mauern herumzusitzen, verließen sie ihre Posten in großer Zahl. Vor zwei Tagen war Longo auf ein Dutzend Männer gestoßen, die ihre Waffen auf einen Haufen geworfen hatten und in den Feldern innerhalb der Stadtmauer arbeiteten. Er hatte ihnen befohlen, auf ihre Posten zurückzukehren, doch sie hatten sich geweigert.

«Wie kann ich auf der Mauer sitzen und nichts tun, wenn meine Familie derweil verhungert?», hatte ein Mann sich beschwert. «Die täglich ausgegebenen Rationen reichen nicht, um davon satt zu werden.»

«Und wer weiß, wann diese verfluchte Belagerung endet?», hatte ein anderer hinzugefügt. «Wenn wir diese Ernte nicht einbringen und das Getreide für die Herbsternte säen, können wir den Türken die Stadt genauso gut gleich überlassen. Denn dann verhungern wir.»

Longo hatte auf ihre Beschwerden reagiert, indem er ein Rotationssystem organisierte, sodass die Männer sich die Arbeit auf dem Feld und das Überwachen der Mauern einteilen konnte. Doch es fehlte trotzdem an Nachschub. Lebensmittel wurden knapp in der Stadt, durch die Rationierung wurde das Unvermeidliche nur aufgeschoben. Jeden Tag wurden die Truppen schwächer, hungriger. In zwei Monaten würde niemand mehr übrig sein, um die Mauern zu verteidigen. Die Stadt brauchte unbedingt Nachschub von außen, doch die Beobachtungsposten suchten Tag für Tag vergeblich den Horizont ab. Kein Schiff war gekommen, um sie zu erlösen. William war nicht zurückgekehrt.

Longo blieb da stehen, wo die Mauer des Blachernen-Palasts den Hügel erklomm und das Goldene Horn überblickte. Mitten auf dem ruhigen Wasser des Horns sah er die teilweise fertiggestellte Floßbrücke – ein weiterer Grund zur Besorgnis –, die sich von der fernen, türkisch kontrollierten Küste des Goldenen Horns auf die Seemauern der christlichen Seite zubewegte. Gebaut aus breiten Bohlen, die man über die Rümpfe von Schiffen gelegt hatte, mit Dutzenden von riesigen Fässern in den Lücken dazwischen, sah die Brücke aus, als wäre sie stark genug, um Hunderte von Männern zu tragen und womöglich sogar Kanonen. Im Augenblick reichte sie nur halb über das Wasser des Goldenen Horns, doch wenn die Brücke einmal fertig war, konnten die Armeen des Sultans die Seemauern angreifen. Longo wusste, dass der Angriff im Jahre 1203, als Konstantinopel in die Hände christlicher Kreuzfahrer gefallen war, gegen die Seemauern geführt worden war. Longo musste mehr Männer verlegen, um diese Mauern zu schützen. Männer, die er nicht hatte.

Paolo Bocchiardo, der Kommandant über diesen Mauerabschnitt, unterbrach Longos finstere Gedanken. «Longo, da seid Ihr», rief Paolo. «Habt Ihr die Kanonen bemerkt? Sie schießen nicht mehr.»

Er hatte recht. Zum ersten Mal seit Beginn der Belagerung schwiegen die türkischen Kanonen. «Keine Kanonen, doch auch keine Anzeichen für einen baldigen Angriff. Was bedeutet das?», fragte Longo.

«Deswegen bin ich hier», sagte Paolo grinsend. «Die Türken haben einen Boten geschickt. Er sagt, der Sultan wolle über den Frieden sprechen!»

* * *

In der nächsten Nacht stand Longo am Fenster von Sofias Schlafzimmer und schaute in den Himmel hinauf, wo der Vollmond langsam in einer spektakulären Mondfinsternis verschwand. Der nicht verdeckte Teil des Monds schien immer heller zu glühen, während er zu einer immer schmaleren Sichel schmolz. «Es ist wunderschön», sagte Longo. «Komm her und sieh es dir an.»

Sofia blieb im Bett. «Es ist ein böses Omen», sagte sie.

«Es heißt, als Konstantin der Große die Stadt gründete, habe es auch eine Mondfinsternis gegeben. Er hat vorhergesagt, die Stadt werde erst fallen, wenn es wieder eine Mondfinsternis gebe, die seinen Ruhm zunichtemacht.»

Longo lachte. «So etwas glaubst du doch wohl nicht.»

«Nein, aber es ist eine alte Prophezeiung», entgegnete Sofia. «Viele Menschen glauben daran. Sie sehen in deinem hübschen Mond nur Unglück.»

«Warum so finstere Gedanken?», fragte Longo. «Endlich gibt es Hoffnung. Wir halten uns gut gegen die Belagerung, und jeden Tag kann jetzt Hilfe aus Italien kommen. Mehmed weiß das. Deswegen schickt er seinen Großwesir, um über Frieden zu verhandeln.»

«Vielleicht möchte er nur Zeit zu schinden, um einen weiteren Angriff vorzubereiten.»

Longo ging zum Bett und zog Sofia an sich. «Lächle», sagte er. «Das Schlimmste ist vorbei. Vielleicht ist die Mondfinsternis ein gutes Zeichen.»

«Aber du glaubst doch nicht an Zeichen», erwiderte Sofia. Sie drehte sich um und sah Longo in die Augen. «Was wird aus uns, wenn die Belagerung vorüber ist?»

«Was meinst du damit?»

«Der Kaiser wird unserer Heirat niemals zustimmen», sagte Sofia. «Er schätzt deine Dienste, aber du bist nur ein einfacher Edelmann, Longo. Und es wird Dutzende neue Bündnisse geben, die er mit meiner Verheiratung bekräftigen kann.»

«Brauchst du seine Erlaubnis?», fragte Longo.

«Ich bin eine Prinzessin», sagte Sofia. «Auch ich trage Verantwortung. Wenn ich ihr nicht gerecht werde, bin ich nichts.»

«Nein, nicht nichts», erwiderte Longo. «Du wirst meine

Frau sein, und wenn das bedeutet, dass wir in Konstantinopel nicht willkommen sind, dann sei es so. Ich schwöre, dass ich dich niemals verlassen werde, solange du lebst. Wir können auf Chios leben. Du wirst ein gutes Leben haben.»

«Du würdest dem Reich also nur dienen, um ihm zu entfliehen? Den Kaiser nur beschützen, um ihm eine Prinzessin zu stehlen?»

«Falls es bedeutet, dich zu gewinnen, dann: Ja. Wirst du mit mir kommen?»

«Selbstverständlich», sagte Sofia. Sie umarmte Longo, und sie hielten einander. Schließlich löste Sofia sich aus der Umarmung. «Du solltest dich auf den Weg machen», sagte sie. «Wegen der Mondfinsternis sind die Straßen dunkel. Es gibt keinen günstigeren Zeitpunkt zu gehen.»

Seufzend erhob sich Longo aus dem Bett. «Sehr wohl», sagte er, zog seine Stiefel an und gürtete seinen Säbel. «Ich kehre so bald wie möglich zurück.» Er küsste Sofia und eilte dann zu dem Geheimgang.

«Longo», rief Sofia, und Longo hielt inne, bevor er in dem dunklen Gang verschwand. Sie stand auf und trat zu ihm. «Es gibt etwas, was ich dir sagen muss. Über Notaras.»

«Was? Ich dachte, er habe zugestimmt, dem Kaiser nichts über uns zu sagen.»

«Es ist nicht mein Ruf, um den ich mir Sorgen mache», sagte Sofia. «Du musst dich vor Notaras hüten. Er ist an dem Abend, an dem er von uns erfahren hat, noch einmal hergekommen. Irgendetwas stimmt mit ihm nicht. Ich fürchte, er wird etwas Dummes tun.»

«Ich behalte ihn im Auge», sagte Longo und schlüpfte durch die Geheimtür.

* * *

Die Straßen von Konstantinopel waren so dunkel, dass Longo nur schwach die Umrisse der Häuser ausmachen konnte, als er das kurze Stück vom Palast zu seinem Quartier ging. Es war so vollkommen still, dass er das leise Rascheln des Laubs an den Bäumen in einem Garten hören konnte, an dem er vorüberkam. Irgendwo in der Ferne bellte wütend ein Hund und verstummte plötzlich wieder.

Longo überquerte gerade einen kleinen Platz, als er hinter sich Schritte zu hören glaubte. Er wandte sich um, sah jedoch nichts. Zweifellos nur ein Anwohner, der vor die Tür getreten war, um die Mondfinsternis zu beobachten. Trotzdem ließ Longo die Hand am Säbel, als er weiterging. Er kam von dem Platz in eine enge, dunkle Gasse, die sich zu seinem Quartier schlängelte. Er hatte erst wenige Schritte gemacht, als er hinter sich einen Stein auf das Pflaster schlagen hörte. Longo zog seinen Säbel und drehte sich um, doch die Gasse war leer. «Ist da jemand?», rief er. Er wartete, doch er bekam keine Antwort. Es war vollkommen still. Dann vernahm er hinter sich etwas: wie fast unhörbar Stahl über Leder strich. Longo wirbelte herum, da zischte auch schon ein Dolch an seinem Kopf vorbei und grub sich in die Wand hinter ihm. Am Firmament war die Mondfinsternis fast vorbei, und in der Gasse wurde es wieder heller. Longo blinzelte und konnte gerade so den schwachen Umriss eines schwarzgekleideten Mannes erkennen, bevor der Mann die Gasse hinunter verschwand. Sein Gesicht hatte Longo nicht gesehen, doch er ahnte, wer er war: der spanische Meuchelmörder.

Longo zog den Dolch aus der Mauer. In seiner Unterkunft war Tristo noch auf und saß beim Würfelspiel. Er sprang erschrocken hoch, als er Longo mit gezücktem Säbel und dem Dolch in der Hand eintreten sah. «Was ist passiert?», fragte er. «Geht es Euch gut?»

«Ja, aber es war knapp», antwortete Longo. «Der spanische Meuchelmörder hat mich angegriffen. Ich hatte Glück, dass sein Dolch nicht in meinem Rücken gelandet ist.» Er reichte Tristo das Messer, und der roch daran.

«Die Klinge ist vergiftet», sagte Tristo.

«Es scheint, als sei der Meuchelmörder fest entschlossen, seine Arbeit zu vollenden. Ich wüsste zu gern, wie viel Grimaldi ihm für meinen Tod bezahlt», sagte Longo. «Ich will, dass vor dem Haus nachts Wachen postiert werden. Und Tristo, halt die Ohren auf. Es sind nicht viele Spanier in der Stadt. Schau, ob du ihn findest.»

* * *

Am nächsten Morgen berief Konstantin Longo und Sphrantzes in den Ratssaal im Palast. Der Großwesir sollte unter einer Parlamentärflagge in die Stadt kommen, um über die Bedingungen für einen Frieden zwischen den Türken und den Christen zu sprechen, und Konstantin hatte Longo gebeten, bei den Verhandlungen anwesend zu sein. Sphrantzes und Longo hatten sich gesetzt, während Konstantin im Saal auf und ab ging.

«Glaubt Ihr diesem Gerede über Frieden?», fragte Konstantin sie. «Ich fürchte, es könnte ein weiterer Trick des Sultans sein, um uns abzulenken, während er eine neue Teufelei ausheckt.»

«Es geht nicht darum, ob der Sultan wirklich Frieden will», sagte Sphrantzes. «Wir müssen ihm beim Wort nehmen. Die Frage ist: Was sind wir bereit zu opfern, um Frieden zu schließen? Steigender Tribut an den Sultan ist sicher, genau wie ein größeres türkisches Viertel in der Stadt. Aber sind wir bereit, unsere Provinzen am Schwarzen Meer zu opfern? Womöglich sogar Morea?»

«Ich möchte nichts lieber als Frieden, aber ich möchte nicht Konstantinopel opfern, um dann mein Reich zu verlieren», sagte Konstantin. «Solange wir noch eine Chance haben, würde ich lieber kämpfen. Was meint Ihr, Longo? Können wir die Mauern halten, falls die Forderungen des Sultans zu hoch sind?»

«Ich weiß es nicht, mein Herr», sagte Longo. «Die Männer sind hungrig und müde. Sie werden mit jedem Tag schwächer. Wir brauchen unbedingt Verstärkung. Wenn die Türken jetzt angreifen, wird es eine zähe Schlacht, deren Ausgang ich nicht vorhersagen kann. Aber eines kann ich Euch sagen: Kein Preis ist zu hoch für Frieden.»

Konstantin nickte. «Dann lasst uns hoffen, dass das Angebot des Sultans kein Hinterhalt ist.»

Es klopfte an der Tür, und sie wurde geöffnet. Dalmata trat ein. «Großwesir Halil Pascha», verkündete Dalmata.

Halil betrat den Saal und verbeugte sich tief vor dem Kaiser. «Vielen Dank, dass Ihr mich empfangt, Eure Majestät», sagte er.

«Ihr seid in meiner Stadt herzlich willkommen», erwiderte Konstantin. Halil verbeugte sich noch einmal. Konstantin wies auf Sphranztes, der aufstand und sich verbeugte. «Dies ist Georgios Sphrantzes, mein zuverlässigster Ratgeber. Ich glaube, Ihr seid ihm schon begegnet.»

«Es ist eine Freude, Euch wiederzusehen, Wesir», sagte Sphrantzes zu Halil.

«Und dies», fuhr Konstantin fort, «ist Signor Giustiniani, der Kommandant der Verteidigung der Stadt.»

Longo erhob sich, ohne etwas zu sagen. Er stand reglos da, die Zähne zusammengebissen und die Hand am Säbel. Schmerzliche alte Erinnerungen stiegen in ihm auf. Vor ihm stand der Mann, den er so viele Jahre gejagt hatte, der Mann, der seit langer Zeit durch seine Albträume geisterte.

«Signor Giustiniani?», fragte Sphrantzes, doch Longo hörte ihn kaum, so laut pochte das Blut in seinen Schläfen. Er fühlte sich seltsam losgelöst von der Welt, als hätte sein Zorn die Verbindung zwischen seinem Körper und seiner Seele zertrennt.

Als Longo sprach, war seine Stimme leise und kalt. «Es ist eine Freude, Euch wiederzusehen, Halil Pascha», sagte er. «Ich habe mich schon lange auf dieses Treffen gefreut.»

«Ich bitte um Verzeihung, aber ich erkenne Euch nicht. Sind wir uns schon einmal begegnet?»

«Ja, in der Tat.» Longo zog seinen Säbel.

«Was ist das für ein Verrat!», rief Halil und zog sich in die Ecke zurück.

«Ich war noch ein Kind und habe in der Nähe von Thessaloniki gelebt», fuhr Longo fort, ohne auf Halils Ausrufe zu achten. Er machte einen Schritt auf den Großwesir zu. «Ihr habt mein Zuhause abgefackelt und meinen Bruder umgebracht. Ihr habt mich als Gefangenen genommen und mich in die Janitscharen gezwungen. Ihr habt meine Eltern töten und den Wölfen zum Fraß hinwerfen lassen.» Longo machte noch einen Schritt und hob seinen Säbel.

Konstantin trat zwischen Longo und Halil. «Überlegt Euch gut, was Ihr tut», zischte Konstantin. «Dies ist unsere einzige Chance auf Frieden. Wenn Ihr ihn umbringt, werden wir alle sterben.»

Longo hielt inne. Er hatte dafür gelebt, diesen Mann zu töten. Wie konnte er ihn einfach ziehen lassen? War es wichtig, was danach geschah, wenn nur Halil tot war? Longo blickte zu dem Großwesir, der sich in die Ecke duckte. «Ihr versteht das nicht», sagte er zu Konstantin, schob sich an dem Kaiser vorbei und schritt auf Halil zu, der noch weiter zurückzuckte, um sich zu schützen. Er hob die Hände.

«Er ist verrückt!», rief Halil. «Haltet ihn auf!»

Doch niemand schritt ein. Longo hob seinen Säbel, doch dann hielt er inne. Sofias Antlitz tauchte vor seinem inneren Auge auf, wie er sie in der Nacht zuvor angesehen hatte. Er hatte ihr geschworen, sie niemals zu verlassen. Er hatte ihr geschworen, sie zu beschützen. Wenn er Halil umbrachte, dann würde er nicht nur Sofia opfern, sondern ganz Konstantinopel. Longo ließ den Säbel sinken. «Ihr habt Glück», sagte er zu Halil. «Und betet darum, dass wir uns nie wieder über den Weg laufen.» Longo schob seinen Säbel in die Scheide und eilte zur Tür.

«Ich erinnere mich jetzt an Euch», sagte Halil, und Longo blieb in der Tür stehen. Halil hatte sich aufgerichtet und die Fassung wiedergewonnen. «Die Knabenlese in Selânik war eine unschöne Angelegenheit. Ich habe an vielen Menschen ein Exempel statuiert. Aber an Euch erinnere ich mich besonders.» Halil betastete die lange Narbe, die über seine Wange lief. «Ich hätte Euch töten lassen können für das, was Ihr mir an diesem Tag angetan habt. Ihr schuldet mir Euer Leben.»

Longo stand einen Augenblick mit gesenktem Kopf reglos in der Tür. Dann hob er den Kopf und blickte Halil in die Augen. «Ich schulde Euch gar nichts», sagte er verächtlich und verließ den Saal. Er verließ auch den Palast und ging immer weiter, stieg auf die Landmauer und wandte sich nach Süden in Richtung Marmarameer. Egal wie schnell er auch ging, den Erinnerungen, die ihn quälten, konnte er nicht davonlaufen: das Zuhause seiner Familie in Griechenland, das brennende Strohdach, sein Bruder, von Janitscharen getötet, als er vergeblich versucht hatte, Longo zu beschützen, und vor allem das Gesicht seiner Mutter, als er sie ein letztes Mal angeblickt hatte. Obwohl sie Schmerzen litt, war ihr Blick immer noch wachsam und konzentriert gewesen. Sie hatte Longo direkt angesehen, ihn stumm um Hilfe angefleht, um Rache.

Oben auf dem Goldenen Tor blieb er stehen, um das ferne türkische Lager zu betrachten. Mit den Händen umklammerte er den rauen Stein der Mauer so fest, dass es wehtat. Doch Longo spürte den Schmerz nicht. Er dachte an all die Jahre, die er kämpfen gelernt, an die vielen Türken, die er getötet hatte, um seine Eltern zu rächen. Jetzt hatte er ihren Mörder endlich gefunden, und er hatte ihn am Leben gelassen. Es gab Wichtigeres als Rache. Das wusste er jetzt.

Longo wandte den Blick ab und sah über die Mauer hinunter zum Marmarameer, das funkelnd unter einem wolkenlosen Himmel lag. Da entdeckte er ein einsames türkisches Schiff, das auf die Akropolis und das Goldene Horn dahinter zuhielt. Longo kniff die Augen zusammen. Er erkannte dieses Schiff. Es war die *Fortuna*.

Als die *Fortuna* sich der Akropolis näherte, legten zwei türkische Kriegsschiffe ab, um sie abzufangen. Die *Fortuna* segelte direkt auf sie zu und verlangsamte dann die Fahrt, damit die türkischen Schiffe längsseits kommen konnten. Longo fürchtete, dass die türkischen Matrosen jede Sekunde die *Fortuna* enterten, doch nach einem Augenblick segelte das Schiff ungehindert weiter. Die Tarnung hatte funktioniert. William war zurückgekehrt.

* * *

Lange bevor die *Fortuna* anlegte, wartete Longo am Dock. Tristo hatte sich ihm angeschlossen, und auf den Seemauern hatte sich eine Menschenmenge versammelt, um das Schiff willkommen zu heißen. Die Menge jubelte, als es am Pier anlegte. William sprang vom Schiff, noch bevor es vertäut war.

Tristo lief ihm entgegen und umarmte ihn stürmisch. «Willkommen, Kleiner», sagte er. «Ich wusste doch, dass du es schaffst.»

«Wenn du ihn noch fester drückst, überlebt er das Willkommen womöglich nicht», sagte Longo lächelnd und trat vor, um William ebenfalls in die Arme zu nehmen. «Wir haben dich vermisst», sagte Longo. «Also, was für Neuigkeiten bringst du?»

«Die guten zuerst», sagte William. «Tristo, du wirst Vater. Maria ist guter Hoffnung.»

Tristo zog die Augenbrauen hoch. «Vater?», sagte er leise. Dann grinste er und schlug William auf den Rücken. «Vater!», brüllte er. «Ich hoffe nur, der kleine Knilch ist auch von mir.»

Longo lachte. «Gratuliere, alter Freund.» Er wandte sich wieder William zu. «Und die anderen Neuigkeiten?»

«Phlatanelas ist tot. Auf dem Weg hinaus mussten wir gegen ein türkisches Schiff kämpfen, das die Dardanellen blockierte.» William sah zur Menschenmenge hinüber. «Das ist leider nicht alles an schlechten Neuigkeiten. Vielleicht besprechen wir das besser drinnen.»

«Verstehe», sagte Longo. «Ich bringe dich zum Kaiser.»

Longo führte William zu zwei Pferden. Sie stiegen auf und machten sich auf zum Palast, während die Menschenmenge ihnen jubelnd hinterherrief. Als sie den Palast betraten, wartete der Kaiser schon auf sie.

«Gott sei Dank bist du gekommen», sagte Konstantin, als William und Longo näher traten. «Was für Neuigkeiten bringst du? Sind weitere Schiffe unterwegs?»

«Es tut mir leid, mein Herr, aber aus dem Westen kommt keine weitere Hilfe», sagte William. «Die Venezianer sitzen in Kreta, weigern sich jedoch, sich vom Fleck zu rühren, solange sie keinen offiziellen Befehl aus Venedig erhalten. Ich fürchte, bis dieser Befehl dort ankommt, vergehen Monate.»

«Aber der Papst hat einen Kreuzzug ausgerufen!», sagte Konstantin. «Irgendjemand muss diesen Ruf doch gehört haben.»

«Wir haben keine Schiffe gefunden, die bereit sind, uns zu Hilfe zu eilen», sagte William. «Es tut mir leid, mein Herr.»

«Und was ist mit meinen Brüdern, Demetrios und Thomas?»

William schüttelte den Kopf. «Demetrios hat sich geweigert, mich zu empfangen», sagte William. «Thomas bietet wenigstens Getreide. Ich habe so viel an Bord meines Schiffes genommen, wie es fortschaffen konnte.»

«Sorg dafür, dass das Getreide in die kaiserliche Kornkammer gebracht wird. Das hast du gut gemacht, William», sagte Konstantin. Doch seine Enttäuschung war ihm anzusehen. «Jetzt muss ich zu meinem Treffen mit dem Wesir zurückkehren. Lasst uns um Frieden beten, meine Herren.»

EINUNDZWANZIG

Freitag, 25. Mai, bis Samstag, 26. Mai 1453 –
Konstantinopel
55. und 56. Tag der Belagerung

Ein fürchterliches Geschrei riss William aus dem Schlaf. Er stand auf und ging, um Tristo nicht zu wecken, mit dem er sich das Zimmer teilte, auf Zehenspitzen zum Fenster. William schaute hinaus, und im trüben Licht vor Sonnenaufgang sah er einen Mann laut schreiend die Straße hinunterlaufen. Überall traten Männer und Frauen aus ihren Häusern auf die Straße, und rasch hatte sich eine aufgeregte Menschenmenge gebildet. Manche flehten den Himmel an, während andere weinten. Mehrere Frauen fielen in Ohnmacht.

«Tristo!», rief William.

Tristo grunzte und rollte sich auf die andere Seite. William rüttelte ihn an der Schulter.

«Komm, sieh dir das an», sagte William. Sich die Augen reibend, trat Tristo mit ihm ans Fenster. In diesem Augenblick fingen überall in der Stadt die Glocken an zu läuten. Aus der Menschenmenge auf der Straße erhob sich erneut Geschrei.

«Die Glocken ... das kann nur ein Angriff sein!», sagte William.

«Wir müssen auf die Mauer», sagte Tristo. Sie eilten die Treppe hinunter hinaus auf die Straße. Tristo sah einen von Longos Männern und hielt ihn fest. «Wohin gehst du?», wollte Tristo wissen. «Du solltest auf deinem Posten sein.»

«Meinem Posten?», fragte der Mann. «Was?»

«Bist du taub?», schrie Tristo, um sich bei dem Lärm der

Menge und dem Glockengeläut verständlich zu machen. «Die Türken greifen an. Du musst auf die Mauer.»

«Die Türken greifen nicht an», rief der Mann. «Es ist vorbei! Die Belagerung ist vorbei!»

«Was soll das heißen, vorbei?», fragte William. «Was ist passiert?»

«Habt ihr nicht gehört? Der Kaiser hat sich mit dem Großwesir geeinigt», erwiderte der Soldat. «Es ist vorbei! Wir haben gesiegt!» Der Soldat lief weiter die Straße hinunter.

William und Tristo sahen einander an, dann fielen sie sich in die Arme, und Tristo hob William hoch. «Gott sei Dank!», brüllte Tristo und setzte William wieder ab. «Lass uns feiern! Ich werde mich besaufen!»

«Lass uns Longo suchen», sagte William. «Ich möchte die Neuigkeit aus seinem Mund hören.»

* * *

William und Tristo fanden Longo an der Mauer, zusammen mit dem Kaiser und Dalmata. Sie blickten zu einem großen Zelt hinüber, das auf dem ausgedehnten Feld zwischen der Stadtmauer und der Frontlinie der Armee des Sultans errichtet worden war. «Ist es wahr?», fragte William. «Wird es Frieden geben?»

«Gestern Abend haben der Großwesir und Sphrantzes sich geeinigt», antwortete Longo. «Heute Morgen ist Halil zurückgekehrt und hat um ein Treffen zwischen dem Kaiser und dem Sultan ersucht. Jeder wird von nur einer Leibwache begleitet. Mehr wissen wir nicht.»

«Und die Glocken?»

«Gerüchte verbreiten sich oft schneller als die Wahrheit», sagte Konstantin. «Und ich fürchte, man glaubt ihnen schneller.»

«Schaut, da ist er», sagte Longo. Er zeigte auf den Sultan, der in Begleitung von Ulu über die Ebene auf das große Zelt zuritt.

«Sattelt mein Pferd», sagte Konstantin.

«Geht nicht, mein Herr», drängte Dalmata. «Es ist eine Falle.»

«Falle oder nicht, ich muss gehen», sagte Konstantin. «Seht Euch an, wie viele sie sind», sagte er und zeigte auf das riesige Lager der Türken, das sich bis zum Horizont erstreckte. «Wir können nicht ewig weiterkämpfen. Ich muss Frieden mit dem Sultan schließen.»

«Dann erlaubt mir wenigstens, Euch zu begleiten, mein Herr.»

«Nein, Dalmata. Ich nehme Signor Giustiniani mit.»

«Aber, mein Herr, ich sollte mit Euch gehen», protestierte Dalmata.

Konstantin legte Dalmata die Hand auf die Schulter. «Bleibt hier, alter Freund», sagte er. «Wenn etwas passiert, möchte ich, dass Ihr eine Gruppe Reiter anführt, um mich zu retten. Und wenn ich sterbe, werdet Ihr meine Familie beschützen.» Dalmata nickte. «Gut», sagte Konstantin. «Kommt, Signore. Ich bin begierig, den Sultan persönlich kennenzulernen.»

Longo und Konstantin stiegen von der Mauer hinunter. Am Goldenen Tor hatte sich eine große Menschenmenge versammelt. Die Menschen knieten sich hin, als sie ihren Kaiser sahen, und vereinzelte Ausrufe – «Gott steh Euch bei!» und «Alles Gute, Konstantin!» – begleiteten ihn, als er auf sein Pferd stieg und zum Tor hinausritt. Er und Longo passierten die Doppelmauern und galoppierten hinaus zu dem großen Zelt, mehr einem quadratischen, nach den Seiten hin offenen Baldachin, der auf einem roten Teppich stand. Neben dem Zelt saß der Sultan rittlings auf seinem Pferd und erwartete sie. In seiner Nähe stand Ulu, grimmig und mit versteinerter Miene. Offenbar erkannte er Longo nicht, und Longo richtete seine Aufmerksamkeit auf den Sultan.

Mehmed war jünger, als Longo erwartet hatte, zwanzig oder höchstens einundzwanzig Jahre alt. Er war durchschnittlich groß, von athletischem Körperbau und mit auffälligen Zügen: volle Lippen, eine vorspringende Nase und hohe Wangenknochen. Doch es waren Mehmeds Augen, die Longo faszinierten. Intensiv und durchdringend, schienen sie sich in Longos Seele zu bohren.

«Kaiser Konstantin», sagte Mehmed – zwar mit Akzent, doch in korrektem Griechisch. «Eure Anwesenheit ist sehr willkommen.»

«Sultan Mehmed, es ist mir eine Ehre, Euch kennenzulernen», antwortete Konstantin. «Ich hoffe, wir können Frieden zwischen unseren Völkern schließen. Die Belagerung dauert schon zu lange.»

«Da stimme ich Euch voll und ganz zu», sagte Mehmed. Er wies auf Ulu. «Dies ist Ulubatli Hasan, der oberste Aga der Janitscharen und mein persönlicher Leibwächter. Wie versprochen, ist er unbewaffnet. Und wer begleitet Euch, Kaiser?»

«Conte Giovanni Giustiniani Longo von Genua und Chios, Oberbefehlshaber meiner Truppen», antwortete Konstantin.

«Ah, der Verteidiger von Konstantinopel», sagte Mehmed und betrachtete Longo jetzt interessiert. «Ihr habt Euch als würdiger Gegner erwiesen, Signore.»

Longo verbeugte sich. «Und Ihr, großer Sultan», erwiderte Longo, «habt für Euer Alter bemerkenswerte Weisheit an den Tag gelegt.»

«Ihr schmeichelt mir, Signore, doch es ist eine Schmeichelei, die ich gerne höre», sagte Mehmed. «Wollen wir uns setzen?» In der Mitte des Zelts stand ein Tisch mit einem Stuhl auf jeder Seite. Mehmed setzte sich auf den Stuhl, dessen Lehne zum Lager der türkischen Armee wies, Konstantin ihm gegenüber. Ulu und Longo stellten sich hinter den Stuhl ihres jeweiligen Herrschers. «Ihr habt, glaube ich, mit Halil über die Friedensbedingungen gesprochen?», fing Mehmed an.

«Der Großwesir und mein Berater Sphrantzes haben sich auf Bedingungen geeinigt, die ich bereit bin zu akzeptieren», antwortete Konstantin. «Ich werde drei Jahre lang einen höheren Tribut zahlen, um Eure Kosten der Belagerung auszugleichen. Und der Kronprätendent Orhan wird an Euren Hof zurückkehren.»

Mehmed winkte ab. «Einen solchen Frieden wird es nicht geben», sagte er. «Ich bin weder wegen Eures Geldes hier, noch weil ich Orhans Kopf will. Ich will Konstantinopel.»

«Eine Ungeheuerlichkeit!», erklärte Konstantin. «Der Großwesir ...»

«Der Großwesir hat nichts zu sagen», sagte Mehmed entschieden. «Ich bin der Sultan. Nur mein Wort zählt. Und ich sage Euch, dass es zwischen uns keinen Frieden geben kann, solange Ihr Konstantinopel kontrolliert. Die Stadt ist mir ein Dorn im Auge und eine Bedrohung für mein Reich. Solange sie in den Händen der Christen ist, wird mein Volk sich niemals sicher fühlen.»

«Ich bin nicht befugt, Euch Konstantinopel zu übergeben», entgegnete Konstantin ernst. «Es geht nicht nur um die Stadt, es geht um ein tausendjähriges Reich. Eher sterbe ich, als zuzulassen, dass Ihr einen Fuß in seine Mauern setzt.»

«Ihr seid ein ehrenwerter Mann, Konstantin», erwiderte Mehmed. «Etwas anderes hätte ich von Euch auch nicht erwartet. Aber wisst, dass es, wenn Ihr den Kampf wählt, weder für Euch noch für Euer Volk Gnade geben wird. Eure Männer werden getötet und Eure Frauen vergewaltigt und als Sklavinnen verkauft werden. Ihr Blut wird an Euren Händen kleben.»

«Nein, Sultan», entgegnete Konstantin. «An Euren.»

«Mag sein», stimmte Mehmed ihm zu. «Aber ich kann damit leben. Könnt Ihr das?» Konstantin antwortete nicht, und Mehmed fuhr fort und beugte sich beim Sprechen über den Tisch. «Kapituliert, und Euer Volk wird verschont. Wer Konstantinopel verlassen möchte, erhält freien Abzug. Und Ihr könnt Morea behalten und darüber regieren, wie es Euch beliebt. Ich übertrage Euch auch ein Lehnsgut irgendwo in meinem Reich, wo immer Ihr wollt. Aber wenn Ihr Euch für den Kampf entscheidet, dann, das schwöre ich Euch, dann werdet Ihr sterben, und durch die Straßen Konstantinopels wird Blut fließen.»

Konstantin hatte den Kopf gesenkt. Als er aufschaute, sah Longo Zorn und Resignation in seinem Blick. Schließlich ergriff Konstantin das Wort. «Ihr bekommt meine Antwort, aber nicht jetzt», sagte er. «Ich brauche Zeit.»

«Meinetwegen», sagte Mehmed und erhob sich. «Ihr habt einen Tag, um mir zu antworten, mehr nicht. Und erlaubt mir, Euch daran zu erinnern, dass wir nach unserem Recht zwei Tage plündern dürfen. Wenn Ihr meine Bedingungen nicht akzeptiert, dann könnt Ihr keine Gnade für Euer Volk erwarten. Ihr habt einen Tag. Lebt wohl, Kaiser.»

Mehmed wandte sich ab und ging zu seinem Pferd. Ulu blieb zurück. «Verlass die Stadt, Longo», sagte er leise. «Wenn wir uns je wieder begegnen, wird einer von uns sterben.» Dann drehte Ulu sich um und folgte seinem Herrn.

«Kommt, Konstantin», sagte Longo. «Wir müssen zurück auf die Mauern. Hier ist es nicht sicher.»

Konstantin stand langsam auf, die Augen immer noch auf den Rücken des Sultans geheftet. «Ich bin der Beschützer meines Volkes», murmelte Konstantin. «Soll ich zulassen, dass es abgeschlachtet wird? Was soll ich machen?»

«Ihr seid der Kaiser. Die Entscheidung liegt bei Euch», sagte Longo.

«Ihr habt recht», sagte Konstantin, richtete sich auf und schob den Unterkiefer vor. «Kommt. Es gibt vieles zu entscheiden, und wir haben keine Zeit. Ich muss den Rat einberufen.»

* * *

Der Rat traf sich noch am selben Abend im Kaiserpalast. Sphrantzes, Notaras, Longo, Erzbischof Leonhard und weitere Befehlshaber waren erschienen. Als der Kaiser kam, sah er aus, als wäre er seit dem Morgen um Jahre gealtert. Er ließ die Schultern hängen, seine Stirn war gefurcht, und unter seinen Augen lagen dunkle Ringe.

«Vielen Dank, dass Ihr gekommen seid», fing Konstantin an. «Wir müssen eine schwierige Entscheidung fällen. Der Sultan hat angeboten, meinem Volk das Leben zu schenken, wenn ich kapituliere. Er wird allen, die die Stadt verlassen möchten, freien Abzug gewähren, und er hat mir Morea und ein Lehnsgut in seinem Reich angeboten.» Konstantin machte eine Pause und sah die Männer einen nach dem anderen an. «Ich werde Konstantinopel nicht übergeben», sagte er schließlich. «Ich werde hierbleiben und kämpfen, wenn nötig bis zum Tod. Wenn wir diesem letzten Angriff standhalten, wird der Sieg unser sein.

Aber ich werde Euch nicht zwingen, an meiner Seite zu stehen», fuhr Konstantin fort. «Wenn einer von Euch heute Abend über das Meer fliehen möchte, verstehe ich das. Meines Dankes für die Opfer, die Ihr bereits gebracht habt, könnt Ihr gewiss sein.»

«Ich stehe Euch bei bis zum Tod, mein Herr», sagte Dalmata.

«Und ich auch», sagte Longo. Einer nach dem anderen verpflichteten sich die Männer um den Tisch zu bleiben.

«Ich danke Euch allen», sagte Konstantin. «Morgen schicke ich einen Boten zum Sultan, um ihm mitzuteilen, dass ich sein Angebot ablehne. Wer auch immer die Nachricht überbringt, kehrt womöglich nicht zurück. Ich werde keinen Mann in den Tod schicken. Hört Euch unter Euern Männern nach Freiwilligen um.»

«Ich gehe», sagte Notaras.

Das hatte Longo nicht erwartet. «Nein, Notaras, wir brauche Euch hier auf den Mauern. Die Griechen betrachten Euch als ihren Anführer.»

«Und wenn ich sterbe, werden sie kämpfen, um meinen Tod zu rächen», sagte Notaras. «Aber ich habe nicht vor zu sterben. Ich habe gehört, dass der Sultan ein ehrenwerter Mann ist. Ich glaube nicht, dass er es wagt, den Megadux von Konstantinopel zu töten. Und wenn, werde ich nicht kampflos sterben.»

«Ich danke Euch für Euer Angebot, Notaras», sagte Konstantin. «Aber ich verbiete es Euch. Ihr seid angreifbar. Ihr sollt Euer Leben nicht aufs Spiel setzen.»

«Ihr könnt mir das nicht verbieten», entgegnete Notaras. «Als Megadux ist es mein Recht und meine Pflicht, für Konstantinopel zu sprechen. Ich werde keinen anderen schicken, um meine Pflicht zu erfüllen.»

«Es ist nicht Eure Pflicht, so zu sterben», sagte Konstantin.

Notaras sah dem Kaiser in die Augen. «Ihr habt es selbst gesagt, mein Herr», sagte Notaras. «Wenn ich nicht bereit bin, mein Leben zu geben, wie kann ich dies dann von meinen Männern verlangen?»

«Vielleicht hat Notaras recht», versetzte Sphrantzes. «Der Sultan hat geringere Emissäre getötet, doch er wird zögern, den Megadux umzubringen. Notaras kann den Sultan vielleicht sogar davon überzeugen, einige Frauen und Kinder ziehen zu lassen.»

«Gut», sagte Konstantin. «Ihr werdet also dem Sultan die Nachricht überbringen, Notaras. Aber ich erwarte, dass Ihr zurückkehrt. Tut nichts Unbedachtes.»

«Sehr wohl, mein Herr», erwiderte Notaras. «Ich schwöre es.»

\# # #

Am nächsten Morgen stand Notaras im Schatten des Goldenen Tors. Für seine Audienz beim Sultan hatte er seine beste silberne Rüstung angelegt. Er wollte Eindruck machen. Notaras hatte nicht vor zu kämpfen. Die Nacht hatte er in der Hagia Sophia verbracht und gebetet. Jetzt war er ruhig und bereit. Er würde tun, was getan werden musste.

Der Kaiser und Longo waren gekommen, um ihn zu verabschieden. Konstantin trat vor und umarmte Notaras.

«Gott gebe Euch Kraft», sagte Konstantin. «Wir werden auf der Mauer stehen und nach Euch Ausschau halten. Ich erwarte Eure Rückkehr.»

«Ich werde tun, was ich tun muss, mein Herr», sagte Notaras. Longo trat vor und reichte Notaras die Hand. Nach einem Augenblick des Zögerns ergriff Notaras sie.

«Es war mir eine Ehre, an Eurer Seite zu kämpfen», sagte Longo zu ihm. «Kehrt zurück, Notaras. Wir werden Euch in den nächsten Tagen brauchen.»

«Wenn ich nicht zurückkehre, dann beschützt die Stadt», entgegnete Notaras.

«Ja», sagte Longo, und dann senkte er die Stimme. «Und was Sofia angeht ...»

«Ihr seid ein guter Mann», unterbrach Notaras ihn. «Ich kann Euch keinen Vorwurf machen, dass Ihr sie liebt. Ich bitte Euch nur, auf sie aufzupassen.»

In der Nähe fingen Glocken an zu läuten, Zeichen für den Wachwechsel auf den Mauern von Konstantinopel. «Es ist Zeit», sagte Konstantin. «Gott sei mit Euch, Notaras.»

Notaras nickte und stieg auf sein Pferd, als das Goldene Tor vor ihm aufschwang. Er ritt durch die Mauern hinaus in die Ebene. Vor ihm ragten die türkischen Befestigungsanlagen auf: angespitzte Pfähle, die auf einem gut vier Fuß hohen Erdwall standen. Notaras hielt auf einen niedrigen Punkt in der Mitte des Walls zu. Dort wurde er von einem Trupp Janitscharen in schwarzen Rüstungen erwartet. Ihr Anführer war ein Riese von einem Mann.

«Steigt ab und kommt mit uns», sagte der große Janitschar auf Griechisch mit deutlichem Akzent. Notaras stieg ab, und die Janitscharen schlossen die Reihen um ihn, während sie sich auf in das Lager machten. Notaras konnte wenig sehen, doch er bemerkte, dass es hektisch zuging. Einige Männer bauten Holzleitern zusammen, und viele schärften Waffen. Die Armee machte sich bereit zum Kampf.

Der Janitscharentrupp blieb stehen, und die Männer vor Notaras traten zur Seite. Er stand vor einem großen roten Zelt, auf dem die Standarte des Sultans flatterte. Notaras trat auf den Eingang zu, doch ein großer, dünner Mann in luxuriösen Gewändern kam aus dem Zelt und hielt ihn auf. «Seid gegrüßt», sagte der Mann in perfektem Griechisch. «Ich bin Halil, Großwesir des Sultans. Wer seid Ihr, und warum seid Ihr gekommen?»

«Ich bin Lukas Notaras, Megadux von Konstantinopel», antwortete Notaras. «Ich bin hier im Auftrag von Kaiser Konstantin, um dem Sultan eine Antwort zu bringen.»

«Gut», sagte Halil. «Ihr müsst Eure Waffen ablegen.» Notaras schnallte sein Schwert ab und reichte es dem Janitscharenführer. Der große Janitschar wollte Notaras absuchen, doch Halil schickte ihn weg. «Ich durchsuche ihn persönlich, Ulu», sagte Halil. Er tastete Notaras rasch ab. Dann winkte Halil Notaras voran. «Ihr könnt weitergehen», sagte er. «Folgt mir.»

Notaras folgte Halil in das Zelt. Auf dem Boden und an den Wänden prangten dicke Teppiche, und das Zelt wurde von Kohlenpfannen und Laternen erleuchtet. Am hinteren Ende des Zelts lag der Sultan auf einem Diwan, umgeben von Generälen in dunkelgrauen Rüstungen und Beratern in goldenen und scharlachroten Roben. Janitscharen überwachten das Geschehen. Ulu folgte Notaras ins Zelt und blieb direkt hinter ihm stehen. Halil bedeutete Notaras, bis auf zwanzig Fuß an den Sultan heranzutreten. Der Großwesir sagte laut auf Türkisch etwas zu Mehmed. Notaras verstand nur seinen Namen.

Dann wandte er sich um und sprach Notaras auf Griechisch an. «Es ist Brauch, vor dem Sultan zu knien», sagte er.

Notaras runzelte die Stirn. «Ich bin der Megadux», sagte er. «Ich knie vor niemandem außer vor meinem Kaiser», erwiderte er.

Darauf erhob sich rundum Gemurmel. Ulu beugte sich vor und knurrte Notaras ins Ohr: «Verbeug dich vor dem Sultan, Hund.»

Notaras wich nicht von der Stelle. Ulu wollte seinen Säbel ziehen, doch der Sultan gab ihm mit einer Geste zu verstehen, sich zurückzuhalten. «Lasst ihn, Ulu», sagte Mehmed auf Griechisch. «Wenn der Megadux nur vor seinem Herrn knien möchte, dann soll er das. Bald wird er eh vor mir niederknien. Und jetzt sagt mir, welche Nachricht bringt Ihr vom Kaiser?»

«Der Kaiser wird nicht kapitulieren», sagte Notaras. «Und er wird Euch niemals dienen. Er bittet Euch jedoch darum, Frauen und Kindern, die die Stadt verlassen möchten, freies Geleit zu gewähren.»

Mehmed lachte. «Der Kaiser lehnt mein Angebot ab und stellt trotzdem Forderungen.» Das Lächeln auf Mehmeds Lippen gefror, und als er weitersprach, war seine Stimme eisig. «Es wird kein sicheres Geleit geben. Das Volk von Konstantinopel hatte die Gelegenheit zu fliehen. Wenn Konstantinopel fällt, werde ich meinen Soldaten zwei Tage gewähren, um die Stadt zu plündern. So lautet unser Gesetz. Ich kann es nicht ändern. Ruft Eurem Kaiser dies noch einmal ins Gedächtnis. Ihr könnt gehen.»

Notaras rührte sich nicht. «Ich bin noch nicht fertig», sagte er. «Es gibt noch mehr, was ich Euch sagen muss, aber ich muss mit Euch allein sprechen.»

«Allein?», sagte Mehmed. «Haltet Ihr mich für einen Narren? Wenn Ihr noch etwas zu sagen habt, dann sagt es hier.»

Notaras blickte sich im Raum um, sah zu den Männern hinüber, die an den Wänden standen. Er hätte lieber unter vier Augen mit dem Sultan gesprochen, doch das, was er zu sagen hatte, würde sowieso bald bekannt werden. Und abgesehen davon sprachen die meisten dieser brutalen Kerle wahrscheinlich kein Griechisch. «Ich möchte Euch ein Angebot machen», sagte Notaras. «Ihr habt gesehen, wie stark die Mauern von Konstantinopel sind. Die Bewohner von Konstantinopel sind genauso stark. Sie werden kämpfen bis zum Tod und bis Eure Armee sich an unseren Mauern aufgerieben hat.»

Mehmed richtete sich auf. «Ihr spracht von einem Angebot, und ich bekomme nur Beleidigungen zu hören», fuhr er auf. «Was wollt Ihr? Sprecht rasch, Megadux, bevor ich die Geduld verliere.»

«Ich kann Euch einen Weg in die Stadt zeigen.»

«Und was verlangt Ihr dafür?», fragte Mehmed.

«Der Kaiser ist ein Narr, dass er Euer Angebot ausschlägt», sagte Notaras. «Ich bin kein Narr. Ich bitte um das, was Ihr dem Kaiser angeboten habt : das Gebiet Morea, um dort als Kaiser zu regieren.»

«Ist das alles?»

«Ich bitte auch darum, dass die orthodoxe Kirche in Konstantinopel bleiben darf und dass der Mönch Gennadius Patriarch wird. Er ist ein kluger Mann. Er hat mir den Weg in die Stadt gezeigt.»

«Schade, dass er nicht hier ist», sagte Mehmed, unterbrach sich und betrachtete Notaras. Die Sekunden verstrichen, und Notaras spürte, wie sich auf seiner Stirn Schweißperlen bildeten. Wenn der Sultan sein Angebot ausschlug, war alles verloren. Schließlich sprach Mehmed, doch nicht zu Notaras. «Was haltet Ihr von diesem Angebot, Halil?», fragte Mehmed.

«Ich kenne diesen Mönch Gennadius. Er hat uns gewarnt, dass man versuchen würde, unsere Flotte in Brand zu setzen», antwortete Halil. «Er ist vertrauenswürdig. Ich finde, Ihr solltet das Angebot des Megadux in Betracht ziehen.»

Mehmed nickte und wandte sich wieder Notaras zu. «Ich habe von Euch gehört, Megadux. Ihr habt einen gewissen Ruf.»

«Dann wisst Ihr, dass Ihr meinem Wort trauen könnt.»

«Was ich gehört habe», fuhr Mehmed fort, «ist, dass Ihr alles tun würdet, um das Römische Reich zu schützen, sogar Euer Leben opfern. Und doch bietet Ihr mir jetzt Konstantinopel an. Warum?»

«Ich habe für die Bewohner von Konstantinopel gekämpft», sagte Notaras. «Sie haben ihren Glauben verraten. Sie haben mich verraten. Es ist niemand mehr da, für den es sich zu kämpfen lohnt.»

«Nicht einmal der Kaiser?»

«Die Stadt wird von Euch besser regiert werden als von Konstantin», antwortete Notaras. «Er hat unsere Verteidigung einem Lateiner anvertraut und unsere Stadt für nichts an den Papst verkauft. Er hat sein Schicksal besiegelt. Ich würde lieber dem Sultan dienen als so einem Mann.»

«Gut», sagte Mehmed. «Zeigt mir den Weg in die Stadt. Wenn Ihr mir Konstantinopel anbieten könnt, dann sollt Ihr alles haben, worum Ihr gebeten habt, und mehr.»

* * *

Longo und Konstantin standen auf der Mauer über dem Goldenen Tor, den Blick auf das ferne Zelt des Sultans gerichtet. Sphrantzes und Dalmata hatten sich zu ihnen gesellt, und alle warteten schweigend. Sphrantzes kaute auf seinem Daumennagel herum, während Dalmata am Heft seines Schwerts spielte und Konstantin die Mauer umklammerte. Longo hatte die Hände fest hinter dem Rücken verschränkt. Schließlich trat Notaras aus dem Zelt. Seine polierte Rüstung blitzte in der Sonne auf, was selbst auf große Entfernung zu erkennen war. Man brachte ihm sein Pferd, und Notaras stieg auf.

«Er ist sicher», sagte Konstantin. «Gott sei Dank. Der Megadux ist ein schwieriger Mann. Aber er ist mutig, und seine Männer lieben ihn. Ich weiß nicht, wie wir ihn ersetzt hätten.»

Longo nickte nur. Noch war Notaras nicht außer Gefahr. Ein Dutzend berittene Janitscharen umgaben ihn und begleiteten den Megadux, bis der Trupp rund zehn Klafter vom Zelt des Sultans stehen blieb. «Seht», sagte Longo. «Der Sultan.» Mehmed war aus dem Zelt gekommen, und überall im Umkreis knieten die Türken sich hin. Man brachte Mehmed ein Pferd, und er stieg auf und ritt zu der Gruppe um Notaras. Zusammen ritten die Männer auf die Mauern von Konstantinopel zu.

«Vielleicht ehrt der Sultan den Megadux, indem er ihn aus seinem Lager geleitet», meinte Sphrantzes.

«Vielleicht wird Notaras auch zu seiner Exekution gebracht», entgegnete Dalmata grimmig.

Die Reiter hatten jetzt die türkischen Befestigungsanlagen passiert. Sie blieben knapp außerhalb der Reichweite der christlichen Kanonen stehen, wandten sich nach links und ritten entlang der Mauer. Sie waren jetzt so nah, dass Longo erkennen konnte, wie Notaras auf die Mauern deutete.

«Was macht er?», fragte Konstantin.

❉ ❉ ❉

Notaras brachte sein Pferd an der Stelle zum Stehen, wo die einfache Blachernen-Mauer auf die doppelte Theodosianische Landmauer traf. Dort stand ein großer, runder Turm. «Dort», rief Notaras dem Sultan zu, der rund zehn Fuß hinter ihm rittlings auf einem Pferd saß. Er zeigte auf den dunklen, keilförmigen Raum, wo die gekrümmte Turmmauer auf die Blachernen-Mauer traf. «Dort ist, versteckt in der Biegung der Turmmauer, die Kerkoporta, eine Ausfallpforte. Dort können Truppen herauskommen und jeden angreifen, der gegen die Blachernen-Mauer stürmt.»

«Mehr habt Ihr mir nicht zu zeigen?», rief Mehmed. «Was soll mir das nützen?»

«Wenn Ihr in zwei Tagen kurz vor der Morgendämmerung angreift, werde ich dafür sorgen, dass Eure Männer die Pforte unverschlossen und unbewacht vorfinden», erklärte Notaras Mehmed. «Von dort können Eure Männer die Stadtmauern erobern. Sie werden die Verteidiger von hinten angreifen, und die Stadt wird fallen.»

Mehmed ritt näher an Notaras heran. «Woher soll ich wissen, dass das kein Hinterhalt ist?», fragte Mehmed. «Ich sehe keine Tür. Vielleicht wollt Ihr meine Männer in die Falle locken?»

«Die Kerkoporta ist dort», beharrte Notaras. «Kommt näher, dann kann ich sie Euch zeigen.» Nach einer Pause trieb Mehmed sein Pferd näher an Notaras heran.

«Wo ist sie?», fragte der Sultan.

Notaras beugte sich vor und zeigte mit einer Hand darauf, während er die andere Hand unter seine Rüstung schob. «Dort», sagte Notaras.

«Ja, ich sehe sie!», sagte Mehmed. Kaum waren die Worte über seine Lippen, da zog Notaras unter seinem Brustharnisch einen Beutel hervor und schleuderte den Inhalt über den Sultan. Eine weiße puderige Wolke hüllte Mehmed ein. Er brach im Sattel zusammen und fiel zitternd und heftig hustend vom Pferd. Im selben Augenblick wurde Notaras von hinten vom Pferd gezerrt. Er landete unsanft auf dem Rücken, und bevor er sich rühren konnte, war schon Ulus Krummsäbel eine Handbreit vor seinem Gesicht. Aus dem Augenwinkel konnte Notaras sehen, dass Mehmed sich nicht mehr bewegte. Notaras hörte Jubel von den Mauern von Konstantinopel. Er lächelte, und Ulu gab ihm einen kräftigen Tritt in die Seite.

«Dafür wirst du bezahlen, Hund», knurrte Ulu. «Dir wird noch leidtun, dass du auf die Welt gekommen bist.»

\# # #

Halil hatte zugesehen, wie man den reglosen Mehmed in das Zelt des Sultans gebracht hatte, und dann hatte er für den Abend ein Treffen der Heeresführer einberufen. Jetzt sah Halil hinter einem Vorhang stehend, wie ein General nach dem anderen in das Zelt trat. Nur Ulu fehlte. Die Generäle traten unbehaglich von einem Fuß auf den anderen und unterhielten sich leise. Sie brauchen jemanden, der ihnen Befehle erteilt, dachte Halil, der ihnen sagt, was sie tun sollen. Sie wären dankbar, wenn Halil die Macht ergreifen würde, bis der nächste Sultan alt genug war. Halil ließ sie noch einige Minuten warten und trat dann ein.

«Seid gegrüßt», begann er. «Ich habe Euch heute Abend hier zusammengerufen, um zu besprechen, was nach dem Tod des Sultans zu tun ist. Dies sind finstere Zeiten, doch wir dürfen nicht vergessen, dass wir eine Aufgabe vor uns haben. Die Armee ist verunsichert. Wir müssen den Männern Stärke zeigen, trotz dieser Tragödie.»

«Was schlagt Ihr vor?», fragte Ishak Pascha. «Dass wir die Belagerung fortsetzen, auch nach dem Tod des Sultans?» Halil nickte. «Doch wie sollen wir es anstellen, dass die Männer zum Kämpfen bereit sind?», protestierte Ishak Pascha. «Einige von meinen Männern haben schon angefangen zu packen.»

«Meine Männer wollen auch nicht mehr kämpfen», fügte Mahmud Pascha hinzu, der Befehlshaber der Başi Bozuks. «Wenn ich ihnen befehle zu kämpfen, habe ich eine Meuterei am Hals!»

«Ihr irrt Euch, Mahmud Pascha», sagte Halil. « Meuterei und Chaos wird es nicht geben, wenn wir die Männer ziehen lassen. Überlegt doch! Wenn wir die Armee jetzt auflösen und uns zurückziehen, dann sind wir schwach und wehrlos. Die christlichen Armeen in Ungarn und Polen warten nur auf eine solche Gelegenheit, und wer weiß, ob wir für einen Sultan, der noch ein Kind ist, Männer zusammentrommeln können? Aber wenn wir bleiben und Konstantinopel einnehmen, dann wird alle Welt wissen, wie stark wir sind.»

«Aber die Männer werden nur für den Sultan kämpfen», beharrte Ishak Pascha.

«Und das sollen sie auch», sagte Halil. «Sie werden im Gedenken an Mehmed kämpfen. Er hat die Belagerung begonnen. Es war die Großtat seiner Regentschaft. Er würde wollen, dass wir sie zu Ende bringen, dass wir Rache üben für seinen Tod. Sagt das Euren Männern.»

«Und wer wird den Angriff befehligen, ohne Sultan?», fragte Ishak Pascha.

«Ich bin der Großwesir», antwortete Halil. «Es ist meine Pflicht, zu regieren, bis der nächste Sultan alt genug ist.» Halil blickte den Männern in die Augen, forderte sie heraus, an ihm zu zweifeln, doch die Generäle schwiegen. «Gut», sagte Halil. «Dann ist es beschlossen. Ich ...» Halil wurde von Ulu unterbrochen, der hereinkam. «Was gibt's?», fuhr Halil auf.

«Der Sultan wünscht Euch zu sehen, Großwesir», sagte Ulu.

«Der Sultan?», fragte Ishak Pascha. Die anderen Generäle flüsterten aufgebracht miteinander. Halil wich das Blut aus dem Gesicht. Ihm wurde übel.

«Was meint Ihr?», fragte Halil. «Der Sultan ist tot.»

«Nein, er lebt», erwiderte Ulu. «Und er bittet um Eure sofortige Anwesenheit.»

«Gut. Sagt dem Sultan, ich komme gleich», sagte Halil. «Generäle, Ihr könnt Euch entfernen.» Während die Generäle gingen, eilte Halil in den Privatbereich seines Zelts. Er nahm einen Beutel Goldmünzen und schüttete sie in eine Schale. Es war Brauch, ein Geschenk mitzubringen, wenn man unerwartet zum Sultan gerufen wurde. Wenn der Sultan nichts als eine Unterhaltung wünschte, dann diente das Geschenk dazu, an den eigenen Wert zu erinnern. Wenn der Sultan wütend war, konnte das Geschenk einem das Leben retten. Halil wünschte nur, er hätte ein großzügigeres Geschenk.

Als Halil aus seinem Zelt trat, packten zwei Janitscharen seine Arme und drehten sie ihm auf den Rücken. Die Schale fiel ihm aus den Händen, und die Münzen rollten in alle Richtungen. Ulu trat vor und zog Halil einen schwarzen Sack über den Kopf. Die Welt wurde schwarz, und Halil schrie, als ihn ein brutaler Hieb in den Magen traf. Die Janitscharen zerrten ihn fort, er wehrte sich nicht mehr. Sie waren nicht mehr zu sehen, bevor die letzten Münzen ausgerollt waren.

⁂ ⁂ ⁂

Als man ihm den Sack vom Kopf zog, sah Halil den Sultan vor sich. Halil lag auf einem Tisch, an Händen, Füßen und Kopf gefesselt, sodass er sich nicht rühren konnte. Mehmed stand über ihm. Der Sultan war blass, doch ansonsten sah er aus wie sonst. Halil schluckte nervös.

«Was ist los, Halil?», fragte Mehmed. «Ihr seht aus, als hättet Ihr ein Gespenst gesehen.»

«Das Gift?», stieß Halil hervor. «Wie habt Ihr das überlebt?»

«Habt Ihr es nicht gehört?», fragte Mehmed lächelnd. «Es ist ein Wunder. Ich stehe in der Gunst Allahs. Alle meine Männer glauben das. Sie sind davon überzeugt, jetzt, wo Allah auf unserer Seite ist, werden die Mauern von Konstantinopel fallen.»

«Aber ich habe gesehen, wie der Megadux Euch angegriffen hat», beharrte Halil. «Ich habe Euch am Boden liegen sehen. Ihr wart tot.»

«Vielleicht habt Ihr nur gesehen, was Ihr sehen wolltet, Halil», entgegnete Mehmed.

«Ich?», protestierte Halil. «Aber Padischah, Ihr glaubt doch sicher nicht, dass …»

«Ruhe!», knurrte Mehmed. Dann sprach er ruhig weiter. «Ich habe aus Eurem Mund genug Lügen gehört, Halil. Aber Ihr werdet bald die Wahrheit sagen. Ihr werdet mir alles sagen. Dafür wird Isa sorgen.»

«Isa!», schrie Halil. Er hatte gedacht, Isa sei tot. Wenn er lebte und hier war, dann war Halil verloren. Dann hatte Isa Mehmed alles erzählt. «Glaubt kein Wort von dem, was er sagt, großer Sultan. Er ist ein Meuchelmörder. Ihr könnt ihm nicht trauen.»

«Ich traue niemandem», sagte Mehmed. «Aber Isa hat mir das Leben gerettet. Er hat mir das Gegenmittel schon gegeben, bevor der Megadux versucht hat, mich zu töten. Er hat mir auch von Euch und Sitt Hatun erzählt und von Eurem Sohn Selim. Nein, der Verräter ist nicht Isa.»

«Alles Lügen. Ich habe Euch nie hintergangen. Ich schwöre es», flehte Halil. «Ich habe nichts von der Intrige des Megadux gewusst. Ich hatte nur mit dem Mönch Gennadius zu tun, und dabei ging es darum, Konstantinopel zu besiegen.»

«Nein, Ihr habt mit Gennadius eine Intrige gesponnen, um mich zu töten, damit Euer Sohn an meiner statt regieren kann. Ihr habt mich hintergangen, und dafür sollt Ihr jetzt leiden.»

«Aber ich habe Euch den Schlüssel zu der Stadt gegeben!»

«Tatsächlich?», fragte Mehmed. Er beugte sich vor, bis sein Gesicht dicht vor Halils war. «Sagt jetzt die Wahrheit. Was ist mit dem Mönch Gennadius? Wird die Kerkoporta unverschlossen und unbewacht sein, wie der Megadux gesagt hat?»

«Ja», sagte Halil. «Ich schwöre es. Ihr könnt mich umbringen, wenn ich lüge.»

«Der Megadux sagt etwas anderes», erwiderte Mehmed. «Er sagt, es war nur eine Lüge, um nah genug an mich heranzukommen, um mich zu töten.»

«Der Megadux ist ein Narr», sagte Halil. «Gennadius hat ihn benutzt.»

«Verstehe. Und wie nehme ich Kontakt zu Gennadius auf?»

«Es gibt unterirdische Gänge …»

«Die Gänge sind zerstört worden, Halil», sagte Mehmed. «Wenn Ihr mir nicht mehr zu sagen habt, habe ich keine Verwendung mehr für Euch.»

«Nein, bitte!», flehte Halil. «Es gibt noch einen anderen Weg. Schenkt mir das Leben, und ich verrate ihn Euch.» Mehmed nickte, und Halil fuhr fort: «Der Megadux, er kann die Nachricht überbringen.»

«Der Megadux wird tot sein, bevor ein weiterer Tag vergeht.»

«Genau. Seine Leiche wird die Nachricht überbringen», erklärte Halil. «Gennadius ist Mönch. Wenn er die Beisetzung durchführt, wird er die Nachricht finden.»

«Und wenn jemand anders sie findet?», fragte Mehmed.

«Dann habt Ihr nichts verloren», sagte Halil. «Aber bedenkt, wenn Gennadius Euch hilft, habt Ihr alles zu gewinnen.»

«Sehr klug, Halil», sagte Mehmed. «Wir werden sehen, ob Euer Plan funktioniert.» Er trat von dem Tisch weg, sodass Halil ihn nicht mehr sehen konnte. «Er gehört dir», hörte Halil Mehmed sagen. «Du kannst mit ihm machen, was du willst, aber töte ihn nicht. Dieses Vergnügen soll mir vorbehalten sein.»

«Nein, wartet!», schrie Halil. «Ihr habt gesagt, Ihr würdet mir das Leben schenken!»

«Ausgerechnet Ihr solltet doch wissen, dass man nicht so vertrauensselig sein darf», sagte Mehmed, und Halil hörte, wie seine Schritte sich entfernten. Eine Sekunde später tauchte Isa über Halil auf. Er hielt eine Schüssel in der Hand und rührte darin langsam etwas um.

«Wisst Ihr, was das ist?», fragte Isa.

Halil ließ seine Frage unbeantwortet. «Hilf mir, Isa», flehte er. «Lass mich frei. Ich gebe dir Geld, Frauen, Ländereien.»

«Dies ist ein ganz besonderes Gift», fuhr Isa fort, als hätte er Halil nicht gehört. «Wenn man es einnimmt, ist es tödlich ...»

«Bitte, Isa, hör mir zu», sagte Halil. «Ich kann dir alles geben, was du willst.»

«... doch wenn man es auf die Haut streicht, wirkt es langsamer.»

«Hol dich doch der Teufel, Isa», fluchte Halil. «Wenn du mir nicht helfen willst, dann fahr doch zur Hölle. Ich habe keine Angst vor deinem Gift. Ich fürchte mich nicht vor dem Tod.»

Isa lächelte. «Dieses Gift wird Euch nicht töten, Halil», sagte er. «Aber es wird dafür sorgen, dass Ihr den Tod herbeiflehen werdet.» Er nahm eine Bürste aus der Schüssel und strich ein wenig Gift auf Halils Stirn. Zuerst spürte Halil nichts, dann empfand er ein Kribbeln, das stärker wurde, bis es zu einem brennenden Schmerz wurde, als hätte man ihm glühende Kohlen auf die Stirn gelegt. Halil fing an zu schreien.

«Aufhören!», schrie er. «Bitte, Isa! Ich tue alles, was du willst!»

«Ich will, dass Ihr leidet, wie meine Familie gelitten hat», flüsterte Isa Halil ins Ohr. «Das, Halil, ist alles, was ich noch will.»

ZWEIUNDZWANZIG

Sonntag, 27. Mai 1453 – Konstantinopel
57. Tag der Belagerung

Als am nächsten Tag die Sonne aufging, stand Longo auf der inneren Mauer von Konstantinopel und inspizierte, wie seine Männer beim Wiederaufbau des Schutzwalls am Mesoteichion vorangekommen waren. Da die Kanonen des Sultans schwiegen, war es die erste Gelegenheit seit Wochen, sich um die Schäden dort zu kümmern. Longo hatte eine schlaflose Nacht auf den Mauern verbracht, hatte seine Männer zur Arbeit angetrieben und stets ein Auge auf das türkische Lager gehalten. Als Longo den Sultan das letzte Mal gesehen hatte, hatte es so ausgesehen, als sei er tot, von Notaras ermordet. In Konstantinopel gingen wilde Gerüchte um, die Belagerung sei beendet. Doch Longo war sich da nicht so sicher.

Ein ferner Trommelschlag ließ ihn aufhorchen, und er schaute zum türkischen Lager hinüber, wo gerade eine Prozession herauskam, die zum Schlag der Trommel marschierte. Am Kopf der Prozession ging ein Trupp von rund fünfzig Janitscharen. Die Nachhut bildete ein rund hundert Mann starkes Regiment der anatolischen Kavallerie. Dazwischen ritt ein einzelner Reiter in charakteristischer rot-schwarzer Rüstung. Am Sattel des Reiters hingen zwei lange Ketten, und am Ende dieser Ketten schleifte er Notaras hinter sich her, der immer noch seine Prunkrüstung trug. Longo verstand sofort, was er da sah.

Er rief William, der unten auf dem Wall die Aufstellung zusätzlicher Kanonen beaufsichtigte. «Die Türken exekutieren Notaras. Lauf in den Palast und sag dem Kaiser Bescheid.»

Der Kaiser kam wenige Minuten später, in Begleitung von Dalmata und Sofia. Longo und Sofia sahen sich an. «Sie sollte dabei sein», erklärte Konstantin Longo. «Notaras ist schließlich ihr Verlobter.»

Inzwischen hatte sich die Nachricht von Notaras' bevorstehender Exekution verbreitet wie ein Lauffeuer, und auf den Mauern drängten sich die Menschen. Longo hörte, wie Einzelne riefen: «Gott segne Euch, Notaras!», und: «Gott sei mit Euch!» Notaras hatte den Sultan umgebracht, und die Menschen betrachteten ihn als eine Art Heiligen. Bald, sinnierte Longo, wird er zum Märtyrer.

Auf der Ebene unter ihnen hatten die Türken haltgemacht und verharrten reglos. Notaras war auf dem Boden zusammengebrochen, und die Türken ließen ihn dort liegen.

«Warum machen sie nicht weiter?», fragte Sofia.

«Sie warten», antwortete Longo.

«Worauf?», wollte Sofia wissen.

«Auf eine Menschenmenge», sagte Longo. «Sie wollen, dass wir das alle sehen.»

Schließlich entstand Bewegung. Die Janitscharen vorne teilten sich. Der einzelne Reiter ritt vor und schleifte Notaras hinter sich her. Als der Reiter näher kam, erkannte Longo ihn. «Ich glaube, das ist der Sultan.»

«Mein Gott, Ihr habt recht», flüsterte Konstantin. «Wie kann das sein?»

Auf den Mauern fingen Männer an zu fluchen und Frauen an zu weinen, als die Nachricht sich herumsprach, dass der Sultan lebte. Unten hielt der Sultan sein Pferd gerade außerhalb der Reichweite der Kanonen an und stieg ab. Die Menschen auf den Mauern verstummten, als Mehmed auf Notaras zuging.

* * *

Notaras lag mit dem Gesicht im Staub, er hatte Mühe zu atmen. In der Nacht war er stundenlang gefoltert worden. Sein Rücken blutete aus zahllosen Schnittwunden, und seine Rippen waren gebrochen. Als man ihn an den gefesselten Händen hinter dem Pferd hergezogen hatte, hatte man ihm beide Schultern ausgerenkt. Doch Notaras gab nichts auf die Schmerzen, die durch seinen Körper schossen. Der Sultan war tot. Das Reich war gerettet. Das war alles, was zählte. Und bald würde Notaras' Schmerz enden.

Notaras sah, dass jemand neben ihn trat. Er wurde an den Armen auf die Knie hochgezogen. Der Schmerz in den Schultern war so stark, dass er beinahe ohnmächtig wurde. Er drohte zu fallen, doch die Männer hinter ihm hielten ihn fest. Als der Schmerz verebbte, blickte er auf den Gürtel des Mannes, der vor ihm stand. Der Mann bückte sich, bis Notaras sein Gesicht sah. Es war der Sultan.

Notaras begriff nicht, wie das sein konnte. Er hatte Mehmed sterben sehen. «Wie?», keuchte er mühsam.

«Ich habe Euch gesagt, dass Ihr vor mir niederknien würdet, Megadux», sagte Mehmed. «So wie ganz Konstantinopel vor mir niederknien wird.»

Mehmed trat zur Seite, damit Notaras freie Sicht auf die Mauern von Konstantinopel hatte. Sie waren überfüllt mit Menschen. Notaras konnte sogar einzelne Gesichter erkennen. Er suchte in der Menschenmenge nach vertrauten Gestalten. Notaras spürte, wie die Männer hinter ihm ihn losließen, und er sank zusammen, blieb aber auf den Knien, den Blick weiter auf die Mauern gerichtet. Hinter sich hörte Notaras das Flüstern eines Säbels, der aus der Scheide glitt. Er drehte sich nicht um. Er glaubte, Sofia auf der Mauer stehen zu sehen. Sein Blick war fest auf sie gerichtet.

❈ ❈ ❈

«Mein Gott!» Als Notaras stürzte, drehte Sofia sich um und vergrub den Kopf an Longos Brust. Longo legte ihr den Arm um die Schultern und schaute dann zu Konstantin hinüber. Der Kaiser beobachtete sie aufmerksam.

«Vielleicht sollte die Prinzessin in ihre Gemächer zurückkehren», sagte Konstantin. «Der Schock über Notaras' Tod hat sie sichtlich überwältigt. Wachen!», rief er. «Begleitet Prinzessin Sofia zurück in den Palast.» Sofia ging, und Longo und Konstantin wandten sich wieder den Türken zu.

Mehmed hatte Notaras' Kopf genommen, den Leichnam des Megadux aber dort liegen gelassen, wohin er gefallen war. Als Mehmed, gefolgt von seiner Eskorte, zurück zu den türkischen Linien ritt, traten zwei Janitscharen vor und machten sich daran, Notaras' Leichnam zur Mauer zu schleifen. Sie schlugen den Weg zum St.-Romanos-Tor ein, direkt unterhalb von Longo und Konstantin.

«Soll ich den Bogenschützen befehlen, sich um sie zu kümmern?», fragte Dalmata.

«Nein, lasst sie kommen», befahl Konstantin. «So können wir Notaras wenigstens eine anständige Beisetzung zuteilwerden lassen. Das hat er verdient.» Die Janitscharen warfen Notaras' Leichnam vor das Tor, drehten sich um und liefen zurück hinter die türkischen Linien. «Kommt», sagte Konstantin. «Lasst uns hinuntergehen und den Megadux hereinholen ... oder das, was noch von ihm übrig ist.»

Sie traten vor das Tor, und Longo befahl, es gerade so weit zu öffnen, dass ein Mann hindurchkonnte. Longo ging selbst hinaus, um den Leichnam zu holen. Er sah, dass in Notaras' Rüstung ein Zettel steckte, doch kaum war Longo bei dem Leichnam, strömten Tausende von Türken über die türkischen Wälle und marschierten auf Konstantinopel zu. Die meisten trugen Schaufeln und Hacken. Andere führten Pferde, die Wagen mit Erde und Steinen hinter sich herzogen.

Longo schleifte Notaras' Leichnam eilig durch das Tor und befahl, es rasch wieder zu schließen. Konstantin wartete auf ihn. «Glaubt Ihr, das ist ein Angriff?», fragte Konstantin. «Soll ich die Glocken läuten lassen?»

«Nein, sie greifen nicht an», sagte Longo. «Sie haben Schaufeln bei sich, keine Waffen. Sie rücken aus, um einen Durchgang durch den Wall zu graben, damit sie leichter angreifen können.»

«Dann muss etwas unternommen werden», sagte Konstantin. «Wir werden die Kanonen einsetzen.»

«Nein», entgegnete Longo. «Pulver und Geschosse sparen wir besser auf für die Zeit, wenn sie wirklich gebraucht werden. Füllen die Türken den Graben auf, werden sie bald angreifen. Wir müssen darauf vorbereitet sein, Konstantinopel heute Nacht zu verteidigen.»

«Dann gibt es viel zu tun ... und wenig Zeit», sagte Konstantin. «Dalmata, lasst die Leiche des Megadux in die Hagia Sophia bringen und zur Beisetzung vorbereiten. Wenn Ihr fertig seid, findet Ihr mich auf der Mauer.»

«Mein Herr, ich habe bei Notaras eine Nachricht gefunden», sagte Dalmata und reichte Konstantin ein Blatt Papier. «Ich glaube, es stammt von Notaras' eigener Hand. Er bittet darum, vom Mönch Gennadius beerdigt zu werden.»

«Gennadius?», fragte Longo. «Kann man ihm trauen?»

Konstantin blickte auf das Blatt Papier. «Es ist Notaras' Letzter Wille. Wir sollten ihn respektieren. Lasst seinen Leichnam zur Pantokrator-Kirche bringen.»

⁂

Gennadius saß an seinem Tisch und sah zu, wie die Papiere vor ihm in einer großen Kohlenpfanne verbrannten, ihre Ränder sich rollten, dann zerfiel alles zu einem Haufen schwarzer Asche. Genau wie meine hochfliegenden Pläne, dachte Gennadius stirnrunzelnd. Er begriff immer noch nicht, was schiefgelaufen war. Notaras hatte seinen Teil getan, und doch lebte der Sultan. Gennadius war sich sicher, dass Halil ihn nicht betrogen hatte. Was hoffte der Wesir zu erreichen, wenn er ihren Plan vereitelte? Und wenn Halil ihn nicht enttäuscht hatte, dann blieb nur noch eine Möglichkeit: Irgendwie hatte der Sultan von ihrer Verschwörung erfahren. Wenn dem so war, dann war Gennadius' Leben weniger als nichts wert, sollte die Stadt fallen.

Gennadius würde kein Risiko eingehen. Er würde die Stadt in der Nacht verlassen, während die christlichen Streitkräfte und die türkische Armee auf den Mauern kämpften. Er konnte die Seemauern durch Bestechung überwinden, und er hatte schon einen venezianischen Händler dafür bezahlt, ihn aus dem Hafen nach Pera auf der anderen Seite des Goldenen Horns zu bringen. Dort würde Gennadius sich ein Schiff suchen, das ihn zum Hof von Demetrios nach Clarenza brachte. Und wenn Konstantinopel standhielt, war sowieso alles verloren. Die Union würde durchgesetzt werden, und Gennadius würde nie Patriarch werden.

Gennadius legte ein letztes Blatt Papier in die Kohlenpfanne. Es gab bestimmte Geheimnisse – Listen von Bestechungsgeldzahlungen, Verzeichnisse seines Privatvermögens –, die schlicht zu wichtig waren, um sie mitzunehmen oder unbeaufsichtigt zurückzulassen. Da verbrannte er sie besser. Während das letzte Blatt noch zu Asche zerfiel, klopfte es an der Tür. «Herein», rief Gennadius, und Eugenius öffnete die Tür und trat ein. Unter seiner Mönchskutte trug Eugenius einen Kettenpanzer, und an seiner Seite hing ein Schwert. «Ist alles bereit?», fragte Gennadius. «Ich möchte gehen, sobald die Schlacht beginnt.»

«Alles ist bereit, Vater Gennadius. Aber da ist noch etwas: Der Leichnam des Megadux Lukas Notaras ist hergebracht worden, damit er zur Beisetzung vorbereitet werde. Der Kaiser hat Euch gebeten, sich darum zu kümmern.»

«Und wann soll die Beisetzung sein?»

«Heute noch. Der Leichnam soll mit den heiligen Reliquien der Stadt in einer Prozession durch die Straßen zur Hagia Sophia gebracht werden. Der Megadux soll dort in der Krypta beigesetzt werden.»

«Und weißt du, warum Konstantin ausgerechnet mich für diese Aufgabe ausgewählt hat?», fragte Gennadius.

«Man hat mir gesagt, es sei Notaras' Letzter Wille gewesen, dass Ihr seine Beisetzung leitet.»

«So?», fragte Gennadius. «Wie seltsam.» Gennadius dachte an sein erstes Zusammentreffen mit Notaras zurück. Der Megadux hatte ihm erklärt, er verachte die Scheinheiligkeit des Mönchs und er, Notaras, tue das, was er tue, allein für Konstantinopel. «Wo ist der Leichnam des Megadux jetzt?»

«Er wurde in die Krypta gebracht.»

«Bring mich hin.» Gennadius folgte Eugenius hinunter in die dunklen Katakomben unter dem Kloster. Dort lag Notaras' Leichnam in einem kleinen Raum, ausgestreckt auf einem Steintisch. Er trug noch seine Rüstung. «Hat man an seinem Körper etwas Ungewöhnliches gefunden?», fragte Gennadius. «Irgendeine Nachricht?»

«Nur die, in der er darum bat, dass Ihr ihn beisetzt», antwortete Eugenius.

Gennadius nickte gedankenverloren. Vielleicht hatte er sich geirrt: Hinter der seltsamen Bitte des Megadux steckte wohl doch nichts Rätselhaftes. Es sei denn, es gab noch eine Nachricht, eine, die nicht auf Papier geschrieben worden war. «Hilf mir, ihm die Rüstung auszuziehen», befahl Gennadius.

Er und Eugenius entkleideten den Megadux, zogen ihm zuerst seinen Plattenharnisch aus und dann das Kettenhemd darunter. Schließlich schälte Gennadius das blutverschmierte Baumwollgewand ab, das Notaras unter der Rüstung trug. Notaras' Haut war grau und voller blauer Flecken dort, wo man ihm mehrere Rippen gebrochen hatte. Gennadius hievte die Leiche herum, um Notaras' Rücken zu entblößen. Dort stand die Nachricht, Buchstaben, die in die Haut des Megadux eingeritzt waren: *Gennadius, öffnet die Stadt, und Ihr werdet alles erlangen, wonach Ihr trachtet. Mehmed.*

Ein Lächeln breitete sich auf Gennadius' Gesicht aus. Es war doch nicht alles verloren. Es schien, als brauchte der Sultan seine Dienste. Er, Gennadius, würde womöglich doch Patriarch werden.

* * *

Mehmed stand, Konstantinopel den Rücken zugewandt, auf den türkischen Wällen und ließ den Blick über die vor ihm versammelte Armee schweifen. Der Tag war klar und hell, und die Nachmittagssonne schimmerte auf den Rüstungen der Männer, als glitzerte ein Meer vor Mehmeds Füßen. Direkt vor Mehmed, wo die niederen Ränge der Janitscharen in ihren schwarzen Rüstungen standen, war das Meer dunkel und tief. Dahinter stand die anatolische Kavallerie, deren Kettenpanzer schimmerten. Weiter hinten erstreckte sich bis zu den Hügeln, die das türkische Lager umringten, die ungeordneten Başi Bozuks in ihren braunen Lederrüstungen. Sie schien eine ferne Küste zu bilden. Es waren insgesamt fast siebzigtausend Krieger – die größte Armee der Welt.

In der rechten Hand hielt Mehmed den Kopf des Megadux. Mehmed hob ihn hoch, und die Soldaten vor ihm brachen in frenetischen Jubel aus. Er war ohrenbetäubend. Mehmed genoss den Jubel, er genoss sein Gefühl der Macht. Das hier waren seine Männer. Er würde ihnen sagen, dass sie für Allah kämpften, denn das wollten sie hören. Auch wenn es nicht stimmte: Sie kämpften für ihn. Er würde ihnen sagen, dass Allah während der Schlacht über sie wachen würde, doch er, Mehmed, würde jeden einzelnen ihrer Schritte beobachten. Und wenn die Stadt fiel, würde es sein Ruhm sein, nicht der Allahs. Schließlich hob Mehmed auch die andere Hand. Der Jubel verebbte, und das Lager verstummte. Als Mehmed sprach, war nur seine Stimme zu hören und das leise Echo unzähliger Stimmen, die seine Botschaft an die weiter weg Stehenden weitergaben.

«Gestern hat ein christlicher Ungläubiger versucht, euren Sultan zu meucheln», rief Mehmed. «Ihr habt gesehen, was die Strafe für diesen Verrat war.» Mehmed warf

Notaras' Kopf zur Seite und ließ ihn den Wall hinunterrollen. Wieder jubelte die Armee. «Die Ungläubigen wünschten meinen Tod, doch das hat Allah nicht zugelassen», fuhr Mehmed fort. «Er hat mich beschützt, so wie er euch beschützen wird. Allah ist mit uns, wir sind das Schwert in seiner Hand. Er gibt uns Stärke. Er gibt uns Stärke, um die großen Mauern von Konstantinopel einzureißen! Jedem Kämpfer, der vor diesen Mauern fällt, ist ein Platz im Paradies sicher. Jedem Kämpfer, der die Schlacht überlebt, werden die Reichtümer und Frauen von Konstantinopel gehören. Und der Kämpfer, der die Mauern zuerst durchbricht, wird reicher sein, als er es sich je erträumt hat!» Seine Männer jubelten.

«Die Mauern von Konstantinopel werden unter unseren Kanonen zusammenbrechen. Die Verteidiger von Konstantinopel werden vor eurer Gewalt zittern. Morgen wird das Römische Reich fallen, und ihr werdet seine Bezwinger sein. Allah ist mit uns! Der Sieg ist uns gewiss!» Die Männer jubelten wieder, und Mehmed wartete, bis es wieder leiser war. Schließlich schwiegen die Männer. «Bereitet euch heute vor. Schärft eure Waffen, esst und schlaft. Heute Nacht greifen wir an, und Konstantinopel wird unser sein!»

* * *

Der Jubel der Türken erreichte Kaiser Konstantin als ein fernes, kaum wahrnehmbares Donnern, wie Wellen, die sich an einem fernen Strand brachen. Er stand auf dem Goldenen Tor und schaute auf die Männer hinunter, die sich versammelt hatten, um seine letzten Worte vor der bevorstehenden Schlacht zu hören. Griechen, Venezianer und

Genuesen drängten sich dicht zusammen, und ihre ramponierten und befleckten Rüstungen schimmerten trüb im Licht der untergehenden Sonne. Es waren weniger als achttausend Männer, die den Kampf gegen die fast zehn Mal so große Streitmacht der Türken aufnehmen mussten. Doch Konstantin war Zeuge der Tapferkeit dieser Männer geworden. Ihre Rüstungen mochten zerbeult sein, doch sie standen aufrecht. Sie würden ihr Leben teuer verkaufen, und so Gott will, würden sie die Stadt ein letztes Mal halten.

«Männer!», rief Konstantin laut, und seine Stimme trug weit über die Reihen. «Die Stunde des Kampfes rückt näher. Ihr habt stets ruhmvoll gegen die Feinde Christi gekämpft. Jetzt bitte ich euch, ein letztes Mal in den Kampf zu ziehen, um euer Zuhause und die in der ganzen Welt berühmte Stadt zu verteidigen!»

«Bravo! Bravo!», riefen einige Männer. Die übrigen zeigten ihre Zustimmung, indem sie das Ende ihrer Lanzen auf den Boden stießen, wodurch ein lautes Poltern zu hören war. Als es verklang, fuhr Konstantin fort.

«Habt keine Angst, weil unsere Mauern unter dem feindlichen Ansturm gelitten haben», sagte er, «denn eure Stärke liegt in dem Schutz Gottes. In dieser Schlacht müsst ihr standhaft bleiben und keine Angst haben, ihr dürft nicht an Flucht denken, sondern sollt beseelt sein, Widerstand zu leisten. Tiere mögen vor Tieren fliehen. Doch ihr seid Männer, Männer mit tapferen Herzen, und ihr werdet diese wilden Tiere bezwingen.» Wieder war das Poltern der Lanzen zu hören.

«Ihr wisst, dass der ungläubige Feind uns ungerechterweise angegriffen hat», fuhr Konstantin fort. «Er hat den Pakt, den er mit uns abgeschlossen hat, gebrochen, er hat unsere Bauern zur Erntezeit gemetzelt, er hat unseren

Handelsverkehr verhindert und unsere Schiffe im Meer versenkt. Jetzt will er die heiligen Kirchen unserer Stadt entweihen, indem er Ställe daraus macht. Oh, meine Brüder, meine Söhne! In euren Händen liegt die ewige Ehre der Christenheit. In euren Händen liegt das Schicksal des ältesten Reiches, das die Welt je gekannt hat. Kämpft in dem Wissen, dass dies der Tag eures Ruhmes ist – ein Tag, an dem ihr, wenn ihr einen Tropfen Blut vergießt, die Kronen des Märtyrertums und ewigen Ruhm erlangen werdet. Kämpft füreinander! Kämpft für Konstantinopel!»

«Für Konstantinopel!», brüllten die Männer, und das Poltern der Lanzen setzte leise wieder ein. Dann wurde es so laut, dass Konstantin spürte, wie die Mauer unter seinen Füßen bebte. Schließlich hielt er die Arme hoch, und das Poltern verebbte.

«Wenn es jemanden in dieser Stadt gibt, an dem euch liegt», sagte Konstantin ernst, «dann geht jetzt zu ihm und sagt Lebewohl. Wenn es Zeit ist, werden die Glocken der Stadt euch zu den Mauern rufen. Ich erwarte euch dort.»

* * *

Die Diener des kaiserlichen Haushalts waren in die große Halle des Blachernen-Palasts gerufen worden. Alle, von den Köchen über die Waschmägde bis hin zum Schmied des Palasts, waren zugegen. Rund vierzig Menschen standen in vier Reihen da. In einer Reihe vor ihnen standen die ehrenwertesten Mitglieder des Hofstaats, darunter Sphrantzes und Dalmata. An den Wänden reihten sich Mitglieder der Waräger-Leibgarde. Alle knieten sich hin, als Konstantin eintrat, in voller Rüstung und mit der Krone auf dem Kopf.

«Steht auf, meine Freunde», sagte Konstantin. «Ich habe

Euch heute Abend hergebeten, um Euch für Eure Dienste über die Jahre zu danken. Manche von uns werden den Angriff heute Abend vielleicht nicht überleben. Weil wir einander womöglich nicht wiedersehen, möchte ich mich jetzt von Euch allen verabschieden.» Konstantin ging ans Ende der hintersten Reihe, wo ein junger Stallbursche nervös von einem Fuß auf den anderen trat, den Blick zu Boden gerichtet. «Wie heißt du, Junge?», fragte Konstantin leise.

Der Junge schaute auf und antwortete: «Petrus.»

«Auf Wiedersehen, Petrus», sagte Konstantin. «Ich danke dir für deine Dienste, und ich bitte dich um Verzeihung, falls ich dir je unrecht getan habe.» Der Junge nickte nur, er brachte keinen Ton heraus. Konstantin ging zum Nächsten in der Reihe, dem Schmied. Er war ein großgewachsener Mann mit starken, muskulösen Armen.

«Auf Wiedersehen, Johann», sagte Konstantin. «Du hast mir gut gedient, und ich bitte dich um Verzeihung, falls ich dir je unrecht getan habe.»

«Da gibt es nichts zu verzeihen, mein Herr», antwortete der Schmied. «Ich sorge dafür, dass Euer Schwert für heute Abend gut geschärft ist.»

«Danke.» Konstantin ging weiter von einem zum anderen, bis er sich von seinem ganzen Hofstaat verabschiedet hatte, außer Sphrantzes und Dalmata. Zuerst trat er zu Sphrantzes und legte dem älteren Mann eine Hand auf die Schulter. «Auf Wiedersehen, alter Freund», sagte Konstantin. «Ich habe Euch immer vertraut. Verzeiht mir, falls ich nicht immer Eurem Rat gefolgt bin.»

«Ihr habt getan, was Ihr für richtig hieltet», erwiderte Sphrantzes.

«Wenn ich Euch nicht wiedersehe», sagte Konstantin, «dann lasst die Welt wissen, was wir hier getan haben. Lasst sie wissen, wie wir gekämpft haben und wie wir gestorben sind.»

«Das werde ich, mein Herr», sagte Sphrantzes. Konstantin nickte und ging weiter zu Dalmata. Die beiden Männer reichten einander die Hand.

«Sagt nicht auf Wiedersehen», sagte Dalmata, bevor Konstantin das Wort ergreifen konnte. «Das ist nicht nötig. Ich werde während der Schlacht nicht von Eurer Seite weichen, solange ich lebe. Und bittet mich auch nicht um Verzeihung. Es war mir eine Ehre, Euch zu dienen, und es wäre mir die größte Ehre, an Eurer Seite den Tod zu finden.»

Konstantin packte Dalmatas Schulter und nickte. «Danke», sagte der Kaiser schließlich. Dann trat er zurück und wandte sich wieder an alle Versammelten. «Danke, Euch allen. Ich hätte mir keine besseren Untertanen wünschen können, auch keine besseren Freunde. Und jetzt ruht Euch aus. In den kommenden Stunden werden wir all unsere Kraft brauchen.»

* * *

Die Stadt war dunkel, als Tristo und William ihr Ziel erreichten: ein unbestimmbares Gasthaus in der Nähe des zentralen Marktplatzes von Konstantinopel. Das zweistöckige Gebäude war einige Jahrhunderte alt und neigte sich gefährlich nach rechts. Es sah aus, als würde es umstürzen, wenn es nicht von dem Gebäude daneben gestützt würde. William hob seine Fackel, um das verwitterte alte Schild zu lesen, das über der Tür hing und auf dem neben einem Brotlaib gerade eben so ein Bett zu erkennen war. «Bist du dir sicher, dass es hier ist?», fragte William.

«Ich habe gutes Geld bezahlt für diese Information», erwiderte Tristo. «Der spanische Meuchelmörder logiert hier. Sein Zimmer ist im ersten Stock.»

William zog sein Schwert. «Gut», sagte er. «Dann wollen wir uns mal um ihn kümmern. Ich will mir, während ich gegen die Türken kämpfe, nicht auch noch Sorgen machen müssen, dass man mir ein Messer in den Rücken stößt.» William öffnete die Tür und trat in einen großen, rechteckigen Schankraum, vollgestellt mit Tischen und Bänken. Ein alter Mann, der einsam an einem Tisch saß, legte den Kopf in den Nacken, um direkt aus einem Krug zu trinken, wobei der Wein an beiden Seiten überlief und seine weiße Tunika befleckte. Er knallte den Krug mit einem Rums auf den Tisch und starrte William und Tristo mit trüben Augen an. William legte den Finger an die Lippe, doch darauf gab der Mann nichts.

«Ho, kommt und bedient euch», brüllte er und stieß einen gewaltigen Rülpser aus. «Hat ja wohl keinen Sinn, den guten Wein für die Türken aufzusparen.»

«Vielleicht später», sagte William. Er und Tristo gingen zur Treppe, die an der rechten Wand nach oben führte. Sie stiegen hinauf und standen in einem schmalen Flur, von dem auf beiden Seiten Türen abgingen. «Welche?», flüsterte William.

Tristo schüttelte den Kopf. «Im ersten Stock, mehr hat man mir nicht gesagt.»

William und Tristo traten beide eine Tür vor ihnen auf. Der schmale Raum vor William war leer. Tristo hatte ein Paar aufgescheucht, und die Frau schrie hysterisch, während der Mann sich beeilte, in seine Kleider zu steigen. «Ich hab nicht gewusst, dass sie verheiratet ist!», rief der Mann. Tristo zog die Tür zu und ging weiter.

Aus dem nächsten Zimmer zur Linken war ein Grieche

mit grauem Bart gekommen. «Was ist hier los?», fragte er. Tristo zeigte ihm sein Schwert, und der Mann verschwand in seinem Zimmer und schlug die Tür hinter sich zu. Tristo und William wandten sich der letzten Tür zu.

«Hier muss es sein», sagte William. Er trat die Tür auf, und sie stürmten hinein. Auf dem Tisch fanden sie eine alte Brotkruste und eine Flasche Wein, doch von dem spanischen Meuchelmörder keine Spur. «Er ist weg.»

«Sieht aus, als hätte er es eilig gehabt», sagte Tristo und zeigte auf eine Truhe in der Ecke, die offenstand. Darin fanden sie einige Hemden, ein Paar Stiefel und einen Tiegel. William schraubte den Deckel des Tiegels ab. Er war leer, bis auf einen winzigen Rest einer dickflüssigen schwarzen Substanz, die an den Wänden des Behältnisses klebte. William schnupperte daran.

«Gift», sagte er. «Carlos war tatsächlich hier.»

«Was macht ihr beiden hier oben?», rief eine Stimme von der Tür. William drehte sich um und sah den Mann von unten unsicher von einer Seite auf die andere wanken. «Wenn ihr ein Zimmer wollt, müsst ihr bezahlen.»

«Wir suchen jemanden», sagte William. «Einen Spanier, ein bisschen kleiner als ich, mit dunklem Haar.»

«Carlos», lallte der Gastwirt. «Hat gesagt, er würd nach Hause fahren. Hat gesagt, seine Arbeit hier sei erledigt.»

«Hat er sonst noch etwas gesagt?», fragte Tristo.

Der Wirt lehnte sich an den Türpfosten und kratzte sich die Nase. «Ja», sagte er schließlich. «Er hat gesagt, es hätte keinen Sinn, sein Leben zu riskieren, um jemanden umzubringen, der sowieso sterben würde. Er hat gesagt, die Stadt sei dem Untergang geweiht und wir würden alle verrecken.»

* * *

Mitternacht war längst vorbei, doch Sofia konnte nicht schlafen. Sie stand am Fenster ihres Gemachs und ließ den Blick über die Stadt schweifen, die einzige Heimat, die sie je gekannt hatte. Sie trug eine Lederhose, ein Kettenhemd und Stiefel. Ihr Schwert hing an ihrer Seite. Sie war bereit zu kämpfen, bereit zu fliehen, wenn es sein musste. Doch sie konnte sich immer noch nicht vorstellen, Konstantinopel zu verlassen. Sie versuchte sich die Stadt voller türkischer Soldaten vorzustellen, den Marktplatz erfüllt vom Klang türkischer Stimmen.

Sofia hörte, wie die Tür zu dem Geheimgang aufging, und als sie sich umdrehte, sah sie Longo in der Tür stehen. Er trug ein Kettenhemd und darüber einen massiven Brustharnisch. Sofia lächelte, als sie auf ihn zuging, dann runzelte sie die Stirn.

«Du solltest auf den Mauern sein», sagte Sofia zu ihm.

«Ich musste dich sehen», erwiderte Longo. «Abgesehen davon werden die Glocken läuten, lange bevor der letzte Angriff beginnt.»

«Ich bin froh, dass du hergekommen bist.» Sie küsste Longo, und er drückte sie an sich. Eine Sekunde lang verlor Sofia sich in diesem Kuss, in Longos Armen geborgen. Dann löste sie sich aus seiner Umarmung. «Sag mir die Wahrheit», sagte sie. «Gibt es Hoffnung? Kann die Stadt gerettet werden?»

«Die Mauern sind stark. Unsere Waffen sind überlegen.»

«Aber können wir sie schlagen? Lüg mich nicht an.»

«Ich weiß es nicht», sagte Longo und schüttelte den Kopf. «Die Türken sind weit in der Überzahl, und unsere Männer sind des Kämpfens müde. Aber ich glaube, wir können gewinnen. Wir müssen gewinnen.»

«Ich befürchte das Schlimmste», sagte Sofia und wandte

sich ab. Sie schauderte und schlug die Arme um den Oberkörper, als wäre ihr plötzlich kalt. Longo umarmte sie. «Du weißt, welches Schicksal uns Frauen erwartet, wenn die Stadt fällt», sagte sie. Longo nickte. «Ich bringe mich um, bevor ich mich von den Türken schänden lasse, oder ich sterbe im Kampf.»

«Nein», sagte Longo und drehte Sofia um, damit sie ihn ansah. «Du musst gut auf dich achtgeben, Sofia. Kämpf, wenn du musst, aber kämpf, um zu überleben. Ich muss wissen, dass du, egal was geschieht, auf mich wartest. Ich bin nach Konstantinopel gekommen, um gegen die Türken zu kämpfen, doch das ist nicht der Grund, warum ich jetzt kämpfe. Ich kämpfe für dich, für uns.»

«Und wenn die Stadt fallen sollte … wenn du sterben solltest …»

«Dann musst du dich in Sicherheit bringen. Du bist eine Prinzessin. Es kann sein, dass du nach dieser Schlacht die Letzte der Familie bist. Das Schicksal des Römischen Reiches liegt in deinen Händen, und dein Leben ist nichts wert, wenn man dich findet», sagte Longo. «Ich schicke William, damit er dir hilft. Wenn du die Glocken läuten hörst, dann ist die Stadt gefallen. Dann musst du so schnell wie möglich auf mein Schiff gehen. Wenn es dir gelingt, über das Goldene Horn in den Hafen von Pera zu gelangen, bist du in Sicherheit.»

«Ich gehe nicht ohne dich.»

«Ich bete zu Gott, dass du das nicht musst», sagte Longo. «Aber wenn ich sterbe …». Er verstummte, denn draußen fingen die Glocken der Stadt an zu läuten. «Ich muss gehen», sagte Longo. «Denk daran, wenn die Stadt fällt, musst du versuchen, nach Pera zu gelangen. Warte nicht auf mich.»

Longo wandte sich ab, um zu gehen, doch am Eingang zum Geheimgang hielt Sofia ihn auf. Sie nahm seinen Kopf zwischen beide Hände und küsste ihn. Er legte seine Arme um ihre Taille und zog sie an sich. Sofia stiegen Tränen in die Augen, und sie klammerte sich fest an Longo, als wollte sie sich für immer einprägen, wie er sich anfühlte, wie seine Lippen schmeckten. Schließlich löste sie sich und blickte ihm in die Augen. «Ich liebe dich», flüsterte sie. «Denk daran, wenn du auf den Mauern bist.»

«Ja», sagte Longo, drehte sich um und ging. Sofia wartete, bis das Licht seiner Fackel verschwunden und seine Schritte in dem dunklen Gang verhallt waren. Erst dann ließ sie den Tränen freien Lauf. Zornig wischte sie sie weg. Sie würde nicht um Longo weinen, nicht, solange er noch lebte.

Sofia schloss die Tür zu dem Geheimgang und trat ans Fenster. Die Glocken läuteten noch, und in den Straßen sah sie die Männer zu den Mauern eilen. Plötzlich spürte Sofia einen stechenden Schmerz im Bauch, dann noch einen. Sie hatte gut über einen Monat nicht geblutet, doch erst jetzt war sie sich sicher. Sie legte die Hand auf ihren Leib, und diesmal versuchte sie nicht, ihre Tränen zurückzuhalten.

DREIUNDZWANZIG

Montag, 28. Mai 1453 – Konstantinopel
58. Tag der Belagerung

Bis zum Sonnenaufgang waren es immer noch mehr als drei Stunden, als Longo die äußere Mauer des Mesoteichions bestieg. Es war kein Mond am Himmel, und die Nacht war finster. Fackeln waren in regelmäßigen Abständen an den Mauern angebracht, ihr Licht fiel auf Hunderte bewaffnete Männer. Einige knieten im Gebet da, während andere ihre Schwerter schärften oder leise mit Freunden sprachen, einander die Nachrichten anvertrauten, die sie den Lieben zu Hause überbringen sollten, falls sie in der Schlacht fielen. Dutzende unbewaffnete Männer waren eifrig dabei, Felsbrocken die Wand hochzuschaffen, die als Geschosse für die Kanonen gebraucht wurden. Longo erkannte unter ihnen Nicolo, seinen Haushofmeister.

«Nicolo!», rief er. Der drehte sich um und ließ den schweren Stein fallen, den er getragen hatte. Longo hatte Nicolo seit dem Beginn der Belagerung kaum gesehen, doch der rundliche Haushofmeister hatte sich nicht verändert. Er schien, trotz der knappen Lebensmittelversorgung in der Stadt, sogar eher noch an Gewicht zugelegt zu haben. «Wo warst du die ganze Zeit?», fragte Longo.

«Ich habe natürlich Euch gedient, Signore», antwortete Nicolo. «Schließlich muss sich jemand um Eure geschäftlichen Angelegenheiten kümmern, während Ihr mit Kämpfen beschäftigt seid.»

«Meine geschäftlichen Angelegenheiten?»

«Im Krieg kann man immer Geld verdienen, Signore», entgegnete Nicolo. «Es gib mehrere Kornhändler ...»

Longo hielt eine Hand hoch, um ihm das Wort abzuschneiden. «Ich will es gar nicht wissen», sagte er. «Ich bin nur froh zu sehen, dass du dich am Ende nützlich machst.»

«Hm. Die zwei da haben mich dazu gezwungen», sagte Nicolo und zeigte auf William und Tristo, die ein Stück entfernt auf der Mauer standen.

«Dann mach weiter», sagte Longo zu Nicolo. «Und sobald die Schlacht beginnt, gehst du zurück auf die *Fortuna* und machst sie zum Ablegen bereit. Diese Schlacht ist nichts für dich, Nicolo.»

«Ganz Eurer Meinung, Signore», sagte Nicolo, doch Longo war schon an ihm vorbei, eilte zu Tristo und William. Tristo, groß und kräftig wie eh und je, sprach mit einem der Kanoniere. Sein riesiges Schwert steckte in einer Scheide, die er quer über den Rücken trug, und in der Hand hielt er eine gewaltige Streitaxt. William stand neben Tristo. Er rief den Männern unten zwischen den Mauern Befehle zu und sagte ihnen, wo sie die Blendungen, tragbare Holzwände, aufstellen sollten. William war von einem linkischen, hageren Ausreißer, der Longo vor fünf Jahren über den Weg gelaufen war, zu einem muskulösen, schlanken Mann und selbstsicheren Anführer herangewachsen.

«Was gibt es Neues, William?», fragte Longo. «Wie geht es den Männern?»

«Sie sind guten Mutes», sagte William. «Ich habe die meisten mit Lanzen auf der Mauer postiert, um die Angreifer abzuwehren. Wie Ihr befohlen habt, halte ich hundert Männer in Reserve, die als Bogenschützen einspringen und die Löcher, die sich auftun, stopfen.»

«Und die Kanonen, Tristo?», fragte Longo.

«Die Kanonen sind bereit und geladen, aber wir müssen sie klug einsetzen», antwortete Tristo. «Wir haben ziemlich viele Steine als Geschosse zusammengetragen, aber unser Pulvervorrat wird nicht weit reichen. Wir haben genug für rund dreißig Runden, mehr, wenn wir die Kanonen nur halb laden, sobald die Türken näher gekommen sind.»

«Macht es so», sagte Longo. «Und lass die Männer erst schießen, wenn die Türken an den Mauern sind.» Longo sah in die Richtung, aus der die Türken kommen würden. Die Ebene lag dunkel und leer da. Dort, wo die vielen tausend Lichter des türkischen Lagers hätten sein sollen, war nichts – nur hier und da eine einsam flackernde Fackel. «Wo sind sie?»

«Die Beobachtungsposten haben gesehen, wie sie sich formiert haben, und dann gingen im türkischen Lager die Lichter aus. Da wurden die Glocken geläutet», sagte William. «Sie kommen. Wartet nur.»

«Du hast deine Sache gut gemacht, William», sagte Longo. «Doch jetzt muss ich dich um etwas anderes bitten. Und ich fürchte, du wirst nicht begeistert sein.»

«Egal, ich werde es tun.»

«Ich bitte dich, die Mauern zu verlassen», sagte Longo zu ihm. «Geh zu Prinzessin Sofia und beschütze sie.»

«Aber mein Platz ist hier!», protestierte William. «Ich bin es meinem Onkel und meinen Freunden schuldig, ihren Tod zu rächen.»

«Das Leben ist nicht nur Rache, William. Wie viele Türken hast du schon getötet? Zwanzig? Dreißig? Glaub mir: Egal, wie viele du umbringst, dein Zorn wird nicht vergehen. Dein Schmerz wird nicht vergehen.» Longo packte William an den Schultern. «Du hast eine Frau. Denk an sie. Wir alle müssen das beschützen, was uns am kostbarsten ist. Ich bitte dich als Freund, William, Sofia für mich zu beschützen.»

William wandte mit fest zusammengebissenen Zähnen den Blick ab. Schließlich nickte er. «Gut.»

«Danke», sagte Longo. «Wenn die Glocken läuten, die den Rückzug bedeuten, bring sie an Bord der *Fortuna* und segelt nach Pera.» William nickte noch einmal. «Viel Glück, William. Möge Gott mit dir sein», sagte Longo und nahm ihn in die Arme.

«Und mit Euch», sagte William.

«Sorg dafür, dass du am Leben bleibst», sagte Tristo und umarmte William. «Ich habe beim Würfeln noch Geld von dir zurückzugewinnen.»

«Nicht, wenn ich es verhindern kann», entgegnete William grinsend. Tristo und Longo sahen zu, wie er von den Wällen hinunterstieg und durch das Tor der inneren Mauer ging. Einen Augenblick später tauchte durch dasselbe Tor der Kaiser auf, gefolgt von Dalmata und der Warägergarde. Die Männer in dem Hof zwischen den beiden Mauern knieten sich hin und riefen, als Konstantin an ihnen vorbeischritt: «Heil Konstantin!», und: «Lang lebe der Kaiser!» Longo ging, um ihn auf dem Damm, der auf die äußere Mauer führte, zu treffen.

«Seid gegrüßt, Kaiser», sagte Longo. «Seid Ihr gekommen, um die Truppen zu inspizieren?»

«Nein, Signore», antwortete Konstantin. «Ich bin gekommen, um zu kämpfen.»

«Ihr wärt anderswo sicherer. Die Türken werden ihren Angriff auf diesen Punkt konzentrieren.»

«Deswegen bin ich hier», sagte Konstantin. «Wenn wir das Mesoteichion halten, können wir Konstantinopel retten.»

«Aber wenn Ihr fallt, ist alles verloren», beharrte Longo. «Das Risiko ist zu groß.»

«Wenn wir diese Schlacht gewinnen wollen, müssen wir alles riskieren, und sei es mein Leben», sagte Konstantin. «Sind die Männer alle hier?»

«Ja», sagte Longo. «Bis auf ein oder zwei Nachzügler.»

«Gut. Dann lasst die Tore der inneren Mauer schließen», befahl Konstantin.

«Aber, mein Herr, wenn die Tore geschlossen sind, wie wollen wir dann im Notfall den Rückzug antreten?», fragte Dalmata.

«Es wird keinen Rückzug geben. Schließt die Tore.»

\# # #

Mehmed stand auf den türkischen Wällen und schaute über die Ebene zu den Mauern von Konstantinopel, die von Fackeln beleuchtet aus der Dunkelheit ragten. Er lächelte. Diese Mauern würden heute, nach tausend Jahren, fallen. Heute würde sich sein Schicksal entscheiden. Mehmed dachte daran zurück, wie er neun Jahre zuvor vom Thron vertrieben und nach Manisa geschickt worden war, um dort zu versauern. Damals hatten die Generäle über ihn gelacht und ihn «Mehmed, den Gelehrten» genannt. Nach dem heutigen Tag würde nie wieder jemand über ihn lachen.

Mehmed drehte sich zu den Generälen um, die unter dem Licht einer einzelnen Fackel um ihn herum versammelt waren. «Sind die Männer in Position, Ulu?», fragte Mehmed.

«Ja, mein Herr», antwortete Ulu.

«Dann gebt das Zeichen, die Kanonen abzufeuern. Nachdem sie ihre Arbeit getan haben, könnt Ihr Eure Başi Bozuks vorschicken, Mahmud Pascha.»

Mahmud Pascha verbeugte sich. «Vielen Dank, mein Herr, dass Ihr mir die Ehre des ersten Angriffs überlasst.»

«Und was ist mit der anatolischen Kavallerie?», fragte Ishak Pascha. «Meine Männer warten nicht seit zwei Monaten, nur um zuzusehen, wie die Başi Bozuks ihnen den Ruhm streitig machen.»

«Geduld, Ishak», antwortete Mehmed. «Heute wird es genug Ruhm für alle geben. Für Euch und Eure Männer habe ich etwas ganz Besonderes im Sinn.»

* * *

Die Soldaten um Longo waren still geworden, während sie nervös darauf warteten, dass der türkische Angriff begann, so still, dass Longo das Zischen der Lunte hören konnte, die neben der Kanone in der Nähe brannte. Die Stille wurde vom Donnern der türkischen Kanonen unterbrochen. Sie wurden alle auf einmal abgefeuert, Dutzende von Stichflammen durchdrangen auf den türkischen Wällen die Dunkelheit. «Geht in Deckung!», schrie Longo und duckte sich hinter der niedrigen Steinbrüstung, die die äußere Mauer nach vorn begrenzte. Eine Sekunde später schlugen mehrere Geschosse ein, und er spürte, wie die Mauer unter ihm wankte. Zwanzig Fuß rechts von ihm bebte ein gut zehn Fuß breiter Abschnitt der Mauer, stürzte dann nach außen und riss eine Kanone mit sich. Zurück blieb nur ein Haufen Erde und Geröll.

«Bringt die Blendungen vor!», rief Longo den Männern zu, die in Reserve hinter der Mauer standen. «Schließt die Lücke!» Die Männer nahmen zwei der Holzwände und rückten sie an Ort und Stelle. Sie waren jedoch kaum damit fertig, da wurde eine Holzwand von einer Kanonenkugel getroffen und explodierte in Tausende Holzsplitter. Einige Männer wurden getroffen und gingen unter Schmerzensschreien zu Boden. Weitere Männer eilten vor, um sie in Sicherheit zu ziehen, während eine weitere Blendung nach vorne geschafft wurde.

«Noch ein paar davon, und wir sind erledigt!», rief Tristo, während die Kanonen weiterdonnerten.

«Du hast recht», stimmte Longo ihm zu. «Nimm alle Männer von der Mauer, außer die Kanoniere. Sie sollen am Fuß der Mauer in Deckung gehen.» Tristo nickte und eilte davon. Innerhalb weniger Minuten war die Mauer um Longo herum leer. Er war allein, kauerte hinter der niedrigen Brüstung, während die Mauer unter ihm zitterte. Schließlich schwiegen die türkischen Kanonen.

Sofort stand Longo auf und spähte in die Dunkelheit. Er sah nichts, doch als seine Ohren sich von dem Krach des Bombardements erholt hatten, hörte er die Tausende marschierende Füße. «Zurück auf die Mauer!», rief er den Männern unten zu. «Sie kommen!» Er hatte die Worte kaum ausgesprochen, da hörte er aus der Dunkelheit plötzlich das Geheul: «Allah! Allah! Allah!»-Rufe, außerdem Trommelschläge und jammernde Schalmeien. Der Lärm wurde immer lauter, und immer noch sah Longo nichts. Ein nervöser Kanonier zündete seine Kanone und feuerte einen Schuss in die Dunkelheit. «Haltet euch zurück, verdammt!», brüllte Tristo. «Wartet, bis sie in Reichweite sind!»

Der Lärm der anstürmenden Türken wurde ohrenbetäubend. Schließlich waren sie zu sehen, nur zwanzig Klafter von den Mauern entfernt. Eine bunte Mischung, alte Rüstungen, einige führten Säbel und Lanzen mit, während andere mit Sensen oder Heugabeln bewaffnet waren. Longo erkannte, dass es die Başi Bozuks waren, unausgebildete Bauern, die den Großteil der türkischen Armee ausmachten. Was ihnen an Ausbildung fehlte, machten sie jedoch leicht an Tapferkeit wett. Es waren Tausende.

«Bogenschützen!», brüllte Longo, indem er sich umdrehte. «Jetzt!» Longo hörte, wie Hunderte Pfeile über seinem Kopf durch die Luft zischten. Dutzende von Başi Bozuks gingen zu Boden. Longo sah einen Pfeil die Brust eines Türken durchstoßen und in die Leiste des Mannes dahinter einschlagen. Er sah einen riesigen Berg von einem Mann, dessen gewaltiges Kriegsgeschrei von einem Pfeil abgeschnitten wurde, der ihn an der Kehle traf. Das Gebrüll der Başi Bozuks war jetzt durchsetzt von gequälten Schmerzensschreien, doch der türkische Sturm geriet nicht ins Stocken. Sie waren jetzt so nah, dass Longo einzelne Gesichter erkennen konnte: ein alter Mann mit weißem Haar und wildem Blick, das Gesicht von zahllosen Kampfnarben entstellt, ein Bauer mit nacktem Oberkörper, der seine Heugabel schwang und dem ein Pfeil in der Schulter steckte, ein Junge, kaum älter als zwölf, schwang einen Säbel, den er kaum von der Stelle bekam. Die ersten Başi Bozuks hatten die Mauer erreicht und stürmten gegen die Blendungen an, die die Bresche schlossen. Christen oben auf der Mauer auf beiden Seiten der Bresche stießen Lanzen nach unten, und vor den Blendungen häuften sich bald die Toten.

Die Türken stellten dort, wo Longo stand, Sturmleitern an die Mauer. Longo schubste eine Leiter weg, und die Türken, die daran hochstiegen, fielen rücklings hinunter und wurden von ihren Kameraden zertrampelt. Longo schaute auf beiden Seiten die Mauer hinunter. Überall stiegen Türken mit Leitern an der Mauer hoch. «Die Kanonen!», schrie Longo. «Feuer!»

Entlang der ganzen Mauer feuerten die christlichen Kanonen und spuckten steinerne Geschosse in die Masse der

Türken. Das Blutbad war ebenso erhebend wie abstoßend. Die Steine knallten durch Schilde und rissen Rüstungen entzwei, als wären sie aus Stoff. Longo sah, wie ein faustgroßer Stein den Säbel eines Türken in zwei Stücke zerbrach, bevor ein weiterer Stein ihm den Kopf vom Rumpf trennte. Es war ein Höllenszenarium, zerfetzte Körper schlugen auf den blutgetränkten Boden. Der türkische Ansturm erlahmte ein wenig, als die Başi Bozuks ganz vorne an den Mauern sich umdrehten, um den Rückzug anzutreten, doch hinter ihnen schoben die Kameraden sie weiter nach vorne, hinein in die gefräßigen Schlünde der christlichen Kanonen. Die Başi Bozuks mühten sich über die Leichen ihrer gefallenen Kameraden hinweg, nur um selbst niedergemetzelt zu werden. Schließlich schienen es weniger zu werden. Longo streckte einen Türken nieder, dem es gelungen war, die Mauer zu ersteigen, schob eine letzte Leiter weg und hielt inne. Es gab keine Leitern mehr, die umzustoßen waren, keine Türken mehr zu bekämpfen. Die letzten Başi Bozuks hatten den Rückzug angetreten, verließen ein von den Leichen Tausender türkischer Kämpfer gepflastertes Schlachtfeld. Die christlichen Truppen jubelten. Longo sah, dass Konstantin über die Mauer näher kam.

«Wir haben es geschafft!», rief Konstantin. «Sie ziehen sich zurück!»

«Das war nur die erste Front, um zu prüfen, wie sicher die Mauern stehen», entgegnete Longo. «Sie werden zurückkehren.» Er wandte sich Tristo zu, der wenige Schritte weiter Blut von seiner Axt wischte. «Wie viele Männer haben wir verloren?»

«Keine fünfzig», antwortete Tristo.

«So wenige!», jubelte Konstantin. «Und seht, sie sind zu Tausenden gefallen.»

«Ja», brummte Tristo. «Aber das ist noch nicht alles. Wir haben kein Pulver mehr. Unsere Kanonen sind jetzt nutzlos.» Wie um seine Aussage zu unterstreichen, wurde mit einem gewaltigen Knall eine türkische Kanone abgefeuert. Die Mauer bebte, als die Kanonenkugel einschlug. Das türkische Bombardement hatte wieder angefangen.

* * *

Gennadius hatte Eugenius befohlen, zu den Stadtmauern zu gehen, sobald die Glocken vom türkischen Angriff kündeten. Jetzt marschierte Eugenius, in einen Kettenpanzer gekleidet, zu den Mauern, gefolgt von einem Dutzend angeheuerter Diebe, die ähnlich gekleidet waren. Er blieb vor einem hohen, runden Turm stehen, dort, wo die Doppelmauer auf die einfache Blachernen-Mauer traf. Eugenius wusste, dass in dem Turm die Kerkoporta lag – eine kleine Ausfallpforte, die vor die Mauern führte.

Eugenius trat ein. Das Erdgeschoss des Turms war leer und dunkel. Es gab keine anderen Türen oder Fenster. Auf einer Seite des Turms führte eine Treppe zum oberen Stock, auf der anderen Seite eine nach unten. «Folgt mir», sagte Eugenius und ging voran nach unten.

In der unteren Etage drängten sich ein Dutzend Soldaten. Sie gruppierten sich um eine dicke Holztür, die mit Eisenbeschlägen verstärkt worden war – die Kerkoporta. Drei gewaltige Baumstämme lagen quer über der Tür, um sie gegen einen Ansturm von außen zu wappnen. Ein großer, muskulöser Mann lehnte an der Tür. Die Soldaten waren alle Griechen, und das war gut. Mit denen kommt man leichter klar als mit Lateinern, dachte Eugenius.

«Wer hat hier das Kommando?», fragte Eugenius.

«Ich», sagte der Mann, der an der Tür lehnte.

«Deine Männer werden auf dem Mesoteichion gebraucht», erklärte Eugenius.

«Der Kaiser persönlich hat uns befohlen, hierzubleiben und die Kerkoporta zu bewachen», erwiderte der griechische Anführer.

«Meine Männer und ich sind hergeschickt worden, um die Tür zu sichern», entgegnete Eugenius. «Wir waren an den Kanonen, aber das Pulver ist uns ausgegangen. Wir sind kaum bewaffnet und können auf dem Mesoteichion nicht viel ausrichten. Da werden tapfere Männer in starken Rüstungen gebraucht.»

Skeptisch betrachtete der griechische Anführer den zwielichtigen Haufen hinter Eugenius, doch schließlich nickte er. «Gut», sagte er. «Wir gehen dahin, wo wir gebraucht werden. Bewacht die Tür gut, und wenn es Probleme gibt, holt Hilfe herbei. Egal, was ihr tut, lasst die Türken nicht herein.»

«Wir kämpfen bis zum Tod», sagte Eugenius. Der griechische Kapitän führte seine Männer die Treppe hinauf, und als der letzte verschwunden war, wandte Eugenius sich den Dieben zu. «Helft mir, die Tür aufzuriegeln», befahl er ihnen.

«Aber der Kapitän hat gesagt, wir sollen niemanden durchlassen», sagte ein dünner Kerl mit pockennarbigem Gesicht.

«Du wirst nicht fürs Denken bezahlt», fuhr Eugenius ihn an. «Wenn du das Geld willst, das ich dir versprochen habe, tust du, was ich dir sage.» Der Mann nickte und machte sich an die Arbeit, half Eugenius, die schweren Baumstämme, die die Tür verrammelten, aus ihren Halterungen zu hieven. Dann riegelte Eugenius die Tür auf und öffnete sie. Im Zwielicht sah er die Mauer, die sich bis zum Meer erstreckte. Tote und verletzte Türken lagen überall unterhalb der Mauer auf dem Boden. Der Kampf schien für den Augenblick unterbrochen worden zu sein, doch Eugenius konnte das laute Donnern der türkischen Kanonen hören. Er schloss die Tür wieder, verriegelte sie jedoch nicht.

«Gehen wir», sagte Eugenius zu den Dieben. «Zur Zisterne, da krieg ihr euren Lohn.»

«Aber wir können die Tür doch nicht unverriegelt lassen», sagte der Pockennarbige. Die anderen nickten zustimmend.

«Ihr tut, was ich euch sage», befahl Eugenius.

«Ich werde weder meinen Kaiser verraten noch meine Stadt», sagte der Pockennarbige trotzig.

«Gut», entgegnete Eugenius, zückte sein Schwert und durchschnitt dem pockennarbigen Dieb augenblicklich die Kehle, bevor der Unglückliche seine Waffe auch nur halb aus der Scheide hatte ziehen können. Der Mann fiel zu Boden, keuchte und zuckte, während sein Blut sich auf dem Steinboden zu einer Lache sammelte. Die anderen zogen ihre Waffen. «Wenn ihr gegen mich kämpft, ist er nicht der Letzte von euch, der stirbt», sagte Eugenius. «Und was bekommt ihr vom Kaiser für eure Tapferkeit? Nichts. Aber wenn ihr tut, was ich sage, dann werdet ihr erstens am Leben bleiben und zweitens reich entlohnt werden. Also, was wollt ihr?»

Die Diebe sahen einander an, und dann steckte einer nach dem anderen seine Waffe wieder ein. «Eine kluge Entscheidung», sagte Eugenius. «Und jetzt kommt. Sehen wir zu, dass ihr eure Belohnung bekommt.»

* * *

Die Sonne war noch nicht aufgegangen, doch der Himmel hatte sich schon so weit aufgehellt, dass Longo die türkischen Kanonen auf den fernen Wällen gerade so erkennen konnte. Die Kanonen waren eine halbe Stunde lang ununterbrochen abgefeuert worden, und mit jedem Geschoss, das einschlug, war die Mauer unter Longo erbebt. Er wandte sich um und sah den Männern unten zu. Sie stellten Blendungen in einer langen Reihe zwischen der inneren und der äußeren Mauer auf. «Schiebt die Blendungen näher zusammen!», befahl Longo.

Tristo kam auf ihn zu. «Die Lanzenträger sind bereit», erklärte er Longo. «Wenn die Kavallerie durchbricht, wissen sie, was sie zu tun haben.»

«Gut», sagte Longo. «Und der Kaiser? Ist er in Sicherheit?»

«So gut es geht», sagte Tristo. «Er ist hinter der Barriere aus Blendungen, zusammen mit Dalmata und der Warägergarde.»

«Gut», sagte Longo und wandte sich wieder seinen Männern zu, um ihnen noch ein paar Befehle zuzurufen. In diesem Augenblick wankte die Mauer gewaltig unter seinen Füßen. Longo und Tristo sprangen gerade noch rechtzeitig hinunter, bevor sie einbrach und Geröll, Steine und Balken in alle Richtungen flogen.

Als sich der Staub legte, sah Longo, dass ein zehn Klafter langer Abschnitt der Mauer eingebrochen war. Die anatolische Kavallerie war aus den türkischen Reihen ausgebrochen und hielt in vollem Galopp auf die Bresche in der christlichen Verteidigung zu. Sie würden in wenigen Sekunden bei ihm sein. Er spürte, wie er an den Schultern gepackt und auf die Füße gezerrt wurde. Als er sich umdrehte, stand Tristo neben ihm. «Kommt!», brüllte Tristo. «Lauft!»

Sie drehten sich um und liefen zu den Blendungen. Longo hörte die donnernden Hufe näher kommen. Eine Reihe christlicher Lanzenträger trat vor die Blendungen und stützte die Enden ihrer langen Lanzen auf dem Boden auf, um eine Wand aus Lanzen zu schaffen. Longo lief, so schnell er konnte. Fast spürte er schon die Spitze einer türkischen Lanze im Rücken. Und dann waren Tristo und Longo durch die christliche Linie und in Sicherheit.

Eine Sekunde später erreichte die voranstürmende türkische Kavallerie die Mauer aus Lanzen. Die besseren Reitern ritten einen Bogen, um nicht in die Lanzenspitzen zu stürmen. Andere wurden abgeworfen, als ihre Pferde sich aufbäumten. Wieder andere wurden von den Lanzen getroffen. Innerhalb von Sekunden waren nur noch verängstigte, reiterlose Pferde und niedergetrampelte Männern zu sehen. Aus den christlichen Reihen stieg Jubel auf.

«Sachte, Männer!», schrie Longo. «Die kommen wieder!» Und tatsächlich formierte sich die anatolische Kavallerie rasch wieder, und immer mehr Reiter drängten vor. Diesmal näherten sie sich langsamer und schossen Pfeile ab. Immer mehr Lanzenträger fielen von den Pfeilen getroffen zu Boden, und die Anatolier drängten sich durch die Lücken. «Hinter die Blendungen!», schrie Longo. «Rückzug! Rückzug!»

Die Lanzenträger wichen durch die Lücken zwischen den Blendungen zurück, und die türkische Kavallerie drängte voran. «Jetzt!», schrie Longo. «Zündet sie an!» Er nahm eine Fackel und hielt sie an die nächste Blendung, die augenblicklich in Flammen aufging. Alle Blendungen waren mit flüssigem Feuer bestrichen worden, und als sie jetzt eine nach der anderen angezündet wurden, bildeten sie eine halbkreisförmige Mauer aus hoch aufzischenden Flammen. Angesichts der Feuerwand gerieten die Pferde der Türken in Panik. Die Pferde scheuten, und die Reiter wurden abgeworfen.

«Jetzt, Männer!», schrie Longo. «Stürmt voran!» Longo führte die Christen hinter den brennenden Blendungen heraus zwischen die Reiter. Den ersten Türken, der ihm über den Weg lief, zog er aus dem Sattel, tötete ihn und bestieg sein Pferd. Er ritt mitten hinein in die aufgelöste Truppe der Türken und holte nach beiden Seiten aus. Hinter ihm rückten die Lanzenträger durch die türkischen Reihen vor und holten einen Türken nach dem anderen von den verängstigten Pferden. Die Türken verloren Boden, zuerst langsam, dann immer schneller, bis sie vollständig den Rückzug antraten. Die Christen stürmten hinter ihnen her und drängten die Anatolier durch die Bresche in der Mauer zurück ins Feld, während am Horizont die Sonne aufging.

Longo zügelte sein Pferd. «Halt, Männer!», rief Longo. «Lasst sie laufen! Macht euch bereit, die Bresche gegen den nächsten Angriff zu verteidigen!»

«Gut gemacht, Signore!», sagte Konstantin, als er neben Longo ritt. «Die Sonne geht auf, und die Stadt steht noch. Dieser Tag wird als ruhmvoller Tag in unsere Geschichte eingehen.»

Longo schüttelte den Kopf. «Irgendetwas stimmt nicht», sagte er. «Sie haben mit kleinen Trupps angegriffen und sich zu schnell zurückgezogen. Es ist fast, als wären sie davon ausgegangen, dass die Kavallerie nichts ausrichten würde, als versuchten sie nur, uns abzulenken.»

* * *

Während der Großteil seiner Männer am Mesoteichion angriff, führte Ishak Pascha einen Trupp von dreihundert handverlesenen Soldaten der anatolischen Kavallerie weiter nach Norden. Als er auf die Kerkoporta zuritt, regnete es nicht nur Pfeile von der Mauer herunter, sondern auch pampelmusengroße Steine. Einer traf den Reiter zu seiner Rechten und zertrümmerte ihm den Schädel. Er war auf der Stelle tot. Ishak gab seinem Pferd die Sporen und ritt in den schmalen Spalt, wo die Seemauern hinter den letzten großen Turm der Doppelmauer führten. Die Kerkoporta war immer noch nicht zu sehen, und Ishak glaubte schon, man habe ihn umsonst losgeschickt. Dann sah er die Tür in der Mauer des Turms, ganz weit hinten in dem engen Spalt.

Ishak stieg ab und eilte darauf zu, während Steine um ihn niederprasselten. Er stemmte die Schulter gegen die Tür und drückte mit aller Kraft. Die Tür schwang auf, und Ishak stand in einem leeren, von einer einzelnen Fackel erhellten Raum. An der hinteren Wand führte eine Treppe nach oben. «Kommt!», rief Ishak seinen Männern zu, die hinter ihm hereindrängten. «Folgt mir!»

Ishak eilte die Treppe hinauf in einen weiteren leeren Raum. Und dann trat er hinaus in die Stadt. Zur Linken sah er den Palast des christlichen Kaisers. Vor ihm wanden sich leere Straßen weiter in die Stadt hinein. Ishak brauchte einen Augenblick, um sich zurechtzufinden. «Hier entlang, zum Mesoteichion!», befahl er und lief nach rechts an der Mauer entlang. Die meisten seiner Männer folgten ihm, doch zwei Dutzend blieben zurück. Sie schlugen den Weg zum Palast ein.

«Halt! Was macht ihr da?», rief Ishak hinter ihnen her.

«Ihr kämpft. Wir werden reich!», rief ein Mann zurück. Die Übrigen achteten einfach gar nicht auf Ishak.

«Sollen wir hinter ihnen her?», fragte einer von Ishaks Leutnants.

«Nein, lass sie ziehen. Wir werden woanders gebraucht.»

* * *

Sofia stand am Fenster ihrer Gemächer, während William auf einem Kissen saß und seinen Dolch gedankenverloren in den Händen wog. Das Fenster blickte über die Stadt, die Mauern waren von hier aus nicht zu sehen, doch sie konnte aus der Ferne den Schlachtenlärm hören. Die Kanonen waren vor einer Weile verstummt, und jetzt hörte sie nur ein dumpfes Brüllen, gelegentlich unterbrochen von einem Schrei, der bis zu ihr heraufdrang. Schließlich vernahm sie deutlich das Füßetrampeln vieler tausend marschierender Männer. Sie konnte von hier aus nicht sagen, was an den Mauern geschah, doch solange die Glocken nahe den Mauern nicht läuteten, wusste sie, dass die Mauern gehalten wurden und die christlichen Soldaten weiterkämpften. Doch die Glocken konnten ihr nicht verraten, ob Longo noch lebte.

Plötzlich war es still draußen. Sofia lauschte, aber nichts war zu hören. Dann vernahm sie hinter sich, aus dem Flur vor ihren Gemächern, Gebrüll auf Türkisch, gefolgt von dem entsetzten Schrei einer Frau. «Was war das?», fragte William.

«Türken! Sie sind im Palast», antwortete Sofia.

«Dann müssen die Mauern gefallen sein», sagte William. «Wir müssen zum Schiff.»

«Warte. Die Glocken haben noch nicht geläutet. Das ist

etwas anderes. Wenn die Türken in der Stadt sind, muss Longo gewarnt werden. Wir müssen …» Ein Hämmern an der Tür unterbrach sie. William und Sofia zogen sich in Sofias Schlafzimmer zurück, als die Tür zum Salon unter schweren Schlägen erzitterte. Dann splitterte das Holz um das Schloss herum, und die Tür flog auf. Sechs türkische Soldaten standen in der Tür.

«Was haben wir denn hier», sagte ihr Anführer mit einem anzüglichen Grinsen, als sein Blick auf Sofia fiel. «Es ist viel zu lange her, dass ich eine Frau hatte, besonders so eine hübsche.» Die anderen Türken brummten zustimmend, als sie in den Salon traten.

William zog sein Schwert und trat in die Schlafzimmertür. «Kommt nur her und holt sie, ihr Scheißkerle», knurrte er.

«Nein, es gibt noch einen anderen Weg», sagte Sofia und zog William von der Tür weg. «Folg mir.» Während die Türken auf das Schlafzimmer zueilten, führte Sofia William zu dem Geheimgang und drückte die Tür auf. Sie betraten den Gang, und Sofia schlug die Tür hinter ihnen zu. Die Türken schlugen gegen die Geheimtür. «Wir müssen uns beeilen», sagte Sofia.

Sie hatten kein Licht, also nahm sie William bei der Hand und führte ihn den dunklen Gang hinunter. Hinter ihnen wurde die Geheimtür eingetreten. Licht strömte in den Gang, und die Türken setzten ihnen nach. «Lauft!», schrie William. Sie hasteten den Gang hinunter. Sofia führte sie in einen Seitengang und an dessen Ende eine Wendeltreppe hinunter. Als sie unten ankamen, war es in dem Gang wieder pechschwarz. Sofia hörte, dass die Türken hinter ihnen herkamen. Sie führte William nach links und bog dann rechts in einen langen Flur. Sie kamen an eine Tür, und Sofia nestelte im Dunkeln an der Klinke. Schließlich drückte sie die Tür auf, und sie traten hinaus ins Morgenlicht. Als Sofia zurückschaute, sah sie, dass die Türken gerade den Gang hinter ihnen betreten hatten. Sie schlug die Tür zu.

«Schnell. Hier rüber», sagte William und eilte über die Straße zum nächsten Haus. Er trat die Tür ein, und sie gingen hinein und schlugen die Tür hinter sich zu. Sofia trat ans Fenster und spähte durch die geschlossenen Läden. Auf der anderen Straßenseite drängten die Türken aus dem Geheimgang auf die Straße. Nach kurzem Wortgefecht machten sie sich im Laufschritt auf den Weg zum Vordereingang des Palastes.

«Wir sind sicher», sagte Sofia. «Sie sind weg.»

«Kommt, wir müssen zum Schiff», sagte William.

«Nein, William», entgegnete Sofia. «Wir müssen Longo warnen, dass Türken in der Stadt sind. Unsere Männer können die Mauer nicht halten, wenn sie an zwei Fronten kämpfen müssen.»

William schüttelte den Kopf. «Wir können nichts tun, Prinzessin. Wenn die Türken in der Stadt sind, ist es zu spät, um Longo zu warnen.»

«Aber wir müssen es probieren.»

«Die Türken können jeden Augenblick zurückkommen», beharrte William. «Und ich habe Longo mein Wort gegeben, auf Euch aufzupassen.»

«Ich bin kein schwaches Mädchen, das deinen Schutz braucht», sagte Sofia mit blitzenden Augen. «Ich bin eine Prinzessin, und du tust besser, was ich dir sage. Geh, William. Warne Longo. Bis zu deiner Rückkehr bin ich hier in Sicherheit.»

«Sehr wohl», sagte William und öffnete die Tür, hielt jedoch noch einmal inne, bevor er ging. «Ich bin bald zurück», sagte er. «Wartet hier.» Sofia nickte, und William ging. Sie schloss die Tür hinter ihm, schob einen schweren Eichentisch davor und setzte sich darauf.

* * *

Longo stand dort, wo die äußere Mauer eingebrochen war. Im goldenen Morgenlicht konnte er Tausende von Janitscharen mit schwarzen Rüstungen in dichtgedrängten Kompanien auf die Mauern zumarschieren sehen. Longo drehte sich um. Eine Reihe christlicher Soldaten standen in der zehn Klafter breiten Bresche bereit, die in die Mauer geschlagen worden war. In der Mitte waren Konstantin und Dalmata von der Warägergarde umgeben. Die Männer links und rechts, Griechen, Italiener und Türken, die in Konstantinopel lebten, kämpften, um ihre Stadt zu verteidigen. Sie alle hatten sich an diesem Tag in der Schlacht bewährt, doch ihre Zahl war gering. Insgesamt gab es nicht genug Männer, die die Truppen am Mesoteichion hätten verstärken können. Es waren höchstens zehn Reihen Männer, die hier nun standen, und sie würden die bröckelnde Mauer gegen eine Streitmacht von Tausenden von Kriegern halten müssen.

Longo trat aus der Reihe und wandte sich an die Männer. «Bleibt standhaft, Männer!», rief er. «Dieser Angriff wird der letzte türkische Angriff sein. Wir haben keine Mauer mehr, von der wir kämpfen können, doch wenn wir kämpfen wie Männer, können wir sie schlagen. Wenn wir die Mauer hier verteidigen, wird der Tag unser sein. Seid ihr bereit zu kämpfen?» Die Männer brüllten zustimmend. «Dann kämpft. Kämpft für Konstantinopel!»

«Für Konstantinopel!», brüllten die Männer. «Für Konstantinopel!» In diesem Augenblick erschallte aus der Mitte der türkischen Reihen ein Horn, und die Janitscharen stürmten mit einem ohrenbetäubenden Brüllen vor, das die Schlachtrufe der Christen übertönte.

«Bleibt stark, Männer!», schrie Longo, zog seinen Säbel und hielt seinen Schild hoch. «Viel Glück», sagte er leiser zu Tristo, der zu seiner Rechten stand. «Es tut mir leid, dass ich dich hier hineingezogen habe.»

Tristo hob seine riesige Streitaxt. «Ich wüsste nicht, wo ich jetzt lieber wäre», meinte er grinsend. Dann verblasste sein Lächeln. «Ich habe einen Namen für mein Kind gewählt: Benito», sagte er. «Wenn ich falle, dann kümmert Euch für mich um ihn.»

«Ja, versprochen», versicherte Longo ihm.

Eine Sekunde später hielten die heranstürmenden Janitscharen zehn Klafter vor der christlichen Linie an und hoben Bogen und Armbrüste. «Schilde hoch, Männer!», schrie Longo, als die Janitscharen eine Salve Pfeile und Armbrustbolzen abschossen. Ein Pfeil grub sich in Longos Schild, und ein zweiter rutschte am Rücken seiner Rüstung ab. Der Mann zu seiner Linken fiel schreiend zu Boden, als sich ihm ein Armbrustbolzen ins Bein bohrte. Dann versiegte der Hagel, und brüllend stürmten die Janitscharen wieder vor. Sie brachen in die christliche Linie ein und trieben sie nach hinten. Longo konnte einige gute Hiebe anbringen, bevor der Druck der Türken so groß wurde, dass sein Säbel nichts mehr nutzte. Er war eingezwängt zwischen Tristo zu seiner Rechten und einem anderen Christen zur Linken und drohte zwischen zwei Janitscharen vor ihm und zwei Christen hinter ihm erdrückt zu werden. Die Schlacht war zu einem einzigen Gedränge und Geschiebe geworden, und im Augenblick lag der Vorteil bei den Türken.

«Schiebt, Männer!», schrie Longo. «Ihr dürft keinen Boden verlieren! Wenn sie durch die Bresche stoßen, sind wir verloren!» Die beiden Christen hinter Longo schoben ihm ihre Schilde in den Rücken und drückten ihn nach vorn. Die Christen mühten sich auf der ganzen Linie. Ihre Rüstungen aus schwerem Eisen schützten sie, während die Türken in ihrer leichteren Rüstung aus Leder und Kettenpanzer in dem Gewühl erdrückt wurden. Als die anführenden Janitscharen schließlich nicht mehr schoben, kam der türkische Vormarsch zum Halten. Aber keine Seite gab eine Handbreit nach. Immer mehr Janitscharen stießen zu dem Angriff hinzu, während die Christen standhielten. «Drückt weiter, Männer!», schrie Longo. «Wir halten sie!»

Dann entstand in den Reihen hinter Longo plötzlich ein Aufruhr. «Die Tore werden geöffnet!», schrie jemand. «Verstärkung! Es kommt Verstärkung!», schrie ein anderer. Bald brach die ganze christliche Linie in Jubel aus. Doch genauso schnell brach der Jubel wieder ab.

Die Männer hinter Longo machten Platz, und er schaute nach hinten, um zu sehen, was passiert war. «Heilige Muttergottes!», fluchte er, denn die Tore waren nicht für Verstärkung geöffnet worden. Türken drängten herein und griffen die Christen von hinten an. Unter dem Druck von beiden Seiten löste sich die christliche Linie bald auf. Longo und mit ihm Tristo, Konstantin, Dalmata und sechs Mitglieder der Warägergarde waren isoliert. Sie bildeten einen Kreis um Konstantin. Türken umdrängten sie, begierig auf den Ruhm, den Kaiser niederzuschlagen.

Longo kämpfte, mit Tristo auf der einen und Dalmata auf der anderen Seite. Tristo hatte seine Axt fallen gelassen und schwang jetzt sein riesiges, vier Fuß langes Schwert. Es drang durch Leder so leicht wie durch Eisen, zertrümmerte mit jedem Schlag feindliche Klingen und trennte Köpfe ab.

Dalmata kämpfte mit einem kurzen Krummsäbel in jeder Hand, parierte und setzte tödliche Hiebe. Longo kämpfte mit seinem dünnen, leicht gebogenen asiatischen Säbel und einem kleinen Schild.

Neben Dalmata wurde ein warägischer Wachmann von einer Lanze durchbohrt und ging zu Boden. Die Gruppe schloss die Lücke und bildete einen noch engeren Kreis. «Lange halten wir das so nicht mehr durch!», rief Tristo. «Wir müssen etwas tun!»

«Wir müssen zum Tor gelangen!», rief Konstantin. «Wenn wir es halten können, haben wir immer noch eine Chance, die Stadt von der inneren Mauer aus zu verteidigen.»

«Zum Tor! Zum Tor!», brüllte Longo. Die Türken merkten jedoch rasch, was die Christen vorhatten. Als die christlichen Kämpfer sich dem Tor näherten, ordneten sich die Janitscharen neu. Sie drängten voran, angeführt von einem riesigen Janitscharen, der einen gigantischen Krummsäbel schwang. Kurz bevor die Welle der Janitscharen auf sie traf, erkannte Longo, dass der Mann Ulu war.

Die Janitscharen trieben einen Keil durch Longos Gruppe. Plötzlich war er allein und kämpfte um sein Leben. Er duckte sich unter einem Säbelhieb weg, dann blockierte er einen Lanzenwurf und wich zwei Türken aus, denen er sogleich die Bäuche aufschlitzte. Ein weiterer Janitschar stürzte sich auf ihn, er schrie immerzu: «Allah! Allah!», doch Longo duckte sich weg, rammte dem Türken die Schulter in den Bauch, richtete sich sofort wieder auf und stieß den Janitscharen zu Boden. Als er sich umwandte, um sich dem nächsten Widersacher zu stellen, schlug etwas in seine Brust ein, und er stolperte rückwärts. Als Longo an sich hinunterschaute, sah er das gefiederte Ende eines Armbrustbolzens aus seiner Rüstung ragen, direkt unter dem rechten Schlüsselbein. Schon sickerte Blut aus der Wunde und färbte seine Rüstung rot.

Der Janitschar, der den Bolzen abgeschossen hatte, hatte seinen Säbel gezogen, und jetzt trat er näher und hieb nach Longos Kehle, um ihn zu töten. Longo konnte den Schlag parieren, doch als die Klingen aneinanderschlugen, schoss ein mörderischer Schmerz durch Longos Brust. Er stolperte rückwärts und sank auf die Knie. Der Janitschar hob seinen Säbel, der jedoch augenblicklich zu Boden fiel, denn er war von hinten getroffen worden, beinahe in zwei Hälften zerteilt von Tristos riesigem Schwert. Tristo kniete sich neben Longo.

«Kommt, schaffen wir Euch hier raus», sagte Tristo.

«Tristo, hinter dir», flüsterte Longo und zeigte an seinem Freund vorbei auf Ulu, der über das Schlachtfeld auf sie zugeschritten kam. Tristo stand auf, um sich ihm entgegenzustellen.

«Keine Sorge», sagte Tristo. «Ich kümmere mich um den Burschen.»

Ulu packte einen anderen Janitscharen, der auf Tristo zulief, um gegen ihn zu kämpfen, und schob ihn zur Seite. «Der gehört mir», fuhr er ihn an. Die beiden großgewachsenen Männer taxierten einander zunächst einmal. Tristo war fast eine Handbreit größer als Ulu und kräftiger, doch während Tristo beleibt war, war der Janitscharen-Aga ein einziges Muskelpaket, ohne jegliches Fett am Leib. Ulu hielt seinen langen *yatagan* mit einer Hand und schwang ihn leicht von einer Seite zur anderen. Tristo hatte sein mächtiges Langschwert mit beiden Händen gepackt.

Ulu griff zuerst an, sprang mit überraschender Geschwindigkeit vor und richtete einen Hieb auf Tristos

Bauch. Tristo wehrte den Hieb mit seinem Schwert ab, wirbelte herum und ließ sein Schwert auf Ulus Kopf niedersausen. Ulu sprang nach hinten, um dem Schlag zu entkommen, und Tristo griff an, indem er von unten hoch nach Ulus Brust hieb. Der blockierte den Schlag, und ihre Klingen verkeilten sich, wodurch sich die beiden Männer plötzlich nah gegenüberstanden. Beide versuchten, den anderen wegzudrücken, schoben gegeneinander, mit zusammengebissenen Zähnen und vorquellendem Bizeps. «Du bist ein kräftiger Scheißkerl, was?», knurrte Tristo. «Aber je größer sie sind, desto leichter ist es für mich.» Damit rammte er Ulu die Stirn ins Gesicht und zog im selben Augenblick mit Wucht das Knie hoch, um den Janitscharen an seiner empfindlichsten Stelle zu treffen.

Ulu stolperte nach hinten und nahm seine Deckung herunter, und Tristo hieb nach seiner Brust. Einen Augenblick dachte Longo, der Hieb würde sitzen, doch dann fuhr Ulus Säbel hoch und fing den Schlag in letzter Sekunde ab. Trotzdem schlitzte Tristo Ulu an der Seite die Rüstung auf, die bald von Blut durchtränkt war. Die Verletzung schien Ulus Zorn jedoch nur noch anzustacheln. Brüllend griff er an und zwang Tristo mit einer Reihe schwerer Schläge zum Rückzug. Trotzdem konnte Ulu Tristos Deckung nicht überwinden. Dann machte Ulu einen Fehler. Als Tristo sich zurückzog, sprang Ulu zu weit vor und stolperte über eine Leiche am Boden. Tristo wollte ihm den Todesstoß versetzen, indem er ihm den Hals durchtrennte. Doch der Janitschar hatte nur so getan, als stolperte er. Ulu wich dem Schlag seitlich aus, schlug Tristo das Schwert aus der Hand und holte dann mit seinem Säbel in die entgegengesetzte Richtung aus. Er traf Tristo seitlich am Kopf und spaltete ihm den Schädel. Tristo war sofort tot.

Ein Schrei stieg aus Longos Kehle auf. Sein Herz klopfte wild, und Zorn durchfuhr ihn und betäubte den Schmerz in seiner Brust. Er stand auf, warf seinen Schild weg und packte seinen Säbel mit beiden Händen. Dann stürmte er vor. Ulu wartete auf ihn und holte in letzter Sekunde aus, um Longos Kopf zu treffen. Longo duckte sich weg und stieß nach Ulus Bauch. Ulu parierte, und ihre Klingen schlugen aneinander. Schmerz durchzuckte Longos Brust, und er ließ beinahe seinen Säbel fallen. Longo stolperte nach hinten, und Ulu nutzte die Situation und holte zu einem üblen, über Kopf geführten Schlag aus. Longo wich aus, indem er hochsprang, und als er wieder auf dem Boden aufkam, trat er Ulu mitten in die Magengrube. Ulu rührte sich kaum. Es war, als hätte Longo gegen eine Mauer getreten. Longo prallte zurück, kaum gelang es ihm, einem weiteren Hieb von Ulus *yatagan* auszuweichen. Die beiden Männer hielten inne und blickten einander in die Augen. «Das letzte Mal habe ich dich verschont», sagte Ulu. «Diesmal habe ich kein Erbarmen, Longo.»

«Ich auch nicht», knurrte Longo, und vor Schmerz biss er die Zähne zusammen. Er setzte Ulu mit einer Reihe rascher Stöße und Hiebe zu. Ulu verlor an Boden, doch Longo konnte seine Deckung nicht durchdringen. Immer wieder war Longo überzeugt, der nächste Hieb würde sitzen, doch jedes Mal fuhr Ulus *yatagan* in letzter Sekunde durch die Luft und fälschte Longos Schlag ab. Longo merkte, dass er schwächer wurde, doch dann sah er aus dem Augenwinkel den toten Tristo am Boden liegen. Beim Anblick seines gefallenen Freunds griff Longo mit neuem Zorn an. Er holte von oben aus, damit Ulu die Deckung senkte, und hieb unter Aufbietung aller Kräfte nach Ulus Kopf. Irgendwie wehrte Ulu auch diesen Schlag ab. Ihre Klingen verkeilten sich, und als die Männer sich gegenüberstanden, packte

Ulu mit der freien Hand den Bolzen, der in Longos Brust steckte, und drehte ihn. Longo keuchte auf vor Schmerz, die Knie gaben unter ihm nach, und für einen Augenblick sah er die Welt hinter einem trüben Schleier. Er kam gerade rechtzeitig wieder zu sich, um sich unter einem Hieb wegzuducken, der ihn enthauptet hätte.

Jetzt griff Ulu an, und jedes Mal, wenn Longo gezwungen war zu parieren, stöhnte er auf, denn rasende Schmerzen durchzuckten ihn. Er verlor stetig an Boden, sprang zur Seite und duckte sich, um nicht parieren zu müssen. Ulu hieb nach Longos Bauch, und als Longo diesmal nach hinten sprang, um aus dem Weg zu gehen, stieß er gegen die Stadtmauer. Jetzt konnte er nirgendwohin mehr ausweichen. Ulu hieb fest zu, und als Longo den Schlag parierte, verkeilten sich abermals ihre Klingen. Longo schrie auf vor Schmerz, als er sich gegen Ulu stemmte, doch dem kräftigen Janitscharen war er nicht gewachsen. Ulu drückte Longo gegen die rauen Steine der beschädigten Mauer, und die beiden Klingen bewegten sich immer weiter auf Longos Gesicht zu. «Auf Wiedersehen, alter Freund», sagte Ulu.

«Noch nicht», entgegnete Longo. «Das hier ist für Tristo.» Longo ließ seine Waffe los und ließ sich auf ein Knie fallen. Als Ulu über ihm nach vorne fiel, packte Longo den Armbrustbolzen in seiner Brust und riss ihn mit einem gewaltigen Schmerzensschrei heraus. Bevor Ulu das Gleichgewicht wiederfand, stand Longo auf und stach dem Janitscharen den Bolzen mit Wucht in den Hals. Ulu ließ seinen Säbel fallen und taumelte rückwärts, mit beiden Händen den Hals umklammernd. Er zog den Bolzen heraus, und Blut spritzte in einer Fontäne aus der Wunde. Einen Augenblick starrte Ulu auf den Bolzen, dann taumelte er ein paar Schritte und brach tot zusammen.

Longo hob seinen Säbel auf, machte ein paar Schritte und brach neben Ulu zusammen. Er schaute an sich hinunter: Mit jedem Herzschlag wurde mehr Blut aus der Wunde in seiner Brust gepumpt. Er ließ den Säbel fallen und wartete darauf, dass ein Janitschar ihn tötete. Doch zu Longos Überraschung griff ihn niemand an. Stattdessen machten sie einen weiten Bogen um ihn und blickten ihn mit großen Augen ehrfürchtig an. Ein Janitschar schrie alarmiert auf, dass Ulu gefallen war, und als die Nachricht von Ulus Tod sich rasch ausbreitete, verlor der türkische Angriff an Kraft. Longo sah zu, wie viele Janitscharen um ihn herum den Rückzug antraten. Die, die weiterkämpften, wirkten durcheinander und so, als wüssten sie nicht so recht, was sie tun sollten. Nicht weit von Longo entfernt hatte Konstantin die Männer zusammengetrommelt und sich darangemacht, die Janitscharen zurückzudrängen.

«Longo!», rief jemand. Longo blickte sich um und sah William, der auf ihn zugelaufen kam.

«William, was tust du hier?», fragte Longo. «Wo ist Sofia?»

«In der Stadt», sagte William und kniete sich neben Longo. «Aber was ist mit Euch? Wir müssen hier raus. Könnt Ihr stehen?»

Longo nickte. «Du hättest sie nicht allein lassen sollen», sagte er und biss die Zähne zusammen, als er seinen Säbel wieder aufhob und mit Williams Hilfe aufstand. Er wankte und drückte die linke Hand auf die Wunde in der Brust. «Es sind Türken in der Stadt. Sie ist womöglich in Gefahr.»

«Sie hat mich gezwungen herzukommen, und ich bin froh darüber. Allein hättet Ihr es hier draußen nicht mehr lange gemacht», sagte William. «Kommt jetzt. Gehen wir zurück zur Linie.»

Mit Williams Hilfe taumelte Longo dahin, wo Konstantin und Dalmata eine neue Kampffront gebildet hatten und die Türken zurück zur äußeren Mauer trieben. Als Longo und William die Linie passierten, eilte Konstantin zu ihnen.

«Longo, Ihr lebt!», rief Konstantin und runzelte dann die Stirn, als er Longos Wunde bemerkte. «Geht es Euch gut?»

«Ich lebe», antwortete Longo und zuckte vor Schmerz zusammen. Er machte sich von William los. «Und solange ich mich noch auf zwei Beinen halten kann, kämpfe ich.»

Ungläubig betrachtete Konstantin Longo. «Das ist keine kleine Wunde, Longo. Hier könnt Ihr nichts mehr tun.»

«Es ist meine Pflicht zu kämpfen», beharrte Longo. «Ich lasse Euch nicht im Stich.»

«Ihr habt mich nicht im Stich gelassen, Longo», sagte Konstantin. «Ihr habt alles getan, was Ihr konntet.» Longo wollte widersprechen, doch Konstantin hielt eine Hand hoch, um ihm das Wort abzuschneiden. «Sagt nichts. Ich habe Augen, und ich bin kein Narr, Longo. Ich erkenne Liebe, wenn ich sie sehe. Geht zu ihr. Ich halte die Mauer.»

«Danke, Kaiser», sagte Longo. Die beiden Männer schüttelten einander die Hand, und dann kehrte der Kaiser wieder ins Schlachtgetümmel zurück. Longo wandte sich an William. «Ich kümmere mich um Sofia», sagte er. «Wenn du willst, kannst du hierbleiben und kämpfen.»

«Und Euch alleinlassen?», fragte William. «Niemals.»

«Gut», sagte Longo. «Wir müssen uns sputen. Sofia braucht uns womöglich.»

VIERUNDZWANZIG

Dienstag, 29. Mai 1453 – Konstantinopel
Letzter Tag der Belagerung

Sofia hockte, eingezwängt in einen schmalen Spalt hinter einer Truhe, unter einer breiten Fensterbank auf dem Fußboden. Sie konzentrierte sich ganz darauf, lautlos und gleichmäßig zu atmen, obwohl ihr Herz wild pochte. Zwei Türken in voller Rüstung waren gerade in das einzige Zimmer des Hauses gestürmt, in dem sie sich versteckte, und durchwühlten alles. Sie hörte den größeren der beiden Türken auf sie zukommen. Er blieb vor der Truhe stehen und öffnete sie.

«Hier ist nichts», sagte er auf Türkisch. Er schlug den Deckel zu und entfernte sich. «Lass uns weitergehen.»

Sofia linste hinaus und sah, wie sie zur Tür gingen. Der andere Türke kratzte mit einem Messer an einem Kerzenständer, er wollte wohl herausfinden, ob er aus Gold war. Der Mann war klein und dünn und hatte eine große Warze auf der Wange. Als er aufschaute, begegnete sein Blick Sofias.

«Was haben wir denn hier?», sagte er und ließ den Kerzenständer fallen. «Endlich, ein Schatz.»

Sofia zwängte sich hinter der Truhe heraus und zog ihr Schwert. «Bleib zurück», warnte sie ihn in holprigem Türkisch. «Oder du wirst es bereuen.»

«Wir haben keine Zeit für sie», sagte der große Türke von der Tür her. «Lass uns so viele Schätze wie möglich zusammensuchen, bevor die Armee kommt, um die Stadt zu durchkämmen.»

«Blödsinn», beharrte der dünne Türke. «Die bringt einen hübschen Preis auf dem Sklavenmarkt, wenn wir erst mal fertig sind mit ihr. Abgesehen davon ist Zeit genug, um ein bisschen Spaß zu haben, bevor die Stadt fällt.» Er löste seinen Gürtel und trat auf Sofia zu.

«Ich bin eine Prinzessin», erklärte Sofia ihnen und hob ihr Schwert. «Fass mich nicht an!»

«Eine Prinzessin?», wiederholte der Größere der beiden, zog sein Schwert und gesellte sich zu seinem Kameraden. «Dann bist du tatsächlich ein hübsches Sümmchen wert.»

# # #

Gennadius kniete vor dem Altar in der Kapelle der Chora-Kirche, den Kopf gesenkt wie zum Gebet. Die Kirche stand nur fünfundzwanzig Klafter hinter den hohen Mauern des Mesoteichions und Gennadius konnte deutlich das Klirren der Waffen hören, die Schreie der Verwundeten und die «Allah! Allah! Allah!»-Rufe. Hinter ihm kauerten Frauen, Kinder und Männer, die zu alt waren zum Kämpfen. Voller Angst beteten sie für ihre Stadt. Doch Gennadius stand der Sinn nicht nach Beten. Er wartete ungeduldig auf Eugenius' Rückkehr. Wenn alles nach Plan gelaufen war, dann konnten die Gebete der Menschen hier nichts mehr ausrichten. Konstantinopel würde fallen, und Gennadius würde Patriarch werden. Die Idee der Union wäre endlich gestorben, und er würde die Lateiner ein für alle Mal aus der Stadt vertreiben.

Gennadius hörte, wie die Tür der Kapelle aufging, und einen Augenblick später kniete Eugenius sich neben ihn. «Es ist vollbracht», flüsterte Eugenius. «Die Türken sind in der Stadt.»

«Und die Diebe, die du angeheuert hast?», fragte Gennadius. «Es darf für das, was wir getan haben, keine Zeugen geben.»

«Sie wurden in einer der Flutkammern der Zisterne eingesperrt und ertränkt», sagte Eugenius.

«Gut gemacht, Eugenius. Mit dem, was du getan hast, hast du dir in den Augen Gottes große Gunst errungen. Jetzt ist nur noch eines zu tun. Komm mit.» Gennadius stand auf und ging voran zum hinteren Ende der Kapelle, wo eine Wendeltreppe hinauf in den Glockenturm führte. Er bedeutete Eugenius voranzugehen und folgte ihm dann die Stufen hinauf. «Ich möchte dir danken für deine vielen Dienste im Laufe der Jahre», sagte Gennadius. «Du bist ein treuer Freund geworden.»

«Ich habe nur versucht, unserem Herrn zu dienen.»

«Und das hast du. Unser Vater wird dich im Himmel willkommen heißen», sagte Gennadius. Er packte Eugenius von hinten, hielt ihm mit einer Hand den Mund zu und schnitt ihm mit der anderen die Kehle durch. Dann ließ er ihn los, und Eugenius rutschte zu Boden, die Augen weit aufgerissen und mit den Lippen stumme Worte formend, während ihm Blut aus dem Hals quoll. Gennadius machte über ihm das Kreuzzeichen. «Es tut mir leid, mein Freund, aber niemand darf wissen, was ich getan habe. Gott sei deiner Seele gnädig.» Er wischte den Dolch an Eugenius' Kutte ab und ging weiter die Wendeltreppe hinauf.

Die Treppe endete in einem kleinen, dunklen Raum. Eine Leiter führte zu einer Luke in der Decke. Gennadius stieg ins Tageslicht hinauf und kam in einer nach allen Seiten offenen Glockenstube heraus. Hoch über ihm hing die schwere bronzene Kirchenglocke. Gennadius trat ans Geländer. Aus dieser Höhe hatte er einen guten Blick auf das Mesoteichion, und er konnte sehen, dass hinter dem Tor erbittert gekämpft wurde. Die Christen schienen sich jedoch gut zu schlagen. Sie drängten die Türken sogar offenbar zurück. Trotz allem, was Gennadius getan hatte, hielten die Mauern von Konstantinopel stand.

Gennadius zog einen breiten Streifen weißen Stoff unter seiner Kutte heraus und knotete ihn seitlich an den Glockenstuhl, wo er sich im Wind entrollte. Es war eine türkische Kriegsflagge – goldene arabische Buchstaben auf weißem Hintergrund. Dann wandte Gennadius sich wieder der Glocke zu und packte den dicken Glockenstrang. «Was ich tue, tue ich in deinem Namen, o Herr», sagte er. «Sei meiner Seele gnädig.»

* * *

«Jetzt haben wir sie. Für Konstantinopel! Gott ist mit uns!», brüllte Konstantin und führte einen weiteren christlichen Vorstoß an. Dalmata eilte an seine Seite, und die beiden Männer kämpften wie Besessene und hieben sich den Weg durch die türkischen Reihen frei. Durch sie ermutigt, drängten die anderen Christen hinter ihnen her, und die Janitscharen fielen immer weiter zurück. Konstantin und seine Männer erreichten schließlich die äußere Mauer des Mesoteichion und trieben die letzten Türken in die Ebene hinaus.

«Haltet die Linien!», schrie Konstantin, und die Männer ordneten sich neu. Wo sie einst in zehn Reihen hintereinandergestanden hatten, waren ihre Reihen jetzt ausgedünnt. Doch sie gaben nicht auf. «Bleibt standhaft, Männer!», rief Konstantin. «Lasst keinen Türken durch!»

Das laute Läuten einer nahen Glocke verschluckte seine letzten Worte. «Mein Gott!», sagte Dalmata. «Die Glocken.»

«Aber die Mauer steht doch», sagte Konstantin. «Was kann das bedeuten?»

«Schaut!» Dalmata zeigte nach hinten. Über den Mauern flatterte eine türkische Flagge.

Die christlichen Kämpfer um sie herum gerieten in Panik. «Die Türken haben die Stadt eingenommen!», rief ein Mann. «Wir müssen uns hinter die innere Mauer zurückziehen!», rief ein anderer. Ein Mann nach dem anderen verließ die christlichen Linien und rannte zu den Stadttoren.

«Bleibt hier und kämpft!», schrie Konstantin. «Wir müssen hierbleiben und kämpfen!» Doch niemand hörte auf ihn. Die Türken stürmten vor, und die christlichen Linien brachen auseinander, als immer mehr Soldaten sich umdrehten und davonliefen. Konstantin wurde von der Masse mitgerissen, die im Laufschritt zum Tor eilte. Als er dort ankam, versuchte er ein letztes Mal, seine Männer zusammenzutrommeln.

«Hierher, Männer! Zu mir!», schrie er. «Wir müssen das Tor halten! Um Gottes willen, bleibt hier und kämpft!» Doch die Soldaten liefen weiter. Sie strömten an Konstantin vorbei in Richtung Hafen, wo die Schiffe lagen, die sie in Sicherheit bringen würden. Überall entlang der Mauern waren die Christen jetzt im Rückzug begriffen, und in der ganzen Stadt läuteten die Glocken.

Nur Dalmata und ein Dutzend weiterer Männer blieben bei Konstantin. Sie standen im Tor, als Hunderte von Janitscharen auf sie zugestürmt kamen. «Die Schlacht ist verloren», sagte Konstantin. «Es ist nicht nötig, hierzubleiben und für mich zu sterben.»

«Ich bleibe bis zum Ende an Eurer Seite», erklärte Dalmata ihm. Die anderen nickten.

«Wenn wir sterben müssen, dann lasst uns im Kampf

sterben», sagte Konstantin. «Für Konstantinopel!», schrie er und drehte sich um, um sich den herannahenden Türken zu stellen.

«Für Konstantinopel!», rief auch Dalmata. Sie kämpften Seite an Seite gegen die heranstürmenden Türken. Für einen Augenblick behaupteten sie sich gegen den Ansturm. Dann drängten die Türken noch einmal vor, und Konstantin und Dalmata verschwanden zwischen den zahllosen Janitscharen.

⁂ ⁂ ⁂

Longo ging durch die leeren Straßen von Konstantinopel, zwang sich weiter, obwohl ihn bei jedem Schritt ein scharfer Schmerz durchfuhr, der ihm den Atem raubte. William ging neben ihm und stützte ihn, wenn der Schmerz zu stark wurde. Der Palast war gerade in Sicht gekommen, als sie die Glocken hörten.

«Die Glocken», sagte William. «Die Stadt ist gefallen.»

«Wir müssen uns beeilen», sagte Longo. Trotz der stechenden Schmerzen in der Brust begann er zu rennen. Die Straßen, die vor wenigen Augenblicken noch leer gewesen waren, füllten sich rasch, als überall Männer und Frauen in Panik aus ihren Häusern flohen. Einige liefen zu den Docks, andere zur nächstgelegenen Kirche. William führte Longo durch die Menschenmenge zu dem kleinen Haus, wo er Sofia zurückgelassen hatte. Die Haustür war aufgebrochen worden. Sie hing schief in den Angeln.

«Sofia!», rief Longo und eilte hinein. Er entdeckte sie im hinteren Teil des Hauses. An ihrem gezückten Schwert klebte Blut. Zu ihren Füßen lagen zwei tote türkische Soldaten.

«Longo!», rief sie, als sie ihn sah. Sofia ließ ihr Schwert

fallen und lief durchs Zimmer. Longo umarmte sie und hielt sie fest. «Gott sei Dank, du bist in Sicherheit», sagte sie, dann trat sie einen Schritt zurück und bemerkte Longos blutverschmierte Rüstung. «Du bist verletzt!»

«Das ist nichts», erwiderte Longo, obwohl sein blasses Gesicht und sein keuchender Atem ihn Lügen straften. «Komm, wir müssen zum Schiff.»

Sofia und William stützten Longo, als sie zum Horaia-Tor eilten, das zum Hafen führte. Die Menschenmenge in den Straßen hatte sich so gut wie verlaufen. Das klagende Wehgeschrei der Frauen bedeutete, dass die Türken vorrückten.

«Hier entlang», sagte Sofia und führte sie in eine Seitenstraße, die hinunter in den Hafen führte. Sie waren noch nicht weit gekommen, da stürmten vor ihnen acht Janitscharen aus einer Gasse in die Straße. Zwei trugen eine schwere Truhe, und mehrere andere zerrten Frauen hinter sich her. Als sie Longo, William und Sofia sahen, ließen die Türken ihre Beute los und zückten ihre Säbel.

«Ich kann ihnen nicht davonlaufen», sagte Longo. «Ich bleibe und halte sie so lange wie möglich auf. Ihr beide lauft zu den Docks.»

«Ich habe dir doch gesagt, dass ich dich nicht verlasse», entgegnete Sofia. «Und das tue ich auch nicht.» Sie zog ihr Schwert. William trat neben sie.

Die Janitscharen griffen alle auf einmal an und trieben die Freunde rasch auseinander. Longo war plötzlich von vier Männern umzingelt. Die quälenden Schmerzen bei jedem Atemzug ließen nicht zu, dass er sich schneller bewegte, und Longo konnte nichts anderes tun, als sie abzuwehren. Er spürte, wie ein Schwerthieb eine Scharte in seine Rüstung schlug, und wich nach hinten aus, bis er mit dem Rücken an einer Hauswand stand. Ihm war schwindelig, der Blutverlust hatte ihn geschwächt, und er merkte, dass sein Arm langsamer wurde. Longo parierte einen Hieb zu spät, und ein Säbel glitt von seinem Brustharnisch ab. Ein weiterer Hieb unterlief seine Deckung und schlitzte ihm den Oberschenkel auf. Er sank auf ein Knie.

Dann sah Longo aus dem Augenwinkel, dass Sofia zu Boden ging. Augenblicklich durchfuhr ihn ein mächtiger Zorn, und der Schmerz in seiner Brust löste sich in nichts auf. Brüllend sprang er auf die Füße und ging in die Offensive. Longo duckte sich unter dem Angriff eines Türken weg und ritzte ihm die Brust auf. Er pariert einen weiteren Schlag und trat aus, womit er einen Janitscharen umhaute, und tötete ihn dann mit einem abwärtsgerichteten Stoß. Longo ließ seinen Säbel in der Brust des Toten stecken und wich einem weiteren Hieb mit einer Drehung aus. Er packte den angreifenden Türken am Arm und donnerte ihn mit dem Gesicht gegen die nächste Hauswand. Der Mann wurde ohnmächtig. Der letzte Janitschar floh um sein Leben.

Auf der anderen Straßenseite saß Sofia an eine Mauer gestützt und kämpfte verzweifelt, um zwei Janitscharen abzuwehren. Longo lief hinüber und stieß den ersten Türken beiseite, sodass dieser mit dem Gesicht gegen die Mauer schlug. Als der andere Türke sich umdrehte, um sich ihm zu stellen, stürzte Sofia sich vor und stieß ihm ihr Schwert in den Rücken. Augenblicklich brach sie wieder an der Wand zusammen.

«Wo bist du verletzt?», fragte Longo und kniete sich neben sie.

«Am Bein», sagte Sofia und zeigte Longo eine lange Schnittwunde am linken Oberschenkel.

Longo riss einen Ärmel von ihrem Hemd und band ihn ihr um den Oberschenkel, um die Blutung zu stoppen. «Kannst du aufstehen?», fragte er, und sie nickte. Longo half Sofia auf die Beine, und sie lehnten sich haltsuchend aneinander. William hatte gerade den letzten Türken getötet. Er nahm Longos Säbel und ging dann zu Sofia und Longo, um sie zu stützen. Die drei hatten sich gerade wieder auf den Weg gemacht, als weit weg, die Straße hinunter, der Janitschar, der geflohen war, wiederauftauchte, eine weitere Bande Türken im Schlepptau.

«Es sind zu viele, wir kommen nicht gegen sie an», sagte Longo.

«Und wir können ihnen nicht weglaufen», fügte William hinzu. «Nicht mit zwei Verletzten.»

«Folgt mir», sagte Sofia. Gestützt von William, führte sie die beiden Männer in eine schmale Gasse, gerade breit genug, dass zwei Menschen nebeneinandergehen konnten. Sie waren kaum ein Dutzend Schritte gegangen, da bog Sofia in eine noch schmalere Seitengasse. Hinter sich hörten sie Schritte.

«Wo sind wir?», flüsterte William. «Sind wir in der Nähe der Docks?»

«Ich weiß es nicht genau», antwortete Sofia flüsternd. «Aber das hier ist ein alter Teil der Stadt. Die Gassen hier sind alle miteinander verbunden. Solange wir uns nach Norden halten, müssten wir den Hafen erreichen ... falls wir nicht in eine Sackgasse geraten.»

Die Gasse endete in einem weiteren Durchgang, und Sofia führte sie nach rechts. Es war jetzt, als wären die Schritte der Türken direkt über ihnen. Sie bogen wieder links ab. Nach einigen Schritten bog die Gasse scharf nach rechts und endete. Sie hörten, dass die türkischen Stimmen näher kamen. «Da lang können wir nicht zurück», sagte Longo.

«Hier rein», sagte Sofia und zeigte links auf eine Tür. Sie rüttelte an dem Riegel, doch die Tür war verschlossen. William trat mit aller Wucht gegen die Tür. Sie schwang auf, und die drei eilten hinein. Sie standen in einer kleinen Küche, kaum groß genug für sie drei. William schloss hinter ihnen die Tür, und sie schoben einen schweren Tisch davor. Humpelnd führte Sofia sie in den nächsten Raum zu einer Tür. Sie drückte sie knarrend auf. Vor ihnen lag ein leerer Platz, und am hinteren Ende des Platzes das Horaia-Tor. «Wir haben es geschafft», sagte Sofia. «Kommt.»

Sie eilten durch das Tor in den Hafen. Die meisten Boote hatten bereits abgelegt, und die Docks waren voller Männer und Frauen, die verzweifelt versuchten, die Stadt zu verlassen. Einer sprang sogar ins Wasser, um schwimmend zu entkommen. In die wenigen kleinen Ruderboote, die aufzutreiben waren, stiegen so viele Menschen, dass sie beinahe untergingen, und dann wurden sie mit der Kraft der Verzweiflung zum fernen Ufer gerudert. Longo suchte sein Schiff.

«Da ist sie!», schrie William und zeigte auf die *Fortuna*, die an einem Pier rund hundert Klafter den Hafen hinunter lag. In der Takelage waren Matrosen damit beschäftigt, die Segel fertig zu machen. «Gott sei Dank, sie ist noch da.»

Sie eilten zum Schiff, doch sie waren noch nicht weit gekommen, da stürmten schon die ersten Türken durch das Tor in den Hafen. Sie schwärmten aus, töteten die Männer und schleppten die verängstigten Frauen weg. «Beeilt euch!», schrie Longo. Er wollte laufen, doch seine Beine versagten ihm den Dienst. Ihm wurde schwindelig, und er drohte zu stürzen. William packte ihn und warf ihn sich über die Schulter. Sofia humpelte hinter ihnen her.

Als sie näher kamen, sahen sie, dass ein Großteil der Besatzung des Schiffes an der Reling damit beschäftigt war, eine drängelnde Menge griechischer Männer und Frauen abzuwehren, die unbedingt an Bord wollten. William schob sich durch die Menschenmenge, Longo immer noch über seiner Schulter, und Sofia folgte dichtauf. Sie eilten das Fallreep hinauf, und Nicolo trat zur Seite, um sie an Bord zu lassen.

«Gott sei Dank seid Ihr hier», sagte Nicolo.

«Das hast du gut gemacht, Nicolo», sagte Longo, als er gegen die Reling sank und dann auf das Deck sackte. Sofia eilte an seine Seite. «Setzt Segel.» Longo zeigte auf das Dock. «Und lasst so viele von diesen Leuten an Bord, wie das Schiff tragen kann.»

Die Matrosen traten zur Seite, und die Menschen strömten auf das Schiff. Die Türken waren dicht hinter ihnen, und bevor der letzte Grieche an Bord war, mussten die Matrosen schon türkische Soldaten abwehren. «Legt ab!», befahl William vom Achterdeck, wo er das Steuerrad übernommen hatte. Als das Schiff vom Dock wegtrieb, rief er: «Setzt die Segel!» Die Segel fielen und wurden festgezurrt. Innerhalb von Sekunden war das Schiff auf dem Weg nach Pera. Die Türken blieben auf dem Dock zurück und brüllten ihnen Beschimpfungen hinterher, als die *Fortuna* davonsegelte.

Longo saß in der Nähe der Reling, den Kopf in Sofias Arme geschmiegt. Zusammen blickten sie zur Stadt zurück. Zur Rechten marschierten Soldaten über die Floßbrücke zu den Türken hinüber, die schon im Hafen herumschwärmten. Die Christen, die im Hafen zurückgeblieben waren, wurden abgeschlachtet. Weiter weg, hinter den Seemauern, stiegen in der Nähe des Palastes Feuer und schwarze Rauchwolken in den klaren Frühlingshimmel auf. Abgesehen von den Bränden sah die Stadt beinahe friedlich aus. Die Glocken waren verstummt. Nachdem sie lange Zeit hinübergeschaut hatten, wandte Sofia den Kopf. In ihren Augen standen Tränen.

«Ich kann nicht glauben, dass Konstantinopel gefallen ist», sagte sie. «Ich fürchte, ich werde nie wieder einen Fuß in meine Heimat setzen.»

«Aber du bist in Sicherheit», sagte Longo. «Das ist das Einzige, was zählt. Du wirst ein langes, glückliches Leben führen.»

«Das werden wir alle», erwiderte Sofia und legte Longos Hand auf ihren Bauch.

Trotz der Schmerzen, die seinen Körper peinigten, lächelte Longo. «Ich habe diesen Tag immer nur in meinen schlimmsten Albträumen gesehen», sagte er. «Ich hätte niemals gedacht, dass es einen Grund zur Freude geben würde.»

Sofia beugte sich über ihn und küsste ihn zart auf die Lippen. «Ich auch nicht», flüsterte sie. Sie wandte sich um und warf mit weinenden Augen einen letzten Blick auf die Stadt. «Ich auch nicht.»

FÜNFUNDZWANZIG

Frühling 1453 bis Winter 1454
Nach dem Fall

Mehmed ritt durch die Felder, wo sich die Gefallenen türmten, auf Konstantinopel zu. Schon waren sie Futter für Krähen und streunende Hunde. Als er den Graben erreichte, bot sich ihm ein noch schlimmerer Anblick. In dem tiefen, trockenen Graben lagen die Leichen Tausender Türken, der Gestank war schon jetzt schier überwältigend.

Mehmed trieb sein Pferd über den Graben und durch das Geröll der ehemals breiten äußeren Mauer, die die Kanonen zu Fall gebracht hatten. Dahinter lagen tote Janitscharen und Christen. Die versengten Überreste der Blendungen standen rauchend um das Stadttor. Mehmed ritt über das Schlachtfeld zu dem Tor, wo Ishak Pascha ihn erwartete. Ishaks Rüstung war blutbefleckt, über seine Stirn verlief eine hässliche klaffende Wunde, doch er saß aufrecht im Sattel und hielt den Kopf hoch.

«Gratuliere, mein Herr», sagte Ishak Pascha. «Die Stadt gehört Euch.»

«Was ist mit dem Kaiser?», fragte Mehmed.

«Seine Leiche wurde nicht gefunden», sagte Ishak Pascha. «Viele Männer sagen, sie haben ihn fallen sehen, doch in dem Ganzen hier», Ishak zeigte auf die zahllosen Toten auf dem Boden, «dürfte es schwierig werden, ihn zu finden.»

«Und was ist mit seiner Familie? Gibt es irgendwelche Überlebende?»

«Wenige, mein Herr», antwortete Ishak Pascha. «Der

Kaiser hatte keinen Sohn. Wir haben die Mitglieder des kaiserlichen Haushalts, die wir lebendig angetroffen haben, zusammengetrieben.»

«Exekutiert sie», befahl Mehmed. «Ich möchte nicht, dass irgendwelche Thronanwärter zurückkommen, um mich zu jagen.» Ishak Pascha nickte. «Und Ulu?»

Ishak Pascha zeigte dahin, wo der große Mann lag, nicht weit entfernt von dem Tor in die Stadt. «Er war der erste Janitschar, der die äußere Mauer durchbrach und das Tor erreichte.»

Mehmed stieg ab und ging dahin, wo Ulus Leichnam lag. Eine ganze Weile blickte Mehmed auf ihn hinunter. Konstantinopel war erobert, doch es hatte ihm alle die genommen, die ihm am nächsten gestanden hatten. Mehmed selbst hatte seinen Vater seinen Ambitionen geopfert. Gülbehar hatte ihn betrogen, dann Sitt Hatun und schließlich Halil. Und jetzt war auch Ulu tot.

«Leb wohl, Freund», flüsterte Mehmed. Dann sagte er laut: «Begrabt ihn hier, wo er liegt. Vom heutigen Tag an soll dieses Tor ihm zu Ehren seinen Namen tragen.» Mehmed ging zu seinem Pferd zurück und stieg wieder auf.

Als er durch die Tore in die Stadt ritt, jubelten die türkischen Soldaten, die in der Nähe standen, ihm zu. Andere Soldaten unterbrachen ihre Plünderungen und kamen aus den Häusern, um die Straßen zu säumen, durch die Mehmed ritt. «Mehmed *fatih*!», intonierten sie. «Mehmed der Eroberer!» Ja, in der Tat, dachte Mehmed, ich bin jetzt ein Eroberer. Er hatte vieles verloren, doch er war bereit gewesen, diesen Preis zu zahlen. Es war der Preis gewesen, den man für Ruhm zahlen musste. Und dies war Ruhm. Mehmed richtete sich in seinem Sattel auf und hielt den Kopf hoch, als er sein Pferd zu einem Trab antrieb. Während immer mehr Männer die Straßen säumten und seinen Namen riefen, ritt Mehmed weiter in die Stadt hinein, allein, im Moment seines Triumphes.

* * *

Gennadius kniete in der Kapelle der Chora-Kirche und betete zusammen mit den verängstigten Männern und Frauen, die sich hineingezwängt und dann die Tür verbarrikadiert hatten. Draußen konnte er Schmerzensschreie und laute Rufe auf Türkisch hören. Dann gab es ein gewaltiges Dröhnen, und die Türen zu der Kapelle bebten. Eine Frau schrie, und die Menschen in der Nähe der Tür krochen weiter zum Altar. Ein weiteres Dröhnen, und diesmal splitterte einer der Riegel an der Tür. Das Gebet war inzwischen ein hysterisches Geschrei und Gejammer. Gennadius stand auf und zog sich in einen schattigen Alkoven hinter dem Altar zurück. Ein letztes Dröhnen, und die Türen flogen auf.

Türkische Soldaten strömten mit gezückten Säbeln in die Kapelle. Die Menschen versuchten, sich unter den Bänken zu verstecken, doch vergeblich, in dem engen Raum der Kapelle. Die Türken töteten die wehrlosen alten Männer und schleiften die Frauen und Kinder nach draußen, wo sie in langen Reihen gefesselt wurden, um als Sklaven verkauft zu werden. Gennadius stand in dem Alkoven und zitterte. Ein Türke war jetzt nur wenige Schritte weg, er kratzte mit seinem Dolch Blattgold von der Seitenwand des Altars. Als er aufschaute, fiel sein Blick auf Gennadius. Der Türke lächelte und zog seinen Säbel.

«Wartet!», rief Gennadius. «Der Sultan hat mir seinen Schutz versprochen. Er hat es versprochen! Nicht. Nicht!» Doch der Türke ließ sich davon nicht beeindrucken. Er trat auf Gennadius zu und hob seinen Säbel. «Aber ich soll doch Patriarch werden!», kreischte Gennadius voller Entsetzen. «Ich bin Gennadius! Gennadius!» Gennadius duckte sich und schloss die Augen.

Doch der Hieb blieb aus. Stattdessen hörte er eine Reihe scharfer Befehle auf Türkisch, und als er aufschaute, sah er, dass ein älterer Türke mit grauem Haar auf ihn zukam. «Ihr sagt, Ihr seid Gennadius?», fragte der Türke auf Griechisch.

«Ja, ja!», sagte Gennadius und nickte. «Ich bin der Mönch Gennadius. Der Sultan hat mir versprochen, mir das Leben zu schenken.»

Der Türke betrachtete Gennadius von oben bis unten und rief dann einen Befehl auf Türkisch, bevor er sich umdrehte und davonging. Zwei Türken traten vor, packten Gennadius' Arme und fesselten sie an den Handgelenken. «Wartet! Was macht ihr da?», jammerte Gennadius. Ein Türke versetzte ihm einen Schlag in die Magengrube. Als Gennadius nach vorne kippte, band der andere Türke eine lange Kette an seine Fesseln. Die Türken zogen an der Kette und zerrten Gennadius hinter sich her.

Sie verließen die Kirche und marschierten zum Forum Constantini – dem Herzen des alten Konstantinopel. Dicht gedrängt umstanden türkische Soldaten den Platz. Der Mann, der Gennadius hinter sich herzog, schob sich bis vorne durch die Menge. Gennadius war überrascht, Halil in der Mitte des Forums zu sehen. Der ehemalige Wesir hockte auf den Knien zwischen zwei Wachen. Er trug immer noch seine Gewänder aus prächtigem goldenem Seraser, doch seine Haut blutete an vielen Stellen und war gerötet, als hätte er sich schlimm verbrannt. Halils Blick war glasig und leer.

Die Menschenmenge um Gennadius fing rhythmisch zu

intonieren an: «Mehmed *fatih*! Mehmed *fatih*!» Die Menge teilte sich, und Mehmed kam auf einem hohen Pferd herangeritten, umgeben von Janitscharen in schwarzen Rüstungen. Mehmed ritt in die Mitte des Platzes und stieg ab. Er zog seinen langen, gebogenen Säbel und hielt ihn hoch. Die Menge jubelte lauthals.

«Seht!», rief Mehmed. «Dies soll das Ende all derer sein, die es wagen, ihren Sultan zu verraten!» Er trat zu Halil. Die beiden Wachen packten Halils Arme, streckten sie nach beiden Seiten aus und hoben Halil hoch. Er sackte zwischen ihnen zusammen, ließ den Kopf hängen. Mehmed bückte sich vor und flüsterte Halil kurz etwas ins Ohr. Dann trat er einen Schritt zurück, hob seinen Säbel und trennte Halil mit einem kräftigen Schlag nach unten den Kopf vom Rumpf. Die Menge jubelte begeistert auf. Halils Kopf rollte davon und blieb wenige Schritte vor Gennadius liegen. Halils Augen schienen ihn direkt anzusehen.

«Komm», fuhr sein Wachmann ihn an. Er zerrte Gennadius in die Mitte des Platzes. Mehmed stand wartend da, von seiner Klinge tropfte Blut. Gennadius spürte eine warme Flut um die Lenden, als er sich nass machte, und auf seiner Soutane breitete sich ein Fleck aus. Die Türken johlten und höhnten. Gennadius' Beine gaben nach, und er brach zusammen. Zwei Janitscharen eilten vor, hoben ihn hoch und legten ihn vor Mehmeds Füßen ab.

«Ihr seid der Mönch Gennadius?», fragte Mehmed auf Griechisch.

«Ja», krächzte Gennadius. Sein Mund war trocken, und mehr brachte er nicht heraus.

«Dann erhebt Euch, Gennadius», sagte Mehmed zu ihm. «Es gehört sich nicht für einen Patriarchen, am Boden zu kriechen.»

«Patriarch?», fragte Gennadius und stand unsicher auf.

«Ich bin ein Mann, der sich an sein Wort hält, Gennadius», sagte Mehmed. Er brüllte einen Befehl auf Türkisch, und ein Diener trat vor, die weiße Tiara des Patriarchen in den Händen. Mehmed nahm sie und setzte sie Gennadius auf den Kopf. «Ich erkläre Euch hiermit zum Patriarchen der orthodoxen Kirche.»

«Ihr seid sehr freundlich, Sultan», sagte Gennadius. Er konnte sein Glück kaum fassen. Das Patriarchat gehörte ihm. Jetzt konnte er die Union zerschlagen und die Kirche wieder in ihren rechtmäßigen Stand setzen. Er hielt die Hände hoch, die immer noch gefesselt waren. «Bitte, diese Ketten – sie sind sehr schwer.»

«Die Ketten bleiben dran, Patriarch», entgegnete Mehmed. «Ich traue einem Mann nicht, der seine Stadt für einen Patriarchenkukol verkauft. Bringt ihn in seine Kirche und sorgt dafür, dass er dort bleibt.»

«Aber, Sultan ...», setzte Gennadius an.

«Ihr habt Glück, am Leben zu bleiben», sagte Mehmed, indem er ihm das Wort abschnitt. «Das ist mehr, als Ihr verdient habt. Schafft ihn fort.» Der Wachmann riss an der Kette und zerrte Gennadius weg. «Lebt wohl, Patriarch», rief Mehmed hinter ihm her.

* * *

Longo lang in seiner Kabine an Bord der *Fortuna* und kämpfte gegen die Schmerzen in der Brust an. Als sie zwei Tage zuvor Pera erreicht hatten, hatte William einen Arzt herbeigeholt, der Longo behandeln konnte, doch es war rasch augenscheinlich geworden, dass keine Medizin ihm helfen konnte. Longos Schicksal lag in Gottes Hand.

Longo hörte Schritte auf Deck, und einen Augenblick später trat William ein. «Gute Neuigkeiten», sagte er. «Die Plünderung ist vorbei. Der Sultan hat erklärt, dass jeder, der jetzt noch plündert, mit dem Tod bestraft wird. Einige Händler aus Pera waren schon in Konstantinopel, um Handel zu treiben, und sind zurückgekehrt. Einer hat mir erzählt, dass der Großwesir Halil von Mehmed persönlich exekutiert wurde. Der Händler hat Halils Kopf auf einer Lanze aufgespießt auf dem Forum Constantini gesehen.»

«Dann ist meine Rache perfekt», flüsterte Longo. «Ich wäre im Traum nicht darauf gekommen, dass gerade der Sultan mich rächen würde.» Longo schloss die Augen. Er hatte so lange von diesem Augenblick geträumt, doch jetzt, da er gekommen war, empfand er nichts. Halils Gesicht verfolgte ihn nicht mehr, sein Tod änderte daran nichts. Außerdem beschäftigte Longo im Augenblick Dringenderes. «Wenn die Plünderung der Stadt wirklich vorbei ist, dann dürfen wir keine Zeit verlieren», sagte er. «William, mach das Schiff zum Auslaufen bereit. Wir legen so bald wie möglich ab.» William ging, und bald hörte Longo auf dem Deck über ihm die eiligen Schritte der Männer, die die *Fortuna* zum Ablegen fertig machten. Schnell jedoch wurde es wieder still, und Sofia erschien in der Kabinentür.

«Was hat das zu bedeuten?», fragte sie mit blitzenden Augen. «Ich kehre dir einen Augenblick den Rücken zu, und du befiehlst, in See zu stechen?»

«Wir haben keine Wahl», erklärte Longo ihr. «Es ist zu gefährlich für dich hierzubleiben. Du weißt, wie es den übrigen Mitgliedern des kaiserlichen Hofstaats ergangen ist. Und jetzt, da die Plünderung vorüber ist, werden die Türken sich über Pera hermachen.»

«Aber wenn wir in See stechen, wirst du sterben», sagte

Sofia. «Du kannst so schon kaum atmen. Eine Reise über das offene Meer wird dein Ende sein.»

«Ich sterbe so oder so, Sofia», sagte Longo. «Ich war auf vielen Schlachtfeldern. Ich weiß, was eine tödliche Verletzung ist.»

«Vielleicht stirbst du», entgegnete Sofia. «Aber ich werde alles dafür tun, dass du nichts stirbst. Wir legen nicht ab. Das ist unwiderruflich.» Es klopfte an der Kabinentür. «Was ist?», rief Sofia.

William trat ein. «Es ist der Sultan», sagte er. «Er ist auf den Docks von Pera, und er kommt hierher.»

* * *

Mehmed trat vom Dock auf das leise schaukelnde Deck der *Fortuna.* Seine Wachen waren ihm vorausgegangen und hatten das Schiff durchsucht. Die Mannschaft war entwaffnet worden und drängte sich, umstanden von Janitscharen, auf Deck dicht aneinander. Unter ihnen war eine besonders schöne Frau. Mehmed musterte sie einen Augenblick und bewunderte ihre geschmeidige Gestalt und ihre makellose olivfarbene Haut, dann wandte er den Blick wieder ab. Schließlich war er nicht hier, um die Mannschaft des Italieners zu inspizieren. «Wo ist Giustiniani, der Verteidiger von Konstantinopel?», fragte er.

Ein Mitglied der Mannschaft – ein schlanker junger Mann – trat vor. «Was wollt Ihr?», fragte er. «Seid Ihr gekommen, um ihn im Krankenlager zu töten?»

«Wenn ich ihm den Tod wünschen würde, dann wäre er längst tot», entgegnete Mehmed. «Ich möchte ihn sprechen.»

«Gut. Ich bringe Euch zu ihm», sagte der junge Mann.

«Folgt mir», fügte er hinzu und stieg eine Luke hinab, die unter Deck führte.

Mehmed ging zu der Luke hinüber, und seine Wachen beeilten sich, ihm zu folgen. «Bleibt, wo ihr seid», befahl Mehmed ihnen. «Hier bin ich sicher.» Er folgte dem jungen Mann in den schwach beleuchteten Raum unter Deck.

In dem Laderaum, in dem Mehmed jetzt stand, drängten die Kojen sich übereinander, die im Rhythmus des Schiffes schaukelten. Eine Luke im Boden führte noch tiefer in den Bauch des Schiffes, wo, wie Mehmed vermutete, Vorräte lagerten. Vor ihm, am hinteren Ende des Laderaums, stand eine Tür offen.

Der junge Mann blieb an der Tür stehen. «Der Sultan ist hier», sagte er. Dann trat er zur Seite und bedeutete Mehmed einzutreten. Mehmed trat ein und stand nun in einer kleinen Heckkabine. An der Decke hing eine Öllampe und beleuchtete den Raum. An der hinteren Wand stand ein Tisch mit Karten und einem Wasserkrug darauf. Rechts war eine Koje, in der, mit bleichem Gesicht, Signor Giustiniani lag. Seine Brust war dick verbunden, und er atmete mühselig und keuchend. Er sah ganz und gar nicht so aus wie der Mann, dem Mehmed erst wenige Tage zuvor vor den Mauern von Konstantinopel begegnet war. An der Koje stand ein Stuhl, und Mehmed setzte sich darauf.

«Seid gegrüßt, großer Sultan», keuchte Longo. «Ihr ehrt mich mit Eurer Anwesenheit. Was führt Euch auf mein Schiff?»

«Ich wollte Euch sehen», sagte Mehmed, «um Euch für Eure tapfere Verteidigung der Stadt zu ehren. Ihr seid ein großer Krieger, Signore. Ihr wart ein würdiger Gegner.»

«Nicht würdig genug, wie es scheint», versetzte Longo.

«Die Stadt ist gefallen. Ihr seid derjenige, der bewiesen hat, dass er ein großer Krieger ist.»

«Vielleicht habt Ihr recht», sagte Mehmed. «Aber Ihr habt mit wenigen Männern tapfer gekämpft. Eure Taten werden lange in Erinnerung bleiben, sowohl bei meinem Volk als auch bei Eurem. Eure Klinge wird stets in meinen Diensten willkommen sein, falls Ihr es wünscht.»

Longo schüttelte den Kopf. «Ich fürchte, ich werde nie wieder eine Waffe führen», sagte er. «Weder in Euren Diensten noch in jemand anderes.»

«Verstehe», sagte Mehmed ernst. Die beiden Männer schwiegen, bis Mehmed noch einmal das Wort ergriff. «Vielleicht seid Ihr der Glücklichere, Signore», sagte er. «Es ist seltsam: so lange für etwas zu kämpfen und es plötzlich zu erreichen. Konstantinopel ist erobert, ja, aber wofür kämpfe ich jetzt?» Er schüttelte traurig den Kopf, und seine gerunzelte Stirn ließ ihn viel älter aussehen als einundzwanzig. «Ich weiß es nicht.»

«Ihr seid noch jung», wandte Longo ein. «Und es gibt andere Dinge, für die es sich zu kämpfen lohnt, nicht nur Städte und Ruhm. Das werdet Ihr mit der Zeit noch lernen.»

Mehmed lächelte. «Da habt Ihr sicher recht», sagte er. «Ihr seid ebenso klug wie tapfer, und das ist selten. Ich möchte Euch ehren, möchte dem Verteidiger von Konstantinopel meine Anerkennung zollen. Ich hatte vorgehabt, Euch einen Platz in meiner Armee anzubieten, doch da Ihr nicht dienen könnt – gibt es etwas anderes, was Ihr Euch von mir wünscht, Land oder Titel? Wenn es in meiner Macht steht, werde ich es Euch gewähren.»

«Meine Männer», sagte Longo. «Sie haben mir treu gedient. Ich bitte Euch nur, mir zu schwören, dass Ihr allen auf diesem Schiff das Leben schenkt und ihnen die sichere Überfahrt nach Chios garantiert.»

«Es soll so sein, wie Ihr sagt», sagte Mehmed und stand auf. «Und ich werde meine Leute anweisen, Euch an Vorräten zu bringen, was Ihr für Eure Reise braucht.»

«Mein Dank sei Euch gewiss, Sultan.»

«Ihr habt es verdient», sagte Mehmed. «Lebt wohl, Signore.» Er drehte sich um und ging. Der junge Mann wartete auf ihn, um ihn wieder auf Deck hinaufzuführen. Dort rief Mehmed den Hauptmann seiner Leibgarde zu sich. «Gebt diesem Schiff sicheres Geleit und sorgt dafür, dass sie alles an Vorräten erhalten, was sie brauchen», befahl Mehmed, als er das Schiff verließ.

«Ja, Sultan», antwortete der Hauptmann.

«Und lasst mein Gepäck fertig machen und mein Pferd satteln», fügte Mehmed hinzu. «Ich möchte die Stadt heute Abend verlassen.»

«Wohin, Sultan?»

«Nach Edirne.»

* * *

Mondlicht fiel durch die offenen Fenster auf Sitt Hatun, die in ihren Gemächern auf dem Bett lag und nicht schlafen konnte. Am nächsten Tag sollte Mehmed kommen, und sie hatte Angst vor seiner Rückkehr. Sie hatte gehört, dass Halil exekutiert worden war, und Sitt Hatun machte sich Sorgen, dass Isa ihn verraten hatte. Hatte Isa auch sie verraten? Sitt Hatun schauderte allein bei dem Gedanken.

Ein Schrei von irgendwo aus ihren Gemächern ließ Sitt Hatun hochfahren. Wenige Sekunden später platzte Anna in ihr Zimmer, einen Säbel in der Hand.

«Was ist?», fragte Sitt Hatun.

Anna wollte etwas sagen, doch sie brachte keinen Ton heraus. Aus ihrem Mund sickerte Blut, und sie brach zusammen. Da sah Sitt Hatun die tiefe Wunde in ihrem Rücken. Sitt Hatun kniete sich neben sie. «Wer hat das getan?», fragte sie. «Was ist passiert?»

Anna brachte ein Wort hervor – «Selim» –, bevor sie an ihrem eigenen Blut erstickte und verstummte. Sie war tot. Sitt Hatun nahm Annas Säbel und eilte in Selims Zimmer. Zwei Mitglieder der Leibgarde des Sultans standen über einem dritten Mann, der reglos auf dem Boden lag, doch Sitt Hatun achtete nicht auf sie. Ihr Blick war fest auf Selim gerichtet. Er trieb bäuchlings in seiner Badewanne. Sitt Hatun ließ den Säbel fallen und schob sich an den Wachen vorbei. Sie holte Selim aus dem Wasser, drückte ihn an sich, wiegte den Jungen in ihren Armen. «Selim, mein Engel», flüsterte sie ihm ins Ohr. «Wach auf, mein Sohn. Ich bin jetzt hier. Wach auf.» Doch es war sinnlos. Selim war tot. Sitt Hatun sank zu Boden.

«Der Sultan wartet auf Euch», sagte ein Wachmann zu ihr. «Ihr müsst mit uns kommen.»

Der Sultan: Er hatte das hier getan. Mehmed hatte ihr Kind getötet. Aus Sitt Hatuns Trauer wurde Zorn, als sie vom Boden aufstand, Selim immer noch an die Brust gedrückt. «Bringt mich zu ihm», sagte sie zu den Leibgardisten.

* * *

Mehmed erwartete Sitt Hatun im Flur vor ihren Gemächern. Hinter ihm standen mehrere Mitglieder seiner Leibgarde, und aus dem Augenwinkel sah Mehmed, dass Gülbehar mit dem jungen Bayezid kam. Gülbehar war zweifellos gekommen, um sich anzusehen, was mit Sitt Hatun geschah.

Die Türen zu Sitt Hatun Gemächern gingen auf, und Sitt Hatun kam herausgestürmt, Selims leblosen Leichnam in den Armen. «Wie konntest du?», schrie sie Mehmed an. Sie wollte ihn schlagen, doch er hielt ihre Hand fest. «Er ist doch noch ein Kind!»

«Er war ein Bastard und der Sohn eines Verräters», erwiderte Mehmed.

«Sieh ihn dir an», drängte Sitt Hatun und hielt ihm Selim entgegen. «Sieh ihn an! Er ist dein Sohn!»

Mehmed betrachtete den Jungen. Selims große, braune Augen waren offen, sie schienen Mehmed anklagend anzusehen. Es waren Mehmeds Augen. Die Ähnlichkeit war unverkennbar.

Mehmed wurde übel, und er wandte den Blick ab. «Schafft den Jungen weg», befahl er seinen Wachen. Er wollte plötzlich unbedingt, dass Selim verschwand, irgendwohin, wo die traurigen Augen des Kindes ihn nicht mehr ansehen konnten. «Werft ihn in den Fluss.»

Die Wachen traten vor, um Sitt Hatun Selim zu entreißen. «Nein! Nein!», schrie sie. «Selim! Mein Kind! Bringt mir mein Kind zurück!» Als die Wachen mit ihrem Sohn verschwunden waren, brach Sitt Hatun auf dem Boden zusammen. «Töte mich», sagte sie leise, «und bring es hinter dich.»

«Du sollst nicht sterben», sagte Mehmed. «Du hast meinen leiblichen Sohn Bayezid gerettet, und dafür schenke ich dir das Leben. Doch für mich bist du tot, Sitt Hatun. Du sollst den Rest deines Lebens im Exil verbringen, und du wirst mein Gesicht niemals wiedersehen.» Zwei Wachen packten sie an den Armen, hoben sie hoch und schleiften sie davon. Mehmed sah, dass Gülbehar lächelte, als Sitt Hatun an ihr vorbeigezerrt wurde.

Als Sitt Hatun weg war, trat Gülbehar näher an Mehmed heran und schob ihm den Arm um den Rücken. «Das ist genau das, was sie und ihr Bastard verdient haben», flüsterte sie.

Mehmed wandte sich um und schlug sie fest ins Gesicht. «Glaub nicht, ich hätte deine Treulosigkeit vergessen, Hure», sagte er mit kalter Stimme. Er zog Bayezid von seiner Mutter weg. «Du kannst in deine Gemächer zurückkehren.» Mehmed ging davon, Bayezid hinter sich herziehend.

«Aber mein Sohn!», jammerte Gülbehar.

«Er ist mein Sohn, ganz allein meiner», erklärte Mehmed ihr. «Du wirst ihn nicht wiedersehen. Schafft sie weg.» Die übrigen Wachen traten vor und führten Gülbehar in ihre Gemächer.

«Bayezid! Mein Sohn!», weinte Gülbehar, als sie fortgebracht wurde.

Auch Bayezid fing an zu weinen. «Selim», schluchzte er. «Sitt Hatun.»

Mehmed hob ihn hoch und sah ihm ins Gesicht. «Ruhig, Junge», sagte er. «Du darfst nie vergessen: Ein Sultan hat keine Familie, keine Freunde, keine Geliebte. Er ist mit dem Reich verheiratet, und alle sind eifersüchtig auf seine Braut.»

* * *

Nach seiner Unterredung mit dem Sultan verschlechterte Longos Zustand sich rasch. Er schlief immer länger, und wenn er wach war, wurde er immer wieder bewusstlos. Manchmal sprach er laut im Delirium, schrie um Hilfe, dass man die Türken abwehre. Meistens jedoch rief er nach Sofia, und sie war immer bei ihm, um seine Hand zu halten.

Am Abend des zwölften Juni, vierzehn Tage nach dem Fall von Konstantinopel, erwachte Longo aus dem Delirium. Er sah alles ganz klar vor sich. Er war müde, fast entspannt, trotz der brennenden Schmerzen in seiner Brust, und er wusste, dass seine Zeit gekommen war. Sofia saß auf einem Stuhl neben seiner Koje und schlief. Ihre Augen hatten dunkle Ringe von den Tränen und den schlaflosen Nächten. «Sofia», flüsterte Longo heiser, denn er konnte kaum sprechen. «Sofia.»

Sie wachte mit einem Ruck auf und nahm seine Hand. «Du bist wach», sagte sie. «Hast du Durst? Soll ich dir Wasser holen?»

Longo schüttelte den Kopf. «Schick mir Nicolo her», sagte er. «Und sag ihm, er soll Feder und Pergament mitbringen.» Sofia nickte und ging. Eine Minute später betrat Nicolo die Kabine.

«Wie geht es Euch, mein Herr?», fragte er.

«Besser denn je», sagte Longo und lächelte schwach. Nicolo kicherte, doch in seinen Augen standen Tränen. «Schreib auf, was ich sage», sagte Longo. Nicolo nickte und setzte sich an den kleinen Tisch in der Kabine. Mühevoll atmend diktierte Longo ihm seinen Letzten Willen. Seinen Titel und seinen ganzen Besitz auf Chios vermachte er William. Wenn William starb, sollten die Ländereien an Longos Nachkommen zurückfallen.

«William ist noch jung», sagte Longo, als sie fertig waren. «Kümmere dich um ihn, Nicolo. Sorge dafür, dass das Gut gedeiht.»

«Ja», versicherte Nicolo.

«Gut. Und jetzt schick mir William herein, allein. Lass das Papier hier.» Nicolo ging, und William trat ein und setzte sich zu Longo. «Das Papier», sagte Longo. «Nimm es. Es gehört dir.»

William nahm das Pergament und las. «Aber Sofia sollte Eure Ländereien erhalten», protestierte er.

«Nein. Du hast sie verdient», sagte Longo. «Du bist wie ich vor vielen Jahren, William. Ich bin stolz auf dich.»

«Danke», sagte William und wandte den Blick ab, damit Longo seine Tränen nicht sah.

«Pass an meiner statt auf Sofia auf», sagte Longo. «Pass auf sie und auf mein Kind auf. Du wirst wie sein Vater sein. Versprich mir, dass du es beschützt und behandelst wie dein eigenes.»

«Ich schwöre es», sagte William.

Longo nickte. «Danke, und lebe wohl, William», flüsterte Longo. «Schick Sofia zu mir, wenn du gehst.» William nahm Longos Hand und drückte sie, dann stand er auf und ging. Sofia kam herein und setzte sich neben die Koje. Sie hatte einen Becher Wasser mitgebracht, den sie ihm jetzt an die Lippen hielt.

«Versuch, etwas zu trinken», sagte sie. «Es hilft.»

Longo schüttelte den Kopf. «Es nützt nichts. Es ist zu spät.»

«Sag das nicht. Du musst kämpfen.»

Longo lächelte traurig. «Das hier ist der einzige Kampf, den ich nicht gewinnen kann, Sofia», sagte er. Sie nahm seine Hand, und sie schwiegen eine Weile. Aus Longos Brust stieg ein so gewaltiger Schmerz auf, dass er sich vor Qualen krümmte. Er verging so schnell, wie er gekommen war, und Longo seufzte erschöpft. Er lag mit geschlossenen Augen da, und Sofia beugte sich über ihn.

«Bist du noch da?», fragte sie.

«Ja», flüsterte Longo. «Ich habe an den Abend auf Korsika gedacht, an unseren ersten Kuss.»

«Ich erinnere mich», sagte Sofia. «Es war das erste Mal, dass ich je einen Mann geküsst habe.»

«Ich dachte, ich würde dich niemals wiedersehen», sagte Longo. «Aber hier sind wir, alle drei.»

«Ja, wir alle drei», sagte Sofia und legte seine Hand auf ihren Bauch. «Wenn es ein Junge wird, soll er deinen Namen bekommen.»

«Und wenn es ein Mädchen wird, dann nenn sie Sofia», sagte Longo.

«Ja», sagte Sofia. Sie wandte sich ab, als ihr Tränen in die Augen stiegen.

«Weine nicht um mich», sagte Longo. «Mein ganzes Leben war nichts als Kampf und Blutvergießen, Rache und Ehre. Du hast mir mehr gegeben. Ich bin bereit zu sterben.»

«Ich weine um mich und unser Kind», erwiderte Sofia. «Es wird dich nie kennenlernen.»

«Du wirst ihm von seinem Vater erzählen», sagte Longo. «Wie er gelebt hat und warum er gestorben ist. Unser Kind wird mich durch dich kennenlernen.» Sofia nickte. Longo zuckte plötzlich zusammen, wieder wurde er von quälenden Schmerzen heimgesucht. Als die Qualen vergingen, war er müde. Er schloss die Augen und seufzte.

«Verlass mich nicht», sagte Sofia und drückte seine Hand. «Ich brauche dich.»

«Nein, du bist stark», flüsterte Longo. «Und du hast William.»

«Aber ich liebe dich.»

«Ich weiß», sagte Longo. «Ich ...» Doch die Worte erstarben auf seinen Lippen, als ein weiterer Krampf ihn quälte. Diesmal spürte Longo, als die Schmerzen vergingen, dass er losließ, eingehüllt in eine warme Dunkelheit. Die Welt schien weit weg, und er konnte nur noch die Augen aufschlagen. Er sah Sofias Gesicht, das sich über ihn beugte, wankend, aber schön.

«Danke», flüsterte er. «Danke, dass du mich gerettet hast.» Er unterbrach sich und mühte sich um einen letzten Atemzug. «Ich liebe dich», sagte er und schloss die Augen. Longo spürte, wie er ins Dunkel sank.

Als er davonging, hörte er Sofias Stimme, die ihn rief: «Ich liebe dich auch. Ich liebe dich, Longo.» Das Letzte, was er spürte, war die Berührung ihrer Lippen auf den seinen.

\# \# \#

Am nächsten Tag wurde Longo eingeäschert, und die *Fortuna* segelte mit seiner Asche an Bord nach Chios. Das Meer war ruhig, und sie kamen rasch voran. Kurz nach ihrer Ankunft in Chios wurde William als Herr über Longos Ländereien eingesetzt, und er und seine Frau Portia nahmen Wohnsitz in Longos Villa auf der Insel. Tristos Frau Maria zog zu ihnen, führte ihnen den Haushalt und zog ihren kleinen Sohn Benito auf.

Sofia zog ebenfalls zu ihnen in die Villa, und als die Monate verstrichen, wuchs ihr Bauch und das Leben in ihr. An einem kühlen Abend Ende Januar war ihre Zeit schließlich gekommen, und Maria half ihr als Hebamme, während Portia Sofia Trost spendete. William ging nervös vor der geschlossenen Tür zu Sofias Zimmer auf und ab, während er Sofias Schmerzensschreie mit anhörte.

Sofia hatte noch nie solche Schmerzen durchlitten. Die

Wehen dauerten die ganze Nacht, und sie war erschöpft. Dennoch presste sie weiter. «Das ist gut», sagte Maria sanft, als Sofia noch einmal kräftig drückte. «Ich kann den Kopf sehen. Ihr habt es bald geschafft.» Sofia biss fest auf den Lederstreifen zwischen ihren Zähnen und presste noch einmal. Schließlich glitt das Kind schreiend aus ihr heraus. «Es ist ein Mädchen!», verkündete Maria. Sie schnitt die Nabelschnur durch und verknotete sie, und dann hielt sie das Baby hoch, damit Sofia es sehen konnte. Doch Sofia schaute nicht hin. Sie hatte die Augen fest geschlossen und presste noch immer. «William!», schrie Maria. Augenblicklich flog die Tür auf. «Nimm sie und sei behutsam», sagte Maria. William nahm das kreischende Baby und hielt es unbeholfen. «Na, worauf wartest du? Geh!», fuhr Maria ihn an. «Hier ist noch einiges zu tun. Zwillinge, wie es aussieht.»

Maria setzte sich wieder auf ihren Hocker zu Sofias Füßen. «So ist gut», redete Portia Sofia leise gut zu. «Pressen. Ihr habt es fast geschafft.» Sofia stöhnte vor Schmerz und Erschöpfung, doch sie presste weiter.

«Gut so. Einmal noch», sagte Maria. Sofia presste ein letztes Mal, und das zweite Baby glitt aus ihr heraus, unglücklich weinend. «Ein Junge!», verkündete Maria glücklich. «Es ist ein Junge!»

Sofia lächelte matt. Sie war erschöpft und taub vor Schmerz, doch auch glücklich, glücklicher als je in ihrem Leben. «Ich möchte sie halten», sagte sie. Maria legte ihr behutsam das weinende Kind in die Arme. Sofia wiegte den Jungen, und er beruhigte sich. «Hallo, mein kleiner Longo», flüsterte sie. William kam wieder herein und legte Sofia das kleine Mädchen in den anderen Arm. «Meine schöne Sofia», flüsterte sie und küsste die Kleine auf die Stirn.

«Sie sind perfekt, Sofia», sagte Portia.

«Zwei Kinder», sagte William. «Longo wäre stolz.» Tränen traten Sofia in die Augen, doch sie lächelte. Sie nickte glücklich, denn sie fand nicht die rechten Worte.

«Sie sind jetzt wohl die Erben des Reiches», fuhr William fort. «Die letzten Römer.»

«Nein», entgegnete Sofia. «Es sind meine Kinder. Nicht mehr und nicht weniger.»

«Genug geplaudert», sagte Maria. «Jetzt alle raus, und lasst sie in Ruhe. Sie muss sich ausruhen.» Maria scheuchte William zur Tür hinaus. Behutsam nahm sie den kleinen Longo, und Portia nahm Sofia. «Wir kümmern uns um sie», erklärte Maria Sofia. «Ihr müsst jetzt versuchen zu schlafen. Ihr müsst bei Kräften bleiben, um mit den beiden Kleinen zurechtzukommen.»

Sie gingen, und Sofia lag allein da, erschöpft, doch zu glücklich, um zu schlafen. Sie schaute hinauf an die Decke und lächelte. «Danke, Longo», flüsterte sie. «Danke.»

* * *

Mehmed regierte bis ins hohe Alter. Er ging in die Geschichte ein als Mehmed Fatih oder Mehmed der Eroberer. Sein Sohn Bayezid trat seine Nachfolge als osmanischer Sultan an, doch Gülbehar regierte nie als *valide sultan*. Als sie starb, hatte sie ihren Sohn viele Jahre lang nicht gesehen. Und was Sitt Hatun angeht, sie lebte ihr Leben allein, weit weg vom türkischen Hof.

Die Leiche von Kaiser Konstantin wurde nie gefunden. Konstantins Bruder Demetrios wurde nach Konstantins Tod Kaiser der Römer. Seine Regentschaft war kurz. Er regierte zwei Jahre lang von Mystras aus, bevor die Stadt an die Türken fiel und er exekutiert wurde.

Gennadius' Regentschaft als Patriarch dauerte acht Jahre. In diesen acht Jahren verließ er seine Zelle nur zur Messe. Niemals setzte er einen Fuß außerhalb des Pantokrator-Klosters.

William war Herr über Longos Ländereien. Er schlug viele Schlachten, diesmal in Spanien, an seiner Seite Longos und Tristos Söhne. Longos Tochter Sofia würde irgendwann Kaiserin werden. Doch das ist eine andere Geschichte ...

Und was Sofia angeht, sie wurde sehr alt. 1497 nahm sie Longos Asche und kehrte nach Konstantinopel zurück, wo sie einen Monat später starb. Sofia und Longo wurden außerhalb der Stadtmauern beigesetzt, am Schrein der Gottesmutter Zoodochos Pege, der «Lebensspendenden Quelle». Auf dem Grabmal steht nur: «Hier ruhen zwei Römer.»

MIX
Papier aus verantwortungsvollen Quellen
FSC® C083411

Das für dieses Buch verwendete FSC®-zertifizierte Papier *Pamo Super* liefert Arctic Paper Mochenwangen, Deutschland.